Julia Alvarez
Im Namen der Salomé

Zu diesem Buch

Sie war ein verträumtes Mädchen mit – wie sie fand – viel zu großen Ohren und einer unbändigen Liebe für ihr schönes, von machthungrigen Diktatoren geschundenes Land. Als Salomé begann, es in ihren Gedichten zu besingen, kam das einer Revolution gleich: Sie war eine Frau, noch dazu eine Mulattin, und sie hatte den Mut, die Dinge beim Namen zu nennen. Und dies in der spanischen Karibik, im Jahr 1870. Um endlich die »wilde Stille in ihrem Herzen« zu füllen, heiratete sie mit dreißig den viel jüngeren begabten, aber unsteten Pancho, um dessen Liebe sie lange kämpfen mußte. Salomé starb, schwer lungenkrank, als ihre Jüngste, Camila, gerade drei Jahre alt war. Es ist Camila, die viele Jahre später im nordamerikanischen Exil das Schicksal ihrer berühmten, unglücklichen, von ihr kaum gekannten Mutter rekonstruiert.

Julia Alvarez, geboren 1950, kam als Zehnjährige mit ihren Eltern aus der Dominikanischen Republik in die USA. Sie lehrte viele Jahre Literatur am Middlebury College in Vermont, wo sie auch heute lebt. Inzwischen widmet sie sich ganz dem Schreiben und einer Öko-Kaffeefarm in Alta Gracia. Zu ihren bekanntesten Romanen gehören »Wie die García Girls ihren Akzent verloren« und »Die Zeit der Schmetterlinge«.

Julia Alvarez
Im Namen der Salomé

Roman

Aus dem Amerikanischen von
Carina von Enzenberg

35452 Heuchelheim

Piper München Zürich

Von Julia Alvarez liegen in der Serie Piper vor:
Wie die García Girls ihren Akzent verloren (2275)
Die Zeit der Schmetterlinge (2554)
Yolanda (2821)
Im Namen der Salomé (3753)

Ungekürzte Taschenbuchausgabe
Februar 2003
© 2000 Julia Alvarez
Titel der amerikanischen Originalausgabe:
»In the Name of Salomé«, Algonquin Books, Chapel Hill 2000
© der deutschsprachigen Ausgabe:
2001 Piper Verlag GmbH, München
Umschlag/Bildredaktion: Büro Hamburg
Isabel Bünermann, Julia Martinez/
Charlotte Wippermann, Katharina Oesten
Fotos Umschlagvorderseite: Tony Catany (oben)
und Ester Haase (unten)
Foto Umschlagrückseite: Bill Eichner
Satz: Verlagsservice G. Pfeifer/EDV-Fotosatz Huber, Germering
Druck und Bindung: Clausen & Bosse, Leck
Printed in Germany   ISBN 3-492-23753-3

www.piper.de

Quisqueyanas valientes
Dieses Buch ist für Euch

¿Qué es Patria? ¿Sabes acaso
lo que preguntas, mi amor?

Was Vaterland bedeutet? Weißt du eigentlich,
was du da fragst, mein Liebling?

Salomé Ureña

PROLOG

Abreise aus Poughkeepsie

Juni 1960

Sie steht an der Tür, eine hochgewachsene, elegante Frau mit hellbrauner Haut (eine Süditalienerin? eine Jüdin aus dem Mittelmeerraum? eine hellhäutige Negerin, die man aufgrund ihrer hochkarätigen Studienabschlüsse als Weiße hat durchgehen lassen?), und läßt den Blick durch die leeren Räume schweifen, die in den vergangenen achtzehn Jahren ihr Zuhause waren.

Jetzt, Mitte Juni, ist es heiß in der Mansarde. Vor ein paar Jahren, als sie endlich fest angestellt wurde, hat ihr der Dekan eine modernere Wohnung angeboten, näher am Campus, aber sie hat abgelehnt. Sie mochte Mansarden schon immer – ihre Verschwiegenheit, ihre Nischen und Winkel, in denen sich die, die in einem Haus nicht wirklich zu Hause sind, verkriechen können. Außerdem herrscht in dieser ein wundervolles Licht. In den Sonnenstrahlen schwirren Staubpartikel, als wäre die Luft zum Leben erwacht.

Es ist Zeit für frisches Blut in dem alten Haus. Im zweiten Stock, direkt unter ihr, altert Vivian Lafleur aus der Musikabteilung vor sich hin, und schwerhörig wird sie langsam auch. Mit jedem Jahr spielt sie das Klavier mit mehr fortissimo, läßt sie den Fuß schwerer auf dem Pedal ruhen. Ihre ältere Schwester Dot hat ihren Job bei der Studentenzulassung längst aufgegeben und ist bei ihrer »kleinen Schwester« eingezogen. »Komm schnell, Viv«, brüllt sie manchmal aus ihrem Zimmer. Dann bricht die Musik ab. Ist das Dots Ende? Im Erdgeschoß wohnt Florence aus der Geschichtsabteilung; man hat sie aus dem Ruhestand zurückgerufen, nachdem die junge Mediävistin aus Yale in ein Schlagloch getreten und gestolpert war und sich dabei den Knöchel gebrochen hat. »Ich bin ja so froh.« Flo hat sie eines Tages unten an den Briefkästen abgefangen. »In dem Cottage in Maine bin ich fast plemplem geworden.«

Sie macht sich Sorgen über die Leere, die vor ihr liegt. Kinder- und mutterlos, ist sie wie eine Perle, die sich von der Generationenkette gelöst hat. Alles, was sie zurückläßt, sind ein paar ihr nahestehende Kolleginnen und Kollegen, die ebenfalls bald in Rente gehen, und ihre Studentinnen, diese jungen Unsterblichen, in deren Köpfen der spanische Subjunktiv, wie sie hofft, für immer festsitzt.

Sie darf jetzt nicht trübsinnig werden. Wir schreiben das Jahr 1960. Auf Kuba verkünden Castro und seine bärtigen Kumpane alarmierende und zugleich wundervolle Dinge über die neue *patria*, die sie erschaffen wollen. Der Dalai Lama ist, von Chinesen verfolgt, auf einem Jak nach Tibet geflohen. Auf seiner ersten Pressekonferenz in der Freien Welt erklärt er, man solle seine Feinde lieben, sonst sei alles verloren. (Aber du hast doch schon alles verloren, sagt sie sich.) Im vergangenen Winter hat sie von einer Expedition in die Antarktis unter der Leitung von Vivian Fuchs gelesen. Sir Vivian hat die Welt aufgefordert, sich darauf zu verständigen, die nuklearen Abfälle nicht in der Antarktis abzuladen. (Warum sie irgendwo abladen? überlegte Camila.) Aber all das sind positive Zeichen, sagt sie sich beschwörend, positive Zeichen! Das ist nicht etwa eine neuerworbene Angewohnheit: Die Entschlossenheit, sich selbst aus einem Stimmungstief herauszuholen, hat sie von ihrer Mutter geerbt. Sicher, im großen und ganzen sieht alles manchmal eher unerfreulich aus. Na und? Benutze deinen Subjunktiv (ermahnt sie sich). Wünsch dir was. *Allen Möglichkeiten, allen Tatsachen zum Trotz.*

Fast alles hat sie vorausgeschickt: mehrere Kisten und Schachteln mit Dingen, die sich über die Jahre angesammelt haben; ihre Freundin Marion hat ihr geholfen, das Unwichtige auszusortieren. Jetzt hat sie nur noch ihren Koffer und die Kiste mit den Papieren und Gedichten ihrer Mutter, die von den Hausmeistern der Schule zum wartenden Wagen hinuntergetragen werden. Wenn sie sich überlegt, daß sie die Gedichte noch vor ein paar Monaten nach versteckten Hinweisen durchforstet hat! Sie muß selbst über ihre Annahme lächeln, ein kleiner Fingerzeig könnte ihr eine Antwort auf die größte Frage ihres Lebens geben. Zum Spaß vergegenwärtigt sie sich die vielen Abschnitte ihres Lebens, denen sie als Überschrift den Titel eines der Gedichte ihrer Mutter hätte geben können. Wie soll ihr neues Leben heißen? »Zukunftsglaube«? »Winteranfang«? Warum nicht »Liebe und Sehnsucht«?

Wieder hupt es. Es wird »Ruinen« heißen, wenn sie nicht bald hinuntergeht. Marion will endlich losfahren: Fluchend und mit gerötetem Gesicht reißt sie das Lenkrad herum, als sie den Wagen wendet. »Frau am Steuer«, preßt einer der Männer leise hervor.

Marion und ihr frischgebackener Ehemann Les (ihr Lebensgefährte hat ihr nach zehn Jahren endlich einen Heiratsantrag gemacht) sind zu ihr hochgeflogen und haben ihr beim Packen geholfen. Jetzt wollen die Freundinnen im Mietwagen zusammen nach Florida fahren. Marion hat Les bei seiner Tochter in New Hampshire »deponiert« (wie sie es ausdrückt), damit sie und Camila diese letzte Reise allein antreten können. Auf der Fahrt nach Baltimore, Jacksonville und weiter nach Key West und, falls nötig, auch noch auf der Fähre nach Havanna will Marion versuchen, Camila von ihrem Vorhaben abzubringen.

»Jeder, der was ist, haut von dort ab.«

»Na, dann habe ich ja kein Problem. ›Ich bin niemand – Wer bist du?‹« Camila zitiert für ihr Leben gern Miss Dickinson, die sie mal zu Hause besucht hat und deren ungestümes

Talent sie an ihre Mutter erinnert. Emily Dickinson ist für die Vereinigten Staaten das, was Salomé Ureña für die Dominikanische Republik ist, oder so ähnlich. Eine ihrer Nichten – ist es Lupe? – liebt diese Analogiespielchen in den Rätselheften, die Camila jedesmal mitbringt, wenn sie zu Besuch kommt. Sie selbst wird immer nervös, wenn sie etwas genau zuordnen soll. Schaut euch mein Leben an, denkt sie dann: bald lebe ich hier, bald dort.

Und jetzt ...

»Wie wär's mit einem Trommelwirbel, einem Tusch auf der Trompete oder einem Liedchen auf der Flöte?« neckt Marion. Camila fährt nach Hause – oder zumindest so nah heran wie möglich. Trujillo hat dafür gesorgt, daß ihre Heimat für sie nicht mehr zur Debatte steht. Vielleicht wird ja am Ende alles gut, vielleicht, vielleicht ...

»Du bist kein Niemand, Camila«, schimpft ihre Freundin. »Jetzt tu nicht so bescheiden!« Marion trägt gern dick auf. Sie stammt aus dem Mittleren Westen und läßt sich von jemandem, der etwas darstellt, leicht beeindrucken, vor allem wenn dieser Jemand von der Küste oder aus dem Ausland kommt. (»Camilas Mutter war eine berühmte Dichterin.« – »Ihr Vater war Präsident.« – »Ihr Bruder war Charles Eliot Norton – Dozent in Harvard.«) Vielleicht denkt Marion, daß durch den Abglanz dieser Wichtigkeit die Flut von Vorurteilen eingedämmt wird, die Ausländern und Farbigen in diesem Land häufig entgegenschlägt. Sie sollte es eigentlich besser wissen. Oder hat sie etwa das brennende Kreuz auf dem Rasen vor ihrem Elternhaus in jenem schon so weit zurückliegenden Sommer vergessen, als Camila die Familie Reeds in North Dakota besuchte?

»Können wir sonst noch was für Sie tun, Miss Henry?« ruft einer der stämmigen Hausmeister herauf. Ihr Name sei Henríquez (»mit Akzent auf dem I«), hat sie ihnen mehr als einmal gesagt, und sie haben ihren Namen jedesmal langsam nachgesprochen, aber wenn sie sie dann wieder um Hilfe gebeten hat, war es bereits wieder vergessen. Für sie ist sie Miss Henry oder Miss Henriette.

Eine Gruppe junger Studienabgängerinnen in pastellfarbenen Hemdblusenkleidern stürmt auf dem Weg zu einem Abschiedstreffen die College Street entlang. Sie sehen aus wie Blüten, die sich von den Stengeln gelöst haben.

Eine von ihnen – das Haar eine rote Fahne – dreht sich unvermittelt um und hält die Hand an die Stirn, um die Augen gegen die Sonne abzuschirmen. »Hasta luego, Profesora«, ruft sie zu den blitzenden Mansardenfenstern hinauf.

Sie kann mich gar nicht gesehen haben, denkt die Professorin. Ich bin doch schon nicht mehr hier.

Bevor sie geht, schlägt sie das Kreuzzeichen – eine alte Angewohnheit, die sie seit dem Tod ihrer Mutter vor dreiundsechzig Jahren nicht hat ablegen können.

Im Namen des Vaters und des Sohnes und meiner Mutter Salomé.

Ihre Tante Ramona, die einzige Schwester ihrer Mutter, hat ihr das beigebracht. Die liebe alte Mon, rund und braun und mit einem schwarzen Haarknoten mitten auf dem Kopf, ein dominikanischer Buddha, der allerdings nichts von der Gelassenheit eines Bodhisattva besitzt. Mon war eher abergläubisch als fromm, und wer weiß wie schrullig. Früher war es Brauch, den Eltern die Hand zu küssen und sie um ihren Segen zu bitten, bevor man das Haus verließ. *La bendición, Mamá. La bendición, Papá.*

(Die jungen Amerikanerinnen haben im Unterricht das Gesicht verzogen, als sie ihnen von dieser Tradition erzählte. »So ein Käse«, meinte ein dralles, sommersprossiges Ding aus Cooperstown und rümpfte die Nase, als röche das Brauchtum aus der Alten Welt schlecht.)

Nach dem Tod ihrer Mutter hat Mon sich diesen Spruch für sie ausgedacht, damit sie auf diese Weise Salomés Segen erbitten konnte. Und damit sie Kraft aus einer immer mehr verblassenden Erinnerung bezog, die von Jahr zu Jahr unwirklicher werden sollte, bis von ihrer Mutter am Ende nichts weiter übrig wäre als die Geschichte ihrer Mutter.

Manchmal ist der Spruch halb Gebet, halb Fluch – wie zum Beispiel jetzt, wo sie ihn leise hervorstößt, während sie von unten das rüde Gehupe hört. Marion wird Dot noch umbringen. Dabei sind die beiden Schwestern immer nett zu ihrer ruhigen Nachbarin aus der oberen Wohnung gewesen – die herablassende Nettigkeit der Einheimischen Fremden gegenüber, von denen sie nichts zu befürchten haben. Dot strickt ihr jeden Winter scheußliche, farblich aufeinander abgestimmte Accessoires, die Camila zum Zeichen ihrer Wertschätzung notgedrungen ab und zu tragen muß.

Wieder ein lautes Hupen, danach der Ruf: »Hey, Cam! Hast du da oben 'nen Herzkasper gekriegt oder was?« Camila späht durch das rückwärtige Fenster hinunter und gibt ihrer Freundin mit einem Wink zu verstehen, daß sie gleich kommt. Marion steht jetzt neben dem Leihwagen, einem Oldsmobile in »Karibiktürkis«. Über die Farbe haben sie ausgiebig diskutiert. (Schließlich komme sie aus der Karibik, aber sie habe noch nie so ein Blau gesehen, hat Camila gesagt. Aber im Handbuch, das Marion daraufhin aus dem Handschuhfach gefischt hat, stand nun mal »Karibiktürkis«.) Mit den in die Hüften gestemmten Händen, den ausgebeulten Hosen und dem Paisleyschal um den Hals (kommt sie wirklich aus North Dakota?) könnte Marion genausogut die Schauspiellehrerin des College sein, die die Mädchen auf der Bühne herumscheucht. Durch den jahrelangen Sportunterricht hat Marion sich fit und in Form gehalten, und ihr robustes Erbgut aus dem Mittleren Westen hat ein übriges getan. Sie ist eine warmherzige, auffallende Person, die überall, wo sie auftaucht, für Wirbel sorgt. »Sind Sie auch Spanierin?« wird sie oft gefragt, und mit dem dunklen Haar und den hellen Augen könnte Marion tatsächlich als eine durchgehen, aber andererseits ist ihre Haut so blaß, daß Camilas Vater schon seine Besorgnis geäußert hat, sie könnte an Blutarmut oder Schwindsucht leiden.

Was haben sie nicht alles zusammen erlebt! Doch einiges davon bleibt am besten auf immer in der Vergangenheit begraben, vor allem jetzt, wo Marion eine ehrbare Ehefrau ist. (»Mit dem ›ehrbar‹ bin ich mir nicht so sicher«, meint Marion lachend.) In ihren politischen Ansichten ist sie allerdings so konservativ wie ihr frischangetrauter Gatte Lesley Richards III., der mit seiner Dauerbräune so gelackt aussieht, als wolle er sich für die Nachwelt konservieren. Les ist reich, säuft und hat allerlei Wehwehchen.

Sie sollte nicht so gemein von ihm denken.

Neben der Tür hängt ein Stammbaum. Die Studentin, die ihr beim Sichten des Inhalts der Kisten aus dem Familienbesitz behilflich war, hat ihn gezeichnet. Camila hat das Stück Papier, das die Studentin bestimmt versehentlich zurückgelassen hat, beim Putzen gefunden. Die Sichtweise des jungen Mädchens von ihrem, Camilas, Leben hat sie so belustigt, daß sie den Zettel an ihr Pinboard geheftet hat. Sie überlegt, ob sie ihn abnehmen soll, beschließt dann aber, das kuriose Andenken dazulassen. Soll ihr Nachmieter doch darüber nachgrübeln!

Wieder die Hupe: ein neuerlicher Abmarschbefehl.

Die Fahrt nach Florida wird lang. Sie hat die Strecke in der Bibliothek im großen Atlas mit den Fingern Pi mal Daumen abgemessen: Jeder Finger ein Tag auf der Straße. Insgesamt fünf Finger, eine ganze Hand. Marion singt alte Pfadfinderlieder und fährt zu schnell, vor allem wenn man bedenkt, daß Salomés Kiste auf dem Autodach festgezurrt ist. Camila klammert sich auf dem Beifahrersitz an die Handschlaufe über der Tür und hofft, daß sie nicht in den Regen kommen; sie hofft und betet, daß Marion nicht versucht, sie von ihrem Entschluß abzubringen, indem sie sie daran erinnert, daß sie sechsundsechzig Jahre alt ist und alleinstehend, daß sie an ihre Rente und an ihre Zukunft denken sollte, daß sie überlegen sollte, ob sie nicht einen gemütlichen Bungalow in der Straße, in der Marion wohnt, beziehen will, zumindest bis sich die Lage in ihrer Heimat, einer von diesen überhitzten kleinen Inseln, beruhigt hat.

»Im Namen des Vaters und des Sohnes und meiner Mutter Salomé«, sagt sie noch einmal zu sich selbst. Jetzt, am Ende ihres Lebens in den Vereinigten Staaten, braucht sie allen Beistand, den sie erhalten kann.

Um ihre rastlose Freundin von weiteren Ablenkungsmanövern abzuhalten (»Kannst du mir eine Zigarette anzünden?« – »Sind von den Chips noch welche übrig?« – »Jetzt könnte ich ein Mineralwasser vertragen!«), schlägt Camila ihr ein Stück hinter Trenton in New Jersey vor: »Soll ich dir sagen, warum ich mich zur Rückkehr entschlossen habe?« Mit dieser Frage hat Marion ihrer Freundin nämlich in den Ohren gelegen, seit sie vor ein paar Tagen gekommen ist, um ihr beim Packen zu helfen. »Aber warum nur? Warum? Das möchte ich zu gern wissen. Was hoffst du, bei dieser Horde ungehobelter, unrasierter und ungewaschener Guerillas, die das Land regiert, ausrichten zu können?«

Sie ist überzeugt, daß Marion das Wort »Guerillas« absichtlich falsch ausspricht, damit es sich wie »Gorillas« anhört. »Guerillas«, korrigiert Camila, daß das R nur so rattert.

Bisher hat sie Angst gehabt, sich lächerlich zu machen, wenn sie erklärt, daß sie sich, bevor ihr Leben zu Ende geht, wenigstens einmal mit Leib und Seele einer Sache verschreiben möchte – ja: wie ihre Mutter. Die anderen würden sich nur Sorgen machen, daß sie womöglich den Verstand verloren hat, daß ihr Blutzuckerspiegel zu hoch ist oder der graue Star ihr in jeder Hinsicht den Blick vernebelt. Und Marions Mißbilligung wäre am allerschlimmsten, denn sie würde Camilas Entscheidung nicht nur nicht gutheißen, sondern sie würde auch noch versuchen, sie zu retten.

Marion dreht sich zu ihr um und sieht sie an. Für einen Augenblick gerät der Wagen auf die linke Spur. Als ein entgegenkommendes Auto hupt, zuckt Marion zusammen und reißt das Steuer gerade noch rechtzeitig herum.

Camila holt tief Luft. Vielleicht ist die Zukunft schneller vorbei, als sie denkt.

»Ich bin ganz Ohr«, sagt Marion, als sie sich von dem Schreck erholt haben.

Camilas Herz pocht noch immer wild – wie das von einer der Fledermäuse, die sich manchmal in ihre Mansardenwohnung verirrt haben, so daß sie den Hauswart rufen mußte, der das Tier befreite. »Ich muß aber ziemlich weit ausholen«, erklärt sie. »Ich muß bei Salomé anfangen.«

»Darf ich dir etwas gestehen?« fragt Marion, aber es ist keine richtige Frage, denn sie wartet Camilas Antwort gar nicht erst ab. »Sei jetzt bitte nicht beleidigt, aber ehrlich gesagt glaube ich nicht, daß ich je von deiner Mutter gehört hätte, wenn ich dir nicht begegnet wäre.«

Das überrascht sie nicht. Die Amerikaner interessieren sich nun mal nicht für die Heldinnen und Helden unbedeutender Länder – bis jemand einen Film über sie dreht.

»Also, schieß los«, fordert Marion sie auf.

»Wie gesagt, ich muß bei meiner Mutter anfangen, das heißt bei der Geburtsstunde der *patria*, denn beide wurden etwa zur gleichen Zeit geboren.« Seltsam, ihre Stimme ist ihre Stimme – und auch wieder nicht. Das kommt von all den Jahren, die sie in irgendwelchen Klassenzimmern verbracht hat. Ihr Halbbruder Rodolfo nennt das ihr »Lehrer-Handicap« und meint damit, daß sie in dem, was sie unterrichtet, immer vollkommen aufgeht. Ihr ganzes Leben hat sie das so gemacht. Schon früher, als sie noch nie ein Klassenzimmer als Lehrerin betreten hatte, war es ihre Gewohnheit, sich selbst auszublenden und in die Rolle einer dritten Person zu schlüpfen, einer Nebenfigur wie etwa die beste Freundin (oder Tochter!) des sterbenden Helden oder der sterbenden Heldin. Das ist ihre Lebensaufgabe: Nachdem der Vorhang gefallen ist, die Geschichte der Großen zu erzählen, die bereits dahingegangen sind.

Aber Marion kennt keine Gnade. Camila ist über die ersten Jahre in Salomés Leben und die Unabhängigkeitskriege noch nicht hinausgekommen, als ihre Freundin sie unterbricht. »Ich dachte, du würdest endlich mal von dir erzählen, Camila.«

»Ich erzähle ja von mir«, sagt sie und wartet ab, bis sie einen großen Umzugswagen überholt haben, der wie ein Segelboot schlingert. Dann beginnt sie noch einmal von vorn.

PROFESORA CAMILA HENRÍQUEZ UREÑAS FAMILIE

Ihr Vater: **Francisco Henríquez**	Ihre Mutter: **Salomé Ureña**
1859–1935	1850–1897
»Pancho« oder auch »Papancho«.	Die Nationaldichterin –
Vier Monate lang Präsident der	sollte ich von ihr
Dom. Rep., bißchen kurz, oder?	gehört haben?!

Ihre Brüder:

Francisco	**Pedro**	**Maximiliano**	**Profesora Camila**
geb. 1882	geb. 1884	geb. 1885	geb. 1894
»Fran«,	»Pibín«	»Max«	Hat nie geheiratet –
Hat einen Mann	Das berühm-	Botschafter –	tonnenweise Liebes-
umgebracht &	teste Familien-	während der	briefe, die ich ihr
ist aus der Familie	mitglied,	Diktatur?	aber nicht vorlesen
verschwunden	Norton-Dozent		durfte
	in Harvard (Wow!)		

Ihre Stieffamilie:

Natividad Lauranzón	Halbbrüder/Halbschwestern	*Die Pariser Familie*
»Tivisita«	**Salomé** (im Kindes-	etwa 1890
Stiefmutter der	alter gestorben)	– Genaueres bei
Profesora –	**Cotubanamá** (merk-	Prof. C. erfragen
hat nicht gerade	würdiger Name, was?)	
viel über sie erzählt	**Eduardo**	
	Rodolfo (offenbar ihr	
	Liebling)	
	Marta (mit zwei	
	Jahren gestorben)	

Andere:

Federico	Ramona	Gregoria & Papá Nicolas
Panchos	»Mon«	»Manina« & »Nísidas«
älterer Bruder	Salomés einzige	Die Großeltern der
	Schwester & zugleich	Profesora, die sie nie
	»Hüterin ihres	kennengelernt hat
	Andenkens« –	
	ist das so richtig?	

Freunde: Haustiere:

Hostos	Marion	Columbus, ein Bär
Philosoph/	Beste Freundin der	jede Menge Affen
Pädagoge	Profesora – rebellisch	Paco, der Papagei
	Tel.Nr: Ringling 5-4233	

Historischer Hintergrund:
Unmengen von Revolutionen und Kriegen, zu viele,
um sie aufzulisten!

I

UNO

El ave y el nido

Santo Domingo, 1856–1861

Die Geschichte meines Lebens beginnt mit der Geschichte
meines Landes, da ich, sechs Jahre nach der Erlangung
der Unabhängigkeit, als kränkelndes Kind mit geringer
Lebenserwartung geboren wurde. Im Alter von sechs Jahren
war ich allerdings in besserer Verfassung als mein Land, weil
la patria bereits elf Regierungswechsel hinter sich hatte. Ich
dagegen hatte nur eine große Veränderung ertragen müssen,
nämlich die, als meine Mutter meinen Vater verließ.

An die Trennung meiner Eltern konnte ich mich kaum
erinnern, und was mein Land anging, wuchs ich inmitten so
vieler Kriege auf, daß ich nicht wirklich begriff, in welcher
Gefahr ich schwebte. Wovor ich Angst hatte, das waren nicht
etwa die Revolutionen, sondern das war das schwarze Loch
unter dem Haus, in dem wir uns jedesmal verstecken mußten, wenn wieder ein Krieg ausbrach.

Wir Kinder hatten keine Ahnung, worum es bei den
Kämpfen ging. Die eine Seite war rot, die andere blau, und
wir konnten die Seiten nur anhand der Farben voneinander
unterscheiden, obwohl beide von sich behaupteten, alles, was
sie taten, für *la patria* zu tun. Wir hatten gerade erst eine
Invasion aus Haiti abgewehrt, und schon bald würden wir
gegen Spanien kämpfen. Zur Zeit führten wir untereinander
Krieg. Ich erinnere mich noch an das Lied, das meine Schwester Ramona und ich immer sangen:

21

Ich wurde als Spanierin geboren,
nachmittags war ich Französin,
am Abend war ich Afrikanerin.
Was wird aus mir werden?

Wir, das heißt meine Mutter, meine Schwester Ramona, meine Tía Ana – die zweite Mutter in unserem Haushalt – und ich, wohnten in einem kleinen Holzhaus mit hellem Zinkdach, das weit genug von der Plaza Central entfernt stand, um von den Bomben und Plünderungen verschont zu bleiben. »Zwei Frauen als Hausbesitzerinnen – hat man so etwas schon gehört?« soll mein Vater ausgerufen haben, als er erfuhr, daß seine Frau sich zusammen mit ihrer Schwester ein Haus gekauft hatte.

Wir waren stolz auf unser Haus, und vor allem waren wir stolz auf unser Zinkdach. Besaß man nämlich ein schönes altes Haus aus der Zeit, als die Spanier sich erstmals auf der Insel niedergelassen hatten, dann hatte man bestimmt auch ein spanisches Ziegeldach, und das war für eine Familie mit reinrassiger Abstammung ja auch schön und gut – bis auf die Tatsache, daß man, wenn man so ein Haus hatte, im alten, spanischen Teil der Stadt wohnte, also gleich neben dem Regierungssitz, dem Gefängnis und der Kathedrale, aber das war in Kriegszeiten genau die Gegend, auf welche die feindliche Seite ihre Kanonen richtete, und schon war das schöne alte Familiendach beim Teufel.

Deshalb war es 1856, als ich sechs Jahre alt war und die Bomben auf die Straßen der Hauptstadt niedergingen, weil die Roten *la patria* der Kontrolle der Blauen entreißen wollten, wesentlich besser, ein Zinkdach aus den Vereinigten Staaten von Amerika zu haben, einem Land, das obendrein viel näher lag als Spanien.

Ein Nachmittag im Oktober 1856: Eben hat eine Bombe in der Kerzenfabrik in unserer Straße eingeschlagen.

»Macht euch fertig, Kinder«, sagt meine Mutter.

Wir kennen die Prozedur: eine Banane und ein Stück getrockneten Dorsch in einen Stoffetzen aus Mamás Korb wickeln, unsere ältesten Kittel überziehen und dann über die Hintertreppe ab in das Loch, das eigens zu diesem Zweck unter dem Haus gegraben worden ist.

»Darf ich Alexandra mitnehmen?« fragt Ramona. Ohne ihre Porzellanpuppe mit dem dottergelben Haar, die unser Vater ihr von St. Thomas geschickt hat, geht meine ältere Schwester nirgendwohin.

Ich schätze, Ramona kann ihre Puppe besser leiden als mich, weil sie nicht heult. Es gibt Tage, an denen ich schon heulend aufwache und nicht einmal sagen kann, warum ich heule, und dann macht Mamá sich Sorgen, weil Schwermut ein Leiden ist wie Lepra oder Schwachsinn und manche Menschen deshalb eingesperrt werden. Manchmal heule ich so stark, daß sich meine Brust verkrampft und ich keine Luft mehr kriege, und dann macht sich Mamá noch mehr Sorgen, weil Schwermut im Vergleich zu Schwindsucht ein Pappenstiel ist. Aber Dr. Valverde meint, ich hätte nur leichtes Asthma, und Mamá solle aufhören, sich Sorgen zu machen, sonst würde sie noch selbst hysterisch. Alles in allem hören wir uns ziemlich ungesund an.

Aber heute ist kein Heultag gewesen. Ich habe mir die Zeit damit vertrieben, hinten auf eins von den Katechismusbüchern zu schreiben, die Tía Ana, die Lehrerin, an ihre Schülerinnen verteilt. Ich schaue vom *Catón cristiano* auf und frage meine Mutter, worum es bei den Kämpfen heute geht.

»Um *la patria*«, sagt Mamá mit einem Seufzer.

Heute fesselt das Wort meine Aufmerksamkeit – wie ein Wort, das einem plötzlich entgegenstarrt und nicht verraten will, was es bedeutet. »Mamá«, sage ich, »was ist *la patria*?«, aber meine Mutter antwortet nicht, vielmehr sieht sie so aus, als würde sie gleich selbst weinen.

Draußen auf der Straße, hinter der verrammelten Tür, explodiert eine Granate, die Wände beben, und unser Kruzifix fällt herunter, erst die Christusfigur, dann das Kreuz.

Verzweifelt treibt Mamá uns an. Tía Ana ist schon auf der Hintertreppe und ruft nach uns.

Schnell raffe ich meine Sachen zusammen, darunter auch den *Catón cristiano*. Nicht daß ich so versessen darauf wäre, in meinem Katechismus zu lesen, aber ich habe verbotenerweise angefangen, ein kleines Gedicht hinten aufs Buch zu schreiben.

Stunden später, nachdem drei Kanonenschüsse einen Regierungswechsel verkündet haben, kriechen wir aus dem Loch, kommen die Treppe hoch, und Mamá und Tía Ana schieben mich, weil ich die Kleinste bin, auf das Zinkdach. Auf dem Regierungspalast weht eine neue Fahne.

»Rot«, rufe ich herunter.

»Dann kommt euer Vater bald zurück«, meint Mamá.

Eine Woche später klopft es an der Haustür. Wir halten sie wegen des Lärms und Staubs auf der Straße immer geschlossen. Und wir halten sie auch deshalb geschlossen, weil selbst an einem sonnigen Oktobernachmittag plötzlich ein Bürgerkrieg ausbrechen kann und womöglich eine Horde von Männern mit gezückten Waffen durch die Straßen galoppiert und herumballert.

Aber heute ist da nur dieses Klopfen und kein Krieg. Tía Ana bringt gerade fünfzehn kleinen Mädchen, die ihre eigenen kleinen Korbstühle auf dem Kopf zu uns herübergetragen haben, das Alphabet bei. Wenn die Mädchen größer sind, werden sie sich – jedenfalls die meisten von ihnen – einen Häuserblock weiter in der Schule der Bobadilla-Schwestern anmelden, in die Ramona und ich zur Zeit gehen. In Tía Anas Unterricht lernen die kleinen Mädchen, wie sie ordentlich auf einem Stuhl sitzen, wie sie ihre Hände halten, wenn sie sich hinsetzen, und wie sie sie halten, wenn sie wieder aufstehen. Sie lernen das Alphabet aufsagen, ein Glas Wasser einschenken, den Rosenkranz beten und die Stationen des Kreuzwegs aufzählen. Danach machen die Bobadilla-Schwestern weiter.

24

Bei den Bobadilla-Schwestern lernen die älteren Mädchen Handarbeiten, also Nähen, Stricken und Häkeln; sie lernen Lesen – den *Catón cristiano* sowie *Die Freunde der Kinder* und das *Einmaleins der Wissenschaften* (»Die Erde ist ein Planet und dreht sich um die Sonne«) –, und sie lernen aus *Sittlichkeit, Tugendhaftigkeit und gutes Benehmen* Lektionen über sittsames und tugendhaftes Verhalten auswendig. Aber Schreiben lernen sie nicht, damit sie, selbst wenn sie einmal einen Liebesbrief erhalten sollten, nicht darauf antworten können.

Ich wachse allerdings bei Tía Ana, der Lehrerin, und meiner Mutter Gregoria, die ihren Mann verlassen hat, auf, und beide sind keine Frauen, die einem kleinen Mädchen, dessen erste Frage beim Anblick des Kruzifixes nicht etwa lautete »Wer ist dieser Mann?«, sondern »Was bedeuten die Buchstaben über seinem Kopf – I.N.R.I.?«, die Kunst des Schreibens vorenthalten, und so haben Ramona und ich, schon lange bevor wir einen Block weiter bei den Bobadilla-Schwestern angemeldet wurden, Lesen und Schreiben gelernt.

Als es heute nachmittag also klopft, laufe ich zur Tür, denn ich bin zu Hause und nicht in der Schule. Ich habe mich nämlich erkältet, weil ich diesen Monat so lange in dem feuchten Revolutionsloch gehockt habe. Ich ziehe einen Stuhl heran und öffne den oberen Schlag der Doppeltür, weil man mir gesagt hat, daß ich das so machen soll, wenn es klopft.

Draußen steht ein schöner Mann mit schwarzem lockigem Haar (er trägt es so lang wie ein Pirat!), einem Schnurrbart und Haut von der Farbe frischer Milch in einem Eimer. Er mustert mich kurz, und gleich darauf überstrahlt ein Lächeln sein Gesicht.

»Guten Morgen, mein Herr. Was wünschen Sie?«

»Ich möchte nur diese schönen Sterne sehen! Nur mein gurrendes Täubchen hören!«

Noch nie hat jemand so mit mir geredet. Ich bin hin und weg.

»¿Quién es?« ruft meine Mutter aus dem hinteren Teil des Hauses.

»Wer sind Sie, Señor?« greife ich die Frage meiner Mutter wie ein Echo auf.

»Ich bin der Überbringer dieses Briefes.« Wie er das sagt, hören sich die Worte so rhythmisch an wie in einem Liedtext. Er hält ein Stück Pergament hoch; es ist gefaltet und trägt ein rotes Wachssiegel, wie ich es auch schon unter den Papieren meiner Mutter gesehen habe.

Ich nehme den Brief, drehe ihn um und lese: *Señoritas Salomé und Ramona Ureña.* »Er ist für mich?«

»Du kannst ja lesen!« Er grinst. Mir gefällt es nicht, daß ich jedesmal, wenn ich den Mund aufmache, zu seiner Erheiterung beitrage.

»Schreiben kann ich auch«, platze ich heraus, obwohl Mamá mir eingeschärft hat, damit nicht herumzuprahlen, schon gar nicht gegenüber den Bobadilla-Schwestern. Aber dieser Mann hier ist ein Fremder, und ich habe ihn noch nie im Dunstkreis der beiden ältlichen Schwestern gesehen, die reinrassige Spanierinnen sind und ein Steinhaus mit Ziegeldach haben.

»Vielleicht antwortest du mir auf meinen Brief? Ein Brief von dir tut not, keine Antwort wär mein Tod.«

Ich nicke. Ich werde alles tun, was er von mir verlangt, dieser Mann, der in Reimen spricht.

Sein Gesicht nimmt einen sanften Ausdruck an, wie ich ihn auch schon im Gesicht meiner Mutter gesehen habe. »Schreib mir, mein Täubchen. Gib den Brief einem Maultiertreiber und sag ihm, er soll ihn in der Calle de la Merced in dem Haus mit dem Gardenienstrauch an der Tür und dem Lorbeerbaum im Hof abgeben.« Er reicht mir einen *mexicano*, eine schwere Silbermünze, die ich nicht oft in Händen halte.

Da erregt etwas hinter meinem Rücken seine Aufmerksamkeit. Der Übermut in seinem Gesicht ist wie weggeblasen. »Denk dran: Das ist unser Geheimnis«, raunt er mir zu.

»Und jetzt steck den Brief weg.« Bevor ich auch nur daran denken kann, daß ich noch nie etwas vor jemandem aus meiner Familie versteckt habe, stopfe ich den Brief und die Münze in meine Schürzentasche.

Schon steht Tía Ana hinter mir. Ich spüre Ablehnung, wie ich sie in diesem Haus noch nie gespürt habe. Es ist, als hätte jemand den Haß, der all die Kämpfe auf den Straßen ausgelöst hat, in eine kleine Flasche abgefüllt und diese zugestöpselt – worauf es tagelang nur Paraden und Sonnenschein und glückliche Gesichter gegeben hat – und als wäre dieser Jemand jetzt gekommen und hätte die kleine Flasche genau hier zwischen meiner Tía und diesem seltsamen Mann aufgemacht.

Aber Tía Ana ist nun mal Lehrerin. Sie muß mit gutem Beispiel vorangehen. Ihre fünfzehn Schützlinge sitzen hinter ihr und hören alles und fragen sich, was wohl gleich passieren wird. Sie streckt eine Hand durch die obere Türöffnung und deutet eine Umarmung an. »¿Qué hay, Nicolás?« fragt sie und ruft dann über ihre Schulter: »Gregoria, du wirst verlangt.«

Die fünfzehn kleinen Mädchen beugen die Köpfe über ihre Schreibtafeln, als Tía Ana sich zu ihnen umdreht. Mamá kommt vom Hinterhof herbeigeeilt. Aus ihrem Gesicht spricht eine Erregung, die ich noch nicht oft an ihr gesehen habe, aber auch das Gegenteil, nämlich Beherrschtheit, als wolle Mamá sich ihre Erregung nicht anmerken lassen.

»Was gibt's?« fragt sie Tía Ana.

Die wirft einen Blick auf die Haustür und sagt überrascht: »Nanu! Eben hat dort noch Nicolás gestanden.«

Ich schaue in die Richtung, in die meine Tía zeigt, und tatsächlich: Der Mann ist weg.

»Was hast du zu ihm gesagt, Ana?« fragt meine Mutter mit ruhiger Stimme, die an etwas erinnert, was man auf kleiner Flamme langsam zum Kochen bringt.

Bevor meine Tía antworten kann, klappe ich den unteren Riegel hoch, stürme zur Tür hinaus und laufe an die Ecke:

Der Fremde ist bereits weit die Straße heruntergegangen. Ich rufe das Wort, von dem ich weiß, daß es ihn aufhalten wird: »¡Papá!«

Und tatsächlich: Mein Vater dreht sich um und winkt zurück.

Ich glaube, uns hat nie jemand erzählt, warum meine Eltern sich 1852, also zwei Jahre nach meiner Geburt, getrennt haben. Tatsächlich wußten Ramona und ich nicht, warum unsere Mutter unseren Vater verlassen hatte – bis zu dem Tag, an dem unser Vater beerdigt wurde und wir an seinem Grab unseren Gegenstücken aus seiner zweiten Familie begegneten. Doch kaum erfuhren die Leute, daß wir Bescheid wußten, machten sie uns mit den Einzelheiten vertraut.

Angeblich ahnte meine Mutter viele Jahre lang nicht, daß ihr Mann sich auch außerhalb des Ehebetts vergnügte. Sie war über beide Ohren verliebt in ihren stets zu Scherzen aufgelegten Nicolás, der Gedichte schrieb, Jura studierte und aus einer guten alten Familie aus der Hauptstadt stammte.

Seine Familie hatte der Hochzeit ohne große Begeisterung zugestimmt, aber rechnet man einmal vom Tag der Geburt meiner älteren Schwester Ramona zurück, stellt man fest, daß den Ureñas nur sehr wenig Spielraum für Überlegungen geblieben war, wie es weitergehen sollte. Hätten sie Zeit gehabt, die Angelegenheit in Ruhe zu besprechen, hätten sie mit ihrem Sohn Nicolás wahrscheinlich ein langes Gespräch geführt und ihm auseinandergesetzt, daß Gregoria selbst zwar hellhäutig genug war, weil ihr Großvater ihren eigenen Worten zufolge von den Kanarischen Inseln stammte, daß man aber nur über ihre Schulter zu blicken und sich ihre Großmutter anzusehen brauchte, um sich seinen Teil zu denken.

Meine Mutter hatte es Ana, ihrer scharfsinnigen älteren Schwester mit ihrer unverblümten Art, zu verdanken, daß sie ihrem Ehemann schließlich auf die Schliche kam. Jedesmal wenn Nicolás einen Seitensprung machte, fand Ana es irgendwie heraus. Unsere Hauptstadt war damals eine kleine Stadt mit rund fünftausend Einwohnern, aber groß genug, um die Privatangelegenheiten geheimzuhalten, sofern man den Mund hielt und seine Kleider in der Öffentlichkeit *anbehielt*. Doch Nicolás, der dichtende Rechtsanwalt, war nun einmal eine extravagante Erscheinung, und als er sich eines Tages genötigt sah, das Haus einer anderen Frau in Windeseile zu verlassen, trug er nichts weiter am Leib als das, was er auf dem Weg durchs Fenster hatte an sich raffen können. Das war in aller Herrgottsfrühe, also zu einer Stunde, zu der ehrbare Menschen aufstehen, und mein Vater wurde auf der Straße nicht nur von mehreren Leuten gesehen, sondern er erzählte in der Folge selbst ebenso charmant wie oft von dem Vorfall.

Damals waren die Roten gerade an die Macht gekommen, und deshalb hatte mein Vater einen Posten in der Regierung. Als er an jenem Tag vom Regierungspalast heimkehrte, fand er eine in Tränen aufgelöste Frau vor, die ihn formell mit »mein Herr« anredete und nicht zuließ, daß er ihr in den Ausschnitt faßte, wenn seine Mutter ihnen den Rücken zukehrte, um den Sancocho umzurühren. An jenem Abend kniete er neben ihrem Bett nieder, und mit seiner Zungenfertigkeit, mit der er selbst seine Amtskollegen davon überzeugen konnte, daß *Herr X* zu einer Geldstrafe verurteilt werden mußte, weil er seine Milch verwässerte, oder daß es *Herrn Y* gestattet werden sollte, sein Vieh auf staatlichem Grund und Boden weiden zu lassen, versuchte er meine Mutter davon zu überzeugen, daß sie auf das Gerede, das ihrer Schwester Ana zu Ohren gekommen war, nichts geben durfte, weil es angeblich Teil einer politischen Intrige war, die darauf abzielte, die neue Regierung in Verruf zu bringen.

Und natürlich gelang es ihm – wie sollte es auch anders sein? Wenn du deinen charmanten Ehemann liebst, warum solltest du dann deiner Schwester glauben, die drei Jahre älter ist als du, immer noch unverheiratet und bekannt für ihr schwieriges Wesen und ihre Schroffheit? Aber dann erzählt dir diese Schwester eines Tages etwas noch Schlimmeres, als daß man deinen Mann in den frühen Morgenstunden mit der um den Hintern geschlungenen Mantilla einer Frau in der Calle de San Francisco gesehen habe; sie erzählt dir, daß er eine vollkommen neue Familie gegründet und einer vollkommen fremden Frau ein eigenes Haus gekauft hat, während du bei deiner Schwiegerfamilie wohnen und sämtliche Streitigkeiten nachts im Flüsterton austragen mußt, sobald die anderen eingeschlafen sind.

Am nächsten Morgen, kaum daß er zur Arbeit gegangen ist, ziehst du deinen beiden kleinen Töchtern ihre farblich aufeinander abgestimmten Kattunkleidchen an und sagst ihnen, sie sollen schön brav auf dem Bett sitzen bleiben, während du ihre anderen Kleider und ihr zweites Paar Schuhe sowie deine eigenen Kleider und dein zweites Paar Schuhe auf ein Laken legst, die Enden einschlägst und die Zipfel zusammenknotest, und dann schickst du das Bündel mit einem Mann auf einem Maultier, den du bestellt hast, zu Señorita Ana, die in der Calle del Comercio eine kleine Schule betreibt. Kurz darauf gehst du mit deinen beiden Töchtern, ohne den Schwestern, der Mutter oder dem Vater deines Mannes Lebewohl zu sagen, durch die Calle de la Merced und anschließend die Calle del Comercio entlang, und die kommenden vier Jahre sprichst du kein Wort mit dem Mann, mit dem du verheiratet bist, und läßt ihn auch seine Töchter nicht sehen, selbst dann nicht, als du erfährst, daß ihn die siegreiche Blaue Partei ins Gefängnis hat werfen lassen oder daß er ins Exil nach St. Thomas hat gehen müssen. Du sagst dir »Gott sei's gelobt«, aber dein Herz ist in so viele kleine Stücke zerbrochen, daß bei ihrem Anblick niemand sagen könnte, was sie alle zusammen dargestellt haben, als sie noch ein Ganzes bildeten.

Im Schlafzimmer schreiben Ramona und ich im Schein der Öllampe auf einem Stück Papier, das wir hinten aus Tía Anas *Catón cristiano* gerissen haben, unseren ersten Brief an unseren Vater:

Liebster Papá,
kann es denn sein:
Du bist wieder da,
um den Täubchen
nahe zu sein,
die immer dachten,
du wärst gegangen,
weil Du mit ihnen
nichts konntest anfangen?

Er schreibt zurück:

Liebste Maiden,
daß Ihr nicht wagt,
Euch zu bekümmern,
und kein Zweifel an Euch nagt,
denn Vaterliebe
nie versagt.

Kleine Nachrichten beginnen zwischen der Calle de la Merced und der Calle de la Cruz hin und her zu wandern. Wir legen uns alle drei Decknamen zu. »Nur für den Fall, daß die Briefe in falsche Hände geraten«, schreibt Papá, wodurch unsere Korrespondenz etwas Verschwörerisches, Gefährliches bekommt. Er selbst unterschreibt mit Nísidas, einem Namen, den er verwendet, wenn er provokante Beiträge in der Zeitung veröffentlicht; mich nennt er Herminia, weil ich geduldiger und ausdauernder bin als meine Schwester Ramona, die von ihm den Decknamen Marfisa bekommt, zu dessen Erklärung unser Vater lediglich sagt: »Lest die Italiener!«
Oft sind die Briefe in Versform geschrieben. Manchmal enthalten sie auch kleine Bitten oder Erinnerungen:

Herminia und Marfisa,
sagt Eurer Mutter
vielen Dank und viele Küsse
für den Talar, den sie genäht Nísidas.

Langsam faßt unser Vater in der Gefühlswelt unserer Mutter wieder Fuß. Es fängt damit an, daß sie ihm seine Sachen wäscht; dann näht sie ihm seine schwarze Robe und die kleine Chinesenkappe (er ist jetzt Richter am Obersten Gerichtshof), wozu sie mit einem Stück Schnur Maß nimmt, von der Schulter zum Handgelenk, von der Taille zur Ferse, und als sie ihn vom Nacken bis zum Kreuz vermißt, wo sich die lange Hose über dem Gesäß spannt, läßt sie sich extra Zeit. Sie schneidet ihm das lange Haar, damit er nicht wie ein Geisteskranker aussieht, und bewahrt seine Locken zusammen mit ihren Hochzeitsohrringen und meinen sowie Ramonas ersten Milchzähnen in ihrer Schmuckschatulle auf. Die beiden werden nie wieder als Mann und Frau zusammenleben, aber seine hingebungsvolle Liebe zu Ramona und mir sowie die Tatsache, daß er sich nicht länger mit der anderen Frau trifft, was sich bis zu meiner Mutter herumgesprochen hat, weil die Leute einem genau das erzählen, was man hören will, lindern ihre Enttäuschung und gestatten es ihr, ihm gegenüber einige ihrer ehelichen Pflichten wahrzunehmen – wenn auch nicht alle.

Unsere Mutter erlaubt uns mittlerweile, unseren Vater jeden Tag spätnachmittags zu besuchen, sobald er vom Regierungspalast oder vom *colegio central*, wo er unterrichtet, oder von der Druckerei der kleinen Zeitung *La República*, in der er – gelegentlich unter seinem Pseudonym Nísidas – seine Artikel und Gedichte veröffentlicht, zurück ist. Dann betreten wir in der Calle de la Merced das zweistöckige Haus mit dem Lorbeerbaum im Innenhof, dessen Krone man von der Straße aus sehen kann. Wir werden von unseren fahrigen Tanten und unseren aufmerksamen Großeltern begrüßt, die zu uns sagen, wie groß wir doch geworden sind und wie sehr wir unserer anderen Großmutter ähnlich sehen, und uns anschließend mit einem Nicken weiterschicken: »Ihr wißt ja, wo ihr ihn findet.«

Papá sitzt, umgeben von Bücherstapeln, alten Zeitungen, einer Schachtel mit Gänsekielen, einem unverschlossenen

Tintenfaß und einem nicht ganz ausgepackten Koffer, oben in seinem Zimmer in einem Schaukelstuhl am Balkon mit Blick auf die Straße. Er schaukelt im Rhythmus von etwas, woran er gerade schreibt, neben sich eine Flasche, aus der er ab und zu einen kräftigen Schluck nimmt, sozusagen als Belohnung für einen raffinierten Reim oder einen geglückten Satz, der ihm soeben eingefallen ist, und manchmal trinkt und weint er auch einfach nur, obwohl er das möglichst im Verborgenen tut.

»Sucht euch ein Buch aus«, sagt Papá zu uns. Wir schnappen uns jeder eins, und dann gehen wir alle drei hinunter in den wunderschönen Garten, den er angelegt hat, setzen uns unter den Lorbeerbaum und lesen: Tasso und Simon de Nantua und Florians *Numa Pompilius*, das ich so heiß und innig liebe, daß ich mir vornehme, meine kleine Tochter, die ich eines Tages haben werde, Camila zu nennen. (»Sie läuft durch ein Kornfeld und knickt nicht einen Halm, sie geht über das Meer, ohne sich die Füße naß zu machen ... «) Unser Vater liest uns auch Gedichte vor, und wir prägen sie uns ein: »Die Ruinen von Italica«, »Über die Erfindung der Druckerpresse« oder eigene Gedichte wie »Für meine Patria«, »Nacht der Toten in der Verbannung«, »Der geliebte Bauerntölpel« und »Auf Gregorias Geburtstag«.

Manchmal, wenn ich an diese Zeit in meinem Leben zurückdenke, erinnere ich mich so intensiv daran wie an eine Liebesgeschichte, und in solchen Momenten teile ich mein Leben in »v.N.« und »n.N.« ein: vor Nísidas und nach Nísidas. Während »vor Nísidas« in mir ein dunkles, dumpfes Gefühl heraufbeschwört und mich daran denken läßt, wie ich zusammen mit einer schrulligen Tía, einer ständig seufzenden Mutter und einer Schwester, die schon selig war, wenn sie ihrer Porzellanpuppe das gelbe Haar kämmen konnte, in einem Brunnenschacht eingeschlossen war, steht »nach Nísidas« für das sonnige, blumige Gefühl, auf dem Schoß eines charmanten Mannes zu sitzen und sich zur

Musik einer Sprache zu wiegen, die sich bald wie das leise Gurren von Tauben, bald wie das schrille Fiepen der dänischen Pfeifen anhört, die Papá uns eines Tages von St. Thomas geschickt hat.

1859 kommen wieder die Blauen an die Macht, und mein Vater muß abermals ins Exil. Diesmal bleibt er über zwei Jahre weg. Ab und zu kehrt er mitten in der Nacht heimlich zurück, um in aller Eile seinen revolutionären Geschäften nachzugehen. Ich wache dann jedesmal auf, weil es im Zimmer heller ist als sonst, und wenn ich mich zur Oberfläche des Schlafs hochgekämpft habe und die Augen öffne, sehe ich meinen Vater, der mit einer Lampe in der Hand neben meinem Bett kniet und meinen Freudenschrei mit einem »Scht!« zum Verstummen bringt. Er verspricht mir, daß er zurückkommt, sobald unser Land wieder eine freie *patria* ist.

»Aber was ist eine *patria?*« frage ich jedesmal. Und wenn sich meine Brust verkrampfen und ich in Tränen ausbrechen will, erinnert mich Papá: »Vergeude sie nicht. Denk daran: Tränen sind die Tinte des Dichters.«

Ich bemühe mich, immer ganz fest daran zu denken, daß Tränen die Tinte des Dichters sind. Vor allem abends, wenn ich neben meiner Mutter sitze und ein Taufkleidchen mit Kreuzstichen verziere oder den Sancocho umrühre, damit die *víveres* nicht am Topfboden anpappen (falls wir überhaupt *víveres* haben, denn das Essen ist während der letzten, ein Jahr dauernden Belagerung der Hauptstadt so knapp, daß unser Abendbrot oft nur aus einer Tasse aufgekochter und mit Melasse gesüßter Blätter besteht). Aber irgendwann kann ich mich nicht mehr zusammenreißen. Ich muß daran denken, wie mein Vater mutterseelenallein auf einer Insel hockt, oder ich höre das jüngste Opfer des letzten Scharmützels um *la patria* auf seinem Krankenlager vor Schmerzen brüllen, weil Dr. Valverde ihm gerade das brandige Bein absägt, und fange an zu heulen.

Und dann bin ich durch nichts und niemanden mehr zu halten: nicht durch Tía Ana mit ihrem nervenberuhigenden Tee aus Guanabanablättern; nicht durch meine Mutter, die mich in den Armen wiegt und mir Schlummerliedchen vorsingt; nicht durch meine Schwester Ramona, die mir anbietet, mich mit Alexandra spielen zu lassen, wenn ich mit der Heulerei aufhöre. Es gibt nur eine Art, ihr ein Ende zu machen, und die hat Papá mir beigebracht: Ich muß mich hinsetzen, für alles Worte finden und diese Worte in Verse fassen, die meine Mutter dann in ihren Briefen an meinen Vater fein säuberlich abschreibt.

Das nächste Mal sehe ich meinen Vater am Morgen des 18. März 1861 auf der Plaza Central.

Es fällt mir nicht schwer, mich an das genaue Datum zu erinnern. Jedesmal wenn ich daran denke – und das tue ich oft –, lege ich die Hand aufs Herz, als wäre das Datum darin eingraviert und als könnte ich die Zahlen und Buchstaben mit den Fingern ertasten. Ich denke an Cuba und Puerto Rico, die kurz davor stehen, für ihre Unabhängigkeit zu kämpfen, und an die USA, die begonnen haben, für die Unabhängigkeit ihrer schwarzen Bevölkerung zu kämpfen, und dann denke ich an meine eigene *patria,* die gerade bereitwillig ihre Unabhängigkeit aufgibt, um wieder zur Kolonie zu werden, und ich frage mich abermals: »Was ist *la patria?*« Was ist das für eine Vorstellung von einem Land, daß so viele Menschen für seine Freiheit sterben müssen, nur damit eine andere Riege von Menschen aus dem eigenen Volk es erneut in Ketten legt?

Natürlich habe ich zu der Zeit, als ich das alles erlebe, keine Ahnung, was eigentlich vorgeht. Ich weiß nur, daß es einen Regierungswechsel geben wird, und das bedeutet, daß mein Vater zurückkommt, denn eine Niederlage der Blauen Regierung bedeutet immer, daß mein Vater zusammen mit der Roten Partei wiederkommt.

Am Vorabend des 18. März wird an allen großen Kreuzungen der Stadt eine öffentliche Verlautbarung verlesen: Wir sollen uns am nächsten Morgen bei Sonnenaufgang auf der Plaza Central einfinden, weil der Präsident wichtige Neuigkeiten hat. »Wir gehen nicht hin«, bestimmt Tía Ana. Sie und Mamá streiten an diesem Abend. »Die bringen es glatt fertig und lassen uns in unserem Sonntagsstaat antreten, und dann erschießen sie uns.«

»Es ist eine *Verordnung* des Präsidenten, hat es in der Verlautbarung geheißen«, sagt meine Mutter beschwörend.

»Was versteht dieser oder irgendein anderer Präsident, den wir seit 1844 hatten, schon von *Ordnung*?«

Während ich ihrer Auseinandersetzung zuhöre, merke ich, daß ich gleich wieder zu heulen anfange, wenn ich mich nicht irgendwie ablenke. Ein Gedicht an meinen Vater schreiben kann ich nicht, höchstens in Gedanken, weil wir in Erwartung einer neuerlichen Invasion von Haiti, die nie stattfinden wird, das Lampenöl sparen. Wir sitzen unter dem Sternenhimmel im Hof und besprechen, was wir morgen früh tun sollen.

Als ich später neben Ramona liege, lasse ich den Tränen, die ich in den letzten Stunden zurückgehalten habe, freien Lauf. Meine Schwester bewegt sich und wacht schließlich auf. »Was ist denn jetzt wieder los?« flüstert sie, und ihre Stimme klingt ungehalten.

»Ramona«, sage ich zwischen zwei Schluchzern. »Tut es dir auch weh?«

Ramona stützt sich auf einen Ellbogen. Ich weiß, was sie jetzt denkt. Sie hat vor kurzem zum ersten Mal ihre Monatsregel bekommen, blutet also zwischen den Beinen, und das ist toll, behauptet sie stolz, weil in ihren Organen ab jetzt Platz für künftige Babys ist. »Und was ist mit mir?« habe ich gefragt. »Wann fange ich an zu bluten?« Ramona denkt jetzt bestimmt, daß ich auch meine Regel bekommen habe. »Ob was weh tut?« will sie wissen.

Ich sage es ihr: Es tut weh, zu leben.

»Wie soll das weh tun, Salomé? Also ehrlich, es ist schon spät, und wir müssen früh aufstehen, um zur Verlautbarung auf den Platz zu gehen.«

Unsere Mutter hat unsere Kleider, Unterröcke, Strümpfe, Haarbänder, die guten Schuhe und die kleinen Landesfahnen, mit denen wir dem Präsidenten zuwinken sollen, schon herausgelegt. Tía Ana hat mir die Geschichte unserer Fahne erzählt: Während des Unabhängigkeitskrieges auf Haiti hat ein Patriot die haitianische Flagge zerrissen und seine Tante gebeten, die Fetzen zu einem völlig anderen Muster zusammenzunähen, weil er kein Geld hatte, um neuen Stoff zu kaufen. Die Näherin, selbst eine tapfere Patriotin, ist später erschossen worden, weil sie eine andere Vorstellung als der neue Präsident davon hatte, was eine *patria* ist, aber kurz vor ihrer Erschießung hat sie die Männer vom Exekutionskommando gefragt, ob sie so freundlich wären, ihren Rock unten zusammenzubinden, damit ihre Unterwäsche nicht zu sehen wäre, wenn sie vor ihnen tot umfiele.

Ich denke an die Geschichte dieser tapferen Frau und frage mich wieder, was diese *patria* ist, daß Menschen in ihrem Namen so etwas tun können, also die Frau umbringen, die die Nationalflagge zusammengenäht hat, oder deinen Vater verschwinden lassen oder dem einen Mann ein Bein und dem anderen einen Arm wegnehmen? Und ich fange an zu weinen und kann nicht mehr damit aufhören, bis ich kaum noch Luft kriege. Da nimmt mich meine Schwester in den Arm, wie sie es immer mit ihrer Puppe Alexandra macht, und singt mir das Lied von dem kleinen Jungen vor, der ein Engel wird, und spätestens jetzt hätte auch jeder andere losgeheult, denn es ist eines der traurigsten Schlaflieder der Menschheitsgeschichte.

Am nächsten Morgen rüttelt uns Mamá wach. Wie kann es schon Morgen und noch so dunkel sein? Rasch ziehen wir uns an, und Mamá läßt uns an ihrer Tasse gesüßten Kaffees nippen, während sie unser Haar zu Zöpfen flicht. Wir hören Tante Ana im hinteren Teil des Hauses vor sich hin grummeln, weil sie aufstehen und Kaffee für eine Schwester kochen muß, die wild entschlossen ist, sich und ihre beiden kleinen Töchter erschießen zu lassen. Jetzt fängt Ramona, die sonst nie weint, zu heulen an.

»Was ist denn, mi'ja?« fragt unsere Mutter seufzend.

»Ich will da nicht hin«, jammert Ramona.

»Himmel noch mal, du bist schließlich eine junge Señorita«, schimpft Mamá. »Verstehst du denn nicht: Es ist eine Anordnung des Präsidenten!«

Nicht daß unsere Mutter besonders obrigkeitshörig wäre, aber es geht das Gerücht um, daß Nicolás wieder da ist. Wenn Papá im Lande ist, dann ist er heute auf dem Platz, und obwohl Mamá nie wieder mit ihm zusammenleben und ihm auch nie wieder erlauben wird, ihr in den Ausschnitt zu fassen, sobald Tía Ana ihnen den Rücken zudreht, ist sie trotzdem bereit, für den Anblick des geliebten Mannes alles zu riskieren.

Also machen Mamá und ich uns auf den Weg und lassen die heulende Ramona bei unserer schrulligen Tante zurück, die herumzetert, weil ihre Schwester sich nicht nur erschießen lassen will, sondern dem Schlächter obendrein auch noch ein Lamm zuführt und sie, Ana, hier mit einer Señorita sitzenläßt, die sich wie ein kleines Gör aufführt, statt Rücksicht auf die Nerven ihrer alten Tante zu nehmen und sich wie eine Erwachsene zu benehmen.

In den Straßen wimmelt es von Menschen aller Altersklassen, die zum Stadtzentrum strömen. Viele Kinder halten Fähnchen in den Händen, einige knabbern an Bananenküchlein oder einem Stück Fladenbrot. Wir versammeln uns auf der Plaza Central. Ich glaube, außer Tía Ana und Ramona sind alle fünftausend Einwohner der Stadt erschienen. Seitlich vom Regierungsgebäude, gleich neben dem Fahnenmast, an dem eine größere Ausgabe meines Fähnchens im Wind flattert, hat man ein großes Podium aufgebaut.

Schmetternde Trompetenklänge lassen Mamá und mich zusammenfahren. Soldaten in Uniformen aus blauem Drillich marschieren mit leeren Degenscheiden und ohne Schußwaffen in einer Zweierreihe auf den Platz. Die Gesichter einander zugewandt, stellen sie sich auf, so daß sie eine Gasse bilden, und durch diese schreitet nun der Präsident höchstpersönlich, ein kleiner Mann mit einem fiesen Gesicht wie ein bissiger Hund, angetan mit einer vor goldenen Tressen strotzenden Uniform. Das ist nicht derselbe Präsident wie damals, als mein Vater Richter am Obersten Gerichtshof war, es ist nicht der, dem ich einmal die Hand geschüttelt habe, der mich gefragt hat, ob es stimmt, daß ich alle fünfundzwanzig Strophen von »Über die Erfindung der Druckerpresse« auswendig aufsagen kann, und der mich gebremst hat, als ich bei Nummer zehn angelangt bin, und deshalb schwenke ich mein Fähnchen nur einmal kurz und pflichtschuldig.

Dieser Präsident besteigt jetzt das Podium und fängt in einer schnörkeligen Sprache an zu reden. Er spricht von der haitianischen Bedrohung und von dem Schutz, den wir genießen werden, weil wir jetzt wieder zu Spanien gehören. Anschließend überreicht er die Stadtschlüssel einem Mann mit einer Feder am Hut und einem Schwert am Gürtel, und aus der Menge ertönen vereinzelte Rufe: »Lang lebe Königin Isabela! Lang lebe Spanien!« Und dann werden einhundert Kanonenschüsse abgefeuert. Ich zähle sie alle mit.

Nach dem letzten Kanonenschuß kehrt Ruhe ein. Die Flagge – die große Ausgabe des Fähnchens in meiner Hand – wird eingeholt und an ihrer Stelle wird eine andere aufgezogen, eine gelbe mit roten Streifen.

»Was ist das für eine, Mamá?« frage ich und zeige auf die Flagge. Eine rote Fahne bedeutet, daß Papá zurückkommt, und eine blaue, daß er ins Exil gehen muß, das weiß ich, aber ich habe keine Ahnung, was eine gelb-rote Fahne bedeutet.

»Das ist die spanische Fahne«, sagt Mamá ausdruckslos.

»Dann kommt Papá also zurück?«

Mamá nickt. Vor Freude schwenke ich mein Fähnchen, aber Mamá entreißt es mir. »Schluß damit!« faucht sie mich an. Sie bricht den Stab mittendurch und wirft die Stücke zu Boden.

Ich bin von ihrem Wutanfall so überrascht, daß ich gar nicht auf die Idee komme, zu heulen. Statt dessen blinzle ich meine Tränen einfach weg, klaube das zerbrochene Fähnchen von der Straße auf und stecke es in meine Schürzentasche. Ich werde meine Mutter nie wieder die Gedichte an meinen Vater lesen lassen! Ich werde für meine Mutter nie wieder die Nadel einfädeln! Ich werde nie wieder Scott Emulsion gegen mein Asthma trinken! Aber das sind zu viele *nie wieder*'s. Sie drücken von innen gegen meine Augen, und schließlich breche ich doch in Tränen aus.

Vor lauter Heulerei erlebe ich den Rest der Veranstaltung wie durch einen Film. Die verwässerten Würdenträger steigen vom verschwommenen Podium herab und begeben sich mit feierlichen Schritten zur Kathedrale, wo zu Ehren Spaniens und Königin Isabelas ein *Te Deum* gesungen wird. Die Menge zerstreut sich. Ich blicke zum leeren Podium zurück – und sehe meinen Vater in meinen Tränen schwimmen.

»Papá«, rufe ich. Und da *ist* mein Vater: Er unterhält sich, ans Podium gelehnt, mit einem Soldaten. Jetzt dreht er sich zu mir um und breitet die Arme aus, und ich laufe auf ihn zu, stürmisch, weil ich von meiner Mutter weg will, und sehnsüchtig, weil es mich zu ihm hinzieht.

Auf dem Heimweg – eine Hand in der Hand meiner Mutter, die meine sacht drückt, um mich um Verzeihung zu bitten, die andere von der großen Hand meines Vaters umschlossen – steigt ein Glücksgefühl in mir auf. Seit ich denken kann, ist dies das erste Mal, daß wir drei als Familie durch die Straßen gehen. Vielleicht bedeutet gelb und rot, daß jetzt alle Dominikaner wieder Freunde sein werden, daß Männer und Frauen wieder zusammenleben und Kinder ihre Väter immer um sich haben werden und daß Mädchen Briefe schreiben und Häuser besitzen dürfen, ohne jemandem eine Erklärung zu schulden.

Ich möchte meinen Vater fragen, ob das so ist, weil er immer alles weiß, aber ich höre dem Tonfall meiner Eltern an, daß jetzt kein guter Zeitpunkt ist, sie zu unterbrechen. Mein Vater erklärt meiner Mutter gerade etwas, aber es überzeugt sie nicht, denn als er fertig ist, sagt sie nur: »Warum bist du ausgerechnet im Augenblick unserer größten Schmach zurückgekommen?«

»Weil ich lieber in einer Kolonie als auf einem Friedhof lebe«, antwortet Papá. »Ich gehöre lieber zu Spanien als zu Haiti. Wir sind noch nicht reif für unsere *patria*.«

»Papá«, sage ich, als nichts mehr gegen eine Unterbrechung zu sprechen scheint. »Was *ist* eine *patria*?«

Er blickt zu mir hinab, und alle Antworten versickern in seinem Gesicht. Er weiß nicht, was er sagen soll!

Da merke ich, daß für mich jetzt eine ganz neue Zeit anbricht: kein »vor Nísidas« und kein »nach Nísidas«, sondern eine Zeit des Erwachsenseins, wie für Ramona, seit sie zwischen den Beinen blutet. Ich werde mir eigene Antworten ausdenken müssen, damit ich der Tochter, die ich vielleicht eines Tages haben werde, auf alle Fragen antworten kann, die sie mir womöglich stellt.

EINS

Licht

—————

Poughkeepsie, New York, 1960

Wie gern würde sie ihre Mutter fragen: »Was soll ich jetzt tun?« Aber diesen Luxus hat sie nie gehabt: eine Mutter, an die sie sich in schwierigen Lebenslagen wenden kann, die ihr eine Hand auf den Scheitel legt, eine wohltuende Stimme in ihrem Ohr.

Marion behauptet, dies seien klischeehafte Vorstellungen von der Mutterrolle, an die Camila sich nur deshalb klammere, weil sie nie Gelegenheit gehabt habe, sie zu überprüfen. »Glaub mir«, hat ihre Freundin zu ihr gesagt. »Ich hatte eine Mutter, an die ich mich wenden konnte, und was meinst du, was für einen Rat sie mir jedesmal gegeben hat? Frag den lieben Gott! Als ob mir das geholfen hätte!«

Seit ein paar Tagen ist sie so verunsichert, daß sie angefangen hat, in den Gedichten ihrer Mutter nach Rat zu suchen. Aber das Spielchen gerät allmählich außer Kontrolle.

Als sie dem Schularzt davon erzählt, nimmt der freundliche alte Mann seine Brille ab und reibt sich die Augen. »Was Sie betreiben, nennt sich magisches Denken«, erklärt er, aber Camila ist sich nicht sicher, ob sie richtig gehört hat. Nach all den Jahren in diesem Land muß sie sich noch immer konzentrieren, um Englisch zu verstehen oder sich selbst in dieser Sprache verständlich zu machen. Erst letzte Woche mußte sie mehrere Blocks zu Fuß nach Hause gehen, weil der Taxifahrer sie an der falschen Adresse abgesetzt hatte. Es war ihr zu peinlich, ihn über das Mißverständnis aufzuklären.

»Magisches Denken?« wiederholt sie. Das kann auf keinen Fall etwas Schlechtes sein. Eigentlich ist sie wegen ihrer Augen gekommen. Seit einiger Zeit sieht sie verschwommen. Manchmal kommt es ihr so vor, als fiele Schnee zwischen ihr und der Welt da draußen.

»Grauer Star«, vermutet er und fährt augenzwinkernd fort: »Sie sind nun mal in dem magischen Alter.« Wie nett von ihm, daß er das Wort gleich noch einmal benutzt – *magisch*, das Wort gefällt ihr. Er ist eben ein freundlicher Mensch, und er hat erzählt, daß er früher bei der Marine war. Sein Brieföffner ist wie ein Schwert geformt. Sein Füllfederhalter wie ein U-Boot. Kupferstiche mit Schiffen darauf segeln über die Wände. Jeder hat eben seinen kleinen Tick.

Er stellt ihr ein paar Fragen: Ob sie Pläne mache. Ob sie Familie habe. Ob sie sich über diesen Unfug mit der verordneten Frührente aufrege. Ob sie sich Sorgen um ihre Zukunft mache.

»Nicht wirklich«, sagt sie so gelassen wie möglich. Schließlich will sie nicht in eine Anstalt gesteckt werden. Wer weiß, was für Gesetze hier für eine Ausländerin gelten, die den Verstand verloren hat? »Aber das ist meine letzte Chance, und ich möchte sie nicht verspielen.«

»Ihre letzte Chance, Miss Henry?« wiederholt er sanft. Sie hat ihn gebeten, sie »Miss Henry« zu nennen. Er tat sich mit ihrem Namen so schwer und kam mit dem ratternden *R* und dem spanischen *I* überhaupt nicht zu Rande.

»Noch mal von vorn anzufangen«, erwidert sie schlicht.

Er wartet ein paar Minuten, für den Fall, daß sie näher darauf eingehen möchte, und als sie nichts sagt, reicht er ihr die Hand, um ihr vom Untersuchungstisch herunterzuhelfen.

»Braves Mädchen«, meint er, als sie schwerfällig herunterklettert.

Sie berührt den verblichenen Einband und schließt die Augen, dann schlägt sie das Buch auf und blickt auf die Seiten. Die Buchstaben verschwimmen. Macht nichts, sie kann sowieso alles auswendig. Auch das Gedicht ihrer Mutter über den Winter:

In unsren armen Ländern singen weiter die Flüsse,
Felder tragen ihre Blumen, Licht überflutet den Himmel …

Keine Antwort, jedenfalls nicht hier. Dafür fühlt sie einen albernen, chauvinistischen Stolz auf die Tropen in sich aufsteigen, weil der Winter dort angeblich schöner ist.

Kurz nach sechs. Sie geht in die Küche und schenkt sich ihr gewohntes Glas Wein ein. Um diese Zeit entkorkt sie gern eine Flasche ihres Lieblingsweins aus der Nachbarstadt. Einen vollmundigen Burgunder. Nur ein Gläschen. Sie hat sich geschämt, als der Arzt ihr ein mildes Beruhigungsmittel verschreiben wollte und gefragt hat, ob sie trinke. Das letzte, was sie braucht, ist ein mildes Beruhigungsmittel. Wie wär's statt dessen mit einem kräftigen Trompetenstoß? hätte sie fragen sollen. Mit einem von diesen Wiederauferstehungsengeln, die die Toten aufwecken, wenn sie ins Horn stoßen? Wie wär's damit?

Sie stellt sich mit ihrem Glas ans Fenster. Ein weißes Wölkchen umwirbelt jede Straßenlaterne. Der seit Tagen angekündigte Schneefall hat eingesetzt. Merkwürdig, daß sie gerade heute das Gedicht ihrer Mutter über den Winter aufgeschlagen hat.

Vielleicht funktioniert das Spiel doch, und sie findet ihre Antworten.

Sie hebt das Glas, aber ihr fällt nichts ein, worauf sie trinken möchte.

Im Fernsehen, das sie zur Unterhaltung eingeschaltet hat, läuft ein Sonderbericht über Kuba, wo demnächst der Jahrestag der Revolution begangen wird. Die von Castro betriebene Verstaatlichung des Landbesitzes geht weiter. Die King Ranch ist in eine Kooperative für Schulkinder umgewandelt worden. Was für eine Revolution ist das? will Präsident Eisenhower wissen.

Unsere, denkt sie. Die Art von Revolution, wie wir sie in unseren armen Ländern haben.

Vorhin hat sie mit Marion im sonnigen Sarasota telefoniert (»Haha, und bei uns liegt kein bißchen Schnee!«). Marion hatte in großer Eile angerufen: Das kleine Haus am Ende ihrer Straße steht zum Verkauf. »Für dich wäre es ideal. Aber du mußt dich sofort entscheiden, Cam, morgen ist es bestimmt weg.«

Ist das ein Zeichen? fragt sie sich. Der unerwartete Anruf, der sie in dem Augenblick erreicht, als sie das Gefühl hat, mit ihrem Latein am Ende zu sein? Ihr Leben ist zum Stillstand gekommen. Dieses Jahr hat sie keine Weihnachtskarten verschickt. Alle würden nur wissen wollen, was sie für Zukunftspläne hat, und die Vorstellung, daß sich ihre Verunsicherung noch verstärken könnte, indem sie sie anderen eingesteht, gefällt ihr keineswegs.

Unten auf der Straße kommt Vivian Lafleur vom Fakultätstee zurück. Der Wind peitscht die Schneeflocken zu Wirbeln auf. Sie beobachtet, wie ihre Nachbarin sich mühselig von Straßenlaterne zu Straßenlaterne kämpft: Vivian geht stark gebeugt und hält ihre froschgrüne Mütze mit einem froschgrünen Fäustling fest. Camilas neuestes Set hat einen Farbton, den Dot vor allem deshalb ausgewählt hat, weil er einen spanisch klingenden Namen hat: *verde green*. In ihren fröhlicheren Augenblicken im vergangenen Herbst hat Camila in die Spalte »GRÜNDE, DAS VASSAR COLLEGE ZU VERLASSEN«, geschrieben: *keine Mützen und Fäustlinge von Dot mehr.*

Wenn sie sich das nächste Mal über den Weg laufen, wird Vivian bestimmt andeuten, daß man sie beim Nachmittagstee in der Fakultät vermißt habe, in der Hoffnung, daß ihre Nachbarin von oben ihr eine Erklärung für ihre Zurückgezogenheit in jüngster Zeit liefert. »Wir haben unsere bedeutende Hispanistin vermißt.« Jahrelang war Camila der Meinung, Vivian wolle sich über sie lustig machen. Aber nein: Vivian redet tatsächlich so.

Die College Street liegt um diese Uhrzeit verlassen da. In wenigen Tagen kommen die Mädchen aus den Weihnachtsferien zurück auf den Campus. Es waren lange Ferien, und für Camila bricht nun das letzte Semester an. Nicht daß sie sich darauf freut! Abschiednehmen ist noch nie ihre Sache gewesen.

Vivian hat hochgeblickt und sie am Fenster entdeckt. Camila läßt den Vorhang fallen und setzt sich wieder an ihren Schreibtisch, als hätte man sie bei etwas Ungebührlichem ertappt.

Sie schlägt die Mappe auf, die sie mit DIE ZUKUNFT beschriftet hat. Ihre Listen, sollte je ein anderer sie lesen, sind so peinlich wie ein Tagebuch. Oft sind es Lappalien, die bei einer Entscheidung den Ausschlag geben. Sie erinnert sich, daß ihr Halbbruder Rodolfo nur deshalb in ein anderes Viertel gezogen ist, weil es näher an der einzigen Eisdiele von ganz Havanna lag, in der Pistazieneis verkauft wurde. Und sie selbst hat vor Jahren den Job am Vassar College angenommen, weil ihr ihre künftige Kollegin Pilar, als sie zum Vorstellungsgespräch anreiste, ein Schächtelchen parfümierter Seifen in der Form von Schmetterlingen geschenkt hat.

Sie nimmt ein leeres Blatt Papier und schreibt GRÜNDE FÜR UND GEGEN DEN HAUSKAUF IN MARIONS NÄHE. Dann zieht sie in der Mitte eine senkrechte Linie. PRO und KONTRA. Fällt *in Marions Nähe* unter Pro oder unter Kontra? überlegt sie.

Doch bevor sie anfängt, die verschiedenen Gründe aufzulisten, legt sie das Blatt beiseite. Keiner der Gründe überzeugt sie mehr. Statt dessen wendet sie sich wieder den Gedichten ihrer Mutter zu – sie schließt die Augen und atmet tief durch. Diesmal schlägt sie eins ihrer Lieblingsgedichte auf, nämlich

46

»Luz«, das mit den Worten beginnt: »Wo soll das unsichre Herz seinen Flug wagen? Gerüchte von einem anderen Leben rütteln es wach.«

Sie lauscht angestrengt, aber alles, was sie hört, sind Vivians Schritte vor der Haustür und Dot, die aus ihrem Schlafzimmer ruft: »Komm schnell, Viv.« Im Hintergrund das Dröhnen des Fernsehers, durchsetzt von gelegentlichem Kreischen und frenetischem Applaus. Der Beginn einer Game Show.

Liebe Marion, schreibt sie. *Du mußt mich verstehen ... Das ist alles nicht einfach für mich. Kaum fasse ich meine Gründe in Worte, klingen sie nicht mehr echt. Wir beide gehen schon seit langem getrennte Wege, und ich weiß, daß es für mich nicht gut wäre, nach meiner Pensionierung zu Dir und Deinem Mann zu ziehen.*

Etwas hat zwischen ihnen schon immer gefehlt. Bislang hat sie sich selbst die Schuld gegeben und sich gesagt, daß sie sich Marion wohl nicht stark genug verbunden fühlte. Aber jetzt hat sie eher den Verdacht, daß es das Leben in diesem Land ist, dem sie sich nicht stark genug verbunden fühlte.

Trotzdem ist sie geblieben, fast zwanzig Jahre lang, selbst dann noch, als Marion längst nach Florida gezogen war und ihre Brüder sie nicht mehr zur Heimkehr überreden wollten.

Warum das Herz irgendwann flügge wird, ist ein Geheimnis.

Vielleicht zeugt es von stillem Mut, wenn man abwartet, bis es soweit ist. Aber sie will die Sache nicht hochspielen. Pauken und Trompeten sind noch nie ihr Fall gewesen. Ihr ist das Klavier im Hintergrund lieber, das für den tragenden Unterton sorgt und gefällig seine Melodie klimpert.

Ich glaube, es ist Zeit zurückzugehen und ein Teil von dem zu werden, was meine Mutter begonnen hat.

Sie weiß genau, was Marion ihr zurückschreiben wird.

»Blödsinn, Camila! Überleg doch mal, was für ein Ende es mit Deiner Mutter genommen hat!«

Eigentlich wollte sie in den Weihnachtsferien wie immer nach Kuba fliegen, aber dann hat die Fluglinie wegen der chaotischen Zustände auf der Insel, der Bombardements und des bevorstehenden Embargos sämtliche Flüge gestrichen. Als sie ihre Nichten in Havanna angerufen hat, um sie davon in Kenntnis zu setzen, waren sie furchtbar enttäuscht. Ihre Tante Camila gilt seit Jahren als der Nikolaus aus Poughkeepsie, und die Mädchen sprechen den Namen jedesmal so falsch aus, daß sie selbst darüber lachen müssen.

»Es ist goldrichtig, daß du schön brav da oben bleibst«, meinte Rodolfo, als er ans Telefon kam. Das Nesthäkchen der Familie hatte sich mit seinen fünfundfünfzig Jahren zu einem richtigen Alleswisser ausgewachsen. Seit Camilas ältere Brüder nicht mehr zur Stelle waren – Max lebte zwar noch, kränkelte aber jämmerlich vor sich hin –, hatte Rodolfo es übernommen, sie herumzukommandieren. Ein Vakuum können Familien offenbar nicht ausstehen – genausowenig wie die Natur.

»Hier ist ganz schön was los, sag ich dir. Dein Botschafter ist zurückgepfiffen worden«, fuhr Rodolfo fort.

Sie spürte Verärgerung in sich aufsteigen und hätte am liebsten den Hörer auf die Gabel geknallt. »Bonsal ist nicht *mein* Botschafter, Rodolfo. Ich bin genauso kubanisch wie du.« Genauer gesagt dominikanisch, jedenfalls dem Geburtsort nach. Die Familie war vor Jahren nach Kuba geflohen, nur um dort ebenfalls eine Diktatur vorzufinden. Trotzdem waren sie geblieben. Ein fremder Diktator war immer noch besser als der eigene.

»Man hat den Nikolaus verboten«, bemerkte Rodolfo so beiläufig, als erzähle er, daß er sich einen Schnurrbart wachsen lasse oder das Haus gelb streichen werde. Vielleicht hatte er Angst, daß sein Telefon abgehört wurde. War es schon so weit gekommen?

»Du mußt Geduld haben, Rodolfo.« Camila mußte laut sprechen, damit er sie verstand. Die Verbindung zwischen Poughkeepsie und Havanna war noch nie sonderlich gut. Als

Camila auffiel, wie still es in der unteren Wohnung war, wußte sie, daß ihre Nachbarinnen das Gespräch belauschten.

»Kommst du im Juni?« wollte er wissen.

Ich warte auf ein Zeichen, hätte sie gern gesagt, aber er würde wahrscheinlich glauben, nicht richtig gehört zu haben, und weiter in den Telefonhörer brüllen. »Ich schreibe euch, Rodolfo«, versprach sie. »Die Verbindung ist miserabel.«

Als hätte sie den Teufel an die Wand gemalt, wurde das Knacken und Knistern im Äther auf einmal lauter, und gleich darauf war die Leitung tot. Ihr Bruder und das strahlende Licht der Tropen und die zu Hunderten konfiszierten Nikoläuse, deren falsche weiße Bärte schwarz gefärbt und an Feiertagen bei Paraden für die Fidelfiguren auf den Umzugswagen herhalten mußten, und der Duft nach *cafecitos* und ihre drei hübschen Nichten, die ihren Freundinnen erzählen würden, daß ihre altjüngferliche Tante dieses Jahr nicht mit einem Koffer voll Nagellack und Brettspielen aus den Staaten zu ihnen käme – das alles war plötzlich wie weggeblasen, und sie war wieder allein in ihrer Mansardenwohnung, in der sie seit fast zwanzig Jahren anonym vor sich hin gelebt und gearbeitet hatte. Allein mit ihrer Unentschlossenheit und ihren Ängsten.

Von Max treffen zwei große Kisten ein. Die Absenderangabe findet sie gar nicht witzig: *Von Deinem Bruder Max, der bereits mit einem Fuß im Grab steht.* Die Anhänger tragen das offizielle Siegel der Cancillería der Dominikanischen Republik. Wenn Max und sie sich sehen, versucht er immer sie zu überreden, aus Poughkeepsie wegzugehen und zu ihm zu kommen, um bei ihm im Auswärtigen Amt zu arbeiten. »Du könntest reisen. Du könntest deine Sprachen einsetzen.« Die Bemerkung »Du könntest jemanden kennenlernen« verkneift er sich, obwohl sie genau weiß, daß er das denkt.

»Solange Trujillo lebt, gehe ich nicht zurück«, hat sie beim letzten Mal zu ihm gesagt.

»Wegen einer faulen Mango kehrt man seinem Land doch nicht den Rücken«, hat Max darauf erwidert und den Blick abgewandt, als wolle er ihr nicht in die Augen sehen. Denn er selbst hat zahlreiche Posten von Trujillo angenommen. »Sieh dir Mamá an.«

Was fällt Max ein, sich mit ihrer Mutter zu vergleichen? Vor zehn Jahren, anläßlich des hundertsten Geburtstags ihrer Mutter, hat Camila ihren ersten Vornamen, Salomé, abgelegt, weil sie meinte, daß sie diese Ehre nicht verdiente. »Ich heiße einfach nur Camila«, korrigiert sie seither jeden, der ihren Namen von einem offiziellen Dokument abliest.

»Ich weiß, wir waren in all den Jahren in vielen Dingen unterschiedlicher Auffassung«, schreibt Max in dem Brief, den er den Kisten beigelegt hat. »Trotzdem bist Du der einzige Mensch, den ich kenne, dem ich die Familienpapiere anvertrauen kann.« Sie soll sie sichten und entscheiden, was ins Archiv und was in den Papierkorb kommt. Die Ironie seines Ansinnens entgeht ihr nicht: Ausgerechnet sie, der Niemand unter den Geschwistern, soll die Geschichte ihrer berühmten Familie herausgeben.

Unterdessen berichtet das Fernsehen in Dutzenden von Rückblenden über die kleinen und großen Ereignisse des abgelaufenen Jahres. Alaska und Hawaii sind Staaten der USA geworden. Die Barbiepuppe ist als Nachahmung von Puppen, die man an die Kunden eines Westberliner Bordells verteilt hat, erfunden worden. Die Strumpfhose wird die Frauenwelt vom Hüfthalter erlösen. In Kuba singen die Bauern zur Melodie von »Jingle Bells«: »Mit Fidel, mit Fidel, immer mit Fidel«.

Und Camila singt mit.

Sie ist froh, als das neue Semester endlich beginnt. Sie hat ihre Mädchen vermißt. Am ersten Unterrichtstag begrüßt Camila sie mit einem allzu aufgeräumten »¡Buenos días, señoritas!«, als wäre Spanisch die Sprache schlechthin für einen gehobenen Gemütszustand. Die Mädchen reagieren zurückhaltend, Camilas Überschwang macht sie hellhörig.

In jeder Klasse sind fünfzehn Schülerinnen, und alle haben Namen wie Susan oder Nancy, so daß es manchmal schwerfällt, sie auseinanderzuhalten. Es ist seit jeher Camilas Methode, im ersten Monat noch einmal die Grammatik durchzugehen und sich erst dann mit Literatur zu befassen, wobei sie stets davor zurückgeschreckt ist, im Unterricht die Poesie ihrer Mutter zu behandeln. Heute jedoch nimmt sie sich mit den Fortgeschrittenen fünf von Salomés berühmtesten Gedichten vor – vielleicht, weil es ihr letztes Semester ist.

Allerdings traut sie ihrer Stimme nicht und trägt die Gedichte deshalb nicht selbst vor, wie sie es sonst immer tut. Statt dessen sucht sie sich eine Freiwillige. »Erwache aus deinem Schlaf, meine Patria, wirf dein Totenhemd ab«, beginnt eine der drei Susans aus der Klasse. Nach einer eher kläglichen Wiedergabe von *A la Patria* fragt Camila das blasse blonde Mädchen, wie ihr das Gedicht gefalle.

»Es ist zu … nun ja, zu … .« Susan kräuselt die Nase, als könne sie das Wort, nach dem sie sucht, anhand seines Geruchs aufspüren. Stumm steht Camila da und sieht zu, wie die junge Frau sich windet. Normalerweise hilft sie ihren Schülerinnen mit ein paar Vokabeln aus ihrem eigenen Wortschatz auf die Sprünge. Aber warum soll sie jemandem helfen, einen negativen Ausdruck zu finden, um das Werk ihrer Mutter zu beschreiben?

Eine andere Schülerin meldet sich zu Wort. »Es ist zu weinerlich: ›Oh! Weh ist mir und meinem armen leidenden Land!‹ ›Und das Martyrium unter fruchtbaren Palmen‹! Taugt diese Dichterin etwas? Ich habe noch nie von ihr gehört.«

»Mindestens soviel wie eure Emily Dickinson oder euer Walt Whitman!« Camila ist von ihrer Heftigkeit selbst überrascht. Alarmiert blicken ihre Schülerinnen auf und sehen sie mit großen Augen an: Sie ist sonst eine so stille Person mit ihren altmodischen Klamotten aus den vierziger Jahren und den lustigen bunten Winteraccessoires, die offenbar ihren schwarzen Mantel ein wenig aufmöbeln sollen. Camila mit ihrer sanften Stimme und ihrer ruhigen Art ist eine ihrer Lieblingslehrerinnen, das liest sie in den Augen der Mädchen, und wie jedesmal, wenn sie sich in einen anderen Menschen hineinversetzt, verraucht ihre Wut.

Trotzdem geht ihr noch auf dem Heimweg die Gleichgültigkeit in den Stimmen ihrer Schülerinnen und ihre unbekümmerte Geringschätzung nicht aus dem Kopf. Alles bei uns, vom Leben bis hin zur Literatur, ist schon immer wie ein Wegwerfartikel behandelt worden, denkt sie. Ihr ist, als wäre in ihrem Innern ein kleiner Pfropfen, der Jahre der Verbitterung zurückgehalten hat, herausgezogen worden. Sie kann ihren Ärger förmlich riechen – ein metallischer, mit Erde vermischter Geruch, ein rostiger, in den Boden gerammter Pflug.

An diesem Abend nimmt sie ihr Weinglas mit ins hintere Zimmer und öffnet die Kisten.

In der letzten halben Stunde hat sie die Ohren gespitzt, dann hat sie es vergessen, und deshalb überrascht sie nun das Knirschen des Schnees auf dem Weg vor dem Haus. Kurze Stille, als der Besucher die Namen auf den Briefkästen studiert, dann der sich mit einem Quietschen drehende Türknauf und ein kühler Luftzug, als die Haustür aufgestoßen wird. Siebzehn Stufen sind es bis zur Mansardenwohnung.

»Tut mir leid«, sagt die junge Frau in der Tür. »Man hat mir gesagt, College Street 204, aber die Hausnummern springen von 202 auf 210.«

Ihr Gesicht wirkt offen und eifrig. (Was hat ihre Mutter in ihrem Gedicht über die Schulkinder geschrieben? *Ihre Gesichter frisch von dem, was sie nicht wissen...*) Über dem blassen Gesicht ein roter Krauskopf.

»Sie kommen genau richtig«, schwindelt sie. »Die Kisten mit den Papieren sind im hinteren Zimmer.«

»Doctor Henríquez, ich heiße Nancy, Nancy Palmer«, stellt sich das Mädchen vor.

Sie führt die junge Nancy in den hinteren Teil der Wohnung. »Ich nehme an, Pilar, oder besser gesagt Profesora Madariaga, hat Ihnen erklärt, wobei ich Sie bitte, mir zu helfen.«

»Ich habe Spanisch leider nur als Nebenfach«, beeilt sich die junge Frau zu sagen. Vielleicht hat sie ein paar einzelne Blätter auf einer der Kisten gesehen.

»Aber Ihr Spanisch ist doch gut genug, um mir vorzulesen, oder?«

»In Miss Madariagas ›Spanisch für Fortgeschrittene‹ habe ich eine Eins.«

»Muy bien, muy muy bien. Sollen wir anfangen?«

Camila erklärt ihr, worum es geht. Eigentlich hat sie gedacht, sie könnte die Sache allein bewältigen, aber das letzte Jahr hat ihre armen Augen schon genug in Mitleidenschaft gezogen. Der Augenarzt hat ihr bestätigt, daß sie tatsächlich am grauen Star leidet und operiert werden muß.

»Am besten erkläre ich Ihnen zunächst, wer wer ist«, sagt sie zu der jungen Frau. Dann weiß Nancy, in welche Schachtel sie die Briefe und Papiere jeweils legen muß. »Ich beginne mit Salomé Ureña, meiner Mutter – in einigen Briefen wird sie auch als ›la poetisa nacional‹ bezeichnet, als Nationaldichterin. Sie hat Francisco Henríquez geheiratet, der von allen nur Pancho oder Papancho genannt wird, und hieß von da an Salomé Ureña de Henríquez. Wir behalten unseren Familiennamen, wenn wir heiraten.«

Nancy blickt auf, als hätte sie einen Vorwurf herausgehört.

»Das ist in unseren armen Ländern so Sitte.« Dieser Satz ist eigentlich ironisch gemeint, aber die junge Frau nickt ernst und voller Mitgefühl für die Unterdrückten dieser Welt.

»Pancho wurde 1916 Präsident –«

Nancy reißt die Augen auf.

»– aber seine Präsidentschaft dauerte nicht sehr lange«, führt Camila weiter aus. »Es ist ein bißchen so wie mit den Kleinstädten. Wie heißt es hier noch? Beim Durchfahren nicht blinzeln, sonst verpaßt du sie.«

»Wie lange war er denn Präsident?«

Camila zählt die Monate sicherheitshalber an den Fingern ab. »Vier Monate, glaube ich. Wir lebten in Kuba, als er von seiner Wahl erfuhr. Als ihm der Rest der Familie dann später nach Santo Domingo folgte, hatten wir gerade mal Zeit, unsere Koffer auszupacken, und schon waren wir wieder im Exil in Kuba.« Daß die amerikanischen Besatzer Pancho aus dem Land getrieben hatten, erwähnt sie nicht.

»Wahnsinn«, sagt Nancy und schüttelt ungläubig den Kopf. »Sie sollten Ihre Memoiren schreiben. Alice Roosevelt hat das auch gemacht. Und ich habe gehört, daß eins von den Eisenhower-Kindern ein Buch über seinen Vater schreibt.«

Camila winkt ab. Den Vorschlag haben ihr auch schon Journalisten und Historiker von südlich der Landesgrenze gemacht. Sie wollten Einzelheiten aus ihrem Leben als Präsidententochter wissen. Was für Einzelheiten? hat sie gefragt. Damals war keine Zeit für Einzelheiten, keine Zeit, um einen Ball zur Amtseinführung zu organisieren oder Visitenkarten drucken zu lassen.

»Also, ich finde es ziemlich Klasse, einen Daddy zu haben, der Präsident gewesen ist, auch wenn es nur für vier Monate war.«

»Ich wünschte, es wären nur vier Monate gewesen«, sagt Camila seufzend, und als sie Nancys verständnislose Miene sieht, fügt sie hinzu: »Die Nachwirkungen haben noch lange angedauert, meine ich.« Neun Jahre hatte Pancho versucht, sein Land zurückzufordern. Ein Präsident ohne Land. Jemand (aber nicht sie!) sollte tatsächlich ein Buch darüber schreiben.

»Soweit alles verständlich?« fragt Camila die junge Frau, die angefangen hat, auf einem leeren Blatt Papier einen Stammbaum zu zeichnen.

»So weit, so gut«, erwidert Nancy und nickt.

»Also gut: Pancho und Salomé hatten drei Söhne. Von Fran, dem Ältesten, dürfte es nicht viele Briefe oder Unterlagen geben. Er ist schon früh in den Hintergrund getreten – ja, so könnte man es nennen.«

»Oh!« macht Nancy und reckt neugierig das Kinn.

»Er war ein Hitzkopf, und es gab da mal einen Vorfall ...« Mit einem Wink verscheucht sie die Vergangenheit. »Dann war da der liebe Pedro – er unterschreibt oft mit ›Pibín‹.« Das Lächeln auf ihrem Gesicht verrät eindeutig, daß er ihr von den dreien der liebste ist. »Und Maximiliano oder auch einfach nur ›Max‹, der noch lebt und immer weiter für Probleme sorgt.« Sie lacht, und Nancy lacht aus Gefälligkeit mit. Es läßt sich bestimmt gut mit ihr arbeiten, denkt Camila. Sie hat für diese Aufgabe keine von ihren eigenen Studentinnen nehmen wollen, niemanden, mit dessen Urteil sie dann in Zukunft leben müßte.

»Und dann bin da natürlich noch ich. Aber von mir ist auch nicht viel in den Kisten.« Sie lächelt und freut sich über das Sonnenlicht, das durchs Fenster strömt. Das ist der Hauptgrund, weshalb sie die kleine Wohnung nie hat aufgeben wollen: An sonnigen Tagen ist sie lichtdurchflutet.

»Das ist ja alles ziemlich einfach«, meint Nancy und vollendet den Stammbaum mit einem schwungvollen Schriftzug. »Und ich dachte, es handelt sich um eine von diesen unüberschaubaren lateinamerikanischen Familien mit Unmengen von Kindern.«

»Freuen Sie sich nicht zu früh!«, sagt Camila lachend. »Nach dem Tod meiner Mutter hat mein Vater wieder geheiratet.« Sie erwähnt ihre Stiefmutter, ihre beiden Halbschwestern, die bereits tot sind, und ihre drei Halbbrüder. Rodolfo, der jüngste, hat inzwischen selbst drei Töchter! Sie buchstabiert jeden Namen. »Und dann ist da noch die Pariser Familie ...«

»Ich glaube, ich habe mich wirklich zu früh gefreut«, meint Nancy seufzend. Ihr Blatt ist vor lauter Namen, Pfeilen und Strichen schon ganz schwarz.

»Und wir dürfen Columbus nicht vergessen, den Bären. Und die Affen von Eins bis Acht! Und Paco, den Papagei!« Teddy Roosevelt, das Schwein, läßt sie unter den Tisch fallen. Die junge Frau ist sonst womöglich gekränkt.

»Paco und Columbus...«, Nancy schreibt doch tatsächlich die Namen der Haustiere auf. Oje! Humor ist eben nicht immer übersetzbar.

»Warum hören wir hier nicht erst einmal auf?« schlägt Camila vor. »Zu allen anderen Personen sage ich ein paar erklärende Worte, sobald sie auftauchen.«

Allein dadurch, daß sie all diese Geister mit Namen vorgestellt hat, sind sie in ihrer Erinnerung so lebendig geworden, daß ihre Bilder jetzt vor ihren Augen entstehen und nach kurzem Aufglänzen in der Bahn aus Sonnenlicht, in der sie sitzt, wieder verblassen. Vielleicht ist es gut, jedem einzelnen von ihnen endlich von Angesicht zu Angesicht gegenüberzutreten. Vielleicht ist dies der einzige Weg, Geister auszutreiben: indem man selbst zu einem von ihnen wird.

Die Briefbündel in der ersten Kiste sind allesamt mit roten Bändern verschnürt.

»Wer auch immer sie verpackt hat – er oder sie hat das hübsch gemacht«, bemerkt Nancy.

»Ich glaube, es war meine Tante Mon – ach so, ja, am besten schreiben Sie auch ›Mon‹ auf, als Kurzform von ›Ramona‹, Salomés einzige Schwester. Sie wurde später zu einer Art Vormund von Mamás Andenken.«

»Ihre Mutter brauchte einen Vormund?« Die junge Frau scheint von Camilas Wortwahl überrascht.

Offensichtlich bedeutet das Wort *guardian* im Englischen etwas anderes als im Spanischen. »Ich wollte sagen, meine Tante hat dafür gesorgt, daß das Andenken an meine Mutter in mir lebendig bleibt. Als meine Mutter starb, war ich nämlich noch sehr klein. Ich habe kaum Erinnerungen an sie.«

Sie steht auf und tritt ans Fenster. Wie oft schon ist sie mitten in der Nacht aufgewacht und auf der Suche nach etwas, irgend etwas, das die Leere in ihrem Innern füllen könnte, durch die Zimmer gewandert, die sie bewohnte? Und jetzt ist sie sechsundsechzig, ihr Sehnen ist ungebrochen, und all ihre Strategien haben versagt. Vielleicht sollte sie das milde Beruhigungsmittel doch nehmen? Für ein Glas Wein ist es jetzt am Nachmittag zu früh.

Das Telefon klingelt. Wäre die junge Frau nicht hier, würde sie es einfach nicht beachten. »Würden Sie bitte rangehen, Nancy? Ich habe zu tun«, sagt sie zur Erklärung.

»Es ist eine gewisse Marion«, flüstert Nancy und hält den Hörer zu. »Sie sagt, sie müsse mit Ihnen reden.«

Camila schüttelt den Kopf. Im Augenblick kann sie es nicht ertragen, daß ihr jemand Fragen über die Zukunft stellt. Sie steckt zu tief in der Vergangenheit.

Nancy hat das erste Bündel aufgeschnürt. »Hier ist ein Foto. Was für eine hübsche Frau!« Sie hält das Foto hoch. »Ist das Ihre Mutter?«

Camila ist versucht, die Frage zu bejahen, wie sie es früher getan hat. Als junge Frau hat sie dieses Bild ihrer Mutter sogar unter ihren Freundinnen herumgezeigt. Genau genommen ist es ein Foto von einem Gemälde, das ihr Vater nach dem Tod ihrer Mutter hat anfertigen lassen. »Ehrlich gesagt ist diese dunkeläugige Schönheit ein Geschöpf meines Vaters. Irgendwo habe ich auch ein richtiges Foto von ihr.«

Die junge Frau sieht sie an und wartet auf weitere Erklärungen, als hätte sie nicht recht verstanden.

»Er wollte, daß meine Mutter so aussah wie in der Legende, die er von ihr geschaffen hatte«, fügt Camila hinzu. »Er wollte sie hübscher, weißer …«

Der Ausdruck in den Augen der jungen Frau verändert sich. Sie betrachtet Camila eingehend. »Sie meinen, Ihre Mutter war eine … eine Negerin?«

»Wir sagen Mulattin. Sie war ein Mischling«, erklärt Camila.

»Erstaunlich«, sagt Nancy nach kurzer Pause, als wäre dies das Unverfänglichste, was sie sagen kann.

Camila weiß nicht recht, was die junge Frau so erstaunlich findet – die Hautfarbe ihrer Mutter oder die Retusche ihres Vaters. Dabei war Pancho nicht der einzige. Jeder in der

Familie – ja, sogar Mon! – hat an der Legende ihrer Mutter herumretuschiert.

Nancy hat inzwischen mehrere Briefe auseinandergefaltet. »Meine Aussprache ist nicht die beste«, entschuldigt sie sich, bevor sie zu lesen beginnt.

»Sie machen das bestimmt sehr gut«, sagt Camila aufmunternd. »Ich möchte ja nur einen Eindruck davon bekommen, was in den Briefen steht. Zum Sortieren nehmen wir übrigens diese beiden Schachteln hier.«

»Soll das heißen, daß nicht alle ins Archiv kommen?«

»Sie sollten alle ins Archiv, nicht wahr?« Max und den anderen zum Trotz sollte die wahre Geschichte erzählt werden.

Doch vorerst möchte sie ihre Mutter ganz für sich haben.

»Soll ich sie irgendwie beschriften?«

»Was haben Sie gesagt, Nancy?«

»Ob ich die beiden Schachteln beschriften soll, damit wir sie nicht verwechseln.«

»Schreiben Sie auf die eine ›Archiv‹.« Sie denkt kurz nach, wie die andere Schachtel beschriftet werden soll. »Und auf die andere ganz einfach meinen Namen.«

Sie fängt an, ihre Habseligkeiten zu verschenken, als wüßte etwas in ihr bereits, wohin sie gehen und was sie dort brauchen wird. Flo im Erdgeschloß beglückt sie mit einer Ausgabe von Pedros *Literary Currents*, die seine Vorlesungen als Norton-Dozent in Harvard enthält. Vivian schenkt sie ihre Schallplatten mit italienischen Opern und spanischen Zarzuelas.

»Haben Sie schon entschieden, wohin Sie gehen?« erkundigt sich Vivian.

»Noch nicht«, antwortet sie, und ihrer Freundin Marion, die schon wieder anruft, um zu sagen, daß sie ihren letzten Brief erhalten hat, teilt sie dasselbe mit.

»Also, eins sollst du wissen: Egal, wie du dich entscheidest – im Juni komm ich und helf dir beim Packen.« Resigniert holt Marion Luft, und zwar so tief und vernehmlich, daß Camila es auch bestimmt hört. »Wer ist eigentlich das junge Ding, das sich jedesmal meldet, wenn ich bei dir anrufe?«

»Meinst du Nancy?« Camila kostet die Pause aus, die nun folgt. »Es ist eine Studentin, die mir zur Hand geht.«

»So geht das aber nicht. Ich geb ihr jedesmal meine Nummer, aber du rufst nie zurück.«

Gott sei Dank gibt es Aushilfen, denen man den Schwarzen Peter zuschieben kann. »Es war so viel zu tun. Wir haben uns durch Papiere gearbeitet, die sich über Jahre angesammelt haben.«

»Paß auf dein Asthma auf«, mahnt Marion. Sie schickt einen mütterlichen Kuß durch die Leitung und ruft eine Minute später wieder an, weil sie den für die andere Wange vergessen hat. Die gute Marion!

Nancy kommt zweimal die Woche und am Wochenende. Schon bald sind sie mit der ersten Kiste fertig und nehmen sich die zweite vor. Abends brütet Camila dann jedesmal über der Schachtel mit den Gegenständen ihrer Mutter: Mitteilungen an ihre Kinder; ein Beutelchen mit getrockneten purpurfarbenen Blütenblättern; ein Katechismus, der *Catón cristiano*, mit der Handschrift eines kleinen Mädchens auf der Rückseite; alberne Gedichte von jemandem mit Namen Nísidas; eine Haarlocke; ein in ein Taschentuch geknoteter Milchzahn; eine kleine dominikanische Fahne, die ihre Mutter wohl selbst genäht hat und deren Stab offenbar unter dem Gewicht der anderen Päckchen zerbrochen ist. Was es mit diesen Dingen auf sich hat, wissen allein die Toten. Aber sie sind nun einmal Bestandteil von Salomés Geschichte und verbinden das Leben ihrer Mutter zunehmend mit ihrem eigenen.

Wer weiß schon, was die Zukunft bringt. Sie weiß nur eins: Sie will ihrem zweiten Vornamen »Salomé« gerecht werden, um ihn wieder tragen zu können: Sie will als Salomé Camila die Zukunft erleben.

Soeben wird der amerikanische Botschafter Bonsal von David Brinkley interviewt. Was drüben in Kubar los sei? will Mr. Brinkley wissen. Kubar. Camila ist aufgefallen, daß auch Präsident Eisenhower den Namen falsch ausspricht und ihm, sozusagen als warnendes Grollen, ein *R* anhängt. Mister Fidel Castro solle sich vorsehen, wenn er sich einbilde, daß er, so nah an den Vereinigten Staaten, tun könne, was er wolle, knurrt der Botschafter vor laufender Kamera. Als nächstes kommt ein Filmausschnitt, der Fidel zeigt, wie er auf der Plaza steht und spricht, während Hunderte von Tauben ihn umflattern und rings um ihn landen. Er wirkt so vertraut mit seinem großen blassen Gesicht und dem Vollbart, der aussieht wie ein Lätzchen unter seinem Mund.

Wem sieht er nur ähnlich? überlegt Camila. Es werden immer mehr Geister. Menschen, die schon seit Jahren tot sind, erscheinen ihr bei diesen flüchtigen Wiederauferstehungen! Als Pilar sie vor ein paar Tagen zu sich nach Hause eingeladen hat, um Camilas letztes Semester mit einer ihrer selbstgemachten Paellas zu feiern, hat Camila den Blick nicht von Pilars Collie Kalua abwenden können. Das traurige Gesicht, der schmachtende Blick, die Ruhe, die von ihm ausging, während er neben ihren Stühlen ausharrte – all das erinnerte sie an jemanden. Und dann sah sie ihn, ihren vor vierzehn Jahren verstorbenen Bruder Pedro: Langsam schob sich sein Gesicht über das des alten Hundes.

Fidel neigt den Kopf zur Seite, und die Tauben stieben auf. Er sieht aus wie Pancho! Dieser Schmollmund, dieser wache Gesichtsausdruck, dieser grimmige Zug um die Augen. Wegen des englischen Kommentars aus dem Off versteht sie kaum, was er sagt. Offenbar sind viele Akademiker ausgewandert. Fidel richtet einen Hilferuf an Lehrer und Ärzte, Zahntechniker und Krankenschwestern. »Kommt zu uns«, sagt er und sieht Camila direkt an.

»Ich habe gehört, daß Sie sich zur Ruhe setzen wollen?«

Sie begegnet der jungen Nancy nach dem Unterricht auf dem Heimweg. Es ist ein strahlender Wintertag, die Sonne läßt die Eiszapfen an den Hausdächern funkeln. Mit dem Sichten der Kisten sind sie vor ein paar Wochen fertig geworden. Das für die diversen Archive bestimmte Material haben sie nach Harvard und Minnesota, in die Dominikanische Republik und nach Kuba geschickt. Eine Kiste thront noch wie ein Felsblock in den Zimmern, die sie nach und nach leer geräumt hat. Irgendwann wird sie den anderen folgen. Doch vorerst will Camila sie noch bei sich haben, teils als Andenkentruhe, teils als Talisman.

»Nicht wirklich«, sagt sie.

»Nein?« Die junge Frau reckt das Kinn. »Wohin gehen Sie denn nun?« Die wochenlange Zusammenarbeit hat sie vorwitziger werden lassen, als sie es normalerweise im Umgang mit einer Lehrerin wäre.

Statt der gemischten Gefühle, die sie in der Vergangenheit überkommen haben, wenn sie mit dieser Frage konfrontiert wurde, empfindet Camila jetzt so etwas wie Befreiung – *Felder tragen ihre Blumen, Licht überflutet den Himmel.* Sie weiß genau, wohin sie will. »Ich schließe mich einer Revolution an«, sagt sie ziemlich laut, weil sie den gespenstischen Atemhauch sehen will, den die Worte in der Luft hinterlassen.

»Geht es Ihnen gut, Doctor Henríquez?« Die junge Frau kommt näher. Sie hat prachtvolles rotes Haar – als hätte jemand auf ihrem Kopf eine Flamme entfacht.

Camila ist so zuversichtlich wie seit langem nicht mehr. Gerade als sie dachte, ihr Leben wäre vorbei und der Rest ihrer Tage von einer Serie kurzer Reisen von einem sicheren Ort zum anderen bestimmt, von Pillen in ordentlich unterteilten Schachteln – ein Fach für jeden Wochentag –, von Heftchen mit eingeklebten Bonusmarken, die sie für kleinere Haushaltsgeräte bekommt, die sowieso immer kaputtgehen, von allmählich ihre Bestimmung aufgeben-

den Körperteilen, angefangen mit ihren schlechten Augen –
in dem Moment also, als sie dachte, ihre Geschichte sei
zu Ende, Nachwort, Coda, *diminuendo*, hat es sie auf
eine Karavelle verschlagen, deren Segel sich mit Wind füllen (nein, bitte nicht auf die Arche Noah, keine Rettung für sie auf Kosten anderer), und nun ist sie unversehens auf dem Weg nach Hause, im Kopf ein Liedchen aus
ihrer Kindheit: *Ich reise nach Cabo zu meiner Mutter… Heut ist die Bucht zu seicht, um einzulaufen….* Gerade als sie dachte…

Dabei sehnt sich das Herz doch nur nach einem: wieder zu
etwas nutze zu sein.

»Warum fragen Sie?«

Die junge Frau sieht sie verblüfft an, als wüßte sie nicht,
wie sie erklären soll, was sie aus dem Tonfall der älteren Frau
herausgehört zu haben glaubt. »Sie wirken auf mich irgendwie…« Sie macht eine Handbewegung, als würde sie etwas
abstellen. »…glücklicher«, sagt sie schließlich, obwohl das
Wort überhaupt nicht zu ihrer Geste paßt.

Camila legt den Kopf in den Nacken und lacht. Die junge
Frau lächelt verunsichert, als wisse sie nicht recht, was an
ihrer Bemerkung so komisch ist. Um sie nicht noch mehr zu
verunsichern, sagt Camila: »Ich gehe nach Hause oder, besser gesagt, so nah heran wie möglich. Ich glaube, das Heimweh plagt mich schon lange genug.«

»Bestimmt.« Nancy ist die Zuvorkommenheit in Person.
Ich sollte sie in den Süden schicken, damit sie für Max im
diplomatischen Dienst arbeitet, denkt Camila. »Das warme
Wetter wird Ihnen guttun«, fügt Nancy hinzu und verdreht
die Augen, als hätten sich die Schneemassen um sie herum
verschworen, ihnen das Leben schwerzumachen. »Aber ist
man dort unten denn sicher?«

»Meine gesamte Familie lebt dort«, erwidert Camila ener-
gisch, was allerdings nicht ganz der Wahrheit entspricht, da
der Großteil ihrer Familie in Wirklichkeit eine Insel weiter
wohnt.

»Vaya con Dios«, sagt Nancy, sichtlich stolz darauf, den passenden umgangssprachlichen Ausdruck gefunden zu haben.

Camila verspürt einen Anflug von Zärtlichkeit für die junge Frau, deren Haar rings um das blasse Gesicht regelrecht ins Kraut schießt. Bei ihrer Arbeit als Lehrerin ist das schon immer ein Handicap gewesen: Jedes Semester verliebt sie sich von neuem in ihre Babys, wie sie sie nennt, und verwöhnt sie nach Strich und Faden – das behauptet jedenfalls Pilar: »Ein Wunder, daß sie überhaupt wissen, was der Subjunktiv ist!«

Camila verabschiedet sich und steuert auf ihr Haus zu. Bei Joss Gate dreht sie sich noch einmal um – die junge Frau blickt ihr immer noch nach –, hebt einen purpurroten Fäustling und ruft: »Hasta luego.«

Oben in ihrer Wohnung vermitteln ihr die sonnigen Räume die schwindelerregende Gewißheit, das Richtige zu tun. Sie nimmt die Mappe mit ihren Listen – Pro und Kontra für dieses oder jenes Vorhaben – und rollt das Papierbündel zu einem Zylinder zusammen, der witzigerweise richtig offiziell aussieht, wie eine Schriftrolle oder ein Diplom. Dann stellt sie die Gasflamme an, zündet ein Ende der Rolle an und läßt die brennenden Seiten in die Spüle fallen. Die Zukunft geht in Flammen auf. Obwohl es noch längst nicht Abend ist, schenkt sie sich ein Glas Wein ein und hebt es feierlich hoch.

»Auf uns«, prostet sie der lichterfüllten, rauchigen Luft zu.

DOS

Contestación

———————

Santo Domingo, 1865–1874

In dem Jahr, in dem ich meinen fünfzehnten Geburtstag feierte, wurde ich zur Frau, jedenfalls behauptete Mamá das. Für eine *quinceañera*-Party hatten wir zwar nicht genug Geld, aber immerhin durfte ich mir den Stoff für ein neues Kleid aussuchen: einen blaßlila Musselin mit schwarzem Spitzenbesatz. Ich erinnere mich noch, daß wir beim Säumen gerade letzte Hand anlegten, als Papá atemlos hereinstürzte. »Mister Lincoln ist erschossen worden!«

Wir hatten den bärtigen Präsidenten unseres nördlichen Nachbarn gemocht. Er hatte für die Freiheit von Menschen unserer Hautfarbe gekämpft. »Dabei gibt es so viel lohnendere Ziele!«, war Mamás einziger Kommentar, worauf sie rasch das Kreuzzeichen schlug. Mamá hatte manchmal eine spitze Zunge, und danach mimte sie immer die Reumütige – als ob Gott das nicht durchschauen würde!

An meinem Geburtstag machten Ramona und ich, rechts und links bei Papá eingehakt, einen Spaziergang ins Stadtzentrum. Ich trug mein neues Kleid und eine Mantilla mit einem silbernen Kämmchen – ein Geschenk von Papá. Eigentlich wollten wir über die Plaza Central schlendern, aber als wir dort ankamen, zur Festung aufblickten und oben stolz die spanische Fahne im Wind flattern sahen, kehrten wir um. Unter dem Lorbeerbaum im Innenhof seines Hauses stieß Papá auf mich an und meinte, ich sei nun eine erwachsene junge Dame.

Mein Land dagegen war wieder zu einem kleinen Kind geworden, das seinem Mutterland gehorchen mußte.

An jenem Tag, dem 18. März 1861, waren wir nämlich auf dem Hauptplatz an Spanien zurückgegeben worden – wir waren wieder eine Kolonie.

Ich träumte davon, uns zu befreien. Das Papier war mein Schild, und die Wörter, die wie Waffen zu führen mein Vater mich lehrte, waren mein Schwert.

Ich übte auf dem Papier, und ich übte im Geiste: Reime, Refrains, Hymnen und Loblieder. Nachts im Bett schlief ich nicht etwa, sondern überlegte, was ich sagen würde, wenn man mich wie María Trinidad fesseln und mir die Augen verbinden würde, bevor man mich erschoß. Ich grübelte darüber nach, was ich dem spanischen Gouverneur ins Ohr flüstern würde, wenn ich die Gelegenheit dazu hätte. Und wenn ich es mit der Angst kriegen sollte, würde ich immer und immer wieder wie eine tapfere Kriegerin meinen Namen singen: »¡Herminia! ¡Herminia! ¡Herminia!«

Ich würde *la patria* irgendwann mit meinem spitzen Federkiel und einem Tintenfaß befreien.

Aber ich mußte sehr vorsichtig sein, um meinen Vater nicht in Schwierigkeiten zu bringen.

In seine Heimat zurückzukehren war Papá nämlich nur unter der Bedingung gestattet worden, daß er sich nicht in die Politik einmischte. Das mußte ihm insofern besonders schwer fallen, als im Norden des Landes der Restaurationskrieg ausbrach. Ich glaube, Papá war damals davon überzeugt, daß es besser wäre, unsere eigene *patria* als die Kolonie von jemand anderem zu sein. Aber er hatte nun mal sein Wort gegeben. Er sagte nichts und schrieb auch nichts. Statt dessen fing er an zu trinken und hatte ein strenges Auge auf Ramona und mich.

Zu den Bobadilla-Schwestern gingen wir nicht mehr, seit mein Vater uns Stichfragen zu allerlei Themen gestellt und herausgefunden hatte, daß wir zwar nicht wußten, wer Lope de Vega oder Dante waren oder was bei einer Blume, die er für uns pflückte, Stempel und Staubgefäße waren, dafür aber alles über den geziemenden Gebrauch eines Fächers (Fächer zuschnappen lassen: Kommen Sie nicht näher; Fächer langsam öffnen, während man über den oberen Rand späht: Sie dürfen mit mir sprechen) und darüber, aus welchen besonderen Blumen ein Königin-Isabela-Bouquet besteht oder wie man sich bei einem formellen Abendessen kleidet, wenn es in der Familie kürzlich einen Todesfall gegeben hat. Jetzt, wo die Spanier wieder da waren, brachen für die Bobadilla-Schwestern rosige Zeiten an.

Mamá pflichtete Papá schließlich bei, daß wir dort nur unsere Zeit vergeudeten, und nahm uns unter dem Vorwand von der Schule, sie brauche unsere Hilfe zu Hause bei den Näharbeiten – was nicht einmal aus der Luft gegriffen war. Nachmittags engagierte Mamá einen Hauslehrer, und sobald es abends abkühlte, machten wir uns auf den Weg zu Papás Haus. Wir fanden ihn entweder in seinem Garten oder in seinem Zimmer, wo er über die Enttäuschungen seines Lebens nachgrübelte und, nun ja, trank.

»Hat euer Vater wieder getrunken?« fragte Mamá uns jedesmal, wenn wir heimkamen.

Dann sahen Ramona und ich uns an, und meine Mutter meinte: »Schon gut, ihr braucht ihn nicht zu verpetzen.«

»Es trägt zum Erhalt seiner lebenswichtigen Organe bei...«, schlug Ramona zu seiner Verteidigung vor.

»... regt den Appetit an und fördert die Blutzufuhr zu den Nervenzentren im Gehirn«, spann Tía Ana den Faden fort.

Mamá bedachte ihre Schwester mit einem ihrer grimmigen Blicke, die einem das Blut in den Adern stocken ließen. Papá sagte immer, die Rebellen sollten ihre raffinierten Komplotte vergessen und statt dessen lieber Mamá auf den Gouverneurspalast loslassen. Sie könnte das spanische Imperium mit ihrem Blick in Grund und Boden »starren« und die Speichellecker schmoren lassen, die seit neuestem alle mit Lispler

sprachen, um zu zeigen, wie reinrassig sie waren. Papá fing
sogar ein Gedicht mit dem Titel »Für Gregorias Augen« an,
schrieb es aber nie fertig.

Dabei war er es, der alles überwachte. Es war, als hätte er all
seine Sorge und Aufmerksamkeit von *la patria* auf Ramona
und mich verlagert.

Langsam wurde uns klar – mir jedenfalls –, wie wichtig es
war, daß es da eine Nation gab, mit der er sich beschäftigen
konnte, sonst hätten Ramona und ich keinen Augenblick
mehr Ruhe gehabt. Als ich das einmal Mamá gegenüber
erwähnte, hielt sie es offenbar für eins der drolligsten Dinge,
die ich je gesagt hatte, denn sie wiederholte es immer wieder,
auch Papá gegenüber, der mich dann jedesmal finster
anblickte und meinte: »Am liebsten wärst du mich los, was?«

Das kam von der Trinkerei. Man machte eine harmlose
Bemerkung, und Papá bekam sie in den falschen Hals, und
dann blieb einem nur noch, ein Gedicht für ihn zu schreiben,
um den Nerv wieder zu beruhigen, den man in seinem Innern
getroffen hatte.

Auf diese Weise brachte ich ihn allerdings wieder zum
Schreiben. Eines Tages, nachdem ich ihm eins meiner Gedichte vorgelesen hatte, sagte er ein paar sehr kluge, hübsche
Dinge, denn mein Vater konnte mit Engelszungen reden, wie
Mamá immer wieder feststellte. Ich kritzelte seine Worte auf
ein Stück Papier und setzte sie noch am selben Abend zu Reimen zusammen. Tags darauf las ich ihm sein Gedicht vor,
ohne ihm jedoch zu sagen, daß es eigentlich von ihm stammte, und als ich fertig war, sah er mich an und sagte, Nicht
schlecht, Herminia, und ich sagte, Nicht schlecht, Nísidas,
und er sagte, Herminia, habe ich das wirklich geschrieben?
Und ich sagte, Nein, Nísidas, das hast du nicht geschrieben,
und er sagte, Ich wußte es, und ich sagte, Du hast es nicht
geschrieben, aber du hast es gesagt, und da fing mein Vater
plötzlich zu schluchzen an, was nicht ungewöhnlich war,
wenn er getrunken hatte, und ich mußte ihn an das erinnern,

woran er mich so oft erinnert hatte, nämlich daß Tränen die Tinte des Dichters sind und er sie nicht beim Weinen vergeuden solle.

»Ich weiß, Herminia, ich weiß«, sagte Papá. »Von jetzt an werde ich sie nicht mehr vergeuden.« Er drehte seine Taschenflasche auf den Kopf und hielt sie hoch, als wolle er den Garten wässern, doch anscheinend war sie bereits leer, denn es fielen nur ein paar dunkle Tropfen heraus. »Ich wurde als *poeta* geboren. Alles andere war Zufall. Aber wenn du nicht tust, wozu du geboren wurdest, macht dich das kaputt. Komm, ich möchte dir etwas zeigen.«

Er nahm mich bei der Hand und führte mich durchs Haus, vorbei an seinen beiden düster dreinblickenden, dunkel gekleideten Schwestern, die traurig in ihren Schaukelstühlen schaukelten, an den mit schwarzen Tüchern verhängten Bildern an den Wänden und der Votivkerze, die neben dem Bildnis seiner Eltern und seines Bruders Lucas brannte. So viele Menschen, die Papá geliebt hatte, waren gestorben, und ich konnte verstehen, daß er sich elend fühlte, weil er selbst noch am Leben war.

Im vorderen Salon stieß Papá die Fensterläden zur Straße auf und schob einen der Schaukelstühle beiseite. Spinnen huschten davon, und ich sah den langen, fettigen Schwanz einer Ratte, die in einem Staubwirbel unter die Andenkentruhe flitzte. Vor lauter Kummer hatten die Schwestern das Haus verwahrlosen lassen. An die Wand waren von Kinderhand mit schwarzer Kohle Worte geschrieben, die ich nur mühsam entziffern konnte. »Was ist das, Papá?« fragte ich.

»Das erste Gedicht deines Vaters – geschrieben im Alter von fünf Jahren.«

Papás Familie hatte bereits in diesem Haus gewohnt, als wir zum ersten Mal zu Spanien gehörten. Die Nabelschnur meines Urgroßvaters lag im Garten hinter dem Haus begraben. Mein Vater erzählte mir die Geschichte seines ersten Gedichts. Seine Großmutter, die sich bisher bester Gesundheit erfreute, war eines abends urplötzlich erkrankt, nachdem sie ein Guaventörtchen gegessen hatte. Die Familie schickte nach dem berühmten Doktor Martínez, dessen Berühmtheit hauptsächlich auf die Tatsache zurückzuführen war, daß er in Paris studiert hatte, was auch dick und fett auf seinem Schild stand: **Doktor Alfonso Martínez, Absolvent der Universität Paris**, aber auch auf seine zahlreichen Verweise darauf, was der berühmte Bernard oder der angesehene Craveilhier über *le corps humain* gesagt hatten.

Doktor Martínez untersuchte also die Patientin und empfahl ihr ein Brechmittel, das die Familie für sie anrührte, und er sagte, er werde am nächsten Morgen wiederkommen, sobald die Uhr zehn geschlagen habe. In jener Nacht starb Papás Großmutter. Als Doktor Martínez am nächsten Morgen eintraf, befanden sich Papás Angehörige im Schlafzimmer, um den Leichnam aufzubahren. Doktor Martínez wurde in den vorderen Salon geführt, wo er mit ansah, wie der kleine Enkel, ein Stück Kohle in der Hand, sein erstes Gedicht vollendete:

> *Doktor Martínez*
> *hat meine Großmutter*
> *mit seinem Pariser Abschluß*
> *sachkundig umgebracht.*

»Hast du Ärger gekriegt, weil du die Wand vollgeschrieben hast?« fragte ich. Ich hätte nämlich welchen gekriegt. Tía Ana hätte mir auf die Finger geklopft, wie sie es immer bei ihren Schülerinnen tat, wenn sie sie bei einer Unartigkeit ertappte.

Papá meinte, er sei nicht bestraft worden, in keiner Weise. Schließlich habe er lediglich in Worte gefaßt, was alle in der Hauptstadt gedacht hätten. »Und genau das sollte ein Dichter tun«, sagte Papá und musterte mich mit diesem Zehn-Gebote-Blick, den er immer dann bekam, wenn er mir einen Rat gab, von dem er erwartete, daß ich ihn unter der Rubrik »Dinge, die mein Vater einmal gesagt hat und die ich nie vergessen werde« ablegte. »Ein Dichter faßt in Worte, was alle anderen nur denken, weil sie selbst nicht den Mumm oder das Talent dazu haben.« Und er fügte überflüssigerweise hinzu: »Vergiß das nie.«

Ich vergaß es nicht – aber er. Als ich nämlich mit Worten besser umgehen lernte, wurde ich immer furchtloser, aber mein Vater fürchtete mehr und mehr um mich. Natürlich wußte niemand Bescheid. Gerade deshalb machte es ja solchen Spaß: Alle sprachen über Herminia, doch nur Papá und Ramona wußten, daß ich diese Herminia war.

Aber ich brachte nicht nur hochgestochene Dinge zu Papier.

Eines Tages erhielt ich von unserem Bauern den Auftrag, ein Gedicht für ihn zu schreiben. Ich sage »unser« Bauer, weil er alle paar Tage mit *víveres* von seinem Hof zu uns in die Stadt kam. Don Eloy hatte gehört, daß ich Verse schmiedete, wie er es nannte, und deshalb fragte er an, ob ich ihm ein oder zwei Gedichte für ein junges Mädchen schreiben wolle, dem er den Hof machte.

»Aber Sie haben doch Ihre *mujer*«, erinnerte ich ihn. War Don Eloy womöglich schon so alt, daß er seine Frau vergessen hatte?

»Du meinst Caridad? Ay Dios, pero si Caridad es una vieja.«

»Caridad ist keine alte Schachtel, Don Eloy. Caridad ist so alt wie Sie. Das haben Sie selbst gesagt. Sie haben gesagt, Sie beide wären nur ein paar Tage auseinander.«

»Weißt du was?« Don Eloy beugte sich zu mir. Sein Atem roch wie der von Papá, wenn er getrunken hatte. »Frauen altern von unten nach oben und Männer von oben nach unten.«

Also davon hatten mir die Bobadilla-Schwestern nie etwas erzählt.

»Ach, wirklich?« sagte ich und stemmte eine Hand in die Hüfte, wie Mamá es immer tat, wenn wir ihr etwas vorflunkerten.

»Es heißt doch immer, wir Männer wären Trottel. Das liegt daran, daß unser Grips schneller alt wird. Aber der Rest bleibt bis ins hohe Alter intakt. Die Weiber dagegen ... Schau dir doch bloß die alte Vettel an, na, eure Ana: Die tickt so genau wie ein Uhrwerk, stimmt's? Der Grips ist bei ihr voll da, aber der Rest ...« Er machte eine Handbewegung vom Hals abwärts. »Tot wie ein Türblatt.«

Wie merkwürdig die Natur das eingerichtet hat, dachte ich. Aber in der Natur ist manches ziemlich merkwürdig. Man bedenke nur, was für ein Aufwand es ist, jede Blume mit Stempel und Staubgefäße auszustatten, als müßten sie Angst haben, da draußen unter den Millionen von Blumen keinen Partner zu finden. (Es gibt mehr Blumen als Menschen: Das hat Papá mir bestätigt.) Am Ende willigte ich ein, Don Eloy sein Freiersgedicht gegen einen Korb Guaven von seinem Hof zu schreiben. Ein paar Wochen später berichtete er mir, daß die junge Frau angebissen habe. »Du mußt mir noch eins schreiben. Das erste hat den Baum geschüttelt, aber jetzt will ich, daß die Mangos auch runterfallen.«

Ich hatte in den vergangenen Wochen jedoch Gelegenheit, ein paar Nachforschungen anzustellen, und Papá hatte Don Eloys Theorie über das Altern für ausgemachten Unfug erklärt. Im übrigen waren die Guaven, die er mir mitgebracht hatte, völlig verwurmt, und in Erinnerung an das, was mit Papás Großmutter passiert war, warf ich sie einfach weg.

In den Tagen, als wir uns wieder eine Kolonie nannten, waren die Zeitungen regelrecht mit Gedichten gespickt. Der spanische Zensor ließ alles durchgehen, wenn es sich nur reimte, und so wurde jeder Patriot zum Dichter. Täglich kamen unser Freund Don Eliseo Grullón oder Papá nach dem Abendessen vorbei und brachten die eine oder andere Zeitung mit. Dutzende dieser Gedichte handelten von Freiheit.

Es war die Stunde der Dichtung, aber nicht die Stunde der Freiheit. Manchmal fragte ich mich, ob das so seine Richtigkeit hatte. Schließlich muß sich der Geist emporschwingen, wenn der Körper in Ketten liegt. Ich schrieb sogar eine Ode an die Freiheit, aber die zeigte ich niemandem, sondern legte sie auf den stetig wachsenden Stapel von Gedichten unter meiner Matratze.

Ich war nicht die einzige, die schrieb. Auch Ramona schrieb, und zwar jede Menge rührender Gedichte, die sie am liebsten kurz und bündig hielt. Ich dagegen neigte dazu, mich davontragen zu lassen.

»Das ist gut so«, sagte Papá immer wieder. »Du möchtest eben höher hinaus. Du möchtest bis zum Parnaß fliegen.«

»Wo ist das?« fragte ich, aber Papá war vertieft ins Schreiben eines eigenen Gedichts. »Komm mal her«, rief er und las mir eine Zeile vor. »Irgend etwas klingt hier noch nicht richtig.« Er las sie noch ein paarmal. Ich machte ihm Vorschläge, wie man den Wortfluß ein wenig auflockern könnte. »Herminia, Herminia«, sagte er augenzwinkernd. »Bald gebe ich dir meine Trompete und spiele selbst nur noch Flöte.«

Manchmal sahen Ramona und ich Josefa Perdomo die Straße hinuntergehen, und dann sagten wir voller Ehrfurcht zueinander: »Sie schreibt Gedichte!« Als der dritte spanische Gouverneur eintraf, hieß Josefa ihn mit ein paar Versen in *El Eco del Ozama* willkommen.

Alle schwärmten von der Schönheit ihrer Gedichte, aber ich war mir da nicht so sicher. Gut, die Gedichte waren schön, aber sie bewirkten etwas sehr Unschönes. Sie banden uns an ein Land, das uns zur Kolonie gemacht hatte. Es war so wie mit den Gedichten, die ich für Don Eloy geschrieben hatte: Sie waren klug und witzig, aber sie schüttelten die Mangos vom falschen Baum. Don Eloy hätte lieber seine alte Ehefrau hofieren und ihr das Gefühl geben sollen, sie sei das junge Mädchen, von dem er träumte. Das hätte ich zu ihm sagen sollen: Ich werde für Sie ein Gedicht schreiben, das Sie Caridad geben müssen, damit es jeden Zoll ihres halbtoten Körpers zu neuem Leben erweckt.

»Himmel noch mal, Salomé! Es sind doch nur Gedichte!« Manchmal nahm Ramona die hübsche, dralle Dichterin verbiestert in Schutz, als wäre Josefa eine menschliche Ausgabe der alten Puppe Alexandra, in deren hübsches Porzellangesicht Ramona früher ganz vernarrt war. »Es ist doch nicht ihre Schuld, daß wir jetzt wieder eine Kolonie sind. Sie ist einfach nur höflich.«

Doch das überzeugte mich nicht. Es war eine Sache, höflich zu sein, und eine ganz andere, Eindringlinge willkommen zu heißen und zu ihnen zu sagen: »Bitte fühlt euch hier wie zu Hause.« Und ein paar Leute taten genau das. Auch die Bobadilla-Schwestern übertrieben es mit ihrer Gastfreundschaft: Sie luden spanische Soldaten und Würdenträger zum Tee ein, und auf ihrem Dach – dem schönen spanischen Ziegeldach – wehte die spanische Flagge. Mit ihrem Gelispel trieben sie es so weit, daß man ihnen nicht gern auf der Straße begegnete, weil sie einen im Gespräch mit ihrem Speichel bespritzten, bevor man über das Wetter hinauskam.

Damals gelobte ich mir, nie selbst Gedichte aus Höflichkeit zu schreiben. Bevor ich etwas schrieb, was genauso hübsch wie wertlos war, wollte ich lieber überhaupt nichts schreiben.

Damit hatte ich die Latte für den Anfang ziemlich hoch gelegt. Aber ich denke, so war ich nun mal – jedenfalls meinte Mamá das: Entweder ich war mit ganzem Herzen bei der Sache, oder ich ließ es bleiben.

Eine Einstellung, die sich in der Liebe nicht gerade als hilfreich erweisen sollte.

Eines Tages brachte unser Hauslehrer Alejandro Román seinen jüngeren Bruder Miguel mit zum Unterricht. Ich war inzwischen achtzehn und hatte alles gelernt, was Alejandro mir beizubringen vermochte, und deshalb freute ich mich über ein neues Gesicht. Miguel war ein aufstrebender Dichter und hatte von seinem Bruder gehört, daß die Ureña-Mädchen niemand anders waren als die Töchter von Nicolás Ureña und obendrein blitzgescheit. Miguel hoffte also, in Mamás Haus nicht nur uns zu begegnen, sondern auch Bekanntschaft mit dem Dichter höchstpersönlich zu machen.

»Was für eine Art von Gedichten schreiben Sie, Miguel?«
fragte Ramona, als er das erste Mal zu uns kam. Wie ich
diese Frage haßte – genausogut konnte man einen Schmetterling aufspießen.

»Ich schreibe nach dem Arche-Noah-Prinzip: ein bißchen
von allem«, antwortete er mit einem Seitenblick auf mich,
und seine Augen lächelten mich an.

Ich bemühte mich, nicht zu lächeln. Erst kürzlich hatte
Mamá damit angefangen, uns aus Doña Bernarditas *Fibel
für junge Damen* vorzulesen, und einen Mann anzulä-
cheln gehörte zu den Dingen, vor denen Doña Bernardita
warnte.

»Ein Lächeln ist ein intimes Geschenk«, erklärte Mamá.
Wohlerzogene junge Damen behielten derart liebevolle
Gesten allein ihrem Ehemann vor, wie auch – hier zögerte
Mamá kurz – alles andere. Über dieses »alles andere« äußer-
te sich Mamá jedoch nicht weiter. Doña Bernardita vertrat
nämlich die Auffassung, allzu umfassende Kenntnisse auf
diesem Gebiet könnten eine junge Dame zu eigenmächtiger
Kopflosigkeit verleiten.

Ramona und ich wechselten einen Blick und zogen kaum
merklich die Brauen hoch. Dann fragte Ramona, die sich als
die Ältere gewöhnlich als erste auf Neuland vorwagte: »Was
ist damit gemeint, Mamá?«

Mamá errötete. Das sah hübsch aus, und außerdem ließ
die rosa Farbe auf ihren Wangen sie jünger wirken. »Das ist
eine Umschreibung für … individuelle Unbedachtheit.«

»Das ist ja *sehr* aufschlußreich, Mamá«, meinte Ramona.

Mamá schlug Doña Bernarditas Fibel zu und sah meiner
Schwester fest in die Augen. »Wollen Sie etwa frech werden,
junge Dame?«

»Non, non, Maman, pardonnez-moi«, sagte Ramona liebevoll und schlang die Arme um unsere Mutter. Ab und zu
wechselten wir ins Französische oder Englische, um Mamá
zu zeigen, wieviel wir von unserem Hauslehrer Alejandro gelernt hatten.

Irgendwann war also Miguel im Schlepptau seines älteren Bruders bei uns aufgetaucht. Schon bald war er so etwas wie ein Stammgast, und Mamá hatte nichts dagegen, daß er am Unterricht teilnahm. Ich glaube, wir taten ihr leid, weil wir kaum ausgingen und nur selten Besuch bekamen. Wir vier schlossen rasch Freundschaft und trafen uns über Jahre hinweg. Mamá sagte später, es seien die längsten Unterrichtsstunden gewesen, von denen sie je gehört habe, aber damals fand sie nichts Schlimmes an unserer unschuldigen Ausbildung.

Es fing ja auch alles ziemlich unschuldig an. Eines Tages verstrickten Miguel und ich uns in eine hitzige Diskussion über ein Gedicht von Lamartine. Bei unserem nächsten Treffen diskutierten wir wieder über Lamartine, als wäre das Gedicht für uns so etwas wie eine Tür, durch die wir gehen mußten, um woandershin zu gelangen. Als wir dann das nächste Mal über Lamartine sprachen, sagte Miguel: »Ich habe hier ein Gedicht von Espronceda, das dir bestimmt gefällt«, und das war wie eine neue Tür, die wir aufstießen, und Espronceda führte uns zu Quintana, und Quintana wiederum zu unserem Vater Nicolás Ureña (»Wie ich höre, ist er euer Vater!«), und Ureña zu unserer Dichterin Josefa Perdomo (»Ein Jammer, daß sie ihre Poesie für ein Lächeln verkauft«), und diese zu ein paar Gedichten einer unbekannten Poetin namens Herminia, die ich Miguel zeigte (»Sie sind ausgezeichnet! Kann ich Abschriften davon haben?«), und eines Tages, nachdem wir alle Türen aufgestoßen hatten und sämtliche Korridore entlanggegangen waren, saßen wir plötzlich wie Dantes Liebende ganz allein Seite an Seite in einem Zimmer.

Mamá war an jenem Tag zusammen mit Ramona zum Pier gegangen, weil ein Schiff aus St. Thomas angelegt hatte, das möglicherweise Kurzwaren verkaufte, die wir benötigten. Miguel war dageblieben, um mit mir über Herminias jüngstes Werk, ein Gedicht über den Segen des Fortschritts, zu diskutieren. Meine Tante beendete gerade den Unterricht für ihre kleinen Mädchen, aber als ihre Schützlinge sich auf den Heimweg machten, fiel eines der Mädchen die Treppe hinunter und fing an zu weinen. Vor lauter Aufregung über die Tränen und das blutende Knie vergaß meine Tante offenbar, daß sie zwei junge Menschen alleine ließ (ein absolutes WAS MAN NIE TUN DARF in Doña Bernarditas Fibel), als sie beschloß, das schniefende Mädchen zu dessen Großmutter zu bringen.

Es war nur eine Frage von Minuten. Doch in diesen Minuten war für einen jungen Mann genügend Zeit, um einen Vers oder auch zwei aufzusagen; Zeit, damit einer jungen Frau die Farbe aus dem Gesicht wich; Zeit für sie, um zu murmeln »Ich dich auch«; Zeit für ihn, um zu sagen, daß er sie nicht verstanden habe und ob sie nicht lauter sprechen könne; Zeit für sie, um dieselben Worte erneut zu stammeln; und dann war da dieser zeitlose Augenblick, in dem seine Hand über Lamartine, Espronceda und Quintana hinweggriff und die ihre innig drückte, bevor die Zeit ablief und Tía Ana atemlos in der Tür stand und ihre lange schattige Gestalt aussah wie Chronos höchstselbst, der gekommen war, um dem Privatunterricht von diesem Tag an ein Ende zu machen.

»Ich hätte das nie zulassen dürfen.« Mamá machte sich Vorwürfe, als ihre Schwester ihr von der anschließenden Szene berichtete: Meine Tante hatte sich auf den völlig verdatterten Miguel gestürzt, ihn buchstäblich am Schlawittchen hochgezogen (wobei sein Kragen aufgeplatzt war) und ihn vor die Tür gesetzt. Seine zerrissene Krawatte hatte sie ihm hinterhergeworfen.

Ramona redete danach tagelang kein Wort mit mir. Ich schätze, sie war nicht nur sauer, weil ich sie um ihren Unterricht gebracht hatte, sondern auch eifersüchtig, weil ich als die jüngere Schwester ihr eine Erfahrung voraus hatte. Mich hatte ein Mann *berührt*.

Und Papá tobte. Es war, als hätte ich etwas ganz Fürchterliches getan, wäre zur alten Blauen Partei übergelaufen oder würde die neue Rote Partei unterstützen, die Papá selbst

nicht mehr unterstützte, weil ihr Führer sich als Diktator entpuppt hatte. »Sie brechen dir alle das Herz«, sagte er und sah
mich mit diesem Nach-den-Zehn-Geboten-Blick von Moses
an, als dieser vom Berg herunterkam, um mit anzusehen, wie
die Israeliten leicht geschürzt ein aus eingeschmolzenem
Schmuck und Kandelabern gegossenes Kalb umtanzten.

Die schlimmste Folge war natürlich, daß mir fortan jegli-
cher Umgang mit den Román-Brüdern verboten wurde.
Schon bald verbannte unser Diktator Báez den Quell der Versuchung aus meinem Umfeld, indem er die beiden Brüder ins
Exil nach Haiti schickte, weil sie Gedichte gegen das neue
Regime geschrieben hatten. Wir waren nun zwar nicht länger
eine Kolonie, aber dafür eine Diktatur mit einem Zensor, der
um die Macht der Poesie wußte.

Ich fühlte mich in meine Kindheit zurückversetzt, denn so,
wie ich einst mein Herz an einen charmanten Mann im
Gehrock verloren hatte, der in Reimen sprach, hatte ich es
nun an einen charmanten jungen Mann mit kurzer Jacke und
Mütze verschenkt, der mir seine Gefühle gestanden hatte.
Mein Asthma machte sich wieder bemerkbar. Ich weinte
tagelang.

Ich wollte Miguel ein Geschenk machen, bevor er das
Land verließ. Abend für Abend hatte ich Herminias Gedichte abgeschrieben, um die er mich gebeten hatte. Für mich
stellte dies einen kleinen Akt der Rebellion gegen die albernen Vorschriften meiner Eltern dar. Allerdings hatte ich keine
Ahnung, wie ich ihm die Gedichte zukommen lassen sollte.

Ramona wußte Rat: Ramona, die meine Heulerei noch
nie hatte ertragen können und die alles getan hätte, um meinen Tränenfluß zu stoppen. Als Miguel bei der Sonntags-
messe auf dem Weg zur Kommunion an unserer Bankreihe
vorbeikam, schlüpfte Ramona hinter ihm in die Schlange.
Seite an Seite knieten sie vor dem Altargitter nieder.
Während sie darauf warteten, daß Padre Billini mit seinem
Kelch zu ihnen kam, steckte Ramona Miguel das Bündel
mit den Gedichten zu. Darunter befand sich auch ein Brief

von mir, in dem ich ihm Herminias Identität preisgab. Diese Geste erschien mir weit intimer als ein Lächeln, schließlich ließ ich die Maske fallen und gewährte ihm Einblick in mein geheimstes Seelenleben, das ich bisher nur dem Papier anvertraut hatte.

Ein paar Wochen später stand Papá mit verängstigter Miene vor unserer Tür, eine zusammengerollte Ausgabe von *El Nacional* unter dem Arm. Als er die Zeitung auseinanderrollte und mir hinwarf, klappte meine Kinnlade herunter. Auf der Titelseite stand mein Gedicht »Recuerdos a un proscrito«, »Erinnerungen an einen Verbannten«, das ich den Gedichten für Miguel beigelegt hatte. Unterschrieben war es mit »Herminia«.

»Qué pasa?« wollte meine Mutter wissen und überflog die erste Seite. Präsident Grant schickte aus dem Norden eine Abordnung amerikanischer Senatoren zu uns, um die Möglichkeit zu eruieren, ob man auf unserer Insel ein Stück Land kaufen und ein paar der einheimischen Farbigen mit dem Schiff herschicken und hier ansiedeln könne. Eine Organisation, die sich selbst Ku Klux Klan nannte, verbrannte Kreuze vor den Häusern von Negern, weshalb diese einer Auswanderung vielleicht nicht abgeneigt wären. Der Clyde-Dampfer würde in Kürze aus Havanna eintreffen. Señorita Trinidad Villeta war im Teatro Republicano zur Maikönigin gekürt worden.

Ungeduldig sah Papá meiner Mutter beim Lesen zu, und als er mit einem Blick über ihre Schulter feststellte, daß der obere Schlag der Haustür offenstand, bedeutete er mir mit einem Wink, sie zu schließen. Nachdem er das Gedicht laut vorgelesen hatte, sagte er: »Das ist aufrührerisch!«

Das Gesicht meiner Mutter leuchtete vor grimmigem Stolz. »Hut ab vor dieser Herminia! Sie spricht aus, was wir alle fühlen, aber selbst zu sagen nicht den Mut haben.«

Papá sah sie lange an, und anscheinend begriff er erst jetzt, daß ich meiner Mutter mein Pseudonym nie mitgeteilt hatte. Es war unser ganz besonderes Geheimnis.

Später im Bett überlegten Ramona und ich, was wohl geschehen war. Miguel hatte mein Gedicht offenbar seinen Freunden von *El Nacional* gegeben, damit sie es abdruckten. Wir konnten nur hoffen, daß er ihnen nicht meine wahre Identität verraten hatte.

Als wir Papá am nächsten Nachmittag zu Hause besuchten, warnte er mich: »Du mußt aufpassen, Herminia. Báez ist nicht mehr der alte. Er würde einen Freund wie mich nicht schützen, wenn er dahinterkäme, daß meine Tochter die Saat der Aufruhr sät. Also: Keine weitere Veröffentlichung ohne meine Erlaubnis!«

Natürlich versprach ich ihm, nicht noch einmal zu tun, was ich gar nicht getan hatte. In der darauffolgenden Woche stand wieder ein Gedicht von Herminia in der Zeitung. »Una lágrima«, »Eine Träne«, war zwar nicht durch und durch aufrührerisch, aber kein Diktator der Welt hätte diese an einen Exilanten gerichteten Zeilen lesen können, ohne sich angegriffen zu fühlen. *Eure* patria *noch immer in Ketten... Die Tränen, die ihr um sie vergossen, sind nie getrocknet...* In der Hauptstadt ging das Gerücht um, daß *El Nacional* noch im Lauf dieser Woche dichtgemacht würde. Aber die Zeitung erschien weiter. Offenbar wollte Báez den amerikanischen Senatoren beweisen, wie freiheitsliebend er war.

Über mehrere Wochen hinweg erschienen nun Gedichte von Herminia in der Zeitung. »Contestación« (»Erwiderung«), »A un poeta« (»An einen Dichter«), »Una esperanza«, (»Eine Hoffnung«), »Ruego« (»Bitte«), »Un gemido« (»Ein Seufzer«) und schließlich »La gloria del progreso« (»Der Glanz des Fortschritts«), das für Aufruhr sorgte. Unser alter Freund Don Eliseo Grullón, mittlerweile selbst ein bedeutender Politiker, verkündete, wer auch immer diese Herminia sei, sie werde das Regime noch mit Papier und Stift niederzwingen.

Papá war außer sich. Warum ich ihm unbedingt trotzen müsse? Das Exil wäre noch die geringste Strafe. Ich würde dafür sorgen, daß man uns allesamt umbrächte. Irgendwann gestand ich ihm schließlich, daß ich nichts mit der Sache zu

tun hatte, sondern daß ich nur ein paar Bekannten Abschriften meiner Gedichte geschenkt hatte. »Tut mir leid,
Papá.«

Insgeheim freute ich mich jedoch. Gedichte, *meine* Gedichte, rüttelten unseren Staatsapparat endlich wach! Statt mich
durch die Ängste meines Vaters abhalten zu lassen, verfaßte
ich noch kühnere Verse.

Manchmal zitterte mir beim Schreiben die Hand. Dann
beschwor ich mich flüsternd: *Herminia, Herminia, Herminia.* Sie war mutig. Sie ließ sich von ihren Ängsten nicht
unterkriegen. Sie schreckte vor harschen Worten nicht
zurück. Oder heulte wegen jeder Kleinigkeit los und vergeu-
dete ihre Tränen.

Heimlich, im Schutz der dunklen Nacht, arbeitete Herminia an der Befreiung der *patria.*

Und mit jedem Kettenglied, das sie für *la patria* aufbrach,
befreite sie auch mich.

Wenn ein neues Gedicht von Herminia in der Zeitung erschien, schloß Mamá die Fensterläden zur Straße und las es
uns im Flüsterton vor. Sie war von der mutigen Herminia
sehr angetan. Ich hatte Schuldgefühle, weil ich etwas vor ihr
geheimhielt, aber ich wußte, daß ihre Freude in Sorge
umschlagen würde, wenn ich ihr reinen Wein einschenkte.
Ihrer Theorie nach war Herminia in Wirklichkeit Josefa Perdomo, aber Tía Ana war anderer Auffassung. Josefa habe
einen sentimentaleren, gefälligeren Stil. »Diese Herminia ist
eine Kämpfernatur«, verkündete meine Tante nicht ohne
Stolz. »Ehrlich gesagt habe ich die Theorie, daß Herminia in
Wahrheit ein Mann ist, der sich hinter einem Frauenrock versteckt.«

»Wie interessant, Tante Ana«, sagte Ramona und sah
mich an. »Herminia – ein Mann? Irgendwie sehe ich das
nicht vor mir.« Meine Schwester hatte einen Heidenspaß. Sie
behauptete übrigens, es sei ihr zu verdanken, daß die Öffentlichkeit auf Herminia aufmerksam geworden sei. Ich wußte,

daß Mamá, wenn sie unsere Maskerade irgendwann durchschaute, Ramona als die unschuldige Komplizin, angestiftet von ihrer unartigen kleinen Schwester, die sich einmal von einem Mann hatte anfassen lassen, bezeichnen würde

Tatsächlich hatten wir beide zusammen ein loderndes Feuer entfacht, das allmählich außer Kontrolle geriet. »*La patria* hat ihre Muse gefunden«, stand im Brief eines anonymen Verfassers, der in *El Nacional* abgedruckt wurde. Überall gab es Aufstände. Die amerikanischen Senatoren verließen das Land. Gouverneur González aus der nördlichen Provinz Puerto Plata verkündete, er wolle eine eigene Partei gründen, und rief alle Dominikaner auf, in einer öffentlichen Kundgebung gemeinsam mit ihm gegen Báez' Tyrannei zu protestieren. Sein Aufruf inspirierte mich zu einem neuen Gedicht, das ich noch am selben Abend zu schreiben begann: *Erwache aus deinem Schlaf, meine Patria, wirf dein Totenhemd ab ...*

Dieses Gedicht war daran schuld, daß Mamá mir schließlich auf die Schliche kam. In unserem Haushalt war es üblich, daß wir unsere Matratzen im offenen Hof hinter dem Haus lüfteten. Vor dem Lüften achtete ich peinlich genau darauf, daß ich den Stoß mit den Gedichten, den ich unter meiner Matratze verwahrte, ganz unten in meine Kleidertruhe legte.

An jenem Tag hatte ich die Papiere zwar wie immer in Sicherheit gebracht, doch offenbar war die Tinte nach meiner letzten Überarbeitung von »A la Patria« noch feucht gewesen, als ich das Gedicht am Abend zuvor ganz oben auf den Stapel gelegt hatte. Die Folge war, daß das Blatt Papier an der Unterseite der Matratze klebte, und als wir sie umdrehten, fiel der Blick meiner Mutter geradewegs auf mein Gedicht oder, besser gesagt, auf Herminias Gedicht.

»¿Y qué es esto?« Meine Mutter pellte das Blatt Papier ab, und sie brauchte nicht lange zu lesen, um den Stil wiederzuerkennen. Sie sah mir fest in die Augen. »Wie konntest du nur, Salomé?«

»Aber du hast doch selbst gesagt, daß du stolz auf Herminia bist«, erinnerte ich sie. »Du hast gesagt, sie hätte den Mut, das auszusprechen, was wir alle denken, aber nicht zu sagen wagten.« Mir zitterten die Knie. In meiner Brust spürte ich die Verkrampfung, die jedem Asthmaanfall voranging.

Meine Mutter sagte kein Wort. Ich rechnete damit, getadelt zu werden, wie es manchmal Ramona erging, wenn sie unverschämt war. Aber Mamá sah mir meine Bestürzung wohl an. Also schlug sie lediglich das Kreuzzeichen und meinte kopfschüttelnd: »Dios santo, laß diesen Kelch an mir vorübergehen.«

»Wovon redest du?« Tía Ana war die Aufregung, die in der Luft lag, nicht entgangen, aber sie hatte keine Ahnung, was der Anlaß war.

Meine Mutter reichte ihrer Schwester das Blatt Papier, und Tía Ana überflog es rasch. Als sie bei der Unterschrift anlangte, verzogen sich ihre Lippen zu einem Lächeln. »Wer im Himmel mag bloß diese Herminia sein?« fragte sie mit gespielter Ahnungslosigkeit. »Und was haben ihre Gedichte unter der Matratze meiner Nichte verloren?«

Und damit bestimmte sie, wie wir in Zukunft mit dieser Angelegenheit umgehen sollten. Wir wußten nicht, wer Herminia war. Wir wußten nicht, wie ihr Gedicht in unser Haus gelangt war. Und als im Norden die Revolution ausbrach und die Hauptstadt von Blut überschwemmt wurde, nähte Mamá Herminias Gedichte samt und sonders im Saum eines alten Umhangs ein.

»Was meinen Sie?« fragten die Bobadilla-Schwestern meine Tante oder meine Mutter, wenn sie auf eine Stippvisite vorbeikamen. »Wer könnte diese Herminia sein?«

»¿Quién sabe?« erwiderte Mamá dann, »wer weiß. Ana schätzt, daß Herminia ein Mann ist.« Ich sah, wie sie bei diesen Worten über ihrem Herzen ein kleines Kreuzzeichen machte – als Buße für die Lüge, die sie den beiden aufgetischt hatte.

Ich hätte unser Geheimnis gewahrt. Ich unterschrieb meine Gedichte nie mit meinem richtigen Namen, weder während unserer glorreichen Revolution noch während der blutigen Besetzung der Hauptstadt oder in den Tagen der Ungewißheit, als eine Regierung die andere stürzte. Doch dann schlugen wir Anfang Februar – ich war damals dreiundzwanzig – *El Centinela* auf, eine der Zeitungen, die aufgrund ihres unverfänglichen Inhalts weiterhin erscheinen durfte, und unser Blick fiel auf einen blumigen kurzen Prosatext, der vom Winter und von weißen Schneeflocken handelte und mit *Herminia* unterzeichnet war.

»Herminia hat fraglos ein, zwei Klassen nachgelassen«, meinte unser alter Freund Don Eliseo Grullón, als er abends mit einer Ausgabe der Zeitung bei uns vorbeikam, die Papá uns bereits mitgebracht hatte. »Warum müssen unsere Schriftsteller über den Winter schreiben, als wären wir Amerikaner?« Es war Mode, den Norden in allerlei Dingen nachzuäffen, und das ging so weit, daß manche behaupteten, bei uns schneie es im Dezember, und wir müßten uns die Hände am Kamin wärmen. Kopfschüttelnd sagte Don Eliseo: »Unsere Herminia hat uns enttäuscht, genau wie unsere Josefa. Vielleicht können Frauen ein so brillantes Niveau nicht lange halten.« Es machte mich krank, daß ich mich nicht verteidigen konnte.

»Im Gegenteil, ich glaube, unsere Herminia stößt zu neuen Horizonten vor«, verteidigten die Bobadilla-Schwestern den Text. Seit einiger Zeit, genauer gesagt seit der angesehene Politiker Eliseo Grullón regelmäßig zu Besuch kam, schauten sie häufiger bei uns vorbei. Don Eliseo zufolge waren wir der einzige Haushalt in der Stadt, wo er mit Frauen anstatt über Haarbänder und Stoffe über Politik und Poesie reden konnte. »Ich finde Herminias Text entzückend«, fuhren die Bobadilla-Schwestern fort. Sie sprachen gewissermaßen im Chor, was wahrscheinlich daran lag, daß sie sich sowieso immer einig und ihre Meinungen deshalb austauschbar waren. »Im Gestöber die weißen Flocken treiben, Väterchen Frost tanzt mit Frau Winter den Reigen«, zitierten sie. Jetzt war mir noch elender zumute. Wenn ich jemals ein Gedicht über den Winter schreiben sollte, würde ich es gescheit machen. »Ja, wirklich, Herminia schreibt irgendwie femininer. Was meinen Sie, Don Nicolás?« Mein Vater war ebenfalls bei uns zu Besuch.

»Ich glaube, das ist nicht dieselbe Herminia«, konstatierte Papá.

»Sie scheinen sich da sehr sicher zu sein, Don Nicolás«, bemerkte Don Eliseo. »Aber Sie dürfen nicht vergessen: Selbst Shakespeare hat sich ein paar Ausrutscher geleistet, und auch Calderón hat Schund geschrieben. Espronceda hat ebenfalls seine einfallslosen Augenblicke. Und Sor Juana kann mitunter unerträglich sein.« Er deutete eine Verbeugung an, um sich bei den Damen zu entschuldigen, weil er eine ihrer Lieblingsdichterinnen kritisiert hatte. »Aber Ramona und Salomé haben überhaupt noch nichts dazu gesagt«, stellte er fest, woraufhin Ramona etwas stammelte des Inhalts, es könnte doch auch sein, daß es viele Herminias gäbe, so wie es viele Anas, Estelas, Filomenas und Salomés gab.

»Hmm«, machte Don Eliseo nachdenklich. Er ließ einen Augenblick verstreichen, um nicht den Anschein zu erwecken, daß er Ramonas Beitrag allzu rasch abtat. Dann wandte er sich mir zu. »Und was ist mit Ihnen, Salomé?«

Ich verspürte plötzlich Atemnot, wie immer, wenn ich mich zu etwas äußern sollte. Mamá fand, daß mein Asthma und meine Schüchternheit von Jahr zu Jahr schlimmer wurden. Oft mußte sie einspringen und für mich antworten.

»Herminia fühlt sich in letzter Zeit nicht wohl…« Meine Mutter verstummte und wurde puterrot. Rasch verbesserte sie sich: »Was rede ich denn da?« fragte sie und lächelte gequält in die Runde. »Ich meine natürlich *Salomé*. Bitte entschuldigt. Das kommt von dem ganzen Gerede über Herminia.« Dann berichtete sie ausführlichst von meinen jüngsten Asthmaanfällen. Mir war es peinlich, daß sich meine Mutter derart über mein Leiden verbreitete, als wäre ich noch immer ein Säugling in ihren Armen und als könnte man ruhig in die Welt hinausposaunen, wie es um meine Körperfunktionen bestellt war.

Die Bobadilla-Schwestern plauderten weiter, aber Don Eliseo sah mich immer wieder prüfend an. »Dichter müssen tapfer sein«, war alles, was er an diesem Abend beim Abschied zu mir sagte.

Ich weiß nicht, ob es darauf zurückzuführen war, daß Miguel bald wiederkommen würde und ich etwas tun wollte, damit er stolz auf mich wäre; oder darauf, daß ich mein neuestes Gedicht mit dem Titel »A la patria« fertiggestellt hatte, also das, das Mamá an der Unterseite meiner Matratze entdeckt hatte, und daß ich Herminias guten Namen reinwaschen wollte. Jedenfalls stand ich, nicht lange nach diesem Vorfall, eines Tages frühmorgens auf, zog mein Kleid aus lavendelfarbenem Musselin und meine geknöpften Stiefel an, setzte mein Häubchen auf und schnürte die Bänder schön fest. Während Mamá und Tía Ana im hinteren Teil des Hauses mit Kaffeekochen und dem Pürieren von Kochbananen beschäftigt waren und Ramona noch schlief, schlüpfte ich aus dem Haus und lehnte die Tür so an, daß sie geschlossen aussah. Ich ging die Straße des 19. März bis zur Straße der Märtyrer hinunter, bog rechts und gleich darauf links ab, ging die Separation Street bis zum Stadtzentrum entlang und schob unter der Tür der Eigentümer von *El Centinela* mein jüngstes Werk hindurch.

Kaum war die Zeitung erschienen, tauchte Don Eliseo in aller Frühe mit einem zusammengerollten Exemplar und einem Strauß Gardenien, meinen Lieblingsblumen, bei uns auf. »Ich habe eine der allerersten Ausgaben«, verkündete er und hielt die Zeitung hoch. Dann reichte er mir die Blumen mit den Worten: »Und ich möchte gern der erste sein, der zu Ihnen sagt: Das ist bisher Ihr bestes, Herminia!« Mit einem Augenzwinkern fuhr er fort: »Eine Menschentraube ist hierher unterwegs.«

»Ay, Dios mío, ay, Dios mío«, jammerte meine Mutter. Selbst nachdem Don Eliseo ihr erklärt hatte, daß es sich um eine Schar von Bewunderern handelte, war sie nicht davon zu überzeugen, daß wir hier sicher wären. Tía Ana nahm ihr die Zeitung aus der Hand, und nachdem sie das Gedicht gelesen hatte, reichte sie es feierlich an Ramona weiter, die es ebenfalls las und dann an mich weitergab.

Doch ich brauchte nicht noch einmal zu lesen, was ich geschrieben hatte. Schließlich war das Gedicht die Frucht wochenlanger Arbeit. Und am Ende, nachdem ich mir jedes einzelne Wort, Zeile für Zeile mühsam abgerungen hatte, fand ich den Mut, die beiden Worte darunterzusetzen, die zu schreiben mir am schwersten gefallen war: Salomé Ureña.

ZWEI

Winteranfang

Middlebury, Vermont 1950

»Ich kann nicht glauben, daß du bis nach Middlebury gefahren bist, um noch mehr Schnee zu sehen«, ulkt Marion.

Diese Art Bemerkung muß sich Camila in Poughkeepsie ungefähr ein halbes Dutzend Mal pro Winter anhören. Aber irgendwie enttäuscht es sie, daß Marion ihre liebe Freundin so spricht. Sie hat sich von ihr mehr erwartet: einen melodischen Satz, einen fesselnden Kommentar, das Gedicht ihrer Mutter über den Winter.

> Andernorts bist du viel rauher,
> beraubst die Felder ihres prachtvollen Gewands,
> läßt das raunende Wasser der Flüsse verstummen ...

Mit gesenktem Kopf kämpft sie sich an der Seite ihrer Freundin die Straße entlang. Der Schnee umwirbelt sie, als wäre es nicht einfach nur Schnee, sondern Schnee in Rage, aufgebrachter Schnee, weil er für allzu viele hübsche Winterszenen auf Postkarten und in Gedichten herhalten muß, Schnee, der beweisen will, daß er auch etwas Gemeines, Todernstes sein kann. Hätte ihre Klugheit über ihre Eitelkeit gesiegt, hätte sie sich die rote Mütze aufgesetzt, die ihre Nachbarin von unten ihr zum Valentinstag gestrickt hat. Statt dessen hat sie einen Seidenschal lose um den Kopf geschlungen und ihre ungefütterten Lederhandschuhe angezogen. Ihre Finger sind taub.

Aber sie fand es immer albern, sich mit Wintergarderobe einzudecken, da doch jedes Jahr ihr letztes in den Vereinigten Staaten ist.

»Dieser Februar ist einer der schneereichsten seit Menschengedenken«, fährt Marion fort und stößt wie aus Protest weiße Atemwölkchen aus. »Arme Camila, sieben Stunden im Bus!« Marion ist doch sonst nicht so fürsorglich. Camila fragt sich, was sie im Schilde führt.

Sie ist am frühen Morgen in Poughkeepsie losgefahren. Normalerweise dauert die Fahrt vier Stunden, aber auf dem Weg nach Norden brach der Schneesturm aus, und der Fahrer kam nur noch im Schneckentempo voran. Durch das Fenster bot sich ein Blick auf eine pointillistische Studie in Weiß. Immer wieder schaute sie auf die Uhr. Noch reichlich Zeit. Ihr Schulbesuch ist auf vier Uhr nachmittags angesetzt, und die Präsentation findet erst am Abend statt.

Die Rede, die sie vorbereitet hat, wird sie in diesem Jahr, in das der hundertjährige Geburtstag ihrer Mutter fällt, noch ungezählte Male halten. Es ist eine akademische, nicht sonderlich anregende Rede, und das weiß sie. Sollen doch andere gebildete Leute über Salomés Dichtkunst und ihre Pädagogik reden – von ihr als einziger Tochter erwartet man, daß sie diese Frau in einem anderen Licht darstellt.

Dabei sollte ihre Rede mitreißend sein und an die hehren Gefühle appellieren. (Kann man Mitte des zwanzigsten Jahrhunderts überhaupt noch an Gefühle appellieren? In einer Zeit, in der Rußland soeben eine Atombombe gezündet hat und Senator McCarthy in Washington eine Säuberungsaktion durchführen läßt, die Erinnerungen an Batistas Geheimpolizei wachruft? In ihrer Heimat, der Dominikanischen Republik, ist ein kleines, aus Rebellen bestehendes Invasionskommando, zu dem auch ihr Cousin Gugú gehörte, von Trujillos Handlangern niedergemetzelt worden.) Bisher hat sie sich noch nie als Mitglied ihrer berühmten Familie öffentlich zu Wort gemeldet. Sie war überrascht, wie viele Einladungen sie erhalten hat, in diesem Jahr über ihre Mutter zu sprechen. Schließlich ist sie doch eine Unbekannte und hat nichts Besonderes geleistet. Trotzdem ist sie gefragt, und zwar – und das ärgert sie – aus sentimentalen Gründen: Sie ist die Tochter, die ihre Mutter verloren hat, die Waise, die in ihrem gestärkten Ausgehkleid loszieht, um zum Geschluchze alter Tanten und Freunde der Familie das Gedicht ihrer Mutter »El ave y el nido« zu zitieren.

Vielleicht sollte sie eins tun, nämlich das, was sie in einer alles andere als inspirierten Stunde auf zwanzig Blatt Papier getippt hat, einfach wegwerfen – den geschichtlichen Rückblick auf Hispaniola, Gallego und Quintana und deren metrisch-rhythmischen Einfluß auf die patriotischen Gedichte ihrer Mutter; die Ausführungen zum Pseudonym ihrer Mutter sowie zur Verwendung, zum Sinn und zur Folge von Pseudonymen in einem Caudillo-Staat; die kurze Anekdote über eine neidische Rivalin, die sich das Pseudonym ihrer Mutter angeeignet hat, eine Anekdote, die Camila zur Unterhaltung eingeflochten hat, so wie man vor den Augen eines quengeligen Kindes mit einer Rassel herumfuchtelt, damit es vor den Leuten, auf die man Eindruck machen will, nicht womöglich losbrüllt – und sich statt dessen das schwarze Kleid ihrer Mutter anziehen, die mit Ordensbändern geschmückte nationale Ehrenmedaille über den Kopf streifen, im Scheinwerferlicht wie ein auf hellem Stoff aufgespießter Schmetterling vor das Publikum im College treten und ihre Lieblingsgedichte zitieren (»Ruinas«, »Sombras«, »Amor y anhelo« (»Liebe und Sehnsucht«) und natürlich »Mi Pedro«).

Andererseits ist es ihre Jungfernrede. Vielleicht wird ihre Rhetorik mit der Zeit durch die Routine besser. Kommende Woche wird sie diese Rede in Columbia halten und Ende des Monats in Harvard, wo man sich immer noch an Pedro erinnert und ihn in Ehren hält. Des weiteren hat sie zugesagt, am Feiertag Cinco de Mayo nach Wellesley zu fahren, obwohl es zwischen Salomé und Mexikos Unabhängigkeitstag natürlich keinen Zusammenhang gibt. »Das spielt keine Rolle«, hat ihr Freund Jorge Guillén, der an der dortigen Uni unterrichtet, versichert. »Es ist ein lateinamerikanischer Feiertag, und genausogut könntest du über Carmen Miranda reden – Hauptsache, die Dekane halten ihren Campus für international.«

»Jorge kann ganz schön ausgebufft sein«, hat Camila daraufhin zu Marion gesagt.

»Jorge ist in dich verschossen«, behauptet Marion immer wieder. Der spanische Dichter ist seit zwei Jahren Witwer, und aufgrund von Marions Anspielung könnte nun der Eindruck entstehen, daß Camila mit ihrem Kollegen von der Sommerschule eine heiße Romanze hat. Aber Guillén hat Camila lediglich seine neusten Gedichte geschickt, weiter nichts, und diese drehen sich, wie Camila Marion anschließend erklärt hat, ausschließlich um den Verlust von Germaine.

Man hat Camila eingeladen, an Salomés Geburtstag am 21. Oktober im *instituto* zu sprechen, das ihre Mutter in der Dominikanischen Republik gegründet hat. Ihre Rede soll den Auftakt zu einer Reihe von Veranstaltungen im Rahmen eines einwöchigen Festivals zu Ehren ihrer Mutter bilden. Außerdem soll sie beim Salomé-Ureña-Poesie-Wettbewerb als Jurorin fungieren und die erste vollständige Ausgabe der Gedichte ihrer Mutter vorstellen. Das Festival soll mit einem Gedenkgottesdienst an Salomés Grab beschlossen werden, und Max hat geschrieben, daß El Jefe anwesend sein und eine Münze im Wert von fünfzig Cents mit »Mutters hübschem Porträt darauf« enthüllen wird.

Allein schon deshalb würde Camila Max am liebsten einen Klaps geben, auch wenn er ihr vornehmer älterer Bruder ist. Pedro, wäre er noch am Leben, hätte nie zugelassen, daß der Name seiner Mutter vom Diktator in dieser Weise mißbraucht wird. Selbst Pancho hätte sich nicht dazu breitschlagen lassen – obwohl Max mit seiner Engelszunge bei ihrem Vater immer seinen Willen durchgesetzt hat. Leider ist es

Camila nie gelungen, Max zur Einsicht zu bringen, ebensowenig wie einen der anderen Männer der Familie, sobald die sich erst einmal in etwas verbissen hatten. Am besten, sie kommt ihnen nicht in die Quere. Andererseits will sie die sechshundert Mädchen des *instituto* nicht enttäuschen, deren Klassensprecherinnen Bettelbriefe an sie geschrieben haben: »Verehrte Señorita Salomé Camila, wir bitten Sie inständig, uns mit Ihrer gnädigen Anwesenheit zu beehren.« Der dominikanische Hang zu schwülstigen Formulierungen hat seit Beginn der Diktatur astronomische Ausmaße angenommen.

»Da wären wir!« verkündet Marion für den Fall, daß Camila in diesem Unwetter den Überblick verloren haben sollte. Aber Camila hat schon immer einen guten Orientierungssinn und ein Händchen für Überlebensstrategien gehabt. Als man ihr in ihrer Kindheit zum ersten Mal das Märchen von Hänsel und Gretel vorlas, wandte sie ein, daß sie das mit den Brotkrumen für keine gute Idee halte. »Und wenn ein Tier sie auffrißt – was dann?«

»Hast du das Märchen etwa schon einmal gelesen?« fragte ihre Stiefmutter und klappte das Buch zu. In ihren Augen lag wieder dieser komische Ausdruck – eine Art Multiple-Choice-Ausdruck, bei dem die richtige Antwort weder (a) Argwohn noch (b) Besorgnis, noch (c) der Wunsch, zu gefallen, noch (d) der Wunsch, zu verbannen war, sondern die ökumenische Lösung (e) All das Vorgenannte –, aus dem man so schwer schlau wurde.

Marion geht mit trampelnden Schritten nach oben. An den Türen auf jedem Treppenabsatz hängen Blumenkränze, kleine Notizblöcke mit Stiften an Schnüren, die mit Reißzwecken befestigt sind, ein blau weißer Collegewimpel (hier wohnt die zweite Sportlehrerin) oder ein Poster der Sprachschulen. Das Dozentenwohnheim ist wesentlich größer als das in Poughkeepsie. »Unser Irrenhaus«, spottet Marion ziemlich laut und stampft den restlichen Schnee von ihren Stiefeln. Camila fragt sich, ob Marions Nachbarinnen sich dadurch nicht gestört fühlen. Sie muß an ihre eigenen Mitbewohnerinnen denken, an Vivian und Dot. »Manchmal wissen wir nicht mal, ob Sie zu Hause sind«, haben sie einmal zu ihr gesagt. Camila geht davon aus, daß sie das als Kompliment gemeint haben.

An Marions Tür hängt nichts, aber Camila erinnert sich an eine Reihe von Dekorationen aus der Vergangenheit: ein Foto aus *Life* von Martha Graham, die sich zur Seite neigt und ein Bein hochstreckt, so daß sie wie ein sich öffnender Fächer aussieht; die Staatsfahne von North Dakota, die wirklich recht hübsch ist: türkisfarben mit goldenem Rand, eine Fahne, wie sie eher zu einer prunksüchtigen Diktatur in einem tropischen Land passen würde als zu einem tristen Staat des Mittleren Westens voll Deutscher und Schweden; ein Foto der beiden Freundinnen auf einer Achterbahn: Camila, wie sie mit geschlossenen Augen ihre Mütze festhält, und Marion mit aufgerissenen Augen, zu einem Kreischen geöffneten Mund und zu Berge stehendem kurzem Haar, als hätte sie ein Gespenst gesehen. Jetzt befindet sich nicht einmal ein Namensschild an Marions Tür. Im Wohnzimmer stehen jede Menge Schachteln. Allem Anschein nach löst sie die Wohnung gerade auf, denn die Wände sind nackt bis auf ein nicht zu übersehendes Ölbild eines silberhaarigen, wohlhabend wirkenden Mannes, der gleichsam im Wohnzimmer Hof hält – ein Porträt, das wohl eher für ein Sitzungszimmer bestimmt ist und auf dessen Messingplakette steht: John Reed, Bezirksdirektor der *North American Life Insurance Company*. »Daddy«, also Marions Vater, ist vor vier Jahren gestorben. Sein Bild packt Marion selbstverständlich ganz zuletzt ein.

»Was geht hier vor?«

»Ich ziehe aus«, verkündet Marion. Camilas schockierten Gesichtsausdruck deutet sie als Sorge darum, was denn nun aus ihrem Besuch wird, und deshalb fügt sie sofort hinzu: »Keine Angst, vorher höre ich mir noch deine Rede an.«

Auf dem Weg zur Munroe Hall erklärt Marion ihr alles –
sofern das von Gekicher durchsetzte Geständnis, das sie ihr
macht, als Erklärung bezeichnet werden kann. Während
Camila mit jedem Jahr gesetzter geworden ist – ordentliche
Professorin mit Lehrstuhl in Vassar, Vorsitzende der Nord-
östlichen Sektion des Verbands für Moderne Sprachen –, ist
ihre Freundin Marion immer exzentrischer geworden. Ihre
Garderobe sieht aus, als habe sie den Kostümfundus des
College geplündert. Ihr Haar ist zu einem kurzen Bob mit
Pony geschnitten und mit knalligen Tüchern umwunden, die
beim Gehen dramatisch hinter ihr herflattern. Es hat den
Anschein, als wolle Marion Aufmerksamkeit erregen, und
sie hat keine Lust, sich diese durch verantwortungsvolles
Verhalten zu sichern, sondern versucht wie ein junges
Mädchen, sie sich durch eine auffällige Erscheinung zu
erzwingen.

»Ich gehe nach Florida.«

»Warum um alles in der Welt?«

»Wegen Lesley«, sagt Marion und beobachtet Camila
dabei genau.

Camila verspürt einen eifersüchtigen Stich. Sie wendet das
Gesicht ab, damit Marion nicht sieht, was in ihr vorgeht. In
den vergangenen fünfundzwanzig Jahren hat sie Marion im
Grunde genommen immer wieder hingehalten. Warum sollte
sie jetzt betrübt darüber sein, daß Marion endlich gefunden
hat, wonach sie sich immer gesehnt hat: eine Frau, die sie
gern hat und mit der sie zusammenleben möchte.

»Wer ist sie?« fragt Camila ruhig.

»Lesley ist ein Er«, erwidert Marion schmunzelnd.

Camila hat das sichere Gefühl, daß Marion ihr diese kleine
Falle in Form eines männlichen Liebhabers mit Frauennamen
gestellt hat, um sie aus der Reserve zu locken. Aber sie darf
sich jetzt nicht aufregen. Ihr Unterrichtsbesuch beginnt in
wenigen Minuten. Sie muß einer Gruppe von Studenten
gegenübertreten und ihnen etwas über die Dichtkunst ihrer
Mutter erzählen. Außerdem hat sie sich bereit erklärt, sich

anschließend mit einem begabten dominikanischen Studenten zu treffen, der Schwierigkeiten mit dem Einleben hat.

»Es ist ein alter schottischer Name«, räumt Marion ein, »wie bei Leslie Howard, weißt du?« (Wer ist Leslie Howard? fragt sich Camila.) »Sein vollständiger Name lautet Lesley Frederick Richard der Dritte. Eigentlich läuft er unter Fred, aber mir gefällt Lesley besser.« (Natürlich!) »Er hat ein Sommerhaus am Lake Champlain, und dieses Jahr ist er länger dort geblieben. Aber der Winter ist ihm dort zu heftig, und deshalb fährt er demnächst nach Hause, also nach Florida, und er möchte, daß ich zu ihm ziehe.«

»Dann wollt ihr also heiraten?«

»Heiraten?« ruft Marion entsetzt aus. »Wer redet denn vom Heiraten?«

Camila ist ungehalten. Es kommt ihr so vor, als habe sie eine ihrer störrischen Studentinnen vor sich, und zwar die, die sie immer wieder davon zu überzeugen versucht, Französisch oder Deutsch zu belegen. »Bitte komm zur Vernunft, Marion!« Rings herum schneit es. Plötzlich fühlt sich Camila selbst wie eine Braut, die nach der Trauung mit Händen voll Reis beworfen wird. »Was wird aus deinem Job?«

»Ach, Cam, hör schon auf. Hier nimmt man Tanzen doch überhaupt nicht ernst. Hier soll ich die Mädchen immer nur in einer Reihe aufstellen wie Kohlköpfe in der Gemüseabteilung.« Einen Augenblick scheint es, als hätte Marions Verbitterung ihren Übermut hinweggespült, aber sie reißt sich gleich wieder zusammen – Marion reißt sich immer zusammen. »Egal. Glaub mir, die sind bestimmt froh, mich loszuwerden. Vor allem nach unserer Herbstaufführung.« Camila hat davon gehört: Die Tänzerinnen haben die verschiedenen Lebensalter einer Frau dargestellt, unter anderem auch eine Geburtsszene mit vielen Variationen des Zuckens und Sich-Aufbäumens.

Wir sind beide zu alt dafür, sagt sich Camila. Zu alt, um in der Weltgeschichte herumzutingeln wie mutterlose, tochterlose, vaterlose Seelen. »Ay, Marion, Marion.«

»Du brauchst mich nicht zu bemitleiden. Lesley ist ziemlich gut situiert«, versetzt Marion hämisch.

Kopfschüttelnd stapft Camila davon. Wenn Marion eine ihrer Launen hat, ist jedes Wort verschwendet.

»He, nun sei doch nicht gleich eingeschnappt«, ruft Marion und läuft ihr nach. »Du hast doch selbst ein nettes kleines Techtelmechtel mit Guillén.«

»Fang bitte nicht wieder davon an, Marion«, Camila fällt auf, daß sie wieder ihren Alleswisser-Ton angeschlagen hat. Etwas milder gestimmt, sagt sie: »Ich versuche nur, mir den Rest meines Lebens einfacher zu gestalten, nicht komplizierter.«

»Das versuchst du schon seit deiner Geburt«, gibt Marion schlagfertig zurück. Oje, denkt Camila, warum habe ich die Einladung bloß angenommen? Als Graziano, der Leiter der spanischen Abteilung, sie auf den Campus eingeladen hat, damit sie über ihre Mutter spricht, hat sie vor allem deshalb zugesagt, weil sie auf diese Weise Marion wiedersehen würde.

»Komm schon, Cam«, meint Marion versöhnlich und hakt sich bei ihr unter. »Überleg doch mal, wie Daddy sich freuen würde. Weißt du noch, daß er immer Angst hatte, ich könnte mit jungen Burschen nichts anfangen?« Marion ahmt Mr. Reed, wie Camila ihn in Erinnerung behalten hat, perfekt nach. »Egal, warum beglückwünschst du deine alte Freundin nicht einfach zu ihrem neuen Abenteuer? Vergiß nicht, du und ich – wir sind in unserem besten Alter! Oder hast du den Artikel in *Life* über Frauen in den Fünfzigern etwa nicht gelesen? Laß es krachen, Schätzchen, jetzt fängt der Spaß erst richtig an!«

Obwohl ihnen auf dem Fußweg des Campus ein paar Studenten entgegenkommen, vollführt Marion einen tänzerischen Luftsprung und klammert sich anschließend lachend an die Schulter ihrer Busenfreundin. Die Studenten lächeln; sie freuen sich, daß sie eine Lehrerin in ausgelassener Stimmung erleben. Sie steuern auf die Munroe Hall zu – bestimmt gehen sie in die Klasse, der Camila später einen

Besuch abstatten wird. Einer von ihnen, ein etwas ver-
krampfter junger Mann mit ähnlich braungelber Haut, wie
sie sie hat, mustert sie mit leidvoller Miene, als versuche er,
sich ein Bild von ihr zu machen.

Eigentlich müßte sie daran gewöhnt sein. In all den Jahren
ihrer Freundschaft hat Marion in regelmäßigen Abständen
die Zelte abgebrochen und etwas völlig Unerwartetes getan.
Vor Jahren hat sie der Universität den Rücken gekehrt und ist
Camila nach Kuba gefolgt. Camila erinnert sich noch, wie
ihre hübsche dunkelhaarige Freundin eines Tages plötzlich
mit einem Koffer in jeder Hand vor ihrer Tür stand. »Hallo!«
sagte Marion mit gespielter Forschheit, wie Camila sofort
auffiel. Marions Gesicht war noch blasser als sonst, es war
blaß vor Unruhe und Furcht. »Weißt du noch, wie du gesagt
hast: Mi casa su casa?« fragte sie mit brüchiger Stimme.
    Zärtliche Gefühle überfluteten Camila, und am liebsten
hätte sie vor Dankbarkeit geweint. Sie hatte Marion schrecklich vermißt, mehr, als sie sich hatte eingestehen wollen. Als
sie nach Süden ging, hatte sie geglaubt, sie würde ihre geliebte Freundin nie wiedersehen. Und nun war sie da, ihre Marion, so treuherzig und anhänglich wie ein Geliebter aus dem
Märchenbuch.
    Marion verkündete, sie sei gekommen, um in Kuba
modernen Tanz zu unterrichten. »¡Excelente! Wir brauchen
in Kuba dringend eine Schule für modernen Tanz«, sagte
Pancho ohne eine Spur von Ironie in der Stimme. Wenn
Marion gesagt hätte, sie sei gekommen, um eine Schule für
Cheerleader zu eröffnen, hätte Pancho wahrscheinlich
gesagt: »Wie schön! Wir brauchen in Kuba dringend Cheerleader.« Armer Pancho, er war immer viel zu sehr mit seinen
eigenen Dingen beschäftigt, um sich mit den Verrücktheiten
anderer Menschen auseinanderzusetzen.
    Aber Marion verlor mit Camilas Familie und der kubani-
schen Gesellschaft im allgemeinen schon bald die Geduld.
Jemand mußte diesen Frauen doch sagen, daß sie inzwischen

im zwanzigsten Jahrhundert lebten! Und dieser Jemand war Marion. Sie nähte den Saum ihrer Kleider oberhalb der Wade um oder stutzte sich das Haar zu einem Bubikopf zurecht, wenn ihr danach war. Sie ging ohne Anstandsdame aus dem Haus und qualmte und fluchte wie ein Seemann. (»Verdammt! Heiliger Strohsack! Steck es dir dahin, wo die Sonne nie hinscheint, jawoll!«) Niemand zuckte mit der Wimper. Niemand war überrascht. Schließlich war Miss Marion Amerikanerin; von ihr erwartete man nicht, daß sie sich benahm.

Aber was Señorita Camila anging...

Camila saß zwischen zwei Stühlen, sie war zwischen ihrer wilden Freundin und ihrer Familie hin und her gerissen und bemühte sich, den Frieden in einem Haushalt zu bewahren, in dem sie das einzige neutrale Wesen zu sein schien. Da waren die beiden Stieftanten, die schrullige Mon, drei Halbbrüder, die manchmal wie Sylvesterkracher in die Luft gingen, Regina (die nur Spanisch sprach), die Köchin aus Martinique (die nur Französisch sprach) sowie eine Menagerie von Tieren, mit denen auf Panchos ausdrücklichen Wunsch nur Englisch gesprochen wurde – und dann, als könnte sie mit ihrer spritzigen, unvergleichlichen Art für den Ausgleich sorgen, war da noch Marion oder auch »la Miss Marion«. Vielleicht hätte sich Camila ohne diese Freundin irgendwann einmal verliebt, aber sie erinnert sich nur daran, daß sie sich ständig in einem Zustand der Erschöpfung befand. Kein Wunder, daß ihre Stimme irgendwann den Dienst versagte und ihre Lehrerin, Doña Gertrudis, meinte, sie könne sich ihren Traum, später einmal Opernsängerin zu werden, aus dem Kopf schlagen.

Als Camila und ihr Vater für einen Monat nach Washington reisten, beschloß Marion, sie bis New York zu begleiten und anschließend ihre Familie in North Dakota zu besuchen. Insgeheim hoffte Camila, daß Marion nicht mehr zurückkommen würde, wenn sie erst einmal dort wäre, denn Camila hatte ihre eigenen Pläne. Sie war nun fast dreißig. Noch hatte sie die Chance, ihr Glück zu finden – sofern sie die richtigen Entscheidungen traf.

Doch im Spätsommer stand Marion wieder vor Camilas Tür. »Mich wirst du nie los«, das hat Marion auch beim letzten Mal geschworen, als sie den Zug bestieg, der sie nach Havanna bringen würde, von wo aus sie mit der Fähre nach Key West und zu ihrem neuen Job als Tanzlehrerin oben im Norden weiterreisen wollte. Über all die Jahre sind sich die beiden Freundinnen nahe gewesen, mal mehr, mal weniger, und haben immer wieder zueinander gefunden, vor allem dann, wenn eine von beiden den Boden unter den Füßen verlor.

Erst unlängst hat Marion angedeutet, daß ihnen, da sie doch nun beide bald ein halbes Jahrhundert auf dem Buckel hätten, am Ende vielleicht gar nichts anderes übrigbleibe, als sich zusammenzutun. Zumal jetzt, wo ihre Eltern nicht mehr da seien und sie sich den Kopf nicht wegen irgendwelcher Erklärungen zerbrechen müßten. Für mich sind sie immer noch da, denkt Camila. Bestimmt bringt sie Marion mit ihrer unentschlossenen Haltung wieder durcheinander. Dabei hat ihr das Ausbleiben von Marions Briefen und Anrufen in letzter Zeit wesentlich mehr zugesetzt, als sie gedacht hätte.

Nicht zuletzt deshalb, weil der Wirbel um den hundertjährigen Geburtstag, wie nicht anders zu erwarten, das hohle Gefühl ihres allerersten Verlusts heraufbeschworen hat. Und dann sind da noch die jüngsten Verluste. Pedro, der liebe Pedro, ist tot. Und gleich hinterher der nächste Kummer: ihr Cousin Gugú, der im vergangenen Sommer an einem Strand erschossen worden ist.

Winter folgt auf Winter. *Und beraubt das Land seiner prächtigen Jugend…*

Camila nimmt sich die Freiheit, die Gedichte ihrer Mutter leicht abzuwandeln.

»Buenas tardes«, begrüßt sie lächelnd die ihr vollkommen fremden jungen Gesichter. (*Ihre Gesichter frisch von dem, was sie nicht wissen …*) Passend zur Jahreszeit führt sie mit der Klasse eine Textanalyse von Salomés Gedicht »Winteranfang« durch.

»¡Excelente!« gratuliert ihr Graziano, der Leiter der spanischen Abteilung, nach dem Unterricht. Groß, überschwenglich und breitschultrig wie ein Football-Spieler, wirkt er in der gelehrigen Atmosphäre des Klassenzimmers irgendwie fehl am Platz. Neben ihm steht ein hagerer junger Mann mit grüblerischer Miene; seine Hautfarbe weist eine ordentliche Prise Zimt auf. Bestimmt ist das der dominikanische Student, der Probleme hat – was für welche genau, weiß sie nicht mehr. Besitzergreifend preßt er ein kleines Bündel an seine Brust. Die Gedichte meiner Mutter, denkt sie. Er möchte, daß ich ihm etwas in seine Ausgabe schreibe.

Graziano stellt ihn als Manuelito Calderón vor, ein Name, der ihr irgendwie bekannt vorkommt. »Warum unterhaltet ihr euch nicht gleich hier miteinander?« Graziano stellt zwei Stühle einander gegenüber und nickt Camila zu. »Wir sehen uns dann – in zwanzig Minuten?« meint er und zieht leicht die Brauen hoch, als wollte er fragen: oder früher? Camila begreift: Die Gastrednerin soll vor übereifrigen Studenten oder Kollegen geschützt werden. »Zwanzig Minuten, das ist prima«, stimmt sie zu und lächelt den Studenten an. »Meinen Sie nicht auch, Manuelito?«

»Wie Sie wünschen«, antwortet er leise auf spanisch. Er sieht aus, als fühle er sich unwohl in dem zu weiten Wintermantel, den er bislang nicht abgelegt hat. Camila fragt sich, ob sie auf ihre Kollegen und Studentinnen in Vassar womöglich einen ähnlichen Eindruck macht. Vielleicht statten ihre Nachbarinnen sie deshalb ständig mit warmer Kleidung aus – damit sie sich an einem Ort einlebt, mit dem sie, wie Daddy Reed gesagt hätte, einfach nicht *warm wird*.

»Sagt Ihnen mein Name nichts?« stellt der junge Mann sie zur Rede, kaum daß Graziano sie allein gelassen hat. Er sucht ihr Gesicht nach einem Zeichen des Wiedererkennens

99

ab, als hätte er einen Anspruch darauf. *Schwierigkeiten mit dem Einleben* – jetzt fällt Camila Grazianos Formulierung wieder ein. Bei einem so rüden Benehmen überrascht sie das nicht.

Es stellt sich heraus, daß Manuelito der Sohn von Manuel Calderón ist, der im Sommer ebenfalls bei der Luperón-Invasion getötet wurde. Er weiß von Gugú. Bevor Camila ihm ihr Beileid aussprechen kann, fragt Manuelito forschend: »Wie ich höre, arbeitet Ihr Bruder für die Regierung?«

»Max ist im Auswärtigen Amt tätig«, antwortet sie ausweichend, um die Funktion ihres Bruders herunterzuspielen. Tatsächlich hat Trujillo der gesamten Familie Posten in der Regierung angeboten – der Name Henríquez Ureña konnte dem Ansehen des Regimes nur zuträglich sein. Sogar Pedro war für kurze Zeit Bildungsminister, allerdings ist er noch vor Ablauf eines Jahres zurückgetreten. Aber Max ist dabeigeblieben.

»Sie können also jederzeit zurückgehen?« fragt Manuelito. Sein Blick wirkt grimmig, aber seine Augen sind die Augen eines kleinen Jungen – voller Tränen.

Camila seufzt, und dabei fällt ihr Blick auf ihre Hände: Sie sind alt, fleckig und rauh geworden. Seit einiger Zeit hält ihr Körper eine Menge solcher Überraschungen für sie parat. Im Spiegel blinzelt ihr eine alternde Frau entgegen. Doch gleichzeitig wartet in den Flügeln ihres Herzens ein Mädchen auf all die wichtigen Dinge, die man ihm versprochen hat und die ihm noch nicht widerfahren sind: die große Liebe, ein richtiges Zuhause, ein freies Land. »Seit dem Massaker war ich nicht mehr dort«, erklärt sie. Die Abschlachtung der Haitianer hat sie zutiefst verstört. Was hat Trujillo am Ende für die zwanzigtausend Toten bezahlt? Zwanzig Pesos pro Kopf?

»Aber im Unterricht haben Sie gesagt, daß Sie im Oktober zum hundertsten Geburtstag Ihrer Mutter zurückgehen.«

Sie zögert. Stimmt, das hat sie gesagt. (»Es wird eine Prozession von sechshundert Schülerinnen mit schwarzen Armbinden stattfinden. Vor dem Geburtshaus meiner Mutter werden wir haltmachen, damit jede von uns eine Gardenie, ihre Lieblingsblume, niederlegen kann. Der Duft wird meilenweit zu riechen sein.«) Es ist, als male sie sich diesen Tag in der Zukunft aus, einen Tupfer hierhin, einen Tupfer dorthin, um die Lücken zu schließen, die ihre Mutter hinterlassen hat.

Der junge Mann legt sein Bündel auf das kleine Brettchen, das an die Armlehne des Stuhls montiert ist. Die Holzplatte ist mit eingeritzten Bildchen, Initialen mit einem Pluszeichen dazwischen, Liebeserklärungen und Beschimpfungen von Lehrern übersät: *Peguero ist eine Schlaftablette*. Auch ein Martí zugeschriebenes Zitat erblickt sie, das nach ihrem Dafürhalten aber eher so klingt, als stamme es aus der Bibel: *Wer sich anderen hingibt, lebt unter den Tauben.*

»Was ist das?« fragt sie und deutet mit dem Kinn auf das Päckchen.

»Meine Bewerbung für den Wettbewerb«, sagt er. Er mustert sie mit einem Blick, den sie früher »Thermometer-Blick« genannt hat, wenn sie ihn auf dem Gesicht ihrer Stiefmutter bemerkte: Augen wie Fühler, die ihre Reaktion sondieren. »Ich bin Dominikaner, also kann ich mich bewerben, oder?«

»Natürlich können Sie das. Aber Sie müssen die Unterlagen direkt beim *instituto* einreichen. Warum schicken Sie sie nicht einfach per Post?«

»Sie würden nicht durch die Zensur kommen.«

Camila vergräbt die Hände im Schoß, als wollte sie sie vor seinem prüfenden Blick verbergen. »Manuelito, es ist durchaus möglich, daß ich nicht in die Dominikanische Republik reise. Ich habe mich noch nicht entschieden. Aber selbst wenn: Auch mein Gepäck wird durchsucht, vergessen Sie das nicht.«

»Verstehe«, sagt er und nickt vor sich hin, als hätte sich sein Eindruck von ihr soeben bestätigt. »Sie kommen hierher, bringen es zu was, und dann vergessen Sie Ihre Heimat.« Er spricht mit jemandem, den er sich in seinem Kopf erschaffen hat.

Sie könnte sich verteidigen. Sie könnte sagen, daß sie aus demselben Grund hergekommen ist wie er: Es gab keinen anderen Ort, an den sie hätte gehen können. *La patria noch immer in Ketten ... Die Tränen, die ich für sie vergossen, sind nie getrocknet ...* Oder sie könnte versuchen, ihn zu beschwichtigen, indem sie seinem Wunsch nachkommt. Pancho hat immer gesagt, das beste Rezept im Umgang mit Verrückten sei, ihnen nicht zu widersprechen. Aber dieser Junge ist nicht verrückt. Er ist die Stimme ihres eigenen Herzens – wenn sie doch nur bereit wäre, auf sie zu hören!

Statt dessen steht sie müde auf. Vor ihr liegt ein langer Abend: die Vorlesung, die sie mit Unbehagen erfüllt, ein Empfang mit Kollegen, die sie seit dem Sommer nicht gesehen hat, eine Aussprache mit Marion. Sie nimmt ihren Schal, ihre Lederhandschuhe und die Aktentasche mit den aufgeprägten Goldinitialen (S.C.H.U.) an sich, und plötzlich schämt sie sich, so schöne Dinge zu besitzen.

»Wenn ich Ihnen sonst irgendwie behilflich sein kann, lassen Sie es mich wissen.« Ihre Worte klingen hohl. Was kann sie ihm schon anbieten? Eine Empfehlung für die Universität? Ein Referenzschreiben an einen Kollegen? Er will mehr von ihr. *Wer sich anderen hingibt, lebt unter den Tauben.* Wohin sie auch blickt – es ist immer dieselbe alte Geschichte.

Er antwortet nicht, sondern beobachtet sie nur aus zusammengekniffenen Augen. Als sie aus dem Zimmer geht, ruft er ihr nach: »Lang lebe Salomé Ureña!«

Marion ist aufgebracht. Sie sitzen in der Küche und trinken heiße Schokolade, bevor sie sich für den Abend umziehen. »Der hat Nerven! Du solltest Graziano davon erzählen. Für wen hält er sich?« Bedingungslose Loyalität ist etwas sehr Tröstliches. Man kann die eigene Verteidigung den Freunden überlassen und statt dessen versuchen, den Standpunkt des Gegners zu begreifen.

»Vergiß nicht, er ist zutiefst verzweifelt. Er hat seinen Vater verloren. Und er hat seine Heimat verloren.«

»Und du hast deine Mutter und deine Heimat verloren. Aber du läßt es nicht an jemand anderem aus, oder?« hält Marion dagegen.

Nur an mir selbst, denkt Camila.

»Egal, wenn ich ihn heute abend sehe, kriegt er von mir eins hinter die Löffel«, erklärt Marion. Nachdem sie ihrer Wut angemessen Luft gemacht hat, läßt sie ihrer Neugier freien Lauf. »Und? Wie sind seine Gedichte?«

»Sie sind denen von Mamá ziemlich ähnlich«, gesteht Camila. Plötzlich ist sie verunsichert. Vor allem Marion wird die dröge Pflichttreue ihrer Rede nicht gefallen. »Trotzdem hat bei mir die Vorsicht gesiegt.«

»Nun, die Gedichte deiner Mutter waren ja auch subversiv«, erinnert Marion sie. Die gute Marion: allzeit bereit, sie in Schutz zu nehmen.

Eigentlich müßten sie sich jetzt für den Abend zurechtmachen, aber keine von ihnen möchte die Atmosphäre der Vertrautheit zerstören. Schon bald werden sie beide in vollkommen unterschiedlichen Welten leben. Sie sitzen in der warmen Küche, nippen an ihrem heißen Getränk und tauschen die kleinen Neuigkeiten der vergangenen Monate aus. Ab und zu tritt eine von ihnen ans Fenster, um nachzusehen, was der Schnee macht. Es schneit noch immer heftig.

»Du glaubst, sie haben wirklich hundert Wörter für die Liebe?« fragt Marion und umschließt in ihrer sprunghaften Art Camilas Hände mit den eigenen. »Ich weiß, ich habe dich überrumpelt. Tut mir leid …«

»Hauptsache, du bist glücklich«, unterbricht Camila sie. Sie weiß: Wenn sie sich ihre Traurigkeit jetzt auch nur im geringsten anmerken läßt, kommt ihre Freundin ins Wanken. Soll doch wenigstens eine von ihnen in Frieden mit der Zukunft leben, für die sie sich entschieden hat.

»Ich möchte nicht allein alt werden. Ich habe nicht deine Reserven, Camila.«

Reserven? »Aber Marion, ich dachte, wir wären in unseren besten Jahren! Hast du mir nicht erst heute nachmittag geraten, ich soll es krachen und mir gutgehen lassen?«

Plötzlich sieht ihre Freundin alt aus, das gefärbte Haar mit seinem zu schwarzen Glanz hat etwas Bedrückendes, die Augen sind vor Schlafmangel geschwollen. »Du läßt es dir ja vielleicht schon gutgehen«, sagt sie vorwurfsvoll. Sie sieht aus, als würde sie gleich losheulen.

»Vielleicht«, meint Camila unbestimmt. Guillén hat ihr in seinem letzten Brief seine Einsamkeit gestanden: »Vielleicht können wir abends mal zusammen essen gehen, wenn Du im Mai kommst?« Die Worte haben in ihr beim Lesen ein mulmiges Gefühl ausgelöst, einen plötzlichen Widerwillen wie damals, als Domingo sie berührte. Der arme Domingo. Sie hat ihm geschrieben und ihn um Verzeihung gebeten, aber er hat nie auf ihren Brief geantwortet.

»Liebst du ihn denn, Marion?«

Auf dem Gesicht ihrer Freundin macht sich ein trauriger Ausdruck breit. »Das ist ein Bündnis, Camila, ein Bündnis und keine Romanze. Du sagst doch selbst immer, daß im Leben nicht alles nur schwarz oder weiß ist.«

Hat sie das wirklich gesagt? Aus dem Mund anderer klingen ihre Weisheiten immer so simpel. »Ich frage doch nur, weil du bisher immer ...«

»Frauen vorgezogen hast?« führt Marion den unangenehmen Satz zu Ende, den auszusprechen Camila so schwerfällt. Nicht, daß sie zimperlich wäre, was Marion jetzt vielleicht denkt. Aber dieses Schubladendenken, das einen Menschen auf eine einzige Möglichkeit festnagelt, ist ihr nun mal verhaßt.

»Wer sagt denn, daß sich daran was geändert hat?« fragt Marion herausfordernd. Sie greift über den Tisch und umfaßt Camilas Hände. »Du weißt, du brauchst nur –«

»Marion, bitte!« sagt Camila rasch, bevor der Gedanke sich zur Hoffnung verdichten kann.

»Wir könnten es doch wenigstens versuchen.« Marion hat zu weinen angefangen.

»Nein, können wir nicht«, widerspricht sie sanft. Was soll sie schon sagen? Daß sie das Leben, nachdem sie sich im Herzen sehnt, zusammen mit Marion nicht leben könnte? Daß Marion ohnehin die beste Rolle zugefallen ist, nämlich die der wundervollen ersten Liebe, der in ihrem Gedächtnis immer ein Platz sicher sein wird? Aber Marion ist der Rolle entwachsen, sie hat sich zu einer liebevollen, herrischen und manchmal auch lästigen Freundin entwickelt. Zu einer Frau, die zwar nicht länger Camilas Gedankenwelt beherrscht, dafür aber von allem anderen Besitz ergreift. »Du machst das bestimmt richtig, Marion«, tröstet sie die Freundin. »Hört sich an, als wärst du bei ihm in guten Händen.«

»Cammie, Cammie«, schluchzt Marion. »Wieso habe ich nur das blöde Gefühl, dich im Stich zu lassen? Was wird aus dir?«

Typisch Marion. Sie will wissen, wie die Geschichte ausgeht, noch bevor sie angefangen hat! »Ich habe einen guten Job, und mit der Zeit sammelt sich eine ganz nette Rente an. Und ich habe Dutzende von Nichten und Neffen.« Sie muß wieder an Gugú denken. Möge er in Frieden ruhen, E.P.D., *En Paz Descanse*. In ihrer Heimat muß man den Steinmetz extra darauf hinweisen, wenn man diese Initialen nicht auf dem Grabstein haben möchte, so wie man die Hebamme bitten muß, die Ohrläppchen eines Neugeborenen nicht zu durchstechen, wenn es ein Mädchen ist. (Selbst ihre bescheidene Mutter, die so gut wie nie Schmuck getragen hat, ist auf dem einzigen Foto mit zwei großen, auffallenden Chiquita-Banana-Ohrringen abgelichtet.)

Von ihrem Platz aus kann Camila Mr. Reeds Porträt hinten im Wohnzimmer sehen. Marion hat ihn schließlich doch von der Wand genommen, und jetzt lehnt er am Sofa und blickt Camila durch den Flur an. Daddy hat sie früher immer wieder mal beiseite genommen, um mit ihr über *seine* Marion zu reden, als wäre sie eine von seinen vertrackten Statistiken, die für die Zukunft des Versicherungsunternehmens nichts Gutes verhießen. Er hat ihre Freundschaft gefördert, weil er glaubte, eine so elegante junge Dame und Präsidententochter wie Camila würde einen guten Einfluß auf seine widerspenstige Tochter ausüben. Jeden Sommer, wenn sie auf die Uni ging, hat sie bei den Reeds gewohnt. Sie erinnert sich noch an den ersten Sommer, als ein paar Leute aus dem Ort auf dem Rasen vor dem Haus ein Kreuz aufstellten und in Brand steckten. Mr. Reed ist mit einer Schrotflinte nach draußen gegangen und hat mehrmals in die Luft geballert, um die Autos in seiner Auffahrt zu vertreiben. Von da an hat niemand mehr Camila während ihrer Sommeraufenthalte in LaMoure, North Dakota, belästigt.

Unsere Marion, denkt sie und blickt gerührt zu seinem Porträt hinüber.

»Versprich mir etwas«, sagt Marion. »Versprich mir, daß sich zwischen uns nichts ändert.«

Um nicht noch einmal lügen zu müssen, beugt sich Camila über den Tisch und küßt ihre Freundin mütterlich, züchtig auf die Lippen. Und als sie schließlich »Ich verspreche es« sagt, weiß sie schon nicht mehr genau, was für ein Versprechen sie gerade gegeben hat.

Ja, was wird aus ihr?

Während Camila sich für den Abend umzieht, springt Marions Frage sie immer wieder an, sie ist wie ein Kuckuck, der nicht in seinem Häuschen bleiben will, obwohl man das Pendel der Uhr, in der er wohnt, längst angehalten hat. Wo hat sie doch diese merkwürdige Geschichte von dem Mann gehört, der die Pendel einer Uhr abgeschnitten hat, weil er sie für überflüssig hielt?

Was wird aus ihr?

Sie lebt lange genug, um zu wissen, daß bei ihr, im Unterschied zu ihrer lieben Freundin, ein großer Rundumschlag nichts fruchten würde. Morgen wird sie nach Poughkeepsie zurückfahren. Der Schneefall wird bis dahin nachgelassen haben, und die Lebensbäume vor dem Wohnheim des College werden frische weiße Mützen tragen, als wäre Dot während Camilas mehrtägiger Abwesenheit emsig zugange gewesen. Sie wird wieder unterrichten, zum x-ten Mal das Plusquamperfekt erklären, ihre Lieblingsgedichte durchnehmen (*Jugend, göttlicher Schatz, du gehst fort und kehrst nie zurück*), und vielleicht wird sie ihre Ansichten im kleinen nach und nach ändern und sich dadurch selbst verändern: nicht schlagartig, sondern Schritt für Schritt. Was soll daran verkehrt sein?

Im Namen des Vaters und des Sohnes und meiner Mutter. Um sich zu beruhigen, spricht sie die alte Zauberformel und atmet mehrmals tief durch, während sie in einem der Seitenflügel des McCullough-Auditorium der Universität von Middlebury sitzt, sich die geschwollene Einführung des Präsidenten anhört und wartet, bis er ihr das Wort erteilt. Er beschreibt einen Menschen, den sie nicht kennt, eine herausragende Hispanistin, eine Frau mit zwei Doktortiteln und Inhaberin eines Lehrstuhls in Vassar. Gleich darauf vernimmt sie höfliches Klatschen – das Signal, daß sie nun aufs Podium soll. In der vordersten Reihe sitzt Marion in einer Art erdfarbener Tunika, die ihr überhaupt nicht steht. Ehrlich gesagt erinnert sie Camila an ihre alte Tante Mon in ihren unförmigen Gewändern, für die meterweise Stoff verbraucht wurde. Andererseits war der Griff zur Tunika so verkehrt wieder nicht, denn sie verleiht Marion die Autorität einer vornehm gewandeten Seherin in einer griechischen Tragödie. Sollte sie Camila standing ovations zollen, würden alle anderen hinter ihr dem Beispiel folgen.

Neben Marion sitzt der junge Mann. Er macht einen kleinlauten Eindruck, als hätte Marion ihm tatsächlich eins hinter die Löffel gegeben. Vermutlich ist er nach seinem Ausbruch noch einmal in sich gegangen. Warum wäre er sonst hier?

Das Licht im Saal wird gedämpft. Der Präsident knipst für Camila die Leselampe an und überläßt ihr das Podium. Sie starrt auf ihre getippte Rede. Es ist eine dröge Mischung aus Huldigungen und Fakten, von der sich niemand inspiriert fühlen wird. Das kann sie ihrer Mutter nicht antun. Sie kann es Marion und dem jungen Mann nicht antun. Und sie kann es sich selbst nicht antun. Also schlägt sie die Mappe wieder zu.

»Diese Einladung anzunehmen war ein Fehler«, beginnt sie, und vor Anspannung klingt ihre Stimme ganz brüchig. »Ich kann nicht das Werk meiner Mutter rühmen, während ihre Heimat ein einziges Schlachtfeld ist.« Sie spricht von den Menschen, die in letzter Zeit verschwunden sind, von den Morden, dem Massaker an den Haitianern – alles Dinge, zu denen sie sich in der Öffentlichkeit bisher nie geäußert hat. Ihr Leben lang hat sie Rücksicht darauf nehmen müssen, wie sich ihre Worte auf die bedeutende Rolle auswirken könnten, die ihr Vater, ihre Brüder, ihre Onkel und Cousins in der Welt spielten. Ihre eigene Meinung hat sie sich für Textbesprechungen aufheben müssen, für Diskussionsrunden über die Leistungen der Frauen in den Kolonien, für den Ausschuß, der den Lehrplan erstellt und bestimmt, welche Theorie über den Zweitsprachenerwerb die richtige ist.

»Aber wenn ich schweige, verliere ich meine Mutter ganz, denn nur durch das, wofür sie eingestanden hat, lerne ich sie wirklich kennen.«

Daß ihre Träume vor dem Sterben bewahrt würden, war das einzige Denkmal, das sie sich erträumte.

Sie endet mit einem leicht abgewandelten Zitat ihrer Mutter, dann blickt sie sich um: Wo geht es vom Podium herunter? Im Seitenflügel gibt das junge Mädchen, das für die Beleuchtung zuständig ist, ein Zeichen, und plötzlich flammt das Licht im Saal wieder auf, und tosender Applaus bricht los. Sie hört den jungen Mann in der ersten Reihe rufen: »¡Salomé! ¡Salomé!« Und neben ihm ist Marion aufgesprungen und läßt sie hochleben wie eh und je: »¡Camila!«

TRES

La fe en el porvenir

Santo Domingo, 1874–1877

Plötzlich schauten mich alle an.

Ich betrachtete mein Gesicht im Spiegel: dieselben Augen wie immer, derselbe Mund, dieselben großen Ohren (oh, wie ich sie haßte!), dieselbe Nase, von der ich wünschte, sie wäre nicht ganz so breit, dasselbe widerborstige Haar, das sich nicht bändigen ließ – kurz, ich war dieselbe Salomé Ureña wie immer, und trotzdem kam es mir so vor, als würden alle auf mich zeigen, eine langsame Verbeugung oder einen Knicks wie ein Schulmädchen vor mir machen und sagen: »Buenos días, poetisa.«

Es war, als trüge ich eine Maske mit dem Gesicht eines berühmten Menschen, hinter der ich die Leute, die mich noch vor ein paar Monaten auf der Straße nicht einmal grüßten, beobachten konnte, während sie sich mit hochachtungsvollem Lächeln erkundigten: »Und was halten Sie vom Wetter, das wir zur Zeit haben, Señorita Poetisa?«

»Heiß«, antwortete ich dann knapp. Aber da ich merkte, daß sie mehr von mir erwarteten, fügte ich hinzu: »Wie im Sommer nicht anders zu erwarten.«

Später hörte ich, wie meine Worte falsch wiedergegeben wurden: »Salomé meint, daß wir in diesem Sommer noch mehr Hitze zu erwarten haben.«

»Hast du die wundervolle Ironie herausgehört, als sie sagte: ›Wie im Sommer nicht anders zu erwarten‹?«

So müssen sich Schönheitsköniginnen fühlen, dachte ich bei mir.

Nachts im Bett verzehrte ich mich nach der Art von Liebe, von der ich in den Gedichten anderer Menschen gelesen hatte. Ich war damals vierundzwanzig, und bislang hatte lediglich einmal ein junger Mann meine Hand gedrückt und mir etwas Poetisches ins Ohr geflüstert.

»Immerhin einmal mehr als bei mir«, meinte Ramona verdrossen, als ich ihr von meiner Sehnsucht erzählte. »Und du hast gründlich dafür gesorgt, daß mir nicht womöglich dasselbe passiert.« Meine ältere Schwester entwickelte sich immer mehr zu einer jüngeren Ausgabe unserer schrulligen Tía Ana.

Miguel und Alejandro, unsere einstigen Hauslehrer, waren mittlerweile mit hübschen puertoricanischen Bräuten im Schlepptau zurückgekehrt. »Als Exilanten sind sie fortgegangen, und als Bräutigame kommen sie zurück«, klagte Ramona. Sie hatte recht. Die rauhbeinigen, mannhaften Patrioten, die wir von früher mit zerfetzten, blutigen Hemden, blutverkrustetem Haar und Gewehren über den Schultern kannten, trugen nun lange Gehröcke und seidene, zu komplizierten französischen Knoten gebundene Krawatten und einen Haarschnitt, der die Ohren freilegte und ihre Gesichter lieblicher und runder erscheinen ließ.

»Euer Tag wird kommen, so er kommen soll«, sagte Mamá immer wieder. »Und bis dahin seid froh, daß ihr wenigstens euch habt.«

Doch wenn ich schon den Rest meines Lebens an der Seite meiner Schwester verbringen musste, so wollte ich zumindest einen kurzen Ausflug ins Reich der Liebe unternehmen. Lang genug allerdings, um die Arme eines Mannes um meine Taille zu fühlen, lang genug, um zu sehen, wie der verehrungsvolle Ausdruck von seinem und die Miene der Berühmtheit von meinem Gesicht abfällt und um den lautlosen, heiligen Augenblick zu erleben, dem alle Gedichte zustreben, wenn das Wort Fleisch wird.

War das zuviel verlangt?

Unser Haus füllte sich allabendlich mit Besuchern.

Da waren unser Stammgast Don Eliseo Grullón, Papá mit vor Stolz überbordendem Herzen und vom Rum gerötetem Gesicht, der soeben aus dem Exil heimgekehrte Dichter José Joaquín Pérez, der fromme Pater Billini, der eine Knaben-schule und eine Irrenanstalt eingerichtet hatte (»Manchmal, wenn ich morgens in der einen Anstalt bin, könnte ich mei-nen, ich wäre in der anderen«, scherzte er liebevoll), und der gleichfalls aus dem Exil zurückgekehrte Erzbischof Meriño, ein imposanter, breitschultriger Mann mit Donnerstimme und weißer Mähne. »Ich dachte, Sie wären älter«, sagte er, als er mich kennenlernte.

Ich glaube, sie waren von mir enttäuscht. Wahrscheinlich hatte Erzbischof Meriño mich auch für mutiger gehalten. Doch je mehr Bewunderung ich in den Augen der anderen erblickte, je mehr Erwartung ich aus ihren Stimmen heraus-hörte und je mehr Willfährigkeit man mir entgegenbrachte, desto mehr zog ich mich zurück.

So saß ich einfach nur dabei, während Erzbischof Meriño sich über die Lesung aus dem Evangelium vom vergangenen Sonntag, die guten Weine aus der Extremadura oder die schönen Frauen von St. Thomas verbreitete oder José Joa-quín aus dem Stegreif einen Vortrag über neue Strömungen in der einheimischen Literatur hielt oder Papá auf Fragen nach seinen eigenen Gedichten mit den Worten antwortete, er überlasse mir die Trompete und spiele von nun an Flöte, und wenn ich etwas zu sagen hatte und es einmal leise genug war, damit die anderen mich auch hörten, meldete ich mich zu Wort. Allerdings nicht häufig genug, schätze ich, um mich daran zu gewöhnen.

Und so verbreitete sich das Gerücht – jedenfalls erzählte mir das Ramona –, daß Salomé Ureña eine Frau sei, die kaum rede.

Unterdessen mühte sich Mamá nach Kräften, höflich Konversation zu betreiben und alle mit Getränken zu versorgen. Mit einem Mal hatte sie Bedenken, ob unser Haus nicht womöglich zu dunkel war, das Zinkdach zu sehr glänzte, die Schaukelstühle zu laut knarrten und das Porträt ihres Vaters, auf dem er vor den Toren der Stadt die Kapitulation der haitianischen Invasoren entgegennimmt, am falschen Platz hing.

»Was darf ich Ihnen anbieten?« fragte Mamá die Besucher. Wir hatten zwar so wenig Geld wie eh und je, doch nun galt es, wichtige Gäste zu bewirten. Freilich hätten diese wichtigen Gäste nach einem Blick auf die abgenutzten Schaukelstühle, die dunklen, modrigen, seit langem nicht mehr gestrichenen Wände und das mit billigem Palmholz gerahmte Porträt der Befreier vor den Stadttoren antworten müssen: »Wir sind bestens versorgt. Bitte bemühen Sie sich nicht, Doña Gregoria. Ein gutes Gespräch ist die beste Erfrischung.«

Aber nein, sie verlangten einen Sherry oder ein Gläschen Rum oder was immer zur Hand sei, und mir fiel auf, daß meine arme Mamá mit jedem Mal, wenn sie in den hinteren Teil des Hauses eilte, fahriger wurde und daß Ramona schon bald durch die Hintertür schlüpfte und zur Bodega auf der anderen Straßenseite lief, um glasweise zu kaufen, was in unserer Vorratskammer zu lagern wir uns nicht leisten konnten.

»Kapieren diese Minister und Gesandten und dein Ehemann denn nicht, daß Rum Geld kostet?« zeterte Tía Ana, kaum daß alle gegangen waren. Sie war drauf und dran, ein Körbchen mit einem *mexicano* oder zweien darin an die Tür zu stellen und daneben ein Kärtchen, auf dem in Druckbuchstaben AGRADECIMIENTOS stand, aber meine Mutter sagte, sie würde sterben, wenn Tía Ana das täte, schließlich seien wir keine Kirche mit einem Opferstock für Almosen. Ich vermute, unser Nachbar aus der Bodega hatte diesen sich wiederholenden Wortwechsel der beiden Schwestern unfreiwillig mit angehört, denn als Ramona das nächste Mal zu ihm hinüberging, um ein Glas spanischen Sherrys zu kaufen, nach dem Erzbischof Meriño, wie er sagte, schon seit seinen Tagen in Sevilla lechzte, reichte ihr unser Nachbar eine ganze Flasche und sagte: »Mit Dank an die Muse unseres Landes.«

In *la patria* war eine frische, hoffnungsvolle Energie am Werk. Ein jeder schrieb Gedichte oder Essays und bot González, unserem feschen jungen Präsidenten mit dem schneidigen Moustache und Kinnbart, der Adlernase und der grünen Weste als Hommage an seine Partei, seine Hilfe an. Die von ihm ins Leben gerufene Grüne Partei sollte alle anderen Parteien unter dem Banner des Wachstums und der Wiederauferstehung vereinen. Endlich wurden wir doch noch eine Nation von Bürgern im Dienst der Allgemeinheit.

González unterzeichnete sogar einen Friedens- und Freundschaftsvertrag mit Haiti, anstatt eine drohende Invasion unseres Nachbarn als Druckmittel zu benutzen, damit wir uns ordentlich verhielten. »Wie hat Salomé noch gesagt?« hörte ich unseren Präsidenten verkünden: »Die Blindheit gehört der Vergangenheit an. Blickt nach vorn!« Ein- oder zweimal kam der Präsident höchstpersönlich zu uns, um sich von *la musa de la patria* inspirieren zu lassen. »Lassen Sie die Arbeit nicht ruhen, Salomé«, beschwor er mich. »Der Kampf geht weiter!«

Ich ließ sie nicht ruhen. Das Jahr 1874 war vermutlich eines meiner besten. Ich schrieb sieben Gedichte, die ich voller Stolz veröffentlichte. Eigentlich schrieb ich noch viel mehr, aber die anderen benutzten wir, um den Herd anzuzünden oder sie unter den Beistelltisch zu schieben, damit er nicht wackelte, wenn Erzbischof Meriño sich mit seinem beachtlichen Gewicht darauf stützte.

Alle wollten wissen, wie ich beim Schreiben vorginge und woher ich meine Ideen nehme. Es gab Gerüchte, daß ich

Stimmen hörte oder daß mir der Erzengel Gabriel im Traum erschiene. Andere wiederum behaupteten, in Wirklichkeit schreibe mein Vater die Gedichte für mich.

»Laß uns allen erzählen, daß es wirklich der Erzengel Gabriel ist, der dir nachts erscheint«, schlug Ramona vor. »Ich werde behaupten, daß ich ihn auch schon gesehen habe, daß er aber immer nur deine Hand drückt.« Es war wundervoll, wie Ramona ihre Kommentare nicht etwa als Waffe einsetzte, um mich oder sich selbst zu verletzen, sondern um uns beide zum Lachen zu bringen.

Einmal fragte auch sie mich mit ernster Miene: »Wie machst du es denn nun, Herminia?«

»Komm schon, Marfí. Du schreibst doch selbst. Ich mache es genauso wie du.«

Doch genau genommen schrieb Ramona nicht mehr. Eines Tages, kurz nach Muttertag, an dem wir beide je ein Gedicht für Mamá und Tía Ana, die zweite Mutter in unserem Haushalt, wie wir sie auf ihren ausdrücklichen Wunsch hin nannten, geschrieben hatten, kam Ramona zu mir und sagte: »Das ist mein letztes Gedicht. Ich überlasse dir meine Trompete, wie Papá es ausdrücken würde. Du bist von jetzt an die Dichterin. Trotzdem möchte ich wissen, wie du es machst.«

Also erklärte ich ihr, daß mir manchmal irgendwelche Sätze durch den Kopf schossen, die ich mir dann in Gedanken immer wieder vornahm, immer und immer wieder, weshalb ich mitunter nicht hörte, wenn Mamá oder Tía Ana oder sie, Ramona, nach mir riefen. An diesen Sätzen feilte ich im Geiste tagelang herum, bis ich eines Abends, nachdem wir das Wohnzimmer ausgefegt, die Stühle an ihre Plätze zurückgestellt, Gläser und Tassen abgespült hatten und alle eingeschlafen waren, aufstand und das Gedicht von Anfang bis Ende niederschrieb, und wenn ich damit fertig war, träumte ich, daß *sie* nun kommen würde, meine große Liebe, um die Leere in mir auszufüllen, die das, was ich mir unter der Liebe vorstellte, hatte entstehen lassen.

Ramona fing an zu weinen.

»Was ist denn?« fragte ich und hatte ein schlechtes Gewissen, weil ich mich zu dieser ausführlichen Beschreibung hatte hinreißen lassen.

»Ich fühle genau dasselbe, aber ich kann nichts tun, damit die Menschen mich lieben.«

»Sie lieben doch nicht mich, Ramona. Sie lieben *la poetisa*, sofern man das überhaupt Liebe nennen kann.«

Ramona sah mich kurz an und schüttelte dann den Kopf. »Das ist immerhin etwas, Salomé. Immerhin bist du nicht diejenige, die man links liegenläßt, weil man gern neben ihrer Schwester sitzen und sie fragen möchte, wie sie über das heiße Wetter denkt, das wir zur Zeit haben.«

»Vielleicht hast du recht«, räumte ich ein und drückte ihre Hand, denn ich merkte, daß sie nicht begriff, wie einsam ich trotz all der Aufmerksamkeit war und wie sehr auch ich mich nach einer Liebe sehnte, die über die Gedichte hinausging – mitten hinein in die wilde Stille meines Herzens.

Eines Nachmittags kam José Castellanos zu uns. Er stellte gerade die allererste Anthologie dominikanischer Dichter zusammen und wollte auch einige meiner Gedichte aufnehmen. Er brachte einen Freund namens Federico Henríquez y Carvajal mit, den Sohn einer jener sephardischen Familien, die sich in der Hauptstadt niedergelassen hatten, als wir noch von den Haitianern besetzt waren.

Federico bat mich um einen Gefallen: Ob ich sein neuestes Drama, *Das hebräische Mädchen,* lesen und ihm sagen würde, was ich davon hielt?

»Sehr gern«, sagte ich, und das stimmte. Ich war immer begierig auf Lesestoff. In unserem Land gab es nicht viele Bücher. Die wenigen gesammelten Werke dieses oder jenes Autors, die vorhanden waren, zirkulierten in einem Leserkreis, in dem jeder wußte, was der andere besaß: Eliseo Grullón besaß Victor Hugo; Meriño besaß eine Sammlung von Shakespeare sowie *La historia de la literatura española*;

Billini hatte mir seinen Quintana und Gallego geliehen; und ein paar andere besaßen Lamartine; nur José Joaquín Pérez besaß Espronceda und Sor Juana de la Cruz.

Federico tastete seine Jacke ab, als wäre das Manuskript darin verschwunden. »¡Ay, Dios mío! Pancho hat den Beutel. Un momentico«, sagte er und ging rasch zur Tür. Ich sah einen Jungen, der höchstens fünfzehn war und offenbar erst seit kurzem lange Hosen trug, mit einem über die Schulter gehängten Beutel die Straße hinunterschlendern. Auf den Pfiff seines Bruders drehte er sich um und winkte. Er hatte ein hübsches junges Gesicht (schon schoß mir wieder einer dieser Sätze durch den Kopf: *sein junges Gesicht frisch von dem, was er nicht weiß*), dunkle, eindringlich blickende Augen und das feste schwarze Haar eines indianischen Häuptlings. Mich konnte er nicht sehen, weil ich mich hinter der Tür geduckt hatte.

Kurz darauf kehrte Federico mit einem Päckchen in der Hand zurück. »Mein kleiner Bruder ist so zerstreut«, meinte er und schüttelte nachsichtig den Kopf. »Er ist ständig verliebt und gerade unterwegs zu seiner neuen Freundin.«

Eigentlich hatte der Bursche für eine *novia* noch zu jung gewirkt. Aber Jungs durften eben schon früh nach der Liebe Ausschau halten und sich ihr bis ins hohe Alter hingeben – ich mußte an Don Eloy und sein Geheimnis denken –, und ihr Draufgängertum wurde auch noch beklatscht. Wir Mädchen dagegen mußten unsere verzweifelte Suche, die nach außen hin natürlich nicht so wirken durfte, auf die schmale Zeitspanne zwischen alt genug und alte Jungfer beschränken.

»Pancho wird mal ein Herzensbrecher«, stellte José fest.

»Ja, bestimmt«, pflichtete Federico ihm bei.

»Was kann ich den jungen Leuten anbieten?« Soeben hatte meine Mutter das Wohnzimmer betreten.

José sah aus, als überlege er, welche Nahrung seinen ganz besonderen Hunger stillen könne. Federico dagegen erwiderte: »Nichts, Doña Gregoria. Unser Gespräch ist erfrischend genug.«

An diesem Nachmittag fiel mir das Reden überhaupt nicht schwer.

Es war bereits Abend, als die beiden Männer aufbrachen. Tía Ana war schon mehrmals hereingekommen, um nachzusehen, ob die Gäste endlich gegangen waren. Das vordere Zimmer war seit jeher ihr Reich gewesen, weil sie es für ihre Zwergenschule brauchte. Nun diente es Abend für Abend als Salomés Salon, wie Ramona es nannte, und mußte vor dem nächsten Morgen jedesmal in ein Klassenzimmer zurückverwandelt werden.

Beim Abschied meinte Federico: »Ich weiß nicht, woher das Gerücht kommt, daß Salomé Ureña eine Frau ist, die nicht redet. Ich kann mich nicht erinnern, je einen interessanteren Abend verbracht zu haben.« Er machte eine galante Verbeugung. Ich roch die duftende Pomade in seinem Haar, als sein Kopf vor mir wegtauchte.

Mit glühenden Wangen wandte ich das Gesicht ab. Hatte ich womöglich zuviel geredet? Oder wollte er damit andeuten, daß er sich von mir als Person und Gesprächspartnerin angezogen fühlte? Ich sah auf, und unsere Blicke kreuzten sich, doch in seinem lag der glasige Ausdruck eines Bewunderers. Er sah die berühmte *poetisa* vor sich, die sich bereit erklärt hatte, *Das hebräische Mädchen* zu lesen und von der er hoffte, daß sie es in der Zeitung mit einem Gedicht pries. Er sah nicht mich, Salomé mit der witzigen Nase und den großen Ohren, mit dem Hunger in den Augen und Afrika in Haut und Haar.

Vielleicht hatte ich vorschnell über Federicos Blick geurteilt, denn ein paar Tage später wurde unter unserer Tür ein Gedicht hindurchgeschoben. Es trug den Titel »Blumenkranz« und war »meiner erlauchten Freundin, der begnadeten *poetisa* Señorita Salomé Ureña« gewidmet. Unterschrift: Federico Henríquez y Carvajal.

Ich lief ans Fenster, das zur Straße ging, und öffnete es einen Spaltbreit, weil ich den hochgewachsenen, schlanken

Federico zu sehen hoffte, doch statt seiner erblickte ich nur den Laufburschen, also den kleinen Bruder, der mit schlenkernden Armen davonging und dabei eine Melodie aus einer beliebten Zarzuela vor sich hin pfiff.

Ramona trat neben mir ans Fenster. »Da geht er, dein junger Galan«, witzelte sie und äffte seinen stolzierenden Gang nach. Wir mußten kichern, und als sich der Junge umdrehte, schlossen wir schnell das Fenster.

Ramonas Blick fiel auf den Umschlag in meiner Hand, und sie schnappte ihn mir weg.

»Gib ihn her«, befahl ich, aber ich mußte immer noch über Federicos gockelhaften jüngeren Bruder kichern, und deshalb nahm Ramona meine Aufforderung nicht ernst.

Sie las die erste Strophe laut vor und legte in ihre Stimme all das Pathos, dessen sie fähig war. Federico webte für mich in seinem Herzen einen Kranz aus Freundschaftsblumen – so etwas in der Art schrieb er jedenfalls. Ich stellte mich neben Ramona, und als sie verstummte, las ich weiter. Als ich fertig gelesen hatte, sah ich meine Schwester erwartungsvoll an.

Sie verzog das Gesicht, als hätte sie in einen sauren Apfel gebissen. »Normalerweise schreiben sie am Ende, daß sie sterben, wenn man ihre Liebe nicht erwidert. Aus diesem Freundschaftskranz für die Ewigkeit werde ich nicht schlau.«

»Vielleicht wollte er originell sein«, erwiderte ich und entriß ihr den Brief. Ich hatte ein ähnlich ungutes Gefühl, aber ich wollte nicht, daß es in Worte gefaßt wurde.

»Originell? Hast du mir nicht erst gestern erzählt, daß sein *Hebräisches Mädchen* ziemlich weitschweifig und auch ein bißchen langatmig ist?«

Ja, das hatte ich gesagt, aber jetzt kam es mir so vor, als wäre das voreilig gewesen. Also las ich das Drama am selben Abend noch einmal. Das hebräische Mädchen stieß zwar noch immer Seufzer voll süßer Sorge und finstrer Verzweiflung aus, aber die Prosa erschien mir nun, da sie von jemandem stammte, der möglicherweise an mir interessiert war, nicht mehr ganz so gängig und das Gesamtkonzept ein wenig geistreicher.

Als Antwort schrieb ich Federico ein Gedicht. Wie alle meine Ergüsse zeigte ich auch dieses Ramona, aber sie gab es mir mit den Worten zurück: »Salomé, das ist das schlechteste Gedicht, das du je geschrieben hast.«

Meine Schwester war zwar für ihre Unverblümtheit bekannt, doch dies Urteil war schlichtweg grausam. Oder hatte ich in all den Monaten der empfangenen Lobhudelei womöglich verlernt, Kritik einzustecken? »Wie meinst du das?« fragte ich.

»Herrje, Salomé, du hast in deinem Leben noch nie so alberne Ausdrücke gebraucht: ›Ich leide unter der Grausamkeit meines unerbittlichen Schicksals.‹ Das klingt so kitschig wie … wie Josefa, wenn sie einen schlechten Tag hatte.«

Meine ältere Schwester war lange Zeit eine glühende Anhängerin der beliebten Josefa Perdomo gewesen, aber in den letzten Jahren war ihre Bewunderung für sie abgekühlt. Jetzt, wo sie älter war, mochte sie Gedichte mit *peso* – also mit Tiefgang –, nicht nur hübsches Wortgeklingel, wie sie es nannte.

Ich war den Tränen nahe. Was, wenn mir mein Talent abhanden kam? Ich hatte in letzter Zeit so viele Aufträge angenommen und Gedichte für Schulabschlüsse, Geburtstage und Beerdigungen geschrieben, daß ich keine Zeit gehabt hatte, in mich hineinzuhorchen, um abzuwägen, was ich wirklich schreiben sollte. Mir fiel das Gelöbnis wieder ein, das ich vor Jahren abgelegt hatte, nachdem ich das alberne Gedicht für Don Eloy zusammengekritzelt hatte: Entweder ich bin beim Dichten mit ganzem Herzen bei der Sache, oder ich lasse es bleiben.

»Aber was weiß ich schon?« meinte Ramona, die mir meine Bestürzung ansah. »Ich bin nicht die Dichterin. Hier kommt der zweite Dichter in unserer Familie – frag doch ihn!«

Noch bevor ich das Gedicht verstecken konnte, stand Papá in der Tür. Trotzdem hätte ich es ihm besser nicht zeigen sollen. Mir hätte klar sein müssen, daß Papá ein Gedicht, das an einen jungen *Mann* gerichtet war, nicht gut finden konnte, egal, wie gelungen es sein mochte. Aber ich sehnte mich so sehr nach Anerkennung, daß ich ihm das Blatt Papier reichte.

Ramona und ich setzten uns links und rechts von ihm hin. Papá fing laut an zu lesen, aber schon bald verstummte er. Die Furche zwischen seinen Brauen vertiefte sich. Als er fertig war, zerknüllte er das Papier in seiner Faust.

»So etwas würde die Herminia mit den weißen Schneeflocken schreiben«, sagte er mit leiser, enttäuschter Stimme. »Aber du, Salomé Ureña, hast mehr zu bieten.«

Ich stand auf, und wie jedesmal, wenn ich mich aufregte, bekam ich Atemnot. Ich rannte den Flur entlang, drückte mich mit dem Rücken an der Ecke vorbei, wo Mamá und Tía Ana mit einem Holzlöffel Waschlauge in einem Bottich anrührten und schlüpfte durch die Hintertür hinaus. Ich trug weder Häubchen noch Schal, noch Umhang. Mein Gesicht war tränenüberströmt. Ich bot einen fürchterlichen Anblick, aber es war mir egal, ob mich womöglich die Bobadilla-Schwestern oder der Präsident höchstpersönlich in diesem Zustand sahen.

Wohin kann eine aufgewühlte junge Frau in einer Kleinstadt, in der jeder sie kennt oder zumindest von ihr gehört hat, schon gehen? Ohne ein konkretes Ziel vor Augen folgte ich der Street of Studies nach Norden. Ich war schon fast bei den Toren von San Antonio angelangt, als ich vor mir die Ruinen des alten Klosters von San Francisco aufragen sah. Billini hatte vor kurzem einen Flügel wiederaufbauen lassen und ein Irrenhaus darin eingerichtet. Anscheinend war ich endlich auf dem richtigen Weg.

Ich trat durch eine Seitentür in der Steinmauer und fand mich in einem Innenhof mit Gesteinsbrocken und ein paar schattenspendenden Bäumen wieder. Der Ort wirkte verlassen. Es war Spätnachmittag, und bestimmt waren die betreuenden Nonnen in der Kapelle und sprachen um sechs Uhr das

Angelusgebet. Unter einem Baum, der ein Stück weiter weg stand, erblickte ich einen Haufen alter Lumpen, der sich plötzlich bewegte, sich erhob wie die Schlange des Schlangenbeschwörers aus *Die Reisen des Venezianers Marco Polo*, um sich als menschliches Wesen zu entpuppen. Es war eine Frau mit zotteliger Mähne und einem schmutzigen Hemd, durch dessen große Risse ich zu meiner Bestürzung sehen konnte, daß ihr Körper darunter nackt war. Langsam wich ich zur Tür zurück, darauf bedacht, sie nicht durch eine jähe Bewegung zu erschrecken.

Vielleicht lag es daran, daß sie nicht durch einen Unterrock, ein geknöpftes Korsett, einen langen, seitlich zurückgebundenen Oberrock oder Schnallenschuhe mit leichten Baumwollstrümpfen behindert wurde, also daran, daß sie nicht so angezogen war wie ich (dabei trug ich auch nicht gerade meine Ausgehkleidung) – jedenfalls war sie mit ein paar Sätzen neben mir, noch bevor ich fünf Schritte in Richtung Tür machen konnte. Sie packte mich an den Schultern, und ich versuchte vergeblich, sie abzuschütteln, denn sie war stark – so groß wie ich, aber kräftiger. Sie stank nach Urin und Schweiß.

Aber sie sah mich auf eine Weise an, wie mich schon lange niemand mehr angesehen hatte. Sie sah *mich* an, mit dem wilden Wunsch herauszufinden, wer ich war. Ich versuchte mich ihrem Blick zu entziehen, doch ihre Augen fesselten mich.

Eine Weile starrten wir uns an, und erst als sie ihren Mund mit den fauligen Zähnen zu einem Kreischen öffnete, riß ich mich von ihr los.

Ich konnte meinem Vater nicht lange böse sein, denn es ging ihm nicht gut. Ständig klagte er über einen stechenden Schmerz, der seine Brust wie ein Pfeil durchbohre. Sein breites Gesicht mit den Grübchen wurde schmal und hager. Auch seine extravagante, bramarbasierende Art büßte er ein. Oft lag er im Bett, wenn wir kamen, weil er nicht aufstehen konnte. Irgendwann setzten wir uns über Papás Widerwillen gegen Ärzte und seine Angst vor ihnen hinweg und schickten Dr. Alfonseca zu ihm.

Der junge Arzt setzte sich an sein Bett und fühlte seinen Puls. In seinem schwarzen Gehrock sah er aus wie ein schwarzer Vogel, der bei meinem Vater auf der Bettkante hockte, aber daran wollte ich lieber nicht denken, denn schwarze Vögel galten als schlechtes Omen.

»Und? Wie lautet Ihr Urteil, Herr Doktor?« fragte Papá, nachdem der junge Mann seine lange Untersuchung abgeschlossen hatte. »Muß ich sterben?« Er bemühte sich, aufgeräumt zu klingen, aber ich sah die Angst in seinen Augen.

»Von wegen sterben«, erwiderte der Arzt, als stünde das überhaupt nicht zur Debatte. »Sie werden noch lange genug leben, um die Hochzeit der beiden Mädchen hier mitzuerleben.« Erst als wir wieder unten im Wohnzimmer waren, äußerte sich Dr. Alfonseca ausführlicher über den Zustand meines Vaters.

»Machen Sie sich auf sein baldiges Ende gefaßt«, sagte er mit ruhiger Stimme zu Ramona, zu mir und zu Altagracia, Papás einziger noch lebender Schwester. »Don Nicolás hat wahrscheinlich Krebs. Seine Lungen sind voll Wasser, und sein Darm ist befallen.«

Mir war zumute, als hätte der Pfeil, von dem Papá immer wieder sprach, soeben auch mein Herz durchbohrt.

»Ich weiß, das ist ein Schock für Sie«, fuhr der Arzt fort. »Aber wir müssen ihm Hoffnung machen. Don Nicolás ist sehr beeinflußbar. Schließlich ist er Dichter.« Er nickte mir anerkennend zu. »Ich werde ihm täglich eine Dosis Laudanum geben. Wir müssen dafür sorgen, daß er sich wohl fühlt.«

Ich weiß heute nicht mehr, wie wir diesen Tag hinter uns brachten, denn nachdem Altagracia, Ramona und ich uns im Wohnzimmer ausgeheult hatten und anschließend mit strahlenden Gesichtern nach oben zu Papá gegangen waren, um ihn zu belügen und zu behaupten, Dr. Alfonseca habe gesagt, er werde schon im Sommer wieder Walzer tanzen, gingen wir nach Hause, um es Mamá mitzuteilen.

Erst da wurde mir klar, daß meine Mutter den Mann, der ihr das Herz gebrochen hatte, noch immer zutiefst liebte. Im Lauf der Jahre hatte sie den Schock der Ernüchterung verwunden; Papás Liebe zu seinen Töchtern hatte ihrer Wut die Spitze genommen; und sein Verfall in jüngster Zeit hatte die einzelnen Stücke ihres Herzens wieder zusammengefügt. Sie verbrachte viele Tage und Nächte bei ihm, löste Ramona und mich ab und half Altagracia bei der Zubereitung von Papás Mahlzeiten und der Erfüllung seiner Bedürfnisse. Sie war wieder seine treuergebene Ehefrau.

»Er wird noch etwas ahnen, wenn du jedesmal mitkommst«, sagte Ramona eines Tages zu ihr, als wir uns zu dritt auf den Weg zu ihm machten.

Hocherhobenen Hauptes ging meine Mutter weiter – ihr schwarzes Häubchen schirmte ihr Gesicht ab, und wir konnten es nur sehen, wenn sie es uns zuwandte. »Ich weiß schon, wie ich euren Vater bei Laune halte. Außerdem wird der liebe Gott ein Wunder vollbringen, da bin ich mir ganz sicher.« Nicht nur Papá brauchte Hoffnung, damit er sich nicht aufgab.

Doch Gottes Wunder blieb aus. Papás Zustand verschlechterte sich zusehends, und Ende März war er bereits zu schwach, um noch in seinen Garten zu gehen oder die Seiten eines Buchs umzublättern. Stundenlang las ich ihm vor, und wenn ich zwischendurch aufblickte, waren seine Augen nicht selten geschlossen, und sein Kopf war seitlich aufs Kissen gesunken. Dann hielt ich zutiefst beunruhigt eine Hand vor seinen Mund, um festzustellen, ob er überhaupt noch atmete.

Eines Tages las ich ihm aus José Castellanos Anthologie vor, die Ende vergangenen Jahres erschienen war. Castellano hatte vier Gedichte von Papá und sechs von meinen aufgenommen.

»Was ist eigentlich aus deinem Freund Federico geworden?« fragte mein Vater. Mir lief ein Schauer über den

Rücken, denn man sagt Sterbenden ja eine erhöhte Sensibilität nach, und ich hatte in diesem Augenblick die Seite mit Federicos Gedichten aufgeschlagen. Als ich ein Exemplar der Anthologie erhalten hatte, stellte ich zu meiner Überraschung fest, daß sich darin auch das Gedicht befand, das er mir hatte zukommen lassen. Es war, als wollte er unsere großartige Freundschaft in die Welt hinausposaunen, obwohl in Wirklichkeit nicht viel daraus geworden war. Federico war nämlich anderweitig stark engagiert.

»Er heiratet demnächst, und zwar Carmita García«, antwortete ich. Als ich vor ein paar Wochen davon erfahren hatte, war ich nicht weiter überrascht. Denn gleich neben Federicos Freundschaftsgedicht für mich stand in Castellanos Anthologie ein Gedicht, das Carmita gewidmet war und all die sehnsüchtigen Seufzer und Liebesschwüre enthielt, die meinem fehlten. Offenbar hatte ich Federicos ersten Gesichtsausdruck doch richtig gedeutet.

»Das Gedicht, das du damals für ihn geschrieben hast, das habe ich vernichtet, weil ich dich beschützen wollte, mi'ja. Verzeih mir.« Er machte eine kurze Pause, um Atem zu schöpfen, und schloß die Augen, als würde es die übrigen Sinne schärfen, wenn man einen von ihnen vorübergehend ausschaltete. »Ich erinnere mich noch an den Tag«, fuhr er nach einer Weile fort. »Du bist davongelaufen, und als du wiedergekommen bist, hast du ausgesehen, als wärst du ... dem Teufel höchstpersönlich begegnet. Da habe ich begriffen, daß du für diesen jungen Mann etwas empfindest.«

Ich ließ den Kopf hängen. Schmerzlich holte mich die Enttäuschung ein.

»Vor Jahren habe ich dir meine Trompete überlassen ... Jetzt überlasse ich dir auch meine Flöte«, fügte er hinzu.

Das klang mir zu sehr nach Abschied. »Ay, Papá, komm schon, du bist doch noch jung. In der Bibel steht, daß Methusalem neunhundertneunundsechzig Jahre alt geworden ist, dann schaffst du doch spielend mehr als dreiundfünfzig.«

Wir schwiegen eine Weile, dann schlug er die Augen auf und sah mich an. »Sag mir«, begann er, und ich ahnte bereits, was er fragen würde, denn ich hatte schon immer die Gedanken meines Vaters lesen können. »Niemand will mir die Wahrheit sagen ... Muß ich sterben?«

»Ach woher, Papá«, ahmte ich Dr. Alfonseca so gut wie möglich nach. Ich versuchte mir nicht anmerken zu lassen, daß ich mehr wußte als er, aber er las es in meinen Augen. »Der Arzt sagt, daß du eine sehr schlimme Magen-Darm-Grippe hast«, log ich und wich seinem forschenden Blick aus. »Wenn du auf dich aufpaßt und auf deine Töchter hörst, müßtest du im Sommer wieder Walzer tanzen.«

Er ließ den Kopf aufs Kissen zurücksinken und legte die Hände auf die Brust, als wolle er die Pose der Toten nachahmen. Als ich mich ängstlich über ihn beugte, um seinen Atem zu kontrollieren, sagte er ganz leise, wie aus dem Reich der Toten: »Im Sommer lebe ich nicht mehr.«

»Papá, bitte«, schluchzte ich, denn ich konnte nicht länger an mich halten. »Bitte verlaß mich nicht.«

»Ich hinterlasse dir meine Flöte und meine Trompete«, erinnerte er mich.

Papá starb am 3. April.

Sollte ich meinen Schmerz beschreiben, müsste ich ihn wohl mit dem vergleichen, was man empfindet, wenn man einen heftigen Schlag erhalten hat oder böse gestürzt ist: Man liegt benommen auf dem Boden, hat Schmerzen und weiß nicht recht, was einem eigentlich widerfahren ist.

Ich sah zu, wie Mamá und Altagracia Papás Leichnam herrichteten, wie sie ihm seinen schwarzen Talar anzogen und ihm die kleine schwarze Kopfbedeckung aus seinen Tagen am Obersten Gerichtshof aufsetzten, wie Tía Ana ihm duftende Blüten vom Gardenienbusch neben der Haustür in die Taschen und Anissamen in den Mund steckte, um die giftigen Ausdünstungen zu mildern. Ich erinnere mich noch an die Totenwache in dem alten Haus in der Mercy Street, an die dunkle Kleidung, an die in Taschentüchern erstickten Schluchzer und an das, was ein Schock hätte sein können, wenn ich nicht schon zu benommen gewesen wäre, um überhaupt etwas zu spüren: die andere Frau, Felipa Muñoz, und ihre beiden Töchter, die so aussahen, als wären sie ungefähr so alt wie Ramona und ich.

Der Sommer kam und ging, und die einzige Abwechslung war ein Ausflug aufs Land in die Nähe von Baní, wo entfernte Cousins mütterlicherseits lebten. Dann begann die Regenzeit, und die Regierung, in die wir so große Hoffnungen gesetzt hatten, erlitt Schiffbruch, und wieder brachen Kriege aus – die Grünen gegen die Roten und die Roten gegen die Blauen –, bis die Politik nur noch ein einziges Kuddelmuddel und die beherrschende Farbe das Rot des vergossenen Bluts war. Oben im Norden feierten die Vereinigten Staaten ihren hundertsten Geburtstag, und ihr Präsident Grant gab für alle eine große Party, aber unser eigener neuer Präsident Espaillat hatte mit zu vielen Revolutionen zu tun, um daran teilzunehmen. Ende des Jahres wurde die von einem Schweizer Uhrmacher gebaute Turmuhr (der Mann war über der Arbeit blind geworden) an der Kathedrale angeliefert, aber die Pendel waren zu lang, und der Küster schnitt sie in einem Anfall von Ungeduld ab, weil er sie für bloßen Zierrat hielt, und so blieb die Zeit stehen, und es war monatelang Viertel vor sieben. Außerdem hatten wir sieben verschiedene Regierungen, bevor das nächste Jahr sich neigte, Mister McCurtneys Tierzirkus kam in die Stadt, und der Löwenbändiger Herr Langer wurde unter den entsetzten Blicken Hunderter Menschen von seinem eigenen Löwen gefressen. Und während der langen Zeit, in der ich von all diesen Begebenheiten hörte oder sie gar selbst miterlebte, schrieb ich ab und zu ein paar unausgegorene Zeilen, doch vor allem lehnte ich mich zurück und wartete darauf, daß der Schmerz nachließe.

Irgendwann beruhigte sich die Lage landesweit, und es meldeten sich wieder Besucher an unserer Tür, doch Mamá wies sie ab. Allerdings schrieb sie ihre Namen in ein Buch, das sie, wie sie sagte, für die Nachkommen aufheben wollte. Auf die könne sie lange warten, stichelte Ramona, wenn sie ihren Töchtern nicht bald gestatte, die schwarzen Kleider abzulegen und die zahlreichen Einladungen zu Lesungen oder Vortrags- beziehungsweise Musikabenden anzunehmen, die sie mittlerweile erhielten. In der Stadt gab es inzwischen ein halbes Dutzend literarischer und kunstsinniger Gesellschaften.

Doch ehrlich gesagt lag mir nichts an diesen Veranstaltungen. Mir lag nichts daran, mein schwarzes Kleid auszuziehen, die Rolle der berühmten Dichterin zu spielen oder in die Gesichter junger Männer zu blicken und mir zu überlegen, ob vielleicht einer darunter war, der hinter all den Lobpreisungen und Lorbeeren, hinter der breiten Nase und dem schnörkellosen Wesen die trauernde Tochter erkannte, die früher das liebende Herz ihres Vaters entzückt hatte.

Empfindungslos, als wäre mein Körper bereits abgestorben, lag ich auf dem Bett und lauschte meinem Atem, so wie ich am Krankenbett meines Vaters dem seinen gelauscht hatte. Ich kann nicht mehr nachvollziehen, wie ich diese beiden Jahre hinter mich brachte, kann ich nicht sagen, wie ich es schaffte, ein paar Gedichte zu schreiben, oder immer wieder mein Häubchen aufzusetzen und festzubinden oder meine Schuhe zuzuknöpfen, oder warum ich in meinem siebenundzwanzigsten Lebensjahr eines frühen Morgens zusammen mit meiner Schwester Ramona zur Messe ging und den Blick auf die wuchtige hölzerne Kirchentür richtete, an der die beiden jungen Männer standen.

Mein erster Gedanke war, wie modisch sie doch für den Besuch der Sechs-Uhr-Messe gekleidet waren: silbergrauer Cut zu silbrig schimmernden Krawatten. Einer der beiden war lang und dünn wie eine Bohnenstange, hatte runde Knopfaugen und einen schlaffen Schnurrbart, der aussah wie ein kleiner Fisch, der aus einem Katzenmaul baumelte, und der andere fiel mir sofort auf, nicht nur, weil er ein Bild von einem Mann war, sondern auch, weil mir seine Züge so vertraut vorkamen: das frische, offene Gesicht; die eindringlich blickenden, dunklen Augen; das feste schwarze Haar wie das eines indianischen Häuptlings. Während Ramona und ich an ihnen vorbei in die Kirche gingen, rätselte ich, wer dieser junge Mann sein mochte, und kam zu dem Schluß, daß ich ihn wohl nicht kannte, denn ich hörte klar und deutlich, wie er seinen Freund fragte: »Und welche von beiden ist jetzt Salomé?«

Rasch sah ich Ramona an, aber sie hatte die Frage zum Glück nicht gehört, sonst hätte sie mir wieder einen ihrer Weißt-du-jetzt-was-ich-meine-Blicke zugeworfen. Während wir in unserer Bankreihe niederknieten, uns wieder erhoben oder das Knie beugten, grübelte ich unentwegt darüber nach, wo ich diesen jungen Mann schon einmal gesehen hatte. Seit über zwei Jahren befand ich mich nun schon in diesem sonderbaren Zustand, und in dieser Zeit war Papá wiederholt in mein Leben zurückgekehrt: einmal in dem Abdruck, den mein Bügeleisen hinterließ, als ich mein Hemd aus Barchent bügelte; einmal in den schmerzerfüllten Schreien unserer Nachbarin aus der Bodega, als diese ihr erstes Kind gebar; einmal im zufriedenen Lächeln des Neugeborenen, das im Schlaf an der Brust seiner Mutter nuckelte – und nun in den forschenden Augen dieses jungen Mannes, dem ich zuvor schon einmal begegnet war und den man nun als Geist meines Vaters in mein Leben zurückgeschickt hatte.

Die Messe war zu Ende. Auf dem Heimweg blitzte die aufgehende Sonne auf den Zinkdächern, als wollte sie Grüße von den Toten überbringen. Mein Geist war nirgends zu sehen. Schon bald vergaß ich ihn, weil meine täglichen Pflichten mich wieder voll und ganz in Anspruch nahmen, doch der Schmerz regierte weiter in meinem Herzen und Stille in meinem Kopf, in dem ich früher Sätze und sich reimende Verszeilen vernommen hatte.

»Du mußt dir einen Ruck geben, Salomé«, ermunterte mich Ramona von Zeit zu Zeit. Sie hatte sich schneller wieder gefangen und unternahm jede nur erdenkliche Anstrengung, mich aus meiner Erstarrung zu reißen. »Uns allen und vor allem Mamá zuliebe.«

»Ich bemühe mich doch«, sagte ich. Meine Stimme klang kläglich und fern, als käme sie vom Grund des alten Lochs unter dem Haus, in dem wir uns früher während der Revolutionen verkrochen hatten.

»Ich weiß, Herminia, ich weiß«, sagte Ramona und setzte sich neben mich. Vor Schmerz zuckte ich zusammen, denn ich ertrug es nicht, daß man mich mit dem Kosenamen ansprach, den mein Vater mir gegeben hatte. Ramona schnürte ein Bündel in ihrem Schoß auseinander: lauter Einladungen, die in letzter Zeit ins Haus geflattert waren. »Sieh mal«, sagte sie, »all diese Menschen warten auf dich. Das sind Einladungen, und Mamá hat uns jetzt endlich erlaubt, sie anzunehmen.«

In diesem Augenblick klopfte es an der Haustür. Ramona und ich sahen uns neugierig an. Für offiziellen Besuch war es noch zu früh am Tag. Vielleicht war es eine Schülerin, die ihren *Catón cristiano* im Wohn-Klassenzimmer vergessen hatte? Wir eilten in den vorderen Teil des Hauses, um nachzusehen.

Vor uns standen die beiden Männer, die wir vor ein paar Tagen an der Kirchentür gesehen hatten: der große, drollig wirkende, der so aussah, als würde er gleich in Gelächter ausbrechen, und der jüngere, gutaussehende, dessen Gesicht mir so seltsam vertraut war und der die Augen meines Vaters hatte. Er trug eine rote Halsbinde und im Knopfloch eine Gardenienblüte, und er war es, der das Wort ergriff.

»Señorita Salomé Ureña«, begann er und blickte von einer zur anderen, als wäre er nicht sicher, wer von uns beiden Salomé war.

»Das ist Salomé, und ich bin ihre Schwester Ramona«, klärte meine Schwester ihn auf und unterdrückte ein Kichern, weil der junge Mann so formell und nervös war.

Der Galan erläuterte den Anlaß ihres Besuchs. Er und sein *socio* Pablo Pumarol seien gekommen, um uns persönlich zu einer Soiree der Poesie einzuladen, welche die »Gesellschaft der Freunde unseres Landes« gab. Auch andere junge Damen würden anwesend sein, desgleichen zahlreiche Mütter von Mitgliedern. In anderen Worten: Anstandsdamen wären in ausreichendem Maße vorhanden.

Ich hörte ihm kaum zu, denn allmählich dämmerte mir, wer der junge Mann war, nämlich Federicos kleiner Bruder, der an dem Tag, als Federico uns einen Besuch abgestattet hatte, auf Freiersfüßen vorbeigeschlendert war! Ich fragte mich, ob er auch der von den Henríquez-Brüdern war, den man unlängst dabei geschnappt hatte, wie er mein Gedicht »A la Patria« auf die Burgmauern schrieb. Der alte Don Noël hatte eine Geldstrafe zahlen müssen, und sämtliche Männer des Henríquez-Clans waren an einem Sonntagnachmittag mit Kalkkübeln und Lappen losgezogen, um dem alten Gemäuer einen neuen Anstrich zu geben, während die Henrí-quez-Frauen körbeweise Süßigkeiten aus Maismehl und Karamelbonbons aus Rohrzucker an die Kinder verteilten. Die Bobadilla-Schwestern hatten uns anschließend brüh-warm davon berichtet und gemeint, diese Juden hätten sich so nett und anständig wie Christenmenschen benommen.

»Es wäre eine große Ehre für uns, wenn Sie unsere Einla-dung annehmen würden.« Der junge Mann sah mich nun direkt an.

Ich wollte den Blick abwenden, aber seine Augen waren wie Papás Augen und wie die Augen der verrückten Frau – forschend. Ich war willenlos und dachte nur: Weiß dieser junge Mann denn nicht, daß man eine Frau nicht direkt ansieht?

Ich wollte diesem Blick etwas entgegenhalten, wollte sagen: Kommen Sie doch herein, junger Mann, kommen Sie herein und sehen Sie, wie verlegen und schüchtern Salomé Ureña in Wirklichkeit ist; wie schmal und hohlwangig ihr Gesicht vor Kummer geworden ist; daß ihre Ohren so groß sind wie eh und je und daß ihr Haar sich wie immer wider-spenstig kräuselt; daß ihr Stapel mit Gedichten allmählich

Staub ansetzt und in ihrem Herzen der Geist ihres Vaters herumspukt, der ihr mit keinem Zeichen zu verstehen gibt, daß sie auch ohne ihn weitermachen kann.

Aber ich hatte mich zwei Jahre in stumpfsinniges Schweigen gehüllt, und deshalb fand ich jetzt nicht die richtigen Worte. Alles, was ich herausbrachte, war: »Sie können auf mich zählen.«

Er wollte offenbar mehr hören, doch mehr gab es nicht zu sagen. Also verneigte er sich, Pablo ebenfalls, und bevor sie sich zum Gehen wandten, nahm der Galan, der sich als Francisco Henríquez y Carvajal vorgestellt hatte (»aber alle nennen mich Pancho«), die Gardenie aus seinem Knopfloch und überreichte sie mir. Dann gingen sie die Straße hinunter, und der hübsche junge Kerl vergrub die Hände in den Taschen, wie Männer es tun, wenn sie unsicher sind und das beruhigende Klimpern der Münzen hören müssen. Ramona schloß den oberen Schlag der Tür und schlang voller Dankbarkeit die Arme um mich. »Meine wunderbare, tapfere, charmante, begabte Schwester!« Dann eilte sie in den hinteren Teil des Hauses, um meiner Mutter zu verkünden, daß es ihr, Ramona, endlich gelungen war, mich aus dem Tal der Tränen herauszulocken.

Kaum war sie weg, stieß ich das kleine Seitenfenster auf und blickte den beiden Männern hinterher, die am Ende der Straße kurz stehenblieben, um den Wasseresel mit seinen triefenden *tinajas* voll Trinkwasser vorbeizulassen. Der Jüngere hatte inzwischen seinen stolzierenden Schritt wieder angenommen und die Hände aus den Taschen gezogen, und er schlenkerte mit den Armen wie ein Knabe, der eine schwierige Aufgabe gemeistert hat und mit sich zufrieden ist.

Ich spürte, wie ich langsam aus dem Loch hervorkam, in das ich mich so lange verkrochen hatte. Ich fühlte, wie das Leben in meine Blutbahn zurückkehrte, mich wachrüttelte und die drückende Dumpfheit aus meinem Kopf vertrieb. Ich roch das Brot, das in den Öfen der nahe gelegenen *panadería* gebacken wurde, roch die salzige Brise des Meeres. Oben an der Burg läutete die Abendglocke. Da stand ich und steckte den Kopf zum Fenster hinaus, so wie das Töchterchen unserer Nachbarin aus der Bodega bei der Geburt erst nur den Kopf herausgesteckt hatte, um schon einmal einen Blick auf die Welt zu werfen, in die es gleich darauf hineingeboren werden sollte. Und dann war mir, als erreichte mich endlich der Segen meines Vaters, denn ich hörte, wie die Musikkapelle aus unserem Viertel mit den Proben für die Fronleichnamsprozession am nächsten Tag begann: das Rollen der Trommeln, das Trillern der Flöte, der Weckruf der Trompete.

DREI

Ruinen

———•———

Cambridge, Massachusetts, 1941

Sie fährt gern mit dem Zug. Sie fühlt sich dann immer wie eine Heldin in der Schwebe zwischen zwei Leben, zwischen zwei Zielen. Eine Zeile aus einem Gedicht ihrer Mutter schießt ihr durch den Kopf, die Worte werden vom Rattern des Zuges aufgegriffen und ein ums andere Mal wiederholt, bis sie wie Unsinn klingen.

Welchen meiner vielen Träume soll mein Herz einfordern?
Oder hat sie das selbst geschrieben?

Aber irgendwann kommt die Heldin unweigerlich an einem Bahnhof an. Dort stehen Menschen, um sie abzuholen, wichtige Persönlichkeiten, die zuviel von ihr erwarten. Vielleicht ist auch Domingo darunter, immer noch wütend und weitere Erklärungen verlangend.

Kurz entschlossen steht sie auf und geht den schwankenden Gang des New York-Boston Yankee Clipper Express entlang.

Da ist er! Ihr geliebter Bruder Pedro!

Wie elegant er aussieht in seinem hellbraunen Mantel mit dem Gürtel und dem hochgeschlagenen Kragen. Obwohl es ein kühler Märztag ist, trägt er keinen Hut. Irgendwo beginnt eine Kapelle zu spielen, Trompeten und Trommeln, vielleicht befindet sich ein Würdenträger an Bord des Zuges. Sie überlegt, ob die Musik womöglich ihr gilt, ob ihr Bruder eine Kapelle engagiert hat, um ihre Flucht zu feiern.

Sie *ist* geflohen. Sie denkt an einen alten Holzschnitt in einem bebilderten Märchenbuch aus der Bibliothek ihres Vaters: ein Mädchen läuft vor einer dunklen Wolke davon, die aussieht, als bestehe sie aus lauter Mücken. Doch hinter ihr ist niemand her: Papancho ist tot, Mon ist tot, Marion unterrichtet jetzt in Vermont und ist »glücklich wie Bolle«, und Domingo hat sich vor Wut darüber, daß er nur »ein Experiment« war, wie er es nannte, aus dem Staub gemacht. Sie ist ihn los, den kleinen Friedhof aus der Vergangenheit, den sie gepflegt und der sich immer weiter gefüllt hat: mit ihren Toten, ihren gescheiterten Lieben und den vielen neuen Opfern von Batistas Diktatur in Kuba.

»Pibín!« ruft sie und klopft ans Fenster, aber Pedro hat sie nicht gesehen. Sie rüttelt am Griff, doch es läßt sich nicht öffnen. Eilig steckt sie ihr Notizbuch in die Handtasche und rafft ihre Sachen zusammen. Sie hastet mit ihrer Tasche den langen Gang entlang und zögert kurz, bevor sie auf der obersten Stufe erscheint.

Womöglich erkennt er sie gar nicht wieder. Zwanzig Jahre sind vergangen. Sie ist jetzt sechsundvierzig. Und er selbst wirkt viel älter und welterfahrener als der hitzige junge Mann, der sie an der Universität von Minnesota beschattet hat wie ein Spion. Dieser Pedro ist eine kultivierte Erscheinung mit seinem glatt zurückgekämmten, großzügig mit Grau gesprenkelten Haar. Er ist jetzt berühmt, ruft sie sich in Erinnerung, berühmter, als ihre Mutter es je war.

Und wie hat *sie* sich erst verändert! Das sagen alle. Sie hat abgenommen, und die kräftigen Knochen in ihrem Gesicht treten stärker hervor. Auch sie sieht, nun ja, berühmt aus.

Vielleicht ahnt ihr Gesicht, was die Zukunft bringt! In den vergangenen Monaten hat sie fieberhaft Gedichte geschrieben. Jetzt wird sie mehrere Wochen wie in einem Taumel verbringen, und die Zeilen werden pausenlos in ihrem Kopf herumschwirren. Manchmal hält sie es für ausgemachten Blödsinn, in ihrem Alter noch Dichterin zu werden. Ihre Mutter hatte ihre Blütezeit in jungen Jahren. Bis zu ihrem dreißigsten Lebensjahr hatte sie ihre bedeutendsten Werke geschrieben. Aber vielleicht ist es bei Camila wie bei einem Kind, das die Begabung der Mutter geerbt hat und dessen eigene Blüte erst in späteren Jahren einsetzt.

Da entdeckt Pedro sie, und sein Gesicht strahlt vor Freude und Rührung. Sie ist erleichtert. Jahrelang hat er sich über ihren »persönlichen Lebensstil« aufgeregt, wie er es in seinen Briefen immer nennt, als ahne er bereits, daß seine Korrespondenz (so berühmt, wie er ist) irgendwann veröffentlicht wird und dies der unverfänglichste Ausdruck ist, um die Abartigkeit seiner Schwester zu umschreiben. Als er damals erfahren hat, daß Marion Camila nach Santiago nachgereist war, hat er ihrem Vater geschrieben – Camila hat den Brief später als Lesezeichen in einem Buch von Lamartine entdeckt, das ihrem Vater gehörte – und ihm geraten, die Amerikanerin nicht ins Haus zu lassen. »Una influencia malísima. Camila es demasiado impresionable ...« Ein schlechter Einfluß. Und Camila ist so leicht zu beeinflussen ...

Aber das liegt nun alles hinter ihnen. Sie sind sich durch ihre Briefe wieder nähergekommen. Als sie Pedro zum Beispiel von Domingo berichtet hat – sie hat mit ihrem neuen Beau geprahlt wie mit einer Trophäe, obwohl er ein armer Bildhauer ist und dunkelhäutiger als alle anderen in ihrer Familie und obendrein schrecklich stottert, aber egal –, hat Pedro zurückgeschrieben und sie beglückwünscht, als hätte sie ihm mitgeteilt, daß sie nach langer Krankheit endlich genesen sei.

Pedro hält zwei kleine Fahnen in der Hand – die dominikanische und die ihrer Wahlheimat Kuba. Als sie jetzt aus dem Zug steigt, hebt er die Fähnchen hoch und schwenkt sie zur Begrüßung überschwenglich. Sie bemerkt den sanften, stolzen und zugleich liebevollen Ausdruck in seinen Augen. Es heißt, Pedro habe die größte Ähnlichkeit mit ihrer Mutter, bis hin zur dunklen Haut, und als er sie so warmherzig ansieht, sagt sie sich: Genauso hätte Mamá mich angesehen, wenn sie noch lebte.

Sie schließen sich in die Arme. Als sie sich voneinander lösen, stellt sie zu ihrer Überraschung fest, daß ihr Bruder Tränen in den Augen hat. Sie streckt die Hand aus, um sie wegzuwischen, und seine Hand ahmt ihre Geste spiegelbildlich nach und wischt die Tränen fort, die über ihr Gesicht laufen.

Sie gehen über den Campus zum Gästehaus, in dem Pedro ein Zimmer für sie reserviert hat. Der Winter hat Cambridge noch immer fest im Griff. Die Bäume sind nackt, und auch die tristen Gebäude befinden sich offenbar noch im Winterschlaf. Auf einem von Bäumen umstandenen Hof exerziert eine Gruppe junger Männer in Uniform.

»Was hat das zu bedeuten?« fragt sie Pedro flüsternd. An dieses Detail erinnert sie sich noch aus Minnesota: Der Atem, der in der kalten Luft sichtbar wird und verrät, daß man etwas gesagt hat.

»Die Amerikaner üben für den Kriegsfall. Ich schätze, wir selbst haben so viele Kriege, daß wir nie aus der Übung kommen«, sagt er bitter. »Einunddreißig allein zu Mamás Lebzeiten. Ich habe sie für meine Abschlußvorlesung mal gezählt.«

Auch sie selbst hat neulich nachgerechnet, weil sie nicht glauben konnte, daß es wirklich so viele waren. Vor kurzem hat Max ihr aus Ciudad Trujillo, wie die Hauptstadt der Dominikanischen Republik seit neuestem heißt, geschrieben. Er hat unter Mamás Elternhaus ein tiefes Loch entdeckt – sie erinnert sich daran! –, in dem sich die verängstigten Frauen während der Kriege versteckt hatten. Sie müssen eine Menge Zeit unter der Erde verbracht haben.

Hinter den Soldaten schwenken ein paar Männer Plakate mit der Aufschrift SCHÜTZT UNSEREN FRIEDEN und brüllen allerlei Parolen. »Das ist nicht gerade die friedliche Art«, stößt Pedro leise hervor, als sie an ihnen vorbeigehen.

»Was haben Sie da?« Einer der Männer hat sich von der Gruppe losgerissen und baut sich vor ihnen auf. Er hat glanzlose helle Katzenaugen. Abrupt beugt er sich zu den

Fähnchen hinunter, die aus ihrer Tasche, die Pedro für sie trägt, hervorlugen. Camila spürt, wie sich ihre Schultern verkrampfen und ihr Atem flacher geht. Sie überlegt, ob sie ihren Bruder vorstellen soll: Das hier ist der diesjährige Norton-Dozent für lateinamerikanische Studien in Harvard. Würde man sie dann vielleicht unbehelligt passieren lassen?

Zwei andere junge Männer kommen hinzu, haken sich bei dem Eiferer unter und flüstern ihm etwas ins Ohr. Vielleicht erinnern sie ihn daran, daß sie Friedensstifter sind und die Welt retten wollen.

Pedro steht einfach nur geduldig da, als warte er ab, daß man ein Hindernis aus dem Weg räumt. Er ist noch nie eine Kämpfernatur gewesen. *Mein Pedro ist kein Soldat, kein Cäsar und kein Alexander stürmen durch sein Herz* – so beginnt Salomés letztes Gedicht.

Rasch geht Camila weiter und zieht ihren Bruder am Arm hinter sich her. »Wogegen demonstrieren sie?« fragt sie, sobald sie außer Hörweite sind. Ihre eigene Universität in Havanna ist seit jeher eine Brutstätte der Revolution gewesen, und deshalb läßt Batista sie immer wieder schließen.

»Sie wollen nicht in den Krieg«, erklärt Pedro. »*El presidente* Roosevelt hat versprochen, daß kein einziger junger Amerikaner in diesem europäischen Krieg sterben wird. Aber hier auf dem Campus hat man eher das Gefühl, daß die USA noch vor Ablauf des Jahres in den Krieg eintreten.«

Nervös wirft sie einen Blick auf Pedros Wimpel, die aus dem geöffneten Reißverschluß ihrer Tasche hervorschauen. In Anbetracht der Gerüchte über einen bevorstehenden Krieg war es von ihrem Bruder wohl nicht gerade eine brillante Idee, mit ausländischen Fähnchen durch die Gegend zu laufen. Natürlich ist es auch nicht hilfreich, daß er so fremdartig aussieht.

»Bald fühlt sich die ganze Welt so wie unsere kleinen Länder«, meint Pedro und schüttelt traurig den Kopf. Er streift sich den Riemen der Tasche über die Schulter und vergräbt die Hände in den Manteltaschen, als suche er darin nach etwas Tröstlichem.

»Wir treffen die anderen an einem ganz besonderen Ort«, sagt Pedro und bietet ihr seinen Arm. Sie hat ihre Sachen oben im Gästehaus abgestellt, ihr Haar zu einem frischen Dutt zusammengefaßt und mit einem Silberkämmchen festgesteckt, das einst ihrer Mutter gehörte.

Um den »Ort« zu erreichen, muss ein strammer Spaziergang durch das Gelände der Universität und anschließend durch mehrere verwinkelte, enge Straßen bewältigt werden. Die Demonstranten haben sich zerstreut. Zärtlich mustert Camila ihren Bruder von der Seite und überlegt, wie er es hier in den letzten neun Monaten ganz allein ausgehalten hat.

Er ist alt geworden. Sein Gesicht ist faltig: Um die Mundwinkel zeichnet sich eine Klammer ab; die Stirn ist selbst dann gefurcht, wenn er sie nicht in Falten legt. Er ist jetzt sechsundfünfzig, doch es ist nicht nur das Alter, das sich bei ihm bemerkbar macht. Er wirkt müde, und auf seinem Gesicht liegt ein trauriger, verstörter Ausdruck. Natürlich würde er sich nie beklagen, aber in einem seiner Essays, auf den sie kürzlich in einer Zeitschrift gestoßen ist, hat sie zu ihrer Überraschung von »der schrecklichen moralischen Enterbung im Exil« gelesen. Es hat ihr einen Stich versetzt, daß sie auf so unpersönliche Weise erfahren mußte, wie traurig ihr Bruder ist und welch furchtbaren Tribut sein Wanderleben gefordert hat. Im Gegensatz zu ihrem Bruder Max hat Pedro sich geweigert, in Trujillos Regierung zu bleiben, und ist mit seiner Familie nach Argentinien ausgewandert, wo er sich über Wasser gehalten hat, indem er zwei oder drei Lehrerjobs gleichzeitig angenommen hat. Insofern ist die Norton-Dozentenstelle ein Geschenk des Himmels, aber sie ist nun mal auf neun Monate beschränkt. Deshalb legt er schon jetzt jeden Penny, den er erübrigen kann, für die anschließende Dürrezeit auf die hohe Kante.

Vor einer Flügeltür mit der dunklen Silhouette eines Stiers auf jeder Seite bleiben sie stehen. Das Lokal mit dem Namen »El Toro Triste«, Der Traurige Stier, gehört einem Republicano, der vor fünf Jahren, als in Spanien der Bürgerkrieg ausbrach, ins Exil gehen mußte. Hier treffen sich Pedros Freunde und Kollegen, einige sind darunter, die anläßlich Pedros Abschlußvorlesung am morgigen Abend eigens aus New York und Princeton angereist sind. Da das Reisen sich zunehmend schwieriger gestaltet, sind mehrere von ihnen sicherheitshalber einen Tag früher gekommen.

Eine quirlige Frau mit dunklem Haar tritt auf Pedro zu, schließt ihn warmherzig in die Arme und schwärmt, wie stattlich und vornehm er aussehe. Sie dagegen ist klein und rundlich wie eine Frau vom Land, doch ihre Augen sind so ausdrucksstark wie die eines Menschen, der schon einiges von der Welt gesehen hat. »Ich bin Germaine«, stellt sie sich vor und nimmt Camilas Hände in ihre. Sie ist Französin, und das weckt Camilas Interesse. Seit sie von der Zweitfamilie ihres Vaters in Paris erfahren hat, muß sie jedesmal, wenn sie einer Französin in einem bestimmten Alter begegnet, an ihre Halbschwestern und Nichten denken, die sie nie kennengelernt hat. Ob sie wie Pancho aussehen oder von ihr wissen?

»Kommen Sie, ich stelle Ihnen Jorge vor, meinen Mann.« Germaine faßt sie am Arm. Ihr Ehemann entpuppt sich als Jorge Guillén, ein Dichter, dessen Gedichtband *Cántico* zu den wenigen Büchern zählt, die Camila aus Havanna mitgenommen hat.

Jorge steht auf. Er ist groß und schlank, trägt dicke Brillengläser und hat den typisch zerstreuten Gelehrtenblick. Das heißt, eigentlich ist sie sich gar nicht sicher, ob er wirklich zerstreut ist, sie hat ihm dieses Attribut einfach zugeteilt. Seit sie selbst schreibt, nimmt sie allmählich die schlechten Angewohnheiten aller Schriftsteller an, etwa die Welt neu erschaffen zu wollen, anstatt sie von innen heraus zu erleben. Vielleicht ist das der Grund, weshalb Hostos, ein enger Freund ihrer Mutter, aus seiner aufgeklärten rationalen Republik sämtliche Dichter verbannt hat.

»Es ist mir ein Vergnügen«, sagt er und macht eine drollige Verbeugung. »Wie ich höre, kommen Sie direkt von den kubanischen Schlachtfeldern?«

»Aber Jorge«, tadelt seine Frau. Sie wirkt viel jünger als er, und ihre hohe Stimme ist wie ein bimmelndes Glöckchen im Herbst seines Lebens. »Du zerstörst noch die Stimmung des heutigen Abends.«

Der gescholtene Jorge setzt sich artig und bietet Camila den Stuhl neben sich an. Er scheint genauso schüchtern zu sein wie sie, aber das Wunder, das sich manchmal zwischen zwei scheuen Menschen ereignet, geschieht: Die beiden quasseln munter drauflos. Sie reden über Kuba und die wachsende Unterdrückung, und plötzlich ertappt sich Camila dabei, wie sie Jorge etwas gesteht, was sie bisher noch niemandem gesagt hat, nicht einmal ihrem Bruder: »Ich bin abgehauen.«

Seine Augen leuchten interessiert auf: Sie hat eine Geschichte zu erzählen. »Und wohin will unsere Heldin?« fragt er.

Sie spürt, wie ihr die Schamesröte ins Gesicht steigt, als wäre sie ein junges Mädchen, dem zum ersten Mal ein Mann Beachtung schenkt. Doch die traurige Wahrheit sorgt in ihrem neckischen Geplänkel für plötzliche Ernüchterung. »Im Moment geht es weniger darum, wohin sie will, als darum, woher sie kommt.«

»Wir sind die Israeliten von heute«, pflichtet Jorge ihr nickend bei, und sein langes, trauriges Gesicht wirkt wie eine Bekräftigung seiner düsteren Worte. »Was wird aus uns? Wir sterben, wenn wir vergessen. Und wir sterben, wenn wir uns erinnern.« Diesmal legt Germaine ihm sacht die Hand auf die Schulter. »Aber die Antwort überlasse ich wohl besser Ihrem Bruder. Er muß ein rechter David sein, daß er sich in Goliaths ureigenem Land mit solchen Fragen befaßt!«

»Stimmt«, sagt Camila lächelnd und blickt liebevoll zu ihrem Bruder hinüber, der mitten in einer Gruppe von Kollegen sitzt und in eine hitzige Diskussion verstrickt ist. Sie ist so stolz auf Pedro, nicht wegen seines Ansehens, sondern wegen seiner geistigen Qualitäten: Er ist so bedächtig und ernst und klüger, als es seinem Alter entspricht – das war er schon als Kind. »Ich habe einen alten Mann zur Welt gebracht«, soll ihre Mutter über ihn gesagt haben.

Genau deshalb hat sie ihre eigenen Gedichte mitgebracht: Sie liegen fertig gebunden ganz unten in ihrem Koffer. Max hat sie die Gedichte bereits geschickt, und er hat zurückgeschrieben und gesagt, sie seien »fabelhaft«. Er möchte sie in der dominikanischen Presse unter der Überschrift SALOMÉ LEBT veröffentlichen, aber sie hat ihn gebeten, es nicht zu tun, weil sie noch nicht genau weiß, was sie von ihnen halten soll. Auch einem alten Freund der Familie, dem Dichter Juan Ramón Jiménez, hat sie einige ihrer Gedichte geschickt, aber er hat sich zurückhaltender geäußert. »Sehr schön«, hat er hier und da hinter eine Verszeile geschrieben, aber die Seiten sind mit winzigen, mit Bleistift geschriebenen Anmerkungen übersät. Aus ihrer eigenen Erfahrung als Lehrerin weiß sie, daß das kein gutes Zeichen ist und daß der Gebrauch des Bleistifts die Schmach der Korrektur mildern soll. Dennoch ist seine Gesamtbeurteilung ermutigend: »Du hast die Begabung Deiner Mutter. Arbeite weiter daran.«

Als Pedros Freunde hereinströmen, führt Germaine einen nach dem anderen an ihren Tisch, damit sie »Pedros kleine Schwester Camila« kennenlernen. Salinas aus Princeton, die del Rios aus Columbia. Die fähigsten, mittlerweile im Exil lebenden Gelehrten und Schriftsteller Spaniens sind hier versammelt, um Pedro zu feiern, ihren Bruder. Vielleicht bringt sie selbst ebenfalls eines Tages etwas von Wert zustande, das ihr einen Platz in dieser illustren Gesellschaft sichert, und zwar nicht nur als Pedros Schwester oder Salomés Tochter.

»Ihr Bruder hat mir erzählt, daß Sie als Lehrerin arbeiten«, greift Jorge das Gespräch wieder auf.

»Das war einmal«, antwortet sie. Sie erklärt ihm, daß ihre Universität wieder einmal geschlossen wurde und daß sie selbst derzeit keine Arbeit habe.

Mitfühlend zieht Jorge eine Braue hoch. Ihr ist aufgefallen, daß er seine Brauen wie ein Mime zur Akzentuierung einsetzt. »Sie sind also aus dem brennenden Haus geflohen?«

»Genau genommen habe ich mitgeholfen, es in Brand zu stecken.« Doch das klingt zu angeberisch, und deshalb fügt sie hinzu: »Das heißt, meine Studenten haben es angesteckt.« Sie ist in ihrem schwarzen Lehrerkittel mit den Kreidespuren auf der Vorderseite nach draußen gegangen und hat sich ihnen angeschlossen.

Er lächelt und nickt anerkennend. »Können Sie das Plusquamperfekt genauso gut unterrichten, wie Sie argumentieren können?« Forschend zieht er eine Braue in die Höhe. »Ich frage das, weil in Vassar eine Stelle frei ist. Ich habe dort eine Bekannte. Sie heißt Pilar, und ich könnte sie anrufen.«

Camila zögert. Sie ist nicht sicher, ob sie sich noch einmal eine Vollzeitbeschäftigung als Lehrerin zumuten möchte. Die letzten zwanzig Jahre hat sie in Klassenzimmern verbracht. Es ist Zeit, daß sie die Flügel ausbreitet und sich selbst dem Schreiben widmet. Ein paar Einkünfte hat sie ja. Pancho hat bei seinem Tod zwar keinen Penny hinterlassen, aber – und dahinter steckt zweifelos Max – Camila bezieht als unverheiratete Tochter eines ehemaligen Präsidenten eine bescheidene Rente von der dominikanischen Regierung. So ganz wohl ist ihr nicht bei dem Gedanken, daß sie von einer Diktatur Geld kassiert, aber dies ist einer der Kompromisse, die sie ihrer Kunst zuliebe eingeht.

»Eigentlich ist meine Schwester hier, um das Leben zu genießen und, wie ich hoffe, auch meine Vorlesung«, kommt Pedro ihr zu Hilfe. »Vielleicht nehme ich sie anschließend mit nach Argentinien«, fügt er hinzu. Seine Worte überraschen sie. Erst vor ein paar Monaten hat sie diese Möglichkeit in einem ihrer Briefe von sich aus angesprochen, aber Pedro hat zurückgeschrieben und erklärt, das Leben in Buenos Aires sei sehr teuer und seine eigene Situation dort ziemlich schwierig geworden. Das Land werde von europäischen Immigranten, die vor dem Krieg geflohen sind, geradezu überflutet, und deshalb habe er beschlossen, für ein knappes Jahr nach Harvard zu gehen; er wolle ein wenig Geld sparen, auch wenn er seine Frau Isabel und die Mädchen zurücklassen müsse. »Komm doch zu mir nach Boston«, forderte er sie auf. »Laß uns dort über die Zukunft reden. Vielleicht schmieden wir sogar ein paar Pläne.«

Der Inhaber des »Toro Triste«, ein bärbeißiger alter Mann mit Tagesbart und Baskenmütze, humpelt von Tisch zu Tisch und füllt die Gläser nach. Er zieht ein Bein auffällig nach – vielleicht eine Kriegsverletzung. Camila kommt es plötzlich so vor, als wären alle Menschen hier im Raum Überlebende nationaler Katastrophen, die sie in sämtliche Himmelsrichtungen verstreut haben. Sie malt sich aus, wie ein künftiger Historiker auf ein Foto der hier Versammelten stößt. *Die großen Dichter des kriegsgebeutelten Spanien treffen sich in Boston, um Pedro Henríquez Ureñas letzte Norton-Vorlesung zu feiern,* würde die Bildunterschrift lauten, und von links nach rechts wären die einzelnen Namen aufgeführt. (Aber wer ist die Frau, die ganz am Rand neben Guillén sitzt? Ach ja! Salomé Camila Henríquez Ureña, die Dichterin.) Sie verspürt einen Kitzel und schämt sich, weil sie sich selbst einen Titel verliehen hat, den sie noch gar nicht verdient.

Pedro bittet um Ruhe. »Ich möchte euch mit ein paar Versen willkommen heißen«, beginnt er und zitiert einige Zeilen von Martí, in denen der Dichter der Sehnsucht nach seiner Heimat Ausdruck verleiht. Als er geendet hat, ist es still im Raum, als hätte der Befreier höchstpersönlich die Tür aufgestoßen, hätte die mit den Hörnern aufeinander losgehenden Stiere voneinander getrennt und sich zu ihnen gesetzt.

Salinas spricht als nächster. Er wiegt sich im Rhythmus eines schwungvollen *romancero*, und seine Stimme ist vor Ergriffenheit brüchig. Er endet mit einem seiner eigenen Gedichte, einer Lobrede auf den ermordeten Dichter Lorca, einer Verwünschung der Mörder, der Falangisten, die sie alle ins Exil getrieben haben.

Einer nach dem anderen erheben sich die Kollegen, um etwas vorzutragen, und der kühle Raum füllt sich mit der Präsenz dieser klugen Köpfe.

»Sie sind an der Reihe«, drängt Jorge, nachdem auch er selbst etwas zitiert hat. »Ihr Bruder hat uns gesagt, daß Sie wunderbar vortragen können.«

So schüchtern sie ist – Gedichte hat sie immer für ihr Leben gern zitiert. Im Unterricht hat sie ihre Schülerinnen nicht selten in Erstaunen versetzt, indem sie mehrere Verszeilen eines Gedichts, wenn nicht gar das vollständige Gedicht, aus dem Gedächtnis aufgesagt hat. Im Geiste geht sie die Liste der Gedichte ihrer Mutter durch und überlegt, welches von ihnen am effektvollsten wäre. »Sombras« wäre zu düster, und »Contestación« handelt zwar vom Exil, einem Thema, das sie alle unmittelbar betrifft, aber es zählt nicht zu Salomés besten Gedichten. Hilfesuchend wirft sie Pedro einen Blick zu, aber sein Gesicht wirkt angespannt. Er will nicht, daß sie ein Gedicht ihrer Mutter zitiert. Modernität ist gefragt. Salomés neoklassischer Stil ist aus der Mode. Und die Mißbilligung oder auch nur die Unaufmerksamkeit dieser illustren Gesellschaft würde ihn empfindlich treffen.

»Nehmen Sie jemanden aus Ihrem Teil der Welt«, schlägt Jorge vor.

»Ich werde etwas von einem noch recht unbekannten Dichter zitieren«, sagt sie und holt tief Luft. Eines ihrer Gedichte hat Juan Ramón mit einem positiven Kommentar bedacht: SEHR SCHÖN! hat er darunter geschrieben, die beiden Worte unterstrichen und ansonsten nur eine einzige Anmerkung mit Bleistift an den Rand gekritzelt. Es heißt »La raíz« und handelt von einer Wurzel, die in der dunklen Erde nach Wasser forscht und von Blumen träumt. Sie hat es zur Übung schon mehrfach laut aufgesagt, wenn sie allein war, aber jetzt ist sie so nervös, daß ihre Stimme wiederholt versagt.

Als sie fertig ist, setzt sie sich hastig hin, denn sie spürt wieder die altbekannte Verkrampfung in ihrer Brust. Die ersten Anfälle dieser Art hat sie bekommen, als sie noch ein

Kind war: damals haben sie jedesmal Atemlosigkeit und panische Angst befallen. Irgendwann hat Pancho Santiago mit der gesamten Familie verlassen und ist mit ihr in die nahe gelegenen Hügel gezogen, weil er überzeugt war, daß Camila die anfälligen Lungen von ihrer Mutter geerbt hatte und daß ihr in den heißen Niederungen der Küstenstadt früher oder später die Schwindsucht zu schaffen machen würde.

Einen Augenblick herrscht Stille, dann ruft Jorge: »Bravo! Bravo!« Andere stimmen ein. Wer dieser Dichter sei? Ein junger Dominikaner, antwortet sie ausweichend und meidet Pedros Blick aus Angst, darin ein Urteil zu lesen.

Später, als sie zum Gästehaus zurückgehen, fragt er: »Sag mal, Camila, hast du von diesem Dichter noch andere Verse?«

»Ein ganzes Manuskript«, gesteht sie. So reden sie oft miteinander: indirekt, tastend, im Vertrauen auf ihre tiefe Liebe füreinander. »Ich möchte dich bitten, es zu lesen und mir deine geschätzte Meinung dazu zu sagen«, fügt sie hinzu. Ein größeres Eingeständnis kann sie ihm gegenüber nicht machen.

»Sehr gern«, sagt er.

Es ist bereits dunkel, und die Temperatur ist gefallen. Als sie sich bei ihm unterhakt, nimmt sie überrascht einen Hauch von Eau de Cologne wahr – zweifellos Isabels Vorliebe. Widerstrebend nimmt Camila den Einfluß ihrer Schwägerin zur Kenntnis. Wie albern, schließlich hat sie ihren Bruder jetzt ganz für sich allein. Jedesmal wenn Passanten sich nach ihnen umdrehen, drückt sie sich an ihn, als wären sie ein Liebespaar, das an diesem schneidendkalten Winterabend einen kleinen Spaziergang macht.

Sie blickt zum Firmament auf und staunt, wie leicht sie die einzelnen Sternbilder erkennt: den Orion und seinen Gürtel, den Wagen, Kassiopeia auf ihrem Stuhl. Was für eine merkwürdige Welt, denkt sie. Auf der anderen Seite des Ozeans glüht der Himmel von der Feuersbrunst der über London abgeworfenen Bomben. In »ihrem Teil der Welt« begehen

Batistas Schergen im Schutz der Dunkelheit gerade irgendwelche Greueltaten. Und Pedro und sie sind hier in Cambridge, Massachusetts, und gehen im März, dem Monat, in
dem ihre Mutter gestorben ist, unter denselben Sternen
glücklich spazieren. Ein derartiges Privileg hat natürlich seinen Preis.

Sie schmiegt sich an ihren Bruder, spürt die rauhe Lieb-
kosung seines Mantels an ihrer Wange und denkt an ihre
Mutter.

Genauer gesagt denkt sie an das letzte Gedicht, das ihre
Mutter geschrieben hat.

Sie waren in der Hoffnung an die Nordküste gezogen, daß
die frische Seeluft ihrer Mutter das Leben retten könne. Nach
außen hin hielt ihr Vater noch immer geheim, daß seine Frau
Tuberkulose hatte. Die engsten Familienangehörigen mußten
größte Vorsicht walten lassen, und vor allem die kleine
Camila wurde von ihrer Mutter ferngehalten. Dabei wollte
sie natürlich so oft wie irgend möglich bei ihrer Mutter sein.

Eines Tages, zur Siestazeit, wurde Camila von einem vertrauten Geräusch geweckt, nämlich einem Husten. Sie krab-
belte aus ihrem Bettchen und machte sich auf die Suche nach
ihrer Mutter. Sie fand sie in ihrem Zimmer, wo sie an dem
kleinen Schreibtisch am Fenster mit Blick aufs Meer saß. Ihre
Mutter weinte. Das war nicht ungefährlich, weil Weinen
ihren Husten verschlimmerte. Ihr ausgemergelter Leib wurde
heftig geschüttelt, und sie bekam keine Luft.

Camila erinnert sich, daß sie damals, selbst den Tränen
nah, »Mamá, Mamá, was ist los?« rief. Offenbar war sie von
dem für Kleinkinder typischen Gacksen und Lächeln sofort
zu vollständigen Sätzen übergegangen – ohne die übliche
Zwischenphase mit Wutanfällen und keinen Sinn ergebenden
Silben. Eine todkranke Frau hatte sie aufgezogen, und vielleicht ahnte die Kleine, daß es keine Zeit zu vertrödeln gab.

»Nada, nada«, beruhigte Mamá und hielt sich das
Taschentuch vor den Mund. Sie klopfte neben sich auf die

Bank, und Camila kletterte ohne ihre Hilfe hinauf, weil ihre Mutter zu schwach war, um sie hochzuheben. Von ihrer erhöhten Position aus konnte Camila sehen, daß ihre Mutter etwas geschrieben hatte. »Was ist das?« fragte sie.

»Ein Gedicht für deinen großen Bruder Pibín, mein Schatz.«

»Ich möchte auch ein Gedicht haben, Mamá.«

»Es ist ja auch für dich, aber da ich schon damit angefangen und es deinem Bruder gezeigt habe, lasse ich den Titel, wie er ist.«

»Lies es mir vor.«

Also las ihre Mutter ihr das Gedicht vor und machte ab und zu eine Pause, um Atem zu schöpfen und das Geschriebene noch einmal kurz zu überdenken. Da das Gedicht nun an Camila gerichtet war, mußte ihre Mutter rasch ein paar rhythmische Änderungen vornehmen und männliche durch weibliche Endungen ersetzen. In ihrer Stimme schwang Verzweiflung mit, als bliebe ihr nur sehr wenig Zeit, um etwas sehr Wichtiges zu sagen.

Kaum hatte sie zu Ende gelesen, bekam sie einen Hustenanfall. Tivisita, die Pancho zur Betreuung seiner Frau mitgeschickt hatte, stürzte ins Zimmer.

»Was tust du hier, Camila?« schimpfte sie. »Du sollst doch nicht -«

»Ist schon gut, Tivisita, danke.« Ihre Mutter blickte Tivisita nach, als sie die Tür hinter sich schloß.

Camila lehnte sich an die Schulter der Mutter. »Was heißt das, Mamá?« Sie hatte all die Worte zwar gehört, wußte aber nicht so recht, was die Mutter ihr mit dem Gedicht sagen wollte.

»Es heißt, daß ich dich sehr, sehr lieb habe.« Sie betrachtete Camila eingehend, als versuche sie von dem kleinen, zu ihr aufblickenden Gesichtchen darauf zu schließen, wie ihre Tochter später als Frau aussehen würde.

Natürlich hat Camila sich immer wieder gefragt, ob sie sich wirklich an all das erinnert. Die Wahrheit ist: Sie erinnert sich an Bruchstücke. Den Rest hat sie erfunden, um ihre wenigen vagen Erinnerungen zu einer Geschichte zu verweben, damit ihre Mutter ihr nicht ganz entgleitet. Allerdings ist sie sich ganz sicher, daß sie das, was ihre Mutter als nächstes sagte, nicht erfunden hat.

Ihre Mutter nahm ihre Hände und drückte sie fest. »Halte dich immer an Pibín. Und hör auf ihn.«

»Nicht an Papancho?«

Ihre Mutter sah sie einen Augenblick nachdenklich an. »Natürlich auch an Papancho.«

»Und Fran?«

»Ja, an Fran auch.« Sie gingen sämtliche Familienmitglieder durch, aber am Ende kam ihre Mutter noch einmal auf Pedro zurück. »Aber halte dich vor allem an Pibín.«

»Warum?« wollte Camila wissen.

Weiter reichen ihre Erinnerungen nicht. So sehr Camila sich auch bemüht – sie kommt nicht mehr darauf, was ihre Mutter geantwortet haben könnte. Viel länger dürfte das Gespräch allerdings auch nicht gedauert haben. Ihre Mutter ermüdete in ihren letzten Tagen rasch und konnte mit dem Tempo, das ihr fragendes Töchterchen vorlegte, nicht mithalten.

Jahre später, als Zehnjährige, fand Camila das Gedicht in der Bibliothek ihres Vaters unter den gesammelten Werken ihrer Mutter wieder. Mit einem Bleistift ging sie Zeile für Zeile durch und tauschte sämtliche Pronomen sowie die männlichen Endungen aus – ihre ersten poetischen Gehversuche –, so daß sich das Gedicht an sie und nicht an Pedro richtete.

Bücher zu verunstalten war bei ihnen, in einem Haushalt von Büchernarren, ein schweres Vergehen, und ihr Vater erlegte ihr eine, wie er fand, drastische Strafe auf: Sie mußte den Gedichtband ihrer Mutter komplett abschreiben. Auf diese Weise prägte sie sich sämtliche Gedichte von Salomé ein.

Sie versuchte ihrem Vater zu erklären, warum sie das getan hatte, aber Pancho tat ihre Erinnerungen als »Hirngespinste«

ab. Pedro hatte sie viele Jahre später, als sie zusammen in Minnesota wohnten (vor Marion und bevor sie sich auseinanderlebten), »rehabilitiert«. Eines Tages erzählte Pedro ihr nämlich spätabends von einer Erinnerung an ihre Mutter, die sich weitgehend mit Camilas deckte.

»Sie rief mich in ihr Zimmer«, berichtete Pedro. »Sie hatte drei Jahre zuvor ein Gedicht für mich angefangen, es aber wegen ihrer Krankheit nicht beendet, das dachte ich jedenfalls. Aber ein paar Monate vor ihrem Tod meinte sie, sie hätte eine Überraschung für mich. Sie las mir das fertige Gedicht vor, und danach sagte sie etwas sehr Merkwürdiges.«

Noch bevor Pedro es wiederholte, wußte Camila bereits genau, was ihre Mutter gesagt hatte.

»Ich habe die Zukunft gebeten, auf dich aufzupassen. Und paß du auf deine kleine Schwester auf.«

Am nächsten Abend mischt sich Camila unter die Menschenmenge, die ins Auditorium des Fogg Art Museum strömt. Viele Persönlichkeiten aus Harvard sind anwesend: ordentliche Professoren, Universitätslehrer, Würdenträger. Jorge zeigt sie ihr. Angeblich kommt auch der Präsident des College, aber Pedro hat ihr bereits gesagt, daß sich Präsident Conant hat entschuldigen lassen. Er ist in einer Mission für Präsident Roosevelt mit dem Flugzeug zu einer Unterredung mit Mr. Churchill in England unterwegs.

»Das ist wirklich ein ganz besonderes Ereignis«, meint Jorge. »Einer von uns wird nach Harvard eingeladen. Das hat es seit Santayana zu Beginn des Jahrhunderts nicht mehr gegeben!« Seine hochgezogenen Brauen sollen die Bedeutung des heutigen Abends bekräftigen.

Sie sitzt neben ihm und Germaine in der ersten Reihe, die Pedro für Freunde und Kollegen reserviert hat. Als sie sich zu ihnen wendet, um sich mit ihnen zu unterhalten, erblickt sie hinter sich ein Meer aus dunklen Tweedanzügen und Wollstoffen in gedeckten Farben. Unweigerlich muß sie an eine Versammlung von Leichenbestattern denken.

Auch sie selbst trägt Schwarz, und zwar ein Kleid, das ihrer Mutter gehörte und das Camila noch nie angezogen hat – besser gesagt, sie wollte es vor sehr langer Zeit einmal anziehen, aber ihr Vater oder ihre Stiefmutter hatte es nicht erlaubt. Als sie vor kurzem beim Packen überlegte, was sie mitnehmen sollte, hat sie es anprobiert, und siehe da, das Kleid paßt wie angegossen. Seltsam, daß sie so genau die Figur ihre Mutter hat – als wäre ihre Mutter in ihrem eigenen Fleisch und Blut wiederauferstanden.

Und jetzt sitzt sie im Auditorium und hört ihrem Bruder zu, und dabei spürt sie dieselbe innere Erregung wie am Vorabend im »Toro Triste«, als die Dichter ihre traurigen Gedichte vortrugen. »Wir sind *unserem* Amerika verpflichtet«, sagt Pedro, »dem Amerika, das unsere armen kleinen Länder unter so großen Mühen zu erschaffen versuchen.«

Auch sie will Teil dieser nationalen Selbst-Erschaffung sein. Die Gedichte ihrer Mutter haben eine ganze Generation beflügelt. Ihre eigenen, das weiß sie, sind keine Fanfarenstöße, sondern gedämpfte Oboenklänge, Klaviermusik im Hintergrund, eine Grundsee aus Celloakkorden, die den tragenden Unterton zur Melodie bilden. Jede Revolution braucht einen Chor.

»Wir dürfen keine bloßen Schreibtisch-Heilande sein.« Pedro stolpert über diese Worte. Sie weiß, wie schwer es ihm fällt, Englisch zu sprechen – was allerdings von jedem Norton-Dozenten erwartet wird. »Wer sich anderen hingibt, lebt unter den Tauben.« (Wo hat sie dieses Zitat schon gehört?)

»Doch laßt uns nicht das Allerwichtigste vergessen, denn am Vorabend des Krieges ist es von besonderer Bedeutung, dessen zu gedenken, woran uns unser Apostel Martí einst erinnert hat, bevor er in den Bergen im Osten Kubas fiel: ›Nur die Liebe kann Neues schaffen!‹ « Pedro wiederholt den Ausspruch auf spanisch und anschließend noch einmal auf englisch. Seine Stimme klingt heiser. Als er hinter dem Pult hervorkommt und an den Rand des Podiums tritt, um den

Beifall des Publikums entgegenzunehmen, erkennt Camila, daß sein Gesicht feucht ist vor Schweiß und müde vor Anstrengung. Was für einen hohen Preis hat er dafür bezahlt, daß er das Erbe ihrer Mutter angetreten hat!

Aber jetzt ist sie hier, um ihn zu unterstützen.

Von ihrem Platz in der ersten Reihe aus haucht sie ihm, ganz die kleine Schwester, einen Kuß zu.

Später am Abend, nachdem die anderen, republikanische Lieder singend, den »Toro Triste« verlassen haben, hat Camila endlich Gelegenheit, ihrem Bruder zu sagen, wie stolz sie auf ihn ist.

»Nicht nur wegen deines Vortrags«, sagt sie und wendet den Blick ab, weil sie beide nicht daran gewöhnt sind, so offen miteinander zu sprechen. »Ich bin stolz auf dich, weil du diesen Job nicht weitergemacht und Trujillos Machenschaften nicht länger unterstützt hast. Wenn du Max doch nur auch dazu überreden könntest!« Dies ist vermutlich nicht der beste Zeitpunkt, um das Gespräch auf den Bruder zu bringen, aber Pedros Worte an diesem Abend haben sie ermutigt.

»Unser lieber Max ist eine extreme *cabeza dura*«, gibt Pedro zu. »Und darin ist er uns anderen gar nicht so unähnlich.« Pedro klopft mit den Fingerknöcheln an seinen Schädel, um zu veranschaulichen, wie dickköpfig sie alle sind.

»Hier geht es nicht nur um Dickköpfigkeit. Die Sache mit den Haitianern war eine Schande: zwanzig Pesos für jeden Toten …« Sie schüttelt den Kopf. »Das wird ihm die Geschichte nie verzeihen.« Geschweige denn seine kleine Schwester, denkt Camila.

Pedro rutscht auf seinem Stuhl unbehaglich hin und her. »Laß uns jetzt nicht über Max reden.« Er senkt den Kopf und blickt sie von unten wie über den Rand einer unsichtbaren Brille hinweg an. Camila glaubt zu spüren, daß er ihr ansieht, was für ein Chaos sie in Kuba zurückgelassen hat: einen zornigen Liebhaber, ein in Windeseile aufgelöstes

Haus, bei Freunden deponierte Schachteln und Kisten voll wertvoller Familienunterlagen.

»Du mußt vorsichtiger sein, Camila.«

»Ich bin vorsichtig«, protestiert sie. »Um mich brauchst du dir keine Sorgen zu machen.«

Bestimmt hat Max ihm von ihrem Ausflug in ein kubanisches Gefängnis erzählt. Max mußte aus der dominikanischen Republik anreisen und seine diplomatische Immunität ins Spiel bringen, um ihre Freilassung zu erwirken.

»Wie geht es – na, du weißt schon, wem?« fragt er und sieht sie unverwandt an. »Ich meine den Bildhauer«, fügt er hinzu, obwohl sie beide wissen, daß er dabei auch an Marion denkt.

In diesem Moment wünscht sie, sie hätte Domingo in ihren Briefen an Pedro nie erwähnt. »Mit uns hat es nicht richtig geklappt.« Verlegen blickt sie auf ihre Hände, weil sie weiß, daß Pedro den Grund erfahren möchte. Was soll sie ihm sagen? Sie hat es nicht länger ertragen, Domingo und sich selbst etwas vorzumachen. An dem Abend, als sie nach zweiwöchigem Gefängnisaufenthalt zurückgekehrt ist, hat sie mit ihm Schluß gemacht. Als Grund hat sie die Tatsache vorgeschoben, daß er sich vom Begrüßungskomitee am Pier abgesetzt hat, als die *guardia* mit ihren Hunden erschien. »Du hast uns im Stich gelassen«, hat sie ihm vorgeworfen.

»Du h-h-hast mich schon viel f-f-früher im Stich gelassen«, stellte Domingo richtigerweise fest.

»Hat Jorge schon mit dir gesprochen?« fragt Pedro unvermittelt. Sie nickt. Als sie auf den Beginn von Pedros Vortrag warteten, hat Jorge ihr die gute Nachricht verkündet. Er hat seine Kollegin Pilar Madariaga noch am selben Nachmittag angerufen. Die glühenden Worte, mit denen er Camila schilderte – »Pedro Henríquez Ureñas Schwester«, sie kann es sich lebhaft vorstellen –, haben Pilar dermaßen beeindruckt, daß sie Camila gewissermaßen auf der Stelle einen Job versprochen hat.

»Vassar ist eine sehr angesehene Universität, wie du weißt«, fährt Pedro fort, als sie nichts sagt.

Natürlich weiß sie das. Aber es gibt wichtigere Dinge als Ansehen, möchte sie am liebsten erwidern. Plötzlich fröstelt sie. Wahrscheinlich hat der Besitzer des Lokals die Heizung heruntergedreht, um ihnen klarzumachen, daß er schließen möchte. Sie sollten besser gehen.

»Hast du das Unterrichten etwa satt? Ist es das?« fragt Pedro. Sein Tonfall klingt vertraulich, fast einschmeichelnd. Genausogut hätte er eine seiner kleinen Töchter fragen können, warum Papá keinen Kuß bekomme.

»Nein, das ist es nicht«, antwortet sie und überlegt, ob dies vielleicht der richtige Augenblick ist, um ihn auf ihre Gedichte anzusprechen.

»Du hast dir Bedenkzeit ausgebeten. Ich habe gehört, wie du mit Jorge gesprochen hast.« Pedro nimmt seinen Mantel von der Rückenlehne seines Stuhls und breitet ihn über ihre Schultern. Mit leiser, vorsichtiger Stimme sagt er: »Heute morgen hatte ich Zeit, die Gedichte zu lesen.«

Sie zieht den Mantel fester um sich. Sie darf jetzt nichts sagen. Ihre Stimme würde sie verraten.

»Sie zeugen von Talent und sind gut geschrieben. Einige haben mich an Mamás Gedichte erinnert.« Er machte eine Pause, als wolle er die Worte einwirken lassen. Sie spürt seinen Blick. »Am besten gefällt mir das Gedicht, das du gestern nachmittag für uns zitiert hast, ›La raiz‹. Von der Thematik her ist es sehr gelungen, aber der Reim in der letzten Strophe wirkt etwas bemüht.«

Der gute Pibín, denkt sie. Das mit dem Reim läßt sich richten. Hier geht es um Wichtigeres. »Würdest du dem Verfasser einen Rat geben?« fragt sie so beiläufig wie möglich. Sie hat damit begonnen, die Salz- und Pfefferstreuer auf dem langen Tisch in einer Reihe aufzustellen, und fragt sich, warum der Lokalbesitzer sich überhaupt die Mühe gemacht hat, die Gewürze herauszuholen. Beide Male, als sich die Runde hier versammelt hat, ist kein Essen serviert worden, abgesehen von Oliven und öligen Erdnüssen, die im übrigen viel zu salzig waren.

»Ja, ich hätte schon einen Rat«, sagt Pedro. Jedes seiner Worte ist wohlüberlegt. »Ich finde, die Dichterin sollte zu ihrem eigenen Vergnügen weiterschreiben und die Stelle in Vassar annehmen, falls sie ihr tatsächlich angeboten wird.« Er sagt es fast flüsternd, als hätte er ein Geheimnis gelüftet, das sie unbedingt für sich behalten möchte und das er ihr nicht entreißen will.

»Verstehe«, sagt sie und räuspert sich, um die Traurigkeit zu vertreiben, die sich in ihrer Kehle festgesetzt hat. Sie wagt nicht aufzublicken, aus Angst, die Tränen, die sich in ihren Augen sammeln, könnten herausquellen. »Und warum hast du dann gesagt, wir sollten alle mithelfen, unser Amerika aufzubauen? Warum hast du das heute abend gesagt?« Es ist, als wolle sie bewußt vom Thema ablenken – vom Job in den Vereinigten Staaten zum Dienst am Vaterland –, um sich nicht mit Pedros Urteil über ihre Gedichte auseinandersetzen zu müssen. Dabei hat beides vielleicht mehr miteinander zu tun, als es zunächst scheint.

»Pibín, antworte mir. Was ist mit dem Rat, den du uns heute abend gegeben hast, nämlich daß wir alle weiterkämpfen sollen?«

»Du kannst von Poughkeepsie aus kämpfen«, sagt Pedro, und diesmal stolpert er über den Namen der Stadt. Diese Anhäufung von Konsonanten ist für spanische Zungen eine Zumutung.

»Was wäre das für ein Kampf?«

»Es ist alles derselbe Kampf, Camila, begreifst du das nicht? Martí hat Kuba von New York aus bekämpft, Máximo Gómez hat von Kuba aus gegen Lilís gekämpft, Hostos ist aus Puerto Rico zu uns gekommen. Und der sicherste Ort für dich ist zur Zeit Vassar.«

»Und du und Isabel, ihr kämpft von Argentinien aus, und Max aus dem Schoß des Regimes heraus, nehme ich an.« Ihre Ernüchterung ist nicht zu überhören. Sie war schon immer der Meinung, daß Pedro seine höchsten Ziele der Ehe geopfert hat. Die tägliche Plackerei in schlechtbezahlten, unwürdigen Nebenjobs, um Isabel und seinen Töchtern hübsche Kleider, ein Sommerhäuschen und den Besuch von Privatschulen bieten zu können, hat seine Energien aufgezehrt.

Er hat den Kopf gesenkt, als nehme er ihren Vorwurf hin. *Mein Pedro ist kein Kämpfer, kein Cäsar und kein Alexander stürmen durch sein Herz.* Nachdem er kurz nachgedacht hat, sagt er: »Ich kämpfe weiter. Ich verteidige den letzten Vorposten.«

»Und was, bitte schön, soll das sein?« fragt sie herausfordernd.

»Die Poesie«, sagt er. Jetzt macht er damit weiter, die Gewürze auf dem Tisch in einer Reihe anzuordnen, als spielten sie ein seltsames, dem Schach verwandtes Spiel, nur mit weniger Figuren, ein Spiel für Waghalsige, bei dem man im Handumdrehen verliert oder gewinnt. »Ich verteidige sie mit meiner Feder. Das ist nicht viel, ich weiß, aber es ist nun mal die Waffe, die man mir mit auf den Weg gegeben hat. Ich verteidige sie, weil sie eine Chiffre ist für unsere Seele in ihrem reinsten Zustand, eine Blaupause des neuen Menschen. Ich verteidige sie gegen Lohnschreiberlinge, Diktatoren und Hochstapler, gegen die Wohlmeinenden, aber Unbegabten.«

Ihr wortgewandter Bruder. Wie wunderbar er ihr Schicksal zu besiegeln versteht!

»Tut mir leid«, sagt er mit so unverhohlener Traurigkeit in der Stimme, daß er ihr für einen Augenblick leid tut. Sie vergegenwärtigt sich, daß er selbst nicht mehr schreibt, weil er sich nicht gut genug fand. »Mamá würde es mir nie verzeihen, wenn ich dir nicht sagen würde, was ich denke. Andere mögen anderer Auffassung sein.«

Stimmt, hätte sie am liebsten gesagt. Max ist anderer Auffassung. Und Juan Ramón Jiménez auch. Aber auf Pedros Meinung kommt es an, das weiß sie, und sie hat den Eindruck, daß er recht hat, denn jetzt verspürt sie keine Traurigkeit mehr, sondern Erleichterung. Von Vassar ist es nicht weit nach Vermont, wo Marion seit kurzem unterrichtet. Vielleicht gelingt es ihr und Marion jetzt, ohne den Druck ihrer Familie und ohne die von Domingo geweckten Hoffnungen, ihre Differenzen zu überwinden.

»Ich weiß deine Offenheit zu schätzen«, sagt sie schließlich und sammelt ihre Sachen zusammen. Sie spürt, wie sich ihre Selbstachtung meldet. Von ihm bemitleidet werden will sie nicht. Das wäre furchtbar. Es gibt andere Frauenrollen, die sie spielen kann – warum ausgerechnet die Heldin einer Geschichte?

»Wirst du dir Vassar wenigstens ansehen?«

Die Art, wie er flehentlich die Stimme hebt, ist wie eine Hand, die ihr unters Kinn faßt. Sie sieht ihn an und erblickt das müde Gesicht eines alten Mannes: erschöpft und verbraucht, die Augen voller Sehnsucht. *Die schreckliche moralische Enterbung im Exil*, die mit ihm zu teilen er sie nun drängt. Eine merkwürdige Art, auf mich aufzupassen, möchte sie am liebsten sagen, aber sie haben beide bereits mehr als genug gesagt.

»Das muß ich mir noch überlegen«, sagt sie und steht auf, um zu gehen.

CUATRO

Amor y anhelo

—————◆—————

Santo Domingo, 1878–1879

In allen Zeitungen erschien folgende Meldung:

Wir sammeln Geld, um Salomé Ureña mit einer nationalen Ehrenmedaille für Poesie auszuzeichnen. Sobald wir die benötigte Summe von zweihundert Pesos zusammenhaben, geben wir Ort und Zeitpunkt der Verleihung bekannt.
Gezeichnet: Semper Vigilans.

»Wer ist dieser Semper Vigilans?« wollte meine Mutter wissen.

»Das heißt ›stets wachsam‹«, übersetzte Tía Ana. »Ich glaube, das ist José Joaquíns Künstlername.«

Ramona und ich wußten es besser. Ramona sah mich mit verengten Augen an und stürmte aus dem Zimmer. Sie verstand einfach nicht, wie ich, eine erwachsene Frau von achtundzwanzig Jahren, derart den Kopf hatte verlieren können. Nie hätte ich zulassen dürfen, daß ein Neunzehnjähriger, der sich hinter einem albernen Pseudonym verschanzte, in der Öffentlichkeit mit meinem Talent hausieren ging.

Sie hatte recht. Normalerweise wäre mir so viel Aufhebens peinlich gewesen. Aber in diesem Fall nahm ich die Possen des jungen Mannes nur belustigt und bezaubert zur Kenntnis. In gewisser Weise war es wie mit dem Hundebaby, das meine Cousins aus Baní mir, als ich kurz nach Papás Tod eine Zeitlang bei ihnen wohnte, geschenkt hatten, um mich von meinem Kummer abzulenken. Wenn Coco meinen Schuh an- knabberte, am Seidenband meines Häubchens herumzerrte oder mein Exemplar der *Reisen des Venezianers Marco Polo* vollsabberte, jagte ich ihn jedesmal mit einer Weidenrute, aber plötzlich blieb er stehen, sah mich schwanzwedelnd und mit heraushängender rosa Zunge an und rollte vor bewunde- rungsvollem Eifer mit seinen kleinen schwarzen Augen, und dann ließ ich die Rute fallen, schloß Coco in die Arme und verbarg mein Gesicht in seinem Fell.

Genauso ging es mir mit Pancho – zumindest anfangs. Ich sah tatenlos mit an, wie der junge Galan sich mit seinen Artikeln, Briefen, Beiträgen und Veranstaltungen zu meinen Ehren immer wieder selbst übertraf. Ich ließ ihn gewähren, weil ich glaubte, er würde schon von alleine wieder damit aufhören.

Die erste Soiree der Poesie, zu der Pancho uns einlud, wurde von den »Freunden des Landes« veranstaltet. In der Haupt- stadt gab es viele solcher Gesellschaften: Sie organisierten Vortragsreihen, Konzerte und politische Kampagnen und hielten den Geist der Freiheit in einer Zeit lebendig, in der unsere führenden Politiker vor allem auf ihren eigenen Vor- teil bedacht waren. Zu den ältesten und deshalb angesehen- sten zählte eben jene »Gesellschaft der Freunde des Landes«.

Ich trug »Halb-Trauer«, das heißt ein graues, mit schwar- zem Krepp besetztes Kleid sowie eine schwarze Haube und ein schwarzes Cape aus Bombasin, obwohl Ramona der Meinung war, daß ich darin scheußlich und zu dünn aussah. Die Veranstaltung fand in Don Noël Henríquez' Haus in der Hope Street statt, das Diskussionsthema war am selben Tag, also am Mittwoch, in der Zeitung bekanntgegeben worden: *Was macht die Größe der Poesie aus?* Die »Gesellschaft der Jugend« würde gleichzeitig über die Frage *Welche Zu- kunft hat der Fatalismus?* diskutieren, »La Republicana« über *Ist Haiti unser wahrer Feind?* Und mit Ramonas Lieb- lingsthema *Ist die Liebe das krönende Gut der menschlichen*

Gattung? würde sich die Gesellschaft »Erwachen der Menschheit« befassen.

Selbstverständlich war es den weiblichen Gästen nicht gestattet, an den Diskussionen teilzunehmen. »Ich habe gehört, daß wir den Mund halten müssen«, sagte Ramona zu mir, »es sei denn, der Zeremonienmeister wendet sich an uns und fragt: ›Und was hat das schöne Geschlecht zur Zukunft des Fatalismus zu sagen?‹«

Don Noël wohnte in einem stattlichen zweistöckigen Haus mit spanischem Ziegeldach und schmiedeeisernem Balkongitter, das zu den Laternenpfählen zu beiden Seiten der Haustür paßte. Ramona und ich wurden zuerst von Federico so warmherzig begrüßt, daß ich verstand, warum ich seine früheren Zuwendungen mißverstanden hatte, und anschließend von zahlreichen weiteren Henríquez-Brüdern, die alle diese dunklen Augen wie Pancho hatten und genauso gut aussahen wie er. Ihr weißhaariger Vater Don Noël, der mit jedem Zoll wie der *pater familias* aussah, bot jeder von uns einen Arm, doch in diesem Augenblick traf der Kultusminister samt Gattin ein, und Don Noël entschuldigte sich, weil er die beiden angemessen willkommen heißen mußte.

Also betraten Ramona und ich, einander an der Hand haltend, den überfüllten, lauten Raum, ohne daß jemand uns bemerkte. Wir waren nicht nur schüchtern, wir hatten obendrein keinerlei Übung in der Kunst, von einem Konversationsthema zum nächsten überzugehen. In unseren schlichten dunklen Kleidern mußten wir beide, zwei leicht dunkelhäutige Frauen Ende Zwanzig, wie Anstandsdamen aussehen. Wir bahnten uns einen Weg zu einer Stelle, an der sich offenbar die älteren Damen versammelten, und nahmen wortlos Platz.

Von meinem Sitzplatz in der Ecke aus konnte ich sehen, wie Pancho im Raum hin und her eilte, um Mitglieder und Neuzugänge zu begrüßen. Er hatte eine kräftige, tragende Stimme. Ich hörte, wie er jedem seiner Bekannten, einem nach dem anderen, sagte, er sei sein allerbester Freund, und von jedem Schriftsteller behauptete, er habe den besten Essay über Kubas Unabhängigkeit oder das beste Theaterstück über das Massaker an den Indianern geschrieben.

Als er im großen Gesellschaftszimmer ans Rednerpult trat, war klar, daß er hier den Ton angab. Er war zwar gerade erst neunzehn geworden – in den Zeitungen waren anläßlich seines Geburtstags mehrere Oden mit Glückwünschen abgedruckt worden –, doch obwohl er noch so jung war, hatte die »Gesellschaft der Freunde des Landes« ihn zu ihrem Vorsitzenden gewählt. Nach ein paar Begrüßungsworten stellte er einige der ehrenwerten Gäste vor. Es zeigte sich, daß es im Raum vor illustren Persönlichkeiten nur so wimmelte. Er bat den großen General Máximo Gómez, aufzustehen und sich zu verneigen. Ulises Espaillat, der von seinem neunmonatigen Versuch, uns zu regieren, angeschlagen und erschöpft war, wurde mit nicht endenwollendem Applaus bedacht. Anschließend erhob sich unser gefeierter Poet José Joaquín Pérez und legte eine Hand aufs Herz zum Zeichen, wieviel es ihm bedeutete, heute abend hier zu sein.

»Und nun möchte ich unseren heutigen Ehrengast vorstellen.« Pancho trat hinter dem Pult hervor und kam quer durch den Raum auf mich zu.

Ramona meinte später, ich hätte wie ein Einsiedlerkrebs alle Gliedmaßen eingezogen und mich nicht vom Fleck gerührt. Ich konnte mich tatsächlich nicht bewegen. Es war, als hätte mich jemand in meinem Innern gefesselt und dabei meine Muskeln als Schnüre verwendet.

Aber wenn ich ein Einsiedlerkrebs war, dann war dieser junge Mann eine Entenmuschel, die an meiner Seite klebte.

»Por favor, Señorita Salomé, erweisen Sie mir die Ehre.«

Ich machte den Fehler, in sein bittendes Gesicht aufzublicken, und das war so, als würde das Kind unseres Nachbarn die Hand nach dem Bonbon ausstrecken, das ich mir gerade in den Mund schieben wollte. Wie konnte ich es ihm abschlagen? Ich spürte, wie ich mich von meinem Stuhl erhob, seinen Arm nahm und nach vorn ging.

Die Leute standen auf und klatschten, als wir an ihnen vorübergingen. Ich wünschte, an meiner Haube wäre noch der Trauerflor befestigt, dann hätte ich mein Gesicht dahinter verbergen können.

Am Pult beugte sich Pancho zu mir und fragte, ob ich etwas vortragen könne. Ich sah ihn entsetzt an. »Dann werde ich es für Sie tun«, erbot er sich.

Ich muß zugeben, daß er »Der Segen des Fortschritts« wundervoll zitierte, ohne auch nur ein einziges Mal auf den Text zu blicken. Seine Stimme klang so leidenschaftlich, als hätte er das Gedicht selbst geschrieben. Als ich mich Tage später an meinen Schreibtisch setzte, um an einem neuen Gedicht zu arbeiten, stellte ich mir vor, wie seine Stimme die Zeilen intonierte.

Im Anschluß verlasen Pancho sowie mehrere andere Mitglieder der Gesellschaft Ansprachen, denen zufolge die Größe der Poesie in der Erhabenheit des Geistes und im leidenschaftlichen Einsatz für *la patria* lag, wie es das dichterische Werk Salomé Ureñas in beispielhafter Weise veranschauliche.

»Hat einer unserer Gäste, das schöne Geschlecht eingeschlossen, diesen Ausführungen etwas hinzuzufügen?« erkundigte sich Pancho, nachdem die letzte Rede gehalten war.

Da erhob sich Trinidad Villeta und löste das typische Raunen aus, das die Wortmeldung eines hübschen Mädchens in der Regel begleitet. »Ich stimme unseren illustren Rednern zu und bewundere Salomé Ureñas Gedichte über alle Maßen.« (Ich sah, wie Ramona neben ihr zusammenzuckte.) »Trotzdem möchte ich zwei weiteren Dichtern, die sich heute abend unter uns befinden, meine Anerkennung aussprechen, weil ihr Werk nicht weniger beispielhaft für die Bedeutung der Poesie steht, nämlich José Joaquín Pérez und unserer verehrten Josefa Perdomo.«

Ich fühlte mich wie eine Idiotin, weil ich mich auf Kosten anderer wie eine Trophäe hatte vorführen lassen.

»Sie war nur eifersüchtig«, meinte Ramona später am Abend, als wir uns bettfertig machten. »Ehrlich, Herminia, Papá wäre ganz schön stolz auf dich.« Sie schlang die Arme um mich. Zum ersten Mal seit seinem Tod wurde mir bei der Erwähnung seines Namens nicht so unerträglich schwer ums Herz.

Bald darauf nahmen die »Freunde des Landes« Ramona und mich als Ehrenmitglieder auf. Trotz der nächsten Serie von Revolutionen trafen wir uns weiterhin regelmäßig.

Zugegebenermaßen ging ich vor allem zu den Treffen, um Pancho zu sehen. Kaum betrat ich den Raum, eilte er zu mir. Einmal jedoch bemerkte er mich nicht gleich, weil er bei meinem Eintreffen in ein Gespräch mit Trini Villeta vertieft war. Habe ich Trinidad Villeta eigentlich schon beschrieben? Sie hätte Panchos Schwester sein können, denn sie hatte wie er rosige Haut, dunkle Augen und schwarzes Haar, das sich an den Ohren zu seidigen Ringellocken kringelte. Wenn ich sie sah, mußte ich mir schnellstens in Erinnerung rufen, daß Gott mich mit anderen, ganz besonderen Gaben ausgestattet hatte. Panchos Körperhaltung – eine Hand an der Wand, an der Trini stand, die andere an der Hüfte – war ein klares Signal dafür, daß hier ein Tête-à-tête stattfand, das man besser nicht störte.

Also setzte ich mich zu José Joaquín Pérez, der aufgestanden war und mich mit einem Nicken auf den freien Stuhl neben sich aufmerksam gemacht hatte. Später behauptete er, er habe mich an jenem Abend gedrängt, mit meinem langen Gedicht »Anacaona« zu beginnen und mich mit einem einheimischen Thema zu befassen, über das all unsere jungen Dichter schrieben. Aber offen gestanden kann ich mich nicht erinnern, daß José etwas in der Art zu mir gesagt hätte. Seine einzigen Worte, als er über meine Schulter blickte, waren: »Hier kommt Pancho, unser Vorsitzender!«

Ramona entging meine Verstörung natürlich nicht.

»Vergiß nicht«, sagte sie, einen Tag nachdem wir Pancho mit Trini hatten flirten sehen, »daß er nicht der erste Mann aus dem Henríquez-Clan wäre, der dich an der Nase herumführt.«

»Wie meinst du das?« keifte ich.

»Das weißt du genau, Salomé. Spiel nicht die dumme Pute. Pancho ist in deine Poesie verliebt, nicht in dich. Und sollte er beides miteinander verwechseln, solltest du es noch lange nicht tun.«

Ich hatte nur wenig Vertrauen in meine weiblichen Reize, und deshalb war ich davon überzeugt, daß sie recht hatte. Pancho war ein zu gutaussehender junger Mann, als daß er an mir Interesse hätte finden können. Die nächste Einladung der »Freunde des Landes« zu einer Veranstaltung mit dem großen Pädagogen Hostos sagte ich ab.

Eine Absage war nichts Ungewöhnliches. Doch auch an der nächsten Veranstaltung der »Freunde des Landes«, bei der Hostos einen Vortrag über die Zukunft der Menschheit halten sollte, nahm ich nicht teil. Es fanden also mehrere Treffen ohne mich statt, doch von Pancho kein Wort.

Dann traf eines Tages ein Päckchen ein. Ich riß die Verpackung auf und fand darin José Joaquín Pérez' neuen Gedichtband mit einer rührenden Widmung: *Für Salomé Ureña, deren Lyra die meine verstummen läßt.*

Als ich die Worte las, fiel es mir plötzlich wie Schuppen von den Augen. Ich dachte darüber nach, wie ich meine Zeit und meine Begabung vergeudet hatte, indem ich mich durch mein Herz von meiner wahren Berufung als Dichterin hatte ablenken lassen. Traurig erinnerte ich mich an etwas, was Doña Bernardita in ihrem *Manual* geschrieben hatte: »Pequeñuelas, nehmt die Schönheit der Welt in Euch auf, bevor Ihr der Liebe begegnet, denn von da an werdet Ihr auf der Welt nichts anderes mehr sehen als die Liebe.« Damals hielt ich das noch für eine wundervolle Vorstellung, aber jetzt erkannte ich, was für eine Verschwendung es war, die Welt als

Buch voller Symbole zu betrachten oder eine Blume zu pflücken und dabei nichts anderes zu denken als *Er liebt mich, er liebt mich nicht,* anstatt die strahlende Sonne und die weißen Blütenblätter der Margerite zu sehen.

Ich beschloß, meine Aufgabe zu erfüllen, das heißt Gedichte zu schreiben, die dazu beitragen sollten, die Liebe zur Freiheit in den Herzen meiner Landsleute in diesen schweren Zeiten lebendig zu halten. Auch ein Gedicht für José schrieb ich, in dem ich ihm aufrichtig dafür dankte, daß er uns mit seinen indianischen Gedichten an unsere tragische Vergangenheit erinnerte. Offenbar leitete er es an *El Estudio* weiter, denn ein paar Tage später erschien es in dieser Zeitung.

Als hätte ich eine Schüssel mit Rahm für ein Hundejunges vor die Tür gestellt, kam Pancho zu Besuch.

Ramona ließ ihn jedoch nicht herein. Sie öffnete den oberen Verschlag der Tür lediglich einen Spaltbreit und beschied ihn: »Salomé ist beschäftigt. Sie arbeitet an einem neuen Gedicht.«

»Stören Sie sie nicht«, sagte er rasch. »Ich warte hier, bis sie fertig ist.«

»Was fällt dir ein, Ramona?« fuhr ich sie an, kaum daß sie den Verschlag geschlossen hatte.

»Wo hat er denn den ganzen letzten Monat gesteckt, als du in dein Kissen geheult hast? Gib dir keine Mühe, auf dem Ohr bin ich taub.«

Aber da hatte ich die Tür schon entriegelt und den Kopf hinausgesteckt. Pancho hockte auf dem Gehsteig, den Rücken an die Hauswand gelehnt. Als er aufstand, hatte er hinten auf seiner Jacke einen breiten Kalkstreifen.

»Pancho, kommen Sie doch bitte herein.« Ich mußte die Stimme heben, weil Coco, unser kleiner Hund, wie verrückt kläffte. »Du verscheuchst noch unseren Gast«, schalt ich.

»Keineswegs«, widersprach Pancho und ging an der Tür in die Hocke, um Coco eine kleine Leckerei zu geben. Er hatte in Stücke geschnittenes Pökelfleisch mitgebracht, das er in einem Beutel am Gürtel trug. »Ich liebe Tiere«, erklärte er. Mir war zu Ohren gekommen, daß Pancho versucht hatte, den Löwen von Herrn Langer zu retten, aber das Ayuntamiento hatte angeordnet, den Löwen zu töten, nachdem er seinen Besitzer verschlungen hatte.

Ramona, die um keinen Preis zulassen wollte, daß Pancho in unserem Haushalt noch eine zweite Eroberung machte, nahm Coco auf den Arm und stolzierte mit ihm davon.

Ich bot Pancho einen Platz an, und er kam der Aufforderung gerne nach. »Salomé, ich habe mich lange nicht getraut, hierherzukommen...«, gestand er. »Ich habe gedacht, ich hätte Sie womöglich gekränkt.«

»Wie im Himmel kommen Sie denn darauf?« fragte ich. Auf so etwas wäre ich in all den Nächten, in denen ich mich in meinem Bett mit blutendem Herzen hin und her geworfen hatte, nie gekommen.

»Seit Hostos zu uns gestoßen ist, sind Sie zu keiner unserer Veranstaltungen mehr gekommen. Ich dachte, daß Sie vielleicht auch zu den Menschen gehören, die alle Positivisten für Atheisten halten.«

Sancho Pancho, dachte ich. Das war Ramonas Spitzname für ihn – nach Sancho Pansa, dem bäuerlichen Gefährten von Don Quijote de la Mancha. Wie kam er bloß darauf, daß ich nichts mehr mit ihm zu tun haben wollte? »Was ist ein Positivist, Pancho?«

»Aber Salomé Ureña«, sagte er, und alle anderen Sorgen schienen für ihn vergessen. »Sie wissen nicht, was ein Positivist ist?«

Er machte es sich auf seinem Stuhl bequem und klärte mich bereitwillig darüber auf, daß Hostos, der große puertoricanische Pädagoge, einer Auffassung anhing, die sich Positivismus nannte und davon ausging, daß sich die Menschheit zu einem höheren, vollkommeneren Zustand hin entwickle. Überall auf der Welt stritten Positivisten in einem friedlichen Evolutionskampf dafür, daß die dunkle Wolke der Unvernunft, Gewalt und Religion durch Vernunft, Fortschritt und

Wissenschaft vertrieben würde! »Die einzige Revolution, die wir noch nicht ausprobiert haben, ist die friedliche Revolution im Bildungswesen«, verkündete Pancho, und seine Stimme klang so feurig, als zitiere er vor den Mitgliedern seines Clubs eines meiner Gedichte.

Als ich das Leuchten in seinen Augen sah, dämmerte mir, daß Pancho ein Mann war, der leicht für große, hehre Ideen entflammte. Noch vor wenigen Monaten war es Salomé Ureña, *la musa de la patria*; nun waren es Hostos und die Heranbildung des positivistischen Menschen.

»Werden Sie denn künftig wieder zu unseren Treffen kommen?« wollte Pancho wissen. »Hostos möchte unbedingt Ihre Bekanntschaft machen. Er ist ein großer Bewunderer Ihrer Gedichte. Übrigens meint er, Sie seien von Natur aus Positivistin.«

Es überraschte mich nicht, das zu hören, denn schon so manches Mal hatten Menschen, die meine Gedichte gelesen hatten, Dinge über mich gesagt, von denen ich selbst keine Ahnung hatte. »Sie können auf mich zählen«, sagte ich neckisch und wiederholte damit die allerersten Worte, die ich zu ihm gesagt hatte. Aber Pancho lächelte nicht einmal. Er schien etwas auf dem Herzen zu haben, denn er rutschte auf seinem Stuhl hin und her. Schließlich platzte er damit heraus. »Ich habe das Gedicht gelesen, das Sie für José geschrieben haben.«

War Pancho etwa eifersüchtig? Dafür gab es eigentlich keinen Grund. In dem Gedicht ging es unverkennbar um meine Hochachtung für den ehrwürdigen Dichter und nicht etwa um meine Gefühle für den achtbaren Ehemann.

»Darf ich das Gedicht bei unserer nächsten Versammlung vorlesen?« fragte Pancho.

»Natürlich dürfen Sie. Aber ich stelle gerade eins fertig, das vielleicht passender wäre. Ich werde es mitbringen.«

Es war, als hätte ich in Gegenwart eines Verdurstenden von Wasser gesprochen. Pancho dankte mir überschwenglich für meine Großzügigkeit, meine Klugheit, mein Talent.

Ich begriff, daß ich nur eins zu tun brauchte, wenn ich diesen Mann haben wollte: weiterschreiben.

An Neujahr erhielt ich einen Brief von Pancho.

Mit zitternden Fingern öffnete ich ihn, denn dem Gewicht und der Ausstattung nach hätte es ein Liebesbrief sein können: feines Leinenpapier und schwarze, ineinandergreifende Lettern, ausgeworfen wie Schlingen, um die Geliebte mit Lassos aus Worten einzufangen.

Ich las den Brief erst einmal und dann noch einmal, und ehrlich gesagt war ich enttäuscht. Auf den drei Seiten war nicht an einer einzigen Stelle von Liebe oder etwas Ähnlichem die Rede. Pancho schrieb mir, weil ihm nach unserem Gespräch über Positivismus klargeworden sei, wie bescheiden meine wissenschaftlichen Grundkenntnisse doch seien. Ich sei die einzige Dichterin unserer Nation, welche die Chance habe, für alle Zeiten als große Dichterin in die Geschichte einzugehen, doch sei mir offenbar nie die Erkenntnis wissenschaftlicher Wahrheit zuteil geworden, und da er, Pancho, sich den Wissenschaften verschrieben habe (der Arithmetik, Algebra, Geometrie, Trigonometrie, Mineralogie, Astronomie und Philosophie, um nur einige zu nennen), wolle er mir mit allem gebührenden Respekt anbieten, mir all sein wissenschaftliches Wissen zu vermitteln.

»Was für eine Arroganz!« Ramona war hinter mich getreten und hatte den Brief über meine Schulter hinweg gelesen. Ich war nicht ihrer Meinung, war vielmehr zu dem Schluß gelangt, daß Pancho mir einiges zutraute.

In einem Punkt waren wir uns allerdings einig: Der Lehrplan würde für ein Menschenleben reichen.

War dies also so etwas wie ein Antrag? Ramona wollte ich lieber nicht fragen, und so beschloß ich, Mamá um Rat zu bitten. Ihre Erlaubnis würde ich ohnehin einholen müssen, wenn ich wieder bei einem Mann Unterricht nehmen wollte.

Mamá lächelte gerührt, als sie den Brief las, und schüttelte ab und zu den Kopf, wie sie es in Baní beim Anblick des

Hundebabys getan hatte. Mit einem Mal wirkte sie um ein Drittel ihrer Jahre jünger, und die weißen Strähnen in ihrem Haar schimmerten, als wären sie Reflexe des Sonnenlichts und nicht etwa Spuren des Alters. Nachdem sie zu Ende gelesen hatte, faltete sie den Brief sorgfältig zusammen und gab ihn mir zurück. »Ich bin der Meinung, du solltest sein Angebot annehmen.«

»Ramona findet es unmöglich«, gab ich zu bedenken.

Mamá ging in ihrem Zimmer zur Tür und schloß sie. Dann drehte sie sich zu mir um und sagte leise: »Ich werde dir nun etwas sagen, und ich möchte nicht, daß du außerhalb dieses Zimmers auch nur ein Wort darüber verlierst, hörst du?«

Ich nickte.

»Vor langer Zeit hat sich einmal eine andere Schwester in das Leben ihrer jüngeren Schwester eingemischt, und die jüngere Schwester leidet noch heute darunter, daß sie es zugelassen hat. Salomé, mi'ja…« Sie faßte mich an den Schultern. »Das ganze Land liebt dich. Deine Landsleute, ob jung oder alt, lernen deine Gedichte auswendig. Aber es gibt nichts, was es auch sein mag, was sich mit der Liebe eines Mannes vergleichen läßt. Vergib nicht deine Chance, sie zu erleben. Ich werde dir zur Seite stehen, wenn die Stürme ausbrechen, denn an Kritik wird es nicht fehlen.«

»Du meinst, weil er so viel jünger ist?« fragte ich.

»Ja, und weil er Weißer ist und wir Mischlinge sind. Weil seine Familie Geld hat und wir nicht.« Sie hatte die einzelnen Gründe an den Fingern aufgezählt, und nun ballte sie die Hand zur Faust, als wolle sie die albernen Einwände darin zerquetschen.

»Aber Mamá«, sagte ich und tat nicht länger so, als ginge es mir nur um den Unterricht. »Was ist, wenn er merkt, daß er mich gar nicht liebt?«

Ich war zwar schon eine erwachsene Frau, aber als ich zu ihr aufblickte, mußte es Mamá so vorkommen, als wäre ich immer noch ihr kleines Mädchen. Sie strich mir das Haar aus dem Gesicht und drückte mir einen Kuß auf die Stirn. »Das Risiko geht man immer ein. Aber die Liebe ist es wert. Und solltest du fallen, gibt es ein großes Netz, das dich auffängt.«

Ich dachte, auf meine Frage, was das für ein Netz sei, würde sie antworten: »Meine Arme.« Doch statt dessen sagte sie: »Die Gedichte, die du geschrieben hast und noch schreiben wirst.«

Gegen Jahresende berichteten die Zeitungen von der Erfindung eines gewissen Mister Bell in den Vereinigten Staaten: ein Gerät, mit Hilfe dessen man mit jemandem sprechen könne, der nicht da sei. Diese Neuigkeit zog eine von Tía Anas endlosen Tiraden nach sich. »Da will jemand Schabernack mit Gottes Schöpfung treiben!«

»Keine Sorge, Ana«, versuchte Mamá sie zu beschwichtigen. »Es werden noch viele Jahre vergehen, bevor dieses Telefon seinen Weg zu uns findet. Bis dahin ist Gottes Schöpfung vielleicht noch gar nicht hier angekommen.«

Im Jahre achtzehnhundertachtundsiebzig – »unseres Herrn, und daß ihr mir das ja nie vergeßt«, schimpfte Tía Ana – hatten wir acht verschiedene Regierungen und ebenso viele Schlachten. Die gestürzten Regierungen gingen samt und sonders nach Haiti ins Exil.

»Bald gibt es in Haiti mehr dominikanische Politiker als hier«, bemerkte Don Eliseo.

»Um so besser«, stieß Mamá leise hervor.

Trotz aller Turbulenzen gelang es Semper Vigilans, die benötigte Summe von zweihundert Pesos zu sammeln. In der Zeitung erschien eine Ankündigung: Die Verleihung werde am Samstag, dem 22. Dezember, um sieben Uhr abends in der von der »Gesellschaft der Freunde des Landes« gegründeten Nationalbibliothek stattfinden.

Zwar wußte ich nicht, ob Pancho tatsächlich Semper Vigilans war, aber ich wußte sehr wohl, daß er und die »Freunde des Landes« hinter der Kampagne steckten, die darauf abzielte, mir eine Medaille zu verleihen. Und so richtete ich meinen Protest direkt an Pancho. Unser Land sei nicht in der Lage, Geld für eine Goldmedaille auszugeben, sagte ich, schließlich erholten wir uns erst langsam von einem Jahr voller Kämpfe.

Unser Lehrstoff war derzeit der Aufbau der Blumen. Dazu hatte Pancho auf einem Holzbrett, das er sich auf die Knie gelegt hatte, ein paar lange weiße Lilien mit einem kleinen Messer der Länge nach durchgeschnitten. Er hatte mich um Erlaubnis gebeten, während unserer »Sezierstunde« das Jackett ausziehen zu dürfen. Wie er da in Hemdsärmeln seiner Tätigkeit nachging, mußte ich an die schon so weit zurückliegenden nachmittäglichen Unterrichtsstunden im Garten meines Vaters denken. Ich hatte meinen Vater damals für den schönsten Mann der Welt gehalten. Dabei war Papá in Wahrheit weniger schön als vielmehr anziehend mit seinem breiten Gesicht, dem ansteckenden Lächeln und den schalkhaften Augen. Pancho dagegen war ein durch und durch schöner Anblick. Selbst Ramona nannte ihn Absalom – nach dem hübschen Burschen aus dem Alten Testament. Sie hatte jede Menge Spitznamen für ihn. Aber Pancho ließ sich nie zu einem Lächeln hinreißen. In dieser Hinsicht war er das Gegenteil von Papá: Er hatte überhaupt keinen Sinn für Humor. Doch gerade diese Ernsthaftigkeit gefiel mir an ihm, weil sie ihn älter als neunzehn wirken ließ.

»Salomé, verstehst du denn nicht? Das ist es doch genau, was *la patria* braucht: Sie muß ihren Blick auf herausragende Leistungen, auf Edelmut und Fortschritt richten.« Pancho fuchtelte mit dem kleinen Messer herum. Seit neustem drückte er sich wie alle Positivisten aus, nämlich so, als wolle er eine Rede halten – auch im Privaten.

»Auf diese Dinge können wir unseren Blick auch richten, ohne Geld für solche Nichtigkeiten auszugeben.«

Pancho legte das Messer auf das Holzbrett. In den vergangenen Monaten hatten wir in unseren täglichen Unterrichtsstunden in rasendem Tempo die Mathematik durchgenommen (»Du hast eine bemerkenswerte Auffassungsgabe«, meinte Pancho immer wieder), und zur Zeit beschäftigten wir uns mit anorganischer Chemie. Nächste Woche, hatte Pancho mir versprochen, würden wir mit Astronomie beginnen. »Deine Bescheidenheit ehrt dich, Salomé«, sagte er.

Seine Stimme klang so weich und sanft, als käme sie aus dem seidigen Herzstück der Blume, die er aufgeschnitten hatte.

Ich starrte auf das Papier, auf dem ich mir Notizen gemacht hatte, aber ich mußte immer wieder unauffällig Panchos starken nackten Arm mit dem Geflecht aus blauen Adern am Handgelenk betrachten. Wie sehr ich mich danach sehnte, ihn zu berühren! Doch da ich in einem Land aufgewachsen war, in dem Nationalheldinnen vor ihrer Exekution den Rocksaum zusammenbanden, war es für mich unvorstellbar, als Frau aus eigenem Antrieb die Hand ausstrecken und den Arm eines Mannes berühren zu können.

»Salomé, ich muß dir etwas gestehen«, sagte Pancho leise. »Ich habe dir feierlich versprochen, mit dir die Gipfel der Erkenntnis zu erklimmen, stimmt's?«

»Stimmt«, sagte ich und mußte mich selbst ermahnen, ruhig zu atmen.

»Nun, ich muß mein Versprechen leider brechen«, sagte er und machte eine effektvolle Pause. Pancho hatte einen ausgeprägten Sinn fürs Theatralische. »Hostos hat mich gebeten, mit ihm ein paar Monate durchs Land zu reisen und unsere Schulen zu inspizieren, um zu sehen, was sich machen läßt.«

Dies war freilich etwas, woran uns als guten Patrioten gelegen war, aber höchst unerfreulich fand ich, daß ich dafür ein persönliches Opfer erbringen sollte.

»Mir ist bewußt, daß sich jede Menge Verehrer finden werden, die wesentlich qualifizierter sind als ich und es als Ehre betrachten würden, meinen Platz einzunehmen. Aber ich möchte dich fragen ...«, er zögerte und hob das Schneidbrett auf seinen Knien hoch, als wollte er seine rastlosen

Hände beschäftigen, »...ob du bis zu meiner Rückkehr warten könntest, um deine Studien fortzusetzen.«

Ich blickte in diese dunklen Augen, in das schöne, eifrige Gesicht, und ich konnte einfach nicht glauben, daß dieser Mann nicht merkte, daß ich in ihn verliebt war. »Ich warte gern bis zu deiner Rückkehr, Pancho.«

Pancho hatte inzwischen noch eine Blume aufgeschnitten und stocherte nun nervös mit dem Messer darin herum. Er hatte mir erklärt, wie die Vermehrung der Blumen vonstatten gehe, wie der Stempel in der Mitte mit seiner klebrigen Öffnung auf den Pollen aus dem Staubgefäß warte. Während er so mit der Blume herumspielte, spürte ich, daß mein Atem vor Verwunderung und Verzweiflung immer flacher ging.

Den Abend meiner Auszeichnung erlebte ich wie in einem Taumel. Mamá, die normalerweise nicht mehr ausging, machte zu diesem Anlaß eine Ausnahme. (»Ihre eigene Tochter wird zur Nationaldichterin ernannt! Sie müssen mitkommen!« hatte unser alter Freund Don Eliseo Grullón sie bedrängt.) Ramona hatte mich mit einem Sträußchen Gardenien überrascht, die sie von dem Busch draußen vor Papás altem Haus abgeschnitten hatte. Zum Zeichen der Dankbarkeit berührte ich nur ihre Hand, denn ich war mir nicht sicher, ob ich sonst nicht womöglich losheulen würde.

Die Bibliothek im Zentrum der Stadt war so hell erleuchtet wie für die feierliche Amtseinführung eines Staatsoberhaupts. Es ging das Gerücht um, daß auch mehrere unserer ehemaligen Präsidenten anwesend sein würden, doch in Anbetracht der unzähligen Regierungen, die wir in der Vergangenheit hatten, wertete ich diese Tatsache als nicht allzu schmeichelhaft. Pancho hatte die Gäste zur Begrüßung eine Reihe bilden lassen und stellte mir jeden einzeln vor. Mir fiel nichts anderes ein als *Zu freundlich von Ihnen, Zu freundlich von Ihnen, Zu freundlich von Ihnen.* Nicht nur für mich, sondern auch für alle anderen war Pancho voll des überschwenglichen Lobs. Als die Reihe schließlich an uns vorbeigezogen war, hatte ich das Gefühl, sämtlichen bedeutenden Männern und sämtlichen hübschen Frauen dieser Insel die Hand geschüttelt zu haben.

Nur einer Frau nicht: Trini fehlte nämlich. Als ich mit Mamá kurz allein war, bevor das Festprogramm begann, fragte ich sie, ob sie die Villetas gesehen habe. »Natürlich nicht, Salomé. Der Vater ist gestern gestorben.« Ich schämte mich, weil ich mich gefreut hatte, daß meine Rivalin nicht da war, um Panchos Aufmerksamkeit von mir abzulenken.

Als mir wenig später die Medaille an einem seidenen Band über den Kopf gestreift wurde und die Gäste sich erhoben, um zu applaudieren, begriff ich, daß sich mein Leben für immer verändert hatte. Ich verlas meine kurze Dankesrede, und die Zuhörer beugten sich vor und lauschten angestrengt, weil mir immer wieder die Stimme versagte. Anschließend trug Pancho mit seiner vollen, ausdrucksstarken Stimme mein neustes Gedicht vor, und da sprangen die Leute erneut auf und riefen: »¡Salomé! ¡Salomé! ¡Salomé!« Das Publikum wiederholte die eine oder andere Zeile aus meinem Gedicht. Ich verneigte mich und nahm dankend den Beifall entgegen, und nachdem er verebbt, wieder angeschwollen und erneut verebbt war, wie Wellen am Strand, rief eine männliche Stimme: »Was für ein Mann diese Frau doch ist!« Ich vermute, es war als Kompliment gemeint.

Tags darauf statteten Mamá, Ramona und ich den Villetas einen Kondolenzbesuch ab.

»Es tut mir so leid, daß ich deine Krönungsfeier verpaßt habe«, sagte Trini, nachdem wir eine Weile beisammengesessen und über den Tod ihres Vaters gesprochen hatten.

Ich fragte mich, ob Trini mich mit ihrer verunglückten Wortwahl und dem unpassenden Zeitpunkt ihrer Bemerkung verletzen wollte oder ob sie unserer Sprache nicht mächtig war. Vielleicht war sie aber auch einfach nicht besonders helle – obwohl ich eigentlich lieber nicht so denken sollte, um nicht der Theorie, daß wir Frauen nicht sehr intelligent seien und Bildung für uns Zeitverschwendung sei, Vorschub zu leisten.

»Es war eine Auszeichnung«, berichtigte ich. Ramona griff in ihr Ridikül und zog die Medaille heraus, damit Trini sie auch einmal in der Hand halten konnte. Wir hatten sie mitgebracht, um sie den Villetas zu zeigen, deren Beitrag in Höhe von zwei Pesos in der Zeitung erwähnt worden war.

»Ich wäre gern dabei gewesen«, meinte Trini versonnen. »Pancho hat uns heute morgen besucht und hat erzählt, wie gelungen der Abend war. Wußtet ihr, daß er gleich nach Noche Buena mit diesem seltsamen Hostos auf Reisen geht?«

Natürlich wußte ich alles über Panchos Reise, aber die Tatsache, daß er an diesem Morgen als erstes zu Trini gekommen war, um ihr von unserem ganz besonderen gemeinsamen Abend zu berichten, versetzte mir einen Stich. Ramona sah mir meine Enttäuschung an, und als Trini weiter drauflosplapperte, drückte sie meine Hand, so wie ich es gern mit Panchos getan hätte, wäre es mir doch nur gestattet.

Am Abend vor seiner Abreise kam Pancho vorbei, um sich zu verabschieden.

»Ich werde unsere Unterrichtsstunden schrecklich vermissen«, erklärte er und versuchte meinen Blick aufzufangen.

Ich mußte an seinen Besuch bei Trini denken, und deshalb ließ ich mir nicht anmerken, wie mir eingedenk seiner Abreise zumute war, sondern sprach nur von meiner Arbeit. »Ich habe mein Gedicht für Emiliano Tejera fast fertig.«

Es war, als hätte ich in Gegenwart eines Pfarrers von Positivismus gesprochen. Panchos Kieferpartie verhärtete sich. »Emiliano? Jetzt schreibst du also ein Gedicht für ihn?«

Vor über einem Jahr hatte ein Hausmeister die Gebeine des Kolumbus entdeckt, als er in *la catedral* eine Gruft reinigte. Der herausragende Historiker und Hispanist Don Emiliano hatte mich um ein Gedicht gebeten, um dieses Ereignisses zu gedenken. »Wie du weißt, bin ich mit Auftragsarbeiten manchmal ziemlich spät dran.«

»Du schreibst für jeden Gedichte«, meinte Pancho und zog eine Schnute. »Sogar für meinen Bruder hast du eins geschrieben.«

»Weil Federico mir auch eins geschrieben hatte.«

Da griff Pancho in seine Westentasche und zog ein Bündel zusammengefalteter Papiere heraus. »Bitte schön«, sagte er stolz. »Ich habe dir auch eins geschrieben.«

Ich las den Titel laut vor: »›Epistel an Salomé Ureña‹«. Epistel! dachte ich. Warum kein Sonett oder eine Liebesballade oder ein Akrostichon, in dem der Geliebte die Anfangsbuchstaben meines Namens verwendete?

»Soll ich es dir vorlesen?« bot Pancho an und nahm mir die Papiere aus der Hand. Ich glaube, er mochte den Klang seiner Stimme mindestens genauso gern wie die Gedichte, die er vorlas.

»Und? Wie findest du es?« fragte er, als er fertig war. Er selbst wirkte ziemlich zufrieden.

»Es ist eine schöne Epistel, Pancho«, beteuerte ich. Und das war sie auch: mitreißend und verwegen.

»Jetzt bist du dran«, meinte er. »Du mußt mir ein Gedicht schreiben.«

Ich rang mir ein Lächeln ab, aber festlegen wollte ich mich nicht.

Ich muß zugeben, daß ich von mir selbst überrascht war, als ich »Quejas« schrieb, »Klagen«. Es war, als hätte ich durch das Anheben der Feder die Frau in mir befreit und aufs Papier losgelassen. Doch noch während ich schrieb, begriff ich, daß es sich für eine Frau nicht ziemte, ihren leidenschaftlichen Gefühlen derart freimütig Ausdruck zu verleihen. Wäre Papá nicht schon tot gewesen, er wäre bestimmt gestorben, wenn er mein Gedicht an Pancho gelesen hätte.

Nicht daß ich Panchos Namen erwähnt hätte! Dem Gedicht eine Widmung voranzustellen wäre auf einen Heiratsantrag meinerseits hinausgelaufen.

Höre mein Verlangen!
Beantworte das wilde Sehnen in meinem Herzen!
Lösche mein glühendes Feuer mit Deinen Küssen!

»Du liebe Güte, Salomé!« sagte Ramona, nachdem sie es gelesen hatte. Sie legte die Hand an die Kehle. »Erinnerst du dich an Don Eloy? Das hier würde jede totgesagte Frau von der Hüfte abwärts zu neuem Leben erwecken! Um wen geht es hier eigentlich?« Da sie Pancho eine Zeitlang nicht in meiner Nähe gesehen hatte, ging sie davon aus, daß ich ihm nach unserem Besuch bei den Villetas den Laufpaß gegeben hatte. Dafür gab es Dutzende anderer junger Männer, die mit Blumensträußen und der Bitte zu uns kamen, der *poetisa nacional* in irgendeiner Weise dienlich sein zu dürfen.

»Es geht um niemand Besonderes, sondern um das, was wir Frauen fühlen, wenn wir uns verlieben.«

»Das ist ja alles schön und gut, Salomé, aber veröffentlichen kannst du das nicht. Du bist *la musa de la patria*, Himmel noch mal«, erinnerte sie mich und wedelte mit der Hand über ihrem Kopf herum. »Niemand glaubt, daß du auch einen Körper aus Fleisch und Blut hast.«

»Dann ist es höchste Zeit, daß die Leute es erfahren«, verkündete ich.

Ich hatte wirklich nicht die Absicht, »Quejas« zu veröffentlichen. Im Gegenteil, wenn ich nachts im Bett lag und an das unter der Matratze versteckte Gedicht dachte, fühlte ich mich, als hätte jemand direkt unter mir ein Feuer entfacht und als sollte ich alles in meiner Macht Stehende tun, um es zu löschen.

Ein Monat verging und noch ein Monat – und noch immer kein Wort von Pancho. Er hatte angekündigt, daß er ganze drei Monate fortbleiben würde, aber ich hatte trotzdem gehofft, er werde in der Zeit von sich hören lassen. Ich rief mich zur Vernunft und sagte mir, daß er den Clyde-Dampfer nach Osten und weiter in den Norden der Insel genommen hatte, weil die Reise auf dem Landweg zu gefährlich war. Wo hätte er einen Brief aufgeben sollen? Andererseits (und mir ist egal, was die Positivisten sagen): Hat ein verliebter Mensch je auf die Vernunft gehört?

Doch nicht etwa Panchos Schweigen bewog mich, das Gedicht zu veröffentlichen, sondern ein Vorfall, der sich in unserer Nachbarschaft ereignete und der nicht weiter bekannt wurde. Ich möchte weder Namen nennen noch zu sehr ins Detail gehen, denn das arme Mädchen hat bereits genug durchgemacht. Es war damals knapp fünfzehn, also fast noch ein Kind, und stammte aus einer einfachen Familie. Als die Eltern bemerkten, daß der Bauch ihrer Tochter immer dicker wurde, setzten sie sie auf die Straße. Das Mädchen war ein ehemaliger Schützling von Tía Ana, und da es in seiner Verstörung weder ein noch aus wußte, stand es eines Tages vor unserer Tür und erzählte uns seine beklagenswerte Geschichte. Der Vater des Kindes leugnete jede Beziehung zu der Kleinen. Also setzten wir uns mit unseren Verwandten in Baní in Verbindung, und diese erklärten sich bereit, das Mädchen bis zur Geburt des Kindes bei sich aufzunehmen. Alles ging rasch und diskret vonstatten, aber mich stimmte dieser Vorfall sehr nachdenklich.

Ich fand es ungerecht, daß das Leben der jungen Frau womöglich für immer zerstört war, während dieser Schuft von einem Mann seine Verlobung mit einem Mädchen aus gutem Hause ohne sichtbare Konsequenzen aufrechterhielt. Zum ersten Mal mußte ich an die Zweitfamilie meines Vaters denken, und nachträglich packte mich die Wut. Warum war es für einen Mann in Ordnung, seine Leidenschaften auszuleben, während eine Frau, die Ähnliches tat, genausogut ihren Totenschein unterschreiben konnte?

Wenn unsere *patria* wirklich frei sein wollte, dann mußte hier noch eine Revolution stattfinden.

Also griff ich zur Feder und adressierte mein Gedicht an die Herausgeber von *El Estudio*.

Das Gedicht sorgte für einigen Wirbel. Ein paar Leser behaupteten, es sei das Werk eines Hochstaplers, so wie irgendeine Dichterin sich vor Jahren mit einem albernen Gedicht über Schneeflocken als Herminia hatte ausgeben wollen. Wie könnte die noble, hochgesinnte Salomé Ureña solch ein Gedicht an einen Mann schreiben? Mehrere Damen verlangten, daß mir die nationale Ehrenmedaille aberkannt wurde, falls das Gedicht tatsächlich von mir stammte. Nur eine Handvoll Frauen gab dagegen zu, das Gefühl der Verliebtheit zu kennen, das ich beschrieben hatte.

Doch schon bald wich das Entsetzen über den Inhalt des Gedichts der Neugier über das Privatleben der Schriftstellerin: An wen war das Gedicht gerichtet? Es enthielt keine Widmung, und da Salomé Ureña noch nie verlobt war und der einzige junge Mann, der sich ständig in ihrer Nähe aufhielt, dieser Grünschnabel namens Pancho war, den man in letzter Zeit jedoch nicht mehr in ihrem Umkreis gesehen hatte, drängte sich der Schluß auf, Salomé Ureña habe dieses Gedicht für einen verheirateten Mann geschrieben, dessen Namen sie geheimhalten mußte.

So begann das Rätselraten, wer Salomés heimlicher Liebhaber war.

Mitten in diesem Tohuwabohu kehrte Pancho zurück. Seine engsten Freunde von der Gesellschaft »Freunde des Landes« holten ihn am Pier ab. Bestimmt berichteten sie ihm sofort von dem skandalösen Gedicht, das ich geschrieben hatte. Sie schlossen Wetten darüber ab, wer mein Liebhaber sein mochte. Spitzenreiter war José Joaquín Pérez.

Noch am selben Abend stand Pancho mit *El Estudio* in der Hand bei uns vor der Tür. Er bot einen wüsten Anblick: Sein Haar war vom Wind zerzaust, und er hatte sich einen Bart stehen lassen. Coco, der Pancho mittlerweile abgöttisch liebte, knurrte beim Anblick dieses Fremdlings. Ich glaube, Pancho hatte sich noch nicht einmal den Staub von der Straße und das Salz und den Sand des Meeres abgewaschen. Im ersten Augenblick war ich mir nicht schlüssig, ob ich die Tür verriegeln oder ihn hereinlassen sollte.

Mamá dagegen ahnte mit dem untrüglichen Instinkt einer Mutter, daß dies der Moment war, auf den wir gewartet hatten. Sie bat Ramona, ihr beim Säumen von Trini Villetas neuem Trauerkleid zu helfen. Schon rechnete ich damit, daß Pancho fragte: »Wie geht es Trini?«, aber er machte ein Gesicht, als habe er den Namen noch nie gehört. Statt dessen fixierte er mich, als wäre niemand außer mir im Raum.

»Hattest du eine angenehme Reise?« eröffnete ich das Gespräch. Ich wollte über Banalitäten reden: über das Geschaukel des Dampfers, Hostos' Schnarcherei, die köstlichen Krabben in Puerto Plata. Noch nie hatte mich ein Mann so ungeniert angesehen. Ich war ganz durcheinander.

Aber Pancho wollte nicht über die Reise reden. Er starrte mich an, und seine Augen waren wie die Klinge des Messers, mit dem er die Lilien zerlegt hatte: sie schnitten meine Selbstbeherrschung in Stücke.

»Salomé«, sagte er schließlich und hielt die Zeitung hoch. »Eins möchte ich gern wissen: Für wen hast du dieses Gedicht geschrieben?«

»Für jemanden, den ich liebe«, antwortete ich schlicht.

»Aber du hast mir ein Gedicht versprochen«, fuhr er gereizt fort. Er hatte abgenommen, sein Gesicht war schmaler geworden. Überhaupt wirkte er insgesamt reifer, männlicher. »Ich könnte es nicht ertragen, wenn du so etwas für einen anderen Mann empfinden würdest.«

»Das tue ich auch nicht«, sagte ich, und nun sah ich ihm direkt in die Augen.

Langsam, wie eine überlaufende Flüssigkeit, breitete sich die Erkenntnis auf seinem Gesicht aus, und vor Überraschung klappte seine Kinnlade herunter. »Dieses Gedicht ist für mich?« flüsterte er. »Kann es sein, daß du für mich dasselbe fühlst wie ich für dich?«

Ich nahm ihm die Zeitung aus der Hand und legte sie auf den Tisch. Mit einer Selbstsicherheit, die mich überraschte, trat ich auf ihn zu. Vielleicht hatte ich beim Schreiben dieses Gedichts entdeckt, daß ich auch einen Körper besaß. Und dann, als wäre es für eine Frau, die einen Mann liebt, das Natürlichste der Welt, ergriff ich seine Hände und berührte mit den Lippen erst die Innenseite der einen und dann die der anderen.

VIER

Schatten

———— • ————

Havanna, Kuba, 1935

Sie bedruckt im Sitzungsraum Transparente für eine Demonstration, als Nora im Türrahmen erscheint. »Da ist ein Mann, der dich sprechen will«, sagt sie so geheimnisvoll, als würden sie abgehört. Auf dem Flur erkennt Camila schemenhaft eine wartende Gestalt.

Die Frauen aus ihrer Gruppe wechseln Blicke. »Sollen wir mitkommen?« flüstern ein paar von ihnen.

»Nein, arbeitet nur weiter«, sagt sie und bemüht sich, das Beben in ihrer Stimme zu unterdrücken. Da studiert sie nun schon jahrelang Gesang und beherrscht diese läppische Kunst noch immer nicht. »Ich bin gleich wieder da«, ruft sie, damit derjenige, der da draußen auf sie wartet, weiß, daß hier Betrieb herrscht. Als würden so simple Tricks bei Batistas Schergen etwas bewirken!

Sie klopft sich den Staub vom Kittel und läßt den Blick durch den Raum schweifen: Ihre Kolleginnen aus dem Lyceum werkeln in kleinen Gruppen vor sich hin, nageln Gestelle zusammen, besticken Banner und beschriften sie in Druckbuchstaben mit Slogans. Sie bekämpfen das Monster mit Spielzeugschwertern, mit grellen Spruchbändern, auf denen steht: GEBT UNS DAS WAHLRECHT! BEFREIT KUBA! MARTIS AMERIKA JETZT! Aber womit sollen sie sonst kämpfen? fragt sie sich. Selbst ihre Mutter, die Nationalheldin, hatte nur ihre Gedichte zu bieten.

Zu ihrer Überraschung ist der Flur fast leer. Keine *guardias* mit glänzenden schwarzen Stiefeln und mit Kordeln verzierten Mützen, die sie eilig zu einem von Batistas Verhörzentren abführen wollen. Statt dessen tritt ein mächtiger Mulatte mit einem schönen, grobgeschnittenen Gesicht und einem Körper, bei dem sie, da sie eben noch Spruchbänder bedruckt hat, augenblicklich an »alles in Großbuchstaben« denken muß, auf sie zu und stellt sich vor. »Domingo«, sagt er mit einer Stimme, die einen wunderbaren *Otello* singen könnte, so satt und voll ist sie. »Ich bin hier, um Ihren V-v-vater zu bildhau-au-au-ern.«

»Mein Vater ist tot«, erwidert sie knapp. Womöglich ist er trotzdem einer von Batistas Schergen, ein unerfahrener Undercover-Agent, der seine Hausaufgaben nicht gemacht hat. »Er ist vor einem Monat gestorben.«

»Ich kann w-w-warten, falls ich gerade störe«, schlägt er vor. Sein weißes Hemd ist zerknittert, die Schnurkrawatte zweifellos ein Zugeständnis an die Etikette. »S-s-sagen Sie mir, wann es Ihnen paßt.«

Er stottert – ein Jammer bei dieser wunderschönen, kehligen Stimme! Sie verspürt einen Anflug von Zärtlichkeit wie bei ihren Studentinnen, wenn sie vor Lampenfieber kein Wort herausbringen. »Kann ich Ihnen irgendwie behilflich sein, Don Domingo?«

»Domingo«, berichtigt er, »einfach nur Domingo.« Es stellt sich heraus, daß er ein kubanischer Bildhauer ist, der von einer historischen Gesellschaft beauftragt wurde, eine Büste von Don Pancho anzufertigen. »Es soll ein G-g-geschenk für u-u-unser Nachbarl-l-land sein.«

»Verstehe«, sagt sie und fragt sich, was das alles zu bedeuten hat. Vermutlich hat sich Max diese Huldigung ausgedacht und ihr nichts davon gesagt, weil er ahnt, daß seine Schwester etwas, was auch nur im entferntesten mit Trujillos Diktatur zu Hause oder Batistas Diktatur hierzulande zu tun hat, sowieso nicht gutheißen würde. Wie dem auch sei – ihre Frage steht noch immer unbeantwortet im

Raum. »Und wie kann ich Ihnen nun behilflich sein, Don Domingo?«

»Domingo«, korrigiert er abermals und lächelt, als hätte er sie bei einem Leichtsinnsfehler ertappt oder als spielten sie eins von diesen albernen Brettspielen und er hätte die höhere Zahl gewürfelt.

Sie gönnt ihm seinen kleinen Triumph, denn sobald er das nächste Mal den Mund aufmacht, wird er ohnehin wieder an einem tückischen Doppelvokal oder Konsonanten hängenbleiben. Noch ist sie nicht dahintergekommen, welche spezifische Lautfolge ihm zu schaffen macht.

»Ich habe Fotos, die Ihr Bruder an d-d-d-« Er stolpert über ein Wort, das er offenbar nicht aussprechen kann. Auf seinem Gesicht erscheint ein hilfloser Ausdruck. Sie macht mehrere Vorschläge, doch keiner scheint richtig zu sein.

Mit einem Wink verscheucht er das leidige Wort und fährt fort. Sofern sie ihn richtig versteht, hat Max ein paar Fotos von Pancho an eine kubanische Behörde geschickt, die diese Büste als Geschenk Kubas an die Dominikanische Republik in Auftrag gegeben hat. Aber Domingo braucht mehr, bevor er sich ans Werk machen kann. »Ich möchte, daß Sie mir Modell sitzen … wenn das m-m-möglich ist.«

Das ist allerdings ungewöhnlich. »Es geht doch nicht um eine Büste von mir«, weist sie ihn unwirsch zurecht.

»Ihr B-b-bruder hat geschrieben, daß Sie Ihrem Vater ä-ä-ähnlich sehen. Als Sie vorhin g-g-gekommen sind, habe ich Don Pancho vor mir g-g-gesehen.«

Noch vor Jahren hat sie es natürlich nicht gern gehört, wenn man zu ihr sagte, daß sie wie Pancho aussehe. Sie wollte wie ihre Mutter aussehen, wie die bildschöne Frau, die der Phantasie eines Londoner Malers entsprungen war. Dieser Bildhauer dagegen nimmt seine Sache wenigstens sehr genau. Trotzdem: Warum soll sie für die Büste Modell sitzen – er hat doch Fotos, und zwar jede Menge. Pancho war eine prominente Persönlichkeit und hat sich gern fotografieren lassen.

»Ich muß die lebendige K-k-kraft im Innern des Steins einf-f-fangen.«

Diese schlichte Erklärung verblüfft sie. Es ist, als hätte eine ihrer weniger begabten Studentinnen sie mit einer höchst originellen Antwort überrascht. Sie tadelt sich selbst, weil sie den Mann dermaßen unterschätzt hat.

»Es handelt sich nur um ein oder zwei S-s-sitzungen. Mein Atelier ist ganz in der ... Nähe. Wären Sie einverstanden?« Sein Stottern läßt nach. Vielleicht verschlimmert es sich immer dann, wenn er nervös ist, und er entspannt sich jetzt. Dafür verkrampft sie selbst sich jedesmal, wenn er den Mund aufmacht, und hält die Luft an – als ob ihm das helfen würde! Was für ein Glückspilz er doch ist, denkt sie. Ich werde alles tun, was er von mir verlangt, nur um ihm zu ersparen, daß er mich überreden muß.

»Sie können auf mich zählen«, sagt sie und wendet sich ab, um zu gehen. Diese Worte sind ihr einfach herausgerutscht. Die ersten Worte, die ihre Mutter zu ihrem Vater gesagt hat. Höchst seltsam.

Als sie zu den anderen Frauen zurückkehrt, bemerkt sie, daß ihre Hände naß sind. Auch ihr Nacken ist feucht. Vielleicht hat sie sich bei ihrem Bemühen, dem Bildhauer beim Sprechen entgegenzukommen, zu sehr angestrengt. Gedankenverloren macht sie sich wieder an die Arbeit. Sie ertappt sich dabei, wie sie sich vor ihrem geistigen Auge den Mann vergegenwärtigt, dem sie soeben begegnet ist und der mit seiner kraftvollen Präsenz selbst wie eine grob in Stein gehauene Gestalt wirkt. Sie besitzt eine sehr lebhafte Phantasie, und als sie auf ihr Spruchband hinabblickt, stellt sie fest, daß sie in riesigen schwarzen Großbuchstaben seinen Namen daraufgeschrieben hat: DOMINGO.

Zu lästig, daß sie in ihrem ohnehin schon übervollen Terminkalender noch einen *compromiso* unterbringen muß! Soeben haben sie Nachricht erhalten, daß Ende des Monats eine Delegation amerikanischer Journalisten eintreffen wird. Also muß ein Komitee gebildet werden, das sie willkommen heißt und über die herrschenden Zustände ins Bild setzt. Batista hat die Armee voll und ganz unter Kontrolle und schränkt die Freiheiten der Bürger immer mehr ein. Das muß Präsident Roosevelt zur Kenntnis gebracht werden. Bei seinen Kamingesprächen hat der ruhige, zuversichtliche Präsident versichert, den Armen und Unterdrückten in seinem eigenen Land helfen zu wollen. Vielleicht weitet er dieses Versprechen ja auf seine Nachbarn im Süden aus.

Des weiteren müssen Besuche bei mehreren Parteivorsitzenden anberaumt werden, um der Forderung nach der Einführung des Frauenwahlrechts den letzten entscheidenden Anschub zu geben. Außerdem verlangen die Studenten, daß ihre Universität wieder geöffnet wird, und eine Gruppe von Damen aus dem Lyceum wird demnächst nachmittags eine Gartenparty für Mendieta und Batista geben in der Hoffnung, daß sich die Puppe von einem Präsidenten und ihr Puppenspieler bei meringues und Mary Pickfords erweichen lassen.

Und zu allem Überfluß hat sie nun auch noch eingewilligt, diesem Bildhauer für jeweils zwei Stunden Modell zu sitzen, damit er die Ähnlichkeit mit ihrem Vater einfangen kann. Selbst als Toter verlangt ihr Vater ihr noch einiges ab!

Marion hat ihr früher immer vorgehalten, sie lade sich absichtlich Verantwortung auf, wie ein Kind, das immer noch eine und noch eine Karte auf sein Kartenhaus legt, um zu sehen, wieviel es aushält. »Wie stark willst du denn noch werden?« wollte sie wissen. Zumindest so stark wie Mamá, sagte sich Camila dann. Doch im Unterschied zu den breiten Schultern ihrer Mutter, auf denen die Zukunft ihrer Nation ruhte, müssen Camilas meist nur für Huckepackdienste herhalten. Sie hat sich um die alten Herrschaften gekümmert, Verstimmungen aus der Welt geschafft, Rechnungen bezahlt. Sie kümmert sich darum, daß ihre Halbbrüder eine gewisse Ausbildung erhalten. Für Dinge, die *sie* interessiert hätten, ist nie viel Zeit gewesen.

Schon vor dem Tod ihres Vaters, als die Familie noch in Santiago lebte, bildete ihr Gehalt als Lehrerin das finanzielle Rückgrat der Familie. Marion hatte Kuba »für immer« verlassen, denn Camilas Aufopferung für die Familie hatte sie entmutigt, und außerdem hatte sie Heimweh nach ihrem eigenen Land. Die Trennung war schmerzlich, doch im Lauf der Zeit hatte Camila begriffen, daß Marion mit ihrem fordernden Wesen all das in Beschlag genommen hatte, was von Camilas eigener Zeit und Energie übriggeblieben war.

Zeitgleich mit Marions Abreise hatte Camila mit ihren Abstechern nach Havanna begonnen. Manchmal, wenn Schulferien waren oder wenn die Schulen, was immer häufiger geschah, wieder mal geschlossen wurden, blieb sie eine ganze Woche lang weg. Pancho und den alten *tías* erzählte sie, sie wolle ihre Halbbrüder besuchen und mal wieder sehen, was so im Theater und in ihrer geliebten Oper gespielt werde. Aber vor allem wollte sie einfach mal raus und Teil einer größeren Welt sein.

Sie wohnte jedesmal im Universitätsviertel bei ihrem »kleinen« Bruder Rodolfo, der immer noch genauso an seiner älteren Schwester hing wie als Kind. Es überraschte sie nicht, daß er inzwischen ein beliebter Studentenführer war, schließlich war er charmant und sah umwerfend aus. (*Un martillo*, sagten die Mädchen über ihn – ein Hammer, weil sie sein Lächeln umwerfend fand.)

Rodolfo nahm sie mit zu Kundgebungen und Versammlungen, wo sie andere Frauen kennenlernte, von denen viele wie sie berufstätig und unverheiratet waren. Manchmal mußte sie über sich selbst lächeln. Hier war sie und kämpfte für die große Freiheit – und gleichzeitig war sie ihrer Familie in den kleinsten Dingen sklavisch ergeben. Aber irgendwie bekam trotzdem alles einen Sinn. War es ihr nicht schon immer leichter gefallen, das Leben abstrakt zu leben anstatt mit Leib und Seele?

Camila und ihre neuen Freundinnen beschlossen, eine eigene Organisation zu gründen. Um sich vor Schikanen zu schützen, verfielen sie auf die Idee, sich einen Namen zuzulegen, der nach einem der angesehenen Gesellschaftsclubs von Havanna klang. *Lyceum Lawn-Tennis Club* prangte in goldenen Lettern auf dem Schild über der Tür des stuckverzierten Hauses, das sie für ihre Zwecke anmieteten. Ein verwahrloster Tennisplatz im Garten hinter dem Haus sollte der Lüge, daß es sich bei ihrem Verein um einen Sportclub für Damen handelte, zumindest einen Anstrich von Wahrheit verleihen.

Schon bald führte Camila in der Hauptstadt ein heimliches Doppelleben. Sie lebte in der ständigen Angst, ihr Foto könne in die Zeitung kommen: DIE DAMEN AUS DEM LYCEUM STÜRMEN DEN PRÄSIDENTENPALAST UND FORDERN DAS WAHLRECHT FÜR FRAUEN. (Sie konnte sich die Schlagzeilen bildhaft vorstellen und dachte sich beim Marschieren oft ganze Artikel aus: »Don Pancho Henríquez, der friedliebende ehemalige Präsident der Dominikanischen Republik, der gegenwärtig als unser Gast in Santiago de Cuba weilt, äußert tiefstes Bedauern über das Verhalten seiner aufsässigen Tochter.«)

Pancho drohte immer, er würde sterben, wenn seine Kinder sich seinen Wünschen widersetzten. Um ihr Geheimnis gegenüber ihrem kränkelnden Vater zu wahren, ging sie deshalb dazu über, bei Protestveranstaltungen einen Hut zu tragen, der zu ihrem Markenzeichen werden sollte, nämlich eine schwarze Glocke mit einem Schleier, den sie herunterlassen konnte, um auf Fotos ihr Gesicht zu verhüllen. Selbstverständlich trugen auch alle anderen Lyceum-Damen Hüte und Handschuhe, denn ein Motto ihres Vereins lautete, daß sie selbst dann wie *señoras* und *señoritas* aussehen sollten, wenn sie den *palacio* oder die *policía* stürmten.

Und so erscheint sie zu ihrer ersten Sitzung bei Domingo mit ihrem Protesthut und Handschuhen und in dem schwarzen Kostüm, das sie im vergangenen Monat abwechselnd mit anderen dunklen Sachen getragen hat. Sie ist von ihrer Kühnheit selbst überrascht. Sie weiß doch überhaupt nichts über diesen Mann. *Einfach nur Domingo*, hat er gesagt und gelächelt –

aber nicht etwa triumphierend, nein, da hat sie sich geirrt, sondern respektlos, als lehne er es ab, sich hinter der höflichen Anrede, wie sie einem *señor* zustand, zu verschanzen.

Offen gestanden ergibt es keinen Sinn, daß Domingo sie gebeten hat, für ihn zu posieren, und noch weniger Sinn, daß sie seiner Bitte nachgekommen ist. Der schöne Rodolfo ist ihrem Vater, wie er in jungen Jahren war, wie aus dem Gesicht geschnitten, man braucht sich bloß das Foto anzusehen, das Pancho in seinem ersten Jahr in Paris von sich selbst gemacht hat. Aber sehr wahrscheinlich hatte Max dem Büsten-Komitee nichts von Rodolfo erzählt, sondern wie immer Panchos »Erstfamilie«, wie er sie nennt, in den Vordergrund gestellt.

Camila hätte also gleich am Anfang zu Domingo sagen können: Mein Halbbruder ist der, den Sie suchen. Statt dessen hat sie seine Einladung angenommen, weil ..., nun, schlicht und einfach weil sie Lust hatte. Seit Scott Andrews vor über zehn Jahren hat sie sich von einem Mann nicht mehr so angezogen gefühlt, und damals spielten in die Anziehung die Politik und die Situation ihres Vaters derart stark hinein, daß sie heute nicht mehr sagen könnte, was sie wirklich für diesen Mann empfunden hat. Ihre jetzigen Gefühle dagegen sind so schockierend klar wie Sonnenlicht am hellen Mittag, keine Spur von Schatten oder Grauzonen. Seit kurzem, wenn ihre Gedanken bei Besprechungen und Protestmärschen abschweifen, denkt sie an Domingo, aber nicht auf so harmlose Weise wie nach ihrer ersten Begegnung, sondern mit lebhaften, sinnlichen Gedanken, bei denen sie errötet und ihre Hände in den Handschuhen zu schwitzen anfangen.

»Sie sind ja wie für eine Beerdigung angezogen«, bemerkt er, als er ihr die Tür öffnet. Der Satz kommt ihm so leicht und flüssig über die Lippen, daß sie bezweifelt, ob er wirklich stottert.

»Ich trage immer noch Trauer«, erinnert sie ihn und bemüht sich, nicht ärgerlich zu klingen. Sie selbst gibt nichts auf diesen morbiden Brauch, aber um ihre Tanten milde zu stimmen, hat sie sich gefügt. »Außerdem geht es Ihnen doch um mein Gesicht, oder nicht?«

Sie hat ihn in Verlegenheit gebracht, und prompt geht das Gestottere wieder los. »J-j-ja, nat-t-türlich. Bitte k-k-kommen Sie und s-s-setzen Sie sich.« Er ist ihr beim Ablegen der Kostümjacke behilflich, und anschließend, als wäre sie ein Klumpen Tonerde, drückt er sie auf einen Stuhl und verändert immer wieder ihre Haltung, indem er ihr Gesicht in seine großen Hände nimmt und es mal hierhin, mal dorthin dreht, als wolle er die Ähnlichkeit mit ihrem Vater zur Geltung bringen.

Nach einer Weile gibt er auf. Irgend etwas stört ihn. Er setzt sich auf einen Hocker, verschränkt die Arme vor seiner breiten Brust und mustert sie. »Ihr V-v-vater will sich nicht zeigen.«

Sie ist kurz davor, die Geduld mit ihm zu verlieren. »Natürlich nicht, mein Vater ist ja auch tot.«

»Nein, ist er nicht«, widerspricht Domingo und schüttelt seinen großen Kopf.

An dem Nachmittag, als ihr Vater starb, unterrichtete sie im Haus gegenüber Geographie. Da die Schulen häufig geschlossen wurden, mußte sie Privatstunden geben, um über die Runden zu kommen. Sie holte den Globus hervor, um dem kleinen Ricardo Repilado zu zeigen, wo ihre Brüder und Halbbrüder sich zur Zeit herumtrieben – Pedro in Buenos Aires; Rodolfo und Eduardo in Havanna (»Ich weiß, wo das ist!«); Cotú zum Studium in Frankreich (wo Panchos andere Familie lebt – drei *petites filles*, die *grand-père* Papancho Briefchen schreiben und ihm *baisers* von ihrer Tante Camille schicken); Fran und Max in Santo Domingo (woher ihre Familie stammt).

»Und warum wohnen Sie dann hier?« wollte der aufgeweckte Junge von ihr wissen.

Sie überlegte, wie sie ihm (in aller Kürze) erklären konnte, daß sie ursprünglich nach Santiago ins Exil gegangen waren;

daß ihr Vater ab und zu in die Dominikanische Republik zurückgekehrt war, um in der einen oder anderen neuen Regierung mitzuwirken, und seine Familie hier gelassen hatte, wo sie sicher war, und daß er einmal sogar das Amt des Präsidenten bekleidet hatte; daß sich die ganze Familie während der amerikanischen Besatzung mehr oder weniger in Kuba niedergelassen hatte; daß sie auch anschließend dort geblieben war, weil in ihrer Heimat von einem Tag auf den anderen eine Diktatur entstanden war – obwohl bald darauf auch hier eine entstand! Schließlich sagte Camila einfach nur: »Das ist eine gute Frage, Ricardo, wir kommen ein andermal darauf zurück« – und plötzlich stand ihr altes Kindermädchen Regina in der Tür.

»Dein Vater hat Schmerzen.« Regina war außer Atem und preßte eine Hand in die Seite, als habe sie ebenfalls Schmerzen. Regina war zu alt und zu dick, um derart in Aufregung versetzt zu werden. Einen Augenblick lang ärgerte sich Camila über das theatralische Getue ihres Vaters. Pedro hatte ihr einmal gestanden, daß ihm immer die Hände zitterten, wenn er einen Brief von ihrem Vater öffnete. Bestimmt war das nur wieder eine von Panchos Launen. Vielleicht hatte er sich mit Mon gestritten. Und so schickte sie die alte Frau mit den Worten zurück: »Sag Pancho, daß ich komme, sobald ich hier fertig bin.«

Doch die sonst so fügsame Regina weigerte sich zu gehen; reglos stand sie im Türrahmen und warf einen langen Schatten auf den Boden des Kinderzimmers. Also trat Camila hinaus auf den Flur, um sich Näheres anzuhören. »Dein Vater ist auf einen Stuhl gestiegen, um ein Buch aus dem Regal zu holen, und dabei ist er gestürzt ... Wir haben ihn auf dem Boden gefunden, Doña Ramona und ich ...«

Bevor Camila gewahr wurde, daß sie noch immer den Globus in Händen hielt, war sie schon zum Haus hinaus. Marion sagte immer, nichts könne Camila aus der Ruhe bringen, aber Camila wußte, daß sie Pancho, wenn er mit seinen sechsundsiebzig Jahren von einem Stuhl gefallen war, zu Hilfe eilen mußte.

Sie nahm sich vor, ihn gehörig zu schelten, sobald er sich von dem Sturz erholt hätte. Wie oft hatte sie ihn gebeten, nicht auf einen Stuhl zu steigen, um ein Buch herunterzuholen. Er konnte Regina oder jeden anderen darum bitten, wenn er etwas brauchte. Aber Pancho hatte sich darüber beklagt, daß sie ständig in Havanna sei, wenn sie nicht gerade Unterricht gab oder Vorlesungen hielt, und daß Regina mittlerweile selbst zu alt sei, um auf eine Leiter zu steigen. Außerdem habe Regina so schlechte Augen, daß sie garantiert das falsche Buch herunterhole. Erst neulich habe er Dante lesen müssen, obwohl er sich eigentlich etwas Heiteres von Cervantes wünschte.

Sie bewohnten damals in Santiago ein zartgelbes gemietetes Haus aus Adobeziegeln mit vier weißen Säulen davor, die sie heute unweigerlich an ein Mausoleum erinnern. Als sie das nach vorn gelegene Wohnzimmer betrat, das ihrem Vater als *consultorio* diente, und einen der zahmen Affen mit verdrießlicher Miene neben der Tür hocken sah, erschauerte sie. Der Raum wirkte so gar nicht wie das Arbeitszimmer eines Arztes, denn statt Schaubildern von Knochen und Muskeln des menschlichen Körpers zierten Bücher die Wände. Die Cervantes-Büste trug die Halskrause von Columbus. Der betagte Bär war vor ein paar Wochen gestorben. Pancho hatte geweint, denn er hatte Tiere, wie er beteuerte, immer geliebt.

Nun saß er in seinem bequemen Sessel, flankiert von Mon und Pimpa, die fachsimpelten, was ihrem Schwager wohl fehle. Gleich wird es deswegen Streit geben, dachte Camila.

Pancho war leichenblaß. »Camila«, sagte er dankbar, als er sie hereinkommen sah, und bewegte den Arm auf der Lehne. Offenbar war er zu schwach, um ihn zur Begrüßung zu heben.

Als sie ihren Vater sah, wußte sie sofort, daß dies kein Anfall irgendeiner eingebildeten Krankheit war. Unbestreitbar hatte sich etwas Großes in seinen Körper eingeschlichen und war nicht willens, es ohne ihn wieder zu verlassen. Sie kniete vor seinem Sessel nieder und blickte zu ihm hoch. »Das ist meine letzte Krankheit«, sagte er unsicher, als hoffe er insgeheim, sie werde ihm das ausreden.

»Unfug, Pancho«, schalt Ramona. »Ich bin elf Jahre älter als du, und sieh mich an!« Ramona war stämmig gebaut und hatte so kräftige Beine, daß Rodolfo einmal scherzhaft äußerte, wenn sie in der Haustür stehe, könne man denken, das Haus habe zwei Säulen mehr.

»Habt ihr den Arzt gerufen?« fragte Camila ihre Tanten. Doktor Latorre wohnte zwei Blocks weiter.

Ramona nickte. »Er ist unterwegs.« Und als hätten ihre Worte ihn herbeigerufen, betrat Dr. Latorre den Raum. Ein Blick auf den Patienten, und der fröhliche Ausdruck des jüngeren Mannes war wie weggeblasen. Offenbar hatte er im Gesicht ihres Vaters dasselbe gesehen wie Camila.

»Was ist passiert, Don Pancho?« fragte Dr. Latorre und knöpfte eilig den Kragen des alten Mannes auf. Bevor Pancho jedoch antworten konnte, hieß Dr. Latorre ihn mit einem Nicken schweigen, um ihn mit dem Hörrohr abzuhorchen.

Es stellte sich heraus, daß Pancho zwar tatsächlich auf einen Stuhl gestiegen war, um ein Buch herunterzuholen, doch hatte sich der Sturz nicht ereignet, als er auf dem Stuhl stand. Vielmehr war er zum Lesen zu seinem bequemen Sessel zurückgegangen, und als er sich setzen wollte, war ihm, als hätte ihm jemand vor die Brust geschlagen. »Es war, als wollte mich jemand um jeden Preis umwerfen«, sagte ihr Vater mürrisch, als berichte er vom rüpelhaften Verhalten eines Grobians.

Dr. Latorre hatte inzwischen an einer kleinen Phiole eine Spritze aufgezogen. Nachdem er das Morphium injiziert hatte, schien Pancho sich zu entspannen, und in sein Gesicht kehrte etwas Farbe zurück. Pimpa und Mon verließen das Zimmer, um auf Panchos dringende Bitte seine Söhne in Havanna anzurufen und sie ins Bild zu setzen. Arzt und Patient unterhielten sich über die Krankheitssymptome, als sich Pancho urplötzlich mit verblüffter Miene ans Herz faßte, als hätte ihm dieser Rüpel erneut einen Stoß versetzt.

Dr. Latorre stürzte zu ihm und horchte abermals den Herzschlag ab. Er beugte sich immer näher zu Pancho hin, als würde sich ihm das Klopfen immer mehr entziehen. Schließlich nahm er die Bügel des Stethoskops aus seinen Ohren und blickte zu Camila hinunter. »Tut mir leid«, sagte er schlicht, als brächte er es nicht über sich, ihr mitzuteilen, daß ihr Vater tot war.

Sie zeigte keine Reaktion. Sie kniete einfach nur stumm und wie benommen da, als hätte sie selbst einen kräftigen Schlag erhalten und wüßte nicht, wie sie wieder auf die Beine kommen sollte. Sie hörte, wie Dr. Latorre aus dem Zimmer ging. Sie hörte ihre Tanten schluchzen, während diese erneut die Nummern wählten, die sie soeben gewählt hatten, um ihren Neffen in Havanna die neuste Nachricht zu übermitteln. Sie blickte zu Pancho auf, blickte in sein Gesicht und sagte sich, wie seltsam es doch war, daß sie nichts fühlte, obwohl sie gerade ihren Vater verloren hatte. Er sah aus, als lebte er noch: die Augen waren halbgeöffnet, die Lippen noch feucht vom Speichel, und das weiße Haar auf seinem Kopf wehte leicht in einer Brise, die durchs Fenster hereindrang. »Papancho?« flüsterte Camila und rüttelte an seinem Arm, um ihn aufzuwecken.

Hilfesuchend sah sie sich im Zimmer um, und dabei fiel ihr Blick auf das Buch, das ihr Vater aus dem Regal geholt hatte, bevor ihn der erste Stoß traf. Es war der Gedichtband ihrer Mutter; er war mit den Seiten zuunterst auf den Boden gefallen, so daß viele Seiten geknickt waren und sie nicht sagen konnte, welches Gedicht ihr Vater an seinem letzten Nachmittag auf dieser Welt gelesen hatte.

Sie hob das Buch auf und strich die Seiten glatt. Bevor sie es wieder ins Regal stellte, schlug sie das letzte Gedicht auf. Die ausradierten Bleistift-Korrekturen, die sie einst an den Zeilen ihrer Mutter vorgenommen hatte, waren noch immer zu erkennen. Dann schlug sie das Gedicht auf, das ihre Mutter nach dem Tod ihres eigenen Vaters geschrieben hatte, »¡Padre mío!«, und da fiel die Benommenheit von ihr ab und ihre Augen füllten sich mit Tränen.

Bei der dritten Sitzung erzählt ihr Domingo, daß er inzwischen mit der Büste begonnen habe. Er hat ihr erklärt, daß er sich beim Bildhauern an Skizzen orientiere und nicht etwa am lebenden Modell. »Wenn außer mir jemand im Raum ist, kann ich m-m-mich dem Stein nicht hing-g-geben.« Aus seinem Mund hört es sich so an, als wäre die Bildhauerei ein Liebesakt.

»Aber ich b-b-brauche n-n-noch ein paar Sitzungen mit Ihnen«, verkündet er. Es habe eine Weile gedauert, bis das Gesicht ihres Vaters zutage getreten sei.

»Ich bin aber mit meiner eigenen Arbeit vollauf beschäftigt«, erwidert sie ausweichend. Mit *Arbeit* umschreibt sie immer ihre Lyceum-Aktivitäten, wenn ihre alten Tanten sie fragen, wohin sie denn nun schon wieder gehe. Nach der Beerdigung hat sie das Mietshaus in Santiago aufgegeben und den gesamten Hausstand zu sich nach Havanna geholt. Nur die Tiere hat sie zurückgelassen. Die beiden Affen, den Papagei, das Pony und ein Dutzend Enten hat sie dem städtischen Park geschenkt, und der kleine Ricardo Repilado hat so lange gebettelt, bis ihm seine Mutter erlaubt hat, Cocos Ur-ur-urenkelin zu sich zu nehmen.

Der Umzug ist den alten Tanten nicht leicht gefallen. Sie sind von der Umstellung immer noch ganz verstört. Am liebsten würden sie Camila gar nicht aus dem Haus lassen. Im Radio wird ständig über Razzien und andere schreckliche Dinge berichtet, die da draußen vor sich gehen. Ob sie denn nicht zu Hause bleiben könne? Camila kommen sie vor wie die Sirenen der Familie, die sie in eine noch größere Gefahr locken wollen, nämlich in ein häusliches Leben unter Verschluß. »Ich passe schon auf mich auf«, verspricht sie.

»Nur noch ein p-p-paar Sitzungen, bitte! Ich w-w-wäre Ihnen unendlich dankbar«, fleht Domingo. Sie muß über die geschwollene Formulierung dieses sich ansonsten so schlicht ausdrückenden Mannes lachen. Mit zurückgeworfenem Kopf und offenem Mund stimmt er in ihr Gelächter ein, und sie sieht seine dunkle, feuchte Zunge. Domingo sitzt rittlings auf einem Stuhl und zeichnet sie, bald aus diesem Winkel, bald aus jenem, und dabei huscht seine Hand wie von eigenem Leben erfüllt über das weiße Papier.

Ihr ist nicht entgangen, daß seine Blicke gelegentlich von ihrem Gesicht abschweifen. Ihre Phantasien haben durch den häufigeren Kontakt nicht etwa nachgelassen. Manchmal weiß sie nach einer Sitzung nicht mehr genau, ob er sie nun berührt hat oder ob sie sich das nur eingebildet hat. Oft ist ihr schwindelig und leicht übel, was sie allerdings der stickigen Luft im heißen Atelier zuschreibt.

Sie erzählt ihm von ihrer Arbeit im Lyceum: von der Kampagne für das Frauenwahlrecht, dem Alphabetisierungsprogramm, den Besuchen bei Politikern. Er studiert sie eingehend, und seine Hand hält auch die kleinsten Veränderungen in ihrem Ausdruck fest. Sie hat das Gefühl, daß er ihr gar nicht richtig zuhört, und das ärgert sie.

»Und jetzt kommen auch noch die amerikanischen Journalisten zu Besuch«, fügt sie hinzu. Die Damen vom Lyceum wollen sich mit anderen Organisationen, die für die freiheitlichen Rechte der Bürger eintreten, zusammenschließen und das Schiff im Rahmen einer Solidaritätskundgebung am Pier begrüßen.

»Sagen Sie mir, wie ich Ihnen helfen kann«, bietet er an. Er könne in seinem Atelier problemlos jede Menge Transparente herstellen. »Ich w-w-würde mich Ihnen gerne anschließen.«

Es dauert einen Augenblick, bis sie begreift, daß er sich tatsächlich an der Demonstration selbst und nicht nur an den Vorbereitungen beteiligen will. »Das wird gefährlich«, warnt sie. »Batista hat bereits angekündigt, daß er alle zusammentreiben wird, die sich dort blicken lassen. Sie könnten Ihren Auftrag verlieren.«

Mit einem Wink tut er diese Möglichkeit ab, als wäre sie nicht der Rede wert. Hinter ihm steht die Büste ihres Vaters, die sich unter dem Tuch auf dem Podest abzeichnet. Er hat ihr erzählt, daß er immer abends, sobald sie gegangen ist, daran arbeitet. Er will sie ihr erst zeigen, wenn sie fertig ist.

»Und Sie könnten den J-j-job an der Universität verl-l-lieren, für den Sie sich beworben haben«, hält er dagegen.

»Da ist kein Job, und da ist keine Universität.« Sie sei gerade wieder geschlossen worden. Außerdem sei ihre Arbeit im Lyceum jetzt ihr Job. Er dagegen lebe offenbar ausschließlich für die Kunst. Warum solle er für eine Sache, von der er soeben erst erfahren habe, einen lukrativen Auftrag aufs Spiel setzen?

Er sieht sie so eindringlich an, daß sie seinem Blick nicht standhält. »In meinem Leben gibt es noch etwas anderes als die Kunst, Camila.«

Sie hat ihn gebeten, sie Camila zu nennen. Wenn sie ihn schlicht und einfach Domingo nennen soll, kann er sie doch nicht mit Señorita Henríquez Ureña anreden! Mit einem leichten Kribbeln hat sie registriert, daß er bei ihrem Namen nie ins Stocken gerät. »Camila« sagt er jedesmal klar und deutlich, als würde er eine Schale aufbrechen, ohne die darin eingeschlossene Mandel im mindesten zu beschädigen.

Sie versucht sich ihre innere Unruhe nicht anmerken zu lassen. Dabei fühlt sie sich, als würde sie durch einen Garten laufen und vor Aufregung lauter Blätter abreißen.

Seit zwei Wochen kommt sie nun jeden Tag. Manchmal, wenn es sehr heiß ist, setzen sie sich einfach in dem Zimmer, das nach vorne hinausgeht, zum Plaudern ans Fenster. An anderen Tagen gehen sie ins Atelier und erzählen sich Geschichten, während sie Plakate zurechtschneiden und auf Bretter nageln oder Parolen in englischer Sprache verfassen und anschließend drucken.

Meist spricht sie über ihre Mutter. Sie hat ihm Salomés Geschichte erzählt, und er geht darauf ein, als habe er die Nationaldichterin, die mit Dreißig einen jungen Weißen aus angesehener Familie heiratete, persönlich gekannt. In ihrer Unterhaltung springen sie in der Zeit vor und zurück und weben aus dem, was Camila weiß, und dem, was sich ihr durch das offene Gespräch mit ihm über ihre Mutter nach und nach erschließt, den imaginären Stoff von Salomés Leben.

»Jetzt sehe ich mehr von ihr in Ihrem G-g-gesicht«, sagt er. Sie hat ihm das einzige Foto gezeigt, das sie von Salomé besitzt: die traurigen Augen, das dunkle Oval ihres Gesichts, der Mund mit den vollen Lippen, die breite Nase, die der Londoner Maler zu einer Adlernase zurechtgefeilt hat, die erkennbare Spitze am Ansatz des straff zusammengefaßten Haars.

Es tut so gut, über diese Dinge reden zu können! Selbst ihre aufgeschlossene Freundin Marion hat es immer vermieden, über Camilas Rasse zu sprechen. Als würde durch die bloße Erwähnung das Unsägliche heraufbeschworen. »Mir ist es egal, wer oder was du bist«, hat Marion oft zu ihr gesagt. Aber sie will, daß es Marion nicht egal ist, wer sie ist. Sie möchte mit allem, was sie ausmacht, wahrgenommen werden und nicht durch die schmale Linse einiger Adjektive, die der andere für akzeptabel hält. Und sie möchte mit allem, was sie ausmacht, geliebt werden. Ist das vielleicht zuviel verlangt? Mon hat einmal zu ihr gesagt, nur Gott und Mütter (»und die eine oder andere Tante«) seien dazu imstande.

Marion! Nach Panchos Tod hat ihre treue Freundin ihr regelmäßig rührende, mitfühlende Briefe mit Anekdoten und Neuigkeiten aus den beiden Dakotas geschrieben. Doch in jüngster Zeit hat sich ihr Mitgefühl in Bevormundung gewandelt. »Du mußt hierher kommen und bei mir wohnen«, hat sie geschrieben. »Jetzt hält Dich dort nichts mehr.«

Es ärgert Camila, wie lässig Marion über ihr Leben verfügt. Und was wird aus meinen Tanten? Was wird aus meiner

197

Arbeit im Lyceum? Was aus meinen Unterrichtsstunden? All diese drängenden Fragen steigen in ihr auf, und schließlich auch die, die in Worte zu fassen ihr am schwersten fällt: Was wird aus Domingo? Ist er nicht der lebende Beweis dafür, daß ihre Gefühle für Marion nicht normal waren? Bei der Vorstellung, daß es so sein könnte, verspürt sie so etwas wie Erleichterung. Das Leben wird von jetzt an so viel einfacher sein. Sie wird Kinder und eine Familie haben können, all die Dinge, die den glücklichen Hauptfiguren in Liebesgeschichten zuteil werden.

»Da drin ist eine l-l-lebhafte Unterhaltung im Gang«, meint Domingo und legt die Spitzen seiner langen Finger auf ihren Kopf. Er ist stark und wirkt größer als sie, dabei sind sie gleich groß. Dem Blick seiner dunklen, durchdringenden Augen kann sie sich nicht entziehen.

»Kann ich nicht ein b-b-bißchen von dem hören, was g-g-gesagt wird?«

»Nur wenn Sie mir zeigen, was Sie bisher gemacht haben.«

Er schüttelt den Kopf. »Das g-g-geht nicht. Ihr h-h-hartes Urteil würde alles k-k-kaputtmachen.«

»Ich würde mir die Büste nicht mit den Augen eines Kritikers ansehen«, beteuert sie. Aber sie kann verstehen, was in ihm vorgeht. In den letzten Wochen hat sie nach ihren Sitzungen mehrmals den Drang verspürt, Gedichte zu schreiben. Sie würde vor Scham vergehen, wenn ihre Tanten oder irgend jemand sonst diese Eingeständnisse ihrer Sehnsucht und Einsamkeit in die Hände bekämen: In die Erde greifende Wurzeln verwandeln sich in Domingos Hände, die sich nach ihr ausstrecken. Oje! Wie konnte ihre Mutter nur zulassen, daß ihre privaten Gedichte veröffentlicht wurden? fragt sie sich. In der posthumen Ausgabe des Gesamtwerks ihrer Mutter hat Pedro viele dieser »intimen Verse« weggelassen. Andererseits sind es genau diese Gedichte, über denen Camila in letzter Zeit immer wieder gebrütet hat, und mit Erleichterung hat sie festgestellt, daß ihre Mutter das gekannt hat, was sie nun fühlt. *Lösche mein glühen-*

des Feuer mit Deinen Küssen! Beantworte das wilde Sehnen in meinem Herzen!

Draußen fährt das Taxi vor, das sie für den späten Nachmittag bestellt hat. Als sie mit Domingo vor die Haustür tritt, sieht sie, wie ein breitschultriger Mann mit dunklem Filzhut und Anzug ein paar Worte mit dem Fahrer wechselt und anschließend zu einem Wagen zurückgeht, in dem zwei weitere Männer sitzen. Hat er den Taxifahrer nur nach dem Weg gefragt, oder werden sie überwacht? Ich habe doch noch gar nichts getan, möchte sie am liebsten zu ihnen sagen, weder mit den Damen am Pier noch mit Domingo in seinem breiten Bett, in dem er unter einem Moskitonetz schläft wie ein Sultan unter seinem seidenen Zelt. (Er hat ihr das Haus gezeigt und auch das Schlafzimmer im hinteren Teil vorgeführt, wo sie die Sprungfedern des von ihm selbst gebauten Betts ausprobieren mußte.)

Als das Taxi mit ihr losfährt, blickt sie, einem Impuls nachgebend, zurück. Und tatsächlich: Der Wagen, der eben noch in der Kurve parkte, rollt ebenfalls an. Doch nicht das ist die Gefahr, die ihren Blick auf sich zieht. Auf dem Gehsteig steht Domingo und winkt, bevor er sich umdreht und ins Haus zurückgeht. Sie verspürt leichte Atemnot bei dem Gedanken, daß sie ein Stück von sich selbst am heikelsten Ort zurückläßt, den es gibt, nämlich im Herzen eines anderen Menschen.

Als sie einen Tag vor der Kundgebung am Pier von einer Sitzung bei Domingo zurückkommt, steht ein Botschaftswagen vor ihrem vor kurzem gemieteten Haus. Im Wohnzimmer, genauer gesagt in Panchos altem Sessel, sitzt, die Füße auf dem Beistelltisch, ihr Bruder Max. Er kommt direkt aus der Dominikanischen Republik und reist weiter nach London, da er von Trujillo soeben zum Botschafter in Großbritannien ernannt worden ist. Sie hat Max zum letzten Mal vor dem Tod ihres Vaters gesehen – Max hatte in Argentinien zu tun, als es passierte –, und in Erinnerung an das traurige Ereignis, über das sie noch nicht gesprochen haben, umarmen sie sich lange.

»Laß dich ansehen«, sagt Max und hält sie auf Armeslänge von sich. »Du wirst sämtliche Herzen von Havanna brechen, stimmt's, Mon?« Die alte Frau macht ein finstres Gesicht, sie weiß nicht, ob sie sich darüber freuen soll, daß ihre Nichte angeblich zu so etwas imstande ist. Max geht mit Komplimenten verschwenderischer um als früher, zweifellos eine wertvolle Eigenschaft in einem Regime, das sich aus Speichelleckern zusammensetzt. »Ehrlich gesagt siehst du wunderschön aus, Camila. Vielleicht bist du ein bißchen zu dünn.«

»Viel zu dünn«, greift Mon ihren ewigen Vorwurf auf. Camila sieht Max beschwörend an nach dem Motto: Fangt bitte nicht wieder davon an!

»Laß uns draußen im Patio weiterplaudern«, schlägt Max vor, nachdem sie ein Weilchen mit Mon und Pimpa zusammengesessen haben. Die beiden alten Frauen werden von hektischer Betriebsamkeit ergriffen. Der Patio will gekehrt und zwei Stühle müssen abgestaubt werden. Die arme Regina gerät ganz außer Atem bei dem Versuch, den mitunter widersprüchlichen Anweisungen, auf der Stelle dieses oder jenes zu tun, Folge zu leisten.

»Was führt dich her?« fragt Camila, als sie endlich allein sind. Max ist viel zu beschäftigt, um auf seinem Weg nach London einfach so bei ihnen vorbeizuschauen. Er sieht müde aus. Von Pibín, der Max in Argentinien oft getroffen hat, weiß Camila, daß Max mit dem Gedanken spielt, dem Regime den Rücken zu kehren. Es gibt zu viele Dinge, in denen er mit Trujillo nicht konform geht: der Mangel an freiheitlichen Rechten, die sich zusammenbrauenden Probleme mit Haiti, die Wiedereinführung des Auswendiglernens an den öffentlichen Schulen. »Bedrückt dich etwas, Max?«

»Hast du dich mit Domingo getroffen?« fragt er. »Mit dem Bildhauer, der die Büste anfertigt?« schickt er hinterher, als müsse er ihrem Gedächtnis auf die Sprünge helfen. Sie fragt sich, ob es vielleicht das ist, ob ihrem Bruder zu Ohren gekommen ist, daß sie sich allzu häufig mit diesem Bohemien trifft. »Die Kubaner betrachten es als große Ehre, daß sie unserer Präsidenten-Ruhmeshalle die Büste unseres Vaters schenken dürfen. Ich hoffe, du bist Domingo eine Hilfe gewesen.«

»Ich denke, er hat keinen Grund zur Klage«, erwidert sie nüchtern. Ihr Bruder mustert sie kurz, als wolle er herausfinden, ob sie sich womöglich über ihn lustig macht. Sie und Pedro haben angeblich den trockenen Humor ihrer Mutter geerbt, mit dem ihr redseliger, überschwenglicher und zur Übertreibung neigender Bruder oft überhaupt nicht zurechtkommt. Er wird sich in England schwertun.

»Du siehst doch sicher ein, Camilita, daß es nicht richtig von dir wäre, unhöflich gegenüber unseren Gastgebern zu sein, die bisher so nett zu unserer Familie waren.«

»Es gibt wichtigere Dinge als Höflichkeit.« Sie ärgert sich, daß Max sie zu bevormunden versucht, indem er sie Camilita nennt, als wäre sie ein Kind. »Abgesehen davon hatte ich überhaupt keine Möglichkeit, diese Ehre anzunehmen oder abzulehnen.« Ehrlich gesagt hat sie genug von all den Ehrungen, Medaillen und Denkmälern, mit denen das eine oder andere Regime ihre Familie überhäuft. »Ich jedenfalls glaube an das, was ich tue.«

»Denke ja nicht, daß ich nicht wüßte, wer hinter allem steckt«, sagt Max, und die Röte steigt in sein Gesicht. »Wenn Rodolfo und Eduardo sich unbedingt umbringen wollen –«

»Sie haben damit nichts zu tun«, nimmt Camila ihre Halbbrüder in Schutz. »Ich bin eine erwachsene Frau, Max.« Aber das überzeugt ihn natürlich nicht. Wie sonst wäre es zu erklären, daß seine schüchterne, in sich gekehrte Schwester, die sich immer aus allem herausgehalten hat, auf einmal so unverfroren, so politisch geworden ist?

»Ich nehme dich mit«, verkündet er. »Ich habe bereits mit Mon und Pimpa über einen Umzug gesprochen. Sie sind ganz dafür.«

Camila springt auf. Sie ist empört darüber, daß er zusammen mit ihren alten Tanten hinter ihrem Rücken ihr Leben verplant. Durch die jähe Bewegung wird ihr schwarz vor Augen, und sie fürchtet auf der Stelle ohnmächtig zu werden. »Wenn sie gehen wollen, kannst du sie ja mitnehmen, aber ich komme nicht mit. Mein Leben findet hier statt.« Ihre Stimme fängt an zu beben. Sie ist es nicht gewohnt, ihrer Familie gegenüber ihre Meinung zu vertreten.

»Es ist doch nicht einmal deine Heimat, Camila.«

Sie hat die kubanische Staatsangehörigkeit beantragt, aber davon hat sie Max nichts gesagt, aus Angst, er könnte etwas dagegen unternehmen. Wenn sie hier schon für die Freiheit kämpft, kann sie ihr Schicksal genausogut an dieses Land binden. Und, wie Martí einst zu ihrem Onkel Federico gesagt hat: Warum von Kuba und der Dominikanischen Republik reden, wenn sogar die *cordillera*, die unter Wasser zwischen den beiden Inseln verläuft, weiß, daß sie zusammengehören?

»Ich kann dich ausweisen lassen.«

Sie sieht ihn an. In seinen Augen liegt diese typische Versessenheit, wie sie sie damals, als sie im Schlepptau ihres Vaters nach Washington gegangen ist, in dessen Augen gesehen hat. Sie fragt sich, wie weit Max in seiner Loyalität gegenüber Trujillo gehen würde. Er kommt ihr plötzlich vor wie ein Fremder, der zu allem imstande ist. »Du kannst alles mögliche mit mir machen, ich weiß.«

Zu ihrer Überraschung nimmt sein Gesicht einen schmerzlichen Ausdruck an: Jetzt ist er wieder ihr Bruder, der Sprücheklopfer der Familie, der junge Musiker, der früher in einer Bar in New York City Klavier gespielt hat, der Kavalier, der ihre beste Freundin, Guarina, geheiratet hat, der Junge, der einmal eine Eidechse zwischen die Unterwäsche in ihrer Schublade gelegt hat.

»Ich will nicht, daß du morgen an diesem Marsch teilnimmst«, sagt er nur. »Laß es mir zuliebe bleiben, wenn dich sonst nichts davon –«

»Nein«, schneidet sie ihm das Wort ab. Dieser Appell hat bei ihr bisher fast immer die gewünschte Wirkung erzielt: *Tu es mir zuliebe.* »Nein, Max«, sagt sie. Sie sagt ihm allerdings nicht, was ihr noch durch den Kopf geht: Ich habe euch allen zu lange alles von mir gegeben.

Und da sie seine ungläubige, unglückliche Miene nicht länger ertragen kann, geht sie in ihr Zimmer und packt ein paar Sachen zusammen. Sie wird die Nacht bei Rodolfo verbringen. Es ist immerhin denkbar, daß Max sich etwas einfallen läßt, um sie zurückzuhalten – womöglich läßt er Mon einen Nervenzusammenbruch vortäuschen, so daß Camilas Beistand gebraucht wird. Ihr Vertrauen in ihn ist stark vermindert. So also ist es, wenn Geschwister sich entzweien, denkt sie plötzlich.

Auf dem Weg zur Haustür befallen sie Schuldgefühle, weil sie ihre Tanten im Stich läßt, und rasch kritzelt sie auf einen Zettel, wo sie zu finden ist. Doch kaum ist sie draußen, schlägt sie, statt ein Taxi zu Rodolfos Wohnung zu nehmen, genau die entgegengesetzte Richtung ein. Heute abend braucht sie Trost, wie ihn ein Bruder nicht zu spenden vermag. Als ein Taxi sie aufliest, nennt sie dem Fahrer Domingos Adresse.

Sie weiß nicht, was sie sagen soll, als er ihr die Tür öffnet und die anfängliche Überraschung in seinen Augen allmählich Freude weicht. Sie vergißt, daß solche Momente zwischen Mann und Frau ihre ureigene verschlüsselte Bedeutung haben und daß er zu wissen glaubt, was sie will, wenn sie um acht Uhr abends bei ihm vor der Tür steht.

Aber *sie* weiß nicht, was sie will, selbst dann nicht, als er ihr zum zweiten Mal an diesem Tag die Kostümjacke abnimmt oder als er ihr einen Mojito mixt, wie sie noch nie zuvor einen getrunken hat. Er hat recht. Sie trinkt so gut wie nie, weil sie Angst hat, sie könnte allzu großen Gefallen an diesen rauschhaften Eskapaden finden. Sie beobachtet sich selbst, als sie ihm von ihrer Begegnung mit ihrem Bruder

Max erzählt und er die Haarsträhne, die sich aus ihrem Nackenknoten gelöst hat, nach hinten streicht – und dann, ohne Vorwarnung, zieht er die Spange heraus, und die dunkle, lockige Masse ergießt sich über ihren Rücken.

Sein Mund verschließt den ihren, groß und feucht und erschreckend lebendig. Sie erstarrt und stößt Domingo von sich.

»W-w-was ist?« Er sieht ihr ins Gesicht. Er hat von ihrem Mienenspiel schon immer ihren Gemütszustand ablesen können – eine unerläßliche Fähigkeit für einen Künstler, hat er einmal zu ihr gesagt. Aber sie will nicht, daß er die Zweifel sieht, die sich wie eine dunkle Wolke auf sie herabsenken. Sie vergräbt ihr Gesicht an seiner Schulter und läßt ihn gewähren, als er sie hochzieht, bis sie vor ihm steht, und ihren Körper von oben bis unten betastet. Sie empfindet seine großen Hände als abstoßend; etwas Hartes drückt gegen ihren Schenkel. Das Fleisch gewordene Wort ist nicht immer eine Verlockung.

»Bist du sicher, daß du das w-w-willst?« flüstert er ihr ins Ohr. Das hätte genausogut Max mit Blick auf ihren morgigen Marsch fragen können.

»Ja«, antwortet sie, als er die Knöpfe ihrer Bluse öffnet und seine Hände unter den Stoff schiebt, »aber nicht hier.« Über seine Schulter sieht sie den Wagen von heute nachmittag, der jetzt wieder in der Kurve parkt, und sie bemerkt das kurze Aufglimmen einer Zigarette, die der Fahrer auf den Rasen wirft. Kuba zieht die Schraube an. Batistas Jungs haben das Ruder übernommen. Es ist verrückt zu glauben, ihre Damen vom Lyceum könnten durch ihren Marsch zum Pier etwas verändern; verrückt, hier bei diesem Mann zu sein, obwohl sie sich jedesmal verkrampft, wenn er sie berührt. Aber sie hat sich nun mal von ihrem alten Leben losgesagt, und es gibt kein Zurück. Als sie auf dem Weg ins Schlafzimmer durchs Atelier kommen, erhascht sie einen Blick auf die Büste, die jetzt nicht abgedeckt ist. Ihr eigenes Gesicht starrt ihr grimmig entgegen. Die Büste ist fast fertig.

II

CINCO

Sombras

Santo Domingo, 1880-1886

Binnen weniger Jahre wurde mein Leben so übervoll, daß ich es nicht mehr mit den Armen umfassen konnte.

Wollte ich all das aufschreiben, was es so übervoll machte, würde die Liste so lang ausfallen wie das Register in meinem Gedichtband. Ja, er gehörte zu den Dingen, die ich im Jahr meiner Heirat fertigstellte: der Gedichtband. Eigentlich stellte ich ihn nicht wirklich fertig, denn ich arbeitete bis zum letzten Augenblick an meinem langen Gedicht »Anacaona«.

Aber Pancho drängte darauf, daß ich mein Buch endlich herausgab. Unser Land genoß wieder einmal eine Phase des Friedens, und meine patriotischen Gedichte würden die Leser inspirieren. Außerdem hatten die »Freunde des Landes« die Veröffentlichung bereits für Mai angekündigt.

»Aber wir müssen uns doch erst einmal einrichten, Pancho«, wandte ich ein. Ich saß an meinem kleinen Schreibtisch, umgeben von Bündeln mit unserer persönlichen Habe, die auf den Umzug in ein paar Tagen wartete. Aufgrund von Ramonas Verdrießlichkeit und Tía Anas ständiger Mißbilligung fühlten wir uns bei Mamá nicht wohl, und deshalb hatten wir ein paar Straßen weiter ein kleines Haus gemietet.

»Die Poesie steht an erster Stelle«, verkündete Pancho. Er arbeitete auf unserem Bett, das ich früher mit Ramona geteilt hatte. Sie wohnte jetzt zusammen mit Tía Ana in einem Zimmer. Die Bemerkung, daß diese Neubelegung die Stimmung nicht eben verbesserte, erübrigt sich wohl.

Während ich am Schreibtisch an meinem langen Gedicht schrieb, war Pancho damit beschäftigt, den Stapel mit meinen Gedichten für die Veröffentlichung der Ausgabe vorzubereiten, welche die »Freunde des Landes« herausgeben wollten. »Salomé, bist du wirklich sicher, daß du *leuchtende* Palmen schreiben willst? Wie wäre es mit *fruchtbare* Palmen? Das paßt besser zum Versmaß: ›Und das Martyrium unter fruchtbaren Palmen‹?«

Mein frischgebackener Ehemann, der seiner Muse einst zu Füßen gelegen hatte, feilte nun an ihren Ecken und Kanten herum. »Nein«, sagte ich entschlossen. »Das klingt nicht besser.«

Pancho blickte auf. Mein Ton gefiel ihm nicht. Seit unserer Hochzeit hatte mein junger Mann an Selbstbewußtsein gewonnen. »Du hast es einfach schon so oft gehört, daß du es nicht mehr richtig wahrnimmst. Vertrau auf mich, Salomé, ich denke doch nur an deine Zukunft.«

Meine Zukunft – das war die Zauberformel, auf die er immer dann zurückgriff, wenn er seinen Kopf durchsetzen wollte. Pancho war nun einmal ein weitsichtiger Mensch, er wußte, wohin mich mein Weg führte. Ob ich das denn nicht sah? Und falls ich es nicht sah, war das der Beweis dafür, daß er recht hatte, daß ich einfach keinen Blick dafür hatte und darauf vertrauen sollte, daß er mir zeigte, wo es langging.

Wenn er so mit mir redete, verhedderte ich mich dermaßen in seinen Argumenten, daß ich nicht mehr klar denken konnte. Irgendwann wollte ich mich dann einfach nur noch aus seinem Wortnetz befreien und gab mich geschlagen. »Von mir aus«, sagte ich.

Doch genau das ist das Geheimnis der Liebe: Je mehr man aus seinem Kelch ausschenkt, desto mehr füllt er sich. Abgesehen davon hatte er recht. Ich sah nicht, wohin mich mein Weg führte, denn mein Blick war auf die Zukunft unmittelbar vor meinen Augen gerichtet. Ich spreche hier von dem Mann, dem ich kurz nach meiner Heirat begegnete.

Ich hatte Pancho und die »Freunde des Landes« so viel über Hostos reden hören, daß ich von dem Mann schon genug hatte, bevor ich ihn überhaupt kennenlernte. »Der Apostel sagt dieses, der Apostel sagt jenes.«

»Apostel?« wiederholte Tía Ana ärgerlich. Sie sah einen Stapel Schiefertafeln durch und korrigierte die Rechenaufgaben ihrer Schützlinge. Pancho hatte uns soeben erklärt, der Apostel wolle, daß die Schüler selbständig denken lernten, anstatt sich aufs Auswendiglernen zu verlassen. »In der Bibel ist von zwölf Aposteln die Rede. Mir war nicht bewußt, daß es noch einen dreizehnten gibt.« Tía Ana war so fromm, daß sie jeden Tag um drei Uhr nachmittags, der Stunde, zu der Jesus Christus angeblich sein Leben ausgehaucht hatte, zum Zeichen der Trauer das Kreuzzeichen schlug. »Außerdem weiß ich eins ganz sicher«, fuhr sie fort. »Wenn Gott einen dreizehnten Apostel hätte, wäre dieser bestimmt nicht Puertoricaner.«

»Hostos ist unser geistiger Apostel, Doña Ana«, erläuterte Pancho. »Für uns hat dieser Titel keine religiöse Bedeutung –«

»Genau. Für euch Juden hat nichts religiöse Bedeutung.«

»Wir sind keine Juden«, sagte Pancho. Die Geduld in seiner Stimme war so auffallend wie eine bunte Schärpe bei einem Menschen in Trauerkleidung. Tía Ana ließ sich nicht davon überzeugen, daß die Mitglieder der Henríquez-Familie inzwischen genauso Christen waren wie sie selbst. »Wir sind Positivisten. Wir glauben, daß Gott uns mit Verstand ausgestattet hat und daß wir diesen durch Bildung weiterentwickeln können.«

»Durch die Religion kann man ihn weiterentwickeln. Ich unterrichte seit nunmehr fünfzig Jahren, junger Mann. Ich habe schon unterrichtet, da warst du noch gar nicht geboren. Ich habe Salomé alles beigebracht, was sie weiß.«

Das stimmte nicht ganz, aber ich ließ es ihr durchgehen.

»Bei allem gebührenden Respekt«, legte Pancho los, »die Religion hat zwar ihren festen Platz in unserem Leben, aber der Verstand auch.« Pancho konnte bis zum Sanktnimmerleinstag diskutieren, wenn es darum ging, seine Ansichten durchzusetzen. Tía Ana war aus demselben Holz geschnitzt. Oft entschuldigte ich mich und zog mich zurück in der Hoffnung, daß Pancho meinem Beispiel folgte. Ich ging zu Bett oder, was häufiger vorkam, setzte mich an meinen Schreibtisch und zwang mich, noch an einigen Zeilen des langen Epos herumzufeilen, das ich über unsere tragische indianische Prinzessin schrieb. Dabei hörte ich dann, wie ihre Stimmen im Wohnzimmer lauter und lauter wurden.

Aus diesem Grund sagte ich zu Hostos, als ich ihm nach einer Versammlung der »Freunde des Landes« zum ersten Mal persönlich begegnete: »Sie haben bei uns zu Hause schon für manchen Streit gesorgt.«

Er ließ seinen hübschen Kopf hängen und lächelte traurig. »Offenbar sorge ich überall, wo ich auftauche, für Probleme.« Ich hatte gehört, daß er aus Puerto Rico, Peru, Spanien und auch Venezuela hatte fliehen müssen, weil er dort sein radikales Gedankengut verbreitet hatte. Aber das war natürlich zu einer Zeit, als er noch nicht von der politischen Revolution auf die Reformierung des Bildungswesen umgesattelt hatte. Ich kannte die ganze Geschichte vorwärts und rückwärts, als wäre sie meine eigene.

»Sie dagegen haben mit Ihren Gedichten viele von uns zu höheren Zielen angespornt«, fuhr Hostos fort.

O nein, dachte ich, nicht schon wieder. Ich war es leid, daß mich alle auf einen moralischen Thron heben wollten. Nachdem ich mit meinem Gedicht »Quejas« die halbe Stadt in Aufruhr versetzt hatte, begriff ich, wie gefährlich es war, zur Königin der Herzen gekrönt zu werden. Ich wollte nur die Königin eines einzigen Herzens sein, nämlich des Herzens von Pancho, aber ich fürchte, mit einem so eingeschränkten Wirkungsbereich war er nicht zufrieden. »Ich habe lediglich etwas niedergeschrieben, von dem wir alle wissen, daß es wahr ist«, sagte ich schließlich.

»Stimmt«, pflichtete Hostos mir bei. Er hatte ein langes, knochiges Gesicht mit breiter Stirn und knabenhaften schwarzen Locken, die von silbrigen Strähnen durchwirkt waren. Er sah alt und doch auch jung aus. Pancho hatte mir erzählt, daß Hostos gerade seinen einundvierzigsten Geburtstag gefeiert hatte. »Genau dafür kämpfen wir; wir wollen das einzige Lebewesen, das mit Verstand begabt ist, zur Rationalität erziehen.«

Ich hatte andere Menschen witzige, kluge und auch romantische Dinge sagen hören, doch noch nie zuvor hatte jemand so schlicht und zugleich mit einer solchen moralischen Autorität zu mir gesprochen, daß ich in meinem Innersten das Gefühl hatte, was er sagte, war richtig und gut. Ich mußte verblüfft ausgesehen haben.

»Meine Worte scheinen Sie zu überraschen.« Er hatte hellgraue, tiefliegende Augen mit schweren Lidern. Es waren die traurigsten Augen der Welt, nachdenklich und melancholisch.

»Keineswegs, Apostel«, rutschte es mir heraus, und ich sagte mir, daß mich meine Tante in ihrem *sancocho* kochen würde, wenn sie wüßte, daß ich ein lebendes Wesen, und noch dazu einen Puertoricaner, auf diese Weise angesprochen hatte.

Von da an hing auch ich an Hostos' Lippen. Ich war moralisch verliebt – falls es so etwas überhaupt gibt. Diese moralische Verliebtheit nahm all meine Sinne in Beschlag und erfüllte meinen ganzen Körper mit einem leichten, köstlichen Kribbeln, wann immer der Apostel im Raum war.

Schon bald nach dem Umzug in unser neues Haus besuchte er uns täglich. Pancho hatte in unserem Wohnzimmer zusammen mit seinem Freund José Pantaleón eine kleine Schule aufgemacht, in der sie Knaben auf die Lehrerbildungsanstalt vorbereiteten, die Hostos für ältere Knaben gegründet hatte. Unserem neuen Präsidenten, der kein Geringerer war als unser alter Freund Erzbischof Meriño, lag das Bildungswesen nämlich besonders am Herzen.

Und so kam Hostos jeden Vormittag zwischen acht und zwölf oder nachmittags zwischen zwei und fünf Uhr vorbei, um den Knaben etwas zu einem Thema zu sagen, mit dem Pancho und José sich nicht gut genug auskannten. *El maestro*, wie er auch genannt wurde, stellte Fragen und nahm Bezug auf Dinge aus dem täglichen Leben – etwa die Kurbel einer Kaffeemühle, den Wirbel auf einem Scheitel oder die kreiselnde Bewegung eines von meinem Krug mit *jacarandas* herabfallenden Blütenblatts –, um die kleinen Jungen langsam dem Augenblick des Begreifens entgegenzuführen (wobei er ihnen das Gefühl gab, daß sie es ganz von allein schafften), in dem ihre kleinen Münder offenstanden und das Licht der Vernunft, wie Hostos sich ausdrücken würde, ihre Augen leuchten ließ. Pancho und José sahen dabei zu. Wenn ich, während ich Kochbananen fürs Mittagessen schälte, zwischendurch an der Tür zum Wohnzimmer vorbeikam, blieb ich kurz stehen, um, ebenfalls voller Bewunderung für die freundliche, kluge Art dieses Mannes, zuzuschauen.

Und dabei schoß mir jedesmal ein Gedanke durch den Kopf, den ich mitten in der Bewegung aufzuhalten suchte, damit er nicht außer Kontrolle geriete: Hier war ein echter Seelenverwandter!

Doch ein anderer Gedanke folgte sogleich: Ich hatte Hostos' bildhübsche junge Braut Belinda kennengelernt. Selbst wenn wir beide uns nicht schon anderen versprochen hätten, wäre ich nicht schön genug, um für einen Mann wie Hostos attraktiv zu sein. Ich war wie der Zweig der purpurfarbenen *jacarandas*, den Hostos schüttelte, während die Knaben die Flugbahn der in Spiralen herabfallenden Blütenblätter nachzeichneten.

Ich diente als Vorbild. Ich spornte meine Leser zu guten Taten an.

Also wischte ich mir seufzend die Hände an der Schürze ab und ging wieder in die Küche, um weiter Kochbananen zu schälen.

Nicht daß ich viel auf dieses Gerede über Positivismus gab. Wenn ich etwas fühlte, dann war es wachsende Leidenschaft für Pancho. Ich staunte über seinen jugendlichen Körper: seine starken, hellhäutigen Arme; sein dichtes, widerspenstiges Haar. Er war zärtlich und mit Eifer bei der Sache, so daß es mir in unserem Ehebett an nichts mangelte. Und trotzdem vermißte ich etwas, wenn wir zusammen waren: seine Seele. Er war zu sehr mit seinen vielen Projekten beschäftigt.

Vorhin sagte ich, daß mein Leben übervoll sei, aber Panchos' platzte dagegen geradezu aus den Nähten. Er machte ein halbes Dutzend Dinge gleichzeitig: Er studierte abends Jura am Instituto Profesional, das Hostos eröffnet hatte, gab eine eigene Zeitung mit Namen *El Maestro* heraus, war Vorsitzender der »Freunde des Landes«, leitete die kleine Schule in unserem Wohnzimmer und bereitete meinen Gedichtband für die Veröffentlichung vor. Zu allem Überfluß fragte Meriño ihn bei seinem Amtsantritt auch noch, ob Pancho nicht sein Privatsekretär sein wolle. Das bedeutete für Pancho unablässige Reiserei, denn er sollte, wie Präsident Meriño erklärte, in unserem Land an seiner Statt die Augen offenhalten.

Als Pancho mir von der großen Ehre berichtete, die ihm zuteil geworden sei, weinte ich. Ehre! Ich fing an, dieses Wort zu hassen. Ich mußte daran denken, wie schrecklich ich Pancho in den drei langen Monaten vor unserer Verlobung, als er unterwegs gewesen war, vermißt hatte. Damals hatte ich noch bei Mamá, Ramona und Tía Ana gewohnt, aber jetzt war ich allein in einem finstren Haus mit einem Wohnzimmer voll kleiner Jungs, die immer wieder unter dem Vorwand, sie wollten die Blütenblätter trudeln sehen, meine Blumenvase umstießen.

»Bist du denn nicht stolz, Salomé?«

»Natürlich bin ich das, Pancho«, sagte ich und verbarg mein Gesicht an seiner Schulter, damit er meine Tränen nicht sah. Geistesabwesend hielt er mich in den Armen. In Gedanken war er schon ganz woanders, saß in einem kleinen Dorf auf einer Veranda und pries den lokalen Größen die glorreiche Zukunft unserer *patria* an. »Es ist nur … Wir sind kaum noch zusammen.«

Er trat einen Schritt zurück, um mir unters Kinn zu fassen und meinen Kopf anzuheben. Mein Gesicht war tränennaß, und meine Nase lief. Zum hundertsten Mal wünschte ich mir, ich hätte eines von diesen hübschen Gesichtern, die Männerherzen erweichen können. »Salomé, unsere *patria* steht erst seit kurzem wieder auf wackligen Beinen. Wir müssen jetzt die Ärmel hochkrempeln, wie *el maestro* sagt, und Seite an Seite hart arbeiten, um das Land in die Zukunft zu führen, von der wir beide träumen.«

»Ay, Pancho«, jammerte ich. »Das weiß ich doch.«

»Wir müssen für unsere neue Nation einen neuen Menschen erschaffen«, belehrte er mich weiter. Manchmal fühlte ich mich, als müßte ich zu sämtlichen Predigten von *el maestro* einen großen schweren Krug mitschleppen. »Ich weiß, wie dir zumute ist«, sagte er, etwas sanfter. »Aber, Salomé«, fuhr er gleich darauf fort und sah mich so zärtlich an, daß mir vor Liebe und Selbstlosigkeit das Herz überging, »wer, wenn nicht wir, wird diese Arbeit tun? Ich weiß, ich verlange viel von dir, sehr viel sogar, aber ich dachte, das wären Ziele, die wir beide haben.«

»Es sind Ziele, die wir beide haben, Pancho«, sagte ich. Mein besseres Selbst hatte die Oberhand gewonnen. Das war eine von Panchos Stärken: an mein besseres Selbst zu appellieren.

Pancho bat mich, ihn während seiner Abwesenheit im Klassenzimmer zu vertreten. Das war ein Novum: eine Frau, die Knaben unterrichtete. Aber schließlich war ich *la musa de la patria*, und da konnte man eine Ausnahme machen. Manchmal kam Hostos während des Unterrichts vorbei.

»*El maestro* ist eingetroffen«, sagte ich dann zu meinen Schülern.

Hostos setzte sich in die letzte Bankreihe, um mir zuzusehen. »Bitte machen Sie weiter.«

Genausogut hätte er »Scht!« sagen können, denn sobald ich seinen Blick auf mir spürte, brachte ich kein Wort mehr heraus. Einige Male schlüpfte er so leise ins Zimmer, daß ich ihn erst nach einer Weile bemerkte. Ich vermute, aus den Beobachtungen, die er in diesen Momenten machte, schloß er, daß ich eine geborene Lehrerin sei und die erste höhere Schule für Mädchen eröffnen sollte, um junge Damen für das Lehramt auszubilden.

Pancho war von der Idee begeistert. »Vormittags unterrichten wir die Knaben und nachmittags die kleinen Mädchen. Salomé verfügt über hervorragende Grundkenntnisse in den Wissenschaften und in der Literatur. Nicht wahr, Liebes?«

»Das habe ich dir zu verdanken«, sagte ich, weil ich wußte, daß er das hören wollte.

»Meiner Ansicht nach war das seit jeher ein bedauerliches Versäumnis«, sagte Hostos. »Da bilden wir den neuen Mann heran, aber nicht die neue Frau. Dabei ist das eine ohne das andere eigentlich undenkbar.« Hostos sah mich mit seinen traurigen Augen prüfend an. »Es muß schwer für Sie sein, Salomé, daß Ihnen keine von Ihren Geschlechtsgenossinnen wirklich ebenbürtig ist.« Da war sie wieder, diese Freude, mit einem Menschen zu sprechen, der mich verstand.

»Aber, *maestro*, ich bin nicht als Lehrerin ausgebildet. Ich habe selbst nur eine von unseren Zwergenschulen besucht.«

»Dafür haben Sie eine so große Seele, daß das ganze Land darin Platz hat.« Seine Worte verrieten mir, daß er mich in gewisser Weise besser kannte als Pancho, der voll und ganz mit der Zukunft beschäftigt war – jedenfalls im Augenblick.

Aber Pancho ist ja noch jung, sagte ich mir. *El maestro* ist zwanzig Jahre älter als er. Ich mußte meinem Ehemann zugute halten, daß er erst wenige Jahre bevor ich mich in ihn zu verlieben begann, die kurzen Hosen abgelegt hatte.

»*El maestro* hat recht, Salomé. Du kannst mehr, als du denkst. Und falls du doch einmal eine Lücke haben solltest, springe ich ein, das verspreche ich.«

»Aber du bist die Hälfte der Zeit weg, Pancho!«

Hostos war aufgestanden und schritt in unserem Wohnzimmer auf und ab. Vor der Blumenvase mit den darunter verstreuten Blütenblättern blieb er stehen. Offenbar war er der Meinung, daß sie auf der Tischplatte nichts zu suchen hatten, denn er las eines nach dem anderen auf und schob sie in seine Tasche. Ich fragte mich, was zum Himmel er damit vorhatte. »Niemand kann uns auf diesem Gebiet besser voranführen als Sie, die erste unter den Frauen der Insel«, sagte Hostos, drehte sich zu mir um und schenkte mir ein strahlendes Lächeln, wie es sein langes, düsteres Gesicht leider allzu selten erhellte.

»Man wird sehen«, sagte ich und rang in meinem Schoß die Hände.

»Pflichtbewußtsein ist die höchste Tugend«, erinnerte mich Pancho, den Meister im Angesicht des Meisters zitierend.

Als Pancho von einer Reise in den Norden zurückkehrte, zeigte ich ihm mein neues Gedicht »Vespertina«. Es handelte davon, wie sehr ich ihn vermißte und daß ich darüber so verzweifelt war, daß ich um meine geistige Gesundheit fürchtete.

»Diese persönlichen Gedichte sind ja sehr rührend«, meinte er, beugte sich vor und küßte mich auf die Stirn, »aber du darfst dein Talent nicht vergeuden, indem du zu bescheidene Töne anschlägst, Salomé. Du mußt an deine Zukunft als Bardin unserer Nation denken. Wir wollen Lieder für unsere *patria*, wir brauchen Hymnen, die uns aus dem Sumpf unserer Vergangenheit heraus- und unserem glorreichen Schicksal als Athen der beiden Amerikas entgegenführen.«

»Pancho!« sagte ich scharf, um ihn auf den Boden der Tatsachen zurückzuholen. »Ich bin nicht nur eine Dichterin, sondern auch eine Frau!«

»Dieser Ton steht dir nicht, Salomé«, sagte er, eine Hand in die Weste geschoben wie ein Staatsmann, der eine öffentliche Erklärung abgibt.

»Das ist mir egal.« Ich fing an zu weinen. In meinen jüngsten Gedichten hatte ich einer Stimme Ausdruck verliehen, die aus meinem tiefsten Innern kam. Es war keine öffentliche Stimme. Es war meine ureigene Stimme, die meine geheimsten Wünsche äußerte – und Pancho tat sie einfach so ab.

»Ich hätte nicht gedacht, daß dich der Lebensbund mit mir dazu verleiten könnte, dich vor deinen Pflichten zu drücken«, fuhr Pancho fort.

Ich wischte meine Tränen mit der Schürze weg. »Und ich dachte, ich würde dir mit diesem Gedicht eine Freude machen. Aber vielleicht solltest du mir eine Liste mit meinen Pflichten schreiben, damit ich sie nicht vergesse.«

Kleinlaut und mit einem verletzten Unterton, den ich an ihm nicht kannte, antwortete er: »Du hast recht, Salomé. Manchmal verwechsle ich meine Muse mit meiner Frau.«

»Ich möchte beides sein«, erwiderte ich ungestüm.

»Du bist beides«, besänftigte er mich.

Hostos kam immer öfter auf eine Schule für *señoritas* zu sprechen. Ich vermute, mit der Geburt seiner kleinen Tochter María hatte das Abstrakte für ihn konkrete Formen angenommen. Er kümmerte sich rührend um seine Kinder. Belinda erzählte mir, daß unser *maestro* Abend für Abend zu jedem einzelnen von ihnen ins Bett schlüpfte und ein Schlafliedchen sang, das er sich eigens für dieses Kind ausgedacht hatte.

»Haben Sie sich meinen Vorschlag noch einmal durch den Kopf gehen lassen, Salomé?«

Ich war noch immer nicht überzeugt. Wahrscheinlich hatte ich das Gefühl, daß ich – neben meinem Ehemann, versteht sich – vor allem der Schriftstellerei verpflichtet war. Schließlich hatte ich eine nationale Ehrenmedaille erhalten. Meine Landsleute hatten sämtliche Gedichtbände aufgekauft, die die »Freunde des Landes« verlegt hatten, und verlangten nach mehr. Gleichzeitig verschaffte sich meine neue Stimme zunehmend Gehör. Wie konnte ich da eine Schule aufmachen, die das letzte bißchen Zeit verschlingen würde, das mir fürs Schreiben blieb?

»Aber *maestro*«, sagte ich und beugte mich zu ihm, als spräche mein ganzer Körper zu ihm, »auch die Poesie ist ein unerläßlicher Teil unseres Daseins.«

Lächelnd blickte Hostos auf das Bündel in seinen Armen hinab. María brabbelte vor sich hin, als hätte sie zu gewichtigen Themen wie diesem bereits eine eigene Meinung. »Wir Völker im Süden haben Poesie im Überfluß.«

Ich wußte, daß Hostos mein Werk von seiner generellen Mißbilligung der Künste aussparte. Immerhin hatten meine Gedichte hehre Gefühle geweckt und Fortschritt und Freiheit gefördert. Hätte er »Quejas«, »Amor y anhelo« oder »Vespertina« gelesen, hätte er mich gedrängt, nicht nur um der Gesundheit meiner rationalen Seele willen, sondern auch zum Wohl der Frauen in meinem Land eine Schule zu eröffnen.

Ich muß gestehen, daß mich der Lehrberuf nie gereizt hat. Ich dachte unweigerlich an die tadelnde Stimme meiner Tante, an das klatschende Geräusch ihrer Rute oder das Schniefen einer armen Schülerin, an deren Kleidchen hinten ein Palmblatt als Eselsschwanz geheftet wurde. Schon beizeiten hatte ich mir geschworen, nie Lehrerin zu werden. Ich vermute, ich hegte gegen diesen Beruf eine ähnliche Abneigung wie manche Töchter, die eine gräßliche Mutter haben, sie gegen das Kinderkriegen hegen.

»Man wird sehen«, sagte ich und streckte die Arme nach der kleinen María aus, um das Thema zu wechseln und von dem großen Opfer abzulenken, das Hostos von mir verlangte.

Ich erwartete selbst ein Kind, jedenfalls sah es ganz danach aus, denn meine Regel war ausgeblieben. Trotzdem beschloß ich, noch einen Monat abzuwarten, bevor ich Pancho davon erzählte. Mein Ehemann benahm sich nämlich selbst wie ein Kind, wenn man ihm etwas versprach und dann nicht einhielt. Er wartete noch immer auf das große neue Gedicht für *la patria*, an dem ich, wie er glaubte, zur Zeit schrieb.

Als meine Regel auch im zweiten Monat ausblieb und die morgendliche Übelkeit einsetzte, beschloß ich, es ihm zu sagen. Er war gerade von einem kurzen Abstecher nach Baní im Westen zurückgekehrt, wo ein paar alte *caudillos* kurz davor standen, den Aufstand zu proben.

»Pancho, ich habe gute Nachrichten, die in dieser düsteren Zeit für einen kleinen Lichtschimmer sorgen werden.«

Obwohl er von der Reise erschöpft war und ihn Sorgen plagten, leuchtete sein Gesicht auf. Er saß auf der Bettkante, und ich kniete vor ihm, um ihm beim Ausziehen der Stiefel zu helfen und ihm die müden Beine zu massieren.

»Und, wo ist es, Salomé?« fragte Pancho und spähte zu meinem Schreibtisch hinüber.

Mir sank der Mut. Ich wollte nicht, daß mein Kind an zweiter Stelle kam, selbst wenn eines meiner Gedichte den ersten Platz einnahm. Also sagte ich ihm nichts. Statt dessen kam ich auf das andere Thema zu sprechen, über das ich jetzt, wo *la patria* wieder einmal kurz vor dem Zusammenbruch stand, verstärkt nachgedacht hatte. »Vielleicht hat *el maestro* recht. Wir brauchen eine Schule für *señoritas*, vor allem in der jetzigen Lage.«

»Ich wußte, du würdest mich nicht enttäuschen, Salomé«, sagte Pancho. Er lächelte zu mir hinab und verscheuchte die Frage, die sich in meinem Kopf zu bilden begann, nämlich wer hier Grund zur Enttäuschung hatte.

Am Ende bekam Pancho das begehrte Gedicht für *la patria* von mir. Allerdings glaube ich, daß selbst er mein Schweigen den grauenhaften Dingen vorgezogen hätte, die sich in die-

sem Juni zutrugen und mich dazu veranlaßten, »Sombras«
zu schreiben.

Inzwischen waren wir wieder zu meiner Mutter, Schwester
und Tante gezogen. Da Pancho so oft weg war, fühlte ich
mich in unserem finstren kleinen Haus zu einsam.

Anfangs fürchtete ich, Pancho würde sich weigern, wieder
bei meiner Familie zu wohnen. Ramona wie auch Tía Ana
machten es ihm nicht gerade leicht, aber Pancho, das muß
ich zugeben, liebte Herausforderungen. »Sie werden ihre
Meinung über mich schon noch ändern«, sagte er immer
wieder zu mir, obwohl ich, die ich die beiden mein Leben
lang kannte, keinerlei Anzeichen dafür feststellen konnte.

Einmal abgesehen von der Gesellschaft und Fürsorge, in
deren Genuß ich bei meinen Angehörigen kommen würde,
gab es handfeste Gründe für den Umzug. Wir konnten die
Miete für unser Haus nicht länger bezahlen. Wie es aussah,
warf keine der zahlreichen Aktivitäten, denen Pancho nachging, genügend Geld ab. Auch sein Job als Sekretär des Präsidenten schlug sich mehr in Ehren denn in Pesos nieder.

Schon bald nachdem ich wieder zu Hause eingezogen
war, beschloß Tía Ana, die kleine Schule, die sie fünfzig
Jahre lang betrieben hatte, zu schließen. Mit einem Mal war
das Haus doppelt so groß wie vorher. Mamá bot mir das
nach vorn gelegene Wohnzimmer, das Tía Ana geräumt
hatte, für meine eigene Schule an, und Ramona sagte mir
ihre Unterstützung zu. Sie wußte als einzige von meiner
Schwangerschaft und war um mich besorgt, weil ich ausgerechnet jetzt, wo ich ein Kind erwartete, ganz allein eine
Schule aufmachen und mich gleichzeitig auch noch um meinen Ehemann kümmern wollte, der, wie sie fand, selbst
nichts anderes als ein Kind war.

»Aber Ramona«, ermahnte ich sie, denn sie hatte mir versprochen, zu versuchen, mit Pancho auszukommen.

»Ich möchte ja nur, daß dir ein bißchen Zeit zum Schreiben bleibt, Salomé«, erwiderte sie. Im Unterschied zu Pancho, der immer nur meine glorreiche Zukunft im Blick hatte,

wollte Ramona, daß ich schrieb, weil sie wußte, daß es mir Freude und tiefe Zufriedenheit verschaffte.

»Und weißt du was?« fügte sie hinzu und senkte die Stimme. »Obwohl ich die erste war, die über dich hergefallen ist, als du ›Quejas‹ geschrieben hast, gehören deine neuen Gedichte inzwischen zu meinen Lieblingsgedichten.«

»Pancho findet –«, setzte ich an, aber ihr Gesichtsausdruck ließ mich verstummen.

»Jetzt wohnst du hier, und ich werde dafür sorgen, daß du zum Schreiben kommst. Und wenn ich alle vergiften muß, die dich davon abhalten wollen.« Sie lächelte listig, was bei ihr mittlerweile zur Gewohnheit geworden war, wenn sie von Pancho sprach.

Ich lachte gequält, denn ich fragte mich, wie weit meine Schwester gehen würde, um meinen Ehemann zu vertreiben.

Das Ayuntamiento bewilligte mir sechzig Pesos pro Monat und pro Schüler, was, eine Mindestzahl von zehn Schülern vorausgesetzt, für die Anschaffung des Lehrmaterials und die Bezahlung der Lehrer ausreichen würde. Jedesmal wenn *el maestro* vorbeikam, um mit mir über die Schule zu sprechen, stand meine Tante in der Tür und bot uns ihren »während lebenslanger Lehrtätigkeit gesammelten Erfahrungsschatz« an. Als Pancho einmal vorschlug, wir sollten uns an das positivistische Modell des Apostels halten, das sich stark vom altmodischen, von Religion und Routine geprägten Stil meiner Tante unterschied, fiel Tía Ana über Hostos her.

»Sie, mein Herr, planen eine Schule ohne Gott, ohne Moral!«

»Nein, keineswegs, Doña Ana.« Hostos stand auf und bot der alten Frau seinen Stuhl an. »Eine auf ethische Werte gestützte Ausbildung ist mir außerordentlich wichtig. Lassen Sie mich Ihnen erklären, worauf es uns ankommt. Bitte setzen Sie sich doch zu uns.«

Und bevor wir wußten, wie uns geschah, saß das widerspenstige Weib in einem Schaukelstuhl und fraß Hostos aus der Hand.

Als wir *el maestro* am Ende der Besprechung zur Tür begleiteten, entschuldigte sich Pancho für die Störung. »Es war sehr freundlich von Ihnen, sie mit einzubeziehen.«

»Das hat nichts mit Freundlichkeit zu tun. Sie hat diesen Beruf den größten Teil ihres Lebens ausgeübt. Wenn wir ihr gut zuhören, können wir bestimmt einiges von ihr lernen.«

»Aber, *maestro*, wie kann man auf jemanden hören, der behauptet, daß man nichts dazulernt, wenn man nicht auch ein bißchen blutet?«

Lächelnd senkte Hostos den Kopf. »Die meisten jungen Mütter würden ihr zustimmen, nicht wahr, Salomé?«

Im Mai 1881 brach der Aufstand, den Pancho abzuwenden versucht hatte, im Südwesten schließlich doch aus. Meriño setzte die bürgerlichen Rechte außer Kraft und erließ ein Dekret, demzufolge jeder, der eine Waffe bei sich trug, auf der Stelle erschossen wurde. Die Armee rüstete sich für den Kriegsfall.

»Das dient alles nur der Beruhigung der Lage«, erklärte Pancho. »Meriño würde nie ernst machen, das könnt ihr mir glauben.«

»Meriño vielleicht nicht«, räumte Hostos ein, »aber er hat einen blutrünstigen General in seiner Armee. Lilís wäre überglücklich, wenn er sich unter dem Vorwand, ›die Lage zu beruhigen‹ und ›*la patria* zu schützen‹, aller Feinde entledigen könnte.«

Eine Patrouille zog von Tür zu Tür, um sämtliche Schußwaffen zu beschlagnahmen. Als sie sich endlich bis zu unserem Viertel vorgearbeitet hatten, verlangten die müden Soldaten nur noch von den Bewohnern des ersten Hauses in jedem Straßenzug, sich für die Entwaffnung aller Nachbarn zu verbürgen. Schließlich klopften sie auch an unsere Tür, denn wir bewohnten ein Eckhaus. Tía Ana öffnete den oberen Türschlag und sagte, wir hätten alle Waffen, die wir benötigten: Salomés Gedichte und Christus, unseren Herrn. Worauf der befehlshabende Leutnant augenblicklich zwei Mann abstellte, die sich sämtliche Häuser in unserem Block vornehmen sollten, und unser eigenes Haus höchstpersönlich mit Hilfe von zwei Untergebenen Zoll für Zoll durchsuchte. Coco heftete sich wild kläffend an ihre Fersen. Plötzlich fielen mehrere Schüsse. Einer unserer Nachbarn, in dessen Stiefel man einen kleinen Revolver entdeckt hatte, war auf die Straße geführt und erschossen worden. Ich glaube, in diesem Augenblick begriffen wir alle, daß es Meriño und seinem General Lilís todernst war. Von diesem Tag an hielt sich Tía Ana sehr zurück. Ich glaube, sie fühlte sich mitschuldig am Tod dieses Märtyrers.

Es ging mir ohnehin schlecht genug, aber bei dem Gedanken, daß wir wieder auf unseren alten Kriegszustand zusteuerten, fühlte ich mich noch elender. All unsere harte Arbeit der vergangenen zwei Jahre für nichts und wieder nichts: die neuen Schulen, die Hostos gegründet hatte, die Opfer, die so viele junge Menschen voller Hoffnung erbracht hatten, die Leistungen, für die viele, wie Pancho, auf Freizeit verzichtet hatten. Zum ersten Mal stiegen Zweifel in mir auf, ob wir überhaupt für die Freiheit taugten.

»Wir dürfen den Glauben nicht verlieren«, ermunterte mich Hostos, als er eines Tages vorbeikam, um mit mir die Pläne für mein *instituto* durchzusprechen. Seit Pancho und José ihre Schule in ein Gebäude neben der Lehrerbildungsanstalt für ältere Jungen verlegt hatten, sah ich den *maestro* nicht mehr täglich wie früher, als die Schule noch bei uns im Haus untergebracht war. Ich fragte mich, ob ich womöglich so begierig darauf war, mein eigenes *instituto* zu gründen, weil ich Hostos dann öfter sehen würde. Unsere Gespräche waren Balsam für meinen müden Geist.

Wir schritten das Wohnzimmer ab und schätzten, wie viele kleine Stühle wir hineinstellen konnten. Auf einer Seite des Raums stand bereits ein Globus, ein Geschenk von Don Eliseo, und auf einer Bank stapelten sich Bücher, eine Spende von Freunden, die gehört hatten, daß wir eine Schule eröffnen wollten. Da draußen gab es also hoffnungsvolle Seelen, die an unsere friedliche Revolution glaubten.

Hostos kritzelte Zahlen auf ein Stück Papier, während er den Raum ein zweites Mal abschritt. Ich setzte mich, denn mich strengte das alles sehr an. Schon seit ein paar Tagen fühlte ich mich nicht wohl, und ich hatte die böse Ahnung, daß ich eine Fehlgeburt erleiden könnte.

Plötzlich blieb Hostos stehen und sah mir direkt in die Augen. Die Fensterläden waren geschlossen, damit der Staub von der Straße nicht hereindrang, und das dämmrige Licht im Raum verlieh unserem Beisammensein etwas Verschwiegenes.

»Wann werden Sie es Pancho sagen?« fragte er.

»Was?«

»Was verschweigen Sie ihm noch alles?«

»Pancho hat zur Zeit große Sorgen«, sagte ich, Pancho in Schutz nehmend.

»Ihr Mann stellt alle anderen Pflichten über Sie.«

Still, beschwor ich mich selbst, denn ich war versucht, ihm meine Einsamkeit und Enttäuschung einzugestehen. Allein schon das Wissen, daß Hostos Verständnis für diese Dinge hatte, war ein gewaltiger Trost.

»Sie sind in vielerlei Hinsicht eine geborene Lehrerin, Salomé. Pancho wird von Ihnen schon noch lernen, was einen guten Ehemann ausmacht. Aber wie Ihre Tante gesagt hat: Vielleicht müssen Sie dafür ein wenig bluten.«

»Was um alles auf der Welt meinen Sie damit?« fragte ich und stand auf. Bilder von Ramona, die Pancho Gift in sein Wasserglas schüttete, jagten mir durch den Kopf. Da befiel mich Schwindel, und ich mußte mich wieder setzen.

»Ich meine damit, daß dies nicht ohne Mühe vonstatten gehen wird«, sagte Hostos. Plötzlich schien er meinen Kummer zu bemerken. »Ist mit Ihnen alles in Ordnung, Salomé?«

Ich spürte, wie das Blut an meinen Beinen herunterlief und meine Befürchtungen bestätigte. »Ich glaube, Sie rufen besser Ramona«, sagte ich, gegen die Tränen ankämpfend.

Sie brachten die Leichen auf Karren zurück und legten sie auf dem Platz aus – angeblich, damit die Angehörigen ihre Toten identifizieren konnten, doch wir wußten alle, daß es uns als Warnung dienen sollte. Der Gestank im Stadtzentrum war so schlimm, daß Hostos die nahe gelegene Lehrerbildungsanstalt bis zum Ende des Monats schloß. Das war nur gut so. Meriño hatte sich selbst zum Diktator erklärt und ging nun auch gegen die Positivisten vor. Sie seien Freidenker, denen die Hypotenuse eines Dreiecks wichtiger sei als die Anzahl der Engel, die auf einem Nadelkopf Platz hätten.

Es war, als würde die Welt zusammenbrechen. Im Sommer wurde der amerikanische Präsident Garfield von einem Mann erschossen, den man dabei erwischt hatte, wie er im Weißen Haus Briefpapier stahl. Mr. Garfield hatte versucht, eine Regierungsreform durchzuführen, und besagter Kleindieb hatte sich um eine Stelle beworben und war abgelehnt worden. Anständige Menschen wurden einfach erschossen, und die Reichen und Gierigen teilten sich die Macht. Unsere Zeitungen berichteten, daß der reichste Mann der Welt, ein gewisser Mr. Vanderbilt, gesagt habe: »Alle außer mir und den Meinen seien verdammt.« Als er starb, wurde er in einem 300 000 Dollar teuren Mausoleum beigesetzt, und ein Wachmann sah alle fünfzehn Minuten in der Krypta nach, um sicherzugehen, daß man den Leichnam nicht gestohlen hatte. Tía Ana rollte die Zeitungsausgabe, in der dies stand, zusammen und steckte sie draußen in die Latrine.

Finstere Gedanken überschatteten meine Tage und Nächte. Mir kam es so vor, als hätten wir versagt, nicht nur als Nation, sondern auch als Geschöpfe Gottes. Jedesmal wenn sich Pancho auf den Weg zum Präsidentenpalast machte, war ich außer mir vor Angst, daß ihm etwas zustoßen könnte. Ich war bereit, jedes einzelne Wort aus jedem meiner Gedichte dreinzugeben, jede Auszeichnung, die ich je erhalten sollte, jede Erwähnung meines Werks gegenüber der Nachwelt – wenn nur mein Liebster am Ende des Tages unversehrt zu mir zurückkehrte. Das Problem bestand jedoch darin, daß ich, je stärker ich mich dem Positivismus zuwandte, desto weniger Vertrauen in Gott oder in die Poesie hatte.

Und dann teilte mir das Ayuntamiento auch noch mit, daß es unseren Zuschuß halbiert habe. Unter diesen Umständen konnten wir zwar Holz kaufen, mußten mit dem Zimmern der Pulte aber noch warten. Wir konnten Lehrer einstellen, aber vorerst keine Bücher anschaffen. Also blieb uns nichts weiter übrig, als den Tag der Eröffnung zu verschieben.

Andererseits war ich ohnehin nicht in der richtigen Verfassung, um eine Schule aufzumachen. Nachdem ich mein Kind verloren hatte, bekam ich immer wieder Fieberschübe. Ramona hatte ich gebeten, Pancho nichts von der Fehlgeburt zu erzählen, denn warum ihn verletzen, indem man ihm nachträglich etwas erzählte, was er nicht unbedingt wissen mußte? »Vielleicht wird er ja noch irgendwann erwachsen«, meinte Ramona ärgerlich. Aber ich glaube, sie hielt Wort, denn Pancho sprach mich nie auf meinen Kummer an.

Trotz der fiebrigen Benommenheit entging mir nicht, daß Pancho hin und her überlegte, ob er den Dienst in Meriños Regierung quittieren sollte. Wenn *el maestro* vorbeikam, hörte ich die beiden im noch leeren Klassenzimmer miteinander reden. »Sie müssen zurücktreten«, drängte Hostos. »Ich weiß, Sie glauben, daß Sie mehr bewirken können, solange Meriño Ihnen Gehör schenkt, aber diese Nähe zu ihm schadet Ihrem Ruf.«

»Andererseits muß man dem schlechten Einfluß von Lilís etwas entgegensetzen«, gab Pancho zu bedenken. Er kannte den General durch seine Tätigkeit für die Regierung in den vergangenen zwei Jahren. Außerdem hatte Lilís Pancho als Patenonkel für seinen Erstgeborenen auserwählt, und Pancho hatte in seiner Gutgläubigkeit die List des Generals nicht gleich durchschaut. Ein *compadre* konnte schwerlich die

Hand gegen die Familie seines Patenkindes erheben, und insofern waren Pancho nun die Hände gebunden. »Meriño läßt sich von dem Burschen täuschen.«

»Meriño ist ein erwachsener Mann«, hörte ich Hostos erwidern. »Er hat schon Santana, den Spaniern und Baez die Stirn geboten. Also kann er auch Lilís die Stirn bieten, wenn er will.«

Hatte ich dieses Gespräch wirklich mit angehört, oder hatte ich es mir aus all den anderen Gesprächen, die ich im Kopf hatte, zusammengereimt? War ich wirklich eines Nachmittags in einem Zimmer mit geschlossenen Fensterläden aufgewacht, hatte gehört, wie der Regen auf das Zinkdach prasselte, und hatte *el maestro* neben mir sitzen sehen, in einem Buch lesend an meinem Krankenlager Wache haltend?

»Was tun Sie hier?« wollte ich fragen, aber mein Atem reichte nicht aus, um die Segel so vieler Worte zu füllen.

Das Buch wurde beiseite gelegt, ein Tuch in einer Schüssel mit Wasser getränkt und sachte über meinem geöffneten Mund ausgedrückt. Dann wurde es erneut mit Wasser getränkt und auf meine Stirn gelegt.

»Sie sollten nicht hier sein, *maestro*«, brachte ich erfrischt hervor. »Ihre Kinder...Und Belinda! Was ist, wenn ich Typhus habe?«

»Wir wissen beide, daß es nicht Typhus ist.« Wieder hörte ich das Plätschern von Wasser und fühlte das wohltuende nasse Tuch auf meinen brennenden Lippen.

»Wie hat Pancho sich entschieden?« fragte ich nach längerem Schweigen.

»Er ist zurückgetreten«, erklärte Hostos. »Aber wir hielten es für das Beste, wenn er für ein paar Tage untertaucht. Keine Angst«, fügte Hostos hinzu, als er meine besorgte Miene sah. »Das ist eine reine Vorsichtsmaßnahme. Ich selbst werde auch untertauchen.«

»Hier?«

»Ja, im alten Revolutionsloch unter Ihrem Haus. Ich bin nur kurz heraufgekommen, weil ich Besuch erwarte.«

Kurz darauf hörte ich, wie er aus dem Zimmer schlüpfte. Dann vernahm ich Belindas Stimme. Sie war unter dem Vorwand gekommen, eine kranke Freundin besuchen zu wollen, aber in Wirklichkeit wollte sie Hostos sehen. Und ich hatte mir eingebildet, Hostos wäre meinetwegen nach oben gekommen!

Später am Abend, als ich mich kräftiger fühlte, streckte ich die Hand nach dem Tuch aus, um es ins Wasser zu tunken. Dabei bemerkte ich das Buch, das Hostos auf dem Nachttisch vergessen hatte. Es war mein Gedichtband! Zwischen den Seiten entdeckte ich ein paar getrocknete Blütenblätter, und da fielen mir die Jacaranda-Blüten wieder ein, die Hostos sich in die Tasche gesteckt hatte.

Pancho beugte sich über mein Bett, das Gesicht starr vor Anspannung, die Augen feucht und sorgenvoll. Wieder nur ein Traum? fragte ich mich. Aber das Fieber ließ allmählich nach. Ich fühlte mich besser. Kurz schloß ich die Augen und öffnete sie wieder.

»Ich hatte Angst um dich, Salomé«, flüsterte er. »Ohne dich hätte das Leben für mich keinen Sinn mehr.«

Ich streckte meine Hand aus und berührte sein dunkles, widerspenstiges Haar.

In den langen Stunden, die ich in der nächsten Zeit noch im Bett verbrachte und darauf wartete, daß das Fieber ganz zurückginge, rief ich mir Panchos Worte immer wieder in Erinnerung, als wären sie wie das mit Wasser getränkte Tuch und verschafften meinem fiebrigen Herzen Linderung. Vielleicht hatte *el maestro* recht und Pancho würde tatsächlich lernen, der Frau, die er geheiratet hatte, ein guter Ehemann zu sein.

Auf meinem Krankenlager schrieb ich »SOMBRAS«.

Jetzt, da feststand, daß ich keinen Typhus hatte, kamen wieder Besucher zu uns ins Haus und erkundigten sich nach mir. Ich hörte sie im Wohnzimmer reden. Gedämpfte Stimmen, die sich besorgt über die Lage im Land äußerten. Über die Todesopfer. Über die Repressalien gegen Zeitungen und einzelne Personen. Viele wünschten sich, Salomé würde bald wieder zu Kräften kommen und die Patrioten mit einem neuen Gedicht anspornen, sich der nächsten Welle des Blutvergießens entgegenzustemmen.

Doch ich glaubte nicht länger daran, daß die Macht der Worte aus uns eine *patria* von Brüdern und Schwestern machen könnte. Hatte ich nicht gehört, daß Lilís höchstpersönlich seinen Truppen vor der Schlacht Passagen aus meinen patriotischen Gedichten zitierte? Ich merkte, wie ich mir Hostos' Denkweise immer mehr zu eigen machte. Er hatte recht. Das letzte, was unser Land brauchte, waren noch mehr Gedichte. Wir brauchten Schulen. Wir mußten eine Generation junger Menschen hervorbringen, die anders dachten und den Teufelskreis des Leids auf unserer Insel durchbrachen. Es war an der Zeit, daß ich mein Kinderspielzeug aus der Hand legte und die Ärmel hochkrempelte. Geld hin oder her – sobald ich wieder bei Kräften wäre, wollte ich meine Schule eröffnen, und wenn wir auf dem Hosenboden sitzen und die Rechenaufgaben mit Stöcken in die Erde ritzen müßten!

Doch zuvor wollte ich mich in aller Form von der Poesie verabschieden. Keine Hymnen, keine Loblieder mehr auf die Republik. Es gab andere, wichtigere Dinge zu tun.

Schweig still, mein Lied,
der Sturm ist ausgebrochen,
es tosen die Wellen, und es kracht der Donner.

Als ich Pancho das neue Gedicht vorlas, schüttelte er traurig den Kopf. »Ay, der Gedanke, daß du nicht mehr schreiben willst, bricht mir das Herz. Was wird diese Lücke in unserem Leben ausfüllen, Salomé?«

»Die Kinder«, sagte ich und dachte dabei an die Schule.

Pancho mißverstand meine Bemerkung und beugte sich auf seinem Stuhl vor. »Bist du schwanger?« fragte er. Das versetzte mir einen schmerzlichen Stich, und ich mußte an das Kind denken, das ich verloren hatte und um das ich allzeit ganz für mich allein trauern würde.

»Bald«, versprach ich Pancho, als könnte ich die Natur genauso lenken wie die Worte, die ich zu Papier brachte.

Schon bald war mein Leben so übervoll, daß ich es mit meinen beiden Armen nicht mehr umfassen konnte. Gott sei Dank hatte ich Ramona, Mamá und Tía Ana, die den einen meiner Söhne Bäuerchen machen ließen, während der zweite lauthals nach Essen verlangte und der dritte wollte, daß ich ihm die Schuhe zuschnürte, oder eine junge Schülerin mit einem unlösbaren geometrischen Problem zu mir kam und mich um Hilfe bat. Pancho besaß – wie sollte es anders sein? – nach wie vor ein besonderes Geschick, in jeden freien Augenblick irgendein neues Projekt hineinzustopfen. »Nicht nur die Natur kann das Vakuum nicht ertragen«, zog ich ihn immer wieder auf. Doch er hielt sein Versprechen, und neben seiner eigenen Schule, die er zusammen mit José betrieb, und dem Studium der Medizin, dem er sich abends widmete, seit er das Jurastudium abgeschlossen hatte, half er mir in den ersten Jahren, in denen wir zwar kein Geld, aber wachsenden Zulauf hatten, mit meinem *instituto*.

Wenn ich gelegentlich einen Augenblick für mich hatte, setzte ich mich, schloß die Augen und lauschte einem alten Rufen, das tief aus meinem Innern kam. Es war nicht etwa eins meiner kleinen Kinder oder einer meiner Schützlinge oder der bellende Coco oder meine Mutter, Tante oder Schwester oder mein Mann, der sein Abendessen verlangte.

Sei still, flüsterte ich dann nur.

FÜNF

Liebe und Sehnsucht

Washington, D.C., 1923

Sie beschließt, ein neues Leben auszuprobieren, indem sie Marion davon schreibt. Vielleicht ergibt all das, was sie zur Zeit erlebt, wenigstens dann einen Sinn.

Liebe Marion,

endlich sind wir eingezogen! Wir bewohnen ein Stadthaus in Georgetown, und die Adresse ist so vornehm, daß Pancho sie ohne weiteres im Weißen Haus und im Außenministerium verteilen kann.

Auf den Visitenkarten ihres Vaters steht *Francisco Henríquez y Carvajal, Präsident der Dominikanischen Republik,* obwohl natürlich fraglich ist, ob er diesen Titel überhaupt noch für sich beanspruchen darf. Das Haus ist eine »Leihgabe«, um die Camila Peynado, den ehemaligen Freund und Gönner ihres Vaters, gebeten hat.

Pancho hat von dieser Abmachung keine Ahnung. Er lebt in dem Glauben, das Haus sei gemietet, und zwar noch aus der Zeit, als Peynado sein Botschafter in den Vereinigten Staaten war. Mittlerweile ist Peynado aber zur anderen Seite übergewechselt und verhandelt auf eigene Faust mit den Amerikanern. Pancho ist nach Washington gekommen, um dem Außenministerium klarzumachen, daß die Dominikaner bereits einen Präsidenten haben und daß weder Peynado noch einer von den anderen Wendehälsen befugt ist, ohne seine Genehmigung in Verhandlungen zu treten.

»Du wirst auf taube Ohren stoßen«, hat Camila ihrem Vater immer wieder prophezeit, als er ihr diese Reise in Kuba schmackhaft machen wollte. Sie hat versucht, ihn davon zu überzeugen, daß er sich die Sache besser aus dem Kopf schlägt, daß er schön brav im Exil bleibt und ab und zu einen Patienten behandelt. Sie haben schon so viel durchgemacht!

Ay, Marion, es ist reinste Saga ... Ich erinnere mich noch an den Juli des Jahres 1916 (ist es schon sieben Jahre her?), als in Kuba plötzlich die dominikanische Delegation vor unserer Tür stand. Ich weiß noch, daß ich Dir erzählt habe, wie überrascht wir alle waren, als wir erfuhren, daß man Papancho *in absentia* zum Präsidenten gewählt hatte. Und zu unserer noch größeren Überraschung nahm er die Wahl nach all den Jahren im Exil an! Ich erinnere mich auch noch, wie ich Dir erzählt habe, daß ich mit meinen kleinen Halbbrüdern vorerst in Kuba blieb, weil Tivisita erst knapp ein Jahr zuvor gestorben war und ich sichergehen wollte, daß diese Präsidentschaft auch wirklich »Zukunft hatte«, bevor ich der ganzen Familie einen Umzug zumutete. Zwei Monate später folgten wir Papancho dann nach Santo Domingo. Die Jungs trugen wegen ihrer Mutter noch die schwarzen Armbinden. Aber jetzt kommt etwas, was ich Dir nie erzählt habe, weil ich wußte, wie stolz Du immer darauf warst, daß mein Vater Präsident war. Marion: Papancho war nur vier Monate lang Präsident. Die Familie war noch nicht einmal einen Monat wiedervereint – genau siebenundzwanzig Tage! –, als Papancho eines Nachmittags in unseren privaten Wohnbereich im Präsidentenpalast kam und uns mitteilte, die Amerikaner seien auf der Insel eingefallen. »Ich weigere mich, ihre Marionette zu spielen«, verkündete er den Reportern, die hinter ihm die Treppe heraufgekommen waren. Also gingen wir mit dem Kabinett im Schlepptau zurück nach Kuba – ja, sogar Peynado kam mit –, um im Exil eine Regierung zu bilden. So begann unsere Saga.

Sieben Jahre später hat sich das Kabinett aufgelöst, aber Pancho hält an seinem Anspruch auf den Präsidententitel fest. Camila hat versucht, ihn zur Vernunft zu bringen. Er könne doch nicht ein Land retten, das es ablehne in der Art und Weise gerettet zu werden, die ihm vorschwebe. Doch falls sie ihren Vater noch nicht als solche kennengelernt haben sollte, so erlebt sie ihn nun als historische Gewalt, und wenn sich ein Mann aus dem Henríquez-Clan etwas in den Kopf gesetzt hat, dann gibt es auf dieser Erde nichts – von der vorübergehenden Lähmung, die Pancho im vergangenen Jahr außer Gefecht gesetzt hat, einmal abgesehen –, was ihn aufhalten könnte.

»Und wo sollen wir in Washington wohnen?« Schließlich hat sich Camila von Protest auf praktische Erwägungen verlegt.

Max wußte die Lösung, und auf sein Drängen hat Camila an Peynado geschrieben, der postwendend geantwortet hat, er würde sich natürlich »mehr als geehrt fühlen, wenn ein ehemaliger Präsident unserer Insel in meinem Haus wohnen würde«. Er selbst brauche es den ganzen Mai über nicht, und falls er doch einmal für ein, zwei Nächte in der Stadt sei, gebe es reichlich Platz: vier Schlafzimmer im ersten Stock sowie eine Mansarde mit einer Chaiselongue, auf der Camila nun manchmal sitzt, wenn sie sich ihren Stimmungen und ihren Tagträumereien über Scott Andrews hingibt.

Sie hat lange über den Heiratsantrag nachgegrübelt, den er ihr in seinem letzten Brief gemacht hat. Da sie seine Frage am Ende jedoch unbeantwortet ließ und Scott Andrews ein schüchterner Mensch ist, wird er das Thema höchstwahrscheinlich nie wieder zur Sprache bringen. Einer der Gründe, warum sie am Ende doch eingewilligt hat, ihren Vater im Mai auf dieser, wie sie findet, demütigenden und für seine Gesundheit im übrigen bedenklichen Misson zu begleiten, ist offen gestanden ihr Wunsch gewesen, herauszufinden, ob Scott Andrews die Heiratspläne immer noch »im Visier« hat, wie er selbst sich wohl ausgedrückt hätte. Falls ja, wird sie sich natürlich überlegen müssen, ob sie diesen Mann liebt.

Sie hat Major Andrews vor gut zwei Jahren bei einem Empfang im Weißen Haus kennengelernt. Das war auf einer ihrer zahlreichen Kurzreisen Richtung Norden auf der Suche nach Panchos Präsidentenposten. Camila hatte sich auf dem Weg zur Damentoilette verlaufen und war in einem imposanten, von mehreren Lampen erhellten Salon gelandet, der von einem Porträt beherrscht wurde, bei dessen Anblick sie auf der Stelle stehenblieb. Natürlich handelte es sich um das Gesicht eines Mannes, aber Lincolns Augen blickten genauso traurig drein und hatten genauso schwere Lider wie die ihrer Mutter!

Als Camila hinter sich Schritte hörte, drehte sie sich um und erblickte zu ihrer Überraschung einen Wachmann – jedenfalls hielt sie ihn dafür –, der offenbar auf sie zukam, um sie festzunehmen. Major Andrews hatte an diesem Abend dafür zu sorgen, daß die Gäste den Empfangsbereich nicht verließen. Seit Mrs. Harding das Weiße Haus der Öffentlichkeit zugänglich gemacht hatte, waren immer wieder irgendwelcher Nippes verschwunden: Aschenbecher, in die schon Teddy Roosevelt seine Zigarrenasche geklopft hatte, oder Troddeln von den vergilbten Lampenschirmen Martha Washingtons. Das erzählte Scott Andrews ihr später. Er fütterte sie gern mit solchen Informationshäppchen, weil er wußte, daß sie ihre Freude an harmlosen Klatschgeschichten hatte. Sie gaben ihr das Gefühl, im Bild zu sein. Und obwohl er eigentlich nicht wollte, daß sie diesen Schluß zog, ging Camila davon aus, daß er sie – die große, gelassene Frau aus einem spanischsprachigen Land – im ersten Augenblick für eine Kleindiebin gehalten hatte.

Und nun, im Monat Mai, in dem die Sommerhitze bereits jeden Winkel der Kapitale erobert hat, schlüpft Camila an der eleganten Leihadresse in ihre am wenigsten schäbigen Kleider, um erneut für ihren Vater betteln zu gehen. Sie hat sich mit Scott Andrews verabredet, um ihn zu fragen, ob es ihm irgendwie möglich ist, für Pancho ein letztes Treffen mit dem amerikanischen Präsidenten zu arrangieren.

Natürlich hofft sie, daß sie im Verlauf ihrer Unterhaltung auch auf das »andere Thema« zu sprechen kommen, wie sie es für sich gern nennt, um ihm den Schrecken zu nehmen. Nur weil sie sich um ihren Vater kümmert, darf sie ihre eigenen Interessen nicht völlig aus dem Blick verlieren. Außerdem ist sie Panchos Zornausbrüche leid. An manchen Tagen möchte sie morgens am liebsten gar nicht aufstehen. Mon hat ihr erzählt, daß ihre Mutter als junges Mädchen an Depressionen gelitten habe, die man damals Schwermütigkeit nannte. Auch Camila spürt sie, sie schwappt in kleinen, stetig steigenden Wellen gegen ihre Brust.

Sie ist jetzt in ihrem neunundzwanzigsten Lebensjahr: Es ist Zeit für sie, glücklich zu sein.

»Liebe Marion«, schreibt Camila:

Washington ist schlimmer, als ich es in Erinnerung hatte. Die Hitze ist hier so drückend wie in Santiago de Cuba. Aber es fehlt die angenehme Meeresbrise wie in Havanna. Wie kann man an eine Nation glauben, die ihre Hauptstadt in einen Sumpf gebaut hat?

Sie ist ziemlich sicher, daß sie Marion diese kritischen Worte über ihre Heimat zumuten kann, denn Marion ist immer die erste, die über dieses »beknackte Land«, wie sie es nennt, herzieht. Nicht von ungefähr ist Marion Camila von der Universität in Minnesota nach Kuba hinterhergereist. Die letzten zwei Jahre war Marion damit beschäftigt, in Santiago die erste Schule für modernen Tanz zu eröffnen, den Töchtern wohlhabender Zuckerbarone »Shopping English« beizubringen, selbst Reiten, Schießen, Tennis- und Krocketspielen zu lernen und Mary Pickfords zu trinken, ein Gemisch aus Rum, Ananassaft, Grenadine und Eis, das Marion trotz des Namens in ihren »trockenen« USA nicht würde trinken dürfen.

Als Camila und ihr Vater nach Washington reisten, hat Marion sie bis New York begleitet und ist dann in den Zug nach Westen gestiegen, um den Sommer in North Dakota bei ihrem seit kurzem verwitweten Vater zu verbringen, der krank ist vor Sorge um sie. Wie sie sich freiwillig dafür entscheiden könne, in Kuba zu leben, einem Land voll Wilder, statt im besten Land auf Gottes Erden? Marion kontert mit Neuigkeiten über ihre Tanzakademie und drolligen Geschichten aus dem Henríquez-Haushalt mit seinen zahlreichen ungewöhnlichen Haustieren, darunter ein Bär, ein Affe und ein rosa Ferkel namens Teddy Roosevelt (was ihr Vater, wie er ihr zurückschreibt, »ausgesprochen respektlos« findet).

Ich denke oft darüber nach, Marion, wie seltsam es für Dich sein muß, nach zwei Jahren in der Fremde wieder heimzukommen. A propos Saga: Dein Leben war bisher die reinste Odyssee! Ich bin sicher, das letzte, womit Daddy Reed gerechnet hat, als er Dich von North Dakota in den Osten aufs College in Minnesota schickte, war, daß Du eines Tages in Kuba landen würdest! Er ist bestimmt überglücklich, daß er Dich wiederhat.

Marion plant, im Spätsommer nach Santiago zurückzukehren, und auch Camila und ihr Vater wollen zurück, sobald ihre Mission in Washington beendet ist. *Es sei denn, es kommt etwas dazwischen*, denkt Camila, als sie ihre Freundin an der Grand Central Station zum Abschied küßt. Camila hat Scott Andrews Marion gegenüber zwar erwähnt, aber sie hat in ihm nie eine Bedrohung gesehen. Er ist für sie eher eine Schimäre, wie die Mutter, die sie sich selbst erschaffen mußte, oder die Brüder, mit denen sie manchmal in Gedanken redet, weil sie leibhaftig nicht zur Stelle sind.

Erinnerst Du Dich noch an S.A., von dem ich ab und zu erzählt habe? An den jungen Marinesoldaten, der bei unserem letzten Aufenthalt hier so nett zu uns war? Der mir ständig diese Briefe geschrieben hat, auf die Du so neugierig warst? Jedenfalls waren wir gestern abend zusammen essen. Wir sind in den Madison Club gegangen, wo es im hinteren Teil angeblich einen verbotenen Alkoholausschank gibt. Selbstverständlich haben wir im vorderen Teil gegessen, im offiziellen Speisesaal. Allerdings hat sich S.A. während des Essens zweimal entschuldigt, weil er ein gewisses Örtchen aufsuchen müsse. Als er zurück an den Tisch kam, hatte er glühendrote Wangen. Ich kann mir denken, was für ein Örtchen er gemeint hat! Ich bin froh, daß er Zivil trägt, wenn er mit mir ausgeht. Ich könnte es nicht ertragen, jemandem in der Uniform unserer Besatzer gegenüberzusitzen.

Da Camila drei Jahre in Minnesota verbracht hat, ist ihr Englisch eigentlich recht gut. Trotzdem schreibt sie ihrer besten Freundin ausnahmslos auf spanisch, damit Marions *español* nicht einrostet. Marion würde in North Dakota, wo *niemand* (dreifach unterstrichen – Camila nennt Marion eine »leidenschaftliche Interpunktiererin«), nicht einmal die Spanischlehrer an den staatlich subventionierten Hochschulen, ordentlich Spanisch sprechen oder schreiben können, sonst womöglich ihre Geläufigkeit verlieren. Dazu kommt, wie Camila vermutet, daß Marion Spanisch ebenfalls bevorzugt, um sich eine gewisse Privatsphäre zu sichern, seit sie weiß, daß ihr Vater, Daddy Reed, ihre Post schon mal »versehentlich« öffnet.

Hier eine kurze Beschreibung von S.A.: groß, schlank und hellhäutig wie seine englischen Vorfahren – ein Doppelgänger von Douglas Fairbanks. Ehrlich, schon häufig haben ihn Leute auf der Straße gefragt, ob er mit ihm verwandt sei. Ich habe mich von Anfang an gewundert, daß ein so gutaussehender Mann wie er noch Junggeselle ist. Aber er ist schüchtern, und ich glaube, er ist zur Marine gegangen, um dort seine Schüchternheit loszuwerden. Zur Zeit ist er Adjutant im Weißen Haus, ein Posten, der besser zu ihm paßt. Seine Familie stammt aus New Hampshire. Abolitionisten der ersten Stunde, wie er mir gegenüber beteuert hat. Er ist ein netter, aber eben schüchterner Mensch. Ich denke, er wird Dir gefallen.

Seine Schüchternheit hat bisher jeden Vormarsch in Sachen Romantik vereitelt. Doch kaum sind sie getrennt, schickt Scott Andrews ihr liebevolle Briefe mit der Helmzier des Weißen Hauses auf dem Kuvert nach Santiago de Cuba. Camila muß auf der Hut sein. Sollte ihr Vater den Absender sehen, würde er die Briefe bestimmt aufreißen in der Annahme, Präsident Harding oder sein Minister Hughes würden endlich zugeben, daß die Vereinigten Staaten einen Fehler begangen haben, als sie in einem anderen Land eingefallen sind und dessen Präsidenten gezwungen haben, auf einer Nachbarinsel im Exil zu leben. Und sollte Marion die Briefe lesen, würde sie nur wieder einen ihrer Eifersuchtsanfälle bekommen.

Stehen sie sich jedoch gegenüber, flüchtet sich Scott Andrews in eine Korrektheit, die Camila Rätsel aufgibt. Vielleicht ist es eine Nebenwirkung seines Berufs, schließlich geht bei ihm immer alles streng nach Protokoll. Dabei wünscht sie sich, er würde kühner auftreten und sich für die Sache ihres Vaters einsetzen, indem er seine Beziehungen spielen läßt und einen Kontakt zu den Mächtigen herstellt, über die er ihr ständig Klatschgeschichten erzählt. Statt dessen bringt Scott ihr lediglich »Souvenirs« aus dem Weißen Haus der Hardings mit: einen kleinen Aschenbecher, sozusagen als Scherz in Erinnerung an ihre erste Begegnung; ein Spiel Karten mit Laddie Boy, dem »First Dog«, der vor der amerikanischen Flagge posiert; eine Damenuhr in einer Geschenkbox, auf die, wie Scott Andrews behauptet, Mrs. Harding eigenhändig *Zeit für Normalität, Zeit für Harding* geschrieben hat.

Die Zeit läuft ihnen davon! Ihr Vater verbeißt sich immer mehr in die Theorie, daß die Vereinigten Staaten mit Peynados Leuten gemeinsame Sache machen, um die Insel zu annektieren. Sein Gesundheitszustand verschlechtert sich von Tag zu Tag. Scott um Hilfe zu bitten ist heikel. Seine Schüchternheit kehrt ihre eigene Scheu hervor. Als er ihr bei einem ihrer früheren Besuche im Winter in ihren alten Mantel aus Minnesota geholfen hat, einem Erbstück aus Marions Familie, hat er mit der Hand versehentlich ihre Brüste gestreift und sich dafür entschuldigt. Andererseits hat sie diesmal zu ihrer Überraschung festgestellt, daß er sich immer wieder über das Alkoholverbot hinwegsetzt und trinkt. Außerdem hat er ihr erzählt, daß Präsident Harding spätabends ständig Partys gibt und Tabletts voller Flaschen herumreichen läßt, die alle nur erdenklichen Whiskeysorten enthalten. Wenn Scott Andrews Dienst im Weißen Haus hat, muß er jedesmal so manchen betrunkenen Senator oder Richter vom Obersten Gerichtshof nach Hause fahren.

Ich habe S.A. Panchos Lage erklärt und ihm gesagt, daß wir unbedingt einen Termin bei Mr. Harding brauchen, bevor dieser Hughes-Peynado-Plan umgesetzt wird, aber S.A. hat wie immer gesagt, er könne nichts für uns tun und wir müßten den offiziellen Weg gehen. Den offiziellen Weg! Wir sollen den offiziellen Weg gehen, um uns gegen die widerrechtlichen Aktionen zu verwahren, die dieses Land gegen uns plant!

Schluß damit! ruft sie sich selbst zur Ordnung. Sie hört sich ja schon fast an wie ihr Vater: jeder Gedanke, jede Bemerkung ist mit negativer Energie geladen. Genau das hat im letzten Jahr zu seinem Zusammenbruch geführt. Hat ihn verrückt gemacht vor Sorge, überreizt wie er ist in permanenter Empörung. Ehrlich gesagt ist sie nicht sicher, ob *sie* ihm einen Termin einräumen würde, wenn sie Präsidentin der Vereinigten Staaten wäre. Sie kann so nicht leben. Spätabends tigert sie in der Mansarde auf und ab, dann geht sie irgendwann hinunter, öffnet das Guckloch in der Haustür und schaut hinaus.

Wie dem auch sei, meine Liebe, ich kann mir denken, daß Du den Frieden und die Ruhe Eurer goldenen Prärien genießt. Erinnere Dich nur an den Sommer, den ich bei Dir, Daddy Reed und Deiner Mutter verbracht habe – bestimmt vermißt Du sie sehr! Vielleicht hat Daddy Reed recht, liebe Marion. Du solltest in North Dakota bleiben. Die Schnappschüsse aus Deiner Zeit an der Universität von Minnesota kannst Du in ein Album kleben. Eines Tages wird Dich Dein Töchterchen fragen: Wer ist das? Und dann wirst Du sagen: Sie war meine Spanischlehrerin. Ich bin ihr nach Kuba nachgereist. Dort habe ich zwei Jahre bei ihr und ihrer Familie gelebt. Ab und zu habe ich Tobsuchtsanfälle aufgeführt, um ihre Aufmerksamkeit zu erregen. Oder damit gedroht, daß ich weggehe. Eines Tages bin ich dann wirklich weggegangen und nie mehr zurückgekehrt.

Ay, Marion, ist das womöglich das Ende unserer Geschichte?

Aber das sollte sie Marion lieber nicht schreiben, sonst sitzt ihre Freundin im nächstbesten Zug nach Osten. Camila muß die Tatsache, daß sie zur Zeit getrennt sind, nutzen, um Marion klarzumachen, daß sie nicht zurückkommen soll. Sie muß sich aus dieser ungewöhnlichen Verbindung befreien. Aber sie weiß nicht, wie sie das ihrer lieben Freundin anders beibringen soll als durch diese Briefe, in denen sie für sie beide ein neues Leben entwirft.

»Und was das ›andere Thema‹ angeht«, schreibt Camila, um diesen schier endlosen Brief voll Sehnsucht und Gejammer abzuschließen:

Wir haben nicht darüber gesprochen. Einmal dachte ich, S.A. wolle etwas dazu sagen, aber statt dessen entschuldigte er sich bereits zum zweiten Mal und blieb gut fünf Minuten weg. Als er zurückkam, hatte er einen noch röteren Kopf als beim ersten Mal. Er betrachtete gedankenversunken mein Gesicht, aber plötzlich kam er auf Papanchos Termin zu sprechen und sagte, er werde tun, was er könne. Er vertraute mir an, daß in Washington derzeit ziemlich dicke Luft herrsche. Es bahnt sich ein Mordsskandal an, der wohl selbst vor den höchsten Ämtern nicht haltmacht. Der Präsident sei außer sich und habe zur Entspannung eine kurze Reise nach Alaska geplant. »Warum überreden wir ihn nicht, in die Karibik zu reisen?« meinte ich schnippisch. »Die gehört ihm doch inzwischen fast komplett…« Ich zählte alle besetzten oder überwachten Inseln auf: Kuba, Haiti, Puerto Rico und auch die Dominikanische Republik. Ich habe Angst, daß ich so verbiestert werde wie Papancho, Marion, und daß dieser nette Mann Hals über Kopf das Weite sucht.

Aber Scott Andrews sucht nicht das Weite. Ein paar Tage später lädt er Camila ein, ihn in den Paradise Jazz Club zu begleiten. Jazz! Früher dachte sie, Jazz wäre die schmissige Musik weißer Backfische und ihrer Pelzmäntel tragenden, Model Ts fahrenden Freunde. Dabei gehört der Jazz uns, sagt sie sich, den Farbigen, wie sie hierzulande genannt werden, und er ist die traurigste Musik der Welt. Selbstverständlich befinden sich die einzigen unverkennbar farbigen Menschen im Raum oben auf der Bühne, und niemand käme auf die Idee, daß die hellhäutige Camila mit ihrem nach Art des französischen Friseurs Marcel gewellten Haar eine von ihnen ist. Sie legt den Kopf in den Nacken, schließt die Augen und gibt sich den schmachtenden Saxophonklängen hin. Dabei spürt sie Scott Andrews Augen auf ihrem langen nackten Hals.

Zwischen zwei Stücken eröffnet er ihr, daß ihm eine Idee gekommen sei, wie er sie ins Weiße Haus einschleusen könne, nämlich bei einer von Mrs. Hardings Gartenpartys. Wenn Camila sich erst bei Mrs. Harding Gehör verschafft hätte, würde der Präsident sich bestimmt zu einem Treffen mit Pancho bereitfinden. »Alle sagen, daß im Grunde sie das Land regiert«, erklärt Scott Andrews. »Der Präsident nennt sie die ›Herzogin‹, und im Volksmund spricht man vom ›Staatsoberhaupt und Mr. Harding‹.«

»Ich weiß nicht«, sagt Camila und blickt auf ihre Hände, die sie auf ihrem Schoß unter dem Tisch versteckt hat, wo sie den Takt des Pianospielers mitklopfen. Sie sollte ihm sagen, daß sie sich die passende Garderobe für diese schicken Partys nicht länger leisten kann und daß es ihr auf großen gesellschaftlichen Anlässen immer die Sprache verschlägt und sie vor Scham am liebsten im Boden versinken würde.

Doch noch bevor sie ihre Vorbehalte äußern kann, gibt er zu verstehen, daß er ihre Hand sucht. Rasch zieht sie sie unter dem Tisch hervor, damit er sie küssen kann. Er scheint erleichtert darüber, daß er seine Mission zu einem erfolgreichen Ende gebracht hat, und grinst: »Darauf habe ich lange gewartet.«

»Damit wären wir schon zu zweit.«

Das Klagen des Saxophons und das mitreißende Spiel des riesigen Negers am Piano haben ihr Mut gemacht.

Tags darauf trifft Pedro aus Mexiko mit seiner hübschen jungen Frau Isabel María Lombardo Toledano ein. Er ist mit ihr in den Norden gereist, damit sie ein paar Mitglieder seiner in alle Winde verstreuten Familie kennenlernt. In wenigen Tagen wird Max mit seiner Frau Guarina und den beiden kleinen Söhnen dazustoßen. Der weißhaarige Tío Federico, dieser grimmige alte Krieger mit Augen wie Kieselsteinen, hat sich ebenfalls angesagt. Sie kommen nicht nur, um Pedros Frau kennenzulernen, sondern auch aus Sorge um Papancho. Camila hat ihnen allen Telegramme geschickt. Es muß etwas geschehen. Ihre Brüder wollen helfen, aber warum Tío Federico kommen will, weiß Camila nicht so recht, denn schließlich ist er derjenige, der seinen Bruder Pancho immer antreibt, bis zum Tod zu kämpfen. Bis zu wessen Tod? möchte Camila ihn am liebsten fragen.

Am ersten Abend nach Pedros Ankunft plaudert sie mit dem glücklichen Paar im Wohnzimmer. Pancho, der sich um diese Uhrzeit gewöhnlich entschuldigt und zu Bett geht, bleibt länger auf und flirtet mit seiner frischgebackenen Schwiegertochter, als müsse auch er sie erobern.

»Ich versuche, für Papancho ein Treffen mit dem Präsidenten zu arrangieren«, erklärt Camila, als Pedro sich erkundigt, wie die Dinge stehen, womit er im Grunde genommen nur die eine Sache meint, von der ihr Vater in den letzten sieben Jahren seines Lebens besessen ist. Camila berichtet von ihrem Freund im Außenministerium.

»Was für einen Freund?« will Pedro wissen.

»Ein Seemann«, schaltet sich Pancho ein. So nennt ihr Vater Scott Andrews, wenn er ihn einmal nicht als Camilas Schoßhund bezeichnet.

»Er ist mein Freund und heißt Scott Andrews. Er hat mich zu einer Gartenparty im Weißen Haus eingeladen, wo ich versuchen werde, mit Mrs. Harding ins Gespräch zu kommen.«

»Wie bitte?« fragt Pancho lauernd. Er hört zum ersten Mal von diesem Plan. »Wir betteln nicht!« poltert er.

Die junge Isabel ist über den jähen Stimmungsumschwung ihres Schwiegervaters erschrocken und starrt ihn an.

»Wir gehen nicht durch die Hintertür!« fährt er mit vor Wut bebender Stimme fort. »Was wir tun, tun wir mit Würde, oder wir lassen es bleiben!«

Camila schweigt. Es hat keinen Sinn, mit ihm zu reden, wenn er so aufgebracht ist.

Als Pancho schließlich nach oben geht, um sich schlafen zu legen, erzählt Camila Pedro und Isabel, wie sie ihren Vater jeden Morgen, Protestnote und Antrag in der Hand, in ein Hinterzimmer der für die lateinamerikanischen Länder zuständigen Abteilung des Außenministeriums begleitet. Dort begrüßt sie regelmäßig ein kleiner Beamter, nimmt Papanchos Visitenkarte entgegen und verschwindet für eine Weile. Schließlich kommt er zurück und meint, er

bedaure, aber Minister Hughes könne sie heute nicht emp-
fangen.

»Wir müssen dafür sorgen, daß Papancho damit aufhört«,
sagt Camila zu Pedro. »Wenn er so weitermacht, wird er nur
wieder krank.«

Die Reaktion ihres Bruders überrascht sie. »Papancho hat
vollkommen recht«, verkündet er mit lauter Stimme und
ballt die Fäuste. Isabel, die neben ihm sitzt, staunt zum zweiten Mal an diesem Abend. Wer ist dieser Fremde, den sie
geheiratet hat? Was für eine aufgeregte Familie aus lauter
feurigen Idealisten! »Sieh doch, was die *Yanquis* in Mexiko,
Panama, Nicaragua, Haiti, Kuba und Puerto Rico gemacht
haben! Wer sorgt dafür, daß *sie* aufhören?«

Papancho jedenfalls nicht, denkt Camila.

»Und nun zu dir, Schwesterlein.« Pedro wechselt das
Thema, nimmt ihre Hände und reicht eine davon Isabel, als
teile er sich mit seiner jungen Frau eine Siegerprämie. Ein-
trächtig sitzen sie da und halten Händchen, als wären sie in
einer Seance. (Scott Andrews hat ihr erzählt, daß Mrs. Harding regelmäßig zu einer Hellseherin in der R Street gehe!)
Normalerweise gibt sich ihr Bruder nur selten so liebevoll.
Aber Camila hat festgestellt, daß sich sein Verhältnis zu ihr
wieder gebessert hat, seit er weiß, daß Marion Kuba verlassen hat. »Laß dir ein paar Ratschläge geben, schließlich bin
ich dein älterer Bruder und habe bereits all die Fehler
gemacht, auf die du erst zusteuerst. Du darfst nicht zulassen,
daß dein Privatleben unter Papanchos politischen Geschichten leidet. Dieser Freund, von dem du erzählt hast – genieße
das Kennenlernen mit ihm. Ist er Amerikaner?«

»Ja«, sagt sie hastig. Warum hat sie mit einem Mal das
Gefühl, sich für Scotts Staatsangehörigkeit entschuldigen zu
müssen? Ihr Bruder freut sich doch, daß sie sich überhaupt
mit einem Mann trifft, das weiß sie. Seit er sie und Marion in
Minnesota einmal überrascht hat, macht er sich Sorgen
wegen ihrer Freundschaft mit dieser *norteamericana*. »Scott
Andrews Familie kommt aus New Hampshire. Sie waren

Abolitionisten der ersten Stunde«, fügt Camila hinzu, um ihrem Bruder den Marinemajor schmackhaft zu machen.

»Weiß er über Mamá Bescheid?« fragt Pedro und sieht Isabel vielsagend an. Bei ihnen zu Hause sind Mischlinge nichts Ungewöhnliches. Auch Isabel hat unübersehbar etwas Indianisches in ihrer goldenen Haut und reichlich davon in ihrem schwarzen Haar und in den mandelförmigen dunklen Augen.

»So weit sind wir noch nicht vorgedrungen«, antwortet Camila ruhig.

»Spätestens wenn er mich kennenlernt, weiß er Bescheid«, sagt Pedro scheinbar leichthin, aber der bittere Unterton in seiner Stimme ist nicht zu überhören. Camila erinnert sich gut an die Schwierigkeiten, die ihr Bruder in Minneapolis hatte: Mietwohnungen, die plötzlich vergeben waren, Clubs, die ihm den Zutritt verwehrten. Pedro und Max sehen Salomés Seite der Familie am ähnlichsten – dunklere Haut, krauses Haar und all die anderen augenfälligen Merkmale. Camila muß an die Musiker im Jazz Club denken: Sie sind durch eine separate Tür hereingekommen, und als Camila und Scott in einer Pause kurz hinausgegangen sind, haben sie sie draußen auf Lattenkisten sitzen und essen sehen. Sie hätten ihre Brüder sein können, vor allem der hellhäutigere Saxophonist. Da fällt ihr ein, daß auch Max sich in New York seinen Lebensunterhalt eine Zeitlang als Klavierspieler verdient hat. Wo essen sie wohl im Winter? fragt sie sich.

»Wann lernen wir ihn kennen, Camila?« fragt Isabel nach längerem Schweigen. Das ist das erste Mal, daß sie überhaupt etwas sagt. Sie ist neunzehn Jahre jünger als Pedro; vielleicht ist sie der Meinung, die Älteren um Erlaubnis bitten zu müssen, wenn sie etwas sagen möchte.

Sollte Pedro irgend etwas gegen Scott Andrews einzuwenden haben, wird Camila sagen: Du müßtest von uns allen am besten wissen, daß das Herz zuweilen sonderbare Entscheidungen trifft, sofern es sich überhaupt entscheidet. Sieh dich doch selbst an: der alternde Mann, der sich ein Kind als Braut schnappt! Oder Max, der begabte Musiker, mit seiner schwerhörigen Guarina; oder Mamá, die sich für einen Jungen entscheidet, der von ihrem Talent und höheren Zielen besessen ist!

Aber besser ein Herz, das sich entscheidet, denkt sie, als eins, das zaudert und aus Selbstschutz ständig auf Distanz geht.

»Liebe Marion«, schreibt Camila an diesem Abend an ihre Freundin, »ich glaube, ich bin verliebt.«

Sie ist in die Mansarde gezogen, als Max mit seiner Familie eingetroffen ist. Sie zeichnet für Marion den Grundriß des Hauses: den offiziellen Eingangsbereich, die Haustür mit ihrem seltsamen Spion (»Du öffnest eine Klappe mit einem Holzriegel, und dann kannst Du Deine Besucher sehen, ohne daß sie Dich sehen!«), den Salon auf der einen Seite, das Eßzimmer auf der anderen, das Wohnzimmer mit dem Flügel, auf dem Camila die hübschen Stücke von Debussy spielt, die ihrem Vater so gut gefallen und ihn milde stimmen, und im hinteren Teil die riesige Küche, in der Isabel jede Menge Zeit verbringt, um ihre Schwiegerfamilie mit ihren Kochkünsten zu beeindrucken.

Wir platzen aus allen Nähten, liebe Marion. Ich habe sämtliche Türen mit Initialen versehen, damit jeder weiß, wer wo untergebracht ist. Papancho und Tío Federico schlafen in dem Zimmer, das nach Südwesten geht. Neben ihnen, nach Osten: Pedro und Isabel. Im größeren Schlafzimmer, das nach vorn hinausgeht: Max und Guarina mit ihren beiden Jungs in Kinderbettchen. Das vierte Schlafzimmer, nämlich Peynados, hätte eigentlich meins sein sollen, aber wie kann ich in den vier Wänden eines Mannes schlafen, gegen den mein Vater den lieben langen Tag lang wettert? Also bin ich nach oben in die Mansarde gezogen, wo ich ein bißchen mehr Privatsphäre genieße, aber hier wird es jetzt im Sommer mit jedem Tag heißer. Ich weiß nicht, wie lange ich es aushalte.

Sie bleibt bis spät in der Nacht auf und schreibt, hier im Unterkleid, täglich Briefe an Marion, die sie jedoch nicht abschickt. Von Zeit zu Zeit steht sie auf, um sich zu strecken, und blickt auf die ruhige Straße in ihrem Wohngebiet hinab. Sobald sich ein Auto nähert, weicht sie zurück, obwohl ihr Ausguck von den Zweigen eines riesigen Bergahorns im Garten vor dem Haus verdeckt wird.

Wir haben heute, am Sonntag, einen kleinen Spaziergang zum Lincoln-Denkmal gemacht, um das es so viel Wirbel gegeben hat. Max und Guarina gingen mit ihren lärmenden Jungs voraus. (Ich bin der Meinung, daß die beiden Jungs und nicht die *influenza*, der alle die Schuld geben, Guarinas Schwerhörigkeit verschlimmert haben!) Pedro, Isabel und ich blieben ein wenig zurück und redeten über Mister Lincoln, dessen Reden und Schriften mein Bruder natürlich aus dem Gedächtnis aufsagen kann – Du kennst ja unseren Pedro! Papancho und Federico sind zu Hause geblieben und haben bestimmt den Umsturz geplant. Es war einer dieser herrlichen Frühsommertage mit einer leichten Brise, an denen Du zum Himmel aufblickst und am liebsten heulen möchtest.

Andererseits sind ihr schon immer die Tränen in die Augen gestiegen, wenn sie zum Himmel aufblickte. Irgendwie füllt sich die leere blaue Weite mit den geisterhaften Umrissen ihrer Mutter. In dem Sommer, den sie vor fünf Jahren bei Marions Familie in LaMoure verbrachte, fiel es ihr schwer, nicht nach oben zu schauen. Die halbe Welt bestand aus Himmel! Kein Wunder, daß sie ständig den Tränen nah war, rührselig und empfindlich und jedesmal gekränkt, wenn Daddy Reed versuchte, sie über Woodrow Wilson und die Monroe Doktrin aufzuklären.

Plötzlich war er vor uns: S.A. in Uniform! Er ging mit einer attraktiven jungen Dame spazieren, die so hellhäutig war wie er und sich bei ihm untergehakt hatte. Er zeigte mal hierhin, mal dorthin, als führte er sie herum. Ich zog meinen Hut schräg ins Gesicht in der Hoffnung, daß er mich nicht bemerkte, aber da kam einer von Max' Jungs, der kleine Leonardo, auf mich zugerannt und krakeelte: Tia Camila, ich kann Mister Lincolns Finger zählen!, und natürlich drehte sich S.A. um und sah auf einen Blick meinen Familien-Clan. Ich rechnete damit, daß er seine junge weiße Göttin noch fester faßte und davonmarschierte, aber nein, er eilte auf mich zu. »Sie sind es also doch, Camila! Was für eine Überraschung!«

Warum? fragt sie sich beim Schreiben immer wieder. Warum schickt sie diese Briefe nicht ab? Wenn sie Angst hat, sie könnte Marion verlieren, warum führt sie dann nicht einfach Tagebuch, wie es so viele andere Damen tun? (Scott Andrews hat ihr erzählt, daß Mrs. Harding jedes kleine Kümmernis einem roten Büchlein anvertraue.) Warum tut sie so, als berichte sie einem Zuhörer einfach nur von ihren Sommer-erlebnissen?

So durcheinander, wie ich bin, sagt sie sich, während sie seitenweise ihre Briefe schreibt, *soll mich niemand sehen, nicht einmal Marion.*

Mein Verdacht war unbegründet. Die hübsche Begleiterin entpuppte sich als seine Schwester Franny, die aus Concord zu Besuch war. Nachdem wir uns alle der Reihe nach vorge-stellt hatten, gingen wir gemeinsam weiter, stellten uns zu Füßen von Mister Lincoln auf und hörten zu, wie der kleine Leo die riesigen Marmorfinger erst auf englisch und dann auf spanisch abzählte. Anschließend lud uns S.A. alle auf eine Erfrischung in ein elegantes Café in der Nähe ein. Ay, Marion, war das ein schlimmes Erlebnis! In dem Lokal wollte man uns nicht bedienen. Sie sagten, sie hätten nicht genügend Platz für eine so große Runde, und das, obwohl jede Menge Tische frei waren. Wir konnten uns den wahren Grund denken. Pedro machte auf dem Absatz kehrt und ging mit Isabel nach Hause. Aber die Jungen bestanden auf ihrem versprochenen Fruchteis, und so gingen wir zu einer nahe gelegenen Eisbude und setzten uns auf Parkbänke. S.A. saß still und erschüttert neben mir. Bevor wir auseinandergingen, sagte er voller Mitgefühl: »Camila, es tut mir so leid.« Ich kann Dir nicht sagen, wie gerührt ich von S.A.'s Beistand war.

»Ich glaube, ich bin verliebt«, schreibt sie abermals. Diesmal jedoch sieht sie sich das Geschriebene noch einmal an und streicht dann die beiden ersten Worte durch, um die kühne Behauptung noch zu verstärken: *Ich bin verliebt.* Hat sie das schon jemals gesagt?

Sie steht auf und knipst die Schreibtischlampe aus, so daß die Mansarde in das weiche Licht getaucht ist, das von unten aus dem Flur heraufdringt. Dann tritt sie ans Fenster und betrachtet ihr Spiegelbild von oben bis unten. Angeblich ist sie größer als ihre Mutter und auch attraktiver, aber sie ist nie dahintergekommen, ob dieses Kompliment nicht womöglich eine wohlfeile Umschreibung für »weißer, blasser, europäischer« ist. Laut Mon war Salomé eine unscheinbare Mulattin. Auf dem posthum von ihrem Vater in Auftrag gegebenen Porträt dagegen ist Salomé blaß und hübsch mit schwarzem Halsbund und vollem Rosenmund, eine geschönte, aufgehellte Ausgabe der Großen Salomé, eines der vielen Projekte ihres Vaters.

Nachts streift Camila gern im Garten umher. Das Haus ist von einer hohen Hecke umgeben, und deshalb fühlt sie sich geborgen, wenn sie im Unterkleid auf einem Liegestuhl sitzt und ihr Zigarettchen genießt. Sie hat einen leichten Schal bei sich, in den sie sich wickeln kann, falls jemand aus dem Haus sie überraschen sollte. Ob die anderen ahnen, daß sie raucht, kann sie nicht sagen. Marion weiß es natürlich. Schließlich hat Marion sie zu diesem Laster verführt, ebenso wie zum Nacktbaden im James River oder zu rasanten Fahrten mit der »Rennmaschine« ihres Daddys. Doch im Gegensatz zu ihrer abenteuerlustigen, auftrumpfenden Freundin will Camila mit ihren kleinen Versündigungen keine Aufmerksamkeit erregen. Warum um Himmels willen andere zur Kritik auffordern? Vielen Dank, aber davon hat sie schon genug in ihrem eigenen Kopf.

In der Nacht kann sie sich zurücklehnen und den Himmel betrachten, ohne weinerlich zu werden. Im Unterschied zu den meisten anderen Geistern erscheint ihr das Gesicht ihrer Mutter nämlich nie im Dunkeln. Camila blickt nach oben und beginnt wie ein Schulkind, das an die Tafel gerufen wird, um eine Aufgabe zu lösen, die Sterne zu einer Figur miteinander zu verbinden, in der sich die Zukunft spiegelt, die alle von ihr erwarten. Sie wird in einem Haus, diesem hier nicht unähnlich, wohnen. Sie wird Kinder, ihren kleinen Neffen nicht unähnlich, gebären. Sie wird ihren netten Ehemann, Scott Andrews nicht unähnlich, küssen …

Doch schon langweilt sie sich bei dem Gedanken, daß ihr das bevorstehen könnte.

Eines Nachmittags, nach der Rückkehr von ihrem Besuch im Außenministerium, sitzt sie im Garten hinter dem Haus und liest, als Isabel sie an die Haustür holt. Pedro ist in der Kongreß-Bibliothek, um Recherchen anzustellen, und Max und Guarina sind mit ihren Söhnen ein paar Tage zum Sightseeing nach Philadelphia gefahren. Oben halten die beiden *eminences grises* schnarchend ihre Siesta, und Isabel, die Gute, hat bei der Hitze in der Küche gestanden und *meringues* gebacken. Gelobt seien junge Ehefrauen! Sie mästen die halbe Welt.

»Ich habe durch das Guckloch geschaut, wie du es mir gezeigt hast«, erklärt Isabel. »Aber es ist niemand, den ich kenne.«

Die Enttäuschung versetzt Camila einen leichten Stich. Sie hat gedacht, es wäre vielleicht Scott Andrews mit der freudigen Nachricht, daß sie einen Termin haben. Aber wenn Isabel die Person vor der Tür nicht kennt, dann kann es natürlich nicht Scott sein. Mehrere Tage wartet Camila nun schon voller Unruhe, aber seit ihrer letzten ungestümen Begegnung im *Statler* hat sie nichts mehr von ihm gehört. Sie kann sich nicht erklären, wie sie sich in diese Sackgasse manövriert haben. Sie hatte nie die Absicht, ein Ultimatum zu stellen.

Wir hatten das Dessert bestellt, als sich S.A. zu mir beugte und fragte, ob ich über seinen Antrag nachgedacht habe. Er hatte eindeutig zuviel getrunken. Bevor wir näher auf das Thema eingingen, beschloß ich, S.A. zu sagen, daß es dringend nötig sei, ein Treffen zwischen Papancho und Präsident Harding zu arrangieren. *Dringend nötig.* Mein Vater muß dieses Kapitel seines Lebens endlich abschließen, und ohne ein letztes Gespräch wird er weiter diese Höllenqualen leiden, die ihn vergangenes Jahr fast umgebracht hätten. Außerdem besteht eine Chance, eine kleine Chance, daß Mr. Harding ihm Gehör schenkt. Nächstes Jahr sind Wahlen, und spätestens dann sind die noblen Ansinnen der Präsidenten in diesem Land immer wie weggeblasen. »Was ist, wenn ich kein Gespräch anbahnen kann?« fragte S. A.. Ich sah ihm in die Augen und sagte: »Wenn du willst, daß es für uns eine Zukunft gibt, wirst du mir meine Bitte nicht abschlagen.« Er war völlig verdattert, aber ich blieb standhaft, und damit ich nicht womöglich schwach wurde, rührte ich mein Dessert nicht an, sondern legte meine Stola um, bestellte ein Taxi und fuhr nach Hause.

»Ich komme sofort, Isabel«, sagt sie zu ihrer Schwägerin und klappt den neuen Roman von Willa Cather zu, den Marion ihr geschickt hat: *Die Frau, die sich verlor* – ein Titel, den sie persönlich nimmt. Sie geht die Stufen zum Haus hinauf und stopft ein paar lose Strähnen in das Haarnetz, das sie trägt, um ihre Welle in Form zu halten. Schon seit langem müßte sie zum Friseur, aber die Salons in Washington sind sehr teuer. Sie überlegt, ob sie das Haarnetz abnehmen und sich ein wenig zurechtmachen soll. Vielleicht sollte sie rasch im Badezimmer vorbeigehen und im Spiegel einen prüfenden Blick auf ihr Äußeres werfen. Als älteste Tochter und offizielle Hausherrin hat sie in den vergangenen sieben Jahren auf solche Dinge achten müssen. Ihrer Stiefmutter ist das erspart geblieben. Sie ist vor acht Jahren gestorben, gerade rechtzeitig. Ihr Dasein als Ehefrau des Privatmannes und Bürgers Pancho hat sie dermaßen aufgerieben, daß sie als Präsidentengattin nicht eine Saison durchgestanden hätte. Camila dagegen hatte keine glaubwürdige Ausrede vorzuweisen, nachdem sie ihren Job in Minnesota aufgegeben hatte.

Marion, ich weiß nicht, was für eine Furie in diesem Restaurant in mich gefahren ist. Auf jeden Fall wurde mir später auf dem Rücksitz im Taxi, als ich darüber nachdachte, was für eine Chance ich gerade verspielt hatte, richtig übel. Ich versuchte mich zu beruhigen, indem ich langsam atmete und mich auf meine Hände setzte. Und ich schwöre Dir, ich hörte, wie meine Mutter mit ganz leiser, aber fester Stimme zu mir sagte: *Das ist wahre Vaterlandsliebe. Pflichtbewußtsein ist die höchste Tugend.* Meine Mutter hat sich zu einem richtigen Quälgeist entwickelt! Auch ich bin ein besetztes Land. Ich bat den Fahrer anzuhalten. Wir waren im Rock Creek Park. Er hielt also am rechten Straßenrand, ich bezahlte eilig, stolperte auf den Rasen und übergab mich.

Im Badezimmer entscheidet sie, daß das Haarnetz kaum auffällt, weil es dunkelbraun ist wie ihr Haar. Sie klatscht sich auf die Wangen. Ihre Brüder haben recht: Sie ist zu dünn. »Schlank ist jetzt Mode«, belehrt sie sie und zerstreut ihre Bedenken. Die Aufgeräumtheit in Person! »Wenn du die in Flaschen abfüllen könntest«, hat Marion mal gesagt, »wärst du bald Millionärin.« *Fördert garantiert die Umgänglichkeit und gute Laune.* Camila hebt sich ihre Zusammenbrüche für spätabends unter dem Sternenhimmel auf, wenn sich die

Familie schlafen gelegt hat; für abgelegene Parks, in denen Fremde auf sie zukommen, weil sie an einem Baum lehnt, und sie fragen, ob mit ihr alles in Ordnung sei und ob sie ihr irgendwie helfen können.

»Lassen Sie mich in Ruhe«, möchte sie dann am liebsten zu ihnen sagen. »Oder besser noch: Verschwinden Sie aus meinem Land.«

Als sie die Klappe an der Haustür öffnet, erschrickt sie. Peynado hat zwar erwähnt, daß er das Haus im Sommer unter Umständen gelegentlich brauchte, aber jetzt ist Mai, auf der Insel läuft der Wahlkampf auf Hochtouren, und Peynado kandidiert für das Amt des Präsidenten. Außerdem hat Camila den Aufenthalt ihres Vaters extra so gelegt, daß sie wieder abreisen, kurz bevor ihr Gastgeber womöglich nach Washington zurückkehrt.

Aber einen noch größeren Schreck bekommt sie, als sie den blonden Hünen erblickt, der den kleinen Mann im Gehrock eskortiert. Scott Andrews in Uniform! Was zum Himmel hat er hier zu suchen?

Camila überlegt, ob sie die Besucher einfach ignorieren soll – doch halt: Francisco Peynado ist ja gar kein Besucher. Dies hier ist *sein* Haus. Im vorderen Schlafzimmer, das Camila nicht benutzen wollte, hat sie Ohrstöpsel, eine Blechschachtel mit Pastillen und ein Spiel Karten mit Abbildungen von leichtbekleideten koketten Damen gefunden, deren Brüste aus den Korsetts herausquellen wie Hefebrote, die im heißen Ofen aufgehen.

»¿Quién es?« flüstert Isabel. Camila fährt zusammen, als ihre Schwägerin plötzlich neben sie tritt. Isabel sieht verängstigt aus. Das arme Ding hält die beiden Männer vermutlich für Beamte, die gekommen sind, um den ganzen Clan des Landes zu verweisen. »Kennst du sie?«

Offensichtlich hat Isabel das Gesicht des hübschen Majors, dem sie vor ein paar Wochen am Denkmal begegnet sind, hinter Peynado nicht erkannt. »Ja, ich kenne sie«, antwortet Camila ruhig, um die Ängste ihrer Schwägerin zu zerstreuen. »Ich möchte nicht, daß Papancho gestört wird«, fügt sie hinzu. »Sorg dafür, daß er im Haus bleibt, ja?«

Vorsichtig blickt die junge Frau zur Treppe und nickt. Camila entriegelt die Tür, öffnet sie und schlüpft hinaus.

Sie führt die beiden Männer zu einer zierlichen schmiedeeisernen Bank, die so aussieht, als stehe sie nur zur Dekoration unter dem Bergahorn. Während der beklemmenden Unterredung kontrolliert sie immer wieder, ob womöglich Pancho oder, schlimmer noch, sein Bruder Federico mit seinen Adleraugen am Fenster steht oder ob Pedro mit seiner Büchertasche voll kostenloser Literatur, die er auf dem Heimweg in einem der vielen Museen mitgenommen hat, zu Fuß die Straße entlangkommt. Und natürlich fragt sie sich besorgt, warum Scott Andrews den Widersacher ihres Vaters bis vor ihre Haustür begleitet hat.

Ich werde mit einem neuen Abschluß nach Hause zurückkehren: einem Magister im Intrigieren. Als ich überlegte, ob ich mich links oder rechts von Peynado auf die Bank setzen sollte (S.A. blieb lieber stehen), dachte ich gleichzeitig darüber nach, von welcher Seite ich die Straße und das Haus besser im Blick hätte. Dagegen könnte ich in Sachen Manieren Nachhilfe gebrauchen. Ich habe unsere Besucher nämlich nicht einmal begrüßt. Statt dessen habe ich Peynado unmißverständlich klargemacht, daß Papancho der Schlag treffen würde, wenn er das Haus beträte. Er wirkte verblüfft. »Aber warum denn, Camila? Wir sind doch alte Freunde. Er wohnt in meinem Haus.« Also mußte ich ihm erklären, daß Papancho keine Ahnung hat, in wessen Haus er wohnt, sondern glaubt, es sei seit langem von der Dominikanischen Republik angemietet und er habe das Recht, darin zu wohnen, weil er Präsident war, als die Insel überfallen wurde. Ich sah, wie Peynado die ganze traurige Geschichte erst einmal auf sich wirken ließ. Nach einer Weile sagte er: »Verstehe. Dann steige ich eben im Portland ab. Aber Sie müssen Ihren

Vater zur Vernunft bringen.« Er sah zu S.A. hinüber, der uns den Rücken zugekehrt hatte und wie ein nervöser Schuljunge Blätter von einer Hecke zupfte.

»General Andrews«, ruft er. Camila ist aufgefallen, daß Peynado Offiziere stets mit einem höheren Dienstgrad tituliert, um ihnen zu schmeicheln. »Vielleicht würden Sie Miss Camila erklären, daß wir eine Schwelle übertreten haben und auf keinen Fall umkehren können.«

»Der Wahlkampf entwickelt sich prächtig«, fährt er nach kurzer Pause fort, worauf Camila nichts Besseres einfällt als:

»Warum sind Sie dann hier?«

Er muß über ihre Schroffheit lachen, und sie sieht ihm an, daß er nicht gekränkt ist. Manchmal fragt sie sich, ob sie andere Menschen vielleicht überhaupt nicht kränken *kann*; ob in ihrem Fall jede bissige Bemerkung durch die Erinnerung an ihre edle Mutter und das Leid in ihrer Heimat gefiltert wird und am Ende eine entschärfte, zahme Version herauskommt. Sie weiß, was man von ihr als Frau erwartet: Sie darf sich ihren Ärger nicht anmerken lassen. Also spielen ihre Finger ein Jazzstück lediglich auf ihrem Schoß unter der Tischdecke nach und nicht etwa auf dem Flügel im Salon.

»Ich habe einen Anruf erhalten«, erklärt Peynado.

Scott Andrews, der sich inzwischen wieder zu ihnen umgedreht hat, erstarrt. Das merkt sie seinem schöngeformten Kiefer an, aber auch den Epauletten auf seiner Schulter, die plötzlich hervorspringen wie Knie. Was im Himmel hat ihn so erschreckt? Rasch blickt sie nach oben, um sich zu vergewissern, daß ihr Vater sie nicht womöglich durch das Fenster am Treppenabsatz erspäht hat.

»General Andrews hat mich angerufen, um mich darüber zu informieren, daß Sie es für dringend nötig halten, Ihren Vater mit jemandem aus dem Außenministerium zusammenzubringen. Sie müssen verstehen, Camila: Dies ist, historisch gesehen, ein prekärer Augenblick. Ihr Vater darf unsere Chancen nicht ruinieren. Ich bin gekommen, um ihn nach Hause zu begleiten.«

Sie spürt, wie ihr Atem flacher geht, und befürchtet, sie könne gleich hier, vor den beiden Männern, in Ohnmacht fallen. Scott Andrews hat sie also hingehalten, er hat ihr weisgemacht, er könne eine Unterredung in die Wege leiten, und als sie ihn in die Enge trieb, hat er Peynado angerufen, damit er kommt und ihm hilft, ihren Vater aus dem Verkehr zu ziehen. Und das ausgerechnet jetzt, wo sie sich nähergekommen sind, wo sie dabei ist, sich in ihn zu verlieben, wo es weh tun wird, ihn zu verlieren.

Sie weiß nicht, wie sie es schließlich schafft, sich von der Bank zu erheben. »Ich muß Sie jetzt beide bitten, zu gehen«, sagt sie ruhig. Dann dreht sie sich zu Peynado um und fügt hinzu: »Bis zum Ende der Woche haben wir das Haus geräumt.«

»Camila, bitte«, der alte Freund ihres Vaters tritt auf sie zu. »Sie müssen das verstehen.«

Doch sie rauscht an ihm vorbei und steuert auf das Gartentor zu, als müsse sie ihnen den Weg hinaus weisen. Sie bemüht sich, die Wut, die in ihrer Kehle aufsteigt, zu unterdrücken, und vergegenwärtigt sich eine der Melodien, welche die Jazzband vor ein paar Wochen gespielt hat. Das Piano übertönt die Stimme ihrer Mutter, Peynados Erklärungen, das Zirpen der Grillen, den Ruf der Rotkehlchen oben in den Bäumen.

Erst als Scott Andrews neben ihr stehenbleibt, um ein paar persönliche Worte zu ihr zu sagen, reißt die Musik ab –

Wo ist die Musik? Die beschwingte Schwermütigkeit der elfenbeinernen Tasten darf nicht aufhören. Sie hebt die Hand, als habe sie Klavier gespielt und halte kurz inne, um diese Unterbrechung in der Musik hervorzurufen, diese Zäsur in der Liebesgeschichte, die sie sich in ihren Briefen an Marion zusammengedichtet hat. Und dann, weil sie ihre Wut nicht länger bezähmen kann, schlägt sie dem Major fest in sein blasses Gesicht.

SEIS

Ruinas

———————◆———————

Santo Domingo, 1887-1891

Lunes, 6 junio 1887

Geliebter Pancho:

Eben haben wir Dich verabschiedet, und ich dachte, ich würde es nicht mehr bis zum Haus schaffen, bevor ich in Tränen ausbreche. Aber um unserer Kinder willen mußte ich mich zusammenreißen: Sie blickten immer wieder zwischen dem Boot und mir hin und her, als wäre etwas Ganzes in zwei Hälften geteilt worden. (Das ist es auch, o ja, das ist es!)
Unsere Söhne sind noch so klein, und Du fehlst ihnen. Als wir vom Pier nach Hause gingen, schaute Fran zur Sonne auf und sagte: Bevor Papancho weggegangen ist, hat sie heller geschienen. Wie Kinder nur auf so etwas kommen? Hostos hat recht: Sie haben »da drin« eine Goldmine. (Du mußt ihn Dir vorstellen, wie er sich dabei an die Stirn tippt und auf seine typische Weise lächelt.)
Jetzt schlafen die Kinder tief und fest und träumen bestimmt von ihrem Vater auf seiner Reise nach Paris. Ich verspreche Dir, Liebster, daß ich mein Wort halten und Dir Deine Söhne bei Deiner Rückkehr gesund und munter präsentieren werde.

Deine Salomé

Pancho, mein Liebster:

Heute bin ich einfach nur verzweifelt. Du und ich, wir sind verrückt, daß wir uns dieses Opfer auferlegen: zwei Jahre der Trennung! Ich weiß, was für eine große Chance es für Dich ist, Medizin bei dem gefeierten Dieulafoy zu studieren. (Ich habe Deine Argumente alle noch im Ohr.) Aber mit jedem Tag stimme ich mehr mit Hostos Auffassung überein, daß unser guter »Präsident« Lilís Dich einfach nur aus dem Land haben wollte. Warum sonst sollte er Dir ein Stipendium für ein Medizinstudium im Ausland anbieten, obwohl Du an unserem Instituto Profesional bereits Deinen Abschluß in Medizin gemacht hast?

Pibín hat sich auf dem Heimweg vom Pier erkältet. Der Kleine fängt sich aber auch immer etwas ein. Ich höre ihn drüben im Schlafzimmer husten und habe Sorge, daß ich mein Versprechen Dir gegenüber womöglich nicht halten kann!

Deine Salomé

Miércoles, 8 junio 1887

Mein liebster Pancho:

Ich könnte Dir jeden Tag schreiben, aber ich unterlasse es lieber. Der Dampfer kommt jetzt nur noch einmal im Monat. Außerdem hat das, was ich morgens schreibe, abends schon keine Gültigkeit mehr. Meine morgendliche Geduld und Hoffnung schlagen bei Einbruch der Dunkelheit in Verzweiflung um.

Ich habe ein Gedicht über die Feststellung unseres Sohnes begonnen, daß die Sonne nach der Abreise seines Vaters weniger hell scheine. Aber ich warne Dich schon jetzt: Dieses Gedicht hat mit meinen altbekannten Deklamationen, die Du so liebst, nichts gemein. Ich weiß, Du hegst noch immer die Hoffnung, daß ich, wie Du am Abend vor Deiner Abreise sagtest, »den kommenden Generationen etwas von bleibendem Wert« hinterlasse. Das habe ich bereits getan, Pancho: unsere drei Söhne!

Deine Salomé

Domingo, 16 agosto 1887, Tag der Restauration
Pancho, mein Lieber:

Überall in der Stadt wird gefeiert. Die Kinder bitten mich, sie aus dem Haus zu lassen, damit sie hinter den Marschkapellen herlaufen können. Aber – ohne Dich beunruhigen zu wollen – in der Hauptstadt sind einige Fälle von Diphterie gemeldet worden, und ich bin halbtot vor Angst bei dem Gedanken, wie gefährlich diese Krankheit für unsere Kleinen werden könnte. Ich gebe ihnen ihre Clorath-Pillen, weil sie zum Gurgeln noch zu klein sind, und behalte sie im Haus. *Pobrecitos.*

Wie Du weißt, geht es mir seit einiger Zeit nicht gut. Der Umzug in dieses feuchte, finstre Haus hat meinen Zustand nicht eben verbessert. Aber bei Mamá war nicht länger Platz für unser *instituto.* (Ich habe für Schulbeginn bereits siebenundsechzig Anmeldungen!) Manchmal wache ich nachts vor Atemnot auf. Ich halte mich streng an Alfonsecas Rezept, trinke zum Abendessen den Estramonio-Tee und nehme dazu eine kleine Dosis Ipecacuana ein. Und ich befolge nach Möglichkeit auch den Rat, den Du uns vor Deiner Abreise gegeben hast: Wir fahren morgens mit der ersten Straßenbahn zum Güibia-Strand und sind gegen halb acht zurück, damit ich unten um Punkt acht die Schultüren öffnen kann. Die Seeluft tut den Jungen gut. Eine Verbesserung meiner eigenen Gesundheit habe ich bislang jedoch nicht feststellen können.

Das Ayuntamiento hat die versprochenen Zuschüsse für das vergangene Jahr noch immer nicht bezahlt. Federico sagt, er will Lilís persönlich darauf ansprechen. Dabei haben Federico und Hostos schon genug um die Ohren. Ich hätte es wohl besser nicht erwähnen sollen. Wie heißt es noch? In einen geschlossenen Mund verirren sich keine Fliegen.

¡Qué viva la patria! Ich höre die Rufe draußen vor dem Fenster, und der gute Pibín fragt mich: ¿Qué es la patria, Mamá? Ich bringe es nicht über mich, ihm zu sagen: Solange Lilís an der Macht ist, gibt es keine *patria*.

Eine Fliege summt in meinem Mund. Ich bin froh, daß Don Eliseo Dir diesen Brief persönlich überbringt.

Deine Salomé

Sábado, 3 diciembre 1887

Pancho:

Heute hat unser kleiner Fran Geburtstag: Er wird fünf Jahre alt. Er hält alle Finger der rechten Hand hoch, schreibt seinen Namen auf einen kleinen Zettel und legt ihn unter die Statue der *virgencita*, damit sie ihm Glück bringt. (Tía Ana besteht darauf.) Er ist so stolz auf sich!

Hostos ist mit seinen vier Jungen und der kleinen María zur Geburtstagsfeier herübergekommen, und wie Du weißt, nutzt er jede Gelegenheit für eine kleine Lehrstunde. Er hat Fran Zählen beigebracht, indem er ihn gefragt hat, wie alt jeder der Anwesenden ist: Wie alt ist Max? Zwei Finger! Und Pedro? Drei! Und Mamá? Hier ist Fran in Verlegenheit gekommen, weil er nicht genügend Finger zum Hochhalten hat. Hostos war übrigens ziemlich überrascht. Er wußte nicht, daß ich neun Jahre älter bin als Du.

Du hast Dich nach der Diphterie erkundigt: Wir wappnen uns alle für die Regenzeit, weil sich die Erkrankungen dann offenbar häufen. Aber ich bitte Dich, Pancho, komm mir nicht mit solchen Drohungen! Ich weiß, Du hast mir diesen Schatz anvertraut, und ich werde alles in meiner Macht Stehende tun, um mein Versprechen zu halten und Dir Deine Söhne bei Deiner Rückkehr gesund und munter zu präsentieren. Aber falls, falls – Gott behüte uns – einem von ihnen etwas zustoßen sollte, darfst Du Dir nicht aus Verzweiflung selbst etwas antun. Was würde dann aus Deinen anderen Söhnen? Und aus mir?

(MUTILADA)

Viernes, 9 diciembre 1887

Pancho, mein Guter:

Gestern erhielt ich mehrere Briefe von Dir, und zwar vom 3. Oktober, vom 21. Oktober (danke für Deine Geburtstagsglückwünsche: siebenunddreißig Nägel in meinem Sarg, wie Don Eloy sagen würde) und vom 3. November. Ich frage mich, ob einige unserer Briefe womöglich verlorengegangen sind. Zum Beispiel schreibst Du, Du habest mir in einem früheren Brief Ratschläge gegeben, wie ich das Ayuntamiento dazu bewege, seine Schulden an mich zu bezahlen, aber diesen »früheren« Brief habe ich nie erhalten.

Ich muß künftig noch besser aufpassen, was ich schreibe, es sei denn, eine Person unseres Vertrauens überbringt die Briefe – wie in diesem Fall die Llomparts.

Federico kommt oft unangemeldet vorbei. Er rät mir, daß ich mir gut überlegen soll, was ich Dir schreibe, damit Du Dein Studium ungehindert fortsetzen kannst. Ich frage mich, ob einige meiner Briefe abgefangen wurden. Dieser hier dürfte auf jeden Fall am Familienzensor vorbeikommen, denn Matilde Llompart hat versprochen, ihn mit keinem Wort zu erwähnen. Aus Angst vor Lilís Spionen näht sie ihre gesamte Korrespondenz in ihr Mieder ein.

Traue nur Briefen, die Dir Freunde überbringen.

Deine Salomé

Domingo, 1 enero 1888

Liebster Pancho:

Wie viele Hoffnungen und Ängste das neue Jahr mit sich bringt! Ich sage mir immer wieder, daß ich stark sein muß.

Noch dieses ganze Jahr, dann noch ein halbes, und Du bist wieder hier.

Ich schicke Dir mein Neujahrsgeschenk »Tristezas« mit. Allenfalls gestattest Du mir, Dir zu sagen, wie sehr ich Dich vermisse, wenn ich meiner Traurigkeit auf poetische Weise Ausdruck verleihe? Es ist nicht nett von Dir, mich wegen meiner Klagen zu tadeln. Wie sollte ich nicht klagen, wenn Du so weit weg bist? Ich fühle mich einsam, Pancho, so einsam. Hätte ich Dir nicht mein Wort gegeben, würde ich der Schwermut erliegen.

Die Diphterie hat sich zu einer Epidemie ausgeweitet. Ich lasse die Kinder nicht aus den Augen. Wenn sie quengeln und ich kurz davor bin, mich erweichen zu lassen, rufe ich mir mein Versprechen in Erinnerung, um standhaft zu bleiben.

Mein Asthma wird nicht besser. Falls Deine Vermutung stimmt und die Beschwerden nervös bedingt sind, rechne ich bis zu Deiner Rückkehr nicht mit einer Besserung.

6 enero (CONTINUACION)

Heute, am Dreikönigsfest, hatte ich kein Geschenk für die Kinder. Da die Zahlung des Ayuntamiento noch immer aussteht und ich das Stipendium an Dich weiterleite, ist für Quisquilien nichts übrig. Also habe ich mir ein Spiel ausgedacht: Jeder durfte einen Wunsch äußern. Hostos ist mit seinen Kindern vorbeigekommen und hat das Spiel um einen raffinierten (erzieherischen) Aspekt erweitert: Jeder durfte einen Wunsch äußern, der mit dem Buchstaben des Alphabets beginnen mußte, den Hostos vorgab.

»Ich werde sie im Buchstabieren, im schnellen Denken und in der Wortfindung unterrichten«, erklärte er mir. Ich fragte ihn, welchen Wunsch er habe.

»Das kommt auf den Buchstaben an«, war alles, was er darauf sagte.

Du weißt ja, daß in den Zeitungen immer noch gegen ihn gehetzt wird. Dein Bruder Federico verteidigt unseren *maest-*

ro in *El Mensajero*. Aber das schürt nur Lilís Argwohn gegen unseren Apostel und seinen Zorn gegen Deinen Bruder.

Lilís hat angekündigt, diesen Sommer Wahlen abzuhalten. Da Wahlen bei uns immer mit Diphterie und Aufständen einhergehen, mache ich mich auf ein unruhiges Jahr gefaßt.

Deinen Söhnen geht es nach wie vor gut. Pibín und Max haben zwar immer mal wieder eine Erkältung, aber Dr. Pietri und auch Dr. Arvelo haben sie untersucht und sind wie Dr. Alfonseca der Ansicht, daß die Jungen bei guter Gesundheit sind. Die Ärzte fanden jedoch alle, daß mir das Wohlergehen der Jungen etwas zu sehr am Herzen liege. Sie wissen nichts von dem Versprechen, das ich Dir gegeben habe.

Ich habe nur einen einzigen Wunsch: daß Du hier wärst.

Deine Salomé

Miércoles, 11 julio 1888

Pancho, mein Guter:

An manchen Tagen ist mir leichter ums Herz. Wer hat eine Erklärung für dieses Rätsel? Selbst Hostos, der stets die Ratio in den Vordergrund stellt, stimmt mit mir überein, daß wir die tiefsten Quellen unseres Wesens nicht einmal ansatzweise erfaßt haben.

Anscheinend hat Federico ihm mein Gedicht »Tristezas« gezeigt. Muß Dein Bruder unsere gesamte Korrespondenz lesen? Selbst das, was ich hier an ihm vorbeischleusen kann, schickst Du ihm zur Durchsicht zurück.

Ein Gutes hatte die Indiskretion Deines Bruders jedoch: *El maestro* war um meine Gemütsverfassung so besorgt, daß er gekommen ist, um mit mir zu reden. Ich muß zugeben, daß das meine Stimmung für den weiteren Verlauf des Tages gehoben hat. Unsere Arbeit, hat mich *el maestro* erinnert, sei wie ein Samenkorn im Boden, den man nicht sehen könne, bis er eines Tages aufgehe – ganz im Gegensatz zu einem Gedicht, das man in Händen halten kann.

Du wirfst mir vor, gewagte Dinge zu schreiben – diese Neigung ist bei mir, wie Du sehr wohl weißt, nicht neu.

El maestro läßt Dich grüßen, ebenso unsere drei kleinen Piepmätze, die Dir im Anschluß noch kurz etwas ausrichten lassen:

Papancho, komm bald nach Hause! Dein Sohn Fran.

Papancho, bring mir Holzbuchstaben mit, damit ich einen ganzen Satz habe, Pibín.

XXXXX (Max hat gesagt, er hätte seinen »großen Namen« geschrieben. Damit meint er vermutlich »Maximiliano«)

Und, zu guter Letzt, Deine Salomé

Jueves, 6 septiembre 1888

Daß Du es wagst, an meiner Integrität zu zweifeln! Ich kann einfach nicht glauben, daß ausgerechnet Dein Bruder, der keinen Brief mit beunruhigendem Inhalt von mir durchgehen läßt aus Angst, er könnte Dir Kummer bereiten (weshalb ich, die ich Ausflüchte hasse, mir diesen Trick ausdenken mußte, damit ich Dir so viele Briefe wie nur möglich über Freunde und Bekannte zukommen lassen kann), daß ausgerechnet er Deinen Seelenfrieden mit diesem kränkenden Gerücht stört.

KEIN FREMDER MANN GEHT IN DIESEM HAUS EIN UND AUS, nur Federico, Deine unzähligen Brüder und unser geschätzter Freund Hostos. Das Du es wagst, mich nach all den Opfern, die ich erbracht habe, zur Rechenschaft zu ziehen.

(ORIGINAL INCOMPLETO)

Domingo, 21 octubre 1888

Mein geliebter Ehemann:

Wir haben Dein Gedicht erhalten, das Federico meinen Schülern vorgelesen hat, ohne ihnen zu sagen, von wem es stammt. Aber sie hatten alle Dich als Verfasser im Verdacht! Ein sehr hübsches Gedicht. Nicht ein Auge im Raum blieb trocken.

Auch das Seidenkleid, das Du in Nantes erstanden hast, habe ich erhalten. Aber Pancho, mein Liebster, wo soll ich ein solches Kleid tragen, da ich doch hier ohne Dich nicht ausgehe? Und bitte denk nächstes Mal daran, den Jungen keine weißen Söckchen zu schicken. Sie sind noch klein, und um Geld zu sparen, habe ich die Wäscherin entlassen. Max ist übrigens schon so groß wie Pibín – aber die kleinen Socken dürften unseren Neffen passen.

Hostos und seine Schulen müssen sich heftiger Angriffe erwehren. Mein *instituto* ist eine Mädchenschule und deshalb von den Attacken bisher verschont geblieben. Aber Hostos' Schüler werden belästigt, wenn sie die Schule betreten wollen. Wir mußten Gleichgesinnte am Straßenrand ein Spalier bilden lassen. Dein Bruder hat seinem Clan alle Ehre gemacht und sich als einer der ersten dazu bereit erklärt. Er steht neben mir, während ich Dir schreibe, und meint, ich solle ihn nicht in den Himmel loben.

Uns geht es allen gut. Mein Asthma hat nachgelassen. Die Wahlen im August sind friedlich verlaufen – wie konnte es auch anders sein? Nur elftausend von insgesamt hunderttausend wahlberechtigten Männern haben gewählt, und sie haben ausnahmslos für Lilís gestimmt. Seine Gegner sind nach Haiti geflohen, wo sie, wie wir gehört haben, eine Invasion planen. Unser alter Feind beherbergt nun die Saat unserer Zukunft! Aber es steht noch abzuwarten, ob unsere *patria* je erblühen wird.

Wir arbeiten Tag und Nacht, um die nächste Klasse durch die Prüfung zu bringen, bevor Hostos im Dezember fortgeht. Ja, *el maestro* hat eine Einladung der chilenischen Regierung angenommen, das dortige Schulsystem zu reformieren. Wir verlieren unsere besten Männer. Anscheinend können sie nur zwischen zweierlei wählen: *destierro oder entierro* – Exil oder Tod. Die Mädchen kommen mittlerweile um sieben Uhr morgens und bleiben bis abends um sechs. Wahrscheinlich fragst Du Dich jetzt, wann ich mit den Jungen den von Dir verordneten täglichen Ausflug ans Meer mache: Die Diphterie-Epidemie hat solche Ausmaße angenommen, daß ich es nicht länger für sicher halte, mit der Straßenbahn zu fahren. Nur Mimí darf noch aus dem Haus. Kann Diphterie von Katzen übertragen werden? Bitte befrage Dieulafoy zu diesem Thema.

Federico sagt, ich soll Dich nicht beunruhigen, sondern lieber noch einmal betonen, daß es den Jungen gutgeht, daß mein Asthma besser ist und daß Dir Dein erstes Gedicht nach acht Jahren recht gut gelungen ist.

25 octubre (CONTINUACION)

Was für eine rührende Szene, Pancho! Ich wünschte, Du wärst dabei gewesen! Stell Dir meine sechs ältesten Mädchen vor, wie sie sich über die Abbildungen des Innenlebens von Pflanzen beugen. (Was für Erinnerungen, Pancho, was für Erinnerungen!) Sie bleiben zur Zeit nach der Schule noch hier, um ihren Botanikunterricht abzuschließen, damit sie das Klassenziel erreichen, bevor *el maestro* fortgeht. Ab und zu kommt ihnen vor Müdigkeit oder Staunen ein Seufzer über die Lippen.

Als ich aufblicke, bin ich mit einem Mal von ihnen umringt. Ihre hübschen Augen sind feucht, ihre Köpfe gesenkt. Eva spricht für alle:

»Maestra, es macht uns alle so traurig, daß Sie keine Gedichte mehr schreiben, weil Sie uns unterrichten.«

Die Armen. Seit Jahren tragen sie dieses Schuldgefühl mit sich herum.

Ich erkläre ihnen, daß mein Schweigen nichts mit ihnen zu tun hat. Das Leid, die Fehlschläge und Entgleisungen in meinem Land seien dafür die Hauptursache.

»Ihr seid noch zu jung«, sage ich zu ihnen, »um zu wissen, wie sehr man seine Heimat lieben kann.«

Tu Salomé

Pancho, Liebster:

Ich schicke Dir diesen Brief mit den Grullóns, die nächste Woche abreisen.

Dein Bruder ist unerträglich. Er kommt ständig vorbei, sogar am Wochenende, wenn ich die untere Etage im Haus geschlossen habe. Ich würde es ja für eine freundliche Geste halten, wenn ihn nicht der Argwohn hertriebe. Gestern abend besuchte uns Hostos, um die Mädchen zu prüfen und sich zu verabschieden. Federico war auch dabei, um zu schnüffeln. Heute (wie habe ich gelacht!) hat er Mimí mit ihrem neuen Wurf unter meinem Bett gehört und darauf bestanden, mein Zimmer »zu meiner eigenen Sicherheit« zu durchsuchen.

Du schreibst, Du hättest gern öfter Nachricht von Deinen Söhnen. Aber was soll ich tun, wenn Dein Bruder eine größere Zahl von Briefen nicht gestattet? Er sagt, wir können es uns nicht leisten, so viele Briefe zu verschicken, wie ich es gerne möchte.

Wie ich höre, hast Du alle nötigen Kurse absolviert, aber jetzt gibt es hier eine Meinungsverschiedenheit zwischen Federico und mir bezüglich der Frage, wann Du nach Hause kommst. Ich bin davon ausgegangen, daß Du im Juni, sobald Du Deine Doktorarbeit geschrieben hast, zurückkehrst – eine zweijährige Trennung, erinnerst Du Dich? Aber nein, sagt Federico und schüttelt beharrlich den Kopf. Das Medizinstudium umfasse sechs Prüfungen, von denen Du erst zwei absolviert hättest. Blieben also mindestens noch ein, wenn nicht gar zwei weitere Jahre.

Als ich das hörte, dachte ich, ich würde verrückt.

(ORIGINAL INCOMPLETO)

Lunes, 17 diciembre 1888

Pancho:

Letzten Sonntag hat die zweite Gruppe zukünftiger Lehrerinnen bei mir Abschlußprüfung gemacht. Es wäre ein freudiger
Anlaß, wäre uns nicht allen bewußt gewesen, daß es gleichzeitig den Abschied von Hostos bedeutet.

Lilís Spione waren so stark vertreten wie Fliegen.

Und jetzt ist unser Apostel fort. Am Donnerstag hat eine
Schar seiner Anhänger ihn, Belinda, die vier Jungen und die
kleine María zum Pier beglcitet. Es war, als würdest Du noch
einmal abreisen – ich war so verzweifelt …!

Ay, Pancho, Pancho, das Leben ohne Dich macht mir
angst!

Pibín ruft nach mir …

Deine Salomé

Lunes, 24 diciembre 1888

Noche Buena, mein Liebster! Und ein guter Abend ist es
wirklich, denn Dein Bruder erlaubt mir, unserem letzten
Paket in diesem Jahr einen Extrabrief beizulegen.

Mein Geschenk habe ich bereits erhalten: PIPÍN IST WIEDER
GANZ GESUND. Ja, ich berichte Dir erst jetzt davon, weil mir
Dein Bruder nicht erlaubt hat, Dir gegenüber auch nur ein
Wort darüber zu verlieren: Unser Sohn war an Diphterie
erkrankt und schwebte tagelang zwischen Leben und Tod. In
diesem einen Monat bin ich um Jahre gealtert: Pibíns Krank-
heit, Hostos' Abreise … Das Gedicht »Angustias«, das ich
Dir mitschicke, spricht für sich.

Mein Wort ist ungebrochen.

Deine Salomé

Pancho:

Wo hast Du Dir bloß die Masern eingefangen? Herrscht da
drüben etwa eine Epidemie? Aus Deinem Brief an Federico
habe ich erfahren, daß Du zu unserem Abgesandten für den
Amerikanisten-Kongreß ernannt worden bist und einen Text
über die Gebeine des Kolumbus schreiben wirst, die hier ruhen.

Es ist nicht nett von Dir, Pancho, daß Du das mir gegenüber nicht erwähnt hast. Alles, was Dich betrifft, betrifft
doch auch mich! Und vergiß nicht: Geheimnisse wie dieses
kommen immer ans Licht. Deine Päckchen und Briefe an
Federico werden immer wieder mal bei mir abgegeben. Und
Du erwartest doch nicht ernsthaft von mir, daß ich warte, bis
Dein Bruder kommt, bevor ich sie öffne?

Natürlich bin ich über diese Nachricht bestürzt. Du hast
mir erklärt, Du hättest von den sechs Prüfungen erst erfahren, als Du drüben warst, und ich habe mich damit abgefun-
den, daß ich noch ein Jahr länger auf Dich warten muß. Aber
wenn Deine Zeit so knapp ist, warum lädst Du Dir zusätzlich
noch andere Dinge auf?

Ich kann nicht ganz nachvollziehen, warum Du von der
rue Jacob, die doch offenbar völlig ausreichend war, in die
Mazarine umziehen mußt, wo die Verköstigung teurer ist,
wie Du selbst zugibst. Doch sicher nicht nur, um näher am
Café Procope zu sein, wo schon Molière und Voltaire Kaffee
getrunken haben!

(ORIGINAL ROTO)

Sábado, 7 abril 1889
Mein lieber Pancho:

Ist es Dir wirklich ernst damit, daß ich Fran zu Dir schicke?

Wir haben uns alle zusammengesetzt und darüber gesprochen, und ich fürchte, wir sind in zwei gleich große Lager
gespalten. Tía Ana und Federico sind beide der Ansicht, daß

es für unseren Sohn eine erbauliche Erfahrung wäre, zu Dir zu reisen. Sein schlechtes Benehmen, seine Wutanfälle und sein grobes Verhalten sind alarmierend. Ramona und Mamá (»Mon und Manina« – die Jungen erfinden für alle neue Namen) meinen, es wäre unverantwortlich, einen Sechsjährigen mit dem Schiff über den Ozean zu schicken, selbst wenn er von unserem guten Freund Don Eugenio begleitet würde.

Ich selbst bin zerrissen.

Der Junge selbst ist fest entschlossen, nach Paris zu reisen, um seinen Vater und die Bären zu sehen. Wie er darauf kommt, daß es in Paris Bären gibt, weiß ich nicht. Was sich Kinder alles ausdenken! Doch allein die Tatsache, daß er das gesagt hat, erinnert mich daran, daß er noch ein Kind ist. In letzter Zeit benimmt er sich viel besser, weil er sich nicht um die Chance bringen will, eine Schiffsreise zu machen. Er schlägt meine kleinen Mädchen nicht mehr und stört den Unterricht auch nicht länger mit seinen heftigen, eines Achill würdigen Tobsuchtsanfällen.

Pancho, ich werde mich von Deiner Meinung leiten lassen.

Deine Salomé

Lunes, 17 junio 1889

Liebster Pancho:

Dieses Schreiben hefte ich gleichsam als Amulett an den Mantel unseres geliebten Kindes, das ich Dir schicke, um mir selbst einen Platz in Deinem Herzen zu sichern. In meinen finstersten Nächten habe ich Angst, eine andere Muse könnte Deine Gedankenwelt erobert haben und dies wäre der Grund dafür, daß Du Deine Rückkehr hinauszögerst und so selten schreibst. Ich weiß, ich sollte Dich nicht beunruhigen, weil Du so überlastet bist. Aber meine Phantasie arbeitet in Deiner Abwesenheit nun einmal auf Hochtouren.

Fran reist morgen ab. Don Eugenio hat mir versprochen, unseren Jungen auf der Überfahrt nicht aus den Augen zu lassen. Vierundzwanzig Tage auf See! Ich versuche mir die

Verzweiflung auszumalen, die mich befallen wird, wenn ich sehe, wie seine Seemannsmütze mit dem Band beim Ablegen des Schiffes kleiner und kleiner wird.

Habe ich Dir erzählt, daß ich mich Träumereien hingebe, wenn ich niedergeschlagen bin? Ich stelle mir dann vor, daß ich über den Himmel zu Dir segle und in Paris über Dir schwebe, während Du zu Deiner Sezierstunde oder Deinen Visiten im Necker-Krankenhaus unterwegs bist. Ich hoffe, Doktor Dieulafoy mag die Zigarren, die ich Fran für ihn mitgebe. Bitte sage ihm, ich wüßte seine Ratschläge zur Behandlung meines Asthmas sehr zu schätzen. Doch unter uns gesagt, mein Lieber: Ich will nur zu gern soviel Papayasaft trinken, wie ich in die Hände bekommen kann, aber mit der Schwefelgasbehandlung ist es etwas anderes. Wo im Himmel soll ich in unserer kleinen Hauptstadt Schwefelgas bekommen? Por Dios, Pancho, das hier ist nicht Paris!

Bitte denke an das jähzornige Wesen unseres Ältesten, das sich seit Deiner Abreise noch verschlimmert hat. Die väterliche Fürsorge wird sich gewiß positiv auf seinen Charakter auswirken. Er trinkt lieber *café con leche* als Kakao mit heißem Wasser, weil er schon ein kleiner Mann sein möchte. (Meistens wärme ich ihm etwas Milch und gebe einen Schuß Kaffee hinzu.) Ab und zu macht er noch ins Bett, also erinnere ihn auf jeden Fall daran, vor dem Schlafengehen die Blase zu entleeren, und falls Du mit ihm ein Bett teilen solltest, triff lieber entsprechende Vorkehrungen.

Mit Erleichterung habe ich vernommen, daß Mlle Chrittia bereit ist, sich um unseren Kleinen zu kümmern. Wie praktisch, daß sie in derselben Pension wohnt wie Du und bei Dir saubermacht. Dein Umzug in die Mazarine war demnach doch eine kluge Entscheidung. (Ihren Ausspruch: »Sie geben mir noch einen Franc, und ich nehme Fran!« finde ich drollig.) Ich schicke ihr zwei seidene Taschentücher, die Mamá bestickt hat. Wir sind zu arm, um mehr zu schicken, aber wir hatten das Gefühl, daß wir der freundlichen Mademoiselle etwas schenken sollten.

Außerdem lege ich das Foto bei, das Julio Pou von unseren drei Piepmätzen gemacht hat, und eins von einer Dame, die so müde und strapaziert aussieht, daß Du sie möglicherweise gar nicht wiedererkennst. Aber vielleicht erinnerst Du Dich an das kleine Kreuz, das Du ihr einmal geschenkt hast.

Paß gut auf meinen kleinen Schatz auf. Hiermit lege ich seine Gesundheit und sein Wohlergehen in Deine Hände.

Deine Salomé

Miércoles, 24 julio 1889

Liebster:

Danke für das Telegramm, in dem Du mir die sichere Ankunft unseres Sohns in Paris bestätigst. Bitte sei nicht zu hart mit ihm. Ein paar Aussetzer werden nicht zu vermeiden sein. Vergiß nicht, daß er erst sechs Jahre alt ist und daß Du seit zwei Jahren weg bist, also ein Drittel seines bisherigen Lebens.

Du darfst nicht alles glauben, was das Kind erzählt. Die Narbe auf der Stirn hat er sich geholt, als er sich bei einem seiner Zornausbrüche an einer Tür gestoßen hat. Sein Bruder Pibín hat ihn nicht geschubst. (Pibín ist eine wundervoll friedliebende Natur.) Und was seine Angst vor dem *cuco* aus Haiti angeht: Ich würde meine Kinder nie zu gutem Benehmen erziehen, indem ich sie in Angst und Schrecken versetze. Außerdem dachte ich immer, den Schwarzen Mann gäbe es nur bei uns.

In Deinem letzten Brief fragst Du, was ich in letzter Zeit geschrieben habe. Mein Liebster, mir fehlt der nötige Seelenfrieden, um zu lesen, geschweige denn zu schreiben. Abends bereite ich den Unterricht für den nächsten Tag vor und verbrenne *azufre*, um das Haus zu desinfizieren. Was mein Asthma angeht, so kann ich keine Verbesserung feststellen, aber die Jungen sind nicht mehr so oft erkältet wie früher.

Sie wachsen und gedeihen. Du wirst sie bei Deiner Rückkehr nicht wiedererkennen. Ich habe mein Versprechen nicht nur gehalten, sondern mich selbst übertroffen. Dein kleiner

Pibín kann mittlerweile bis tausend zählen – und treibt mich fast in den Wahnsinn, indem er es andauernd vormachen will –, und Max ist so *cariñoso*. Manchmal läßt er mitten beim Spielen alles fallen und rennt zu mir, um mich zu umarmen. Ich sage mir dann, daß es der Geist seines Vaters ist, der ihn packt, und daß in Wirklichkeit Du Dich im fernen Frankreich danach sehnst, mich in den Armen zu halten.

Sag Fran, daß seine Mimí wieder Junge bekommen hat. Ich wünschte, Federico würde ein bißchen besser auf sie aufpassen.

Deine Salomé

Jueves, 15 agosto 1889,
am Vorabend des Restaurationstages

Pancho:

Morgen gibt es für unsere Familie keinen Grund zum Feiern. Dein Bruder Manuel ist des Landes verwiesen worden und reist in wenigen Stunden nach St. Thomas ab. Er schickt Dir hiermit den Wechsel über die von Dir erbetenen dreihundert Francs. Federico ist wegen eines »aufwieglerischen Artikels«, den er gegen das unlängst von Lilís ausgegebene Papiergeld geschrieben hat, in *la fortaleza* geworfen worden. Man hat ihm anheimgestellt, sich seinem älteren Bruder anzuschließen, aber Du kennst ja Federico. »Ich kämpfe bis zum Tod!« hat er zu Lilís gesagt, worauf dieser das Angebot mit dem Exil sofort zurückzog und ihn ins Gefängnis steckte.

Was den skandalösen Artikel über Dich in *El Eco de la Opinión* betrifft, muß ich zugeben, daß mir ähnliche Kommentare zu Ohren gekommen sind. Aber wer Dich kritisiert, weil Du ein Stipendium der Regierung angenommen hast, verwechselt unser Land mit unserem Tyrannen. Unser Land hat Dir die Möglichkeit gegeben, an den fortschrittlichsten medizinischen Forschungen teilzunehmen, die derzeit auf der Welt betrieben werden, damit Du unseren Landsleuten nach Deiner Rückkehr von Nutzen sein kannst. (Wie freundlich von Dieulafoy, Dich in einer Fußnote des sechsten Bands seiner *Pathologie* zu erwähnen!) Und überleg doch mal, Pancho: Wärst Du zu Hause geblieben, würdest Du jetzt bestimmt zusammen mit Deinem Bruder Federico im Gefängnis sitzen. Was würdest Du uns allen dort nutzen?

Also schenke dem Artikel nicht weiter Beachtung, mein Liebling. Trage den Kopf hoch. Es gibt nichts, wofür Du Dich schämen müßtest. Der Anhang soll Dich ermutigen: ein Gedicht im alten Stil, den Du so magst, mit dem Titel »¡Adelante!«

Pibín und Max sind gerade bei mir. Pibín liest Max aus einer kleinen Zeitung für Kinder vor. Sie heißt *La Edad de Oro* und wird von Martí in seinem New Yorker Exil herausgegeben. Betances in Brooklyn, Hostos in Chile, Penson auf dem Weg nach Norden – unsere Karibik lebt anderswo!

Wir haben gehört, daß Präsident Harrison die erste Pan-Amerika-Konferenz in Washington, D.C., einberufen hat. (Federico wollte hinfahren.) Angeblich hat Mr. Harrison gesagt, die USA möchten uns ein freundlicher Nachbar sein. Von wegen freundlich: Sie kommen und nehmen sich, was sie brauchen! Wenn wir nicht aufpassen, regiert uns eines Tages ein Amerikaner – anstelle des spanischen Gouverneurs aus früheren Zeiten.

Unterdessen verleiben sie sich erst einmal ihren eigenen Kontinent ein. Hast Du erfahren, daß sie vier neue Staaten hinzugekauft haben (von denen jeder einzelne größer ist als unsere kleine *patria*)? Ich kann mir ihre Namen nicht alle merken – ich bin sicher, Pibín weiß sie auswendig, aber jetzt ist er zu Manina gelaufen.

Ich habe eine Pause gemacht, um auf die Kinder zu warten. Sie wollen ihrem Vater unbedingt einen Gruß schicken. Sie reißen mir die Feder aus der Hand –

Hóla, Papancho. Sie heißen Montana, Washington, North Dakota und South Dakota.

Hóla, Fran. Hóla, Mademoisette.

Pibín und XXXXXX

Und Deine Salomé

Domingo, 1 diciembre 1889

Pancho:

Ich habe nur einen kurzen Augenblick Zeit, um ein paar lose Gedanken zu Papier zu bringen. Federico ist immer noch im Gefängnis, und deshalb hängt alles an mir. Obwohl ich mich über seine Kontrolle so beklagt habe, muß ich nun zugeben, daß er mir fehlt. Ich fühle mich einsamer denn je.

Bitte quäle mich nicht mit Deinen Bemerkungen über die Bedürfnisse eines Mannes. Du stellst Deine Treue als Opfer hin und tust so, als hättest Du einen Anspruch auf meine. Hast Du denn nichts von Hostos gelernt?

Du sagst, ich solle mir all meine Klagen aufheben, bis Du wieder zu Hause bist und sie Dir in Ruhe anhören kannst. Aber verstehst Du denn nicht, Pancho? In dem Augenblick, in dem Du nach Hause kommst, werde ich allen Kummer vergessen haben, so wie auch nach stundenlanger Qual die Schmerzen vergessen waren, als ich in das Gesicht unserer neugeborenen Söhne blickte.

Ich werde Dir die hundert Francs schicken, aber ich muß sie mir natürlich von Cosme Batlle's Firma leihen, weil sonst in unserem Bekanntenkreis niemand so viel Geld hat.

Mein *instituto* läuft prächtig. Nur das gibt mir in diesen dunklen Zeiten Hoffnung.

Deine Söhne fragen immer wieder nach Dir und ihrem Bruder. Ich weiß nicht mehr, was ich ihnen versprechen soll.

Deine Salomé

Domingo, 15 abril 1890

Mein lieber Pancho:

Unser alter Freund Billini wird heute nachmittag im Rahmen eines Staatsbegräbnisses beigesetzt. Meine Mädchen sind alle früher nach Hause gegangen, obwohl sie – im Gegensatz zu den Jungen – natürlich nicht mitmarschieren dürfen. Aber ich habe zu ihnen gesagt, sie sollen sich entlang der Gehsteige aufstellen und schwarze Taschentücher oder Stoffetzen schwenken. Es geht nicht an, daß uns sogar das Recht zur Trauer vorenthalten wird.

Nach dem frühen Unterrichtsende habe ich unten abgeschlossen. Wir wollten uns gerade zur Siesta hinlegen, als es an der Tür klopfte. Pibín lief auf den Balkon und meldete, daß unten Soldaten stünden. Mir gerann das Blut in den Adern. Ich dachte, wir würden Federico schon bald im Kerker Gesellschaft leisten.

Minuten später stand Lilís höchstpersönlich bei mir im Wohnzimmer! Er ist groß und behende, sehr dunkelhäutig, wie Du weißt, und hat helle, ziemlich schöne Augen; man kann nicht abstreiten, daß er Anziehungskraft besitzt.

Es stellte sich heraus, daß Lilís das Gedicht gelesen hat, das ich für Billini im *Boletín Eclesiástico* geschrieben habe (und das ich diesem Brief beifüge), und daß er vorbeigekommen war, um mir zu sagen, wie sehr ihn meine Elegie bewege und daß er die Absicht habe, sie bei der Beerdigung vorzutragen. Er hatte doch tatsächlich die Stirn, sich – während Dein Bruder in seinem Kerker sitzt – in meinem Wohnzimmer aufzustellen und das Gedicht zu zitieren.

Daß seine Träume vor dem Sterben bewahrt würden,
war das einzige Denkmal, das er sich erträumte …

Besitzt die Poesie denn überhaupt keine Macht, wie Hostos behauptet?

Als er gehen wollte, brachte ich die Sprache auf Federico und ein weiteres heikles Thema, nämlich auf das Geld, das uns das Ayuntamiento seit ein paar Jahren schuldet.

»Sie machen nicht viele Worte, Doña Salomé, und kommen schnell zur Sache«, bemerkte er.

Er versprach mir an Ort und Stelle, daß die Außenstände schon am nächsten Tag bezahlt würden. (Federico erwähnte er mit keinem Wort.) Getreu seinem Versprechen (endlich einmal!) wurde das Geld am nächsten Morgen bei uns abgegeben: dreihundert *papeletas* – sein neues Papiergeld, an das keiner glaubt. Ich versuche, sie baldmöglichst in Mexicanos oder Francs umzutauschen, um Dir einen Teil des Geldes zu schicken, das Du für Deine medizinische Ausrüstung brauchst. (Warum ist Dein Aufenthalt in Paris dieses Jahr eigentlich so kostspielig, mein Liebling?)

Wie geht es meinem Sohn? Sei versichert, daß mich, was ihn betrifft, auch das kleinste Detail interessiert. Fragt er nach uns? Hat sich sein Jähzorn gebessert? Kommt er mit Mlle Chrittia nach wie vor gut aus? Sag mir, was ich ihr mitgeben kann, sobald die Marchenas wieder mit dem Schiff nach Frankreich fahren. Sie werden jetzt noch häufiger reisen müssen, denn Don Eugenio ist zum Gesandten in Paris ernannt worden.

Deine Salomé

Viernes, 10 mayo 1890

Ay, Pancho:

In Ciudad Nueva hat sich eine Tragödie ereignet: das ärgste Feuer in der Geschichte, wie unser Historiker Don Emiliano meint. Die Hauptstadt war mehrere Tage lang von dunklen Rauchschwaden verhüllt. Du kannst Dir vorstellen, wie sich das auf mein Asthma ausgewirkt hat. Aber das ist nichts, verglichen mit den Verlusten, die andere erlitten haben. Ich mache mir Sorgen um Federico, denn ich habe immer noch nichts von ihm gehört. Pibín – Du weißt ja, wie mitfühlend er ist – hat gefragt, ob wir den Opfern irgendwie helfen können. Trini und ihre Mutter haben jemanden bei sich aufgenommen, der Geld sammelt, und ich habe einen kleinen Beitrag geleistet – »Mi obolo« –, Kopie liegt bei.

Trini kommt mindestens einmal im Monat vorbei – wenn sie gehört hat, daß das Postschiff eingetroffen ist –, um sich nach Dir und Fran zu erkundigen. Ich habe ihr gesagt, daß

Du sie bittest, Dir zu schreiben, aber ich glaube, Briefeschreiben oder Schreiben überhaupt ist nicht Trinis Sache. Vergiß nicht, daß sie zu den Bobadilla-Schwestern gegangen ist, wo Schreibenlernen verpönt war. Sie bittet mich jedesmal, Dir innige Grüße auszurichten.

Also grüße ich Dich hiermit innig von ihr.

Salomé

Martes, 8 julio 1890

Liebster:

Ich bin außer mir, wenn ich an Deine Überanstrengung und Krankheit denke. Wenn Dieulafoy Dir zu einer dreimonatigen Erholungspause am Strand von Cabourg rät, dann werde ich natürlich warten. Ich kann Ewigkeiten warten, wenn es nur Deiner Gesundheit zuträglich ist. Vielleicht, mein Liebster, dauert die Kur ja auch gar nicht drei Monate, wenn Du gut auf Dich achtgibst? Wie sehr ich das hoffe! Seit unserer Trennung sind jetzt drei Jahre vergangen, und Dir fehlen immer noch zwei Prüfungen. Natürlich packt mich ab und zu die Verzweiflung. Aber Deine Gesundheit darf um keinen Preis aufs Spiel gesetzt werden.

Ich bin froh, daß Du Mlle Chrittia überzeugen konntest, Dich und Fran nach Cabourg zu begleiten. Sonst kämst Du nämlich nicht zur Ruhe, denn ich weiß nur zu gut, daß unser Fran »mit einem starken Charakter gesegnet« ist, wie Mlle Chrittia einmal gesagt hat. Teile mir in Deinem nächsten Brief ihre Maße mit, Mamá besteht darauf, ihr eine Wanderjacke zu nähen. (Frage sie, ob sie schon eine hat.) Du kennst Mamá – sie bedankt sich bei allen mit Nadel und Faden.

Deinen Söhnen geht es gut. Sie fragen nach Dir.

An Federicos Lage hat sich nichts geändert.

Deine Salomé

Lieber Pancho: Miércoles, 3 septiembre 1890

Ich habe keine Briefe mehr erhalten, seit Du Paris verlassen hast. Du bist *poco comunicativo* geworden. Ich fürchte, daß diese Krankheit der Grund für Dein Schweigen ist. Zu Jahresbeginn hattest Du eine Bronchitis und im Sommer eine Brustfellentzündung. Was soll ich davon halten? Por Dios: Schick mir ein Telegramm, damit ich weiß, daß es Dir gutgeht. Ich habe Dich in den drei Jahren Deiner Abwesenheit um nichts gebeten. Bitte erfülle mir diesen Wunsch.

Hier weiterhin nur traurige Nachrichten. Federico ist immer noch im Gefängnis. Nachdem Lilís meinem *instituto* so großtuerisch ausgeholfen hat, lehnte es sein *congreso* ab, uns als öffentliche Einrichtung anzuerkennen. Abgesehen von dem jämmerlichen Betrag, den das Ayuntamiento zahlt, haben wir also keine zusätzlichen Gelder zu erwarten.

Lehrerinnen wie Schülerinnen haben den *ánimo* verloren. Viele fehlen.

Aber Deinen Söhnen geht es prächtig. Du würdest nicht glauben, wie groß und gescheit sie schon sind. Pibín möchte, daß alle ihn Pedro nennen, ihn nicht länger bei seinem Kindernamen rufen, aber ich habe ihm gesagt, daß er für mich immer mein Pibín bleiben wird. Max hat sich zu einem Plappermaul entwickelt – quak, quak, quak, so geht es den ganzen Tag. Die Hälfte der Wörter verstehe ich nicht, aber er behauptet, er übe Französisch, damit er sich mit seinem Vater unterhalten kann, wenn er aus Paris zurückkommt.

Deine Salomé

Francisco Henríquez y Carvajal: Martes, 18 noviembre 1890

Das ist die Enttäuschung meines Lebens. So also werde ich für all meine *compromisos* entlohnt. Und noch dazu vor den Augen unseres Sohnes, mit seinem eigenen Kindermädchen!

Woher ich es weiß? Der Brief, den Du an Federico geschrieben hast, wurde bei mir abgegeben. In einen hübschen Zustand hast Du Mlle Chrittia versetzt! Jetzt verstehe ich, warum Du immer wieder verlängert hast. Bei all der harten Arbeit in Paris!

Du hast mir das Herz gebrochen. Bleib, solange Du willst, aber schicke mir meinen Sohn zurück, sonst komme ich und hole ihn. Ich schwöre Dir, Du weißt nicht, wozu ich imstande bin.

Ich will nie wieder etwas von Dir hören.

(MUTILADA)

Viernes, 5 junio 1891

Doktor Francisco Henríquez y Carvajal
60, rue de Mazarine

Erwarte Ankunft des Linienschiffs Olinda, Abfahrt Le Havre 12. Juni. Glückwunsch zum Doktortitel. Federico auf freiem Fuß. Söhne gesund und munter.

Ich habe mein Versprechen gehalten.

Salomé

SECHS

Zukunftsglaube

Minneapolis, Minnesota, 1918

Camila ist sich nicht sicher, wer es ist, aber jemand verfolgt sie auf dem Campus der Universität von Minnesota.

Sie hat ihn nicht wirklich gesehen, sondern es ist vielmehr ein Gefühl, das sie jedoch als Folge der angespannten Lage in diesem kriegführenden Land abzutun versucht. Überall sprießen Selbstschutzgruppen aus dem Boden. In der Regel sind sie hinter den Deutschen her, aber alle Ausländer gelten als suspekt. Pedro mit seiner besonders dunklen Haut und Camila mit ihrem starken Akzent sind bereits zweimal vom örtlichen Ableger der »Boy Spies of America« verhört worden.

In ihrer Handtasche befindet sich die Kopie eines Briefes, in dem bescheinigt wird, daß Camila hier ist, um ihren Magister zu machen und Einführungskurse in Spanisch zu geben; daß Pedro Doktorand ist und ganztägig unterrichtet; daß die beiden vorgenannten Personen sich verpflichtet haben, die Verfassung der Vereinigten Staaten nötigenfalls zu verteidigen. (»Und wer verteidigt unsere?« murmelte Pedro in Anwesenheit des Dekans, und Camila täuschte einen Hustenanfall vor, um sein Gemurmel zu übertönen.) Dank dieses Schriftstücks hat sich die Zahl der Zwischenfälle zwar verringert, doch es ist nicht zu übersehen, daß sie Ausländer sind, und das ist Grund genug, sie mitten auf der Straße anzuhalten und zur Rechenschaft zu ziehen.

Natürlich gibt es noch andere Gründe, die ihr das Gefühl geben, bespitzelt zu werden. Es hat alles ganz harmlos angefangen. Sie haben sich zusammen aufs Bett gelegt – wo sonst hätten sie in Marions kleinem Pensionszimmer sitzen sollen? – und sich gegenseitig laut vorgelesen, zuerst Marion einen Absatz, dann Camila den nächsten. »Um dein Englisch aufzumöbeln.« Ihre Schülerin war zu ihrer Lehrerin geworden. So hat alles begonnen.

Es ist Anfang Juni, und auf den Fußwegen wimmelt es von Studenten, die zu einer Vorlesung eilen, von einer kommen oder einfach nur auf den Bänken sitzen und nach dem langen, harten Winter das milde Wetter genießen. Für einen Augenblick ist alles vergessen: die in zwei Wochen beginnenden Prüfungen, der in Europa wütende Krieg und die Landser drüben in Frankreichs Schützengräben. Die Studenten aalen sich in der Sonne wie Lebewesen, die nach einem langen Winterschlaf wieder zur Besinnung kommen.

Sie selbst blickt hoffnungsvoll in die Zukunft. Da ist Marions Einladung, den Sommer bei ihrer Familie in LaMoure zu verbringen, und da ist das Angebot von Olmsted, dem Leiter ihrer Abteilung, fürs kommende Jahr. Alles steht und fällt natürlich damit, ob sie es schafft, sich gegenüber ihrer Familie durchzusetzen. Dies ist eins der Probleme, die ihr zur Zeit im Magen liegen: wie sie Papancho klarmachen soll, daß sie am Ende des Schuljahrs nicht wie geplant nach Santiago de Cuba zurückgeht.

Doch zuerst muß sie es natürlich ihrem Bruder Pedro beibringen, der sich in ihrer kleinen Wohnung von einer Nebenhöhlenoperation erholt. Pedro will Minnesota verlassen. Vielleicht geht er nach Mexiko oder, sobald der Krieg vorbei ist, nach Spanien, wo sein bester Freund Alfonso Reyes jetzt wohnt. Noch einen Winter könne er nicht ertragen, hat er zu seinen Kollegen gesagt. Camila hat er jedoch unter vier Augen anvertraut, daß ihm die Schwierigkeiten, auf die er hier wegen seiner Hautfarbe und Aussprache gestoßen ist, das Land vergällt haben. Außerdem wird sein Patriotismus, in den sich eine Spur Grausamkeit mischt, von Tag zu Tag grimmiger. »Wir hauen besser von hier ab, solange wir es noch können«, hat er bitter gescherzt. Und selbstverständlich geht er davon aus, daß Camila mitkommt.

Bisher hat sie noch keine passende Gelegenheit gefunden, ihm von ihren neuen Plänen zu erzählen. Die ihn anfallartig heimsuchenden Schmerzen einerseits und ihr hektischer Zeitplan andererseits – sie liegt mit ihrer Magisterarbeit in der Endphase, muß sich für die Abschlußprüfungen vorbereiten, ihre eigenen Klassen unterrichten und gelegentlich für ihren Bruder einspringen – sind die Gründe dafür, daß sie bereits mehrere Wochen hat verstreichen lassen. Gestern hat Olmsted sie daran erinnert, daß er ihre Entscheidung wegen des im Herbst beginnenden Jobs nach den Prüfungen brauche.

Als sie sich jetzt auf den Weg zu Pedros Klassen macht, um die Arbeitshefte einzusammeln, sagt sie sich, daß auch heute nicht der richtige Tag ist, um darüber zu reden. Auf dem Boden ihrer Tasche liegt eine Ausgabe des *Minneapolis Journal*, die er noch nicht gesehen hat. Wahrscheinlich sollte sie ihn besser nicht damit belasten, solange er noch so angeschlagen ist, aber sie müssen auf die Anschuldigung reagieren, sonst deutet man ihr Schweigen als Zustimmung. Schließlich sind sie nicht einfach zwei unbekannte ausländische Lehrkräfte aus irgendeinem unbedeutenden Land, die hier einen höheren akademischen Grad anstreben, sondern, wie Marion immer wieder vollmundig verkündet, der Sohn und die Tochter des Präsidenten eines Landes, das von Florida nur einen Steinwurf entfernt ist.

»Eigentlich hat er zur Zeit kein Land«, hat Camila Marion erinnert. Präsident Pancho ist von den Marines vertrieben worden und wartet nun in Santiago de Cuba im Exil das Kriegsende ab. Anschließend will er nach Washington reisen und Präsident Wilson klarmachen, was für eine Ungerechtigkeit die Besetzung seines Landes ist. Wie er das anstellen will, weiß Camila nicht, aber bis es soweit ist, wird sie selbst schon weit weg und für Panchos Feldzüge und fixe Ideen nicht mehr verantwortlich sein. Trotzdem macht sie sich Sorgen, und zwar um seine Gesundheit – einen Schlaganfall hat er bereits hinter sich – und um ihre nörgeligen alten Tanten, und vor allem macht sie sich Sorgen um ihre drei Halbbrüder, die ohne Beaufsichtigung verwildern.

Allein schon der Gedanke an den beklagenswerten Zustand ihrer Halbbrüder ruft die alten Stimmen in ihrem Kopf wieder auf den Plan. Eigentlich *muß* sie zurückgehen. Sie kann sie nicht auch noch im Stich lassen. Als Pedro ihr damals nach Hause geschrieben hat, daß er sich an der Universität, an der er promoviert, für sie eingesetzt habe, damit sie dort als Assistentin arbeiten und ihren Magister machen könne, stand für sie sofort fest, daß sie nicht gehen könne. Seltsamerweise hat ausgerechnet Pancho sie ermuntert. Sie würde einen schicken amerikanischen Abschluß machen und könnte schon nach knapp einem Jahr zurückkommen, um ihre in beengten Verhältnissen lebende Familie zu unterstützen. Außerdem wären ihre verbesserten Englischkenntnisse später, wenn es ans Verhandeln mit Präsident Wilson ginge, außerordentlich hilfreich.

Bis zum allerletzten Moment auf dem Pier in Santiago de Cuba hat Camila an der Richtigkeit ihrer Entscheidung gezweifelt. Und auch jetzt hört sie noch an einsamen Nachmittagen, vor allem wenn Marion nicht da ist, diese Stimmen in ihrem Kopf, die sie mit Zeilen aus Gedichten ihrer Mutter zurückrufen: *Pflichtbewußtsein ist die höchste Tugend. Nur ein entsagungsvolles Leben kann ein erfülltes sein. Wer sich anderen hingibt, lebt unter den Tauben.*

Für Marion sind diese Stimmen nichts weiter als Gestalten aus ihrer Kindheit, die von ihrem Erwachsenenleben Besitz ergreifen und ihrem Unterbewußtsein vorschreiben, was es tun solle. »Du mußt dich von ihnen befreien«, drängt Marion. Freud ist gerade groß in Mode, und Marion und die mit ihr befreundeten Tänzerinnen sind von seinen jüngsten Theorien überaus angetan. Marion geht viermal die Woche zu einem Psychoanalytiker und gibt ihr Wissen dann jedesmal »gratis« an die Freundin weiter.

Die Gestalt mit dem Hut und dem weiten, dunklen Mantel hält einen respektvollen Abstand ein. Camila geht durch den Kopf, daß es sich um einen Reporter des *Journal* handeln könnte. Um der Sache auf den Grund zu gehen, huscht sie hinter den Treppenhausanbau von Folwell Hall, von wo aus sie den Eingang im Blick hat, ohne selbst gesehen zu werden.

Das darf nicht wahr sein! Pedro? Ihr Bruder liegt doch zu Hause auf der Couch und erholt sich von seiner Operation. Aber hier auf dem Campus, wo es überwiegend hellhäutige Finnen, Schweden und Deutsche gibt (obwohl sie nicht mehr Deutsche genannt werden dürfen), fällt ihr Bruder mit seiner dunklen Haut und dem schwarzen Haar nun mal auf.

Wenn sie jetzt nicht zu seinen Klassen müßte, würde sie nach Hause laufen, um sich zu vergewissern, daß er auch tatsächlich dort ist, wo er sein sollte.

Sie legt das Ohr an die Tür, bevor sie sie öffnet: eine Schreibmaschine klappert. Natürlich, er tippt seine Doktorarbeit. Wenn er mal nicht an der geliehenen Maschine sitzt, benutzt Camila sie, um ihre Magisterarbeit zu schreiben: *Schäfer in den Hirtengedichten Lope de Vegas* – Olmsteds Vorschlag. Eigentlich wollte sie über Hostos, den engen Freund und Mentor ihrer Mutter schreiben. Aber der hochgewachsene, flachshaarige Professor Olmsted mit dem dicken Schnauzer und dem traurigen Walroßgesicht hat ihr zu jemandem geraten, der ein bißchen klassischer ist.

Als sich die Tür öffnet, blickt Pedro flüchtig auf. Ihr armer Bruder sieht aus, als habe er sich auf einen Faustkampf eingelassen: Seine Nase ist geschwollen, weil der Arzt den Knochen brechen und begradigen mußte. Jedesmal wenn Pedro einem Interessierten von der Operation erzählt, zieht sich in Camila alles zusammen. »Arme Camila«, sagt Pedro dann, »wie hat sie mit mir gelitten, aber von den Schmerzen hab ich ihr nichts abgegeben.« Obwohl sie das nun schon ein halbes Dutzend Mal gehört hat, muß sie immer noch darüber lachen.

Camila stellt die schwere Büchertasche auf den Küchentisch. Ihre Wohnung besteht aus einem einzigen Raum, in dem durch einen an einer Schnur befestigten Vorhang eine Art Alkoven abgeteilt ist, in dem Camila schläft und sich an- und auskleidet. Die Mietwohnung ist als »funktionelle Wohneinheit« angepriesen worden, und diese Beschreibung trifft voll ins Schwarze. Dafür war der Besitzer, ein in die Jahre gekommener Deutscher, der die Diskriminierung sicherlich am eigenen Leib zu spüren bekommen hat, bereit, an ausländisches Lehrpersonal der Universität zu vermieten.

»Wie geht es meiner hart arbeitenden Schwester?« Pedro grinst, und wenn er das tut, sieht er noch schlimmer aus. »Wie geht es dem Mekka von Minnesota?« Mit »Mekka von Minnesota« umschreibt Pedro die spanische Abteilung – wenn er gut gelaunt ist.

»Deine Studenten wünschen dir gute Besserung.« Camila stapelt die Arbeithefte auf den Tisch. Vom Boden ihrer Tasche starrt ihr die Schlagzeile entgegen.

»Irgend etwas Interessantes?« erkundigt er sich, auf Neuigkeiten erpicht.

»Warum fragst du?«

Er scheint von ihrer scharfen Erwiderung überrascht. Normalerweise tauschen sie sich abends bei einer schlichten Mahlzeit über die Ereignisse des Tages aus. »Ist etwas? Du wirkst durcheinander.«

»Es ist tatsächlich etwas Interessantes passiert«, setzt sie an und läßt ihn dabei nicht aus den Augen, um seine Reaktion zu beobachten. »Ich glaube, ich habe dich gesehen.«

»Wovon redest du, Camila?« Er sitzt hier im Morgenmantel mit geschwollenem Gesicht, arbeitet an seiner Doktorarbeit über den unregelmäßigen Versbau in der spanischen Dichtung und macht von Zeit zu Zeit eine Pause, um sich ein Glas von dem in Flaschen abgefüllten Tee einzuschenken, den sie ihm gekocht hat, und noch zwei Aspirin gegen die Schmerzen zu nehmen. Tatsächlich hat er in der letzten Woche seiner Genesung einiges geschafft: Seine Doktorarbeit ist fast vollständig getippt, und auch mit der Zusammenstellung der »besten Werke« ihrer Mutter ist er vorangekommen. Er möchte sie als Neuausgabe herausbringen, und sein bester Freund Alfonso Reyes hat bereits den Kontakt zu einem befreundeten Verleger in Madrid hergestellt. Seit die »Freunde des Landes« Salomés ersten Gedichtband verlegt haben, ist keine weitere Sammlung ihrer Gedichte erschienen. »So sterben Dichter wirklich«, hat Pedro gesagt.

»Du warst also nicht draußen?«

»Por favor, Camila.« Er hebt die Hände, als wolle er sagen: Sieh mich an, ich bin ein kranker Mann.

»Vielleicht bin ich so durcheinander, daß ich schon Halluzinationen habe.« Sie zieht die Zeitung aus der Tasche und stellt sich neben ihn, während er laut vorliest: KINDER DES EHEMALIGEN PRÄSIDENTEN VON SAN DOMINGO ZIEHEN DIE USA VOR.

»Hijos de la gran puta«, murmelt Pedro.

Camila hat ihren Bruder noch nie derart häßliche Schimpfworte in den Mund nehmen hören. Doch statt Entsetzen verspürt sie Erleichterung darüber, daß er den Gefühlen Ausdruck verleiht, die sich während des Tages in ihr angestaut haben.

Ihr Bruder reißt die Seite, die er gerade getippt hat, aus der Maschine und spannt ein leeres Blatt Papier ein. Schnell und hart schlagen seine Finger auf die Tasten.

»Paß auf, was du schreibst!« warnt sie. Sie will Pedro lieber gar nicht erst an die Geschichten erinnern, die sie in der Zeitung gelesen haben: von dem jungen Mann, den man in Wyoming aufgeknüpft hat, weil er den Namen des Kaisers erwähnt hat; dem vom Gouverneur von Iowa erlassenen Verbot, in Straßenbahnen Deutsch zu sprechen; dem in sämtlichen Speisekarten der Stadt gestrichenen und mit »Freiheitssandwich« überschriebenen »Hamburger«. Und Olmsted bezeichnet seinen Dackel neuerdings als »Freiheitshund«.

»Wir müssen uns gegen diese Lüge wehren«, sagt Pedro und haut grimmig auf die Tasten. Er ist so wütend, daß er sich andauernd vertippt.

»Laß mich das machen, Pibín«, sagt Camila und legt ihm die Hand auf die Schulter, um ihn zu beruhigen. »Du diktierst.«

Er hält sich mit beiden Händen den Kopf – anscheinend kommen die Schmerzen wieder – und tritt ihr seinen Platz ab. Er selbst legt sich auf die Couch, die ihm gleichzeitig als Bett dient, und formuliert laut den Brief, während sie tippt. »Unser Vater wurde von den Amerikanern vertrieben, weil er mit ihren Forderungen nicht einverstanden war … Wir sind hier, weil die Besetzung unseres Landes eine Rückkehr nicht zuläßt …«

Camila erinnert sich, wie sie am letzten Nachmittag von Panchos Präsidentschaft, nachdem er der Familie eröffnet hatte, daß sie wieder ins Exil gehen würden, durch die Räume des eleganten Kolonialpalasts streifte. In einem ausgeräumten Schlafzimmer im ersten Stock öffnete sie ein Flügelfenster. Es war November. Der tropische Winter stand vor der Tür. Die Wellen warfen sich mit einer Wucht gegen die Ufermauer, die ihr angst machte. Sie hatte sich ihre Heimkehr als Triumphzug vorgestellt: Salomés erwachsene Tochter, die zusammen mit ihrem Vater zurückkehrte, um ihrem kämpfenden Land zu helfen … Nun, zwei Monate später, wertete sie die Müßigkeit der Phantasien, die sie in ihrem Kopf herumgetragen hatte, als Maßstab dafür, wie sie sich jetzt verhalten mußte. Doch im Unterschied zu ihrer Mutter würde sie nicht zulassen, daß die Enttäuschung sie auffraß. Sie würde sich nicht selbst für ein Land aufgeben, das die Träume in ihrem Herzen nicht einlösen konnte.

Pedro hält kurz inne und sagt dann mit müder Stimme, die ihr signalisiert, daß sie das Folgende nicht mitschreiben soll: »Ich bin so froh, daß wir dieses verrückte Land in wenigen Wochen verlassen.«

Seine Worte lasten schwer auf ihr. Sie kann den Sommer auf keinen Fall bei Marion verbringen oder Olmsteds Angebot annehmen, denn das würde so ausgelegt werden, als verriete sie ihre Heimat und ihren geliebten Bruder.

Auch heute abend macht sie ihren gewohnten Spaziergang, »um frische Luft zu schnappen«, wie sie Pedro gegenüber erklärt. Doch als sie heute an Marions Pension vorbeikommt, geht sie nicht wie sonst hinein. Statt dessen dreht sie sich um, und zwar gerade noch rechtzeitig, um zu sehen, wie die ihr inzwischen vertraute dunkle Gestalt zurück zum Apartmenthaus eilt. Es ist Pedro, da ist sie sich sicher. Nicht ohne Verlegenheit fragt sie sich, wieviel er wohl über sie und Marion weiß.

Marion Reed, das war in ihrer ersten spanischen Konversationsstunde einer der Namen auf der Liste, der sich ohne größere Schwierigkeiten aussprechen ließ. Camilas Zunge stolperte immer wieder über die Konsonanten und Vokale in den Namen ihrer Studenten (Hough, Steichner, Thompson), worüber die Mädchen – da so viele junge Männer in den Krieg gezogen waren, bildeten sie die Mehrheit – gnadenlos kicherten.

Nur die junge Frau mit dem kurzen schwarzen Haar in der ersten Reihe schien an Camilas Lippen zu hängen. Sie wirkte älter als die anderen, etwa so alt wie Camila. Sie trug ein Sportsakko, und als sie die Beine übereinanderschlug, stellte Camila fest, daß sie Hosen trug! Sie hatte noch nie eine Frau gesehen, die so gekleidet war – nur in Magazinen und auf der Musikbühne in ihrer Heimat.

Camila schritt durch den Raum und fragte die Studentinnen und Studenten, warum sie beschlossen hatten, Spanisch zu lernen.

Als sie bei der jungen Frau anlangte, antwortete diese auf spanisch: »Amo la lengua.«

Ich liebe die Sprache.

Camila verspürte ein Prickeln wie jeder Ausländer, wenn er hört, daß jemand sich für seine Muttersprache begeistert.

Am selben Nachmittag teilte Olmsted ihr mit, daß sie sich für den Sportunterricht anmelden müsse, um die Anforderungen für ein weiterführendes Studium zu erfüllen.

»Sportunterricht?« fragte sie nach und beugte sich auf ihrem Stuhl vor. Sie lernte erst seit ein paar Wochen Englisch und war sich nie sicher, ob sie richtig verstanden hatte. Wie konnte sich eine Sprache nur so von einer anderen unterscheiden?

»Hockey, Körperhygiene, körperliche Ertüchtigung für Anfänger, Fortgeschrittene und Könner.« Er zitierte aus dem Vorlesungsverzeichnis. »Rhythmischer Ausdruck.«

»Rhythmischer Ausdruck?«

»Ich glaube, damit ist Tanzen gemeint«, sagte Olmsted.

Für die erste Tanzstunde zog Camila ihr Sonntagskleid und die Slipper mit den niedrigen Absätzen an, mit denen sie sich beim Walzer, Twostep und Foxtrott am leichtesten bewegte. Getanzt hatte sie schon immer gern.

In der Stunde sah sie ihre Schülerin, Miss Reed, wieder. Doch statt Straßenkleidung trugen sie und die anderen Studentinnen lose sitzende Gewänder. Sie sprangen durch den Raum und fuchtelten mit Armen und Beinen, daß es peinlich war – wie Mädchen, die bei einer bis spät in die Nacht dauernden Party übergeschnappt waren. Camila wandte sich zum Gehen.

»He, halt!« Marion segelte quer durch den Raum auf sie zu. »Kenne ich Sie nicht?« Die dunklen Augen musterten ihr Gesicht dreist und unverhohlen. Camila schlug die Augen nieder und stellte zu ihrer Überraschung fest, daß die junge Frau barfuß tanzte.

»Jetzt weiß ich es. Sie sind doch meine Spanischlehrerin. Sie machen auch R.A.?«

Marion starrte Camilas cremefarbenes Spitzenkleid an, als versuche sie herauszufinden, ob es eßbar war. Vor Jahren hatte Camila sich bei einer Geburtstagsfeier das Kleid vorn bekleckert. Ihre Stiefmutter hatte es zwar gründlich gewaschen, aber wenn Camila es anzog und andere Menschen sie ansahen, redete sie sich trotzdem ein: O weh, der Fleck ist immer noch zu sehen.

»R.A. ist eine tolle Sache«, sagte die junge Frau jetzt. Die großen Armlöcher in ihrem Gewand gaben den Blick auf ihren langen schlanken Körper frei. »Wir fangen mit Übungen von Delsarte an und gehen dann zu Fuller und St. Denis über, um den Körper vom Solarplexus aus zu lockern.« Sie atmete tief ein und breitete die Arme aus, als wolle sie Camila umarmen. Instinktiv wich Camila zurück.

Ihr Rückzug riß die junge Frau aus ihrer Verzückung. Sie sah Camila verdattert an. »Was ist?«

»Nichts«, antwortete Camila und bemühte sich, nicht verärgert zu klingen. Amerikanische Studenten pflegten bekanntlich einen lässigen Umgang mit ihren Lehrern, aber sie mußte sich an diesen Stil erst noch gewöhnen.

Marion sah sie für einen Augenblick unverwandt an. Dann führte sie die Bewegung, die sie begonnen hatte, zu Ende und breitete die Arme so weit aus, wie sie konnte.

Camila sah ihr dabei zu und fragte sich, was man wohl von ihr erwarte.

»Was wolltest du mit dieser Geste bezwecken?« fragte sie Marion Monate später, als sie bereits befreundet waren. »Warum hast du die Arme ausgebreitet?«

»Das war die Delsarte-Bewegung, um dich willkommen zu heißen. Ich wollte dir zeigen, daß du mir vertrauen kannst«, erklärte Marion. »Ernsthaft. Ich habe mich von Anfang an zu dir hingezogen gefühlt. Es war, als hätte man der Liebe ein Gesicht gegeben.«

Am selben Abend schrieb Camila die Worte, die ihre Aufmerksamkeit erregt hatten, in ihr Notizheft: *der Liebe ein Gesicht geben.* Sie hatte sich darunter bislang immer das Gesicht eines Mannes oder das ihrer Mutter vorgestellt, aber seit ihren Schäferstündchen mit ihrem ersten Kavalier Primitivo, die sie seltsam kaltgelassen hatten, fragte sie sich, ob sie zu dieser Art von Liebe überhaupt imstande sei. Seither hatte sie jede Menge Verehrer gehabt, aber keiner von ihnen hatte ihr Herz höher schlagen lassen. »Du suchst nach dem Märchenprinzen«, hielt Pedro ihr immer wieder vor. Nein, dachte sie dann, ich suche nach meiner Mutter.

»Ich sehe dich mit den Augen der Liebe«, sagte Marion und rollte sich auf den Bauch, um Camila in die Augen zu sehen. *Das Lied der Lerche*, der neue Roman von Willa Cather, aus dem sie sich gegenseitig vorgelesen hatten, war vergessen. Sie hatten das Buch achtlos ans Fußende des Betts geworfen. »Und ich sehe, daß du mich siehst«, sagte Camila und lächelte zurück.

Manchmal fragt sich Camila, ob ihre amerikanische Freundin sie wirklich sieht. Als Marion zum ersten Mal den Vorschlag machte, den Sommer gemeinsam zu verbringen, stellte Camila sich beunruhigt vor, wie man sie in LaMoure in North Dakota aufnehmen würde. Schließlich waren sie und Pedro in großen Städten wie Minneapolis und St. Paul schikaniert worden. Ob sie in einem kleinen Dorf sicher wäre?

Marion lachte. »Camila, Schätzchen, in Nordamerika gibt es keine Dörfer. Außerdem hast du ungefähr soviel von einer Negerin wie ich von einer Deutschen.« Marions Urgroßvater war vor mehreren Generationen aus Deutschland eingewandert. Damals wurde der Familienname von Reidenbach in Reed geändert. Dies ist eines der zahlreichen Geheimnisse, die sie sich gegenseitig anvertraut haben und die nicht nach außen dringen dürfen. Daddy Reed bekleidet in seinem Unternehmen eine wichtige Position und muß vorsichtig sein. »Deshalb bin ich noch lange keine Deutsche. Das ist ewig her. Das wäre ja so, als würde man behaupten, wir seien Affen, nur weil wir vom Menschenaffen abstammen.«

»Mir ist es egal, was du bist«, fügte Marion nach einer Weile hinzu, küßte erst die Innenseite von Camilas einer Hand und dann die der anderen und sagte langsam Camilas vollständigen Namen, als wäre er ein Zungenbrecher, den sie zu meistern versuchte.

Camila stellt sich vor, wie albern Liebesgeflüster für jemanden klingen muß, der nicht daran teilhat. Aber wer sollte schon zuhören? Der alte Geist natürlich, den herbeizurufen ihre Tante Mon ihr in der Kindheit beigebracht hat: »Im Namen des Vaters und des Sohnes und Salomés, meiner Mutter.« Doch nicht nur ihre Mutter, sondern auch ihr Vater, ihre Brüder und ihre Tanten haben sich in ihrem Kopf festgesetzt. Noch jetzt, im Alter von vierundzwanzig Jahren, fällt es ihr schwer, die alte Angewohnheit, sich selbst durch die Augen anderer zu sehen, zu durchbrechen.

Und jetzt sind diese Augen anwesend: Es sind die Augen ihres Lieblingsbruders, die sie verfolgen und sie bei etwas zu ertappen suchen – doch wobei? Daß er in ihre Privatsphäre eindringt, macht sie wütend. Wütend genug, um nach der erstbesten Gelegenheit zu suchen, es ihm heimzuzahlen, indem sie in seine eindringt.

Er ist beim Arzt zur letzten Nachuntersuchung. Anschließend will er bei der Redaktion des *Journal* vorbeigehen, um ihren Brief abzugeben. Normalerweise würde sie ihn begleiten, aber heute entschuldigt sie sich. Sie müsse ihre Magisterarbeit fertigtippen und die Abschlußprüfungen für ihre Klassen vorbereiten.

Vom Fenster, das zur Straße geht, blickt sie ihm nach, und kaum ist er außer Sichtweite, kniet sie neben der alten Truhe nieder, in der Pedro seine Manuskripte und Briefbündel aufbewahrt. Ihr Bruder ist ein schreibwütiger Mensch: Alles, was er denkt, weiß oder in Frage stellt, schreibt er auf, meist in Form von langen Briefen an Alfonso Reyes, der auch diese Manie hat. Falls Pedro also irgendeinen Verdacht hegt, wird er Alfonso davon geschrieben haben, und Alfonso ist in seinen Antwortbriefen bestimmt darauf eingegangen.

Die Truhe dient ihnen gleichzeitig als Couch- und Schreibmaschinentisch. Als sie die Papierstöße wegräumt, fällt ihr Blick auf die Inhaltsangabe, die Pedro für die Neuausgabe der Gedichte ihrer Mutter getippt hat. Viele von Camilas Lieblingsgedichten fehlen. »Persönliche Gedichte«, sagt Pedro dazu – als würde die Tatsache, daß es persönliche Gedichte sind, ihren Wert mindern. In seinem tiefsten Innern ist Pedro ein erzkonservativer Mensch, was Camila wundert, da er sich selbst für rational und modern hält.

Sie ist überwältigt, was sie in der Truhe alles findet: nicht nur Pedros Korrespondenz, sondern auch Briefe von ihrer Mutter an ihren Vater; ein Tagebuch, das Pedro als kleiner Junge geführt hat, und es enthält eine Biographie ihrer Mutter; einige Ausgaben einer kleinen Zeitung, die Pedro und Max als Kinder herausgegeben haben und in der ihre Mutter als Direktorin aufgeführt ist; ja, sogar einen Ausschnitt aus einer dominikanischen Zeitung, den sie schon einmal gesehen hat und in dem über Frans Freispruch als mutmaßlicher Mörder eines jungen Mannes berichtet wird. Damals wurde auf Notwehr erkannt, aber Camila, die um das jähzornige Wesen ihres Bruders weiß, ist sich nicht sicher, ob sie ihn ebenfalls freigesprochen hätte.

Sie könnte Stunden damit verbringen, von diesen Geheimnissen aus der Vergangenheit ihrer Familie zu lesen und sicherlich auch viele neue zu entdecken, aber sie muß sich beeilen. Das Päckchen mit Alfonsos Briefen liegt obenauf. Am Ende des dritten Briefs stößt sie auf ihren Namen.

Was diese unerfreuliche Geschichte mit Camila angeht, so ist es das beste, Pedro, wenn Du einen sichtbaren Beweis hast, denn dann gibt es für Dich keinen Zweifel mehr, und sie verfügt nicht über Argumente, um Dich von dem abzubringen, was Du tun mußt. Du und ich, wir wissen beide, daß die Amerikaner wesentlich freizügiger sind. Und diese jungen Yanks (glaube mir, ich habe sie hier erlebt) nehmen sich bei einer Ausländerin unbestimmter Rasse noch viel mehr heraus. Sobald Du einen Beweis hast, mußt Du sie zur Rede stellen und darauf bestehen, daß sie die Beziehung beendet. Sofort nach ihrem Abschluß mußt Du sie in den sicheren Schoß Eurer Familie zurückschicken.

Im ersten Moment empfindet sie Erleichterung: Ihr Bruder verdächtigt sie einer heimlichen Liebschaft mit einem *Mann*! So schlimm das wäre – es wäre nichts, verglichen mit einer Liaison mit einer Frau. Doch die Erleichterung verfliegt schon bald und weicht Traurigkeit darüber, daß sie sich gegenseitig hintergangen haben. Warum hat Pedro sie nicht einfach fragen können, ob es jemanden gibt, der sie interessiert? Da fällt ihr ein, daß er immer wieder Anspielungen gemacht und den Namen des einen oder anderen Lehrers erwähnt hat. Aber ihr Interesse an diesen jungen Männern ist so gering, daß sie davon ausgegangen ist, Pedro fragte nur, wie er nach allem fragt, wenn sie täglich zu Hause nach der Arbeit beisammensitzen und bis spät in die Nacht Neuigkeiten austauschen.

Vor ein paar Tagen hat Camila Pedro abends von einer schwachen Erinnerung an ihre Mutter erzählt; Pancho behauptet immer, Camila habe alles erfunden, um sich für eine Übeltat als Kind zu rechtfertigen und nicht bestraft zu werden.

»Du hast es nicht erfunden«, versicherte Pedro. »Ich werde nie vergessen, wie Mamá mir dieses Gedicht geschenkt hat und mich schwören ließ, daß ich immer gut auf dich aufpassen werde. Mamá würde es mir nie verzeihen, wenn dir etwas zustoßen sollte.« Bei diesen Worten sah Pedro sie eindringlich an.

Verlegen wich sie seinem Blick aus.

»Stimmt etwas nicht, Camila? Du siehst aus, als hättest du Kummer.«

Sie war versucht, ihm von ihren Plänen für Sommer und Herbst und, noch ausführlicher, von ihren Gefühlen für Marion zu erzählen. Doch ohne das Gesicht der Liebe, wie Marion sagen würde, wirkt jede Leidenschaft kreatürlich und verzerrt. Selbst ihr geliebter Pibín hätte, würde sie ihn nicht lieben, etwas leicht Abstoßendes mit seinen animalischen Geräuschen und Gerüchen, seinem Gejammer und den sich auf seinen Handrücken kräuselnden dunklen, weichen Haaren.

Sie schüttelte den Kopf. Noch wollte sie es ihm nicht beichten.

Sie sitzen Olmsted gegenüber, der seine rosafarbenen, großen Knöchel wie ein nervöser Schuljunge knacken läßt. Immer wieder nimmt er seinen Dackel auf den Arm, ein merkwürdiges kleines Wesen mit einem Körper wie ein langgezogenes Sahnebonbon und dem unsäglichen Namen Doña Lola. Doña Lola begleitet ihn überallhin – ein drolliges Pärchen: der große, schüchtern dreinblickende Mann und der kleinste Hund der Welt. Die Geschwister sind ins Büro des Abteilungsleiters bestellt worden, um sich zu ihrem Protestschreiben zu äußern, das im *Journal* abgedruckt wurde und in der Universitätsverwaltung für eine Welle unerfreulicher Reaktionen gesorgt hat.

»Ich stehe hinter Ihnen, und ich hoffe, Sie wissen das«, sagt Olmsted. Er kratzt sich am Kopf, und durch die Reibung richtet sich sein dünnes, fahles Haar auf – ein stachliger Heiligenschein.

»Es gibt nichts, wofür wir uns entschuldigen müßten.« Pedro sitzt kerzengerade auf seinem Stuhl. Camila schmerzt es, ihn so sprungbereit zu sehen, als wolle er schon im nächsten Moment zur Tür hinausjagen und zur Grenze stürmen. Aber zu welcher Grenze, fragt sie sich? Sie sind von den Vereinigten Staaten umzingelt. »Man hat uns Lügen in den Mund gelegt«, schickt Pedro hinterher.

»Wenn, dann muß sich die Zeitung entschuldigen«, pflichtet ihm der Abteilungsleiter bei. Er steht auf und tritt ans Fenster, Doña Lola auf den Fersen. Das Klicken der Krallen auf dem Holzboden ist nervenaufreibend. »Aber es herrscht nun mal Krieg. Patriotismus ist das oberste Gebot, und jeder Hauch von Kritik …« Er läßt den Satz unvollendet. Vielleicht hat er durch das Fenster auf dem Rasen des Campus etwas gesehen, was ihn vom Weiterreden abhält.

Sie haben zwar nicht darüber gesprochen, aber Camila weiß, was auf dem Spiel steht, nämlich die akademischen Titel, die ihnen beiden nächste Woche verliehen werden sollen. Sie selbst hätte »nur« ein Jahr umsonst gearbeitet, aber Pedro ist mittlerweile seit zwei Jahren hier und steht kurz vor Erlangung seiner Doktorwürde in spanischer Philologie.

»Was raten Sie uns?« fragt Camila.

»Sie könnten zusammen einen Brief aufsetzen, in dem Sie erklären, daß es nicht Ihre Absicht war, es dieser großen Nation gegenüber an Respekt mangeln zu lassen et cetera, et cetera.« Seufzend hebt Olmsted die Arme und läßt sie wieder sinken. Jetzt sieht er mehr denn je aus wie ein gestrandetes Walroß, das verzweifelt mit den Flossen schlägt.

Camila hat ihr Notizbuch hervorgeholt, um die Formulierungen des Abteilungsleiters stichpunktartig festzuhalten.

»Wir werden diesen Brief nicht schreiben.« Pedro steht auf und verschränkt resolut die Arme vor der Brust. Bei dieser abrupten Bewegung fängt Doña Lola an zu knurren, doch Olmsted greift nach unten und tätschelt mit seiner großen Hand besänftigend ihren würstchenförmigen Körper.

»Sollte die Schule beschließen, uns unsere Titel nicht zu verleihen, werden wir dagegen protestieren«, verkündet Pedro.

Camila blickt zu ihrem Bruder auf und sagt sich, wie sehr er doch ihrem Vater ähnelt – dieselbe Dickköpfigkeit, die Papancho zuweilen unausstehlich macht. Sie schweigt. Es ist zwecklos, mit einem Mann aus dem Henríquez-Clan diskutieren zu wollen, der seine Hacken in moralisches Terrain gegraben hat.

»Um Ihre Titel mache ich mir keine Sorgen«, meint Olmsted. Er hält kurz inne und mustert sie beide, als hecke er einen Plan aus und wolle sich vorab ihrer Loyalität versichern. »Aber wie Sie wissen, Miss Henríquez, habe ich Ihnen für diesen Herbst eine Stelle angeboten.« Er nickt Camila zu, die den starren Blick ihres Bruders auf ihrem Gesicht spürt, als wolle er zu ihr sagen: Du hast das die ganze Zeit gewußt und mir kein Wort gesagt?

»Und was Sie angeht, Pedro«, fährt Olmsted fort. »Da so viele unserer Kollegen an die Front ziehen, bin ich bereit, Ihnen einen Zweijahresvertrag mit einer beträchtlichen Gehaltserhöhung anzubieten. Aber natürlich müssen beide Angebote von der Verwaltung abgesegnet werden –«

»Ich habe bereits andere Pläne«, schneidet Pedro ihm das Wort ab. Das ist eine glatte Lüge, und Camila weiß das. Pedro hat zwar beschlossen, das Land zu verlassen, aber Pläne hat er nicht. Spanien kommt nicht in Frage. Mexiko ist vom Bürgerkrieg und der amerikanischen Intervention noch wie benommen. Ihr eigenes Land ist besetzt, ihr Nachbar Haiti ebenso. Puerto Rico gehört nun den Vereinigten Staaten, und Kuba ist auf dem besten Weg, ebenfalls in diese Abhängigkeit zu geraten. Wohin können sie schon gehen? Wo ist *nicht* Feindesland?

Der Abteilungsleiter seufzt vornehmlich, und gleich darauf läßt er die Schultern hängen. Der altgediente Professor ist sichtlich enttäuscht und macht keinen Hehl aus seinen Gefühlen. Doña Lola spitzt alarmiert die Ohren. Olmsted wendet sich an Camila. »Dann gehe ich davon aus, Miss Henríquez, daß ich auch mit Ihnen nicht rechnen kann?«

Sie holt tief Luft, und trotzdem klingt ihre Stimme wie ein Flüstern. »Ich habe beschlossen, Ihr Angebot anzunehmen«, teilt sie dem traurigen Walroßgesicht mit.

Als sie ihr Notizbuch nimmt und aufsteht, begegnet sie dem wütenden Blick ihres Bruders.

Auch Doña Lola erhebt sich und bellt aufgeregt.

Pedro geht auf und ab. In Anbetracht der Größe ihrer »Wohneinheit« hat er es nicht weit, bis er kehrtmacht und ihr ins Gesicht blickt. »Papancho hat dich meiner Obhut anvertraut.«

Sie sagt nichts, sondern preßt nur ihre Hände zusammen, damit sie nicht zittern. Dabei könnte sie so manches erwidern: daß sie vierundzwanzig ist. Daß sie ihr eigenes Leben leben will. Daß sie jetzt einen Job hat und selbst für sich sorgen kann.

Ihre Titel sind bewilligt worden. Das hat ihnen Olmsted heute morgen mitgeteilt. Außerdem hat der Abteilungsleiter Camila ihren neuen Vertrag ausgehändigt. »Bitte unterschreiben Sie ihn gelegentlich.« Camila hat den Umschlag rasch in ihre Tasche geschoben, um eine Auseinandersetzung mit ihrem Bruder in der Öffentlichkeit zu vermeiden. Seit sie Olmsteds Angebot angenommen hat, gab es zwischen ihr und Pedro bereits die eine oder andere Szene. Jedesmal wenn er ihr wieder mit seinen üblichen Argumenten kommt, erwidert Camila lediglich: »Ich werde deine Gefühle selbstverständlich achten, Pedro.« Sie kann ihn nicht Pibín nennen, wenn sie so wütend auf ihn ist.

Ein Rechtfertigungsbrief an die Presse hat sich im übrigen als unnötig erwiesen. Olmsted hat die Angelegenheit geregelt, indem er einen Reporter des Konkurrenzblatts *Minneapolis Tribune* zu sich nach Hause zu einem Gespräch mit Camila und Pedro eingeladen hat. Der Reporter hat ihnen ein paar Fragen gestellt und anschließend einen herzerweichenden Artikel über die beiden gebildeten Gesandten aus dem Süden geschrieben. Pedros Äußerungen wurden wortgetreu wiedergegeben: »Ich vergleiche Länder nicht gern miteinander – welches besser ist oder welches eher recht hat. Ich bin an Menschen, an Individuen interessiert.« Camilas Auftritt in der Presse war knapp und unverfänglich wie immer: »Seine bezaubernde Schwester nickte zustimmend.«

Wenn der Reporter uns jetzt sehen könnte, denkt Camila, als ihr Bruder sich mit gerunzelter Stirn vor ihr aufbaut. »Ich werde dich nicht allein hier lassen.«

»Aber ich bin doch nicht allein. Ich verbringe den Sommer bei Marion und ihrer Familie.«

Pedro bleibt der Mund offenstehen. Seine Nase ist verheilt, und lediglich die leicht geschwollenen Augen erinnern noch an die Schmerzen und Beschwerden der vergangenen Wochen. »Du kennst diese Leute doch überhaupt nicht«, wendet er ein.

»Marions Eltern haben mir eine sehr nette Einladung geschickt. Mr. Reed ist Direktor bei der North American Life Insurance Company.« Dieses Detail führt sie als Beweis für die Redlichkeit von Marions Familie an, doch das ist natürlich nicht der Punkt.

Sie geht zu ihrer Schlafecke, um den Brief mit der Einladung zu holen. Daß sie ihrem Bruder den Rücken zukehrt, läßt sie mutig werden, und sie fügt hinzu: »Im Herbst ziehe ich zusammen mit Marion und ein paar Freundinnen in eine Wohnung. Du siehst, ich werde nicht allein sein.« Sie findet den Brief dort, wo sie ihn seit Wochen versteckt hat, nämlich unter ihrer Matratze. Schon Salomé, erzählte ihre Tante Ramona, versteckte Gedichte bündelweise unter ihrer Matratze.

Als sie sich umdreht, sitzt Pedro, wie erschlagen von all den Neuigkeiten, in seinem Stuhl. Aber jetzt sieht er nicht mehr entsetzt oder gar wütend aus, sondern einfach nur müde. Es ist nicht so einfach, denkt sie, wenn die kleine Schwester erwachsen wird.

An diesem Abend ist sie mit ihrem gewohnten Spaziergang spät dran. Pedro und sie sitzen in ihrem »Wohnzimmer«, trinken Tee und reden. Sie haben das Kriegsbeil begraben, und Pedro erwägt inzwischen, ob er Olmsteds Angebot annehmen und zwei Jahre verlängern soll.

»Pibín«, sagt sie und berührt seine Hand, »wenn du dich entschließt, fortzugehen, ist das auch in Ordnung, ehrlich.« Ihre Wut ist verraucht, und alles, was sie jetzt für ihn empfindet, ist Zärtlichkeit. Sie hat noch nie jemandem lange böse sein können. Früher oder später versetzt sie sich in den anderen hinein. Diese Angewohnheit hat sie wohl entwickelt, weil sie zu viele Bücher gelesen oder weil sie immer diese Stimmen im Kopf hat, die ihr vorschreiben, was sie tun soll. Sie muß daran denken, wie Pedro sie in einem seiner Briefe an Alfonso beschrieben hat: »Meine Schwester hat einen vollkommenen Charakter.« (Schuldgefühle beschlichen sie, als sie das bei ihrer Schnüffelei las.) »Sie nimmt in ihrem Leben ständig kleine Kurskorrekturen vor, die auf alle Welt wie Unentschlossenheit wirken mögen. Aber ich glaube, sie stehen für das zitternde Ausrichten ihrer moralischen Kompaßnadel nach ihrem wahren Norden – und sie glaubt offenbar, daß dort ihre Mutter ist, dabei ist es in Wirklichkeit ihre eigene Seele. Sie ist stark, doch frei von Gewalttätigkeit.«

Sie hat sich in dieser Beschreibung zwar nicht wiedererkannt, ihren Bruder aber für seine respektvollen Worte geliebt. Schon oft hat sie sich gefragt, ob ihr das Schicksal einen Streich gespielt und ihr anstelle eines Liebhabers ihren Bruder als idealen Lebensgefährten zur Seite gestellt hat.

»Wer weiß, ob ich dich nicht allzusehr vermisse, wenn wir erst getrennt sind«, meint Pedro. Ob sie ihm das glauben soll? Pedro ist schon immer ein einsamer Wanderer gewesen.

Er hat die Füße auf die Truhe gelegt, die sie nicht länger ansehen kann, ohne sich zu schämen. Ein- oder zweimal im Verlauf ihres Gesprächs ist sie drauf und dran gewesen, ihm alles zu beichten. Aber soll er doch seinen »sichtbaren Beweis« bekommen, wie Alfonso ihm geraten hat. Das erspart ihr die Qual, ihm erklären zu müssen, was sie nicht einmal selbst begreift.

An der Straßenecke wartet sie, damit er sie einholen kann. Sie blickt zum Nachthimmel auf: so viele Sterne an fremden Orten. Sie hat eine Weile gebraucht, bis sie sich daran gewöhnt hat, Vertrautes dort zu finden, wo sie es nicht vermutete. Mit der Leidenschaft, die sie seit einiger Zeit empfindet, ist es ähnlich, es ist eine Leidenschaft, nach der sie sich immer gesehnt hat; jedoch hat sie sich nie vorgestellt, sie für eine Frau zu empfinden.

Sie wartet nun schon mehrere Minuten, aber heute abend läßt sich Pedro nicht blicken. Schlagartig befällt sie das bekannte Gefühl der Einsamkeit, das ihr schon als kleines Mädchen vertraut war, wenn sie niedergeschlagen war und am liebsten tot gewesen wäre. Damals hat sie Pedro, der zu jener Zeit in Mexiko lebte, geschrieben und ihm erzählt, daß der Freund einer Freundin mit dem Gedanken spiele, sich das Leben zu nehmen. Was sie tun solle? Er hat prompt zurückgeschrieben und ihr vorgeschlagen, zu ihm zu kommen. Aber das hat ihr Vater natürlich nicht erlaubt.

Pedro ist ihr schon immer der liebste, vertrauteste Mensch auf dieser Welt gewesen. Was, wenn sie auch ihn verliert? Von ihren Sorgen verfolgt, eilt sie die Straße entlang wie in der griechischen Sage das Mädchen, das von all dem Kummer und all den Plagen heimgesucht wird, die es aus seiner Truhe auf die Welt losgelassen hat.

Als Marion die Tür öffnet, fällt Camila ihr in die Arme. »Ist alles in Ordnung?« fragt Marion und drückt sie fest, als wäre Camila ein trostsuchendes Kind. »Du bist ja ganz außer Atem. Komm, setz dich. Nicht daß du einen Asthmaanfall kriegst.«

Aber Camila könnte es jetzt nicht ertragen, still dazusitzen und darauf zu warten, daß ihre finsteren Gedanken sie einholen. Also geht sie auf und ab und berichtet Marion, was sie ihrem Bruder erzählt hat.

»Du hast es ihm erzählt?« juchzt Marion. »Das hast du gut gemacht!«

»Scht!« macht Camila. »Vergiß nicht, daß hier noch andere Leute wohnen.« Die »anderen Leute« sind mehrere Kommilitoninnen und Miss Tucker, die unten wohnt und schon fast taub ist. Deshalb läßt sie die Haustür tagsüber unverschlossen, aber um Punkt neun Uhr abends »zieht sie die Zugbrücke hoch und flutet den Wehrgraben«. Vor ihrer derzeitigen Funktion als Pensionsmutter hat Miss Tucker an einer privaten Mädchenschule in der Nähe von Boston Geschichte unterrichtet.

»Salomé ... Camila ... Henríquez ... Ureña ...« Marion flüstert jeden Namen wie ein Kosewort. Jeder verdient einen Kuß, und jeder Kuß dauert eine Minute länger.

Als die Tür auffliegt, ist Camila nicht weiter überrascht, ihren Bruder entgeistert im Flur stehen zu sehen. »Wie können Sie es wagen!« fällt Marion über ihn her wie eine Vogelmutter, die ihre Küken gegen ein Raubtier verteidigt. Verlegen weicht er zurück.

Etwas an seinem Gesichtsausdruck ruft in Camila ihre erste Erinnerung an die Mutter wach: Sie blickte von dem

Gedicht auf, das sie soeben beendet hatte, und sagte: »Halte dich an deinen Bruder.«

Er macht auf dem Absatz kehrt und läuft den Flur entlang.

»Pibín«, ruft sie ihm nach in der Hoffnung, der Name würde ihn an das Versprechen erinnern, das er ihrer Mutter gegeben hat.

SIETE

La llegada del invierno

Santo Domingo, 1891-1892

Schließlich kam der Tag, an dem Pancho heimkehrte. Vier Jahre waren vergangen.

Ich hatte mich vollkommen verändert. Das sagten alle. Ich war so dünn, daß sogar Max mit seinen kleinen Händen meine Gelenke umfassen konnte. Ich bekam nicht genügend Luft. Mein Haar war ergraut. Die Falten und Linien in meinem Gesicht waren so tief, als hätte ich all die Briefe, die ich nicht zu Papier gebracht hatte, auf meine Haut geschrieben.

Um nichts in der Welt wollte ich hinunter zum Pier gehen und zusehen, wie sein Boot anlegte.

Die Sonne ging unter, daran erinnere ich mich noch, und Federico holte die beiden Jungen ab. Ein Begrüßungskomitee, bestehend aus Panchos Angehörigen und Freunden, war bereits vorausgegangen. Ich hatte gesagt, daß ich nicht zum Pier käme – der erste Abendtau sei für meinen Husten besonders abträglich.

Doch in letzter Sekunde überlegte ich es mir anders. Ich zog mein schwarzes Seidenkleid an und sah so *buenamosa* aus, wie eine Frau in einem Kleid, das ihr gepaßt hat, als sie zehn Kilo mehr wog, nur aussehen kann. Ich legte mir die Kette mit dem kleinen Kreuz um, das Pancho mir geschenkt hatte, und ging, einen Jungen an jeder Hand, hinunter zum Pier.

»Con calma, Salomé«, bat Federico.

Wie konnte ich ruhig bleiben, nachdem ich vier Jahre gewartet hatte, um dann enttäuscht zu werden?

»Er ist ein großer Junge, vergiß das nicht«, fuhr Federico fort, der mein Schweigen als Einwilligung wertete.

Der kleine Pibín blickte aus seinen klugen Augen zu mir auf. »Über wen redet ihr, Mamá?«

»Über einen Mann, den wir nicht kennen«, antwortete ich.

Als man den Passagieren aus dem Ruderboot auf den Pier half, erblickte ich Pancho und Fran. Ich traute meinen Augen nicht: Pancho sah noch besser aus als vor seiner Frankreichreise! Und Fran, den ich als Jungen verabschiedet hatte, kam als kleiner Mann zurück.

Ich stieß einen Schrei aus. Ich wußte, daß ich mich in der Öffentlichkeit befand, aber das war mir egal. Ich breitete die Arme aus und lief auf sie zu, und dabei verkrampften sich meine Lungen so sehr, daß ich glaubte, ich würde zusammenbrechen, bevor ich sie erreichte. Meine zwei Kleinen versuchten, mit mir Schritt zu halten.

Ich sah das Entsetzen auf Panchos Gesicht, als er meine abgezehrten Züge und meinen ausgemergelten Körper erblickte und ihm schmerzlich bewußt wurde, wie krank ich war. Bestimmt dachte er, daß ich ihm entgegenlief, daß ich meine Wut und Förmlichkeit über meiner Freude, ihn wiederzuhaben, vergessen hatte. Er drehte sich um, reichte dem Träger, der seinen Mantelsack trug, seinen Hut und breitete ebenfalls die Arme aus. Doch ich stürmte an ihm vorbei, bückte mich und schloß statt seiner meinen Jungen in die Arme.

Fran wand sich, und für einen kurzen, schrecklichen Augenblick sah ich Abscheu im Blick meines Sohnes. Er wußte nicht, wer diese alte, hohläugige, spindeldürre Frau war. Dann breitete sich die Erkenntnis auf seinem Gesicht aus.

»Mamá?« fragte er, und wir fingen beide an zu weinen.

An diesem Abend versammelten wir uns alle bei uns zu Hause: Panchos Brüder mit Ausnahme von Manuel, der noch immer im Exil war; Dubeau und Zafra, die eigens aus Puerto Plata im Norden angereist waren, um ihren geliebten Landsmann wiederzusehen; und auch Don Eugenio Marchena, der so viele Briefe hin und her befördert hatte, als er noch Gesandter in Paris war, schaute kurz herein. Obwohl ich krank war, blieb ich auf, weil ich mich am Anblick meiner drei wiedervereinten Söhne nicht satt sehen konnte.

Lange nachdem die Uhr neun geschlagen hatte, half mir Ramona, die beiden Jüngsten, die nicht mehr durchhielten, zu Bett zu bringen. Etwas später gab mir Fran einen Gutenachtkuß. »Bonne nuit, chérie.« Er konnte kaum noch Spanisch. Ich fragte mich, ob er diese Worte auch zu der anderen Frau gesagt hatte, wenn sie ihn abends zu Bett brachte, bevor sie sich zu Pancho legte.

Skorpione in meiner Seele – so fühlte sich meine Eifersucht an. Skorpione auch in meinem Herzen. Jedesmal wenn ich an diese Frau dachte, bekam ich einen schrecklichen Hustenanfall.

Schließlich ging der letzte Gast. Ramona schloß die Fensterläden und ließ sich von Pancho zu Mamá begleiten, die einen Block weiter wohnte. Ich blieb in der Diele stehen und versuchte meine Gedanken zu ordnen.

Pancho zuckte zusammen, als er mich gleich darauf hinter der Haustür erblickte. Er hielt den Kopf gesenkt: Offenbar hatte er sich auf diesen Moment vorbereitet. Ich merkte ihm seine Befangenheit an, schließlich waren wir nun zum ersten Mal seit der Trennung allein.

Im Januar war ich in ein Haus gezogen, das näher bei Mamá und Ramona lag. Es war groß und geräumig, hufeisenförmig angelegt mit einem Innenhof voller Obstbäume und Vögel. Das Wohnzimmer in der Mitte nutzte ich als Klassenzimmer, in den beiden Flügeln lagen die großen privaten Zimmer.

Lange standen wir uns in der Diele gegenüber und sahen uns an. Sein Haar war modisch kurz geschnitten, sein Schnurrbart elegant gestutzt. Er war also aus Frankreich zurück, ein Bild von einem Mann, zweiunddreißig Jahre alt, und er hatte noch das ganze Leben vor sich. Mich dagegen hatte die Trennung zermürbt. Ich war vierzig, sah aber zehn Jahre älter aus.

Als er auf mich zutrat, reichte ich ihm die Lampe, die ich vom Haken genommen hatte. »Du bist bestimmt müde, Pancho. Dein Zimmer ist am Ende dieses Flurs.«

»Sind wir denn nicht im selben Zimmer?« fragte er. Sein Spanisch hatte einen merkwürdig französischen Klang. »Ich schwöre dir, Salomé –«

»Deine Koffer müßten schon drin sein«, unterbrach ich ihn mit müder Stimme. »Von nun an gehst du deinen Weg, und ich gehe meinen.«

»Ay, Salomé, por Dios, das ist meine erste Nacht zu Hause ...«

Ich weiß nicht, was er noch alles sagte. Ich ließ ihn mit der Lampe stehen und ging im Dunkeln zu Bett.

Abend für Abend verbrannte ich in meinem Zimmer *azufre* in der Hoffnung, daß dies meine Lungen reinigte. Auf dem Nachttischchen stellte ich die Flasche mit dem Sirup Marke »Scott Emulsion« sowie ein mit einer Untertasse abgedecktes Glas Milch bereit. Wenn ich mitten in der Nacht aufwachte und vom vielen Husten ganz geschwächt war, besänftigte die Milch meine Kehle. Ich verriegelte die Fenster, verhängte sie mit einem Laken, damit die ungesunden nächtlichen Dämpfe nicht hereindrangen, und ließ die Jalousien herab. Neben meinem Bett stand eine *ponchera* für den Auswurf parat, der jeden Anfall begleitete.

Wie man sich vorstellen kann, war dies kein Ort, den ich mit einem Mann hätte teilen wollen.

Doch während ich mein Zimmer für die Nacht herrichtete und die Tür von innen verriegelte, konnte es geschehen, daß mich meine Gefühle überwältigten. Es gelang mir nicht, den Gedanken an Pancho und diese Mademoiselle aus meinem Kopf zu verbannen. Es war, als würde man mit wundem Gaumen Essig trinken.

Betrüger, Egoist, Schürzenjäger, Lügner, *sinvergüenza*, Taugenichts, dachte ich bei mir, als wäre jedes Wort eine Tür, die ich zwischen ihm und mir zuschlug.

Eines Nachts hörte ich Schritte, dann ein zaghaftes Klopfen, das ich jedoch ignorierte.

»Ist alles in Ordnung, Mamá?« Es war Pibín, der mich hatte husten hören und nach mir sehen wollte.

»Ja, mein Schatz«, rief ich zurück. Die Fürsorge meines kleinen Lieblings rührte mich. Gleichzeitig jedoch war ich enttäuscht, denn obwohl ich es mir selbst nicht eingestehen wollte, hatte ich gehofft, es wäre Pancho.

Betrüger, Egoist, Schürzenjäger, Lügner, *sinvergüenza*, Taugenichts – aber ich war immer noch in ihn verliebt!

Schon bekam ich den nächsten Hustenanfall.

Für die Menschen um uns herum war unsere Wiedervereinigung das Happy-End einer rührenden Liebesgeschichte. Oder, besser gesagt, der Beginn des Happy-Ends. Zunächst galt es, Doña Salomés Gesundheit wiederherzustellen. Und wer könnte besser helfen als ihr Gatte, der sich in Frankreich gemäß dem neusten Stand der Medizin hatte ausbilden lassen?

Seit seiner Rückkehr trug Pancho den Kopf hoch, was durch den auffallenden Zylinder, wie ihn die Pariser Ärzte bevorzugten, noch betont wurde. Außerdem legte er, wenn er in der Hauptstadt unterwegs war, immer seinen Prinz-Albert-Gehrock an, selbst dann, wenn er keinen Krankenbesuch machte.

Am späten Nachmittag schaute er gern während des Unterrichts im Instituto Profesional vorbei. Natürlich wurde der berühmte, frisch aus Paris zurückgekehrte Arzt dann aufgefordert, ein paar Worte zu sagen, worauf Pancho sich in langen Ausführungen über die jüngsten medizinischen Erkenntnisse erging.

Am liebsten referierte er über Pasteurs Theorie der Infektionskrankheiten und darüber, wie die Ausbreitung solcher Krankheiten durch eine verbesserte Hygiene eingedämmt werden könnte. Bei uns zu Hause hatte er in jedem Raum eine Waschschüssel aufstellen lassen, und er bestand darauf, daß wir uns andauernd die Hände wuschen, damit sich die Krankheitserreger, die meine Schülerinnen möglicherweise mitbrachten, nicht verbreiteten. Pancho und seine fixen Ideen! Ich mußte unweigerlich an den jungen Mann denken, in den ich mich verliebt hatte und der damals von dem Gedanken besessen war, Ignoranz und Ungerechtigkeit aus der Welt zu verbannen. Jetzt galt sein Augenmerk der Vernichtung von Keimen mittels Wasser und Seife. Man kann sich vorstellen, was für Sprüche die Runde machten, etwa: Don Pancho ist nach Paris gegangen, um zu lernen, wie man sich die Hände wäscht!

Er nahm gern den kleinen Pibín mit, um ein bißchen mit ihm anzugeben. Unser zweiter Sohn war aber auch wirklich ein erstaunliches Kind! Er hatte sich im Alter von vier Jahren das Lesen beigebracht und wenig später spielend Zählen gelernt. Erst unlängst hatte er zur Überraschung seines Vaters die Bezeichnungen sämtlicher Knochen auswendig gelernt und wußte noch dazu, wo sie sich befanden. »Schulterblatt, Wadenbein, Schlüsselbein, Elle und Speiche, Oberarmknochen, Oberschenkelknochen, Mittelhandknochen«, zählte er mit seiner Piepsstimme auf und zeigte dabei jeweils auf die Stelle, wo der entsprechende Knochen war.

Wenn Pibín dann nach Hause kam, erzählte er, was Dr. Alfonseca gesagt und wie Papancho ihn korrigiert habe. »Hört sich an, als wäre dein Vater brillant wie immer gewesen«, meinte ich.

Nachdenklich reckte der Kleine das Kinn. »Aber er hat Dr. Alfonseca vor den anderen in Verlegenheit gebracht. Vielleicht wäre es besser gewesen, wenn er später allein mit Dr. Alfonseca gesprochen hätte.« Dr. Alfonseca war der ältliche Arzt, der Pibín das Leben gerettet hatte, als er ein paar Jahre zuvor an Diphterie erkrankt war. Und es war auch Dr. Alfonseca, der mir über eine Monate andauernde Serie bedrohlicher Asthmaanfälle hinweggeholfen hatte.

»Ich bin sicher, dein Vater wollte den netten Doktor nicht in Verlegenheit bringen, Pibín.«

Pibín dachte kurz darüber nach und sagte dann: »Ich glaube auch nicht, daß Papancho ihn kränken wollte. Ich glaube, Papancho wollte einfach nur recht behalten.«

Ich sah meinen kleinen Pedro an. Es war nicht nur das Wissen in seinem Kopf, das ich bewunderte. Mein Sohn besaß für sein Alter ein ungewöhnlich starkes Gespür für Moral. Wenn man ihm etwas beibrachte, grübelte er darüber nach und stellte dann ernste Fragen wie: *Was ist Gerechtigkeit? Was ist la patria? Ist Freundlichkeit besser als Wahrheit?* Und auch die Frage, die ich ihm nicht mehr beantworten konnte: *Ist die Liebe wirklich stärker als alles andere auf der Welt?*

Dieselbe Frage hatte ich Hostos einst gestellt.

Bevor er unser Land endgültig verlassen hatte, war Hostos zu uns gekommen, um die Botanikkenntnisse der älteren Mädchen zu prüfen. Anschließend war er noch ein Weilchen geblieben. Ich wußte, daß dies die letzte Gelegenheit war, mich persönlich von ihm zu verabschieden. Ich hatte mir fest vorgenommen, nicht zu weinen, denn ich fürchtete, nicht mehr aufhören zu können, wenn ich erst einmal angefangen hätte.

Hostos war rastlos wie stets und wanderte im Raum von einem Gegenstand zum anderen – fast wie jemand, der die Orientierung verloren hat und nach Anhaltspunkten sucht. Als er zu dem Windrädchen kam, das ich zur Veranschaulichung der Windenergie gebastelt hatte, drehte er sich zu mir um. Wegen des regnerischen Winterwetters mußte ich ziemlich viel husten.

»Ist alles in Ordnung, Salomé?«

»Das ist nur ein leichter Schnupfen. Den hat im Moment jeder«, sagte ich, um die Sache herunterzuspielen.

»Stimmt, Belinda und María haben sich auch erkältet.« Er machte eine Pause und wartete ab, als hätte ich seine Frage nicht beantwortet.

Möglicherweise hätte ich ihm meine tiefen Gefühle gestanden, hätte er nicht soeben Belinda erwähnt. Statt dessen stellte ich ihm die Frage, die Pibín mir immer stellte: »Ist Liebe stärker als alles andere auf der Welt?«

»Warum fragen Sie das, Salomé?« Hostos konnte an keinem Stein vorbeigehen, ohne ihn umzudrehen.

»Weil ich mich während Panchos Abwesenheit damit tröste. Ich sage mir, daß die Liebe stärker ist als meine Sehnsucht nach ihm, stärker als meine Ängste –«

Ich wollte noch mehr sagen. Ich wollte ihm sagen, daß ich mich mit dieser Lebensweisheit jetzt über seine bevorstehende Abreise hinwegzutrösten versuche und daß es mir nicht gelänge. Doch da legte Hostos den Finger an die Lippen und reckte das Kinn, als habe er ein Geräusch gehört.

Mit einem Wink bedeutete er mir, weiterzusprechen, während er leise zur Haustür ging und sie aufriß. Draußen stand Federico, der offensichtlich durch den Spalt zwischen den Türhälften gespäht hatte.

»Vielleicht sollten wir Federico fragen, wie er darüber denkt«, schlug Hostos vor. Ich hörte ihm seine Verärgerung an, doch dank seiner positivistisch geschulten Vernunft konnte er sie unterdrücken.

Ich dagegen war, fürchte ich, nicht so beherrscht. »Ist Liebe stärker als alles andere auf der Welt, Federico, oder sollten Mißtrauen und Verrat den Tag regieren?«

Als ich an diesem Abend in meinem Bett lag, weinte ich, wie ich seit meiner Kindheit nicht mehr geweint hatte. Ich konnte einfach nicht mehr aufhören. »Tränen sind die Tinte des Dichters«, hatte Papá zu mir gesagt. Aber da ich nicht mehr schrieb, konnte ich sie getrost für meine Traurigkeit vergeuden.

Kurz nach Panchos Rückkehr kam Dr. Alfonseca eines Tages zu uns und bat darum, mit Pancho und mir allein sprechen zu dürfen. Ramona scheuchte die Kinder aus dem Zimmer. Pibín marschierte hinter den anderen hinaus, doch seine traurigen Augen klammerten sich an mich.

»Ihnen muß ich nicht erzählen, Pancho, daß Salomés Zustand ernst ist. Ihre Schwindsucht –«

»Ich bitte um Verzeihung, José, aber ich habe Salomés Sputum untersucht –«

»Du hast es untersucht?« rief ich peinlich berührt. Wie war er an mein Sputum herangekommen, wenn ich ihn nicht in mein Schlafzimmer ließ?

»Deine *ponchera* steht jeden Morgen zum Leeren neben der Toilette. Ich habe eine Probe unter dem Mikroskop untersucht.«

Dr. Alfonsecas Miene verriet, daß er den schwarzen Apparat für das Spielzeug eines Knaben hielt, von keinerlei Nutzen im Bemühen, Menschenleben zu retten.

»Koch hat bewiesen, daß Schwindsucht von Tuberkelbazillen hervorgerufen wird, aber ich habe in Salomés Auswurf keine derartigen Bazillen feststellen können«, fuhr Pancho fort. »Sie leidet an akutem Asthma, und erschwerend hinzu kommen Überarbeitung, eine Lungenentzündung und ...« Seine Augen wanderten zu mir. Ob er wagen würde, es auszusprechen? ... ein gebrochenes Herz!

Alfonseca wußte offenbar nicht, was er von diesem Pariser Papageien halten sollte. Schließlich tat er den Dissens mit einer Handbewegung ab. »Wie wir es nennen, ist nicht weiter von Belang, Pancho, aber ich möchte hiermit ein sehr heikles Thema ansprechen. Ich bin der Ansicht, daß Sie beide sich als Paar in Zurückhaltung, besser noch in völliger Abstinenz üben sollten –« (An dieser Stelle bekam Alfonseca vor Verlegenheit einen Hustenanfall) »– denn eine Schwangerschaft in diesem Zustand wäre für die Mutter tödlich.«

Für die Mutter tödlich? Das hörte sich an, als spräche er von einer anderen Frau. Keine Sorge, hätte ich zu ihm sagen können. Bei mir besteht in dieser Hinsicht keinerlei Gefahr.

»Es gibt allerdings auch Fälle, in denen sich eine Schwangerschaft positiv ausgewirkt hat«, hielt Pancho dagegen. Als er sich ans Aufzählen machte, bekam ich einen Hustenkrampf. Panchos Belehrungen hatten auf mich immer diese Wirkung.

»Ihre französischen Kollegen würden Ihnen sicherlich widersprechen, Don Pancho, denn in derartigen Fällen berufen sie sich mit Vorliebe auf die Petersche Formel.« Nun war es an Alfonseca, mit seinem Wissen zu glänzen. Die beiden Ärzte hatten sich auf eine Art medizinischen Hahnenkampf eingelassen und mich darüber vergessen. »Für die Jungfrau – keine Ehe; für die verheiratete Frau – keine Schwangerschaft –«

»– für die Mutter – kein Stillen«, beendete Pancho die Formel und nickte in tiefem Einverständnis. »Das ist mir bekannt, aber diese strengen Regeln gelten lediglich für eine Patientin, die an Tuberkulose leidet, und Sie liegen mit Ihrer Erstdiagnose vollkommen falsch, Dr. Alfonseca.«

Alfonseca erhob sich. Sein gerötetes Gesicht ließ ahnen, daß er sich ärgerte. »Ich darf mich jetzt verabschieden«, sagte er und verneigte sich vor Pancho. »Vielleicht haben Sie recht, und es stellt sich heraus, daß ich mit meiner Diagnose irre, Dr. Henríquez, aber eins steht für mich fest: Sie sind Salomés Ehemann, und ich bin ihr Arzt. Wir sollten uns einig sein im Bestreben, sie zu heilen. Alsdann, Doña Salomé«, fügte er hinzu und verneigte sich vor mir, »die Entscheidung liegt bei Ihnen.«

Ich stand ebenfalls auf und hielt mich an der Rückenlehne meines Stuhls fest. Ich wußte, daß Pancho erwartete, ich werde nun ihn als meinen Ehemann als die höchste Instanz in allen Belangen, meine Gesundheit eingeschlossen, nennen. Aber ich ging nicht darauf ein, was Pancho erwartete – ehrlich gesagt wußte ich selbst nicht mehr, was er für mich war.

»Sie sind mein Arzt«, versicherte ich Alfonseca. Ich spürte Panchos wütenden Blick auf mir und erlitt einen weiteren Hustenanfall.

All seinen hochentwickelten Theorien zum Trotz hatte Pancho im ersten Jahr nach seiner Rückkehr als Arzt keine glückliche Hand. Um das Kind beim Namen zu nennen: Die Patienten starben ihm weg. Ich glaube, zum Teil lag es daran, daß er in unserem armen kleinen Land mit den neusten chirurgischen Methoden experimentierte, ohne jedoch über die erforderlichen Medikamente oder geschulte Hilfskräfte zu verfügen. Als er bei Doña Mónica, die angeblich Lilís Mätresse war, die erste Eierstockentfernung auf der Insel vornahm und die Patientin anschließend verstarb, wurde aus dem, was bislang nur geraunte Mutmaßung war, unverhohlene Häme.

Lechuza! tönte es, wenn er das Haus eines Patienten betrat. Eule – ein Vogel, der als böses Omen galt.

Matasano! Kurpfuscher!

Die Ranküne verschärfte sich, als Pancho für Lilís Rivalen Partei ergriff. Die Rede ist natürlich von Don Eugenio Marchena, der als Lilís Gesandter in Frankreich war, sich aber unlängst mit dem Diktator überworfen hatte. Don Eugenio und Pancho hatten sich in Paris sehr miteinander angefreundet, und diese Freundschaft dauerte auf heimischem Boden an. Gewiß, der Mann hatte uns viele Gefälligkeiten erwiesen, indem er unsere Briefe hin und her beförderte und Fran auf der Überfahrt begleitete. Aber ich fürchte, jeder, der mit Panchos Pariser Zeit irgendwie in Zusammenhang stand, weckte unweigerlich meinen Argwohn. Wenn ich Don Eugenio sah, war mein einziger Gedanke: Wieviel weiß er über Panchos Doppelleben, und wieviel enthält er mir vor?

Don Eugenios rechte Hand war ein gewisser Don Rodolfo Lauranzón, der mit seiner Familie von Azua in die Hauptstadt gezogen war, um Don Eugenio im Wahlkampf zu unterstützen. Als Lilís nämlich verkündete, er werde bei den kommenden Wahlen nicht kandidieren, setzte Don Eugenio sich in den Kopf – oder vielleicht setzten es ihm seine Freunde Pancho und Rodolfo in den Kopf –, der nächste Präsident zu werden.

Oft trafen sich die drei in dem von Pancho bewohnten Flügel unseres Hauses und unterhielten sich mit lauter Stimme bis spät in die Nacht, so daß ich nicht einschlafen konnte.

»Pancho, por Dios«, flehte ich ihn eines Abends an. »Schlag dir diesen Unfug aus dem Kopf!«

»Ich kann doch die Träume für mein Land nicht aufgeben«, protestierte er und schob die Hand in den Gehrock wie der Staatsmann, der zu werden er seit kurzem hoffte.

»Das kann ich auch nicht«, erwiderte ich ruhig. »Aber ich erlebe diesen Alptraum seit vier Jahren mit, und ich kann dir sagen, die Wahlen sind nur ein Trick von Lilís, um die Konkurrenz auszuschalten. Wehe dem, der ihn beim Wort nimmt!«

Pancho schüttelte den Kopf, als wisse er es besser. »Mit Don Eugenio wird alles anders –«

»Don Eugenio!« höhnte ich. »Ohne Don Eugenio wäre Lilís nicht da, wo er heute ist.« Diese Tatsache war nicht zu leugnen, selbst von Pancho nicht. Don Eugenio war es nämlich, der sämtliche Kredite für Lilís angebahnt und somit dazu beigetragen hatte, unser Land auf Jahrzehnte hinaus zu verschulden.

Pancho ließ die Schultern hängen und zog die Hand aus dem Gehrock. »Salomé, mußt du immer die entgegengesetzte Meinung vertreten, nur um mir zu widersprechen?«

Ich überlegte kurz, ob das zutraf. »Ich bin zu krank, um mit dir zu streiten, Pancho. Aber ich mache mir Sorgen um deine Sicherheit.« Mit jedem Tag wurden in den Zeitungen mehr kritische Stimmen gegen »el Doctor de París« laut. »Du bist der Vater meiner Kinder. Ich will nicht, daß sie dich verlieren, so wie ich dich verloren habe.«

»Du hast mich nicht verloren, Salomé«, sagte er und sah mir traurig in die Augen.

Jede Frau, deren geliebter Mann ihr schon einmal Kummer bereitet hat, weiß, wie wohltuend diese Worte sein können. Ich spürte, wie ich innerlich ins Wanken geriet, wie die Tür zwischen uns unter dem Druck seiner Schultern nachzugeben drohte.

»Halte noch dieses eine Mal zu mir, Salomé, ich bitte dich. Du weißt, wie sehr deine Unterstützung Don Eugenio helfen würde.«

Ich gab mir Mühe. Wenn er zu uns kam, hörte ich aufmerksam zu, was der Mann zu sagen hatte. Er sprach von den Westendorf-Krediten im Gegensatz zu den Krediten der Amerikaner, von lang- beziehungsweise kurzfristigen Zinssätzen in Form von Silber oder Gold, von privaten Gläubigern im Vergleich zu nationalen Gläubigern et cetera, et cetera, et cetera, aber Worte wie *Freiheit, Gerechtigkeit und Gleichheit* kamen ihm so gut wie nie über die Lippen, allenfalls als kleines Crescendo – als wären sie eine Serviette, mit der er sich nach einem fettigen Mahl den Mund abtupft.

Ehrlich gesagt konnte ich zwischen diesem Mann und unserem derzeitigen Diktator Lilís keinen großen Unterschied erkennen.

Doch ich verhielt mich friedlich. Ich war mittlerweile zu krank, um mich mit jemandem zu entzweien.

Irgendwann begriff auch Pancho, wie schlimm es um mich stand. Er ließ ab von seinem Dünkel und seinem Stolz und beriet sich mit Alfonseca. Die beiden beschlossen, mich mit dem Schiff an die Nordküste zu schicken, weil die trockenere Luft dort oben heilend auf mich wirken könnte.

Mamá und Ramona waren anwesend, als Alfonseca seine Prognose stellte. Mamá mußte sich setzen, als er verkündete, ich werde vielleicht nicht einmal mehr bis Jahresende am Leben bleiben, wenn nicht etwas unternommen würde. Zum ersten Mal seit langem äußerte sich Pancho nicht dazu.

»Und was wird aus dem *instituto*?« protestierte ich. »Ich kann doch meine Mädchen nicht allein lassen.«

»Deine Gesundheit steht jetzt an erster Stelle«, erklärte Ramona. Sie hatte mir bei der Leitung meiner Schule geholfen, die täglich Zuwachs verzeichnete. Zur Zeit hatten wir zweiundsiebzig Schülerinnen. Immer wieder kamen Mütter mit ihren Töchtern an der Hand zu uns und flehten mich an, sie aufzunehmen, obwohl sie sehen konnten, daß es im Wohnzimmer keinen Zentimeter mehr Platz gab, um noch einen Stuhl hineinzustellen. Vor kurzem hatten wir im Stadtzentrum, gleich neben der Kathedrale, ein größeres Haus angemietet, um all unsere Neuzugänge unterzubringen.

»Ich erledige den Umzug, während du weg bist. Dann brauchst du dich nicht darum zu kümmern«, bot Pancho an. Er mußte ohnehin hierbleiben, um seine Arztpraxis fortzuführen. Außerdem konnte er Don Eugenio gerade jetzt, vor den Wahlen, nicht im Stich lassen.

»Und was wird aus unseren Kindern?« Allein bei dem Gedanken, daß ich meine kleinen Piepmätze mehrere Monate lang nicht sehen sollte, mußte ich husten. Beunruhigt blickten sich die anderen an und warteten, bis der Anfall vorüber war.

»Warum nimmst du sie nicht mit?« schlug Pancho vor. »Du könntest sie auf Dubeaus Schule schicken, damit sie ihren Rückstand aufholen.« Damit gab er mir indirekt zu verstehen, daß ich die Erziehung meiner eigenen Kinder über meinem Engagement für mein *instituto* vernachlässigt hatte.

»Aber wer soll Salomé begleiten?« fragte Mamá. »Ana ist in so schlechter Verfassung, daß ich sie nicht gehen lassen möchte.«

»Ich kann doch mitgehen«, bot Ramona an, aber ich lehnte ihr Angebot ab. Sie hatte mir versprochen, sich um meine Schule zu kümmern.

»Wie wäre es mit einem der Lauranzón-Mädchen?« schlug Pancho vor. »Die Lauranzóns haben vier Töchter, also können sie bestimmt eine entbehren.«

Ich staunte immer wieder darüber, wie unbekümmert Pancho über das Leben anderer Menschen verfügte. Aber er hatte recht: Don Rodolfos Töchter freuten sich bestimmt über jede Gelegenheit, ihrem Goldenen Käfig zu entkommen. Ihr Vater hielt nichts von Schulbildung für seine Mädchen, die sonst womöglich lernten, wie man Liebesbriefe las und selbst schrieb. Außerdem tat er gut daran, in der Art von Stadt, zu der sich Santo Domingo entwickelt hatte und in der es von Schurken und *sinvergüenzas* wimmelte, ein Auge auf sie zu haben. Die Lauranzón-Töchter waren eine hübscher als die andere, und die schönste von allen war die Jüngste, Tivisita, mit ihrer lockigen, kastanienbraunen Mähne und dem niedlichen Gesicht wie das einer Porzellanpuppe.

Tivisita kam oft von nebenan herüber, »um Doña Salomé zu helfen« – zumindest war dies die Erklärung, die sie ihrem Vater gab, wenn sie den ganzen Tag bei mir verbrachte. Ich bin mir zwar sicher, daß Don Rodolfo Bedenken hatte, weil sie ein Haus besuchte, in dem eine Mädchenschule untergebracht war, aber andererseits konnte er es ihr nicht verbieten, denn sein Landsmann Don Pancho war wie er selbst ein energischer Befürworter Marchenas und Don Panchos Frau, Doña Salomé, eine nationale Ikone.

Die gute Tivisita freute sich über jede Arbeit, mit der ich sie betraute. Ich ließ sie im hinteren Teil des Hauses die Kleidung meiner Söhne ausbessern oder Pancho das Frühstück servieren, das aus Café au lait und einem aus Mehl und Wasser gebackenen Brot bestand, welches bei ihm nur »baguette« hieß. Nach seinen oft bis spät in die Nacht dauernden Besprechungen wurde Pancho nämlich morgens vom Lärm der eintreffenden Schülerinnen geweckt, und ich hatte zwar Regina, die mir im Haushalt zur Hand ging, aber sie war so mit dem Putzen beschäftigt, daß sie keine Zeit hatte, noch einmal Frühstück zu machen, nachdem sie meine Söhne und mich zwei Stunden zuvor bedient hatte.

Manchmal, wenn ich vormittags aufblickte, lehnte Tivisita an der Tür zum Klassenzimmer. Und wenn sie mir abends beim Ausfegen des Wohnzimmers half, ertappte ich sie gelegentlich dabei, wie sie mit den Händen über die Schaubilder mit den Buchstaben fuhr, als würde sie ihren Sinn erkennen, wenn sie sie berührte.

Ich ging dazu über, ihr Aufgaben zuzuteilen, die sie während der Unterrichtsstunden der Erstkläßler in den vorderen Teil des Hauses führten. Und ich bat sie täglich, diese oder jene Seite für mich abzuschreiben, als ginge ich davon aus, daß sie schreiben konnte. Als ich eines Tages zufällig ins Wohnzimmer kam, um ein vergessenes Lehrbuch zu holen, das ich für die Vorbereitung des Unterrichts am nächsten Tag benötigte, sah ich sie, das aufgeschlagene Buch vor sich, am langen Tisch sitzen: Sie las stockend und berührte mit dem Finger jedes Wort.

Als sie mich hörte, blickte sie erschrocken auf und schlug das Buch rasch zu.

»Bitte lies weiter«, sagte ich und lächelte ihr zu. Sie wirkte verstört. »Du machst das sehr schön.«

»Ay, Doña Salomé, wenn mein Vater davon erfährt...«
Sie brach mitten im Satz ab.

»Das ist unser Geheimnis«, versprach ich. »Aber von jetzt an darfst du nicht mehr mit dem Finger auf jedes Wort zeigen, sondern du mußt es mit den Augen abtasten – und zwar so.« Ich las ihr eine Passage vor, und dann versuchte sie sich daran – ohne Finger.

Deshalb dachte ich natürlich sofort an Tivisita, als Pancho davon sprach, eine von den Lauranzón-Töchtern mitzunehmen. Sie würde ihre Lesekünste oben in Puerto Plata, fern von ihrem Vater, wesentlich verbessern können.

»Und wer macht mir dann mein Frühstück?« rutschte es Pancho heraus.

»Ramona kann dir das Frühstück servieren«, sagte ich und unterdrückte ein Lächeln. Meine Schwester und mein Mann starrten mich ungläubig an.

Ramona hatte zwar gesagt, sie würde notfalls alles tun, um mich zu retten, aber es gab eben doch Grenzen. »Nur, wenn er sich angewöhnt, zu rechtschaffener Stunde aufzustehen.«

»Zu rechtschaffener Stunde«, wiederholte Pancho langsam und nachdrücklich, als wolle er die Worte gründlich untersuchen, bevor er eine Diagnose stellte. Seine merkwürdige Aussprache hatte etwas Affektiertes. »Zu rechtschaffener Stunde – eindeutig ein provinzieller Zeitbegriff, typisch dominikanisch.«

»Bueno, Pancho, was glaubst du, wo du bist?« Ramona verschränkte die Arme vor der Brust. »In Paris?«

Am Abend vor meiner Abreise aus der Hauptstadt folgte mir Pancho auf Schritt und Tritt, wie früher unser quirliger kleiner Coco, der vor kurzem eingegangen war. Ob ich meine Scott Emulsion mitnehmen würde? Ob ich genügend *azufre* zum Verbrennen bei mir hätte und *ipecacuana* für den Fall, daß ich Fieber bekäme? Ob ich für die Jungen genügend Socken, Schuhe und Matrosenmützen eingepackt hätte?

»Pancho«, sagte ich irgendwann. »Du bringst meine Unordnung durcheinander!«

Meine Nerven vibrierten. Ich hatte einen schrecklichen Tag hinter mir, denn jede Aufregung zog unweigerlich einen Hustenanfall nach sich.

»Ich möchte dich um einen besonderen Gefallen bitten«, sagte Pancho nach einer Weile, setzte sich mir gegenüber hin und ergriff meine Hände. Ich weiß nicht, ob es an meiner bevorstehenden Abreise lag – jedenfalls verspürte ich nicht den üblichen Widerwillen.

»Ich werde gut auf unsere Söhne aufpassen«, gelobte ich, weil ich davon ausging, daß dies das Versprechen war, das er mir abnehmen wollte.

»Ich weiß, daß du das tust, auch ohne daß ich dich darum bitte«, sagte er und sah mich seltsam zärtlich an. »Aber das ist nicht der Gefallen, um den es mir geht.«

Er erklärte es mir. Im Oktober würde unser Land den vierhundertsten Jahrestag von Kolumbus' Landung an unseren Ufern begehen. Die »Freunde des Landes« planten im Nationaltheater einen außergewöhnlichen Abend mit Musik von

Reyes, Texten von Prud'homme und Reden von allen möglichen Leuten. Pancho selbst beabsichtigte, den Vortrag zu überarbeiten, den er in Paris über die letzte Ruhestätte von Kolumbus' Gebeinen gehalten hatte. Auch Martí würde wahrscheinlich kommen. Und ein Gedicht von Salomé wäre die Krönung des Abends.

Ich konnte einfach nicht glauben, daß mich Pancho in einem Augenblick wie diesem um ein Gedicht bat. »Pancho«, sagte ich und sah ihm in die Augen. »Ist dir eigentlich klar, wie krank ich bin?«

Er nickte langsam, aber ich spürte, daß er sich die Bedeutung meiner Worte nicht wirklich bewußt machte.

»Ich muß oft an etwas denken, was du in einem deiner Briefe geschrieben hast«, fuhr Pancho fort, und seine Stimme klang vor Ergriffenheit ganz belegt. Es war das erste Mal, daß er unsere Korrespondenz erwähnte. »Ich meine den Brief, in dem du erzählt hast, daß deine Schülerinnen sich bei dir entschuldigt haben, weil du für sie das Dichten aufgegeben hast. Ich habe das Gefühl, daß auch ich mich bei dir entschuldigen muß, Salomé. Wären die Kinder und ich nicht gewesen, hättest du den Weg zur Unsterblichkeit weiterverfolgt.«

»Ay, Pancho«, sagte ich kopfschüttelnd. »Meine Kinder sind die einzige Unsterblichkeit, die ich mir wünsche.«

Pancho sah mich durchdringend an, als wolle er Schicht um Schicht die Fassade abtragen und zu dem vordringen, was ich wirklich empfand. »Aber du hättest ein Quintana sein können. Oder ein Gallego«, beschwor er mich.

»Statt dessen bin ich Salomé, und das kann niemand sonst sein.«

Zärtlich küßte er mich auf Stirn, Nasenspitze und Kinn. »Darüber bin ich sehr froh.«

Später hörte ich, wie er sich in einer seiner vielen Waschschüsseln die Hände wusch.

Die drei Monate fern von zu Hause waren wie ein herrlicher, sonniger Traum. Wir – die Kinder, Tivisita und ich – wohnten in einem kleinen Haus, das mein alter Freund Dubeau, der früher an *la Normal* und auch an meinem *instituto* unterrichtet hatte, für uns gemietet hatte. Als Lilís dazu übergegangen war, Hostos' Jünger zu verfolgen, waren Dubeau und seine Frau Zenona nach Norden in die Küstenstadt Puerto Plata gezogen und hatten dort eine kleine Schule eröffnet, der sie jedoch nicht einmal einen Namen geben konnten, um nicht die Aufmerksamkeit der Behörden zu erregen. Der Positivismus war zu einer Untergrundbewegung geworden.

Aus der Ferne hörten wir von den Vorbereitungen für die Kolumbus-Feierlichkeiten in der Hauptstadt. Dubeau vermutete, daß Lilís so viel Tamtam machte, um von den bevorstehenden Wahlen und den vielen Gegnern abzulenken, die vor dem Wahltag noch aus dem Weg geräumt werden mußten. Und tatsächlich: Als die von Spanien entsandten Nachbauten der *Niña, Pinta* und *Santa María* in den Hafen einliefen, trieben neben ihnen die Leichen von Lilís Feinden auf dem Wasser. Die Kanonensalven übertönten die Gewehrschüsse der Exekutionskommandos in Azua, wo Don Eugenios Anhänger niedergemetzelt wurden.

Uns kam das alles in unserem verschlafenen Küstenstädtchen unwirklich vor. Wir wachten in aller Frühe auf, gingen barfuß am Sandstrand spazieren und sammelten Muscheln, von denen eine vollkommener war als die andere. Wenn wir zu unserem kleinen Haus aus Palmholz zurückkehrten, war mein Rock jedesmal voller Schätze. Schon bald waren meine Kleider vorne abgewetzt und hatten einen schmutzigen Saum. Die Meeresbrise blies die Entzündung aus meiner Brust. Das Plätschern der Wellen besänftigte mein Gemüt. Meine Lungen gesundeten, und auch mein Herz begann zu heilen.

Pancho schickte mir aus der Hauptstadt häufig liebevolle Briefe, als wolle er sein wiederholtes langes Schweigen und seine kühlen Mitteilungen aus Frankreich gutmachen. Er war inzwischen in das neue Haus gezogen, in den »Palast«, wie er es nannte, und fragte an, ob die Kinder gern einen Affen hätten, denn einer seiner Patienten, ein Werkzeugschleifer, hätte ihm ein sehr günstiges Angebot gemacht. »Kommt nicht in Frage«, schrieb ich zurück. Mit dem großen Haushalt und der Schule im unteren Stockwerk hätte ich genug zu tun. »Wenn schon einen Affen, warum dann nicht auch gleich einen Bären und eine Ziege?« fügte ich hinzu, um mein kategorisches Nein ein wenig zu entschärfen.

Der Blick aufs Meer wirkte anregend auf mich, und so griff ich zum ersten Mal seit zwei Jahren zur Feder und schrieb nicht nur ein Gedicht, sondern gleich zwei. Das erste, »¡Tierra!«, war in meinem alten Stil gehalten. Es war der Ausruf eines Seemanns, der Land erblickt und dessen Hoffnungen und Erwartungen sich schließlich erfüllen. Das zweite mit dem Titel »Fe« war wesentlich verhaltener, es handelte von einigen auf offener See von Stürmen heimgesuchten Seeleuten, die nur noch ihren Glauben haben, um sich über Wasser zu halten, da weit und breit kein Land in Sicht ist.

Ich schickte Pancho beide Gedichte, und natürlich entschied er sich dafür, »¡Tierra!« bei der Abschlußfeier vorzutragen. Wenn ich Panchos Berichten über jenen Abend Glauben schenken darf, wurde mein Gedicht gut aufgenommen. Pancho hatte sich gegen Ende der Festlichkeiten im Teatro Republicano erhoben und es vorgetragen, bestimmt mit in den Gehrock geschobener Hand und dem leicht französischen Akzent, den abzulegen er sich weigerte. Der große Apostel Martí und der große General Máximo Gómez sowie der unvergleichliche Meriño und unser nächster Präsident Marchena (Pancho und seine Superlative!) seien sichtlich bewegt gewesen. Selbst Martí habe sein Taschentuch herausgezogen. Pancho behauptete unerschütterlich, dies habe an der Kraft meiner Poesie gelegen, aber ich kann mir vorstellen, daß der Apostel eher an sein geliebtes Kuba dachte, aus dem er nun schon seit so vielen Jahren verbannt war.

»¡Mi musa, mi esposa, mi amor, mi tierra!« schloß Pancho.

An diesem Abend versammelten wir uns an der Nordküste, also am anderen Ende der Insel, im kleinen Wohnzimmer
unseres Strandhauses. Dubeau las ein paar Gedichte vor,
meine Jungen kurze Aufsätze, und anschließend überraschte
ich die anderen mit meinem neuen Gedicht »Fe« – »Glaube«.
Das Lampenlicht fiel auf die Gesichter meiner Kinder und
lieben Freunde. In einiger Entfernung hörte ich die Wellen
kommen und gehen, kommen und gehen – mehr Applaus
konnte ich mir nicht wünschen. Als ich geendet hatte, war
ich überglücklich: Ich hatte beim Lesen kein einziges Mal
husten müssen!

Die Erholungskur zeigte Wirkung. Ich hatte den Sturm
überstanden. Glaube!

Zurück in der Hauptstadt, kam mir alles verändert vor. Seit
kurzem gab es Elektrizität, und abends war die Stadt taghell
erleuchtet. Auf der Plaza Central hatte man ein amerikani-
sches Karussell aufgestellt: Für einen *mota* konnte man fünf
Minuten lang im Kreis fahren und am Ende vor Schwindel
kaum noch stehen – mit Blick auf die bevorstehenden Wahlen vermutlich ein angemessener Zustand.

Das einstöckige große Haus, das wir gemietet hatten,
stand mitten in der Stadt. Am Tag meiner Rückkehr blickte
ich von einem Fenster im ersten Stock hinaus aufs Meer und
anschließend hinunter in den Garten, von wo mir ein kleines Wesen mit Halskrause entgegenschaute; es war mit
einer Schnur an einem Guavenbaum festgebunden. »Pancho!« rief ich.

Er zuckte hilflos mit den Schultern. »Der Werkzeugschleifer ist gestorben, und der Affe wollte einfach nicht weg.«

»Ich werde dafür sorgen, daß er weg will«, erklärte ich,
aber ich hatte die Schlacht bereits verloren. Als unsere Söhne
das originelle Haustier erspähten, riefen sie: »Ein Affe! Ein
Affe!« und flitzten nach unten, um es zu begrüßen.

Ich war von unserem neuen Zuhause so angetan, daß ich
mir die Freude über meine Heimkehr durch nichts verderben

lassen wollte. Das Haus war ziemlich imposant, hatte ein spanisches Ziegeldach und schmiedeeiserne Gitter an allen fünf Balkons. Das Erdgeschoß nutzten wir für unser *instituto*, den ersten Stock als privaten Wohnbereich. Die Bobadilla-Schwestern wären vom äußeren Erscheinungsbild meines *instituto* bestimmt beeindruckt gewesen, von dem, was sich im Innern abspielte, allerdings weniger: hier lernten kleine Mädchen lesen und schreiben.

Unsere Schule hatte sich von der Größe her verdoppelt, und das war gut so. Da Pancho nur wenige Patienten hatte, waren wir auf die Einkünfte des *instituto* angewiesen, um unsere Schulden zu bezahlen. Und davon hatten wir übergenug. Trotz des Stipendiums, das Pancho von der Regierung bewilligt worden war, hatte er eine beträchtliche Summe von Cosme Batlle leihen müssen, um sein Pariser Studium finanzieren und seine Ausrüstung bezahlen zu können. Wie sich herausstellte, hatte er obendrein persönliche Ausgaben, über die ich hier jedoch nicht sprechen möchte.

Obwohl das *instituto* florierte und die Zahl der Neuanmeldungen mit jedem Tag stieg, reichte das Geld nie, weil wir so viele Stipendien verteilten. Dazu kam, daß das Ayuntamiento mit der Zahlung unseres monatlichen Zuschusses ständig im Rückstand war und die zunächst zugesicherte Summe beträchtlich gekürzt hatte. Als wir erfuhren, daß die San-Luís-Gonzaga-Schule und die Escuela Central pro Schüler den doppelten Betrag erhielten, war uns klar, was hier ablief: Das Regime wollte uns in aller Stille zum Aufgeben zwingen.

Aber Salomé war stark und mutig aus Puerto Plata zurückgekehrt. Ich fühlte mich der mit harter Arbeit verbundenen Aufgabe, meine *patria* Mädchen für Mädchen zu erneuern, wieder gewachsen. Allen fiel auf, daß ich gute Farbe hatte und nicht mehr ganz so mager war. Panchos Augen wanderten nicht länger zu den Lauranzón-Mädchen, jedenfalls nicht in meiner Gegenwart. Es erübrigt sich der Hinweis, daß seine Annäherungsversuche von neuem einsetzten, kaum daß meine Gesundheit wiederhergestellt war.

Das war zudem auf eine schlichte Tatsache zurückzuführen: In unserem neuen Haus gab es keine zwei Flügel, in denen wir getrennt Quartier beziehen konnten. Also mußte ich bei meiner Rückkehr feststellen, daß Pancho uns beide im selben Schlafzimmer untergebracht hatte. Trotzdem bestand ich darauf, daß die Träger meine Sachen in einem kleinen Wohnzimmer neben dem Zimmer unserer Söhne abstellten. Sie waren mir behilflich, eine schmale Pritsche neben einem Flügelfenster mit Blick aufs Meer aufzuklappen.

»Salomé, bei mir im Schlafzimmer hast du es wärmer«, sagte Pancho, denn er schämte sich, seine eigenen Bedürfnisse in den Vordergrund zu stellen. Der Winter stehe vor der Tür, erinnerte er mich, und die Nächte würden kühler, zumal jetzt, wo wir näher am Meer wohnten.

»Kühle Luft ist für meine Gesundheit besser«, entgegnete ich.

»Aber du bist doch geheilt«, meinte er fast flehentlich.

»Meine Lungen sind geheilt«, stimmte ich zu.

Offen gestanden ärgerte ich mich über mich selbst, denn ich wollte ihm eigentlich längst verzeihen. Doch jedesmal, wenn ich mir vornahm, meine Halsstarrigkeit aufzugeben, stieg meine Wut wieder wie eine Wand zwischen uns auf. Dann mußte ich an Panchos Lügen denken, an seine unzähligen Ausflüchte, um zu erklären, weshalb er noch nicht nach Hause kommen könne und warum er mehr Geld benötige. Oder ich stellte mir Mlle Chrittia mit ihrem rötlichen Lockenhaar und ihren grauen Augen vor – diese Details hatte ich aus Fran herausbekommen. Ich mußte daran denken, wie ich ihr aus Dankbarkeit, weil sie sich um »meine Jungs« kümmerte, Geschenke geschickt hatte, die wir uns kaum leisten konnten. Ja, ich war wütend – auf Pancho, auf Mlle Chrittia und auf mich selbst.

Vielleicht hätte ich mich erweichen lassen, wenn Pancho hartnäckiger gewesen wäre, aber er hatte – wie ich auch – andere Sorgen: Unmittelbar vor unseren Augen fand ein Blutbad statt.

Lilís hatte verkündet, er wolle nun doch für das Präsidentenamt kandidieren. Klugerweise zogen sich die anderen Kandidaten sofort zurück – alle bis auf Don Eugenio. Pancho vertraute mir an, daß Rodolfo und er Don Eugenio beschworen hatten, nicht nur auf seine Kandidatur zu verzichten, sondern zudem mit dem ersten Schiff das Land zu verlassen. Doch Don Eugenio hielt sich für unverwundbar. »Keine gute Eigenschaft für ein künftiges Staatsoberhaupt«, räumte Pancho ein. Seine schwindende Begeisterung für Don Eugenio rettete ihn. Als nämlich der innere Kreis um Marchena ausgehoben wurde, wußten Lilís' Spitzel, daß Pancho nicht länger dazugehörte.

Am Abend vor der Wahl gingen Pancho und Federico auf die Straße, um die Stimmung in der Stadt zu erkunden. Ich lag schlaflos auf meinem schmalen Bett und wartete, bis ich Pancho zurückkommen hörte. Seit Tagen fühlte ich mich leicht fiebrig und fürchtete, mein Leiden könnte wiederkehren. Aber der grauenhafte Husten blieb aus, und so klammerte ich mich an die Hoffnung, daß dies nur ein Anflug meines altbekannten Asthmas war.

Ich weiß nicht, was ich zuerst hörte – die Schüsse oder die Schritte im Hauseingang. Ich setzte mich im Bett auf, warf mir den Schal über die Schultern und eilte dann in den vorderen Teil des Hauses. Pancho stand atemlos am oberen Treppenabsatz. In der Stadt gehe es drunter und drüber.

»Ich möchte, daß du gleich morgen früh mit den Kindern zu deiner Mutter ziehst«, sagte er entschieden.

»Wenn einer von hier weg muß, dann bist du es, Pancho. Du mußt mit dem ersten Schiff abreisen, egal, wohin: Haiti, Kuba, Curaçao, Puerto Rico oder Frankreich.« Bevor ihm auch nur ein Haar gekrümmt würde, wollte ich ihn lieber zu der anderen Frau zurückschicken. Liebe *ist* stärker als alles andere auf der Welt. Bis zu diesem Augenblick hatte ich noch nicht gewußt, daß ich zu solch einer Liebe fähig war.

Als Pancho die Hände nach mir ausstreckte, entzog ich mich ihm nicht. Er führte mich den Flur entlang, vorbei am

Zimmer unserer Söhne, vorbei am Zimmer mit der schmalen Pritsche, in dem ich mich eingerichtet hatte, zu seinem Zimmer und dem breiten Himmelbett mit der Tagesdecke – einem Hochzeitsgeschenk –, die ich jeden Morgen glattstrich, wenn ich sein Bett machte.

Er schlief in dieser Nacht tief und fest in meinen Armen, aber ich lag wach und fand keinen Schlaf. Im Zimmer war es kalt. Ich hörte, wie das winterliche Meer gegen den *malecón* anbrandete. Draußen wimmerte der Affe, weil er ins Haus wollte. Kurz vor der Morgendämmerung brachen die Kämpfe aus. Die Gewehrschüsse übertönten meine Hustenattacken. Da lag ich und wußte, daß ich die Hoffnung für meine *patria* und auch für mich selbst aufgeben mußte. Pancho mochte es noch so heftig bestreiten – ich zeigte alle Anzeichen der Schwindsucht: Abmagerung, Rückfälle, Fieber, Kurzatmigkeit. Das einzige Symptom, das mir bislang erspart blieb, war das Aushusten von Blut.

In den Stunden, in denen es im Zimmer allmählich hell wurde, sah ich voraus, was kommen würde: Marchena ermordet, Pancho zur Flucht gezwungen, die Lauranzóns ins Exil getrieben, die Türen des *instituto* geschlossen, und meine Kinder ihres Zuhauses beraubt. Und ich bekam nicht genügend Luft. Bei meinem Leben, ich bekam nicht genügend Luft.

SIEBEN

Erwiderung

———◆———

Santiago de Cuba, 1909

Jede Minute rechnet Camila nun damit, daß die Kutsche mit ihrem Vater und ihrer Tante Mon und dem nach der Sonne ausgerichteten Schirm auf dem letzten Hügel in Sicht kommt. Sie sind vom Pier bestimmt durch die Stadt heraufgefahren, und ihr Vater hat sicher auf dieses und jenes Haus gezeigt und gesagt, dort wohnt der beste Dichter von ganz Kuba oder der perfekteste Flötenspieler oder die freundlichste *doña*, die die besten *pasteles* bäckt. Camila verdreht die Augen, wenn sie an die übertriebene Begeisterungsfähigkeit ihres Vaters denkt.

»Camila, Liebes, sind sie schon da?« Tivisita betritt den vorderen Raum, der Papancho als Arbeitszimmer und Bibliothek dient. Camila holt tief Luft und erwidert dann so gelassen wie möglich: »Nein, noch nicht. Schließlich sollte das Boot erst um zehn Uhr anlegen.« Dieses »schließlich« trägt ihr immer wieder Tadel ein. Wäre ihr Vater jetzt hier, würde er sie zurechtweisen, und seine Stimme wäre voller Zuneigung für Tivisita: »So spricht man nicht mit seiner Stiefmutter, Camila.«

Ihre Stiefmutter erwidert nichts, und Camila hofft, daß sie den Wink verstanden hat und sie allein läßt. In diesem Haus wird es doch wohl einen Raum geben, in dem Camila vor ihrer verrückten neuen Familie sicher ist. In letzter Zeit haben die anderen ihre Geduld ganz schön auf die Probe

329

gestellt – vom kleinen Rodolfo, so niedlich er ist, über das rosa Ferkel Teddy bis hin zu dem Bären, der eigentlich Teddy heißen müßte, statt dessen aber auf den Namen Christopher Columbus hört. Ihr ist es jedesmal peinlich, wenn ihre Freundinnen zu ihr kommen und in Bärenkacke treten oder sich die frechen Kommentare von Papagei Paco anhören müssen, mag er diese auch auf englisch abgeben. Nach dreijähriger Besatzung weiß jeder auf Kuba, was *Remember the Maine, the hell with Spain!* heißt oder *Bottoms up!* oder *Stick it where the sun never shines!* Diese höhnischen Bemerkungen sind ihr besonders peinlich, wenn ihre wunderschöne Freundin Guarina Lora, die aus einer der ältesten und vornehmsten Familien Kubas stammt, zu Besuch ist.

Mon kommt nach Santiago de Cuba, um sie, Camila, zu sehen, und niemanden sonst. Mon ist nicht nur ihre Lieblingstante, sondern auch ihre Taufpatin und die einzige Schwester ihrer Mutter – und damit kommt sie einer Mutter so nah, wie es eine Person, die nicht die Mutter ist, überhaupt kann. Camila hat Mon Anfang des Jahres geschrieben und sie gebeten, zur Party an ihrem fünfzehnten Geburtstag im April zu kommen, aber ihre Tante hat zurückgeschrieben, Reisen sei »für eine dicke alte Dame wie mich« eine beschwerliche Angelegenheit. Statt dessen hat sie Camila eingeladen, den Sommer bei ihr zu verbringen. Das hat bei Camila zu Hause für einigen Unfrieden gesorgt. Papancho wollte Camila nicht fortlassen. Er behauptete, das Klima dort sei sehr schlecht für ihr Asthma. Aber Camila weiß, daß das eine Ausrede ist. Ihr Vater hat ihr noch nie erlaubt, zu Besuch nach Hause zu fahren, obwohl die beiden Inseln mit dem Dampfer nur eine Tagreise voneinander entfernt liegen. Er tut gerade so, als wäre Santo Domingo Mexiko, wo ihr Bruder Pedro inzwischen lebt. Sie hat ihre Tante und ihre Großmutter nicht mehr gesehen, seit Papancho vor fünf Jahren mit der ganzen Familie nach Kuba gezogen ist. Das ist *so* ungerecht.

Aus Unterhaltungen zwischen ihrem Vater und ihrer Stiefmutter, die immer dann augenblicklich abbrechen, wenn sie den Raum betritt, weiß sie, daß Tía Ramona auf Papancho nicht gut zu sprechen ist. Sie hat keine Ahnung, warum. Dies ist eins von den Geheimnissen aus der Vergangenheit, über das nie jemand ein Wort verliert aus Angst, ihre Stiefmutter könnte sich aufregen. So zumindest erklärt es sich Camila. Warum sonst will man ihr den Grund nicht nennen, daß Tía Ramona Papancho nicht leiden kann? Sie hat ein Recht darauf, es zu erfahren. Schließlich ist es ihr Leben, das unter dem bösen Blut der beiden zu leiden hat! Natürlich sagt sie das niemandem. Derart finstere Gedanken läßt sie erst seit kurzem an sich heran, und mit anderen würde sie nie darüber sprechen.

»Du solltest besser nicht am Fenster stehen. So staubig, wie die Straße ist...« Tivisitas Stimme klingt besorgt, aber Camila weiß, daß es geheuchelt ist. Wenn Tivisita wirklich so viel an ihr läge, hätte sie ihr erlaubt, den Kutscher nach unten zum Pier zu begleiten, um ihren Vater und ihre Tante abzuholen. Hat Papancho die heilende Wirkung der Seeluft nicht immer gepriesen? Aber nein, Tivisita hat gemeint, eine Fahrt in die heiße, tiefliegende Stadt und zum Hafen wäre das Schlimmste, was Camila ihren Lungen antun könne. Seit sie hier herauf nach Vista Alegre gezogen sind, muß sich Camila ständig anhören, daß die luftigen Hügel ihr Asthma heilen werden. Gott bewahre die Familie vor einer weiteren »Lungentragödie«!

Nun, in der Familie spielt sich tatsächlich eine Tragödie ab, auch wenn die anderen es nicht merken. Camila ist so unglücklich, daß sie es kaum noch aushält. Sie hat nur ihrem Bruder Pedro davon geschrieben, und das in verschleierter Art und Weise, denn sie hat behauptet, der Freund einer Freundin leide an Schwermut und wolle sich das Leben nehmen, worauf ihr Bruder zurückgeschrieben hat: »Sag ihm, er soll noch ein bißchen damit warten. Die Jugend ist nie einfach.« Gleichzeitig aber hat Pedro an ihren Vater geschrieben und gebeten, Camila zu ihm nach Mexico City zu schicken, damit sie bei ihm leben könne. Sie weiß davon, weil ihr Vater die Angewohnheit entwickelt hat, Briefe als Lesezeichen zu verwenden, und schon mehrmals ist sie bei der Lektüre von *La divina commedia* oder *El Cid* oder einem Roman von Victor Hugo auf einen Brief von einem ihrer Brüder gestoßen.

Auf die Weise hat sie auch erfahren, daß ihr ältester Bruder Fran, der offenbar aus der Art geschlagen ist, einen Mann getötet hat. In dem Brief, den Fran aus dem Gefängnis an ihren Vater geschrieben hat, erklärt Fran, daß der Sohn der Bordas ihn zuerst bedroht habe, dann sei das Opfer zum Arzt und er selbst hinter Schloß und Riegel gebracht worden. Als Camila das Exemplar ihres Vaters von Pedro Calderón de la Barcas *Das Leben ist Traum* durchgeblättert hat, entdeckte sie einen Brief von Mon, in dem diese Papancho um das Sorgerecht für Camila bittet. Ihr Bruder Max hat die Angewohnheit ihres Vaters offenbar übernommen. Neulich ist Camila dahintergekommen, daß Max für ihre beste Freundin Guarina schwärmt. Ihr Bruder hat ein halbfertiges Sonett in Salomés Gedichtband vergessen, vielleicht aus Kummer darüber, daß er mit der Begabung ihrer Mutter nicht mithalten kann. Als Camila es gelesen hat, versetzte ihr die Eifersucht einen Stich. Max hat kein Recht, sich in ihre Freundschaft mit Guarina einzuschleichen, denn die ist etwas ganz Besonderes.

Ihre Halbbrüder stürmen herein. »Camila! Camila!« rufen sie. Sie dürfen das Arbeitszimmer ihres Vaters nicht betreten, es sei denn, ein Erwachsener ist dabei, und deshalb heften sie sich jedesmal, wenn Camila in den vorderen Teil des Hauses geht, sofort an ihre Fersen. Sie hat es mit Schimpfen und Wegscheuchen versucht, aber sie werfen sich jedesmal gegen die Tür und betteln, sie solle nicht so gemein sein.

Manchmal stellt sie sich vor, sie könnte sie alle in ihre Mutter zurückstopfen, wie bei den russischen Holzpuppen, die ihr Vater, als er noch Außenminister war, aus Paris mitgebracht hat – eine paßt in die andere hinein. Und dann würde sie die Mutterpuppe so weit wegwerfen, wie sie kann!

Was ist sie für ein grausamer Mensch, daß sie solche Gedanken hat! Bestimmt blickt ihre Mutter mit gerunzelter

Stirn vom Himmel auf sie herab. Rasch macht Camila das Kreuzzeichen. *Im Namen des Vaters und des Sohnes und meiner Mutter Salomé...*

Es ist um so schlimmer, als ihre Halbbrüder sie vergöttern und ihr ständig hinterherlaufen. Der kleine Rodolfo nennt sie sogar Mamila, und wenn er einen Wutanfall hat, kann niemand ihn beruhigen, weder seine Mutter noch seine Tante Pimpa, noch seine großen Brüder Cotú und Eduardo oder ihr altes Kindermädchen Regina, das jetzt sein Kindermädchen ist. Nur Mamila kann es. Wenn Camila sieht, wie er seine kleinen Fäuste abwechselnd öffnet und schließt, verfliegt ihr Ärger angesichts seiner ebenso unverfälschten wie unverhohlenen Hilflosigkeit.

»He, ihr Racker!« ruft Tivisita, doch in ihrer Stimme schwingt so viel Nachsicht mit, daß ihre Söhne nichts auf ihre Schelte geben. Tivisitas ältere Schwester Pimpa führt hier im Haus das Regiment. »Laßt eure Schwester in Ruhe. Ihre Tante Mon kommt eigens, um sie zu besuchen, und ich möchte, daß ihr euch benehmt«, sagt Pimpa.

Tivisita wird nicht beachtet. Alle bis auf Papancho ignorieren diese zierliche, hübsche Frau – jedenfalls hat Camila das bisher gedacht. Erst vor kurzem ist ihr aufgefallen, wie aufmerksam andere Männer ihrer Stiefmutter gegenüber sind. Sogar Camilas eigene junge Verehrer sagen zu ihr, sie habe eine wunderschöne Stiefmutter – als wäre das ein Kompliment für sie! Wenn sie zusammen mit Tivisita einkaufen geht, bemerkt sie, wie Männer auf der Straße stehenbleiben und ihnen nachblicken. Da Camila selbst hochaufgeschossen und schlaksig ist, weiß sie, daß diese Wertschätzung nicht ihr gilt. Bis vor kurzem war sie froh über ihre Unscheinbarkeit, aber jetzt, wo sie selbst eine junge *señorita* ist, versetzen ihr solche Szenen jedesmal einen Stich, vor allem dann, wenn sie für ihren Freund Primitivo Herrera oder für Papancho plötzlich Luft zu sein scheint, kaum daß Tivisita den Raum betritt.

Eine Staubwolke in der Ferne kündigt die Kutsche an. »Da sind sie!« rufen ihre Brüder. Papancho hat sich mehrere

Wochen in der Dominikanischen Republik aufgehalten; die neue Regierung hatte ihn gerufen, weil er unter Umständen für einen Posten in Frage kommt, und nun kehrt er zusammen mit seiner Schwägerin zurück. Die Jungen, die sich kleine Geschenke erhoffen, brechen in aufgeregtes Geheul aus und flitzen aus dem Zimmer.

Als Camila sich umdreht, bemerkt sie den Ausdruck auf dem Gesicht ihrer jungen Stiefmutter: Kummer und Sorge, nur notdürftig hinter einer Fassade aus heiterer Gelassenheit verborgen. Etwas Unausgesprochenes lauert in den haselnußbraunen Augen, etwas, was Camila ein ungutes Gefühl bereitet. Sie weiß nicht, was es ist, und will auch nicht danach fragen.

»Camila«, setzt Tivisita in einem vertraulichen Flüstern an. »Ich hoffe –« Jäh bricht sie ab. Vielleicht hat sie den ungeduldigen Blick ihrer Stieftochter bemerkt.

Eigentlich müßte Camila jetzt »Was, Tivisita?« fragen und damit die traute Atmosphäre heraufbeschwören, nach der ihre Stiefmutter sich so eindeutig sehnt. Aber sie kann sich nicht dazu durchringen, ihr diese Tür zu öffnen, nicht einmal einen Spaltbreit.

Statt dessen stürzt sie aus dem Zimmer aus Angst davor, mit diesem Menschen, den sie nicht lieben will, allein zu sein.

Tante Ramona ist häßlicher, als Camila sie in Erinnerung hat, außerdem dick und allen außer Camila gegenüber wundervoll ruppig. Ihre neuen Neffen mustert sie, als wären sie mit dem zahmen Affen verwandt, der das Haus durchstreift. Das Ferkel verscheucht sie mit ihrem Sonnenschirm. Als sie schließlich mit Camila in deren Zimmer allein ist, beugt sie sich zu ihrer Nichte und fragt sie rundheraus: »Wie hältst du das nur aus?«

Am liebsten würde Camila antworten: »Gar nicht, Mon. Ich bin verzweifelt. Nimm mich mit, wenn du wieder nach Hause fährst.« Aber sie hat sich in ihr Schicksal gefügt, und ihre letzte Revolte hat sich hauptsächlich in ihrem Innern

abgespielt, von kleinen Ausfällen in Gegenwart ihrer Stiefmutter freilich abgesehen. Wenn Camila sich nicht zusam-
menreißt, rutscht ihr womöglich irgendeine Grobheit heraus,
die bei ihrer Stiefmutter wieder diesen gewissen Gesichtsausdruck hervorruft.

»Du siehst deiner Mutter noch ähnlicher«, meint Mon und
neigt den Kopf bald zur einen, bald zur anderen Seite, als
wolle sie ihre Nichte aus unterschiedlichen Blickwinkeln in
Augenschein nehmen.

Dieses Kompliment hört Camila nur zu gern. Flüchtig
blickt sie zu Salomés Porträt auf, einem Ölgemälde, das ihr
Vater unlängst von einem Londoner Künstler hat anfertigen
lassen. Vor kurzem hing das Bild noch in Papanchos Praxis,
aber als er diese nach Hause verlegt hat, fragte er Camila, ob
sie es gern in ihrem Zimmer hätte. Camila vermutet, daß
Tivisita das Bildnis ihrer Vorgängerin nicht im Wohnzimmer
von Papanchos neuer Familie haben wollte.

Ihre Tante wirft ebenfalls einen Blick auf das Porträt und
schüttelt dann den Kopf. »So hat deine Mutter nicht ausgesehen.«

Camila liebt dieses Bild. Sie führt Guarina jedesmal in ihr
Zimmer, damit ihre Freundin sieht, was für eine schöne Mutter sie hatte, genauso schön wie Tivisita, wenn auch dunkler,
mit funkelnden schwarzen Augen, hübscher Adlernase und
Rosenmund. Sie will gar nicht hören, daß ihre Mutter so
nicht ausgesehen habe. Allerdings hat Tivisita, als Papancho
das Porträt mit nach Hause brachte, ebenfalls angemerkt,
daß es keine sonderlich wahrheitsgetreue Abbildung der
Salomé sei, die sie kannte. Worauf Papancho genauso ungehalten reagiert hat wie Camila: »Und ob es das ist, Tivisita!
Es liegt nur daran, daß Salomé schon ziemlich krank war, als
du sie kennengelernt hast.«

»Papancho sagt, daß Mamá genau so ausgesehen hat«, be-
harrt Camila. »Bevor sie krank wurde ...«, fügt sie gleich
darauf hinzu, um ihre trotzige Erwiderung etwas abzumil-
dern.

Ihre Tante betrachtet das Porträt eingehend und schüttelt erneut den Kopf. »Deine Mutter war viel dunkler, soviel steht fest.«

»So dunkel wie ich?« will Camila wissen. Obwohl sie selbst ziemlich hellhäutig ist, sieht sie neben der blassen Tivisita und deren Brut wie eins von den Hausmädchen aus.

Ihre Tante zögert. »Dunkler. Sie hatte Pedros Hautfarbe und die gleichen Gesichtszüge wie er.«

Camila kann sich an die Hautfarbe ihres Bruders kaum noch erinnern, geschweige denn an seine Gesichtszüge. Er hat Kuba vor drei Jahren verlassen und seinen Abschiedsbrief, den Camila in der Bibliothek ihres Vaters in Rodós *Ariel* gefunden hat, kurz vor Besteigen des Schiffs abgeschickt.

Wenn Du diese Zeilen erhältst, Papancho, bin ich bereits auf dem Weg ins Land der Azteken. Ich fürchte, daß ich, wenn ich hierbliebe, wie meine Mutter den moralischen Erstickungstod sterben müßte.

Den moralischen Erstickungstod? Jeder weiß doch, daß ihre Mutter an Schwindsucht gestorben ist! Was will ihr Bruder damit sagen? Sie versucht, sich sein hübsches dunkelbraunes Gesicht vorzustellen, aber Pedros Bild ist so verschwommen, daß sie ihn wohl nicht wiedererkennen würde, wenn sie ihm in einer belebten Straße im Zentrum von Santiago de Cuba begegnete. Ob auch er sich nur nach ihr umdrehen würde, wenn ihre Stiefmutter dabei wäre? fragt sie sich bekümmert.

»Alle sagen, Mamá wäre ziemlich groß und sehr attraktiv gewesen«, fährt Camila in der Hoffnung fort, daß ihre Tante sie mit weiteren Details versorgt und die vielen Lücken in ihrem Kopf schließt.

Mon mustert Camila einen Augenblick, als wolle sie sich über etwas klarwerden, und tut ihre versteckte Frage dann mit einer Handbewegung ab. »Lerne deine Mutter durch ihre Gedichte kennen. Das ist die wahre Salomé. Das ist die Salomé, wie sie war, bevor –« Sie bricht ab. Camila ist sich so sicher, daß sie weiß, wie der Satz weitergeht, daß sie ihre Tante erst gar nicht zu fragen braucht, ob sie Papancho ins Spiel bringen wollte.

»Ich kenne Mamás Gedichte alle auswendig«, brüstet sich Camila. Tatsächlich studiert sie sie gern zusammen mit Guarina ein und sagt sie anschließend auf, während die Freundin im Buch mitliest.

Ihre Tante lächelt stolz und zieht den Schaukelstuhl zu einem der beiden großen Koffer, die sie eigentlich auspacken wollte. Zwei weitere Koffer voller Bücher, die die Familie bei ihrer Auswanderung nach Kuba zurückgelassen hat, sind vorn im Wohnzimmer abgestellt worden. Zwei starke Männer wurden gebraucht, um den Gepäckwagen abzuladen, der hinter der Kutsche den Hügel heraufgefahren ist. »Du hast ja den kompletten Haushalt mitgebracht«, bemerkte Pimpa und eröffnete damit den Krieg, der schon bald zwischen den beiden freimütigen Schwägerinnen toben sollte.

»Ich habe dir ein paar Dinge von deiner Mutter mitgebracht, weil ich meine, daß du sie haben solltest«, erklärt Ramona. Sie packt einen silbernen Kamm aus, den Salomé, wie sie Camila erzählt, von ihrem Vater zum fünfzehnten Geburtstag bekommen hat, sowie ein schwarzes Seidenkleid, das sie auf dem Bett ausbreitet. Camila streicht den Stoff mit der Hand glatt: der Körper ihrer Mutter als dunkle Silhouette. Aus einem samtenen Ridikül holt Mon eine goldene Medaille sowie ein Büchlein hervor, das wie handgebunden aussieht. Beides legt sie auf den Schoß des Kleides. »Dieses Kleid hat Salomé an dem Abend getragen, an dem man ihr die nationale Ehrenmedaille verliehen hat. Und dies hier sind ihre Gedichte in der Urfassung.«

»Ihr Gedichtband?«

Ihre Tante schüttelt den Kopf. »Nein, an dem hat dein Vater herumgedoktert. Diese Gedichte hier habe ich von den Originalen abgeschrieben. Da ihr, du und Pedro, ebenfalls einen Sinn für diese Dinge habt, hoffe ich, daß ihr sie eines Tages veröffentlichen werdet.«

Camila greift nach dem Büchlein und schlägt es auf. Die Seiten sind eng gebunden, und jedesmal, wenn sie umblättert, spannt der Einband so sehr, daß sie befürchtet, alles könnte in ihren Händen auseinanderfallen. Sie liest die ersten Zeilen von »Sombras«, und da sie das Gedicht in seiner veröffentlichten Version auswendig kennt, bemerkt sie die feinen Unterschiede. »Warum hat Papancho das getan?«

»Er dachte, er wüßte es besser«, sagt Mon und verzieht den Mund, als wolle sie ihn zuknoten.

Da klopft es leise an der Tür. »Kann ich hereinkommen?« fragt Tivisita. Camila spürt, wie sich ihre Schultern verspannen.

»Natürlich kannst du hereinkommen, Tivisita«, antwortet Mon, die Geduld in Person.

Die Tür geht auf, und Tivisita späht herein. Ihr Blick fällt auf das Bett, wo Kleid und Medaille liegen.

»Oh, ich störe wohl«, meint sie mit leicht fragendem Unterton. Sie wünscht sich so sehr, an diesem trauten Augenblick teilhaben zu dürfen. Als Camila spürt, daß sie selbst unsicher wird, wirft sie einen Seitenblick auf Mon, um zu sehen, ob ihre Tante willens ist, dieser nervösen Frau die Freude zu machen.

»Ich habe meine Camila fünf Jahre lang nicht gesehen«, sagt Mon mit fester Stimme. »Wir holen ein wenig die Vergangenheit nach, nicht wahr, Camila?«

Tivisita macht ein Gesicht, als habe man sie geohrfeigt. Warum ist sie keine gräßliche Stiefmutter, damit ich sie hassen kann? fragt sich Camila. Statt dessen verspürt sie einen Anflug von Zuneigung, die sie aber nicht spüren will. Das wäre Verrat an ihrer Mutter.

»Natürlich, ihr braucht ein bißchen Zeit füreinander«, sagt Tivisita und zieht die Tür leise wieder zu.

»Wir kommen bald«, ruft Camila den sich entfernenden Schritten hinterher, und um ihrer Tante zu zeigen, daß sie Tivisita auch nicht leiden kann, verdreht sie die Augen.

Am ersten Sonntag von Mons Besuch bittet Camila, ihre Freunde Guarina und Primitivo an die Mittagstafel einladen zu dürfen. Natürlich gestaltet ihre Stiefmutter das gesellige Zusammensein gleich zu einer Neuauflage der Geburtstagsfeier um, die Mon im April versäumt hat. Von den Säulen der *galería* hängen Papierschlangen herab, genau wie bei Camilas *quinceañera*-Party. Damals haben ein paar von Max' Musikerfreunden aufgespielt, und alle haben im Garten auf einer eigens zu diesem Zweck aufgebauten Tanzfläche getanzt. Primitivo hat für Camila ein Gedicht mit dem Titel »Rimas galante« geschrieben und es ihr aufgesagt, während sie einen *danzón* tanzten. Der erste Tanz, ein Walzer, war für ihren Vater reserviert gewesen. Ihre Stiefmutter war damals so nett, mit ihren drei kleinen Söhnen und Pimpa einen Ausflug einschließlich Übernachtung nach Cuabitas zu machen, um Camila dieses eine Mal die Hausherrin spielen zu lassen.

Heute gesellt sich Camila, kurz bevor ihre Freunde eintreffen, im schwarzen Kleid ihrer Mutter und mit dem Silberkamm im Haar zu ihrer Familie im vorderen Wohnzimmer.

Als sie den Raum betritt, verdüstert sich Papanchos Miene. Er wird blaß und greift sich mit der Hand ans Herz – wenn ihm etwas mißfällt, droht er jedesmal mit einer Herzattacke. »Für eine *quinceañera*-Party finde ich das unpassend.«

»Wieso?« Mon kommt hinter Camila herein, in etwas gehüllt, das wie ein grauer Vorhang aussieht. Bei ihrer Leibesfülle wirken alle Kleider unförmig.

»Schwarz ist nicht die richtige Farbe für eine Geburtstagsfeier. Und ich muß dich wohl kaum daran erinnern, Mon, daß dieses Kleid schmerzliche Erinnerungen wachruft.«

»Wie wäre es mit deinem wunderschönen lavendelfarbenen Kleid, Camila?« schlägt Tivisita vor, um die Situation zu retten. Sie tritt auf Camila zu, um sie aus dem Zimmer zu führen, als wäre der Ton zwischen Papancho und Mon ebenfalls so unpassend, daß eine junge Dame ihn lieber nicht mit anhören sollte. Die Jungen sind noch in ihrem Zimmer und werden angezogen; der sonst so pünktliche Primitivo ist noch nicht da. Guarina wird von Max abgeholt, was bedeutet, daß sie ebenfalls nicht pünktlich sein wird, da Max, wenn andere etwas organisieren, grundsätzlich zu spät kommt. »Dein lavendelfarbenes Kleid paßt bestimmt ganz wunderbar zu der goldenen Medaille.«

»Ich hasse das Kleid«, platzt Camila heraus, obwohl sie weiß, daß sie ihre Stiefmutter mit dieser Bemerkung trifft. Denn das mit Rüschen und Schleifen überladene Kleid hat Tivisita ihr zur *quinceañera*-Party geschenkt. Camila mochte es von Anfang an nicht, aber Papancho bestand darauf, daß sie es trägt, um ihre Stiefmutter nicht zu kränken. »Tivisita ist durch ganz Havanna gelaufen, um dieses Kleid zu finden«, hat er Camila erklärt.

»Aber es steht dir so gut«, sagt Tivisita ruhig. Da ist er wieder, dieser Ausdruck in ihren Augen: Sie möchte ihrer Stieftochter etwas sagen, bringt es aber nicht über sich.

Als sie das Wohnzimmer gemeinsam verlassen, werden die Stimmen hinter ihnen lauter, vor allem als Pimpa sich in die Diskussion darüber einschaltet, was ein fünfzehnjähriges Mädchen bei ihrer *quinceañera*-Party tragen sollte und was nicht.

In Camilas Zimmer öffnet Tivisita den Mahagoni-Schrank. »Was würdest du gern tragen, Camila? Ich meine, abgesehen von dem Kleid, das du anhast.«

»Das wunderschöne lavendelfarbene Kleid«, entfährt es Camila bissiger als beabsichtigt.

»Warum sagst du das?« fragt Tivisita und sieht sie bekümmert an.

»Weil ich Ärger mit Papancho kriege, wenn ich es nicht anziehe.«

Tivisita nickt nachdenklich, als begreife sie Camilas mißliche Lage durchaus. »Verstehe«, sagt sie, was Camila überrascht, denn sie hat ihre Stiefmutter bislang für eine seichte

Person gehalten, deren Gedanken man von der Oberfläche ihrer Äußerungen abschöpfen kann.

Sie einigen sich auf einen Kompromiß: weder das schwarze Seidenkleid ihrer Mutter noch das überladene lavendelfarbene, sondern ein cremefarbenes Spitzenkleid, das die Näherin erst vor kurzem bei ihnen abgeliefert hat. »Bist du dir sicher, Camila?« fragt Tivisita zögernd. Das Kleid ist eigens für ihre Schulabschlußfeier im September genäht worden. »Ist es für mittags nicht zu schick?«

Natürlich hat ihre Stiefmutter recht. Aber Camila bleibt bei ihrer Entscheidung: Sie will mit dieser Frau nicht einer Meinung sein. »Genau das möchte ich tragen«, sagt sie und beißt sich auf die Lippen, um vor Beschämung über ihre eigene Kleinlichkeit nicht loszuheulen.

Verunsichert blickt Tivisita zu dem Porträt über Camilas Bett auf. Sie ist eine so zierliche, zarte Frau, und immer wieder sagt sich Camila, daß sie eigentlich netter zu ihr sein müßte – schließlich überragt sie Tivisita um Längen, als wäre die Stiefmutter ein Kind. Als sie schließlich nickt, sieht Camila die Haarnadeln, mit denen Tivisitas Pompadourfrisur oben auf dem Kopf festgesteckt ist. »Dann hole ich es jetzt.«

Das Kleid hängt unter einem schützenden Laken in Tivisitas Schrank. Camila hat Stoff und Spitzenbesatz eigentlich nur ausgesucht, um ihre Stiefmutter herauszufordern, die der Ansicht war, ein solches Kleid sei für eine nachmittägliche Schulabschlußfeier zu extravagant.

Als Camila ins Wohnzimmer zurückkommt, packt ihr Vater Bücher aus dem Koffer, während Mon auf einer kleinen Leiter steht und sie in die Regale räumt. Wie haben sie es nur geschafft, Frieden zu schließen? fragt sich Camila. So nörgelig ihre Tante auch ist – sie hat Papancho und seine neue Familie nie abgelehnt. »Man kann sich seine Verwandtschaft nicht aussuchen«, erinnert sie Camila immer wieder.

»So ist es schon viel besser«, sagt Papancho und lächelt Tivisita zu.

Sieh mich an! möchte Camila am liebsten rufen. Als könne er Gedanken lesen, dreht sich ihr Vater zu ihr um und sagt: »Das ist ein schönes Kleid, Camila. Du siehst aus wie eine Braut!«

»Ein Traumkleid«, meint auch Guarina, die kurz darauf eintrifft.

Camilas Bruder Max kommt hinter ihrer Freundin herein. »Ich umgebe mich nur mit gutaussehenden Frau-en«, flirtet er. Guarina verbirgt ihr Lächeln hinter ihrer behandschuhten Hand. Max ist vierundzwanzig Jahre alt, neun Jahre älter als Camila und Guarina. Warum sucht er sich nicht eine Freundin in seiner Altersklasse? fragt sich Camila und hakt sich besitzergreifend bei Guarina unter.

Als Primitivo sich bei Tisch neben sie setzt, beugt er sich zu ihr und flüstert: »Du siehst wunderschön aus, Camila, so schön wie deine Mutter.«

Camila errötet vor Freude. Doch im nächsten Augenblick fällt ihr ein, daß Primitivo noch nie ein Bild von Salomé gese-hen hat. Das einzige Porträt von ihr hängt in ihrem Zimmer, zu dem der junge Mann keinen Zutritt hat. Demnach hat er sie mit ihrer Stiefmutter verglichen!

Er kann sich sein Kompliment dorthin stecken, wo die Sonne nie hinscheint, vielen Dank!

Ihr Vater schlägt mit dem Löffel an sein Glas und bittet die Tischgesellschaft um Aufmerksamkeit. Wie schön und ele-gant er aussieht mit dem sich langsam silbrig färbenden Haar und Schnurrbart. Stolz sitzt er am Kopfende des Tisches. Guarina hat Camila anvertraut, sie finde, ihr Vater sehe »sehr präsidentenmäßig« aus.

In die Stille, die entsteht, bevor Pancho das Tischgebet spricht, ruft der Papagei: »Chow time, amigos – Futterstun-de!«

Die Kinder lachen, aber Camila läuft vor Scham hochrot an.

»¿Qué dice ese bendito animal?« erkundigt sich Mon bei Camila, als wäre ihre Nichte der einzige Mensch in diesem Haushalt, bei dem sie sich darauf verlassen kann, daß er ihr wahrheitsgetreu wiedergibt, was dieses gräßliche Tier soeben gekrächzt hat.

»Er sagt, daß wir jetzt futtern sollen!« erklärt Cotú, der älteste von Camilas Halbbrüdern. Er hat sich den Mund bereits mit zerstampften Kochbananen vollgestopft und blickt mit geblähten Backen in die Runde, als wolle er den anderen vorführen, was »futtern« ist.

»Cotubanamá, por Dios«, sagt Tivisita und schüttelt, sichtlich stolz auf ihren Sohn, den Kopf. Grinsend lauert der Junge auf seinen nächsten Einsatz. »Tut mir leid, Mon. Du weißt ja, wie Kinder sind.«

»Manche Kinder«, versetzt Mon.

»Ich vermute, daß der Papagei den Rough Riders, also dem Freiwilligenregiment der amerikanischen Kavallerie, als Maskottchen gedient hat«, überlegt Max laut, zweifellos in der Hoffnung, das Thema wechseln zu können. »Dort hat er all diese unflätigen englischen Ausdrücke aufgeschnappt.«

»Ree-mem-berrr-da-Maine!« ruft Cotú. »Da-hell-to-Es-pain!« Eduardo und Rodolfo stimmen mit ein.

»Schluß jetzt«, sagt Camila rasch, bevor Paco sich aufgefordert fühlt, sein komplettes Repertoire an widerlichen Amerikanismen herunterzuspulen. Die Jungen blicken zu ihr auf, und der kleine Rodolfo schenkt ihr sein bezauberndstes Lächeln. Wie ähnlich er Tivisita sieht! denkt sie plötzlich.

Heute tragen sie alle marineblaue Matrosenanzüge mit weißer Borte, und Rodolfo hat sogar noch die Mütze auf. Den armen Jungen plagt seit Tagen die Eifersucht, weil seine liebste Kameradin, seine große Schwester Mamila, sich seit Mons Ankunft in ihrem Zimmer verbarrikadiert, immerfort redet und redet und sich weigert, auf sein Geheule hin die Tür zu öffnen.

»Ich möchte einen Toast aussprechen«, sagt Max und steht auf. Ihr Bruder ist in den vergangenen Monaten so schneidig und männlich geworden. Das letzte Jahr hat er bei Pedro in Mexiko gelebt, aber als seine Lungen ihm plötzlich ernste Probleme bereiteten, so daß Papancho schon befürchtete, er habe Tuberkulose, ist er zurückgekommen, um sich hier auszukurieren. Seit einer Weile wohnt er oben im Norden des Landes, in Cuabitas, wo er seine Gesundheit mit Hilfe von viel frischer Luft, täglichen Übungen und fünf Gläschen Rum am Tag fast gänzlich wiederhergestellt hat. Die Liebe hat ein übriges getan.

»Was für eine prächtige Tafelrunde«, beginnt er und zieht ein zusammengefaltetes Stück Papier aus der Tasche. »Nur bei den Alten Griechen haben so viele Grazien beisammengesessen.« Camila kann es nicht ausstehen, wenn Max mit Komplimenten um sich wirft. Es ist ihr peinlich. Sie schielt zu ihrer Freundin hinüber, um mit ihr eine Grimasse zu schneiden – aber Guarina lächelt. »Und aus diesem Anlaß habe ich zu Ehren meiner lieben Tante, Schwester und deren bezaubernder Freundin«, ein Nicken in Guarinas Richtung, »ein Gedicht verfaßt…«

»Können wir erst essen?« bettelt Eduardo, obwohl er die Spielregeln kennt. Die Poesie ist in diesem Haus heilig. Sobald jemand aufsteht, um ein Gedicht zu zitieren, müssen alle Gabeln und Löffel niederlegen.

Doch heute entscheidet Papancho anders. »Ich glaube, es ist besser, wenn wir uns das Gedicht für später aufheben, damit das Essen nicht kalt wird, mein Sohn.«

Camila sieht Max an, daß er sich ärgert, weil sein Gedicht zurückstehen muß, aber er wird sich seine Wut vor der bezaubernden Guarina bestimmt nicht anmerken lassen. Statt dessen setzt er sich wieder hin und fängt an, Guarina das Gedicht leise aufzusagen, ohne jedoch zu ahnen, daß er auf der Seite sitzt, auf der sie schlecht hört. Camila hat ihrer Freundin versprochen, niemandem etwas von deren fortschreitender Schwerhörigkeit zu verraten. Sie haben Geheimnisse ausgetauscht: Guarinas Schwerhörigkeit gegen Camilas ersten Kuß von Primitivo; Camilas wachsender Verdruß über ihre Stiefmutter gegen Guarinas Frust über ihren strengen Vater, den General; wen sie von den jungen Leuten in der Gegend mögen und wen nicht. Doch es gibt ein Geheimnis, das Camila nicht einmal ihrer besten Freundin anvertrauen kann, und zwar sind es diese komischen Gefühle, die sie jedesmal überkommen, wenn sie beide, auf Kissen gestützt, nebeneinander auf dem Bett sitzen und sich gegenseitig die Gedichte ihrer Mutter vorlesen.

Camila blickt in die Runde und seufzt erleichtert: endlich einmal scheint Frieden zu herrschen. Primitivo und Max unterhalten sich mit Mon angeregt über eins von Salomés Gedichten. Papancho plaudert am Kopfende des Tischs mit Guarina und versucht, das scheue Mädchen in ein Gespräch zu verwickeln. Die Jungen wetteifern, in wessen Mund am meisten hineingeht, und Pimpa redet mal auf sie, mal auf das Kindermädchen Regina ein. Nur Tivisita am hinteren Tischende wirkt in sich gekehrt und löffelt lustlos ihren *sancocho*. Plötzlich hat Camila eine entsetzliche Vorahnung: *Tivisita wird bald sterben.* Aber vielleicht ist dieser Gedanke weniger eine Vorahnung als vielmehr ein weiterer heimlicher Wunsch, über den sie nicht sprechen kann, nicht einmal mit Guarina.

Sie fühlt sich schrecklich, wenn ihr solche düsteren Gedanken kommen. Aber wahrscheinlich, sagt sie sich, denkt Tivisita über sie gar nicht sehr anders. Bestimmt wünscht sich ihre Stiefmutter, Camila wäre gleich zusammen mit ihrer Mutter in dem abgedunkelten Krankenzimmer gestorben. Camila weiß noch, wie wütend sie selbst war, als Tivisita ihr erstes Kind Salomé genannt hat, als sollte es sowohl Camilas Platz als auch den ihrer Mutter einnehmen. »Das ist der Name meiner Mutter, und sie hat ihn *mir* gegeben«, sagte sie damals zu ihrer Stiefmutter. »Salomé Camila.« Später, als der Säugling starb, hatte Camila dann Schuldgefühle, als wäre ihre Wut für seinen Tod verantwortlich.

Etwas hat sich jedoch in den vergangenen Wochen verändert, seit sie ihrem Bruder Pedro geschrieben hat. Sie wünscht sich nicht länger, tot zu sein. Sie hat jetzt endlich eine bezaubernde Freundin und einen jungen Verehrer, der sie ebenfalls bezaubernd findet, auch wenn er von den Gedichten ihrer Mutter und dem Aussehen ihrer Stiefmutter mehr angetan zu sein scheint als von ihr selbst. Trotzdem, das ist immer noch wesentlich besser als die verzweiflungsvolle Einsamkeit der vergangenen Jahre. Wer weiß? Vielleicht wird sie sich schon bald selbst überraschen und ihrer Muschel entsteigen wie die nackte Venus in Panchos Kunstband aus Paris, den sie sich so gern ansieht.

In diesem Moment schaut Tivisita auf, und als sie Camilas verträumten Blick auffängt, lächelt sie ihr zu. Rasch sieht Camila weg, bevor wieder dieser andere Ausdruck auf dem Gesicht ihrer Stiefmutter erscheint.

»¡Feliz cumpleaños!« Singend kommt Tivisita hereinmarschiert. Auf der Torte brennt ein Kerzenmeer. Hinter Tivisita versuchen ihre beiden ältesten Söhne, die Melodie auf der Geige mitzuspielen. Camila beißt sich auf die Lippen, damit sie über das Gejaule nicht lachen muß.

Sie wirft einen Seitenblick auf ihre Freundin und lächelt entschuldigend. Zum Glück erwidert Guarina das Lächeln, als wolle sie sagen: Keine Sorge. Bei uns zu Hause ist es nicht anders.

Warum tut Tivisita ihr das an? Sie weiß doch, wie sehr Camila es haßt, im Mittelpunkt zu stehen. Es ist eine saftige Schokoladentorte – Camilas Lieblingstorte –, und um die Marzipanfrau in der Mitte zu machen, hat Tivisita einiges auf sich genommen. Es ist Juli, und die Hitze in der Küche ist unerträglich. Jeder, der bei diesem Wetter Marzipan macht, verdient eine Medaille.

Camila berührt die Medaille an ihrem Hals und murmelt rasch eine Entschuldigung. *In deinem Namen, Salomé.* Wie kann sie die Leistungen ihrer Mutter nur mit dem Marzipan ihrer Stiefmutter vergleichen?

»Was wünschst du dir?« will Cotú wissen.

»Das verrate ich dir nicht«, sagt Camila, aber in Wirklichkeit hat sie sich noch gar nichts gewünscht, weil die Beleidigung, die sie vermeintlich dem Andenken ihrer Mutter zugefügt hat, sie so beschäftigt.

»Doch, das mußt du! Sag uns, was du dir gewünscht hast«, drängt Cotú. Der älteste Sohn aus Papanchos neuer Familie hat verblüffende Ähnlichkeit mit den Ureinwohnern ihrer Heimat, obgleich die Familie sich keines Ureinwohners unter ihren Vorfahren bewußt ist. Max' Theorie ist, daß der Taino-Name Cotubanamá, den Papancho früher als Pseudonym benutzt und später seinem neugeborenen Sohn gegeben hat, wie das Wort des Schöpfers in der Genesis gewirkt und den Jungen zu einem Abbild seines Namenspatrons gemacht hat.

»Ein Wunsch! Ein Wunsch!« Kräftig schlägt Rodolfo mit dem Löffel auf seinen Teller. Tante Pimpa streckt die Hand aus und nimmt ihm den Löffel weg. Selbstverständlich fängt der Kleine sofort an zu heulen.

»Komm, setz dich zu mir«, ruft Camila schließlich, als es niemandem gelingen will, den brüllenden Knaben zu besänftigen. Ramona, die auf der anderen Seite des Tisches sitzt, schüttelt den Kopf über Papanchos neue Frau, weil sie ihre Brut nicht zähmen kann.

Der Kinderstuhl wird um den Tisch herumgetragen und neben Camila gestellt. Um den Kleinen bei Laune zu halten, beugt Camila sich immer wieder zu ihm und erzählt ihm, daß sie mit Mon am Strand Muscheln sammeln werden, daß sie nach Cuabitas fahren werden, um Schmetterlinge zu fangen und ihren großen Bruder Max an den Zehen zu kitzeln, daß er noch ein zweites Stück Torte bekommt und die Marzipanfigur behalten darf, wenn er sich wie ein braver Junge benimmt.

Alles geht so schnell, daß Camila einen Moment braucht, bis sie begreift, warum die anderen sie mit offenem Mund anstarren. Um seine Mamila mit ihrer Geburtstagstorte zu füttern, hat Rodolfo seinen Löffel vollgeladen und sich zu ihr umgedreht, und natürlich verfehlt er sein Ziel: Der Löffel prallt gegen Camilas Kinn, und die Schokoladentorte kullert vorn über ihr neues Kleid.

Als an diesem Abend alle zu Bett gegangen sind, unternimmt Camila ihren gewohnten Streifzug durch Haus und Garten und landet am Ende wie üblich im Arbeitszimmer ihres Vaters, wo sie bis spät in der Nacht liest. *La dormilona*, »Schlafmütze«, wird sie von ihrer Familie genannt. Alle denken, daß sie morgens wegen ihres Asthmas so spät aufwacht und nicht etwa, weil sie noch so lange gelesen hat.

Im Arbeitszimmer ihres Vaters herrscht ein Chaos: lauter ausgepackte Bücher, die es unterschiedlich weit zu den Regalen geschafft haben; Lehrbücher von damals, als ihre Eltern, von ihrem Freund Hostos angeregt, diese fortschrittliche Schule in der Hauptstadt betrieben haben; medizinische Folianten ihres Vaters, allesamt in Französisch; und mit Widmungen versehene Bücher, die allem Anschein nach berühmte Leute ihren Eltern geschenkt haben.

Da sich die Bibliothek ihres Vaters nun vollständig in Kuba befindet, liegt es auf der Hand, daß sie nicht so bald zurückkehren werden. Papanchos langwierige Überlegungen, mit Kind und Kegel in die Heimat zurückzugehen, sind bisher immer an der Frage gescheitert, womit er dort seinen Lebensunterhalt verdienen will. In seinem Alter noch einmal eine Praxis zu eröffnen dürfte schwierig sein, und die Regierungsämter, die man ihm immer wieder anträgt, zahlen sich mehr in Prestige als in *pesos* aus.

»Ich möchte hierbleiben und mich um meine Patienten kümmern«, behauptet Papancho. Doch kaum wird er auf seine Heimatinsel zitiert, um über irgendein nationales Problem zu beratschlagen oder kurzfristig ein Ehrenamt zu übernehmen, ist er auf und davon und läßt die Familie allein. Zwischendurch hat es sogar Gerüchte gegeben, daß Don Pancho als Kompromißkandidat für das Präsidentenamt in Erwägung gezogen werde. »Ich bin zu allem bereit, was meinem Land dient«, sagt ihr Vater dann jedesmal und neigt pflichtergeben den Kopf – als würde er nicht liebend gern über ein ganzes Land herrschen anstatt nur über seinen kleinen Hausstand!

Jetzt, wo Mon hier ist, begreift Camila, wie einsam sie sich fühlen würde, wenn sie tatsächlich mit ihrer schrulligen Tante zurückginge, um mit ihr, ihrer steinalten Großmutter Minina und dem überall herumspukenden Geist ihrer Mutter unter einem Dach zu wohnen. Wenn ihr Vater ihr doch nur erlauben würde, Pedro zu besuchen oder wenigstens nach Havanna zu reisen, wo ihr Bruder Fran mit seiner frischgebackenen Ehefrau María lebt. Sie möchte etwas von der Welt sehen – vielleicht bekäme sie dann eine Ahnung davon, was sie mit ihrem Leben anfangen soll – abgesehen davon, daß sie sich ordentlich zu benehmen hat, um die anderen nicht zu enttäuschen.

Doch ihrem Vater gefällt die Vorstellung überhaupt nicht, daß noch eins seiner Kinder weggehen könnte. Das wäre sein Tod, behauptet er und greift sich ans Herz, kaum daß die Rede darauf kommt. Als warnendes Beispiel führt er immer den Fall seines eigenen Vaters an. Papancho ist davon überzeugt, daß die Abreise aus Santo Domingo Don Noëls Tod herbeigeführt hat, so wie Max' Mexikoaufenthalt an dessen beginnender Tuberkulose schuld ist und sein eigenes, also Papanchos, Pariser Studium die Ursache dafür, daß Fran dreizehn Jahre später die Beherrschung verloren und einen Mann getötet hat. Kein Wunder, daß er von Camilas Reiseplänen nichts wissen will. Sie würde doch nur unglücklich werden, wenn sie von ihm getrennt wäre, oder etwa nicht?

Ich würde endlich ich selbst werden, sagt sie sich – eine aufregende Vorstellung.

Camila sitzt im Sessel ihres Vaters, nimmt das oberste Buch vom Stapel vor sich und schlägt es auf. Lamartines Gedichte, ein Geschenk an Herminia – wer auch immer das sein mag – von jemandem namens Miguel Román. Auf der

349

Suche nach einem Hinweis darauf, wie das Buch in den Besitz ihres Vaters gelangt ist, blättert Camila ein paar Seiten weiter. In der Buchmitte stößt sie auf mehrere Briefe, die ihr Vater offenbar während seines Medizinstudiums in Paris an ihre Mutter geschrieben hat, sowie auf einen Brief von ihrem Vater an ihren Onkel Federico; dieser Brief wurde allem Anschein nach zerknüllt, später wieder glattgestrichen und zusammengefaltet.

Sie liest ihn zuerst. Dabei fängt ihr Herz an zu rasen, und ihre Brust verkrampft sich. Danach nimmt sie sich den nächsten Brief vor und den nächsten ... Als sie Lamartine durch hat, greift sie zu Marco Polo.

So arbeitet sie sich von Buch zu Buch, bis sie die ganze Geschichte kennt.

»Warum hast du mir nicht die Wahrheit gesagt?« Noch nie hat Camila so kühn das Wort an ihre Tante gerichtet. Ihre Stimme bebt. Laut Doña Gertrudis, ihrer Belcanto-Lehrerin am *conservatorio*, ist Camilas Stimme nicht kräftig genug, um Opern zu singen, obwohl das ihr Traum ist, seit sie Lucrezia Bori in der Oper von Havanna als *La Traviata* gehört hat.

Offenbar bekommt sie immer dann nicht genügend Luft, und ihre Stimme wird dünn, wenn starke Gefühle sie übermannen. Also räuspert sie sich und atmet tief durch, wie Doña Gertrudis es sie zu tun gelehrt hat, bevor sie eine Arie anstimmt. Auf keinen Fall darf sie jetzt das Porträt ihrer Mutter ansehen. Das würde sie aus der Fassung bringen.

»Beruhige dich, Camila. Es gibt keinen Grund, sich so aufzuregen.«

»Wie kannst du das sagen? Ich weiß alles!« Und dann berichtet sie mit allen Einzelheiten von den Geheimnissen, die sie in der vergangenen Nacht bei der Lektüre des elterlichen Briefwechsels aufgedeckt hat.

»Er hat auch noch eine Tochter. Sie heißt Mercedes. Mercedes Chrittia – nach ihrer Mutter.«

Mon schüttelt den Kopf, als wolle sie verhindern, daß dieser Gedanke darin Wurzeln schlägt. »Du kommst mit mir zurück«, bestimmt sie, zieht zwischen den riesigen Brüsten ihr Taschentuch hervor und schneuzt sich. Camila spürt die altbekannte Verkrampfung in ihrer Brust, aber sie will vor anderen Menschen nicht weinen. Das hat sie nicht mehr getan, seit sie sehr klein gewesen ist und ihre Mutter so sehr vermißt hat, daß sie glaubte, auch sie selbst müßte sterben.

»Außerdem gab es da noch andere Frauen. Eine hieß Trini. Und eine andere Herminia.«

»Herminia war deine Mutter, Camila. Es ist das Pseudonym, das sie früher benutzt hat.«

»Eins möchte ich wissen«, fährt Camila fort und beachtet die Erklärung ihrer Tante nicht weiter. Sie merkt, wie Mon sich innerlich wappnet und beunruhigt einen Blick auf das Porträt über dem Bett wirft. »Ich möchte wissen, wie das mit Papancho und Tivisita war. Ich meine, Papancho hat innerhalb eines Jahres wieder geheiratet. Selbst Roosevelt hat den Anstand besessen, zwei Jahre zu warten, bevor er seine zweite Frau geheiratet hat – und er ist Amerikaner!« Sie weiß selbst nicht genau, warum sie das betont. Sie weiß nur, daß sie das schnoddrige Geplapper des Papageis nicht ausstehen kann und davon ausgeht, daß die Umgangsformen jener, die es ihm beigebracht haben, nämlich die Amerikaner, ebenfalls zu wünschen übrig lassen.

»Darüber weiß ich nichts«, sagt Mon und verschränkt die Arme vor der Brust, als wolle sie Camila den Zugang zur Vergangenheit verwehren. »Ich weiß nur, daß Tivisita kurz nach Salomés Erkrankung bei ihnen eingezogen ist. Dann natürlich, als du geboren wurdest und deine Mutter dabei fast gestorben wäre ...«

Dieses Thema wird stets gemieden, als wolle man verhindern, daß Camila den Tod ihrer Mutter mit ihrer eigenen Geburt in Verbindung bringt.

»Du warst ein so großer Trost für deine Mutter«, fügt Ramona rasch hinzu. »Deshalb ging es ihr trotz der Prognosen der Ärzte auch schon bald besser. Sie hat noch drei Jahre gelebt. Sie hat diese Jahre für dich gelebt, Camila, davon bin ich überzeugt.«

»Aber warum ist Tivisita geblieben?« Camila läßt nicht locker. Sie glaubt immer noch, daß da etwas ist, was ihre Tante ihr nicht sagen will.

»Deine Mutter wollte es so. Du hast sehr an Tivisita gehangen. Sie war für dich das, was du für deinen kleinen Halbbruder bist.«

Diese Vorstellung widerstrebt Camila. Sie will nicht wahrhaben, daß es tatsächlich so gewesen ist.

»Tivisita hat immer gut für dich gesorgt.« Ihre Tante seufzt, als koste es sie Überwindung, etwas Nettes über Papanchos neue Frau zu sagen. »Und das war ein hartes Stück Arbeit, wie du dir vorstellen kannst. Deine Mutter, dein Vater, ja, sogar ich – wir haben alle gedacht, du wärst tot. Tivisita hat dir das Leben gerettet –«

»Das ist nicht wahr!« begehrt Camila auf, obwohl sie offen gestanden keine Erinnerung hat, die sie dagegenhalten könnte. So sehr sie es verabscheut, vor anderen Menschen zu weinen – jetzt sind ihre Augen feucht und brennen. Wie ein in die Enge getriebenes Kind blickt sie hilfesuchend zum Porträt ihrer Mutter auf. Durch den Tränenschleier ähnelt das verschwommene hübsche Gesicht ihrer Mutter dem von Tivisita.

Ein Klopfen an der Tür läßt sie beide zusammenfahren. Sie wechseln einen Blick, und Camila wischt sich rasch die Augen trocken. Diesmal wartet Tivisita nicht, bis sie hereingebeten wird. Sie tritt einfach ein und trägt das gewaschene Kleid, dessen Vorderseite nun wieder makellos sauber ist, auf einem Bügel wie eine Trophäe vor sich her.

OCHO

Luz

1893–1894

Ich fühlte mich schon seit Wochen nicht wohl. Mein Magen rumorte. Meine Knochen schmerzten. Meine Lungen gierten nach Luft. Von der Verschlechterung meiner Gesundheit alarmiert, stellten Pancho und ich unsere intimen Beziehungen ein. Als meine Regel im ersten Monat ausblieb, dachte ich mir nichts dabei. Durch den Gewichtsverlust sah ich oft monatelang kein Blut auf dem Tuch, das ich vorsichtshalber trug.

An jenem Tag hatte ich meine letzte Schülerin nach Hause geschickt und stieg die Treppe hoch, als ich einen Hustenanfall bekam. Ich setzte mich auf die Stufen, weil ich zu schwach war, um weiterzugehen, und hielt mir das Taschentuch vor den Mund. Als ich es anschließend auseinanderfaltete und den dunklen Fleck darauf sah, war mein erster aberwitziger Gedanke: Meine Monatsblutung hat eingesetzt!

Nach Atem ringend saß ich da und zählte langsam eins und eins zusammen:

Ich erwartete ein Kind.

Ich würde an Schwindsucht sterben.

Eins stand für mich fest: Die anderen durften nichts davon erfahren, sonst würden sie darauf bestehen, die Schwangerschaft abzubrechen, um mich zu retten. Erst wenn es dafür zu spät wäre, würde ich ihnen von meiner Tochter erzählen.

Ich sage »Tochter«, weil ich es von Anfang an wußte. Vielleicht lag es an der Hellsichtigkeit, die mir am Vorabend der Wahlen zuteil geworden war, die Hellsichtigkeit einer Sterbenden – das wurde mir nun klar. Im Lauf der Monate stellten sich weitere Anzeichen ein. Ich trug mein Kind hoch, und alte Menschen wie Mamá sagen, es sei typisch für ein Mädchen, daß es dicht unter dem Herzen der Mutter liege.

Freilich fiel mir das Atmen um so schwerer, je größer meine Tochter wurde. Wenn mich nachts ein Hustenkrampf aus dem Schlaf riß, hatte ich Angst, ich könnte sie zusammen mit dem blutigen Schleim ausspucken, den vor den anderen zu verbergen ebenfalls immer schwieriger wurde.

Insbesondere vor Tivisita, die, als ihre Familie nach Haiti auswandern mußte, hierblieb, um mir zur Hand zu gehen. Sie führte den Haushalt, während ich meine letzten verbleibenden Kräfte in die Schule steckte. Vielleicht um Pancho dafür zu belohnen, daß er sich von Marchena und seinen Gefolgsleuten distanziert hatte, erteilte Lilís ihm die Genehmigung, seine Arztpraxis trotz verschiedentlicher Beschwerden fortzuführen. Und mit diesem zweifelhaften Segen schlug sich Pancho weiter durch.

Morgens achtete ich peinlich genau darauf, daß ich mein Nachtgeschirr ausleerte, bevor ich nach unten eilte. Doch eines Morgens muß ich es vergessen haben. Noch vor Unterrichtsschluß stand Pancho plötzlich mit ernster Miene in der Tür.

Ich beschwor mich, langsam zu atmen, um keinen Hustenanfall zu provozieren. Nach all den Hinrichtungen und Verbannungen und auch wegen meiner schwachen Gesundheit war ich in letzter Zeit ziemlich schreckhaft. »Was ist?« flüsterte ich beunruhigt.

Mit einem Wink rief er mich nach oben in sein Arbeitszimmer. Ich folgte ihm zum Fuß der Treppe und blickte den dunklen Schacht hinauf. Ich wußte, daß ich es ohne Hustenanfall nicht schaffen würde. »Pancho«, rief ich hinauf.

Er war bereits am oberen Treppenende angelangt, als er umkehrte, weil er begriff, daß ich nicht nachkommen konnte. Dort oben, im Gegenlicht, das durch die Fenster hinter ihm fiel, sah er aus wie ein Erzengel, der hinabstieg, um mir eine Botschaft zu überbringen, die ich bereits kannte.

»Du hast den Tuberkelbazillus«, verkündete er traurig. »Tivisita hat mir dein Sputum gezeigt, und wir haben es unter meinem Mikroskop untersucht.« Bei der Vorstellung, wie die beiden das unappetitliche Zeug aus meinem Nachtgeschirr untersuchten, mußte ich lachen.

Pancho sah mich verdutzt an, bevor er weitersprach. »Wir müssen das *instituto* schließen, Salomé –«

Diese Gefahr hatte ich nicht vorausgesehen: den möglichen Abbruch meiner Schwangerschaft ja, aber nicht die Schließung der Schule, die ich in zwölf Jahren harter Arbeit aufgebaut hatte. Gerade jetzt, wo sie so gut lief, wollte ich sie nicht zumachen. »Das ist nicht nötig«, wandte ich ein. »Ramona kann wieder für mich einspringen, bis ich zurück bin.«

»Das ist kein vorübergehendes Problem«, meinte Pancho kopfschüttelnd. »Und wir müssen alles Menschenmögliche tun, um dich zu retten.«

Nicht nur mich, dachte ich. Da ich seit mittlerweile vier Monaten keine Regel bekommen hatte, wußte ich, daß »sie« außer Gefahr war. »Pancho«, sagte ich, als er auf mich zutrat. »Ich muß dir ein Geheimnis anvertrauen.«

Alfonseca war außer sich, als ich es ihm erzählte.

»Aber Doña Salomé, was für eine *locura*! Was für ein Wahnsinn! Genausogut könnte ich Ihnen den Schierlingsbecher reichen. Wir müssen sofort einen Abbruch vornehmen«, wandte er sich an Pancho, als wären sie zwei Landarbeiter, die über das Schicksal einer hinderlichen Kokospalme zu entscheiden hatten.

Pancho hatte die Hände in die Taschen geschoben und den Kopf gesenkt. »Die Schwangerschaft ist bereits zu weit fortgeschritten, José. Jetzt müssen wir die Sache durchstehen.«

»*Una locura*«, schimpfte Alfonseca erneut.

»Laßt uns darüber nachdenken, was wir zur Rettung des Kindes tun können«, schlug ich vor. Ich fühlte mich, als wäre ich im Klassenzimmer und müßte meinen Schülerinnen Mut zusprechen, damit sie nicht vor einer schwierigen Rechenaufgabe kapitulierten.

»Wir sollten lieber darüber nachdenken, was wir zur Rettung der Mutter tun können«, hielt Alfonseca dagegen. »Sie haben bereits drei Kinder, und die brauchen Sie, Doña Salomé.«

In diesem Augenblick bemerkte ich, daß Pedro in der Tür stand. Wir wollten die Art der Erkrankung vor den Kindern geheimhalten. Wenn sie herumerzählten, daß ihre Mamá die Schwindsucht hatte, konnten wir gleich ein Schild an die Tür hängen: Hier wohnt eine Aussätzige! Die Schwindsucht oder auch Tuberkulose, wie sie nunmehr genannt wurde, ging wie ein Schreckgespenst um. Hunderttausende fielen ihr zum Opfer. Selbst Präsident Harrisons Frau in ihrem großen weißen Herrenhaus. Noch war nicht geklärt, ob die Krankheit ansteckend war. Doch egal: Würde bei Doña Salomé Schwindsucht diagnostiziert, würde es mit Panchos Praxis abwärtsgehen. Dann müßten wir das *instituto* nicht mehr schließen. Der Exodus würde das auf seine Art besorgen.

Gleichzeitig wollte ich jedoch auf keinen Fall, daß meine Söhne sich Sorgen machten. Sie hatten für ihr Alter schon so viel durchgemacht: die Abwesenheit des Vaters, das Siechtum der Mutter und so viele Aufstände, daß sie, bevor sie ihre Großmutter oder Tante besuchten, jedesmal fragten: »Falls ein Krieg ausbricht, bleiben wir dann bei Mon oder versuchen wir, nach Hause zu kommen?«

»Pibín!« rief ich laut, damit auch die anderen hellhörig wurden. »Kommt herein, eure Mamá hat gute Neuigkeiten. Ihr bekommt eine kleine Schwester.«

»Oder einen kleinen Bruder«, korrigierte Pancho.

Wie gesagt: Ich wußte, daß ich ein Mädchen unter dem

Herzen trug. »Wie sollen wir sie nennen, Pibín?« fragte ich munter, um ihn abzulenken.

Er zögerte nicht einen Augenblick: »Salomé.«

»Mal sehen«, sagte ich, um ihn nicht zu enttäuschen. Aber ich wollte nicht, daß meine Tochter meinen Namen trug. Ich wollte, daß sie einen eigenen Namen bekam, daß sie in ein anderes Leben hineingeboren wurde als das, das um mich herum zu Ende ging.

Tivisita mied tagelang meinen Blick, nachdem sie Pancho mein Geheimnis verraten hatte. Ich fragte mich, warum sie es mir nicht direkt gesagt hatte, aber vermutlich hatte sie Angst vor einer Aussprache mit ihrer geliebten Lehrerin. Sie war mir zutiefst verbunden, weil ich ihr in Gestalt des Alphabets ein Paar Flügel geschenkt hatte. Manchmal, wenn sie sich zu mir aufs Bett setzte und wir ihre Lektionen durchgingen, hatte ich die Vision, wie meine eigene Tochter in Tivisitas Alter neben mir säße und mir ihre kleinen Geheimnisse anvertraute. Diese Phantasie war gar nicht so weit hergeholt. Mit ihren sechzehn Jahren war Tivisita nur fünf Jahre älter als mein Sohn Fran.

Oft sprachen wir wie Mutter und Tochter über dieses und jenes. Eines Tages verstrickten wir uns in eine Diskussion über unser Land. In wenigen Monaten würden wir den fünfzigsten Jahrestag unserer Unabhängigkeit begehen.

»Vielleicht fehlt uns noch immer die nötige Reife, um eine *patria* zu sein«, meinte ich. In den langen Stunden, die ich im Bett verbrachte und zuviel Zeit zum Nachdenken hatte, war ich notgedrungen zu der Einsicht gelangt, daß die *patria*, wie wir sie uns erhofft hatten, noch immer nicht geboren war. Fünfzig Jahre hatten wir dafür gekämpft, sie ins Leben zu rufen, und lediglich eine Totgeburt nach der anderen zuwege gebracht.

»Sagen Sie so etwas nicht, *maestra*«, meinte Tivisita, um mich aufzuheitern. Das erinnerte mich daran, daß ich unseren lieben Freund Hostos immer mit *maestro* angeredet hatte. Er hatte mir aus Chile geschrieben: Er sei damit beschäftigt, unter der Schirmherrschaft der neuen fortschrittlichen Regierung Schulen zu gründen; die Familie habe sich eingelebt, aber er vermisse seine lieben Freunde.

»Überleg doch mal, Tivisita: In den fünfzig Jahren hatten wir über dreißig verschiedene Regierungen. Immer wieder wurden unsere Träume zerstört.«

Vor Kummer über unsere tragische Geschichte nahmen Tivisitas Augen einen traurigen Ausdruck an. Sie straffte die hübschen Schultern und verkündete, von diesem Tag an wolle sie sich dem Kampf für ihre *patria* verschreiben.

Ich unterdrückte ein Lachen – es hätte mir nur wieder einen Hustenanfall eingebracht. Außerdem wollte ich Tivisita nicht von ihrem noblen Ansinnen abbringen. Aber wie sie da in ihrer hochgeschlossenen Hemdbluse mit den bauschigen Keulenärmeln saß, ähnelte sie so sehr Mons alter Porzellanpuppe von St. Thomas, daß es mir schwerfiel, sie als Revolutionärin ernst zu nehmen.

»Was können wir tun?« wollte Tivisita wissen, als wäre ihr plötzlich klargeworden, daß sie überhaupt keine Ahnung hatte, was für eine Art *patria* sie eigentlich anstreben sollte.

Wir? dachte ich. Nein, meine Zeit war um. Alles, was ich noch zu geben hatte, waren die Kinder, die ich in die Zukunft entließ. »Du wirst wieder ganz von vorn anfangen müssen«, sagte ich zu Tivisita. »Im Namen von Martí und Hostos und Bolívar und all jenen, die ihr Äußerstes gegeben haben.«

»Haben Sie Angst, *maestra?*« fragte Tivisita. Sie hatte gesehen, wie ich meinen Bauch gestreichelt hatte, denn meine Worte waren nicht nur an Tivisita, sondern gleichzeitig auch an meine Tochter gerichtet. »Ich meine, viele Frauen haben Angst vor der Entbindung«, fügte sie zu meiner Beruhigung hinzu nach dem Motto: Selbst gesunde Frauen haben Angst vor der Niederkunft.

»Nein, ich habe keine Angst vor der Entbindung«, sagte ich. Ich verschwieg, daß ich Angst vor dem Sterben hatte,

Angst davor, nicht mehr mitzuerleben, wie meine Kinder zu glücklichen Menschen heranwuchsen.

Pancho entschied, daß wir das *instituto* noch vor Monatsende schließen mußten. Er bestand darauf, an dem Tag, an dem wir es den Mädchen mitteilen würden, mit einer Flasche Spiritus Vitae und einem Fläschchen Riechsalz parat zu stehen für den Fall, daß eine meiner Schülerinnen in Ohnmacht fiele. Ich hielt das für übertrieben – Pancho und seine fixen Ideen! –, aber diesmal behielt er recht. Die Tochter der Pous wurde hysterisch, und mehrere andere Mädchen bekamen Schwindelanfälle und mußten befächelt werden. Die beste Zeit ihres Lebens sei nun vorbei, klagten sie.

»Señoritas, habe ich euch nicht gelehrt, von eurer Vernunft Gebrauch zu machen«, tadelte ich sie und blinzelte meine eigenen Tränen weg.

»Könnte denn nicht Señorita Ramona die Schule leiten?« Ein paar Mädchen sahen Ramona hoffnungsvoll an.

»Meine Schwester wird zu Hause gebraucht«, erklärte ich. Das stimmte. Tía Ana war inzwischen bettlägrig, und Mamá hatte immerfort Herzflattern, wobei sie jedoch behauptete, ihr Herzleiden habe nichts mit ihrer eigenen Gesundheit zu tun, sondern mit ihrer Sorge um meine. »Außerdem haben wir Geldnöte. Das Ayuntamiento zahlt uns nicht so viel, wie es für jede Schülerin zahlen müßte. Deshalb sind wir gezwungen, den Mietvertrag für dieses Haus zum Ersten des neuen Jahres zu kündigen.« Ich schützte allerlei Gründe vor, um ihnen nicht den wahren Grund nennen zu müssen: Ich brauchte all meine Kraft für die Geburt meiner Tochter. Und ohne meinen Schutz wäre die Schule dem Untergang geweiht. Erzbischof Meriño hatte unlängst abermals einen Hirtenbrief veröffentlicht, in dem er darauf drängte, alle Schulen ohne den Segen Gottes zu schließen, insbesondere jene, in denen Mädchen unterrichtet wurden.

Zwei meiner allererersten Abgängerinnen, die mittlerweile als Lehrerinnen für mich arbeiteten, traten vor: »Eva und ich werden beim Ayuntamiento einen Antrag auf Erhöhung der Zuschüsse stellen«, verkündete Luisa. »Wir werden versuchen, die Schule in ein paar Monaten wiederzueröffnen. Wir werden unser *instituto* nicht aufgeben. Lang lebe unsere *maestra*!«

Die anderen Mädchen stimmten ein: »¡Viva Salomé!«

Als ich in ihre aufgeweckten jungen Gesichter blickte, verspürte ich einen Anflug von Hoffnung. Auch sie waren meine Kinder, die ich in die Zukunft entließ, damit sie noch einmal von vorn begannen.

Nach der Schließung der Schule trafen Pancho und ich eine noch schwerwiegendere Entscheidung: Wir würden das Land verlassen.

Unsere politischen Probleme hatten wieder begonnen, nachdem Pancho und sein Bruder Federico in ihrer neugegründeten Zeitung *Artes y Ciencias* die Fortschritte von *la patria* in ihrem fünfzigsten Jahr kommentiert hatten. Panchos Patienten blieben aus, es war wie bei einem Fluß, der langsam versiegt. Eines Abends umstellte eine Gruppe von Lilís Schergen unser Haus und skandierte Schimpfworte. Am nächsten Morgen entdeckten wir, daß sie den Affen an seiner Leine im Garten hinter dem Haus aufgeknüpft hatten. Unsere Söhne waren in Tränen aufgelöst. Selbst ich war bestürzt, als ich die kindsähnliche Gestalt am Guavenbaum schaukeln sah.

»Keine Sorge, keine Sorge«, tröstete uns Pancho, der selbst den Tränen nahe war. »Wir besorgen einen neuen Affen, das verspreche ich.«

Ich war wütend auf Pancho, weil er unser aller Leben in Gefahr brachte. Doch zugegebenermaßen war ich auch stolz auf seinen Mut und seine Sturheit. Wie konnte ich es ihm verargen, wo doch die meisten tapferen Männer tot waren oder das Land verlassen hatten und diejenigen, die geblieben waren, den Mund hielten?

»Hör mir gut zu«, sagte ich und streichelte meinen Bauch. Da ich spürte, daß mir für meine Tochter womöglich nicht viel Zeit blieb, hatte ich damit begonnen, sie bereits vor ihrer Geburt zu erziehen. »Wohin auch immer es uns verschlägt – vergiß nie, dies hier ist deine *patria*!«

Wir hatten beschlossen, uns in unserem Nachbarstaat Haiti in El Cabo niederzulassen. Binnen kurzer Zeit wurde die Stadt zum Sammelplatz für unsere Rebellen. Die Lauran-zóns waren bereits dort, und den Briefen nach, die Don Rodolfo seiner Tochter Tivisita schickte, war El Cabo eine blühende Hafenstadt mit reichlich Geschäftsmöglichkeiten und einer kosmopolitischen Atmosphäre, die etwas sehr Französisches hatte. (Dies gab, offen gestanden, den Ausschlag für Pancho, dessen französischer Akzent sich am Ende doch abgeschliffen hatte – ganz im Gegensatz zu seinem unverhohlenen Faible für alles Französische.) Außerdem gab es am Stadtrand ein großes Krankenhaus, das Hospice Justinien, wo ein in Paris ausgebildeter Arzt sicherlich leicht Arbeit fand.

Aber ich konnte es nur unter einer Bedingung ertragen, mein Land zu verlassen: El Cabo durfte nur eine Zwischenstation sein. Sobald wir unseren Tyrannen los wären, würden wir zurückkehren.

Pancho würde mit Max, der mir in diesen Tagen größte Schwierigkeiten bereitete, schon vorausreisen. Trotz seiner acht Jahre benahm sich Max noch immer wie ein quengeliges, forderndes Baby – zumal jetzt, wo ich aufgrund meiner Krankheit weniger verfügbar für ihn war. Wie oft stand der arme kleine Kerl draußen vor meiner Tür und rief nach mir, ohne auf Tivisita zu hören, die ihm zu erklären versuchte, daß er seine Mamá in Ruhe lassen solle, damit sie sich erholen könne.

Die anderen Familienmitglieder – die beiden Jungs, Regina, Tivisita und ich – würden Pancho bis Puerto Plata an der Nordküste begleiten und dort bei unseren alten Freunden Dubeau und Zenona bleiben. Ein befreundeter Arzt namens Zafra, der seit kurzem ebenfalls in Puerto Plata lebte, würde mich behandeln. (»Sie beide haben sowieso noch nie auf mich gehört«, lautete Alfonsecas Kommentar, als wir ihm von unseren Plänen erzählten.) Zwei Monate vor der Entbindung würde Ramona nachkommen. Pancho würde unterdessen in El Cabo wohnen, nur eine Tagesreise mit dem Dampfer von mir entfernt, falls ich ihn brauchen sollte. Das empfand ich als Erleichterung, denn der Gedanke an eine neuerliche Trennung von Pancho hatte für mich etwas Erschreckendes.

»Puerto Plata wird uns guttun«, sagte ich zu meiner Tochter und streichelte meinen Bauch an der Stelle, an der eben ihr Ellbogen herausgestanden hatte. Wer weiß, vielleicht wirkte die Luft, die mich bereits einmal geheilt hatte, auch ein zweites Mal Wunder. »*Fe* – Glaube!« sagte ich immer wieder zu uns beiden.

»Mit wem redest du, Mamá?« wollte Pibín wissen, der gerade ins Zimmer kam. Gegen Mittag, wenn mein Fieber meist nachließ, durften mich meine Kinder besuchen.

»Mit deiner Schwester.«

»Hast du mit mir auch geredet, bevor ich auf der Welt war?«

»Ja, natürlich habe ich das.« Ich nahm es mit der Wahrheit nicht so genau, aber bei Kindern geht das manchmal nicht anders, denn sie sollen wissen, daß sie immer von unserer Liebe umfangen sind.

»Und was hast du zu ihr gesagt?«

Ich überlegte kurz und beschloß dann, ihn zu überraschen. »Ich werde es aufschreiben, damit du es aufheben kannst.« Als ich an diesem Abend im Bett lag und nicht einschlafen konnte, begann ich im Geist ein Gedicht mit dem Titel »Mi Pedro«. In dem Gedicht ging es um das, worüber ich mit Tivisita diskutiert hatte: um meinen Pibín als Geschenk an die Zukunft meines Landes. Allerdings hatte es nicht den Anschein, als würde ich das Gedicht je fertigstellen. Also sagte ich Pibín die ersten vier Verse, die ich geschrieben hatte, ein paar Tage später auf.

»Du hast in Reimen zu mir gesprochen! Oh, Mamá!« Er stürmte auf mich zu, um mich zu umarmen, doch ich hob

abwehrend die Hand. Pancho hatte an Dieulafoy in Frankreich geschrieben, und dieser hatte zwar geantwortet, er sei
sich so gut wie sicher, daß die Schwindsucht nicht durch
bloße Berührung übertragen werde. Trotzdem ließ ich meinen kleinen Piepmätzen gegenüber Vorsicht walten. Ich wollte kein Risiko eingehen.

»Komm mir nicht zu nah, mein Schatz«, sagte ich streng.

»Warum nicht, Mamá? Das Baby?«

Er sollte nicht glauben, daß seine Schwester der Grund
dafür war, weshalb er sich von mir fernhalten sollte. Also
sagte ich ihm die Wahrheit: »Nein, wegen meiner Schwindsucht. Ich möchte niemanden anstecken.«

»Hast du das *instituto* deshalb zugemacht?« wollte er
wissen.

Zu meiner Schande muß ich gestehen, daß diese Überle-
gung mitnichten im Vordergrund gestanden hatte. Da mußte
erst mein kleiner Pibín mit seinem moralischen Fingerspit-
zengefühl kommen, um mich daran zu erinnern, daß ich
auch für andere Menschen eine Gefahr darstellte.

Busca la luz, hatte ich ihm in meinem Gedicht geraten.
Suche das Licht. Aber ich selbst hatte meinen Rat nicht
beherzigt, so versunken war ich in all die düsteren Gedanken
rund um unsere Abreise. Kein Wunder, daß ich das Gedicht
nicht hatte beenden können.

Dies war nicht das erste Mal, daß ich auf dem Papier klüger war als in der Praxis.

Die Bootsfahrt nach Puerto Plata hatte etwas von der Reise
einer Königin durch ihr darbendes Reich.

Die Nachricht, daß Salomé krank und zu einer Erholungskur unterwegs nach Norden war, hatte sich rasch verbreitet.
In jedem Hafen wartete eine Abordnung junger Dichter, die
um Erlaubnis baten, an Bord kommen zu dürfen. Ich emp-
fing sie in einem Liegestuhl, einen Hut auf dem Kopf und
eine Decke über den Beinen und dem Schoß. Tivisita hatte sie
darüber gebreitet – sei es aus Schicklichkeit, um meinen

wachsenden Bauch zu verbergen, sei es zum Schutz gegen die Zugluft, damit diese nicht womöglich einen Hustenanfall auslöste. Einer nach dem anderen traten die Dichter vor und sagten mir ihre Gedichte auf.

In Erinnerung geblieben ist mir vor allem ein junger Mann, der in San Pedro de Macorís an Bord kam. Er war dunkelhäutig und hatte die dunklen, feuchten Augen eines Menschen, der gleich in Tränen ausbricht. Unweigerlich mußte ich an Papás alten Spruch *Tränen sind die Tinte des Dichters* denken. Der junge Mann hieß Gastón Deligne, und als er zu zitieren begann, machte an Deck des Dampfers ein leises »Scht!« die Runde. »Ihre Worte haben die Segel unserer Seelen gefüllt…« Seine junge Stimme erinnerte mich an Panchos, damals, als er meine Gedichte zitierte, als hätte er sie selbst geschrieben.

Als Gastón geendet hatte, war ich so überwältigt, daß ich ihm zu danken vergaß. Er machte einen Schritt auf mich zu und zeigte mir ein Bündel Papiere, das er in Händen hielt. Im ersten Augenblick glaubte ich, er wolle mir ein Manuskript seiner Gedichte überreichen, damit ich sie las. Das hätte ich nur zu gern getan, denn nach der Kostprobe zu urteilen, die er uns gegeben hatte, war er zweifellos ein begabter Dichter. Aber wie sich herausstellte, handelte es sich um meine eigenen Gedichte, die er gesammelt hatte: den schmalen Band, den die »Freunde des Landes« verlegt hatten, und auch einzelne Gedichte aus jüngerer Zeit, die er aus der Zeitung ausgeschnitten hatte. »Ich habe sie alle«, brüstete er sich wie ein kleiner Junge, der stolz seine Sammlung schimmernder Kieselsteine vorführt.

Bevor er ging, ergriff er meine Hand. Er drückte sie und wollte sie gar nicht mehr loslassen. Alle anderen hatten Distanz gewahrt, ob aus Respekt vor *la poetisa* oder aus Angst vor Ansteckung konnte ich nicht sagen. Später erfuhr ich, daß Gastóns jüngerer Bruder Rafael, gleichfalls ein Dichter, an Lepra erkrankt war und im Sterben lag. Vielleicht hätte ich meine Hand zurückziehen sollen. Aber seine Augen fesselten mich.

»Wir werden die *patria* erschaffen, die Sie sich gewünscht haben, *poetisa*, das verspreche ich.«

Ich seufzte und erwiderte nichts darauf. Das hatte ich schon einmal gehört.

»Wir werden es in Ihrem Namen tun.« Jetzt wurde er ein bißchen zu aufdringlich. Tivisita sah sich beunruhigt nach Pancho um, der sofort zur Stelle war. »So, mein junger Dante«, meinte er auf seine überschwengliche Art. »Für heute hat Salomé genug Aufregung gehabt.« Als wir vom Pier ablegten, hörte ich den jungen Mann rufen: »In Ihrem Namen, Salomé, in Ihrem Namen!« Ich fühlte mich, als würde ich sterben und das Ufer der Lebenden hinter mir lassen, nicht länger ein Opfer menschlicher Versprechungen oder geistiger Armut.

Die Seereise selbst war eine segensreiche, sonnige, von der Zeit losgelöste Zeit: keine Spitzel, die im Haus herumschnüffelten, keine Schule, um die ich mir Sorgen machen, keine Schülerinnen, die ich prüfen mußte – nur die salzige Meeresluft, die ich einatmete, und die wogende See, die mich einlullte, so daß ich mich fühlte wie das im Fruchtwasser schwimmende Kind in meinem Bauch. Auf meinem Schoß lag das Buch *Numa Pompilius* von Florian, mein altes Lieblingsbuch. Ich hatte einen kleinen Koffer mit Büchern vollgepackt, mit denen ich in Puerto Plata die Mußestunden bis zur Geburt meines Kindes ausfüllen wollte, darunter auch Bücher aus der Bibliothek meines Vaters, in denen wir gern gemeinsam geschmökert hatten. Zum wiederholten Mal las ich von Numas Freundin, von der leichten Fußes umherwandernden Camila, die durch ein Kornfeld laufen konnte, ohne einen einzigen Halm zu knicken, und über das Meer gehen, ohne sich die Füße naß zu machen.

Camila! Ich hatte schon fast vergessen, daß ich mir als Heranwachsende vorgenommen hatte, meine eigene Tochter, so ich je eine haben sollte, nach dieser tapferen jungen Frau zu benennen. Camila – das war es. Um Pibín nicht zu enttäuschen, würde ich ihr auch meinen eigenen Namen geben. Mit einem Mal gefiel mir die Vorstellung, daß unser beider Namen auf immer miteinander verbunden wären.

»Salomé Camila«, sagte ich zu ihr, als ich mich an jenem Abend in meiner Kabine schlafen legte.

Und während ich es sagte, war ich überglücklich.

Die Trennung von Pancho in Puerto Plata fiel mir schwerer als gedacht. Diesmal würde er doch nicht vier Jahre lang fortbleiben! Ich klammerte mich mit den Augen an ihn, denn ich durfte niemanden mehr umarmen.

Kurz vor unserer Abreise aus der Hauptstadt hatte Pancho nämlich einen zweiten Brief von Dieulafoy in Frankreich erhalten. Neusten Erkenntnissen zufolge könnten die Tuberkelbazillen sehr wohl durch bloße Berührung übertragen werden. Insofern sei es geraten, Vorkehrungen zu treffen, vor allem Kindern gegenüber.

Natürlich war ich um meine noch ungeborene Camila besorgt. Zwar hatte Dieulafoy Pancho versichert, daß sich die Bazillen im Uterus nicht ausbreiten könnten, doch sobald das Kind auf der Welt wäre, müßte ich jegliche Berührung vermeiden. »Sieh dich nach einer Amme um«, trug Pancho Tivisita auf, die errötete, als ich ihr die Bedeutung des Wortes später erklärte.

Pancho ließ in jedem Raum der Palmholzhütte, die Dubeau für uns gemietet hatte, eine Waschschüssel aufstellen. Tivisita wies er an, ihre Hände und die der Jungen jedesmal zu waschen, wenn sie bei mir waren. In meinem Zimmer wurde eigens für mich ein mit hellroten Bändern gekennzeichnetes Eßgeschirr zusammen mit meiner Wäsche in einem Schränkchen aufbewahrt.

»Mamá hat die roten Bänder« – so nannte Max fortan meine Krankheit. Nur gegenüber Pibín, der trotz seines zarten Alters verschwiegen sein konnte, hatte ich einmal das Wort *Schwindsucht* erwähnt.

Am Morgen seiner Abreise ging Pancho noch einmal das Reglement durch: Die Kinder durften mich zwar besuchen, mich aber nicht küssen, nicht umarmen und auch nicht zu mir ins Bett kommen. Bei diesen Worten sah er Pibín an, der die Augen niederschlug und sich auf die Lippe biß, um nicht loszuweinen. Pancho konnte so taktlos sein.

Er bestand darauf, daß Tivisita dabei war, während er mir in letzter Minute seine Anweisungen gab, damit ich später nicht in Versuchung geriete, nach eigenem Gutdünken Vorschriften zu erteilen. »Ich schreibe dir jede Woche und erkundige mich nach deinen Fortschritten«, versprach Pancho.

»Und ich schreibe dir jeden Tag, Mamá!« posaunte Max. Er trug seinen Matrosenanzug, und die Tatsache, daß er schon einmal an Bord eines Schiffes gewesen war, machte ihn übermütig.

Ich schenkte meinem Kleinsten ein inniges Lächeln, wohl wissend, was für einen Quälgeist Pancho da mitnahm. »Darüber würde ich mich sehr freuen«, sagte ich zu ihm. Es tat mir physisch weh, daß ich ihn nicht in die Arme schließen konnte, um ihm Lebwohl zu sagen.

»Vielleicht verbessert er seine Schreibkünste ein wenig, damit du seine Briefe auch entziffern kannst«, meinte Pancho mit Nachdruck. Max, der den Mund etwas vollgenommen hatte, errötete vor Scham.

»Schau mal in den Arzneischrank, Tivisita. Eigentlich müßte genügend Chinin da sein, aber denk daran: nur bei hohem Fieber. Salomé trinkt es wie Wasser.« Pancho hielt mir immer wieder vor, ich sei eine schwierige Patientin, die sich offenbar einbilde, sie hätte zusammen mit ihm Medizin studiert. »Ich möchte, daß sie täglich 25 Zentigramm Iodamid gegen den Husten bekommt und anschließend ihre Kreosotkapseln mit zwei Fingerbreit Lebertran. Und zwar zu jeder Mahlzeit, hörst du? Salomé vergißt nur zu gern, daß auch das Frühstück eine Mahlzeit ist und nicht nur der Zeitpunkt, zu dem sie aufsteht und in ihren Büchern zu lesen beginnt.«

Während Tivisita die Bestände im Medizinschrank kontrollierte, zeigte mir Max den Kreisel, den sie ihm als Glücksbringer für die Reise geschenkt hatte. Außerdem schickte sie Geschenke für ihre drei älteren Schwestern mit, die sie, wie sie mir gestand, schrecklich vermißte. Ich hatte sie zu überreden versucht, zusammen mit Pancho und Max nach El Cabo zu reisen, um ihre Schwestern zu besuchen. Regina könne sich um mich kümmern, bis Ramona käme, aber Tivisita wollte nicht von meiner Seite weichen. »Nicht, bevor Sie geheilt sind und das Kind auf der Welt ist«, gelobte sie.

Als ich mich kurz von Max abwandte, der mir stolz seinen Kreisel vorführte, sah ich aus den Augenwinkeln etwas, was ich besser nicht hätte sehen sollen. Tivisita kehrte uns gerade den Rücken zu, und Pancho starrte sie mit einer Mischung aus Verlangen und Entsagung an. Am meisten schmerzte mich die Entsagung in seinem Blick, denn sie bedeutete, daß Tivisita bereits Eingang in das Reich seiner Phantasie gefunden hatte, in dem sich Begehren zu Liebe wandelt und Seelen miteinander verschmelzen.

Ich spürte, wie sich die Eifersucht, dieser alte Skorpion, in meinem Herzen regte, aber ich jagte ihn sofort hinaus. Ich hatte Mamá und die Alten nämlich darüber reden hören, daß werdende Mütter ihre Babys mit finsteren Gedanken vergiften können. Ich wollte nicht, daß meine Camila als engstirniger, kleinlicher Mensch geboren würde – ihre Welt auf das zurechtgestutzt, wovor sie sich nicht fürchtete.

Also tat ich mit meinem Kummer, was ich seit jeher damit getan hatte. Ich schluckte meine Enttäuschung hinunter. Über eins war ich allerdings froh: Tivisita blieb hier. Um sie zu sehen, müßte Pancho zu mir kommen.

Pancho hielt Wort und schrieb regelmäßig. Jede Woche erhielten wir ein bis zwei Briefe von ihm. Was Max anging, so trafen in den ersten Wochen mehrere Briefe von ihm ein, dann kamen sie nur noch tröpfchenweise, und schließlich blieben sie ganz aus. Mein Max! Genau wie sein Vater: seine Begeisterungsfähigkeit war stärker als sein Wille!

In der Regel brachte Zafra uns die Post mit, weil wir nur selten aus dem Haus gingen. Inzwischen kam er täglich vorbei, um nach mir zu sehen. Er machte sich Sorgen, weil mein Atem so schwer ging. Da mein Bauch von Woche zu Woche dicker wurde, erschwerte der Druck auf mein Zwerchfell das Atmen zusätzlich. Das Fieber hielt an, der blutige Auswurf und die hartnäckige Husterei zehrten meine letzten Kräfte auf. Das ließ nichts Gutes hoffen. Schließlich riet mir Zafra, Pancho zu rufen. Aber noch sträubte ich mich dagegen. Mittlerweile kamen ein paar Patienten in sein kleines Behandlungszimmer im Krankenhaus, und das Nest, das Pancho uns zu bauen begonnen hatte, brauchten wir dringend.

Ramona traf früher als geplant ein. Sie erklärte mir, unsere Cousine Valentina aus Baní sei in der Zwischenzeit zu Mamá und Tía Ana gezogen. Mon bot einen kuriosen Anblick! Hut mit Netz, Handschuhe, über den Schultern ein Cape und über dem Kopf ein Sonnenschirm – jeder Zoll ihrer Körperoberfläche in irgendeiner Weise bedeckt. Und von dieser Oberfläche gab es reichlich, denn meine Schwester hatte im Alter kräftig zugelegt. In unserer Familie war es ein offenes Geheimnis, daß Ramona Reisen haßte, weil sie sich einredete, jedes Schiff werde sinken, jeder Zug werde von Banditen überfallen und auf jedem Zipfelchen unbewohnten Landes müsse es von Ungeziefer und wilden Tieren wimmeln. Sie hat zuviel Plutarch gelesen, sagte ich mir, und zuviel Marco Polo. Aber für mich würde sie alles tun, und da stand sie, gerüstet wie eine Frau, die entschlossen ist, ihrer kleinen Schwester zuliebe den Kampf mit der Wildnis aufzunehmen.

Der wahre Kampf fand jedoch vom ersten Tag an in unseren vier Wänden statt. Denn Ramona ließ sich von niemandem etwas sagen. »Schon gar nicht von so einem kleinen Gör, das aussieht wie meine alte Puppe.« Nicht daß Tivisita gern widersprach, aber Pancho hatte ihr nun mal strikte Anweisungen erteilt, denen Ramona sich allein schon deshalb oft widersetzte, um ihrem Schwager, diesem Schürzenjäger, eins auszuwischen. (Ich hatte ihr von seiner Pariser Geschichte erzählt.)

Eines Tages kam Tivisita zu mir, um mir bei einem Brief an Pancho behilflich zu sein. Ich hatte ihn um eine Brille gebeten, sie jedoch bislang nicht erhalten. Lesen und Schreiben war für mich eine Qual, und deshalb schrieb Tivisita nun meine Briefe. Was für eine wundervolle, zukunftsträchtige Saat ich ausgesät hatte, als ich das kleine Mädchen lesen und schreiben lehrte!

Inzwischen kannte ich sie gut genug, um ihr anzumerken, daß ihre gewohnte Fröhlichkeit in letzter Zeit nur aufgesetzt war. »Was ist los, Tivisita?« fragte ich und sah ihr ins Gesicht.

Ihr Augenausdruck veränderte sich: Da war etwas, was sie mir sagen wollte, aber nicht über die Lippen brachte. Ich wußte natürlich genau, was es war. »Laß sie einfach, Tivisita, sie meint es doch nur gut.« Ich wagte nicht, einen Namen zu nennen für den Fall, daß Ramona herumschnüffelte.

»Aber Pancho sagt, ich soll nicht zulassen, daß sie sein Reglement auf den Kopf stellt. Er sagt, das könnte den Ausschlag geben, ob –« Der Mut verließ sie. Sie wollte nicht aussprechen, wovor wir alle Angst hatten.

Demnach korrespondierte Pancho mit Tivisita! Selbstverständlich schrieb er auch mir. Sein Ton war fürsorglich, aber seine Briefe waren kurz. Offenbar war er sehr beschäftigt. Jetzt fragte ich mich allerdings, ob das, was ihn so beschäftigte, womöglich hier unter meinem Dach wohnte.

Als Zafra das nächste Mal die Post mitbrachte, schickte ich Tivisita unter dem Vorwand, großen Durst zu haben, aus dem Zimmer, damit sie mir aus der Zisterne frisches Wasser holte. Zögernd warf sie einen Blick auf das Bündel neben meinem Bett. Normalerweise sortierte nämlich sie die Briefe und Rechnungen, die Pancho allwöchentlich zu uns schickte, leitete einige in die Hauptstadt weiter und verteilte den Rest.

Kaum hatte sie das Zimmer verlassen, griff ich nach dem Bündel und hielt jeden Umschlag einzeln ins Licht. Abgesehen von seinem Brief an mich war da einer, den Pancho handschriftlich an jemanden adressiert hatte, dessen Namen ich nicht entziffern konnte, allem Anschein nach eine Tratte an den Händler, der uns die Waschschüsseln verkauft hatte; des weiteren ein Brief mit einem beigelegten Artikel für Federico in der Hauptstadt; einer an *Meine Geliebten Söhne* und noch einer mit der mir so vertrauten Handschrift an *Señorita Natividad Lauranzón, sus manos* – ein privates Schreiben an sie höchstpersönlich!

Ich hielt den Brief in der Hand und überlegte, was ich damit tun solle. Als ich das letzte Mal einen Brief von Pancho gelesen hatte, der für jemand anderen bestimmt war, hatte mir das großes Leid zugefügt. Meine Gesundheit hatte ich bereits geopfert, und mein Herz war vor Enttäuschung gebrochen, was also konnte ich noch zerstören außer meinem Seelenfrieden? Ich konnte leben – und sterben –, ohne zu wissen, was in dem Brief stand.

Also schob ich ihn wieder zwischen die anderen und legte das Bündel auf den Nachttisch. Als Tivisita hereingeeilt kam, meine mit dem roten Band versehene Tasse randvoll mit frischem Wasser, musterte sie mich verunsichert. Ich sah ihr bereits an, wie sie allmählich ihre Unschuld verlor, ihr Geheimnis, das wie die Perle ist, welche die Auster unter widrigen Umständen hervorbringt, wie Pancho mich vor Jahren gelehrt hatte, als er sich so galant erbot, meine Kenntnisse in den Wissenschaften zu fördern.

Als ich auch noch eine Lungenentzündung bekam, nahm mein Zustand bedenkliche Formen an. Ich hatte so hohes Fieber, daß meine arme Camila mir immer wieder in die Seiten trat. »Werde ich sterben?« fragte ich Zafra, der mich tiefbetrübt ansah. Da er erst seit einigen Jahren praktizierte, hatte er noch keine Übung darin, solch unprofessionellen Audruck aus seinem Gesicht zu verbannen.

»Ich glaube, Pancho sollte kommen«, war alles, was er sagte.

Ich hatte Gewicht verloren, und die Haut über meinem Bauch war gespannt wie bei einer Trommel, so daß ich die Gestalt meines Kindes genau ertasten konnte. »Halte durch, meine kleine Camila«, beschwor ich sie. Sie strampelte kurz, als wolle sie sagen: Ich tue mein Bestes, Mamá.

Die Wehen setzten kurz nach Panchos Ankunft ein. Gegen Mitternacht stiegen von meinem Kreuz jäh anschwellende Schmerzen auf, die einen krampfartigen Hustenanfall auslösten. Natürlich dachte ich nicht sofort daran, daß es die Wehen sein könnten, denn dafür war es noch acht Wochen zu früh. Bei den Kontraktionen wurden meine Lungen derart gequetscht, daß ich keine Luft mehr bekam. Bestimmt mußte ich nun sterben, denn ich konnte mich nicht entsinnen, daß Erstickungsanfälle zur Entbindung gehörten.

Ramona war als erste bei mir. In ihrer Hand schaukelte eine Lampe, und ihr langer Zopf hing wie ein dickes Seil vorn an ihrem Nachthemd hinab. Ich versuchte, auf ihre Fragen zu antworten, aber für Worte hatte ich nicht mehr genügend Luft, und so bewegte ich lediglich die Lippen. Das müssen die ersten Anzeichen des Todes sein, dachte ich, wenn die Ranken der Sprache schon nicht mehr über das eigene Ich hinauszugreifen und die Aufmerksamkeit der anderen zu fesseln vermögen.

Pancho folgte ihr auf dem Fuße, und gleich nach ihm kam Tivisita, die seine schwarze Arzttasche trug. Er hielt das Stethoskop an meinen Bauch, bald hier, bald da, und dann hörte ich, wie er sich die Hände wusch, bevor er die Bettdecke anhob und mich untersuchte. Erst da nahm ich den scharfen Geruch der Flüssigkeit wahr, in der ich lag.

Ramona hatte inzwischen Zafra geholt, der die Ärmel hochkrempelte und nach allen Seiten Anweisungen erteilte. Draußen vor der Tür versuchte Pibín seine Brüder zu beruhigen. »Mamá!« brüllte Max immer wieder. Ich wollte etwas rufen, um ihn zu trösten, aber ich mußte mein letztes bißchen Kraft aufsparen.

Zafra und Pancho hatten mir Kissen untergeschoben, um mir das Atmen zu erleichtern und die Niederkunft einzuleiten. Aus mir floß Blut heraus, und ich fühlte, wie das Kind nach außen drängte. Irgendwann spürte ich einen Schmerz, als würde ich zweigeteilt, denn Zafra führte die Geburtszange ein und zog meine Tochter heraus, erst den Kopf, dann eine Schulter, dann die andere, und da war sie, Kopf nach unten und ganz blau: Sie sah scheußlich aus und war von einem dünnen Häutchen umhüllt, als wäre sie in ihrem eigenen Totenhemd zur Welt gekommen, bereit für die Beerdigung.

Der Blick, den Zafra und Pancho wechselten, ließ Böses ahnen. Als die Nabelschnur durchtrennt und das winzige Geschöpf hinausgetragen wurde, wollte ich »Tivisita!« rufen, aber natürlich war meine Stimme zu schwach. »Ich habe sie getauft«, flüsterte Ramona, als wäre meine größte Sorge, daß meine Tochter als Christin starb.

»Ich will, daß sie lebt«, schluchzte ich und versuchte mühsam, mich aufzurichten. Doch Hände hielten mich fest; Stimmen besänftigten mich. Dann das Pieksen einer Nadel in meinem Arm.

Alles wurde ruhig. Ich sah, wie sie sich über mir zu schaffen machten, als versorgten sie einen Körper, der irgendwie mir gehörte und irgendwie auch nicht. Weit weg vernahm ich die Stimmen meiner Kinder: Pibín las Max etwas vor, wahrscheinlich aus seinem geliebten Jules Verne; Max stellte seine ewigen Fragen; Fran donnerte seinen Ball immer wieder gegen die Wohnzimmerwand – ihr Leben ging ohne mich weiter. Das Licht schwand, mein Geist kam zur Ruhe, meine Lungen rangen nach Luft, und ich spürte, wie langsam das Leben aus mir wich. Im Licht des anbrechenden Tages, das durch das Fenster hinter Pancho fiel, sah ich, wie er sich mit tränennassen Augen zu mir beugte. Er hatte seine eigenen Vorsichtsmaßregeln vergessen.

Was auch immer er sagte – ich konnte nicht bleiben, um ihm zuzuhören. Ich fiel, fiel eine lange Treppe hinunter, hinein in die dunkle Mitte meiner selbst.

Und dann hörte ich einen Schrei, ein herzhaftes Plärren, das ich wiedererkannte.

»Salomé Camila«, flüsterte ich.

Wie von der Kraft meines Verlangens herbeigerufen, trat Tivisita an meine Seite, in den Armen das Bündel, das sie vor dem verhängnisvollen Urteil der anderen gerettet hatte. Sie legte mir meine neugeborene Tochter auf den Bauch, damit ich sie bewundern konnte.

Ich kämpfte mich aus dem Dunkel nach oben, um sie zu begrüßen.

ACHT

Vogel und Nest

———

Abreise aus Santo Domingo, 1897

Sie ist auf dem Schiff, die Brise zaust an ihrem Kleid und an den Bändern ihres Häubchens, und sie sind unterwegs nach El Cabo zu ihrem Vater. Die Wellen klatschen an die Seite des Schiffs, pitsch-patsch, pitsch-patsch, wie wenn Mon Max einen Klaps gibt, weil er mal wieder unartig ist, aber sie schlägt ihn nicht wirklich, und trotzdem heult Max wirklich, weil Mamá in den Himmel gekommen und weil sie diejenige ist, die er wirklich will.

Sie steht auf dem Koffer, den Pibín an die Reling gezerrt hat, damit sie allen auf dem Pier zuwinken kann. Mon, Mini-na, Luisa, Eva – so, das reicht! Ihr tun die Hände weh. Außerdem heulen sie alle so, daß keine zurückwinkt.

Sie ist so gern auf dem Schiff. Sie hofft, daß sie nie wieder heruntergehen muß, daß sie bis ans Ende ihres Lebens nach El Cabo fahren und sich ihr Kleid bläht wie sonst nur dann, wenn der freche Max ihren Petticoat angucken will (und dafür einen Klaps kriegt, pitsch-patsch, pitsch-patsch), und die Bänder ihres Häubchens seitlich gegen ihren Kopf schnalzen und der Wind sie jedesmal, wenn sie hinschauen will, wegbläst, so daß sie nicht mehr zu sehen sind.

Schnell! Sie reißt den Kopf herum und erhascht einen Blick auf sie: rote Bänder!

»Sind wir bald da?« fragt sie Pibín. Er ist der Bruder, der die nettesten Antworten gibt, wenn sie etwas fragt.

»Wir haben noch gar nicht abgelegt«, erklärt er ihr. Er sieht so traurig aus, fast so traurig wie an dem Tag, an dem Mamá gestorben ist, aber nicht ganz so schlimm.

Vielleicht ist er wegen der Sache so traurig, die in Mons Haus passiert ist, bevor sie zum Pier gegangen sind: Alle haben so wütend miteinander geredet. Mon hat an der Tür gestanden und Camilas Hand festgehalten. »Deine Mamá hat gesagt, du sollst bei deiner Tante Mon bleiben, erinnerst du dich?« Mon hat Camilas Hand gedrückt, um ihr beim Erinnern zu helfen.

Aber Camila kann sich an die letzten Worte ihrer Mutter nicht erinnern. Sie kann sich an Puerto Plata erinnern und an die gedrechselten Muscheln und an Dr. Zafra, der immer Grimassen schneidet, um sie zum Lachen zu bringen, und an ihre hustende Mutter und an die lustige Brille, die ihr Vater Mamá aus El Cabo geschickt hat, und an die vielen, vielen Medizinfläschchen, die auf der Kommode aufgereiht standen, und an das Licht, das durch die Fläschchen fiel wie durch die Buntglasscheiben der Kathedrale.

»Ihr Vater sagt, sie sollen *alle* nach El Cabo kommen.« Das war Pimpa, Tivisitas Schwester, die genauso schroff und dick ist wie Mon, die wiederum Mamás Schwester ist, als ob jeder eine schroffe, dicke Schwester haben müßte, um gemeine Menschen wegzuschicken. Aber Camila hat keine Schwester. Vielleicht bekommt sie eine, wenn sie nach El Cabo geht, um bei ihrem Vater zu leben, das behauptet jedenfalls Regina. »Siehst du denn nicht, Ramona, daß du es den Kindern nur noch schwerer machst?« Pimpa hat traurig den Kopf geschüttelt und sich gebückt, um Camila hochzuheben.

Aber Mon hat ihre Hand festgehalten und nicht losgelassen, und Pibín und Fran haben geschaut, als wüßten sie nicht, was sie tun sollen. Max hat schluchzend nach Mamá gerufen, aber die war in ihrem Himmel zu weit weg, um ihm zu antworten, und dann hat ihre Großmutter Minina gesagt:

»Das ist eine schreiende Ungerechtigkeit, eine schreiende Ungerechtigkeit«, und alle haben zu streiten aufgehört, weil sie Herzflattern bekommen hat, so als ob eine Wespe unter dein Moskitonetz gerät und du raus mußt, weil sie dich sonst womöglich sticht und dein Herz anschwillt.

Und dann sind die Maultiere gekommen, um sie zum Pier zu bringen, und sie ist nirgends zu finden gewesen – ¡SALOMÉ CAMILA! ¡SALOMÉ CAMILA! –, weil sie weggerannt ist und sich in dem Loch unter dem Haus versteckt hat, wo sie sich manchmal vor Max versteckt, aber diesmal hat sie sich vor den anderen versteckt, weil sie sich gezankt haben, und mit einem Mal ist es ganz ruhig und friedlich gewesen, als hätte sich die Wespe befreit und man könnte wieder unter sein Netz krabbeln und sich schlafen legen.

Und sie ist eingeschlafen, ein kleines Schläfchen nur auf den in einer Ecke zusammengerollten Strohmatten, und das nächste, woran sie sich erinnert, ist, daß Mon in der Öffnung gestanden hat und Tivisita hinter ihr und daß im ersten Moment alle ganz glücklich waren, sie zu sehen, aber dann haben sie sie ausgeschimpft und gesagt, sie müßte die dumme Angewohnheit, sich immerfort zu verstecken, ablegen, sonst wäre das noch ihr Tod.

»Ich habe Mamá nicht totgemacht«, hat sie protestiert. Sie ist ein großes Mädchen, das seinen Teller leer essen kann und nicht mehr Pipi in die Unterhose macht.

Ein Blick ist von Gesicht zu Gesicht gewandert und hat sich in Tivisitas Augen eingenistet. Sie hat gesagt: »Natürlich nicht, mein Herzchen. Das behauptet auch niemand. Du bist ein braves Mädchen. Deine Mutter ist im Himmel so stolz auf dich.«

Dann ist Mon neben Camila in die Hocke gegangen, so daß ihre Augen – die genau wie Mamás Augen sind, das ist Camila bisher nie aufgefallen! – genau in Camilas Augen geschaut haben. »Möchtest du hier bei deiner Tante Mon bleiben? Hast du dich deshalb versteckt? Sag es deiner Tante

Mon.« Ihr Gesicht hat links und rechts vom Mund traurige Falten und Härchen unter der Nase – wie der Schnurrbart von einem Mann. »Sag deiner Tante Mon, daß du bei ihr und deiner Großmutter Minina bleiben willst.« Diesmal war es keine Frage, sondern eine Forderung.

»Mon, por Dios, ihr Vater hat geschrieben, daß sie zu ihm kommen soll.« Auch Tivisita hat sich auf Augenhöhe herabgelassen. Sie hat den Schmutz von Camilas hübschem neuen Kleid geklopft und das Häubchen glattgestrichen.

»Die Maultiere machen sich jetzt auf den Weg«, hat Pimpa von der Hintertür heruntergerufen.

Tivisita ist aufgestanden und hat Camila an der Hand gefaßt. »Dein Vater wartet in El Cabo auf uns.«

»Bleib hier!« hat Mon gerufen. Sie hat mit ihrem sauberen Kleid noch immer im Schmutz gekniet, zum Himmel aufgeblickt und geschluchzt.

Dann ist Camila die Hintertreppe hochgegangen, ist noch einmal stehengeblieben und hat zu ihrer Tante hinuntergeschaut. Mon hat so jämmerlich ausgesehen, wie sie da, zu einem Häuflein zusammengesunken, auf dem Boden hockte. Was wird jetzt aus ihr? hat Camila sich gefragt, und wie sie da gestanden hat, zwischen den Stäben des Treppengeländers hindurchgespäht und nicht gewußt hat, was sie tun soll, weil ihre Mutter nicht da war, um es ihr zu sagen, hat sie zum allerersten Mal diese komische Verkrampfung in der Brust gespürt, die sie nach Luft hat ringen und ihr Herz hat flattern lassen so wie Mininas, wenn sich eine Wespe in ihre Brust verirrt und niemand sie herausholen kann, und sie hat mitten auf der Treppe zu husten angefangen, und plötzlich ist alles ruhig gewesen, und Tivisita hat gesagt: »Siehst du? Es ist genau, wie Pancho sagt: Sie hat sich leicht angesteckt und braucht ein trockeneres Klima. Laß sie gehen, Ramona, allein schon aus diesem Grund.«

Da hat Mon zu weinen aufgehört und ist langsam die Treppe hochgekommen, als hielte sie jemand am Kleidsaum zurück, und sie hat Camilas freie Hand genommen und sie hinausgeführt, wo die Maultiere und ihre Treiber gewartet haben, um sie nach El Cabo zu ihrem Vater zu bringen.

Sie fahren nach El Cabo zu ihrem Vater, der dort wohnt. El Cabo ist in Haiti, so wie Santo Domingo in der Dominikanischen Republik ist und die Sterne am Himmel sind und Mamá beim Lieben Gott ist.

Ihr Vater ist gleich nach dem Trauermarsch nach El Cabo zurückgefahren, gleich nachdem man Mamá in einer mit Blumen geschmückten Kiste in die Kirche gebracht hat, von wo aus sie in den Himmel gegangen ist, und jetzt ist er schon genauso lange weg wie Mamá – die Finger einer Hand. Er hat Mon geschrieben und gesagt, daß er seine Meinung geändert hat und daß alle Kinder zu ihm geschickt werden sollen, zusammen mit Tivisita, die ihm helfen wird, sich um sie zu kümmern.

Tivisita hat bisher bei Camila und Pibín und Fran und Max und Regina und ihrer Mutter gewohnt. Dann, als Mamá in den Himmel gekommen ist, sind Camila, Pibín, Fran, Regina und Max zu Mon und Minina gezogen, und ihr Vater ist nach El Cabo zurückgegangen, und Tivisita hat nichts gehabt, wohin sie gehen kann, weil Mon in ihrem Haus kein Zimmer für ein Mädchen hat, das aussieht wie eine Puppe aus St. Thomas.

Also ist Tivisita im alten Haus geblieben und hat sich zusammen mit ihrer Schwester Pimpa um das Pony Patriota und Tom, das Hundebaby, und den neuen Affen, Affe Zwei, gekümmert.

Jeden Tag ist Camila mit Pibín in die Iglesia de Las Mercedes gegangen, um Mamá zu besuchen, aber Mamá ist nie dagewesen. Statt dessen ist Tivisita mit einem Strauß weißer Blumen dagewesen (»Erinnerst du dich noch, wie sehr deine Mutter diese Blumen geliebt hat?« Daran konnte sich Camila nicht mehr erinnern.), hat geweint und gesagt, wenn Camilas Mamá nicht gewesen wäre, könnte sie jetzt den

Namen nicht lesen, der auf diesem Stein geschrieben steht und den Camila noch nicht lesen kann.

Mon hat sie immer wieder gefragt, welche Erinnerungen sie an ihre Mutter hat.

»Ich erinnere mich an ihren Husten.« Camila hat zur Veranschaulichung in ihre Hand gehustet.

Mon hat ihr geholfen, einige Gedichte ihrer Mutter auswendig zu lernen. »El ave y el nido« kannte sie schon und auch ein bißchen von »Mi Pedro«, aber das Gedicht, in dem ihre Mutter beschrieben hat, wie sie bei ihrer, Camilas, Geburt fast gestorben wäre, ist etwas für Erwachsene, das kann sie noch nicht auswendig lernen. (»Wir haben gedacht, du wärst tot. Wir haben dich in eine Zigarrenschachtel mit etwas Watte gelegt, aber dann hast du doch gelebt, und deshalb haben wir sie als deine erste Wiege genommen.« Mon hat gewußt, wie gern sie diese Geschichte hört!) Mon hat alle Gedichte von Hand in ein Büchlein geschrieben, das sie Camila eines Tages schenken will, wenn sie erwachsen genug ist, um darauf achtzugeben.

»Du wirst deine Mutter irgendwann vergessen, wenn wir dich nicht immer wieder an sie erinnern«, hat Mon ihr erklärt.

Und dann hat Mon ihr beigebracht, das Kreuzeichen zu machen und dabei zu sagen: »Im Namen des Vaters und des Sohnes und des Heiligen Geistes von Salomé, meiner Mutter.«

Als Camila Tivisita tags darauf in der Kirche beim Gebet, das man zum Kreuzzeichen spricht, verbessert und Tivisita gehört hat, daß Mon Camila dieses Gebet beigebracht hatte, da hat sie gemeint, das müsse sie Pancho schreiben, und kurz darauf hat ihr Vater verlangt, daß alle Kinder mit dem Schiff zu ihm nach El Cabo geschickt werden, um ein neues Leben anzufangen.

Sie ist auf dem Schiff und hält sich an Tivisitas Hand fest, damit sie nicht in den Atlantischen Ozean fällt und das neue Kleid ruiniert, das Tivisita für sie genäht hat.

Schwarz, mit weißem Kragen und weißer Schärpe – genau wie das Kleid, das Tivisita auf der Reise nach El Cabo anhat. Dazu ein Häubchen mit roten Bändern und ein schwarzer Sonnenschirm, passend zu dem, den Tivisita in der Hand hält.

»Wirf Minina eine Kußhand zu«, sagt Tivisita.

Also wirft sie ihrer Großmutter drüben auf dem Pier eine Kußhand zu in der Hoffnung, daß sie das Flattern in ihrem Herzen zur Ruhe bringt.

»Warum weinen sie?« fragt sie, aber niemand beachtet sie, denn in diesem Augenblick tutet der Dampfer, Qualm quillt aus den Schornsteinen, und schon entfernen sie sich vom Land. Alles wird kleiner und kleiner: die Häuser und die Kathedrale mit den beiden Glocken und das große Haus mit den fünf Balkonen, in dem sie früher gewohnt haben (wie Pibín sagt), und die *fortaleza*, in die Lilís seine Feinde steckt, und der Park, in dem sich die Holzpferdchen, die ungefähr so groß wie Patriota sind, zur Musik im Kreis drehen, und auch Mon wird immer kleiner, obwohl sie so dick ist, und Minina und Luisa und Eva, bis Camila nicht mehr sagen kann, ob sie ihnen zuwinkt oder Leuten, die sie gar nicht kennt, aber jetzt winken alle zurück.

»Ich will nicht von Mamá weg!« fängt Max an zu schluchzen, und Tivisita muß Camilas Hand loslassen und zu Max hinüber und neben ihm in die Hocke gehen und ein bißchen mit ihm reden.

»Wo ist Mamá, Pibín?« fragt Camila, und als sie zu ihrem Bruder aufblickt, sieht sie auf seinem Gesicht diesen traurigen Ausdruck, der so schmeckt wie nachts die dunkle Luft in ihrem Zimmer. Er sagt nicht, was die anderen immer mit hellen Stimmen sagen, als würden sie Lichter anknipsen: »Deine Mutter ist im Himmel.«

Er nimmt ihre Hand und hält sie an sein Herz. »Da drin!« sagt er.

»Nicht im Himmel?«

Er schüttelt den Kopf und blickt weg.

»Warum nicht im Himmel?«

»Im Himmel sind nur die Toten«, sagt er. »Wir werden Mamá lebendig halten, du und ich.«

Sie versteht kein Wort von dem, was er sagt, aber sie legt die Hand aufs Herz, damit Mamá nicht sterben muß.

Auch Regina ist bei ihnen, aber sie bleibt lieber unter Deck, weil sie Zustände kriegt, wenn sie das Meer sieht.

Reginas Haut ist so schwarz, daß man ihr alles glauben muß, was sie sagt.

Ihre Familie ist in Ketten auf einem Sklavenschiff hergebracht worden, und sie sagt, wenn sie die weite Wasserfläche sieht, fangen die alten Herrschaften in ihrem Blut an zu stöhnen, und dann kann sie für nichts mehr garantieren, womöglich übergibt sie sich sogar.

Also ist es besser, Regina bleibt unter Deck, hält sich den Bauch und schnüffelt an dem Riechfläschchen, das sie mitgenommen hat. Wenn Camila die Nase an die Öffnung hält, riecht sie das Zimmer ihrer Mutter, es ist ein seltsamer Geruch, der in ihrer Nase kitzelt und ihre Nasenflügel bläht wie Patriotas, kurz bevor er wiehert, weil er Camila mit einem Zuckerstückchen in der Hand auf sich zukommen sieht.

Max hat zu weinen aufgehört, und Tivisita kommt zu ihr zurück. »Komm, wir setzen uns auf die Liegestühle«, sagt sie. »Ich erzähle dir eine Geschichte.«

»Die Geschichte von der Zigarrenschachtel und der Watte?«

Tivisita wirkt unschlüssig. »Nein, die wahre Geschichte von dem Tag, an dem du geboren wurdest.«

»Mamá ist fast gestorben.«

Tivisita zögert, und ihre Augen flackern, als wisse sie nicht, was sie darauf sagen soll. »Aber sie hat danach noch drei Jahre gelebt…«

»Und dann ist sie gestorben.«

»Jetzt ist deine Mutter im Himmel, Gott hab sie selig!«

Camila schüttelt den Kopf, so daß die roten Bänder nur so fliegen, aber da fängt sie aus den Augenwinkeln einen Blick von Pibín auf, der sie geheimnisvoll ansieht, als wolle er sagen: Behalte das für dich.

Sie preßt die Hand aufs Herz. Ihre Mutter ist so nah – aber das darf Tivisita nicht wissen, weil Pibín sagt, daß Tivisita nicht bewiesen hat, daß sie wirklich Mamás Freundin ist. Aber warum nicht? Tivisita ist ihre Freundin und auch die Freundin von ihrem Vater, und sie fahren zu ihm nach El Cabo, wo es vielleicht eine große Überraschung gibt, zum Beispiel die, daß Mamá aus dem Himmel zurückkommt, wohin sie nur gegangen ist, um ihren Husten loszuwerden und eine kleine Schwester für Camila zu holen, auf die sie aufpassen soll.

Sie sitzen auf den Liegestühlen, Tivisita, Max, Camila und Pibín. Fran ist älter, darum ist er beim Kapitän in der Kajüte und lernt, wie sich ein Dampfer auf dem Meer fortbewegt.

Sie ist auch schon älter, nämlich drei, fast vier! Aber an dem Morgen in Mons Haus, als Camila sich nicht an Mamás letzte Worte erinnern konnte, hat Mon zu Tivisita und Pimpa gesagt: »Das Kind ist noch zu klein, um sich daran zu erinnern.«

»Ich werde bald vier«, hat sie sich zu Wort gemeldet. Aber niemand hat sie beachtet, weil sie sich gezankt haben und Minina sich matt gefühlt hat, und deshalb ist Camila entwischt und hat sich vor den anderen im dunklen Loch versteckt. Sie hat das in letzter Zeit oft getan, sich unter dem Tisch oder im Mahagonischrank oder im dunklen Loch versteckt, weil sie dann wie Mamá war, die in den Himmel gegangen ist, um ihren Husten loszuwerden.

»An dem Tag, an dem Camila geboren wurde«, beginnt Tivisita, und bei diesen Worten fühlt Camila eine Welle des Glücks in sich aufsteigen, als würde morgens die Sonne aufgehen und ihr direkt ins Gesicht scheinen. Wenn Tivisita die Geschichte von dem Tag, an dem Camila geboren wurde, erzählt, hört sich die Geschichte anders an, als wenn Mon sie erzählt. Tivisita sagt, sie hat Camila nicht in eine Zigarrenschachtel mit Watte gelegt. Sie hat sie in eine hübsche Decke gewickelt. Sie hat ihren Mund auf Camilas Mund gedrückt und Luft in ihre Lungen geblasen, und Camila hat geschrien, und ihre Mutter ist noch einmal für drei Jahre aufgewacht, bevor sie dann gestorben ist.

Aber in dem Sonnenaufgang aus warmen Gefühlen gibt es einen dunklen Kummerfleck. »Warum ist Mon böse gewesen?« fragt sie Tivisita.

Aber Tivisita will nicht darüber reden, warum Mon böse gewesen ist. »An dem Tag, an dem Camila geboren wurde«, wiederholt Tivisita und sieht Max und Pibín an, damit sie ihr beim Erzählen dieser wichtigen Geschichte helfen.

»Woran erinnere ich mich nicht?« will Camila wissen. Mon hat gesagt: »Das Kind ist noch zu klein, um sich daran zu erinnern.«

»Du erinnerst dich nicht an diese Geschichte«, erklärt Tivisita, »weil niemand sich an den Tag erinnert, an dem er geboren wurde.«

»Ich schon!« behauptet Max.

»Ich auch!« sagt Pibín und reckt das Kinn.

Ihre Brüder machen das jetzt oft. Wenn Tivisita sagt, daß etwas nicht geht, behaupten sie, daß es doch geht. Sobald das passiert, ist es mit dem Geschichtenerzählen aus, und alle sind still – wie jetzt auch. Sie hören zu, wie die Wellen aufs Deck spritzen, während das Schiff über den Ozean nach El Cabo fährt, wo ihr Vater mit Mamá und einer kleinen Schwester wartet, um mit ihnen ein neues Leben anzufangen.

»Woran erinnere ich mich nicht?« fragt sie Regina abends.

»Kind, geh schlafen, oder der Ozean verschlingt uns beide. Mußt du noch Pipi oder was anderes?«

»Ich erinnere mich an den Tag, an dem ich geboren wurde«, raunt sie ihrem Kindermädchen zu. Sie will nämlich nicht, daß Tivisita oder Pimpa sie hören, denn die würden sagen: »Camila, erzähl keine Lügen. Deine Mutter beobachtet dich im Himmel.«

»Und ich erinnere mich an den Tag, an dem die Welt erschaffen wurde«, sagt Regina. Camila kann nicht sagen, ob ihr Kindermädchen sie aufziehen will, weil es dunkel ist und sie Reginas Gesicht nicht sieht.

Als sie die Augen zumacht, hört sie das Pitsch-Patsch der Wellen wie damals in dem knarrenden Haus in Puerto Plata, bevor der Husten ihrer Mutter explodierte wie Gewehrfeuer oder ein ausbrechender Krieg und Camila heulend aufwachte.

Sie erinnert sich vor allem an das Gehuste ihrer Mutter – morgens, wenn die Hähne krähten, und den ganzen Tag über und vor allem nachts, wenn das Säuseln der Wellen und das Wispern der Brise in den Palmen sonst die einzigen Geräusche waren.

»Mamá, geht es dir gut?« ruft sie durch die Tür.

Sie darf das Zimmer nicht betreten, es sei denn, Tivisita ist dabei oder einer ihrer Brüder, aber dann darf sie ihre Mutter nicht berühren, um sich die Hustenkeime nicht zu holen.

Trotzdem geht sie hinein. Das ist ihr Geheimnis. Drinnen steht eine Bank, auf der Bücher gestapelt sind, und Camila klettert an einem Ende auf die Bank, geht zum anderen, bis sie ihrer Mutter ganz nah ist, und setzt sich auf die Bücher. Ihre Mutter hält sich ein Taschentuch vor den Mund, um die Hustenkeime aufzufangen, und erzählt ihr Geschichten darüber, woher der Name Camila kommt.

Von einer wunderschönen Frau, die übers Meer geht, ohne sich die Füße naß zu machen.

Einmal schreibt ihre Mutter gerade, als Camila hereinkommt. Ein Gedicht für Pibín.

»Schreibst du mir auch eins?«

Ihre Mutter ist ein schmales, trauriges Gesicht mit einer lustigen Brille, durch die die Augen so groß wie Fischaugen aussehen, und langen, knochigen Händen, die flink über das noch fast leere Blatt Papier huschen. »Ja, sobald der Husten aufhört.«

Aber der Husten hört nie auf. Ihre Mutter wird immer magerer und magerer, bis sie nicht mehr wie die anderen aussieht. Niemand kommt mehr ins Haus außer Dr. Zafra mit seinen lustigen Affenfratzen und dem Daumen, den er verschwinden lassen kann. Sie sind hier oben in Puerto Plata, weil das gut für Mamás Husten sein soll, aber der Husten wird nicht besser, und darum sagt Mamá, daß sie zurück zu ihrer Mutter in die Hauptstadt will, um dort zu sterben.

Ihr Vater ist immer noch in El Cabo und sagt, ihre Mutter muß in Puerto Plata bleiben, weil die Reise sie bestimmt umbringt. »So lautet Panchos Anweisung«, sagt Tivisita, aber Mamá sagt, sie reist zurück in die Hauptstadt, und Tivisita kann ja bleiben und sie verraten, wenn sie will, worauf Tivisita losheult. Dann packt Tivisita den ganzen Hausrat zusammen und schreibt rasch einen Brief an Pancho (den sie Regina zusammen mit einer Silbermünze gibt, damit sie ihn zum Postschiff bringt und niemandem etwas davon erzählt), und dann gehen sie alle auf das Menschenschiff, Fran und Max und Pibín und Regina und Tivisita, und als sie in der Hauptstadt ankommen, ist Mamá so krank, daß man sie auf eine Bahre legen und vom Pier nach Hause tragen muß.

Mon ist böse und sagt, Mamá muß sterben, weil Tivisita zugelassen hat, daß sie ihren Willen bekommt und auf Reisen geht, obwohl sie in so schlechter Verfassung ist.

Tivisita weint und sagt, das ist nicht ihr Fehler, und sie zeigt Mon den Brief von Pancho an sie, in dem steht, daß Salomé nicht reisen soll. Aber da wird Mon noch böser und will wissen, was um alles auf der Welt Pancho einfällt, einer jungen Frau über Beatrice und Dante zu schreiben, während seine eigene Frau auf dem Totenbett liegt und an der Schwindsucht stirbt.

Und jetzt fängt Tivisita erst richtig an zu heulen, und Max heult, und Minina hat eine von diesen Wespen in ihrem Herzen, die nicht herauswill.

Da versteckt Camila sich zum ersten Mal im Loch unter dem Haus.

Und dann beginnt in dem dunklen Schlafzimmer das Sterben, und es kommen jede Menge Besucher, die Regina auf Trab halten, weil sie Stühle bringt und *cafecitos* serviert, die niemand anrühren will, weil die Leute Angst haben, daß die Hustenkeime sich über den Rand der Porzellantassen übertragen.

Ihr Vater kommt aus El Cabo, aber im ersten Moment weiß sie gar nicht, daß das ihr Vater ist. Die anderen sind alle im hinteren Wohnzimmer, von wo aus sie abwechselnd in kleinen Gruppen ins Schlafzimmer gehen, und deshalb hört Camila an diesem Nachmittag als erste das Klopfen an der Haustür, die Mon abgeschlossen hat, weil sie sagt, das ist schließlich keine Party und wo um alles auf der Welt sind wir, daß wir ihrer sterbenden Schwester noch mehr Besucher zumuten. Camila entriegelt die Tür, und draußen steht ein Mann mit Gehrock und Zylinder, und als sie fragt »Wer sind Sie?«, bückt er sich, hebt sie hoch und sagt: »Ich bin dein Vater, Salomé Camila.«

Wieviel er schon über sie weiß!

»Wie geht es deiner Mutter?« erkundigt er sich.

»Sie stirbt gerade an ihrem Husten«, berichtet Camila.

Er ist wie vor den Kopf geschlagen, vergräbt sein Gesicht in ihrem Kleid und schluchzt wie Max. »Mein armes Kind«, sagt er. »Meine arme Frau, meine arme Familie.«

Da kommt Tivisita, und er setzt Camila ab, trocknet seine Tränen, nimmt Tivisitas Hand und sagt, wie sehr er und seine Familie in ihrer Schuld stehen.

»Ach was«, sagt Tivisita, und dann fängt sie an zu weinen, und zwar wegen der Sachen, die Mon gesagt hat, nämlich daß alles ihre Schuld ist, weil sie Salomé erlaubt hat, in ihrem Zustand zu reisen.

»Das ist ungerecht«, sagt ihr Vater. »Es war schon damals für alles zu spät, als –« Sein Blick fällt auf Camila, und plötzlich hört sich seine Stimme an, als würde sie auf Zehenspitzen gehen. »Davon hat sie sich nie erholt.«

Aus dem hinteren Zimmer hören sie krampfartiges Husten, das wie ein Hilferuf klingt. »Mamá ruft uns«, erinnert Camila die beiden für den Fall, daß sie es vergessen haben.

Die aufgehende Sonne strahlt durch das runde Fenster genau auf ihr Gesicht und läßt die heruntergefallenen Sterne auf dem Wasser funkeln. Camila lauscht, ob sie ihre Mutter husten hört.

Aber da ist kein Husten. Reginas Bettseite ist leer, Pimpa schnarcht auf dem anderen Bett vor sich hin, und Tivisita liegt auf dem Rücken und schaut an die Decke.

Oben auf Deck brüllt jemand etwas, und dann hört Camila die eiligen Schritte von Erwachsenen, die mit irgend etwas Wichtigem beschäftigt sind. Unten im Schiff macht es wusch, wusch, wusch, weil jetzt der Dampf durch die Schornsteine nach oben strömt, das hat Fran Pibín gestern beim Abendessen erklärt.

Tivisita setzt sich auf, und als sie sieht, daß Camila wach ist, lächelt sie. »Wir ziehen uns jetzt besser an. Bald sind wir in El Cabo.«

»Und sehen meinen Vater«, fügt Camila hinzu, als könnte sie die Ereignisse dadurch beschleunigen.

»Ja!« sagt Tivisita und lächelt wieder.

»Und auch Mamá und meine kleine Schwester?«

Das Lächeln verfliegt. »Was für eine kleine Schwester? Camila, deine Mutter ist jetzt im Himmel.«

»Sie ist in den Himmel gegangen, um für mich eine kleine Schwester zu holen.«

Tivisita dreht sich zu Pimpa um, die sich aufgesetzt hat und dem Gespräch zuhört. »Laß sie nur«, sagt Pimpa und macht mit der Hand eine geheimnistuerische Bewegung. »Das braucht seine Zeit.«

Regina kommt mit Zitronentee für die Damen und Camilas Milch in einer Flasche zurück. »Ich habe Land gesehen«, sagt Regina erleichtert und schlägt das Kreuzzeichen.

Im Namen des Vaters und des Sohnes und meiner Mutter Salomé, sagt Camila in Gedanken. Laut sagen wird sie es bestimmt nicht mehr, schließlich hat das all den Ärger verursacht.

Sie stehen an Deck und sehen vor sich schemenhaft dunkelgrüne Berge mit einer kleinen Stadt zu ihren Füßen und hübsche, bis dicht ans Wasser gebaute Häuser mit Zinkdächern, die in der Sonne blitzen, und auf und ab wippende Fischerboote wie in Puerto Plata. An die Boote erinnert sie sich genauso gut wie an das Gehuste ihrer Mutter.

»Heute ist die Bucht zu seicht, um einzulaufen«, hört sie Fran Pibín erklären.

»Heute ist die Bucht zu seicht, um einzulaufen«, singt sie – ein Lied über ihre Ankunft.

Plötzlich der Ruf: »Da ist Pancho!«

Camila reckt den Hals, hierhin, dorthin, und versucht die winkende Gestalt in dem kleinen Boot mit dem großen Mann im Gehrock zusammenzubringen, der vor ein paar Monaten gekommen ist, um sich von ihrer Mutter zu verabschieden.

»Papancho!« ruft sie, weil man ihr gesagt hat, daß das sein Name ist.

»Papancho! Papancho!« brüllen ihre Brüder, und Tivisita schwenkt ihr Taschentuch und lächelt.

Er ruft etwas zurück, aber sie können ihn nicht hören, weil das Ruderboot noch zu weit weg ist. Außerdem kreischt der Dampfer schrecklich, was bedeutet, daß sie anhalten, wie Fran Pibín erklärt.

Als das Boot näher kommt, erkennt sie, daß ihr Vater darin steht und winkt. Ein anderer Mann rudert. Aber wo ist Mamá? Und wo ist die kleine Schwester aus dem Himmel?

»Pibín«, wendet sie sich an ihren Bruder. »Wo sind Mamá und die kleine Schwester aus dem Himmel?«

Stirnrunzelnd blickt Pibín zu ihr hinab, als hätte er sie für älter gehalten – oder für klüger. »Wir kriegen keine kleine Schwester, Camila.«

»Du bist die kleine Schwester«, höhnt Max. »Baby! Baby!«

Camila beachtet ihn nicht. »Und warum kriegen wir keine kleine Schwester, Pibín?«

Max' Gesicht läuft rot an, als würde er gleich losheulen. »Weil Mamá TOT ist, du Dummerchen!« sagt er, und das ist, als würde er eine Tür vor ihrer Nase zuknallen.

Sie sieht die Gemeinheit im Gesicht ihres Bruders, und am liebsten möchte sie weinen. Vielleicht schimpft ihn ja jemand aus, weil er sie »Baby« genannt hat, der freche Kerl! Aber alle beobachten aufgeregt, wie das Boot näher kommt, und gleich darauf eilen Tivisita, Pibín und Fran ihrem Vater entgegen, der jetzt die Strickleiter hochklettert und die Arme um die drei wirft.

Camila wird ganz bestimmt nicht vor den anderen weinen, damit sie sie wieder »Baby« nennen. Sie rennt übers Deck, die erstbeste Treppe hinunter, vorbei an ihrer Kabine, in der Regina gerade das Bettzeug zusammenschnürt, den schmalen Gang des schaukelnden Schiffs entlang und die steile Stiege in das dunkle Loch hinunter, wo der Kessel gurgelnde Geräusche macht und Männer ohne Hemden mit Kurbeln Ventile öffnen und Dampf mit einem lauten Wusch! aus der Düse eines Kessels entweicht.

»Maschinen halt!« ruft einer von ihnen.

In der Hitze des nahen Ofens kauert sie sich hinter den Kohlehaufen und hört den Männern zu, wie sie die Feuer ausmachen und das Schiff anhalten, von dem sie geglaubt hat, es würde sie zu ihrer Mutter bringen.

Es wird so heiß und stickig, daß sie nicht mehr atmen kann, aber sie darf nicht husten, sonst findet man sie und bringt sie nach El Cabo, wo sie ihre Mutter nicht wiedersehen wird, das weiß sie jetzt.

Aber wo ist Mamá?

Im Himmel? Aber wo ist der Himmel?

In ihrem Herzen? Und wenn ja, warum kommt ihre Mutter dann nicht heraus, damit sie sie sehen kann?

An ihrem letzten Tag hat ihre Mutter versucht, ihr zu sagen, wohin sie geht. Aber sie hatte ein Taschentuch vor dem

Mund, und deshalb konnte Camila ihre geflüsterten Worte nicht verstehen.

Tivisita hat Camila das weiße Kleid angezogen, das mit den aufgestickten Blättern auf dem Kragen, als wäre ihr Kopf eine Blume. »Mein Herz«, sagt Tivisita und küßt sie auf die Stirn. »Du mußt jetzt sehr tapfer sein.«

»Was soll ich denn tun?«

»Deine Mutter möchte, daß du ihr ›El ave y el nido‹ aufsagst. Und sie möchte dir Lebwohl sagen.«

»Wohin geht sie denn?« fragt Camila, die sich plötzlich ängstigt.

Seit Tagen kommen nun schon so viele Leute zu Besuch, daß man auf der Straße vor dem Haus Stroh ausgelegt hat, damit das Geräusch der vorfahrenden Kutschen ihre Mutter nicht stört. Die Menschen gehen in dem dunklen Zimmer ein und aus, weinen und schütteln traurig den Kopf, wenn sie Camila sehen. Aber Mon will Camila nicht hineinlassen, sie sagt, es wäre nicht gut für Camila, ihre Mutter in diesem Zustand zu sehen.

Am letzten Tag, als Tivisita sie fertig angezogen hat, kommt Mon und trägt sie in das dunkle Zimmer. Camilas Augen brauchen eine Weile, bis sie sich angepaßt haben, und dann erkennt sie nach und nach die Gestalten, die um das Bett herumstehen und sich mit Taschentüchern die Augen betupfen: der dicke Erzbischof Meriño mit seiner breiten roten Schärpe und Dr. Alfonseca mit den gelben Streifen auf seinem weißen Schnurrbart, weil er immer den Rauch aus der Nase ausstößt, und Luisa und Eva, die Schülerinnen ihrer Mutter, und ihre Großmutter Minina, ihre drei großen Brüder, ihr Onkel Federico, ihre hübsche Tante Trini und Tía Valentina mit ihren Cousins aus Baní – es sieht so aus, als wären alle hier, die sie kennen.

Auf der Suche nach ihrer Mutter schaut sie von einem zum anderen, und schließlich fällt ihr Blick auf das bleiche Gesicht, das in dem großen Bett ganz verloren aussieht und von süßlich duftenden weißen Blumen und grünen Zweigen des Lorbeerbaums eingerahmt ist.

»Mamá!« ruft sie, und da öffnen sich die Augen, und auf den Lippen zeichnet sich ein mattes Lächeln ab.

Mon legt ein Taschentuch über den Mund von Camilas Mutter, und als sie Luft holt, um zu sprechen, bildet es in der Mitte eine Kuhle. Sofort wird sie von einem Hustenanfall geschüttelt.

»Sag das Gedicht für deine Mutter auf!« befiehlt ihr Vater.

Wie soll sie sich an die Worte von »El ave y el nido« erinnern, wenn ihre Mutter so schlimm aussieht? »Nur zu«, ermutigt Mon sie. »Deine Mutter wünscht es sich.«

Sie blickt auf die zerbrechliche Gestalt im Bett. Camila würde alles tun, wenn es ihr nur Freude macht und sie dort hält. Und so fängt sie an, das Gedicht aufzusagen, das ihre Mutter vor Jahren geschrieben hat und das von einem Vogel handelt, der davonfliegt, weil man ihn in seinem Nest aufgescheucht hat.

Als sie fertig ist, fangen viele der Damen an zu weinen.

Ihre Mutter winkt sie näher zu sich heran, aber ihr Vater hält sie zurück. Mon flüstert ihrem Vater etwas zu, und da läßt er sie ans Bett treten.

Sie schaut ihrer Mutter in die Augen und sieht, wie Mamá in immer weitere Ferne entrückt, aber gleichzeitig kämpft sie, um sich von dem loszureißen, was sie fortzieht, denn sie möchte noch etwas zu Camila sagen.

Das Taschentuch flattert – die Worte sind darunter gefangen. Camila geht näher heran und dreht den Kopf zu dem Geräusch hin, so wie Minina es immer mit ihrem guten Ohr macht, um besser zu hören. Doch da beugt sich ihr Vater neben ihr herab und schiebt ihren Kopf beiseite.

»Sie versucht etwas zu sagen.« Er hebt die Hand, um für Ruhe zu sorgen. »Ich sehe mehr Licht«, wiederholt er Salomés Worte. Dann hebt er ihre Hand, als wolle er sie küssen, aber gleich darauf legt er sie wieder neben die andere auf ihren flachen Bauch. »Salomé ist von uns gegangen«, sagt er schluchzend und senkt den Kopf.

Alle machen das Kreuzzeichen. Erzbischof Meriño stimmt ein Gebet an. Ein paar der Damen brechen in Tränen aus.

Aber ihre Mutter ist noch nicht fortgegangen. Camila sieht, wie sie kurz die Augen aufschlägt, wie das Taschentuch erzittert und sie nach ihrer Hand greift.

Ist das wirklich passiert? Wie kann sie sicher sein, daß das, was sie gehört hat, auch das ist, was ihre Mutter wirklich gesagt hat, wo doch der Mund ihrer Mutter zugedeckt und ihre Stimme so schwach war?

Also läßt sie die Szene rückwärts laufen: Sie verläßt das Zimmer, Tivisita zieht sie an … Und sie geht noch weiter zurück bis zu ihrer letzten Schiffsfahrt nach Puerto Plata und dem Sand und den winkenden Palmen und dem Zimmer mit dem Sonnenlicht darin, in dem ihre Mutter sitzt und an einem Gedicht schreibt und hustet, und von da fängt sie noch einmal an.

Sie springt in der Zeit zurück und vor, als das Gesicht ihrer Mutter zu verblassen beginnt und ihr Gehuste immer schwächer wird, bis es wie das matte Tuten der Dampfer klingt, wenn die Flut kommt und sie in die Bucht einlaufen können, und sie sieht die Dampfer von ihrem einstöckigen rosafarbenen Haus aus mitten in El Cabo auf dem Wasser schaukeln, während unten die kleine Salomé plärrt und ihre Stiefmutter Tivisita nach ihr ruft und meint, sie soll aus ihrem Versteck kommen und ihren Vater begrüßen, der aus dem Krankenhaus heimgekommen ist, und sie wird hinuntergehen, weil sie hinuntergehen muß, aber noch bleibt sie einen kurzen Augenblick auf dem Balkon stehen, auf den die Sonne so heiß herunterscheint, daß sie ihre Haut noch dunkler brennen wird, was Camila eigentlich vermeiden soll, und versucht sich an die erste Dampferfahrt Richtung Süden zur Hauptstadt zu erinnern, an die kranke Frau, die hustend unten in der Kabine liegt, und an die Menschen, die weinend um ein blumengeschmücktes Bett herumstehen, und an den stillen Trauermarsch der Schülerinnen mit ihren schwarzen Armbinden, die an den sieben Häusern haltmachen, in denen ihre Lehrerin gewohnt hat, bevor sie die Iglesia de las Mercedes erreichen und die Glocken zu läuten beginnen und die Tauben im Turm aufscheuchen.

»So können Menschen wirklich sterben«, denkt sie und erinnert sich an ihre Mutter.

Aber all das ist die Zukunft, die sie erst noch erleben muß. Jetzt kauert sie hinter einem Kohlehaufen im dunklen Loch eines Dampfers, und das Loch füllt sich langsam mit Rauch. Sie bekommt keine Luft mehr. Vor lauter Atemnot ist sie schon ganz schwach, und in ihrem Kopf dreht sich alles.

Sie hört Fußgetrappel in den Gängen und gleich darauf dröhnende Schritte auf der Eisenstiege. Zischend steigt der Dampf auf, jemand brüllt den Männern am Kessel etwas zu, und sie brüllen zurück: »NEIN!«

Jetzt hört sie noch mehr Schritte und noch mehr Rufe, und gerade als sie das Gefühl hat, daß sie gleich in ihre dunkle Mitte eintauchen wird, wo ihre Mutter auf sie wartet, um sie an der Hand zu nehmen, sie in den Himmel zu führen und mit ihr ein neues Leben anzufangen, schluckt sie einen kräftigen Atemzug voll Luft und bekommt daraufhin einen so heftigen Hustenanfall, daß ihre Lungen fast platzen.

»¡SALOMÉ CAMILA!« Es ist die Stimme ihres Vaters, die ganz verzweifelt klingt, weil er sie unbedingt aus ihrem Versteck herausholen will. »¡SALOMÉ CAMILA!«

Salomé Camila, der Name ihrer Mutter und ihr eigener, für immer vereint! Sie erinnert sich an den letzten Tag in dem dunklen Zimmer, in dem alle geweint haben, erinnert sich an den qualvollen Husten und daran, wie ihre Mutter den Kopf vom Kissen gehoben hat, um diesen besonderen Namen zu sagen: ihrer beider Namen.

»Hier sind wir!« ruft sie zurück.

EPILOG

Ankunft in Santo Domingo

September 1973

»Sie merkt den Unterschied sowieso nicht«, sagt eine meiner Nichten – als hätte ich nicht nur den grauen Star, sondern würde obendrein langsam taub.

»Ich kann euch hören, Mädels«, rufe ich. Obwohl sie schon in den Zwanzigern sind, bleiben sie für mich Rodolfos hübsche Mädchen. Als sie noch in Kuba lebten, waren sie die Königinnen der Stadt, auch nach der Revolution, als wir auf solche Dinge eigentlich nichts mehr geben sollten.

Für einen Augenblick herrscht Stille, aber dann sind im Flur, wo sie überlegt haben, wie sie den Ausflug zum Friedhof hinauszögern können, Gekicher und glucksendes Gelächter zu hören. Ihr Vater Rodolfo hat eine Parzelle »für die Familienmitglieder, die nicht berühmt sind«, gekauft und mir, seiner Halbschwester, ihrer Tante Camila, freundlicherweise einen Platz darauf angeboten. Vor ein paar Wochen habe ich mir ein Fleckchen ausgesucht und Wünsche geäußert, wie mein Grabstein aussehen soll.

Damit hat der Ärger angefangen.

»Sag mal, Tía Camila, woher wußtest du eigentlich, daß wir über dich reden?« fragt Ena, die älteste.

»Weil ich hier diejenige bin, die Zicken macht, deshalb.« Ich erwidere ihre Berührung, indem ich ihre Hand drücke. Die zarte Haut und die wohlgeformten Finger erinnern mich an eine andere Hand aus der Vergangenheit. Das ist mittlerweile ganz normal. In meinem Alter haust in allem der Geist eines Vorgängers. Immer öfter scheinen meine Liebsten in ihren jungen Nachfolgern auf – zweifellos, um meinen baldigen Abgang anzukündigen.

Deshalb mache ich jetzt so einen Aufstand.

Als mich die Mädchen vor ein paar Wochen zur Familiengruft auf den Friedhof begleiteten, habe ich mich für die unterste von drei Etagen entschieden, ganz unten links, dicht über dem Boden.

»Aber dann ist Ihr Grabstein womöglich bald von Unkraut überwuchert«, gab der Friedhofswärter zu bedenken. Da hatte er recht. So weit unten wächst das Unkraut schneller, als wir schauen können. »Möchten Sie nicht doch lieber den Platz ganz oben, damit alle Sie sehen können?«

»Himmel, nein«, sagte ich und schüttelte den Kopf. Was bildete sich dieser dreiste junge Kerl ein? Redete über Liegeplätze auf dem Friedhof, als wären es Opernlogen! »Ich möchte möglichst nah am Boden sein. Wissen Sie, ich bin mein Leben lang umgezogen. Alle zehn Jahre eine neue Adresse. Das hier wird meine erste dauerhafte Bleibe sein.«

»Du bist ganz schön makaber, Tante Camila«, stöhnten meine Nichten. Rodolfo war an diesem Tag auch mit von der Partie, und endlich einmal sprang er für mich in die Bresche. »Eure Tante hat recht. In unserem Alter muß man sich über solche Dinge Gedanken machen.« Tagtäglich wetteifern er und ich, wer von uns beiden sich in seiner sterblichen Hülle elender fühlt: seine Arthritis gegen mein leichtes Asthma; seine schmerzende linke Hüfte (»Ich kann kaum noch gehen!«) gegen mein Herzrasseln und meinen grauen Star. Es ist, als spielten wir eins von diesen alten Brettspielen, die ich meinen Nichten früher immer aus den Staaten mitgebracht habe: Risiko oder Scrabble oder – oje, wenn das meine Freunde, die Revolutionäre, hören würden! – Monopoly.

»Na, na, Rodolfo, du bist der kleinste von uns allen«, erinnerte ich ihn. Mit seinen siebenundsechzig Jahren ist er von Papanchos Kindern der jüngste, zwölf Jahre jünger als ich.

Und was den Stein betrifft, hatte ich ihnen gesagt: keine Engel, keinen bärtigen Christus – also keinen Fidel in Mager. Ich hatte ihnen genaue Anweisungen gegeben, und deshalb machte ich natürlich einen Aufstand, als wir letzte Woche wiederkamen und Elsa mir vorlas, was auf dem Stein stand.

»Der Name stimmt nicht«, beschwerte ich mich.

»Du wolltest doch immer nur Camila genannt werden«, erinnerte mich Rodolfo. »Papancho hat gesagt, du wärst als Kind jedesmal böse auf ihn gewesen und hättest dich versteckt, wenn er dich Salomé Camila genannt hätte.«

Natürlich hatte Rodolfo recht, zumindest teilweise. Nachdem ich eingesehen hatte, daß meine Mutter nicht zurückkommen würde, wollte ich um nichts auf der Welt an sie erinnert werden. Trotzdem hatte ich Sehnsucht nach ihr – eine Sehnsucht, die mitten in der Nacht in mir aufstieg und mich in den Häusern, Wohnungen oder wo immer ich lebte, umherwandern ließ. Ich probierte es mit allen möglichen Strategien. Ich brachte ihre Lebensgeschichte in Erfahrung. Ich legte sie Seite an Seite mit meiner. Ich verwob unser beider Leben zu einem kräftigen Seil, mit dem ich mich selbst aus meinem Loch, aus meinen Depressionen und Selbstzweifeln herauszog. Doch egal, was ich unternahm – sie war und blieb fort. Bis ich sie irgendwann an dem einzigen Ort wiederfand, an dem wir die Toten wiederfinden können: unter den Lebenden. Mamá war in Kuba lebendig, wo ich zusammen mit anderen dafür kämpfte, das Land aufzubauen, von dem sie geträumt hatte. Doch wie soll ich das meinem selbstherrlichen kleinen Bruder erklären, der mir von Tag zu Tag mehr wie die Reinkarnation unseres verrückten alten Vaters vorkommt? Allein schon bei dem Wort »Kuba« wird er so wütend, daß ich Sorge habe, er könnte noch vor mir ins Grab steigen.

»Ich möchte, daß ihr einen neuen Stein anfertigen laßt«, sagte ich an Ort und Stelle zu ihnen.

»Aber Tía Camila, was macht das für einen Unterschied?« wandte Lupe ein. Ihr lag die Bemerkung auf der Zungenspitze, daß ich schließlich aus Kuba hierhergekommen sei und alle möglichen Entbehrungen auf mich genommen habe. Was war dagegen schon ein fehlender Name auf einem Grabstein, an dem ich mich zu Lebzeiten ohnehin nicht mehr erfreuen würde?

Und dann »hörte« ich die Rippenstöße und verschwörerischen Blicke. Laßt sie doch! besagten sie. Wir erzählen ihr einfach, wir hätten den Stein auswechseln lassen, sie merkt den Unterschied sowieso nicht.

Ich war mit dem Flugzeug aus Kuba gekommen, um Rodolfo und meine Nichten zu besuchen. *Quinceañeras*, Schulabschlußfeiern und Geburtstage waren ins Land gegangen, und ihre Tía Camila war zu beschäftigt gewesen, um daran teilzunehmen. Das jedenfalls hatte ich als Grund vorgeschoben. Die Wahrheit war: Seit man meine Rente in den USA eingefroren hatte, reichte das magere Salär, das ich vom kubanischen Bildungsministerium bezog, nicht auch noch für ein Flugticket. Irgendwann hatte Rodolfo mir das nötige Geld geschickt, zusammen mit dem Vermerk »Keine Ausreden!« und den herzzerreißenden Worten: »Ich muß dich noch einmal sehen, bevor ich sterbe, Mamila.«

Als er mich dann am Flughafen abholte, war er über meine schwindende Sehkraft und meine schäbigen Kleider bestürzt. »Ist das alles, was du mitgebracht hast?« fragte er und starrte die kleine Tasche an. Ich hatte hin und her überlegt, ob ich den Koffer mit Mamás Papieren mitnehmen sollte, den ich jahrelang bei mir aufbewahrt hatte. Kurz vor meiner Abreise hatte ich dann beschlossen, daß jetzt der richtige Zeitpunkt wäre, das Archiv in Havanna anzurufen, damit sie den Koffer abholten. Der arme Max (fünf Jahre ist er nun schon tot!) dreht sich bestimmt im Grabe um.

Als Rodolfo und ich am ersten Nachmittag in Schaukelstühlen auf seiner *galería* saßen, kam er auf meine Zukunft zu sprechen.

»Zukunft? In meinem Alter?« Ich mußte mir ein Lachen verkneifen.

»Die Zustände da drüben werden immer schlimmer, und das weißt du«, begann Rodolfo und schaukelte langsamer, um seinen Worten Nachdruck zu verleihen. Mein Halbbruder, der als Junge immer so eifrig die Tonleiter übte, hatte im Alter gelernt, seinen Schaukelstuhl wie ein Musikinstrument einzusetzen. »Sag mal, Camila, wann hast du zum letzten Mal Pistazieneis gegessen?« schickte er gleichsam als Beweis für seine Feststellung hinterher.

»Ich mag Pistazieneis nicht, Rodolfo. Ich vermisse es nicht im geringsten.«

»Ich möchte, daß du hierbleibst, damit ich mich um dich kümmern kann.« Seine Stimme klang kratzig, weil sich in seiner Kehle etwas Schleim von der letzten schlimmen Erkältung festgesetzt hatte. (Seine Restbronchitis gegen mein hartnäckiges Asthma; Nierensteine gegen den Bruch, der schon vor Jahren hätte operiert werden müssen.) Sie unterschied sich nicht allzusehr von der Stimme des kleinen Jungen, der herumkrakeelte, bis seine Mamila aus ihrem Zimmer kam und mit ihm loszog, um das Schwein Teddy Roosevelt mit Stöckchen aus Guavenholz zu kitzeln.

»Wie willst du dich um mich kümmern, Rodolfo?« zog ich ihn auf. »Du bist doch in viel schlechterer Verfassung als ich, schon vergessen?«

»Camila, Camila ...« Er schaukelte jetzt prestissimo, und ich mußte heftig vor und zurück schwingen, um mit ihm mitzuhalten. »Schon die Vorstellung, daß du allein im Riomar wohnst –«

»Sierra Maestra«, korrigierte ich. Vielleicht hatten mich die vielen Briefe, die er mir angeblich geschrieben hatte, deshalb nie erreicht. Wie die meisten anderen Dinge war auch mein Apartmenthaus nach der Revolution umbenannt worden, aber Rodolfo ließ sich nicht davon abbringen, den alten Namen aufs Kuvert zu schreiben.

»Schon die Vorstellung, daß du allein dort wohnst, würde mich umbringen, Camila, wirklich.« Er legte die Hand auf die Brust, Papanchos altbekannte Geste, mit der er androhte, den Ungehorsam seiner Sprößlinge mit einer Herzattacke des Paterfamilias zu bestrafen.

»Mein lieber Rodolfo«, sagte ich und griff nach seiner Hand. »Laß uns lieber über die wirkliche Zukunft sprechen. Ich glaube, ich sollte ein paar Vorkehrungen treffen.«

Dies war der Augenblick, in dem mein Halbbruder mir einen Platz auf der Friedhofsparzelle anbot, die er zusammen mit Max vor dessen Dahinscheiden gekauft hatte. »Und noch etwas«, fügte er hinzu. »Ich möchte, daß du deine Augen operieren läßt.«

»Das wäre hinausgeworfenes Geld«, wandte ich ein. Ich würde nach der Operation drei Monate brauchen, um mich an die neue Brille zu gewöhnen, und bis dahin wäre ich längst tot, davon war ich überzeugt. Deshalb war ich nach Hause gekommen, und nicht etwa nur, um meinen Halbbruder und meine Nichten zu besuchen.

Aber Rodolfo ließ nicht locker. »Überleg doch mal, Camila, du könntest unsere Gesichter wieder klar sehen. Du könntest wieder Gedichte lesen.«

»In Ordnung, Rodolfo«, sagte ich ergeben. »Mach mit mir, was du willst.« Ich wollte ihn mit meinen Vorahnungen nicht beunruhigen. Aber ich spürte sie, die Müdigkeit des alten Hundes, der im Kreis um den Platz herumstreicht, an dem er sich niederlegen will.

»Du könntest neben Salomé beerdigt werden«, sagte Rodolfo, als wir zum Pantheon fuhren, um das Grabmal meiner Mutter zu besichtigen. Ich hatte mich bereits für den von ihm angebotenen Platz auf dem Friedhof entschieden, aber anscheinend hatte Rodolfo das Gefühl, daß ich mich dadurch um den Ehrenplatz brachte, der mir aufgrund meiner Abstammung zustand. »Wir könnten triftige Gründe für deinen Wunsch anführen, an deiner letzten Ruhestätte mit deiner Mutter und deinem Vater vereint zu sein.«

»Rodolfo, bitte!« Ich sah ihn an und schüttelte den Kopf. »Besucher in alle Ewigkeit. Was gibt es Schlimmeres? Und à propos mit Mamá vereint sein: Im Lauf meines Lebens habe ich gelernt, trotz ihrer Abwesenheit mit ihr vereint zu sein. Warum sollte ich daran etwas ändern?«

Wir betraten den hallenden Ehrentempel, und Rodolfo las mir im Vorbeigehen die Namen auf den Grabmälern vor. Am Grab von María Trinidad Sánchez blieben wir stehen. Sie war diejenige, die unsere Landesfahne neu zusammengenäht hatte und später darauf bestand, mit unten zusammengebundenem Rock von dem von General Santana (der nun bedauerlicherweise genau gegenüber von ihr ruhte) befehligten Exekutionskommando hingerichtet zu werden. Je nach Präsident ändert sich die Anordnung der Ruhmeshalle: was dem einen Regime ein Bösewicht, ist dem nächsten ein Held, bis das Wort *Held* wie das Wort *patria* irgendwann nichts mehr bedeutet. Ein Grund mehr, daß ich nicht hier inmitten all der erlauchten Toten bestattet werden will. Ich brauche nur mein Leben neben das Leben meiner Mutter zu legen, dann sehe ich den Unterschied.

Auch am letzten Grab hinten in der Ecke las Rodolfo die Namen vor: Mamá und Pedro ruhten im mittleren Grabgewölbe – in alle Ewigkeit vereint, wie es Pibíns letzter Wunsch auf dem Sterbebett gewesen war. Rechts davon lag Papá, den man unlängst vom Friedhof in Santiago de Cuba hierhergebracht hatte.

»Weißt du, wie Tivisitas Grab jetzt aussieht, seit du Papancho geholt hast?« wollte Rodolfo wissen.

Ich besaß nicht den Mut, meinem Halbbruder zu sagen, was aus der letzten Ruhestätte seiner Mutter geworden war. Als die dominikanische Regierung die Überführung des Leichnams eines ihrer ehemaligen Präsidenten verlangt hatte, war ich von Havanna nach Santiago de Cuba gefahren, um allerlei Papiere zu unterschreiben und die Rückführung zu beaufsichtigen. Um den Leichnam des ehemaligen Präsidenten zu exhumieren, damit dieser im dominikanischen Pantheon feierlich an der Seite seiner ersten Frau, der Dichterin Salomé Ureña, aufgebahrt werden konnte, hatte das Gemeinschaftsgrab, das er sich mit seiner zweiten Ehefrau Tivisita teilte, geöffnet werden müssen. Dabei war der große Grabstein zu Bruch gegangen und weggeschafft worden, so daß Tivisita in einem namenlosen Grab zurückgeblieben war.

Mein Schweigen machte meinen Halbbruder stutzig. »Eins habe ich mich immer gefragt, Camila: Hast du dich mit Mutter gut verstanden?«

»Tivisita war immer nett zu mir«, antwortete ich. »Wir waren Freundinnen.« Ein Gutes hatte mein jüngstes Gebrechen: Meine nahezu blinden Augen konnten mich nicht länger verraten.

Vielleicht hätte ich ihm die Wahrheit sagen sollen, daß ich nämlich darum gekämpft hatte, sie zu lieben, so wie ich bei vielen anderen Menschen darum gekämpft hatte. Natürlich dachte ich an Domingo und an den feschen Scott Andrews und an meine alte Freundin Marion, die noch lebte, in Sarasota wohnte und auf beiden Augen gut sah, weil ein Arzt, ein Exilkubaner, sie ihr mit den neusten technischen Verfahren gerichtet hatte. »Komm mich besuchen«, hatte sie geschrieben. »Ich zahle, damit du wieder sehen kannst.«

Der Kampf, zu sehen, und der Kampf, das fehlbare Wesen, das wir sehen, zu lieben – welchen Kampf gibt es noch? Selbst der Kampf, ein neues Land zu erschaffen, entspringt derselben Saat.

Im Namen von Hostos, Salomé, José Martí ...

»Jetzt bin ich wirklich überrascht«, meinte Rodolfo neckend, der seine agnostische Schwester dabei ertappt hatte, wie sie das Kreuzzeichen schlug. Mein ketzerisches Gebet hatte er freilich nicht gehört.

Am Nachmittag lieh mir Rodolfo seinen Wagen samt dem jungen Fahrer, den er beschäftigt, seit er sich selbst nicht mehr hinters Steuer setzt. (Seine Altersflecken gegen meinen grauen Star; sein Bluthochdruck gegen meinen Bluthochdruck.) Ich wollte einen langen *paseo* durch den alten Teil der Stadt, Mamás Stadt, machen. Rodolfo war von unserem morgendlichen Ausflug erschöpft, Elsa arbeitete, Lupe ebenfalls, und so kam die »kleine« Belkys mit, die mittlerweile auch schon über Zwanzig ist. Die gute Belkys schlägt ganz nach den Lauranzóns. Mit der ewiggleichen langweiligen Geschichte des Henríquez-Clans und all ihrer professoralen Halbonkel mit ihren öden Büchern voller Kritiken und patriotischer Gedichte hat sie nichts am Hut.

»Wo ist mein mandarinfarbener Nagellack?« rief sie in voller Lautstärke. Mit unlackierten Fingernägeln kann sie nämlich nicht in die Stadt gehen. Gott sei Dank muß ich diese Nägel nicht *sehen*. Es reicht schon, wenn ich davon höre.

Wir setzten uns also in den Wagen und baten den Fahrer, uns zu Salomé Ureñas Haus zu bringen. »Wo soll das sein?« wollte er wissen.

»Wo soll das sein, Tía Camila?« wiederholte Belkys, als könnte ich den Mann nicht hören, nur weil ich ihn kaum sah. »Vielleicht in der Salomé-Ureña-Straße?«

»Selbstverständlich, Liebes.«

Doch als wir in der fraglichen Straße waren, konnte uns niemand sagen, um welches Haus es sich handelte. Mit meinem kümmerlichen Augenlicht wäre ich nicht in der Lage, es von den anderen zu unterscheiden, aber ich wollte trotzdem dicht an den Häusern entlanggehen, um mit meinen Fingerspitzen über die Hauswände zu streichen. Was für einen Anblick müssen wir in der heißen Nachmittagssonne geboten haben! Eine blinde Greisin, die auf der Südseite der Straße die Fassaden der Häuser streichelt, und eine junge Frau mit orangefarbenen Fingernägeln und hochhackigen Schuhen, die mit einem Sonnenschirm hinterherstakst, damit ihre dunkelhäutige Tante nicht noch dunkler wird. »Hier ist eine Tafel«, rief Belkys, und wir blieben stehen.

»Hier lebte und wirkte Salomé Ureña«, las Belkys mir die Inschrift der Gedenktafel vor. Unser junger Fahrer begleitete uns; er bildete das Schlußlicht. Bestimmt wollte er sich den erfreulichen Anblick von Belkys in ihrem kurzen Kleid nicht entgehen lassen. Elsa hat mir erzählt, daß Belkys' Rocklänge überall für Aufsehen sorge. »Wer ist diese Salomé Ureña?« fragte er. »Ich stoße ständig auf ihren Namen.«

Ich biß mir auf die Lippe, wie ich es in solchen Momenten immer tue.

»Sie war eine der besten Dichterinnen der spanischsprachigen Welt«, prahlte Belkys. Sie mußte es ja wissen! »Sie hat in unserem Land die erste weiterführende Schule für Frauen gegründet. Was noch, Tía Camila?« wandte sie sich an mich.

Mir fiel nichts weiter dazu ein. Statt dessen fühlte ich die alte Traurigkeit in mir aufsteigen. Also erwiderte ich schlicht und einfach: »Sie war meine Mutter.«

»Möge sie in Frieden ruhen«, sagte der junge Mann. Seine Hände huschten vor meinem Gesicht auf und ab, als er zur Besiegelung seines Wunsches das Kreuzzeichen schlug.

Wir besuchten die Schule. Mamá hatte das Instituto de Señoritas 1881 im vorderen Wohnzimmer ihres Hauses eröffnet, und von einer mehrjährigen Pause aufgrund ihrer Erkrankung abgesehen, hatte die Schule Dutzende von Revolutionen, Bürgerkriegen und Regierungswechseln überstanden. In dieser Hinsicht hatte sich unser Volk seit Mamás Zeiten nicht geändert. Mittlerweile belegte die Schule fast einen gesamten Häuserblock. »Beschreibt sie mir«, bat ich meine jungen Begleiter.

»Sie ist olivgrün, und die Holzteile sind in einem dunkleren Olivgrün abgesetzt.«

Das hörte sich ziemlich grimmig an und erinnerte an so manches Gebäude in Kuba, nachdem der Sowjetgeschmack sich durchgesetzt hatte. »Und weiter?«

»Die Fenster sind vergittert«, sagte Belkys. »Wie gruselig!«

»Klar, bei den vielen Verbrechen und dem Vandalismus heutzutage«, klagte der junge Fahrer, als wäre er steinalt und könnte beurteilen, wie verkehrt die Richtung war, in die die Menschheit lief.

Drinnen erwartete uns der Lärm von schimpfenden Lehrerinnen und Lektionen herunterbetenden Schülerinnen.

Was war aus der positivistischen Methode geworden? fragte ich mich. Aus all den jungen Köpfen, die unbequeme Fragen stellten?

»Haben Sie einen Schulausweis?« fragte uns die Aufsicht – vermutlich ebenfalls eine Lehrerin.

Meine liebe Belkys, die Maulheldin, erwiderte ziemlich patzig: »Wir brauchen keinen. Das hier ist Salomé Ureñas Tochter.«

»Genau. Und ich bin der Papst«, konterte die Lehrerin schnippisch. Sie duldete nicht, daß ihre Autorität in Frage gestellt wurde, schon gar nicht in Hörweite ihrer Zöglinge. Sicherlich war es unserem Ansinnen auch nicht eben zuträglich, daß uns ein junger Mann in die Höhle der Löwinnen begleitete.

»Aber es stimmt, was ich Ihnen sage«, protestierte Belkys mit bebender Stimme. »Komm, Tía Camila, laß uns gehen.«

»Sag mir genau, wie es da drin ausgesehen hat«, bat ich sie auf der Heimfahrt.

Also beschrieb sie mir den von Unkraut überwucherten, verwahrlosten Innenhof; die ramponierten Holzböden; das Grüppchen Putzfrauen, die mit verdrießlichen, müden Gesichtern in Rohrsesseln herumhockten; die vielen am Schwarzen Brett angeschlagenen Regeln und *mandamientos*; die jungen Mädchen in den Gängen mit ihren Plastiknäpfen, in denen sich eine Kostprobe von dem befand, was zu kochen sie an diesem Tag gelernt hatten …

»Das reicht«, sagte ich und drückte ihre Hand.

»Ay, Tía Camila«, meinte Belkys schluchzend. Der mandarinfarbene Lack war aus ihrer Stimme verschwunden.

»Was würde Salomé sagen, wenn sie das Haus jetzt sehen könnte?«

Was hätte sie anderes gesagt als das, was sie sich wohl immer wieder gesagt hatte, wenn ihre Träume in sich zusammenfielen? Fang von vorne an, fang von vorne an.

Am Spätnachmittag sitzen Rodolfo und ich immer auf der *galería* und schaukeln im Takt. »Das Schaukelstuhlduett«, sagt Elsa. Der Geruch von Regen und Ingwer liegt in der Luft – rund ums Haus verläuft eine Hecke, haben mir die Mädchen erzählt, ein Festungswall aus Ingwer!

Manchmal kommen Rodolfo und ich auf *das* Thema zu sprechen, und damit meine ich nicht etwa den Tod, wie man bei zwei so weißhäuptigen, siechen Gestalten vermuten könnte – und über den es sich leicht reden ließe –, sondern Kuba. »Das mißglückte Experiment«, nennt Rodolfo es verbittert. Seit er es vor fünf Jahren geschafft hat, mit seinen Mädchen aus Kuba herauszukommen, verspürt er wie die meisten Exilkubaner den Drang, Daheimgebliebenen wie mir das Nest zu beschmutzen. Und das Nest ist bereits ziemlich schmutzig, sage ich zu ihm.

»Aber darum geht es nicht«, erkläre ich. »Wir müssen weiter versuchen, aus dem Land, in dem wir geboren wurden, eine *patria* zu machen. Und das, obwohl das Experiment mißglückt ist, oder besser gesagt: *weil* das Experiment mißglückt ist.«

»Aber du bist doch nicht einmal dort geboren!« hält Rodolfo dagegen.

»Ich bin dort aufgewachsen, und wie schon Martí gesagt hat –«

»Camila, Camila …«, meint Rodolfo seufzend. »Dein Handicap schlägt wieder durch.« So nennt Rodolfo die gewisse Neigung zur Klugschwätzerei bei mir – seiner älteren Halbschwester, der Lehrerin – ihr Wissen wie Goldklümpchen auszuteilen, wo immer sie auf Ignoranz stößt; eine Geisteshaltung, die meinem Halbbruder freilich vollkommen fremd ist.

»Die Wahrheit ist«, beginnt er, seit geraumer Zeit seine bevorzugte Eröffnungsfloskel, als habe er sich im fortgeschrittenen Alter zu einem zweiten Moses gemausert, der mit seiner Tafel durchnumerierter Wahrheiten den Berg herabkommt. »La pura verdad ist, daß wir eine Familie von Nomaden sind.«

Was diese »Wahrheit« betrifft, sind wir uns allerdings einig. Die Saat der Henríquez' ist über beide Teile Amerikas verstreut: die beiden Töchter von Pedro in Argentinien; der kinderlose Fran dort, wo immer die Familie seiner Frau die sterblichen Überreste hingeschafft hat, als sie vor der Revolution floh; Max' Söhne, die in Südamerika hin und her pendeln, weshalb ihre Ehefrauen, wenn ich mal bei ihnen zu Hause anrufe, jedesmal mit einem tiefen Seufzer sagen: »Mal sehen, heute ist Donnerstag... Da ist er in Panamá.« Und dann sind da noch Papanchos französische Enkel, die seine Saat, wie ich höre, über Frankreich, Norwegen und New Jersey verbreiten. Und jedes dieser Kinder wird vom kleinen Motor des Lebens und seiner Bedürfnisse angetrieben in einer Welt, die unserem Nachbarn im Norden immer ähnlicher wird, einer Welt ohne genügend Seele und Geist, wie Martí es formuliert hat, als habe die Zeit die großen Opfer und Visionen der Alten hinweggespült.

»Du schaukelst heute aber merkwürdig«, stellt Rodolfo fest und hört mit seinem Geschaukel auf, um meinem zu lauschen. Tatsächlich, beim Vor- und Zurückwippen schlage ich mit den Händen rhythmisch auf die Armlehnen. »Das ist Jazz, keine Harmonie.«

»Das mag ich manchmal.«

»Du solltest dich ausruhen, Tía Camila«, schlägt Belkys vor. Es geht mal wieder um den leidigen Grabstein. Meine Nichten wollen den heutigen Ausflug zum Friedhof abblasen.

»Glaubst du uns etwa nicht, wenn wir dir sagen, daß wir ihn ausgetauscht haben?« fragt Lupe, und in ihrer Stimme schwingt leichte Ungehaltenheit mit.

»Ich möchte hingehen und ihn mit eigenen Augen sehen.«

»Wenn du ihn schon mit eigenen Augen sehen willst, weil du uns nicht traust, solltest du besser bis nach der Operation warten«, meint Belkys, vorlaut wie immer.

Sie möchten, daß ich heute überhaupt nicht aus dem Haus gehe. Die Müllabfuhr streikt, und an einigen Stellen haben die Streikenden Straßensperren aus Müll errichtet.

»Außerdem sieht es nach Regen aus. Es wäre nicht gut, wenn du dir vor der Operation eine Erkältung holst«, sagt Lupe, unsere Logikerin. Sie hält nichts vom Diskutieren, sondern ist der Meinung, daß man die Dinge logisch durchdenken muß, wie sie sagt. Als ich ihnen früher Übungshefte aus den Staaten mitbrachte, mochte sie die Analogien am liebsten: Haus verhält sich zu Zuhause wie Land zu Heimat.

Aber die Ausreden meiner Nichten machen mich mißtrauisch. Meine Operation ist für kommenden Dienstag angesetzt, *si Dios quiere*, wie die Dominikaner so gern sagen, so Gott will und die Müllmänner es zulassen. Für den Fall, daß etwas schiefgehen sollte, möchte ich wenigstens sicherstellen, daß mein letzter Wunsch erfüllt worden ist. »Der Regen hört bestimmt bald wieder auf. Dann können wir gehen.«

»Tía Camila, wenn wir dich täuschen wollten, müssten wir doch nur mit dir auf den Friedhof gehen und dir vorlesen, was du hören willst«, führt Lupe ihre logische Gedankenkette fort.

Ich weiß, wie ich euch auf die Schliche kommen kann, denke ich. Meine gefalteten Hände liegen ruhig in meinem Schoß. Je mehr meine Sehkraft nachläßt, desto sensibler werden meine Fingerspitzen. Ich werde den Stein befühlen, dann werde ich den Unterschied schon merken.

»Also können wir dir genausogut unser Wort geben, liebe Tía«, schlußfolgert Lupe und zupft meinen Kragen zurecht, als wäre ich ein schmollendes Kind.

Elsa, die gemütvollste der drei, macht sich Gedanken, ob meine Besorgtheit wegen dieser Kleinigkeit womöglich ein

Hinweis auf meine weit größere Sorge wegen der bevorstehenden Augenoperation ist.

»Darüber mache ich mir keine Gedanken«, beruhige ich sie. »Dieser Stein ist alles, was ich hinterlasse. Deshalb sollten wenigstens die Details stimmen.« Meine alte Freundin Marion hat mich oft mit der Bemerkung aufgezogen, ich schriebe ausschließlich mit Bleistift, damit meine Fehler nicht so auffallen.

»Wenn ich an der Revolution etwas nicht leiden kann«, füge ich hinzu, und bei diesen Worten spitzen sie die Ohren, weil sie so gern hätten, daß ihre alte Tante derselben Meinung ist wie sie, »dann ist es der schlampige Umgang mit der Sprache.« Ich könnte dafür jede Menge Beispiele nennen, lasse es aber bleiben.

»Sonst nix?« fragt Lupe, als hätte ich mich über eine Blase beklagt, wo doch der brandige Fuß das eigentliche Problem ist.

Ich überlege eine Minute lang, bevor ich antworte – Elsa nennt das Tía Camilas zeitversetztes Denken. »Ja«, sage ich dann, »sonst nix«, obwohl ich genausogut »sonst nichts« hätte sagen können. Worte machen Leute.

Ich erinnere mich noch an meine erste Stelle in Kuba nach meiner Rückkehr im Jahr 1960.

Dem Leiter der Personalabteilung im Bildungsministerium war zu Ohren gekommen, daß eine Dominikanerin ihre Professur in Vassar aufgegeben hatte, um an der Revolution mitzuwirken. (Schon schlichen sich die ersten Ungenauigkeiten ein.) Ob sich *la compañera* Camila vorstellen könnte, im Rahmen des nationalen Alphabetisierungsprogramms als Fachberaterin tätig zu sein? Sein Brief strotzte nur so von Fehlern und heillosen Korrekturversuchen. Bestimmt mußte seine Sekretärin bei der Zuckerrohrernte helfen, weshalb er seine Korrespondenz nun selbst tippte.

Es war nicht der Brief selbst, der mir ein mulmiges Gefühl vermittelte. Es war die Schlußformel: *Mit revolutionären*

Grüßen! ¡*Patria o Muerte!*¡*Venceremos!* Eine dieser Phrasen
hätte eindeutig genügt.

Sie griff in ganz Kuba um sich, diese fürchterlich über-
frachtete Sprache. Jedesmal wenn ich mich aus dem Haus
wagte, mußte ich gegen den Drang ankämpfen, meinen Rot-
stift mitzunehmen. In einem Laden hing ein Anschlag »Der
Kunde hat immer recht, es sei denn, er greift die Revolution
an«. Beides falsche Aussagen: die eine auf dem Mist des
Kapitalismus, die andere auf dem des Marxismus gewachsen.
Oje, dachte ich, wo bin ich nur gelandet?

In den ersten Jahren, bevor ich mich mit den neuen Namen
vertraut machte, konnte ich nicht Taxi fahren, es sei denn,
der Fahrer war zufällig ein älterer Mann. Ein jüngerer Fahrer
kannte die Calle de la Reina nicht, denn sie war »befreit«
und in Calle Simón Bolívar umbenannt worden, noch bevor
er lesen gelernt hatte. Auch der Bulevar Carlos III war verschwunden, doch gab man Bulevar Salvador Allende an,
kam man ans gewünschte Ziel. Wir standen, ideologisch wie
sprachlich, vor unserem eigenen Turm zu Babel, und der
Exodus setzte ein, vor allem unter den Reichen, die sich einen
Neuanfang in den Vereinigten Staaten von Amerika leisten
konnten.

»Was sie gern übersehen, ist die Tatsache, daß jetzt auch
die Kinder ihrer Bediensteten zur Schule gehen können und
daß jeder zu essen hat und Anspruch auf medizinische Ver-
sorgung «, stellte meine Freundin Nora Lavedán damals fest.
»Vorausgesetzt, es *gibt* Essen und Medikamente«, fügte sie
hinzu und verzog das Gesicht.

Ein Ort, den ich unbedingt aufsuchen wollte, bevor sämtliche Namen ausgetauscht wurden, war Domingos Grab.
Doch als ich es endlich zum Friedhof schaffte, erwartete
mich dort ein Chaos: Gräber waren geplündert, Statuen
umgestoßen und die Büsten und Gebeine reicher Vorfahren
mit der Pan Am nach Miami verfrachtet worden.

Vor sich hin murmelnd, sah die junge, für das Friedhofsre-
gister zuständige *compañera* den Stapel mit den Akten-

deckeln durch, die sie soeben neu numeriert hatte. »Ich müßte sein Geburtsdatum und den Tag seiner Beisetzung wissen.«

»Die sind mir nicht bekannt«, sagte ich zu ihr. »Wissen Sie, ich war jahrelang weg, und in der Zeit ist er gestorben, und ich habe damals nichts davon erfahren.«

Die Frau mit dem scharf geschnittenen Gesicht, der Baskenmütze und den Kampfstiefeln betrachtete mich neugierig. »Sind Sie mit ihm verwandt?« Sie benötigte eine positive Auskunft, um mit ihrer Arbeit fortfahren zu können.

»Nein, nicht wirklich«, erklärte ich – typisch Erbsenzählerin. Der in meiner Stimme mitschwingende Dünkel der Lehrerin war wie ein dicker roter Strich quer über die Genehmigung, die mir die Frau möglicherweise erteilt hätte.

»*Compañera*, bevor ich irgendwelche Informationen herausgeben kann, brauche ich eine schriftliche Erlaubnis des für die Friedhöfe zuständigen *comandante*.«

Ein für die Friedhöfe zuständiger *comandante*! überlegte ich. Jeder war jetzt für irgend etwas zuständig. Das war die schlechte Nachricht. Aber dafür war die gute Nachricht um so besser: Wir alle waren dafür zuständig, füreinander zu sorgen. Dafür konnte auch ich leben – und sterben.

»Wären Sie so nett, *compañera*, mir die Adresse des *comandante* aufzuschreiben?« Ich fügte mich, mochten mir die Vorschriften auch albern und ihre Umsetzung stümperhaft vorkommen. Andererseits hatten wir uns bisher nie selbst regieren dürfen. Da mußten die ersten Versuche ja schiefgehen.

Eines Abends, als ich an Domingo dachte, folgte ich dem Geruch des Meeres und fand mich unversehens am Pier wieder, wo wir einst gemeinsam demonstriert hatten – wofür oder wogegen, weiß ich nicht mehr. Ich schlenderte zwischen den Fischern und Hafenarbeitern umher, die sowjetische Schiffe entluden und die Frachträume anschließend mit Behältern voll Zucker, Rumfässern und Lattenkisten voll duftender Zigarren beluden. Plötzlich verspürte ich den

Wunsch, mich auf einem dieser Frachter zu verstecken und in einem ganz neuen Land aufzuwachen, in dem die Revolution bereits erfolgreich stattgefunden hätte, die Menschheit frei wäre und meine Arbeit beendet.

Mein Leben in Kuba – es war ein ganzes Leben, oder nicht? Dreizehn Jahre vergingen wie im Flug. Ich war unentwegt beschäftigt. Hinzu kam, daß ich aufgrund des Brennstoffmangels überallhin zu Fuß gehen mußte, weshalb sämtliche Erledigungen doppelt so lang dauerten.

Der Exodus, der tröpfchenweise begonnen hatte, wurde zur Flut. Da so viele fortgingen, wurden diejenigen von uns, die blieben, um so dringender gebraucht. Abends unterrichtete ich an der Universität, tagsüber in *factorías*. An den Wochenenden traf ich mich mit meinen jungen *compañeros*, um für die Lehrer, die von den Landschulen zu uns kamen, Handbücher zu schreiben und Material zusammenzustellen. Manchmal wurde ich auch aufs Land geschickt.

Schon bald nach meiner Ankunft beantragte Rodolfo eine Ausreiseerlaubnis für sich und seine Töchter. »Wie hältst du das nur aus, Camila?« raunte er mir auf dem Weg zu seiner letzten Befragung beim Komitee zur Verteidigung der Revolution zu. »Was für eine Revolution ist das?« Finster starrte er eins von den Plakaten an, auf denen Fidel den Boulevard Lenin entlangschritt.

»Con calma, Rodolfo«, ermahnte ich ihn.

Seine Reaktion enttäuschte mich. Ich hatte die Revolution, über die Fidel das Kommando führte, nie für die wahre Revolution gehalten. Die wahre Revolution fand in den Köpfen der Menschen statt. Wenn einer meiner Schüler, erst seit kurzem des Lesens und Schreibens kundig, ein Buch zur Hand nahm und mit hungriger Freude darin las, dann wußte ich, daß wir der *patria*, die wir uns alle wünschten, einen Schritt näher gekommen waren.

Eines Sommers wurde ich der Bildungsbrigade auf einer Kaffeeplantage oben in der Sierra Maestra zugeteilt. Tag für

Tag las ich Kaffeebohnen sortierenden Frauen in einer großen stickigen Halle vor. Eines Morgens wich ich von der empfohlenen Lektüre ab (*Granma*, Karl Marx, José Martí) und las ihnen ein unveröffentlichtes Gedicht von Mamá vor. Sie hatte es wohl kurz nach Frans Geburt geschrieben.

Da schläft mein Kleiner in seinem Tuch!
Da schläft der Engel, der verzaubert diesen Ort!
Ein Dutzend Mal blick ich auf von meinem Buch,
ganz in seinem Bann hab ich gelesen nicht ein Wort.

Danach blickte ich auf. Die Frauen hatten mit dem Sortieren aufgehört und sahen mich interessiert an. »Was ist das?« fragte ich und warf über ihre Schultern rasch einen Blick auf die *compañera*, die im hinteren Teil der Halle Aufsicht führte. Sie konnte ziemlich garstig werden, wenn die Sortiererinnen ihre Quoten nicht einhielten.

»Hat das eine Mutter geschrieben?« fragte eine der Frauen.

Ich nickte. »Meine Mutter, um genau zu sein.« Und dann erzählte ich ihnen Salomés Geschichte, und als ich damit fertig war, fingen die Frauen an, mit ihren kleinen Holzschaufeln seitlich gegen ihre Tische zu schlagen, bis der Lärm in der Halle unsere *compañera* übertönte, die die Arbeiterinnen in Fidels Namen und im Namen der Revolution zur Ordnung rief.

Es regnet in Strömen. Elsa setzt sich neben mich. Wir haben die Stühle ein Stück vom Rand der *galería* abgerückt. Rodolfo, der sich erkältet hat, hält ein Schläfchen. Schweigend sitzen wir da und lauschen dem Platzregen, auf unseren Gesichtern ein feuchter Hauch.

»Siehst du, Tía Camila, Lupe hatte recht: Es regnet.«

»Mir macht ein bißchen Regen nichts aus«, sage ich.

»Bist du böse auf uns, weil wir mit dir heute nicht auf den Friedhof gegangen sind?«

»Ihr seid jetzt für alles zuständig«, erwidere ich spitz.

»Vielleicht am Sonntag«, sagt sie. »Die Operation ist ja erst am Dienstag.«

»Ja, vielleicht«, stimme ich ihr zu. Aber am Sonntag wird die Sonne zu stark sein. Die Straßen werden wegen der streikenden Müllmänner unbefahrbar sein. Rodolfos Erkältung wird so schlimm sein, daß alle in Rufweite bleiben müssen, für den Fall, daß er zu sterben beschließt.

»Tía Camila, eins frage ich mich oft: Bist du eigentlich froh, daß du nach Kuba zurückgegangen bist?«

Ich seufze. Diese Frage kriege ich immer dann zu hören, wenn jemand erfährt, daß ich in den Staaten ein vollkommen anderes Leben geführt habe. Ich hätte mich mit einer hübschen Rente zur Ruhe setzen und meinen Lebensabend in einem Häuschen an einem See in New Hampshire oder Vermont oder vielleicht sogar in Sarasota verbringen können, in der Nähe von Marion und ihrem Mann, dessen Namen ich mir noch nie habe merken können. Wie ich dieses Leben mit fünfundsechzig Jahren habe wegwerfen können?

»Wieso nicht?« frage ich dann zurück.

»Du hast so viel aufgegeben«, meint Elsa.

»Weniger, als du glaubst, Liebes«, sage ich. Wie ich später herausfand, war die Rente, um die ich mich durch meinen Umzug nach Kuba gebracht hatte, nichts, verglichen mit dem, was ich dafür bekommen hatte. Ich konnte überall Literatur unterrichten, in den *campos*, in Klassenzimmern, Baracken, *factorías* – Literatur für alle. (*Liberatur* nennt Nora es gern.) Das *instituto* meiner Mutter hatte sich auf ein ganzes Land ausgeweitet!

»Es *war* viel, Tía. Du willst dich immer kleiner machen, als du bist.«

Jetzt muß ich lachen. »Wir sind alle gleich groß, wußtest du das nicht? Ein paar von uns strecken sich nur ein bißchen mehr.«

Meine Nichte drückt mir die Hand. Plötzlich muß ich an Domingo denken, der mich immer berühren wollte, wenn er

mit mir sprach. Und ich spüre wieder das alte Bedauern darüber, daß ich ihm womöglich etwas vorgemacht habe. Andererseits habe ich vor allem mir selbst etwas vorgemacht, denn
ich hatte mir eingeredet, ich hätte mich in ihn, den Mann,
verliebt, obwohl ich mich in Wirklichkeit in den Künstler, in
seine Intensität, in das Stück Afrika in ihm verliebt hatte –
also in Dinge, die mich mit meiner Mutter verbanden, nicht
mit ihm.

»Es war Zeit, nach Hause zu gehen«, sage ich zu der süßen
Elsa. »Oder meinem Zuhause zumindest so nahe zu kommen
wie möglich. Das war mir wichtiger als alles andere.« Wer
wollte das erklären? Die dunkle Liebe und Scham, die uns an
den Ort bindet, an dem wir aufgrund einer Laune des Schicksals geboren wurden?

Wir lauschen den Regentropfen, die vom Dach der *galería*
auf die Hecke fallen. Der Ingwergeruch ist sehr stark.

»Ich vermisse Kuba«, gesteht Elsa. Sie war so viel reifer als
ihre Schwestern, als sie von dort fortgegangen sind, und deshalb zieht es sie stärker zurück. »Aber ich glaube nicht, daß
Castro die Antwort ist.«

»Es war von Anfang an falsch, zu glauben, daß es überhaupt ein Antwort gibt, Liebes. Es gibt keine Antworten.«
Ich zögere. Ich weiß nicht, wie ich ihr das erklären soll.
Könnte ich ihr Gesicht jetzt klar sehen, würden die Worte
vielleicht aus dem stummen Wissen meines Herzens aufsteigen. »Es geht allein darum, daß wir weiterkämpfen, um aus
dem Land unter unseren Füßen das Land zu machen, von
dem wir träumen: unsere *patria*. Das habe ich von meiner
Mutter gelernt.«

»Du meinst also, ich soll auch zurückgehen?« Elsa ist
Zahnärztin, sie hat lange und fleißig studiert und sich
schließlich in zwei Räumen des väterlichen Hauses eine kleine Praxis eingerichtet.

Was für ein Fehler, die Klarheit über alles andere zu stellen! möchte ich am liebsten zu ihr sagen. Ein Fehler, den auch
ich im Leben immer wieder begangen habe.

»Du willst schon wieder eine Antwort, Liebes.« Ich muß lächeln, weil ich mir vorstellen kann, was eben jetzt in ihr vorgeht.

Frühmorgens ziehe ich mich leise an und gehe in den vorderen Teil des Hauses. Normalerweise unternehme ich meine Streifzüge durch die Zimmer mitten in der Nacht, als hätte ich tagsüber etwas verloren, was ich nach Einbruch der Dunkelheit wiederfinden müßte.

»Ignacio«, rufe ich auf dem Weg zum Gartentor.

Ich habe den jungen Fahrer am Vortag auf der Treppe zum Haus abgefangen und mich mit ihm zu einer Fahrt zum Friedhof verabredet. Ich wollte ihm dafür ein wenig Kleingeld geben, aber er hat es abgelehnt. »Es ist mir eine Ehre«, behauptete er.

Eine Ehre! Ein junger Mann, der etwas im Namen der Ehre tut! Ich war beeindruckt. So enttäuschend die Geschichte unseres Landes auch sein mag – mein Volk überrascht mich mit seinem Großmut immer wieder aufs neue. Wie hat Martí noch gesagt? Jede Zeit hat ihr eigenes Übel, aber ein Mensch kann immer gut sein. Oder hat Hostos das gesagt? Oder Mamá? Die Schönen, die Tapferen, die Guten – sie alle laufen in meinem Kopf zusammen, hinein in den großen Strom der Zeit, der mich mit sich fortreißt.

Der Morgen ist kühl, die vom Meer herüberwehenden Passatwinde bringen Regen. Der tropische Winter steht vor der Tür; bald spielen die Wellen wieder verrückt, senkt sich die Dunkelheit mit jedem Tag früher herab. Beim Gedanken an die langen, kalten Winter in Poughkeepsie und Minnesota und an die lange Ewigkeit, die vor mir liegt, erschaure ich. Es gibt noch so viel zu tun! Und ich selbst habe keine Kinder, die ich in die Zukunft entlassen kann, damit sie es für mich tun.

Stimmt nicht! Ich habe meine Nancy in Poughkeepsie, meine Kaffeesortiererinnen in der Sierra Maestra, meine Belkys, meine Lupe und meine Elsa in Santo Domingo. Sie sind meine Kinder und auch wieder nicht – wie bei allen kinderlosen Müttern, die mithelfen, die Jugend großzuziehen.

Das Tor steht bereits offen, als wir am Friedhof ankommen. Ich rieche die aus den Vororten mitgebrachten und in Dosen aufgestellten Nelken, ein willkommener Geruch nach dem Gestank des nicht abgeholten Mülls in den Straßen der Stadt.

»Möchte die *señora* ein paar Blumen?« ruft uns eine *marchanta* ziemlich lustlos nach, dem Impuls gehorchend, jedem, der vorbeikommt, ihre Ware feilzubieten. Dabei treffen die richtigen Käufer erst später in ihren schwarzen Mercedes-Limousinen mit den abgedunkelten Scheiben ein, die ihren privilegierten Kummer gegen die Blicke neugieriger Passanten abschirmen.

Ignacio kennt den Weg, weil er Don Rodolfo oft ans Grab von Don Max und Doña Guarina begleitet. »Ich muß mich um den Wagen kümmern«, erinnert er mich, nachdem er mich auf der Steinbank vor der Familiengruft abgesetzt hat. Wir haben den Wagen kurz in der Wendeschleife vor dem Friedhofseingang abgestellt – der *sereno* hat es uns gestattet –, damit Ignacio die alte Frau zu ihren Toten führen kann, bevor er zurückkommt, um richtig zu parken.

Als er gehen will, hören wir, wie etwas mit einem Peng! wie ein Knallfrosch auf den Boden schlägt. »Was war das?« frage ich verblüfft.

»Der große Anacahuita-Baum, der gleich rechts neben dem Grab steht«, erklärt Ignacio.

Die Schoten des Anacahuita-Baums sind dafür bekannt, daß sie geräuschvoll platzen, wenn sie zu Boden fallen. Oje, denke ich, das war's dann mit meiner friedvollen Ewigkeit!

Als Ignacio weg ist, macht sich so tiefe Stille breit, daß ich mich frage, ob ich womöglich schon tot bin. Doch früh genug setzt der Berufsverkehr ein: die Stadt erwacht zur Arbeit. Verärgerte Autofahrer bahnen sich hupend ihren Weg zwischen den Müllhaufen auf den Straßen. Ab und zu heult eine Sirene. Eine Frau ruft einem gewissen Juan nach, daß er auf dem Heimweg die Mangos nicht vergessen soll. Früher Freitagmorgen in dem Land, in dem ich geboren wurde.

Mit ausgestreckten Händen beuge ich mich vor, um meinen Stein zu berühren und den Namen zu überprüfen. Aber die Bank steht zu weit weg, und ich falle fast auf die Nase. Als ich das Gleichgewicht wiedergefunden habe, richte ich mich auf und horche: In meiner Nähe bewegt sich etwas. Jemand kommt unauffällig näher, und plötzlich frage ich mich, ob es nicht leichtsinnig war, Ignacio gehen zu lassen und allein auf dem menschenleeren Friedhof in einer Hauptstadt zurückzubleiben, die für ihre wachsende Kriminalität bekannt ist.

»Wer ist da, bitte?«

»Ich bin es nur, *doña*«, ruft eine Knabenstimme. Der Junge stellt sich als José Duarte Gómez Romero vor.

»Alle nennen mich Duarte.« Duarte stammt aus Los Millones, einem nahegelegenen *barrio*, das nicht etwa nach den dort lebenden Millionären, sondern nach den Millionen Armen benannt ist. Er kommt jeden Morgen hierher, um für ein wenig Kleingeld auf den Gräbern Unkraut zu jäten. »Soll ich mich auch um Ihr Grab kümmern?«

»Siehst du dort Unkraut?«

Der Junge schweigt. Bestimmt glaubt er, ich wolle ihn mit meiner dummen Frage aufziehen. Offenbar ist ihm nicht aufgefallen, daß meine Augen nicht mehr die besten sind. Er kommt näher. »Können Sie denn nicht sehen, *doña*?«

»Nicht mehr so gut wie früher«, erkläre ich. In mancherlei Hinsicht aber auch wesentlich besser als früher, sollte ich vielleicht hinzufügen. »Ich würde dich gern um etwas bitten, Duarte. Der Stein links unten – was steht da drauf?«

Wieder schweigt er. »Der da drüben, ganz unten«, sage ich und wedele mit der linken Hand. Von ihm kein Wort. Schließlich dämmert es mir. Wären wir in Kuba, könnte er lesen und würde an einem Schultag wie diesem kein Unkraut jäten. »Leg meine Hand auf den Stein«, sage ich zu ihm, stehe auf und knie neben ihm nieder. Wie ich anschließend wieder hochkommen soll, weiß der Himmel. »Auf den ganz unten.«

Er legt seine kleine Hand auf meine und führt meine Finger über die eingemeißelten Buchstaben. Zufrieden erfühle ich die geschwungenen Lettern meines vollständigen Namens. Meine Nichten haben Wort gehalten!

Nachdem der Junge meine Hand geführt hat, lege ich sie auf seine. »Du bist dran«, sage ich zu ihm. (Mein José Duarte aus Los Millones!) Gemeinsam folgen wir den Kerben im Stein, und er spricht mir jeden Buchstaben einzeln nach. »Sehr gut«, sage ich, als wir das mehrmals wiederholt haben. »Und jetzt du ganz allein.«

Er versucht es wieder und wieder, bis es ihm gelingt.

Salomé Camila Henríquez Ureña
9. April 1894–12. September 1973
E.P.D.

DANKSAGUNG

Es ist unvorstellbar, den vielen Menschen zu danken, die dieses Buch ermöglicht haben. Weggefährten und Kollegen am Middlebury College, am Vassar College, in New York, Kuba und der Dominikanischen Republik haben mir ihre Bücher, ihr Wissen, ihre Betrachtungen, Eindrücke und Erinnerungen angeboten. Euch allen mis gracias und herzlichen Dank. Nie war es zutreffender, daß ich ohne Eure Hilfe dieses Buch nicht hätte schreiben können.

Aber jedes Buch hat auch Paten, und diese möchte ich hier namentlich erwähnen.

Ich danke den *padrinos*: José Israel Cuello, der mich eines Tages zu einer *sorpresa* in sein Haus einlud und mir im Original das Tagebuch überreichte, das Pedro Henríquez Ureña nach dem Tod seiner Mutter geführt hatte und das die vollständige Familiengeschichte enthält. Mit der unvergleichlichen Großzügigkeit der Dominikaner sagte Cuello zu mir, ich könne diesen Schatz so lange behalten, wie ich ihn benötige. Mein Dank gilt weiterhin Arístides Incháustegui, dem Opernsänger und jetzigen Historiker, der mir großzügigerweise seine Zeit, die Ergebnisse seiner Recherchen und sein Wissen über jene Figuren aus der Vergangenheit zur Verfügung gestellt hat. Und Ricardo Repilado, der in Santiago de Cuba lebt und inzwischen über Neunzig ist, denn er brachte mich auf die Idee mit der jungen Lehrerin Miss

Camila, einschließlich ihrer leicht näselnden, vor Anstrengung stets bebenden Stimme, und überreichte mir vor meiner Abreise einen weiteren Schatz, nämlich Salomés Gedichtband in der Ausgabe von 1920, mit den Worten: »Ich bin ein alter Mann, *soltero, sin hijos,* und wenn ich einmal sterbe, gibt es niemanden, der an diesem Buch so viel Freude hätte wie Sie.« Schließlich danke ich Roberto Véguez, meinem Kollegen am Middlebury College, dessen Hilfe von Feinheiten der spanischen Zeichensetzung bis hin zu den Straßennamen in seiner Heimatstadt Santiago de Cuba reichte. Mil gracias.

Und den *madrinas*: Chiqui Vicioso, die mich vor fünf Jahren, als ich *Die Zeit der Schmetterlinge* abgeschlossen hatte (Die Tinte war noch nicht trocken!), in Santo Domingo in ihrem *apartamento* in einen Sessel drückte, mir ihr Exemplar des soeben veröffentlichten *Epistolario* der Henríquez Ureñas sowie eine Ausgabe von Salomés Gedichten lieh und wie eine herrische *musa* zu mir sagte: »Dein nächstes Buch, Julia!« (Chiqui schrieb später ein preisgekröntes Stück über Salomé, nämlich *Cartas a una ausencia*.) Und auch der zweiten *madrina*, Shannon Ravenel, die mich auf meinem Weg bei jedem Schritt ermutigt hat. Gracias für Euren Glauben an mich, *gracias* für die ausgezeichnete »unsichtbare« Hilfe von Anfang bis Ende.

Wie immer gilt mein Dank auch meiner Agentin Susan Bergholz, unermüdliche *luchadora* und Schutzengel an der Pforte zum Reich der Schreibenden. Sie verteidigt für uns den Ort und die Zeit, die wir zum Arbeiten brauchen.

Und schließlich geht mein tiefempfundener Dank an meinen *compañero* Bill, der mich über die Jahre durch mehr als tausend und eine Seite begleitet hat, die ich ohne seinen Beistand nicht hätte schreiben können, ohne seine Fotos, seine Abenteuerlust, seinen Glauben und seine wunderbaren selbstgekochten Mahlzeiten.

Beim Schreiben dieses Buchs habe ich immer wieder Salomé Ureñas Gedichte gelesen, die in verschiedenen Ausgaben zusammengefaßt sind: angefangen bei der Erstausgabe ihrer Jugendgedichte *Poesías de Salomé Ureña* (Amigos del País, Santo Domingo, 1880); über die von ihrem Sohn Pedro zusammengestellten *Poesías* (Madrid, 1920); die erste vollständige Ausgabe anläßlich ihres hundertsten Geburtstags, *Poesías completas* (Impresora Dominicana, Ciudad Trujillo, 1950); eine spätere, mit einer Einführung sowie hervorragenden Anmerkungen von Diógenes Céspedes versehene Ausgabe der *Poesías completas* (Editora Corripio, Santo Domingo, 1989); bis hin zur neuesten, von Chiqui Vicioso besorgten Ausgabe der *Poesías completas* (Comisión Permanente de la Feria Nacional del Libro, Santo Domingo, 1997). Zusätzlich zu all diesen Ausgaben hat mir der zweibändige Briefwechsel *Epistolario* (Editora Corripio, Santo Domingo, 1996), der einen Großteil der Korrespondenz der Henríquez Ureñas enthält, einen umfassenden Einblick in Salomés Beziehung zu Pancho gewährt sowie einen Eindruck von den treibenden Kräften dieser ebenso begabten wie komplizierten Familie vermittelt. Meine englischen Übersetzungen von Salomés in spanischer Sprache verfaßten Gedichten sind lediglich als Annäherungen beziehungsweise Improvisationen zu betrachten.

Diese Texte und jeder einzelne Helfer sowie viele, deren Namen ich hier nicht nennen kann, haben mir den Versuch erlaubt, diese Geschichte mit all ihrer Poesie und den darin vorkommenden Personen der Vergangenheit abzutrotzen. Mit meinem Dank möchte ich gleichzeitig den Hinweis verbinden, daß für sämtliche Hinzudichtungen, Stellungnahmen, Schilderungen und Fehler in diesem Buch ganz allein ich verantwortlich bin. Dies ist weder eine Biographie noch eine historische Porträtmalerei, noch eine getreue Wiedergabe dessen, was ich in Erfahrung gebracht habe, sondern ein Produkt meiner Phantasie.

Die Salomé und Camila, die Ihnen auf diesen Seiten begegnen, sind fiktive Gestalten, die sich zwar an historische Figuren anlehnen, jedoch neu erschaffen wurden im Licht der

Fragen, die wir, so wie sie es getan haben, nur mit unserem eigenen Leben beantworten können: *Wer sind wir als Volk? Was ist eine* patria? *Wie können wir ihr dienen? Ist Liebe stärker als alles andere auf der Welt?* Angesichts unseres ständigen Kampfes in »Unserem Amerika«, uns selbst als Nationen und Individuen zu begreifen und zu erschaffen, stellt dieses Buch einen Versuch dar, das große Schweigen zu verstehen, aus dem diese beiden Frauen hervorgetreten sind, um am Ende wieder darin einzutauchen und es uns zu überlassen, ihre Geschichten weiterzuträumen und den Grundton ihrer Lieder aufzugreifen.

Virgencita de la Altagracia, gracias por acompañarme, paso por paso, palabra por palabra.

INHALT

Julia Alvarez

Wie die García Girls ihren Akzent verloren

Roman. Aus dem Amerikanischen von Stefanie Kuhn-Werner. 304 Seiten. Serie Piper

Der mehrfach ausgezeichnete erste Roman von Julia Alvarez ist die Geschichte einer Einwandererfamilie aus der Karibik, die es nach New York verschlagen hat. Für die vier heranwachsenden Töchter hat jedoch das Leben in der schönen neuen Welt nicht nur seine Schokoladenseiten, da ihre Träume von Unabhängigkeit, Karriere und vom Mann fürs Leben nicht immer vereinbar sind mit dem, was sich die Familie für ihre Töchter vorstellt.

»Julia Alvarez' intelligenter Roman ist äußerlich ein Familienepos, das in der dominikanischen Diktatur und in New York spielt. Innerlich geht es um mehr… Auf die Doppelmoral wird nicht mit dem Finger gewiesen, sie zeigt sich subtil in der spannenden, für viele Deutungen offenen Geschichte.«
Brigitte

Julia Alvarez

Die Zeit der Schmetterlinge

Roman. Aus dem Amerikanischen von Carina von Enzenberg und Hartmut Zahn. 464 Seiten. Serie Piper

Schön, klug und mutig: Minerva, Patria, Maria Theresa, drei der vier Schwestern Mirabal, als Widerstandskämpferinnen von ihrem Volk verklärend »Die Schmetterlinge« genannt, werden hinterrücks von den Schergen Trujillos, Diktator der Dominikanischen Republik, ermordet. Nur die vierte, Dedé, kommt davon. Julia Alvarez leiht jeder der Schwestern ihre Stimme.

SERIE PIPER

SERIE PIPER

Jane Campion, Kate Pullinger

Das Piano

Der Roman. Ans dem Englischen von Carina von Enzenberg.
240 Seiten. Serie Piper

Die junge Schottin Ada McGrath, streng viktorianisch erzogen, ist seit ihrem sechsten Lebensjahr stumm – nur ihr Klavier gibt ihr die Möglichkeit, sich auszudrücken und dem Gefängnis ihrer Sprachlosigkeit zu entkommen. Zusammen mit ihrer kleinen Tochter Flora schifft sie sich nach Neuseeland ein, wo sie Alisdair Stewart erwartet, ihr neuer Ehemann. Er weigert sich, ihr Klavier durch die sumpfige Wildnis des Dschungels nach Hause zu schleppen. Es bleibt am Strand. Ada ist verzweifelt und sieht erst einen Lichtblick, als sie erfährt, daß Stewart das Instrument an George Baines gegen Land veräußert hat. Baines, ebenfalls Einwanderer, der mit den Maori lebt und ihre Sprache spricht, ist fasziniert von der schönen jungen Frau: Eine dramatische Liebesgeschichte beginnt. – Mit ihrem preisgekrönten Film »Das Piano« schuf die neuseeländische Regisseurin Jane Campion eines der ungewöhnlichsten Kinoereignisse und ein weltweit gefeiertes Meisterwerk. Mit dem Roman hat Jane Campion den Stoff vollendet und um die Vorgeschichte ihrer beiden Helden – die Stummheit Adas und die Herkunft von Baines – erweitert.

»Jane Campion bewundert Menschen, die das Risiko suchen, die Grenzerfahrung, die ihr Leben in Gefahr bringt.«
Die Zeit

Susanna Kearsley
Mariana
Roman. Aus dem Englischen von Karin Diemerling.
350 Seiten. Serie Piper

«Das ist mein Haus«, erklärte die fünfjährige Julia Beckett ihren Eltern, als sie zum ersten Mal »Greywethers« sah, das große Bauernhaus aus dem 16. Jahrhundert. Julia, inzwischen dreißig und erfolgreiche Illustratorin, erfüllt sich ihren Kindheitstraum und kauft das Haus. Sie liebt ihr neues Leben auf dem Land und findet schnell gute Freunde unter den Dorfbewohnern. Doch kaum ist Julia eingezogen, geschieht Seltsames mit ihr und läßt sie an ihrem Verstand zweifeln: Sie meint, das Leben von Mariana zu führen, einer unglücklich verliebten Dienstmagd, die 1665, zur Zeit der großen Pest, in diesem Haus gelebt hatte. Julia fällt es immer schwerer, zwischen Vergangenheit und Gegenwart zu unterscheiden. Susanna Kearsley ist mit diesem Buch eine spannende Mischung aus romantischer Liebesgeschichte und Historienroman gelungen.

Susanna Kearsley
Glanz und Schatten
Roman. Aus dem Englischen von Leon Mengden. 395 Seiten.
Serie Piper

Der Historiker Harry hat es sich in den Kopf gesetzt, die Juwelen zu suchen, die die unglückliche Königin Isabelle Plantagenet vor achthundert Jahren auf ihrer Flucht in den unterirdischen Gängen von Schloß Chinon versteckt hatte. Harry überredet seine attraktive Cousine Emily, ihm an den malerischen Adelssitz im Loire-Tal zu folgen. Bei Emilys Ankunft fehlt jedoch jede Spur von ihm, so daß sie sich einer Clique von Weltenbummlern anschließt. Die Urlaubsidylle zerbricht, als ein Mord geschieht. Auf der Suche nach Harry, dem Schatz und dem geheimnisvollen Drahtzieher im Hintergrund gerät Emily in höchste Gefahr. – In »Glanz und Schatten« verknüpft Susanna Kearsley gekonnt Geheimnis, Verbrechen und romantische Liebe und führt die Frauenschicksale verschiedenster Epochen in einem ebenso überraschenden wie furiosen Finale zusammen.

SERIE PIPER

Alessandro Baricco

Seide

Roman. Aus dem Italienischen von Karin Krieger. 132 Seiten. Serie Piper

»Der Roman Alessandro Baricco ist gewebt, wie der Stoff, um den es geht: elegant und nahezu gewichtslos. Die Geschichte ist komponiert wie ein Musikstück, jedes Wort scheint mit Bedacht gewählt, jede Ausschmückung, jedes überflüssige Wort ist fortgelassen. Das schmale Buch bekommt durch diese Reduktion seine außergewöhnliche Dichte, seine kühle, in manchen Passagen spöttische, zugleich seltsam melancholische Stimmung.«
Sabine Schmidt, BücherPick

Land aus Glas

Roman. Aus dem Italienischen von Karin Krieger. 270 Seiten. Serie Piper

Ein Buch über die Welt der Sehnsucht und die Welt der Liebe, voller Poesie, Witz und Weisheit. Ein Buch über Zeit und Geschwindigkeit, über Musik und Gefühle, über Genies, Spinner und Erfinder.

Alessandro Baricco

Novecento

Die Legende vom Ozeanpianisten. Aus dem Italienischen von Karin Krieger. 80 Seiten. Serie Piper

Auf dem luxuriösen Ozeandampfer Virginian, der zu Beginn des Jahrhunderts zwischen der Alten und Neuen Welt hin- und herpendelt, wird ein ausgesetztes Baby gefunden, dem die Matrosen den Namen seines Geburtsjahres geben: Novecento – 1900. Ein seltsames Schicksal wird diesem Findelkind beschieden sein: Novecento wird zeit seines Lebens nicht mehr von Bord gehen. Als der sagenhafte Ozeanpianist wird er zur Legende. Er kennt nur seine Musik, die eine magische Anziehung auf alle ausübt, die sie hören. Bariccos poetische Sprache in »Seide« und seine Phantasie in »Land aus Glas« verbinden sich hier zu einer wundervollen Geschichte um Musik, Leidenschaft und die Macht der Freundschaft.

Jesús Díaz

Die Haut und die Maske

Roman. Aus dem kubanischen Spanisch von Wilfried Böhringer. 305 Seiten. Serie Piper

Iris und Lidia kehren nach langjährigem Exil auf einen Besuch nach Kuba zurück. Während Lidia sofort ein stürmisches inzestuöses Verhältnis mit ihrem Vetter Orestes anfängt, versucht Iris herauszufinden, was mit der von ihr vor Jahren zurückgelassenen Familie passiert ist – das ist der Ausgangspunkt dieser meisterhaft erzählten Geschichte. Dazu hat Jesús Díaz eine zweite Ebene wie einen roten Faden virtuos in die Handlung eingewoben. Sie spielt während der Dreharbeiten zu einem Film, bei denen die privaten Leidenschaften und die politischen Konflikte der Mitwirkenden aufbrechen. Spannend wie ein Politthriller, anregend wie ein erotischer Roman, erhellend wie eine psychoanalytische Studie, vermittelt Diaz ein Stück pralles karibisches Leben, aber auch tiefe Einblicke in die Verwerfungen der heutigen kubanischen Gesellschaft.

Jesús Díaz

Erzähl mir von Kuba

Roman. Aus dem Spanischen von Klaus Laabs. 301 Seiten. Serie Piper

Wehmütig läßt Stalin Martínez die Ereignisse der vergangenen Wochen Revue passieren, während er darauf wartet, daß ihm die unbarmherzige Sonne Miamis auf der Dachterrasse seines Bruders die Haut gerbt und ihm das Aussehen eines Bootsflüchtlings verleiht. Mit seinem neuen Kuba-Roman, der zärtlich und ironisch zugleich ist, trifft Díaz mitten ins Herz.

SERIE PIPER